Henry Slesar

Wer nicht wirbt, der stirbt

Vorhang auf, wir spielen Mord

Hinter der Tür

Henry Slesar

Wer nicht wirbt, der stirbt

Vorhang auf, wir spielen Mord

Hinter der Tür

Drei Romane

area

Henry Slesar: Wer nicht wirbt, der stirbt
(Das distinguierte Leichentuch)

Titel der Originalausgabe: The Grey Flannel Shroud

in der deutschen Übersetzung von Paul Baudisch

Henry Slesar: Vorhang auf, wir spielen Mord

Titel der Originalausgabe: Enter Murderers

in der deutschen Übersetzung von Thomas Schlück

Henry Slesar: Hinter der Tür

Titel der Originalausgabe: The Thing at the Door

in der deutschen Übersetzung von Thomas Schlück

Lizenzausgabe für area verlag gmbh, Erftstadt
mit freundlicher Genehmigung der Diogenes Verlag AG Zürich

Einbandgestaltung: agilmedien, Köln
Einbandabbildungen: zefa
Schlusskorrektur: Christina Kuhn, Köln
Satz & Layout: GEM mbH, Ratingen

Printed in Germany 2005

ISBN 3-89996-444-6

Inhalt

Wer nicht wirbt, der stirbt 7

Vorhang auf, wir spielen Mord 225

Hinter der Tür 433

Wer nicht wirbt,

der stirbt

Die Hauptpersonen des Romans sind:

Homer Hagerty Gordon Tait	Inhaber der Werbeagentur Hagerty & Tait
Grace Tait	Gordon Taits Frau
Jane Hagerty	Homer Hagertys Nichte
Dave Robbins	Werbeassistent
Harlow Ross	Werbechef
Joe Spiegel	Abteilungsleiter
Kermit Burke	Fabrikbesitzer
Gräfin Szylenska	Direktorin
Sonja	ihre Tochter
Max Theringer	Gerichtsreporter

Der Roman spielt in New York und Umgebung.

1

Es war sein erster Morgen auf dem Bahnsteig von Sword's Point, und Dave Robbins sah sich interessiert um. Am Himmel zogen winterliche, wagnerianische Wolken dahin, kahle, schwarze Bäume vibrierten wie dumpfe Akkorde über den Hügeln des Villenorts. Es war ein düsterer Morgen, von geheimnisvoller Melancholie umschattet. Er hatte etwas entschieden Russisches an sich. Diesen Gedanken aber schob Dave rasch beiseite und sah sich dann die Leute an, mit denen er auf der Fahrt nach New York die Sitzplätze teilen mußte.

Sie unterschieden sich nicht sonderlich von den Leuten, in deren Gesellschaft er in den Restaurants östlich der Madison Avenue zu lunchen pflegte, mit denen er sich um die Taxis zankte, sich in Büroaufzügen drängte, bei Firmenbesprechungen scherzhafte Bemerkungen wechselte. Hier aber, wie ein stummes Regiment, das seiner Befehle harrt, umgeben von finsteren Hängen und hohem Himmel, wirkten sie seltsam verwandelt.

Dave sah nach seiner Uhr. Es war drei Minuten vor acht, und der Bahnsteig begann sich hastig zu füllen. Immer stärker wurde das Gedränge, einer stieß den anderen an, entschuldigte sich höflich und wohlerzogen, Stimmen murmelten im Chor ihr ›Pardon, Pardon!‹ Dave, der sich als Außenseiter fühlte, fügte sich bereitwillig dem Willen der Menge und rückte schüchtern immer näher an den Rand des hölzernen Bahnsteigs heran. Aus der Ferne war nun ein Rattern zu hören, und ein spitzer Lichtstrahl durchbohrte den dichten Nebel. »Verzeihung – Pardon!« sagte jemand zu ihm, und Dave tat abermals einen Schritt nach vorn. Nun ragten seine Schuhspitzen beinahe schon über den Rand hinaus.

Das Geräusch wurde lauter, eine rhythmische Folge metallischer Rasseltöne. Dave empfand eine plötzliche Unruhe. Er preßte sein Köfferchen fest an die Schenkel, als sollte es eine Schutzwehr zwischen ihm und dem heranbrausenden Zug bilden. Die Füße der anderen Leute waren den drohenden, eisernen Rädern genauso nahe, aber eine innere Stimme flüsterte ihm zu, auf der Hut zu sein.

Diese Stimme behielt recht. Es war, als ob die Menschenmenge von einem jähen Krampf befallen würde, als ob aus ihrer Mitte heraus eine Bewegung einsetzte, die das heikle Gleichgewicht seiner Stellung umstieß. Er begann zu taumeln und zu wanken, warf Ellbogen und Kopf nach hinten und versuchte, wieder festen Fuß zu fassen. Dann merkte er, daß diese Bemühung zu spät kam, und stürzte vornüber auf die Schlacke hinunter.

Die Menge schnappte nach Luft, aber dieses Erschrecken war eher zu spüren als zu hören. Einen kurzen Moment lang kam Dave Robbins der hysterisch fatalistische Gedanke, einfach still auf den Schwellen und dem geschwärzten Geröll liegenzubleiben und auf den zermalmenden Tod zu warten. Dann stach ihn die scharfe Ecke des Köfferchens in den Magen, und der Schmerz brachte ihn zur Besinnung. Er sprang auf, warf sich gegen den Bahnsteig, und ein Dutzend hilfreich ausgestreckter Hände zog ihn hoch, während der Zug mit Donnergetöse einfuhr.

Die ›Pendler‹ zeigten sich sehr um ihn besorgt. Eine Zeitlang war Dave mehr als nur ein Außenseiter: ein Mitmensch, den man eben vom Rande der Ewigkeit zurückgeholt hatte. Dave strich mit der Hand über seinen

Mantel, dessen dicke Wattierung ihn Gott sei Dank vor Schaden bewahrt hatte, und stieg zusammen mit den anderen in den Zug ein.

Unterwegs war er die Zielscheibe neugieriger Blicke, kümmerte sich aber nicht darum. Dann aber begann er zu vermuten, es sei nicht nur der Unfall, der ihm dieses Interesse eintrug. Bestimmt hatten sie in ihm einen Eindringling erkannt, einen Wochenendgast, der nun in seine schmutzige, muffige Stadtwohnung zurückkehrte, wo er eigentlich hingehörte. Erstens war er barhäuptig. Zweitens trug er sein glattes, schwarzes Haar ziemlich lang. Er verabscheute den flotten Studentenstil. Und um das Maß vollzumachen, war er der einzige Mensch im ganzen Zug, der keine Zeitung in der Hand hielt. Dafür aber ein Buch. Zum erstenmal war er darüber froh – trotz des Titels: ›Das älteste Zeitalter der Dichtkunst‹.

Das Buch war Janeys Idee gewesen. Janey hatte die künstlerische Leitung der Firma Hagerty & Tait, und der Umstand, daß sie mit dem Nachnamen Hagerty hieß, hatte nichts mit ihrer Tüchtigkeit zu tun. Als Dave Robbins seinen ersten Tag in der Werbeagentur verbrachte, hatte er den Namen an ihrer Tür gelesen und vielsagend die Nase gerümpft. Sechs Monate später war er bereits davon überzeugt, daß es falsch von ihm gewesen war, Günstlingswirtschaft zu wittern. Freilich war der Chef der Firma Janeys Onkel, aber ihre Stellung hatte Janey sich durch ihren begabten Zeichenstift errungen. Nach weiteren sechs Monaten gehörte es zu Daves Aufgaben, ihr diesen Stift zu spitzen.

Nur eines war an Janey Hagerty auszusetzen. Nämlich, daß sie es mit der Kultur hatte. Dave betrachtete das Buch in seiner Hand, warf dann verstohlen einen Blick auf den dicken Mann, der neben ihm über seiner ›New York Times‹ schnaufte, und begann zu lesen.

›Die Geschichte der Sanskrit-Literatur ist schwer zu ordnen, weil es ihr an zuverlässigen Daten fehlt. Sie läßt sich jedoch ohne weiteres in zwei Perioden gliedern, die vedische und die klassische …‹

Ein nicht gerade salonfähiger Ausdruck schoß Dave durch den Kopf. Dann kehrte er seufzend zu dem Text zurück. Schließlich fand er auf der dritten Seite ein Gedicht, das von sehr viel weißem Raum umgeben war. Er als Werbefachmann wußte das zu schätzen. Das Gedicht hieß ›Gruß an die Morgendämmerung!‹

›Lausche der mahnenden Stimme der
Dämmerung!
Sieh diesem Tage entgegen!
Denn er ist das Leben, das wahre Leben des Lebens,
In seinem kurzen Lauf liegen alle die Wahrheiten
Und alle die Wirklichkeiten unseres Daseins:
Der Segen des Wachstums,
Der Ruhm der Tat,
Der Glanz der Schönheit.
Denn das Gestern ist nur ein Traum
Und das Morgen nur eine Vision.
Aber das Heute …‹

Nicht schlecht, dachte Dave ohne innere Überzeugung. Er legte den Zeigefinger zwischen die Seiten, klappte das Buch zu und betrachtete durchs Fenster die vorbeihuschende Szenerie, die weiße Landschaft, die still und stumm unter dem ersten Schnee des Jahres lag, den friedlich aufsteigenden Rauch über den kleinen Häusern längs der Strecke.

›Sieh diesem Tage entgegen!‹ dachte Dave Robbins.

Er machte das Buch zu, holte seine tägliche Vormerkliste aus der Tasche und fuhr mit dem Finger an den mit Bleistift geschriebenen Notizen entlang.

Vormerkungen – 3. Januar

1. Mit Ross wegen der Geschenkbeilagen für die ›Sugar-Baby‹-Packungen sprechen. Vorschlag: Atom-U-Boot aus Plastik, genannt ›Nautilus‹?

2. Mit Tait die Verkaufspropaganda der Delikatessenfirmen in Cleveland besprechen.

3. Mit der Gräfin die Fernsehsendung in Cincinnati besprechen. ›Mama Maggies Apfelkuchen.‹

4. Nachprüfen, wie es sich mit den Pflaumenkonserven verhält, die angeblich in den Ladenregalen geplatzt sind.

5. Janey mitteilen, daß mir ihr Buch großartig gefallen hat.

Zehn Minuten vor neun hielt der Zug mit kreischenden Bremsen im Hauptbahnhof, und Dave ließ sich von der brodelnden Menge auf die Straße hinaustragen. Um neun traf er im Büro ein. Noch nie war er so früh erschienen, seit er vor fast achtzehn Monaten in die Firma Hagerty & Tait eingetreten war.

Er hatte als Werbeberater und Assistent des geschäftsführenden Direktors und Firmenteilhabers Tait begonnen. Beide hatten dabei gut abgeschnitten. Dave war noch recht neu in der Branche und hatte nur etwas mehr als ein Jahr einschlägiger Praxis hinter sich. Zwei Kriege und ein verschlepptes Hochschulstudium hatten es ihm sehr erschwert, Fuß zu fassen, deshalb hatte er nichts dagegen, sich im Alter von dreiunddreißig Jahren ›Assistent‹ titulieren zu lassen. Er betreute sämtliche Details der Werbung für die Konservenfirma ›Burke-Baby-Foods‹, die wichtigste Kundin der Agentur, und war voll verantwortlich für die Backwarenabteilung der ›Burke-Foods-Company‹. Tait hatte also weiter nichts zu tun, als die Burke-Leute bei guter Laune zu erhalten. Darüber hatte Dave sich oft bei Janey beklagt, bis sie ihn darauf aufmerksam machte, daß die Aufgabe, Kermit Burke bei guter Laune zu erhalten, an und für sich bereits einen vollen Arbeitstag beanspruche.

Als er im zwölften Stockwerk den Aufzug verließ, kam ihm abermals zu Bewußtsein, wie früh er daran war. Im Vestibül war niemand zu sehen außer der Empfangsdame Jody, und auch sie hatte noch nicht Zeit gehabt, sich in ihren Roman zu vertiefen. Als sie Dave erblickte, zwinkerte sie verdutzt mit den Augen und vergaß ganz, ihr professionelles Lächeln aufzusetzen.

»Na, heute sind wir aber früh daran!« sagte sie.

»Ein grauenvolles Mißverständnis! Bin ich der erste?«

»Nein. Miss Hagerty ist schon seit acht Uhr hier.« Sie musterte seinen mit Ruß verschmierten Mantel. »Soll ich Ihnen Kaffee bestellen, oder wollen Sie warten?«

»Kaffee sofort!« erwiderte Dave. Er blieb am Tisch stehen und sah sich um. Ursprünglich war der Raum in altamerikanischem Stil gehalten gewesen, bis jemand auf die Idee kam, jede Wand in einer anderen lebhaften Farbe zu streichen. An der roten Wand zur Linken waren in beleuchteten Vitrinen die neuesten werbetechnischen Proben der Agentur Hagerty & Tait ausgestellt. An der blauen Wand zur Rechten lagen in dunklen Kästen Attrappen der Kundenerzeugnisse. An der gelben Wand in der Mitte hing eine gargantuanische Wagenraduhr, deren Zeiger symmetrisch auf neun wiesen.

Statt sich sofort in sein Arbeitszimmer zu begeben, ging Dave durch den links gelegenen Korridor zur künstlerischen Abteilung. Im Korridor war es finster, aber im Atelier brannte Licht, und durch Janey Hagertys Tür fiel ein sanfter Schein. Dave klopfte einmal und drehte dann den Knauf.

»Gütiger Gott!« sagte Janey, von ihrem Zeichentisch aufblickend. »Wieso kommst du denn mitten in der Nacht hierher?«

»Getrieben von heißer Leidenschaft«, sagte Dave und machte die Tür mit theatralischer Gebärde hinter sich zu. »Schnell – in meine Arme!«

»Nicht vor dem Frühstück! Hast du eine Zigarette?«

Er gab ihr eine Zigarette, die sie anzündete – kühl bis in die Knochen. Alles, was Janey tat, strömte eisige Kälte aus. Sie war hübsch und hätte schön sein können, wenn sie ein wenig mehr Wert auf Schönheit gelegt hätte. Das Haar trug sie kurz, mit fast männlichem Schnitt, weil sie Lockenwickler und Dauerwellen verabscheute. Das scharf gemeißelte Gesicht mit dem zarten Milchglasteint war kaum geschminkt, weil sie es so umständlich fand, sich herzurichten. Sie ging ›vernünftig‹ gekleidet. An einer weniger rundlich kompakten Figur hätte diese Kleidung salopp gewirkt. An ihr sah sie gut aus.

»Um die Wahrheit zu gestehen, liebe Janey«, sagte Dave, »ich habe das Wochenende fern von der Zivilisation verbracht. Ich war in Sword's Point bei Bob Bernstein.«

»Ach, du Armer. Hast du dich sehr plagen müssen? Übrigens siehst du aus, als ob du Kohlen geschaufelt hättest.«

Er erzählte ihr von dem Unfall und stellte befriedigt fest, daß ihr Blick weicher wurde. Aber sie kam rasch über diese Stimmung hinweg und fragte: »Wie geht es Bernstein? Ist er wütend darüber, daß man ihm den Burke-Job weggenommen hat?«

»Vermutlich. Seit die Burkes Kunden der Agentur sind, hat er alle ihre Werbedrucksachen fotografiert. Ich verstehe nicht, warum wir ihn mitten in der neuen Werbekampagne durch einen anderen ersetzt haben. Ich konnte ihm keine Auskunft darüber geben.«

Janey sah nachdenklich drein. »Er ist ein tüchtiger Fotograf. Einer der besten.«

»Was also hat die Herrschaften veranlaßt, ihn fallenzulassen?«

»Ich weiß es nicht. Vielleicht hatte Onkel Homer ihn ganz einfach satt bekommen. Vielleicht wollte Kermit Burke einen neuen Mann haben. Wer soll das wissen?«

»Ich finde es schändlich.« Dave ging zu ihrem Anschlagbrett hin und betrachtete den mit Reißzwecken befestigten Probeentwurf einer Anzeige für ›Burke-Baby-Foods‹. »Wenn du mich fragst, erkläre ich, daß er prachtvolle Bilder geliefert hat. Du bist doch für die künstlerische Gestaltung der Burke-Werbung verantwortlich – hat man dich nicht zu Rate gezogen?«

Janey antwortete nicht, und Dave befürchtete, einen wunden Punkt berührt zu haben.

Lächelnd fuhr er fort: »Weißt du, das ist ein recht gutes Buch, das du mir geliehen hast.«

»›Das älteste Zeitalter der Dichtkunst‹? Fein, daß es dir gefällt.«

»›Lausche der mahnenden Stimme der Dämmerung!‹« zitierte Dave. »Gar nicht übel.«

»Ach ja.« Sie nahm den Bleistift zwischen die Lippen und betrachtete mit schief geneigtem Kopf das Layout auf ihrem Skizzenblock. »Mir gefällt diese Zeile besser: ›Delikatessenhändler in Cleveland – Achtung!‹«

Sie lachten. Dann sagte Dave: »Ich werde dieses kleine Meisterwerk heute vormittag brauchen. Gordon will es sehen.«

»Aber nicht heute. Heute bleibt er zu Hause. Du kannst dich an Ihre Königliche Hoheit wenden. Sie kommt im Laufe des Vormittags ins Büro.«

»Gordons Frau? Wieso?«

Janey zuckte die Achseln. »Frag mich nicht, warum Ihre Königliche Hoheit dieses und jenes tut. Vor etwa einer Stunde hat sie angerufen. Die Haustelefonistin war noch nicht da, deshalb habe ich das Gespräch über die Nachtleitung entgegengenommen. Sie hat irgendwas gemurmelt, daß Gordon sich nicht wohl fühle, aber daß sie mit der Bahn in die Stadt fahre, um Onkel Homer aufzusuchen.«

»Was fehlt Gordon?«

»Eine Virusgeschichte. Ihre Königliche Hoheit hat nicht geruht, mir nähere Einzelheiten mitzuteilen.«

»Sag mal, was hast du nur gegen Mrs. Tait?«

»Wer? Ich? Ich liebe dieses bezaubernde Wesen. Ich habe ihr Bild auf meinem Toilettentisch stehen. Jeden Morgen stecke ich Nadeln 'rein.«

»Weiber!« sagte Dave seufzend. »Tja, dann werde ich wohl abhauen. Ich habe eine neue Idee für die ›Sugar-Baby‹-Packungen, die ich mit Harlow Ross besprechen möchte. Ein kleines U-Boot aus Plastik, genannt ›Nautilus‹. Man füllt es mit Backpulver, dann taucht es auf und unter.«

»Genial!« sagte Janey. »Ich habe auch eine Idee. Wie wäre es mit einem kleinen Fläschchen voll Salzsäure? ›Sei das erste Kind in deinem Block, das Muttis Gesicht verstümmelt‹?«

»Sehr lustig.«

»Ach, solche Ideen habe ich massenhaft. Eine Miniaturschnapsflasche. Die gleiche Flasche, die Vati unter seinem Kissen liegen hat.«

»Servus«, sagte Dave. »Wie ich sehe, bist du nicht in der richtigen Stimmung, um ein vernünftiges Wort von dir zu geben.«

Dave ging in sein Büro. Auf dem Schreibtisch der Sekretärin lag ein Stoß ungeöffneter Post, aber er rührte sie nicht an. Louise war, was ihre Arbeit betraf, sehr empfindlich, und wenn Dave ihr auch nur das kleinste ihrer Privilegien wegnahm, waren für den Rest des Tages ihre Augen gerötet und feucht.

Zwanzig vor zehn kam sie an und war tief bestürzt, als sie Dave seinen Frühstückskaffee trinken sah.

»Ich bitte tausendmal um Entschuldigung, Mr. Robbins!« sagte sie. Ihr unscheinbares Gesicht verzog sich bereits zu einer weinerlichen Grimasse. »Ich konnte heute früh ganz einfach nicht loskommen. Es liegt an meiner Mutter. Sie leidet an Arthritis und ist fast gelähmt, und ich mußte heute das Frühstück machen –«

»Schon gut«, sagte Dave verlegen. »Sehen Sie doch bitte nach, ob Mr. Ross da ist. Wenn ja, dann fragen Sie ihn, ob ich vorbeikommen darf.«

»Ja, gewiß«, erwiderte Louise, zitternd vor Wichtigkeit.

Mit gerunzelter Stirn sah Dave ihr nach, wie sie zur Tür hinausflatterte.

Ein paar Minuten später kehrte sie triumphierend zurück.

»Er ist da!« verkündete sie.

Harlow Ross sog an seiner Pfeife, als Dave zu ihm ins Büro kam, das am gleichen Korridor lag. Das war in keiner Weise ungewöhnlich. Ross lutschte immerzu an einem Pfeifenstiel. Er hatte ein halbes Dutzend Bruyèrepfeifen in seinem Schreibtisch liegen und so viel grobgeschnittenen Tabak, daß er für ein Palaver sämtlicher Indianerstämme ausgereicht hätte.

Ross war ein schmächtiger Mann, der in seinem gutgeschnittenen, knappsitzenden Flanellanzug größer aussah, als er in Wirklichkeit war. Sein Haar war kurz gestutzt und an den Schläfen grau gesprenkelt. Das verlieh seinem jugendlichen, hübschen Gesicht mit den etwas hervorstehenden Augen und dicken Lidern den zusätzlichen Reiz der Reife. Er sah aus wie ein romantischer Hochschulprofessor, bei dessen Anblick die Studentinnen in den hintersten Bänken kichernd die Köpfe zusammenstecken. Er leitete die Propaganda für die diversen ›Sugar-Baby‹-Flocken und war bei Hagerty & Tait seit der Stunde angestellt, da die Agentur ihre Pforten geöffnet hatte.

»Morgen!« sagte er liebenswürdig und klopfte mit der Pfeife geräuschvoll gegen den Rand einer Aschenschale. »Ich habe gehört, Dave, daß Sie sich übers Wochenende in meiner Waldecke aufgehalten haben.«

»Ja. Ich habe Bob Bernstein besucht. Er hat wirklich ein sehr hübsches Häuschen. Ich aber bin ein eingefleischter Großstädter,«

»Sie werden sich's auch noch überlegen.« Ross lachte in sich hinein. »Das ist der Zug der Zeit, Dave. Außerdem wohnt bereits die halbe Firma draußen in Sword's Point: Hagerty, Gordon, ich, sogar Kermit Burke. Wir könnten dort eine Filiale eröffnen.«

»Und dann jeden Tag von der Stadt aus hinauspendeln? Das wäre auf jeden Fall eine Abwechslung. Wer war denn der Witzbold, der den Ort getauft hat? Man hört förmlich die Degen klirren.«

»Keine Ahnung. Aber es war bestimmt ein Reklamefritze.«

Ross lachte, doch es klang nicht recht befriedigend. In allem, was er tat, lag eine absichtliche Herzlichkeit. Dave kam er immer wie der von Berufs wegen ›nette‹ Kerl vor.

Bevor Dave auf dem Schauplatz erschien, war Ross, ein Witwer, regelmäßig mit Janey Hagerty, seiner früheren Flamme, ausgegangen.

»Hören Sie zu, Harlow«, sagte Dave, »ich habe über Ihre Geschenkbeilagen nachgedacht. Wie wäre es mit einem Miniatur-U-Boot aus Plastik, das ›Nautilus‹ heißt? Sie kennen doch die Dinger, die ich meine, man betreibt sie mit Backpulver.«

»War schon mal da«, erwiderte Ross. »Ich glaube, Kellogg hat es vor ein paar Jahren lanciert. Aber ich werde nachsehen, Dave.«

»Okay – ich wollte es nur erwähnt haben.« Ross' Miene zeugte nicht eben von großer Dankbarkeit, und Dave zuckte die Achseln. Dann erinnerte er sich an den Freitagslunch bei ›Le Val‹ und sagte: »Übrigens wollte ich Sie etwas fragen, Harlow. Habe ich Sie nicht vorigen Freitag mit dem Personalchef der BBD & O beisammen gesehen? Ich saß ein paar Tische entfernt und habe versucht, euch zu belauschen, aber es ging nicht.«

»Ach so!« Ross wurde ein wenig rot. »Das war nur ein freundschaftlicher Plausch.«

»Mir brauchen Sie nichts vorzumachen, Harlow. Sie dachten doch nicht etwa daran, hinüberzuwechseln, oder?«

»Natürlich nicht. Aber wissen Sie, es kann nie schaden, wenn man mit den Leuten Kontakt hält. Man kann nie wissen, was hier passieren wird.«

»Solange Burke mitmacht –«

»Das meine ich eben. ›Burke-Foods‹ gibt sieben Millionen aus, und unser gesamter Auftragsbestand beträgt kaum zehn Millionen. Sie wissen, wie das ist, wenn man alles auf eine Karte setzt. Wird sie einem weggestochen, dann ...«

»Ich würde mir keine Sorgen machen. Kermit Burke ist ganz verrückt mit unserem neuen Werbefeldzug, und das reicht für weitere drei Jahre. So wie Gordon die Sache betreut – na ja, ich würde mir keine Sorgen machen.«

»Mhm.« Ross, die Pfeife im Mund, lächelte freundlich. »Es heißt, daß Gordon heute krank ist.«

»Virusgeschichte«, erwiderte Dave.

Zehn Minuten vor elf füllte Dave seine Aktenmappe mit den Fakten und Ziffern, die sich auf das Marktgebiet von Cincinnati bezogen. Dann teilte er Louise mit, daß er den ganzen Vormittag außerhalb zu tun habe. Er müsse die Backwerkabteilung der ›Burke-Foods-Company‹ aufsuchen. Louise schien recht niedergeschmettert zu sein, fand sich jedoch wohl oder übel damit ab, daß die Pflicht ihn in die Ferne entführte.

Im Vestibül traf er Gordons Frau Grace, die auf den Aufzug wartete.

Grace Tait war eine hagere Frau mit hohen Schultern, in eine von der ›Vogue‹ empfohlene Form gegossen. Vor etlichen Jahren hatte sie sich entschlossen, Silber zu ihrer Modefarbe zu machen. Ihr kakaobraunes Haar war silbrig gestreift, ihre Fingernägel und Augenlider glänzten silbern. An ihren Handgelenken klirrte silberner Schmuck, und ihre sorgfältig modulierte Stimme hatte einen silbrigen Klang. Alles in allem besaß sie den ästhetischen Reiz einer Stange frischgeprägter Silbermünzen, und nach dem wenigen zu schließen, was Dave über sie wußte, war der Vergleich mehr als geglückt.

»Guten Morgen, Mrs. Tait«, sagte Dave. »Wie ich höre, ist Gordon nicht auf dem Posten.«

»Nein.« Es war nur ein Hauch. »Er – er hat mich ersucht, etwas ins Büro zu bringen.«

»Sagen Sie Gordon, er soll gut auf sich aufpassen. Wir können ihn hier nicht entbehren.«

Sie stiegen gemeinsam in den Aufzug ein, aber das Gespräch war zu Ende.

Draußen vor dem Gebäude rief Dave ein Taxi heran und nannte dem Chauffeur die Adresse der Firma Burke, Abteilung für Backwerk, in Long Island City.

Als sie den langen Backsteinblock erreichten, in dem die riesige Bäckerei und die Direktionsräume der Firma untergebracht waren, vollführte Daves Magen seinen üblichen Salto. Die Gräfin Szylenska, Generaldirektorin der Abteilung, bedeutete für Hagerty & Tait Aufträge im Wert von einer Million Dollar und war damit die zweitgrößte Kundin der Agentur. Noch wichtiger war, daß die Gräfin großen Einfluß auf Kermit Burke hatte, einen Einfluß, der das gesamte Siebenmillionenkonto betraf. Dave war nicht so ganz davon überzeugt, daß er der richtige Mann sei, diese Verantwortung zu tragen.

Homer Hagerty aber war davon überzeugt. Er hatte sich gedacht, Daves schlanke, hohe Gestalt, seine etwas europäischen Gesichtszüge und sein gerade richtiges Alter würden dem Geschmack der Gräfin entsprechen. Und solche persönliche Faktoren – Homer Hagerty war ein alter Praktikus – sind für die Sicherung eines Auftrages oft wichtiger als die beste Branchenkenntnis. Margaret Szylenska war eine waschechte Gräfin, eine blaublütige Emigrantin, die mit ihrem betitelten Gatten vor etwa zwanzig Jahren nach Amerika gekommen war. Der Graf hatte sich schon längst in die für ihn reservierte Himmelsecke begeben, vorher aber seiner Gemahlin einen soliden Platz in einem amerikanischen Geschäftsunternehmen gesichert. Ursprünglich war es seine Absicht gewesen, nur köstliches europäisches Backwerk zu erzeugen, wie Stollen, Strudel und delikate Küchlein, die früher einmal liebevoll in den eisernen Backherden im Erdgeschoß seines Ahnenschlosses zubereitet worden waren. Nach seinem Tode aber kam die Gräfin auf schlauere Gedanken und richtete ihre Lorgnette auf den großen amerikanischen Markt für Massenprodukte. Nun erzeugte ihre Firma als Abteilung des Burke-Konzerns biedere Apfel-, Kirsch-, Blaubeer-, Zitronen-, Ananas- und Schokoladenkuchen, kleine kreisrunde Törtchen mit einem Durchmesser von fünfzehn Zentimetern, auf deren Wachspapierhüllen Mutti zu sehen war, wie sie stolz auf einem Teller eine dampfendheiße Kuchenpastete präsentierte, nebst dem Markennamen ›Mama Maggie‹. Der selige Graf hätte diese Art von Obstkuchen nicht gebilligt, wäre aber zweifellos über das Bankkonto der Firma hocherfreut gewesen.

Erst vor einem Jahr hatte Kermit Burke sich für die kleinen Kuchen der Gräfin zu interessieren begonnen.

Der Erwerb ihrer Firma war eines seiner Lieblingsprojekte gewesen, und er hatte die Einzelheiten persönlich gehandhabt. Es war der Gräfin nicht leicht gefallen, auf ihre geschäftliche Souveränität zu verzichten, aber die finanziellen Vorteile hatten ihr eingeleuchtet und waren wichtiger als aller Stolz. Außerdem behielt sie ihren Generaldirektorin-Titel und ihre Machtbefugnisse als Chefin der Backwarenabteilung bei.

Trotz ihrer Bereitschaft, den großen amerikanischen Markt zu beliefern, konnte die Gräfin nach wie vor nicht von gewissen europäischen Ressentiments lassen. Anfangs hatte Gordon Tait die Werbung für sie durchgeführt, aber sie hatte seine Dienste nur widerstrebend entgegengenommen. Er war ihr allzu amerikanisch: zuviel Bürstenhaarschnitt, zuviel Jovialität, zuviel Tweed. Mit ihrem neuen Werbefachmann, Dave Robbins, war sie jedoch äußerst zufrieden. Er war ein Mann nach ihrem Sinn: von aristokratischer Schlankheit, schwarzäugig und schwarzhaarig, außerordentlich höflich, charmant, jung, aber auch nicht zu jung. Bei den Besprechungen hielt er ihr den Stuhl, gab ihr Feuer, schmeichelte ihr, merkte es sofort, wenn sie ein neues Kleid oder eine andere Frisur hatte. Der Presse gegenüber gab die Gräfin ihr Alter mit einundvierzig an. Im vertraulichen Privatgespräch gestand sie weitere sieben Jahre zu. In Wirklichkeit war sie sechsundfünfzig.

Als Dave das Gebäude betrat, überlegte er sich hastig, wie er das Gespräch einleiten sollte. Seit zwei Monaten bereits wich er unter dem einen oder anderen Vorwand einer Weekendeinladung der Gräfin aus. Ausflüchte begannen knapp zu werden, und die Gräfin ärgerte sich sichtlich über sein ständiges Nein. Er wußte, daß der Kontrakt mit der Agentur auf dem Spiel stand. Fünfzehn Prozent Provision an einer halben Million Dollar ergeben einen Bruttogewinn von fünfundsiebzigtausend – das Siebenfache von Daves Gehalt. Und ein einziges kleines Wochenende konnte das alles verderben.

Dave zuckte die Achseln und betrat den süß duftenden Aufzug im Erdgeschoß. Er drückte auf den Knopf neben der Ziffer 4 und atmete tief die würzigen Backgerüche ein.

Er erinnerte sich, wie ihm der Hauptproduktionsleiter Jörgensen erzählt hatte, warum er als junger Mensch das Bäckergewerbe gewählt hatte. Jörgensen war in Dänemark aufgewachsen, und da er aus ärmlichen Verhältnissen stammte, war er jeden Abend in die benachbarte Bäckerei gewandert, um dort für ein paar Kronen eine große Tüte mit altem Backwerk zu kaufen. Der warme, süße Geruch hatte es ihm so angetan, daß er sich gelobte, Bäcker zu werden. Aber nach etlichen vor den großen Öfen verbrachten Jahren merkte er plötzlich, daß seine Nase gegen die wunderbaren Düfte immun geworden war und nichts übrigblieb als die Hitze, die Schufterei und die ungünstige Arbeitszeit. Aus irgendeinem Grund stimmte die Geschichte Dave traurig.

Als Dave den Aufzug verließ, wußte er, daß die Gräfin sich in ihrem Büro befand. Jörgensen kam nämlich soeben aus der Tür, sah blaß und mitgenommen aus.

»Morgen, Dave!« sagte er finster. »Heute hat sie wieder einmal einen schlechten Tag. Hoffentlich haben Sie nicht vergessen, Ihre Beruhigungspille zu schlucken.«

Dave lächelte. Das war Jörgensens übliche Stichelei, und Dave ließ sie sich stets mit einem Lächeln gefallen, trotz der unbehaglichen Tatsache, daß sie der Wahrheit entsprach. Vor etwa drei Monaten hatte Dave sich mit einigen unruhigen Symptomen, zu denen häufige Magenbeschwerden und ein unangenehmes Herzklopfen zählten, zum Arzt begeben. Eine gründliche Untersuchung hatte keinerlei Anzeichen eines organischen Leidens zutage gefördert, und Dave mußte sich mit dem Gedanken abfinden, ein Opfer der sogenannten ›Managerkrankheit‹

zu sein. Ein Pillenschlucker zu werden, war ihm in der Seele zuwider, aber er hatte nun in seiner Schreibtischlade ein Fläschchen mit Meprobomat liegen, und jeden Nachmittag nahm er brav eine Beruhigungsdosis zu sich.

»Sie sollten es selber einmal versuchen«, sagte er liebenswürdig zu Jörgensen. »Vielleicht werden Sie dann die Anschnauzer besser vertragen.«

»Sie hätte die Pillen eher nötig«, erwiderte Jörgensen ziemlich mürrisch.

Dave holte tief Atem und drehte den Knauf. Wie immer war es verblüffend, hinter der nüchternen Geschäftsfassade das Äquivalent eines Salons aus dem achtzehnten Jahrhundert anzutreffen. Als er eintrat, blickte die Gräfin, die hinter einem goldverzierten napoleonischen Schreibtisch saß, das Haar mit einem schwarzen Turban umwickelt, stirnrunzelnd auf.

»Aha – das Genie!« sagte sie verächtlich.

»Guten Morgen, Frau Gräfin.« Er lächelte heiter und ging über den dicken Teppich zur Wandgarderobe. Sorgfältig hängte er den Mantel auf und näherte sich dann mit seinem Portefeuille dem Schreibtisch. Sie musterte ihn mit finsterem Blick, aber Dave tat so, als merke er es nicht.

»Ich habe die Auskünfte besorgt, von denen ich Ihnen erzählte. Es sieht recht vielversprechend aus. Diese lokalen Kochkunstausstellungen haben ein kleines, aber fanatisch anhängliches Stammpublikum. Nun gibt es in Cincinnati –«

»David!«

»Ja, Frau Gräfin?«

»Schauen Sie mich an.«

Er sah sie an. Sie war eine recht eindrucksvolle Erscheinung, aber nicht etwa dank ihrer körperlichen Vorzüge. Die waren der Zeit zum Opfer gefallen. Ihr Geheimnis war die Farbgebung. Sie benützte die Farben, um den Blick von den Falten im Gesicht und den Mängeln ihrer Figur abzulenken. Dem schwarzen Turban entsprach ein schwarzes Kleid. Um den Hals hatte sie eine vierfache Korallenkette. Grellweiß hob sich die Haut von dem dunklen Lippenstift und der meerblauen Wimperntusche ab.

»Sie sehen sehr hübsch aus«, sagte Dave.

»Ich will keine Komplimente hören, David. Ich will nur die Wahrheit hören. Vorigen Freitag behaupteten Sie, Sie würden an diesem Wochenende sehr viel Arbeit zu erledigen haben. Stimmt das?«

»Ja, na ja, das habe ich gesagt.«

»Deshalb konnten Sie natürlich meine Einladung übers Wochenende nicht annehmen?«

Dave merkte, daß die Gräfin mehr wußte, als er für möglich gehalten hätte. Er versuchte es auf die freimütige Tour.

»Im Ernst, Frau Gräfin – ich hatte damit gerechnet, beschäftigt zu sein. Aber am Freitag gegen Abend ging alles in Ordnung ...«

»Egal.« Sie hob die beringte Hand. »Wenn Ihnen der Gedanke an ein Wochenende in meiner Gesellschaft nicht paßt, David, brauchen Sie es nur zu sagen. Dann werde ich Sie nie wieder mit einer Einladung belästigen.«

»Aber Frau Gräfin! Margaret –«

»Bitte, setzen Sie Ihre geschäftlichen Ausführungen fort.«

»Aber ich möchte mich doch gern einladen lassen. Wirklich! Wie wäre es mit dem nächsten Wochenende? Da werde ich bestimmt frei sein.«

»Ja. Bis etwas Besseres auftaucht.«

»Frau Gräfin, ich schwöre –«

»Egal – darüber sprechen wir nachher.« Sie lehnte sich zurück und fuchtelte mit der Zigarettenspitze. »Nun wollen wir uns mit Cincinnati beschäftigen ...«

Eine Stunde nach seiner Rückkehr ins Büro rief Homer Hagertys schöne Sekretärin Celia Daves Sekretärin Louise an. Gemeinsam gelang es ihnen, Dave den Gedanken beizubringen, daß der Generaldirektor ihn zu sprechen wünsche.

Bevor Dave sich nach oben begab, holte er das Fläschchen mit dem Meprobomat aus der Schreibtischlade. Er ging zum Wasserkühler und schluckte eine der kleinen weißen Tabletten. Nach dem unangenehmen Erlebnis auf dem Bahnsteig und der ebenso unangenehmen Begegnung mit der verärgerten Frau Gräfin hatte er eine kleine Beruhigung nötig.

Vor der Tür des Generaldirektors begrüßte Celia ihn mit einem warmen Lächeln – wärmer als sonst – und ersuchte ihn, ohne weiteres einzutreten.

Hagertys Begrüßung war nicht weniger herzlich. Der Generaldirektor kam hinter dem Schreibtisch hervor und setzte sich zu ihm aufs Sofa.

Homer Hagerty sah aus wie einer der zwei Dutzend weißhaarigen Charakterdarsteller, die in den Hollywoodfilmen weise und geistreiche Typen spielen. Er sah gut aus, aber mehr nach der väterlichen als nach der romantischen Seite hin. Seine Stimme hätte der Kanzel einer anspruchsvollen Kirche zur Zierde gereicht. War er klug? Noch nie hatte jemand diese Frage gestellt.

»Wie lange ist es jetzt schon her?« fragte Hagerty. »Zwei Jahre, Dave?«

»Achtzehn Monate. Ich habe im Juli angefangen.«

»Jetzt kennen Sie also den Betrieb schon recht gut, ja?«

»Ich weiß nicht, ob ich Sie recht verstehe.«

»Aber lieber Mann, Sie sind doch nicht auf den Kopf gefallen! Sie wissen, daß unsere Aufträge zu mehr als fünfundsiebzig Prozent von einem einzigen Kunden stammen. Freilich ist es ein guter Kunde, aber es gibt Leute, die eine solche Existenz für recht riskant halten.«

Dave räusperte sich. »Ja …«

»Sie brauchen nichts dazu zu sagen. Ich möchte noch heute behaupten, daß Burke der zuverlässigste Kunde in der ganzen Branche ist. So eine Werbekampagne hat man wohl kaum je erlebt. Es ist noch ein wenig zu früh, um die Ergebnisse zu beurteilen, aber ich habe vom Marktforschungsinstitut Nielsen einen internen Wink bekommen, daß es an den Absatzziffern schon zu merken ist. Lassen Sie sich also von niemandem einreden, daß Reklame sich nicht lohne.«

Dave wunderte sich über den akademischen Charakter des Gesprächs. Er hob die Brauen und wartete darauf, daß der Herr Generaldirektor seine Ausführungen fortsetze.

»Es handelt sich also nicht um die technische Seite des Betriebes«, sagte Hagerty. »Das Technische und das Künstlerische liegt in allerbesten Händen. Wir sind stolz auf Joe Spiegel.«

»Ein tüchtiger Mann«, sagte Dave.

»Es gibt keinen tüchtigeren. Ein lieber Mensch, ein großartiger Texter. Was Janey betrifft –« Er hielt inne und runzelte die Stirn. »Sie wissen ja, wie ich zu ihr stehe. Sie ist für mich mehr eine Tochter als eine Nichte, Dave, aber ich würde sie auf der Stelle entlassen, wenn ich annehmen müßte, daß sie ihrer Aufgabe nicht gewachsen ist. Diese Burke-Layouts sind aber ausgezeichnet, nicht wahr?«

»Bestimmt, Mr. Hagerty.«

Der Chef lächelte, aber seinem Lächeln war nichts zu entnehmen.

»Sie treffen Janey recht oft, ja?«

»O ja.«

»Ein praktisch denkendes Geschöpf. Und auch gescheit. Das habe ich nie begriffen. Ihre Mutter war eine liebe Person, aber kein Kirchenlicht. Ihr Vater! Na ja,

Dave, er hat eher mir geähnelt. Bier und Brezeln.« Er lachte gemütlich.

Dave klopfte mit dem Fuß auf den Boden. Hagerty hatte offensichtlich etwas auf dem Herzen, und zwar nicht Janeys persönliche Qualitäten.

»Ich wollte es Ihnen bloß sagen, Dave. Sie sind bei uns sehr gut angeschrieben, Sie haben viel geleistet. Jetzt aber stehen wir vor einem neuen Problem.«

»Nämlich?«

Hagerty Öffnete eine kostbare Schatulle, die auf dem Schreibtisch stand, wollte eine Zigarre herausnehmen, überlegte es sich aber.

»Es handelt sich um Gordon«, sagte er seufzend. »Gordon hat gestern nacht einen Herzanfall erlitten, einen recht bösen Anfall. Wir haben den besten Herzspezialisten von ganz New York zu ihm geschickt, aber soweit ich unterrichtet bin, sieht es nicht allzu rosig aus.«

Dave schluckte mühsam. »Meinen Sie, er wird …?«

»Sterben? Das habe ich nicht gesagt. Millionen Menschen erleiden Herzanfälle und schreiben nachher ein Buch darüber. Aber dieser Fall war recht schwer, und es sieht danach aus, als würde Gordon ziemlich lange arbeitsunfähig sein.«

»Ach, das ist aber unangenehm.«

»Ja, sehr unangenehm«, sagte Hagerty finster. »Der brave Gordon tut mir ehrlich leid. Wissen Sie, er ist doch erst zweiundfünfzig. Aber man darf sich eben nicht so viel zumuten, ohne daß einem die Rechnung präsentiert wird.«

Dave wartete auf die entscheidende Frage. Als Hagerty schwieg, sagte er: »Was geschieht inzwischen mit Burke?«

»Ah ja«, sagte Hagerty. »Gut, daß Sie es selber erwähnen. Eigentlich möchte ich Sie bitten, Dave, die Sache zu übernehmen.«

»Ich?«

»Glauben Sie nicht, daß mir diese Entscheidung leichtgefallen ist, Dave. Vielleicht wissen Sie, daß seit der Gründung dieser Firma Harlow Ross als Nachfolger Gordons ausersehen war. Harlow ist tüchtig, sehr tüchtig. Und ein ungeheuer netter Mensch.«

»Ja«, sagte Dave mit erstickter Stimme.

»Aber ehrlich gesagt, ein bißchen zu unbedeutend. Ein bißchen zu fein für Kermit Burke. Sie kennen Burke.«

»Leider nein. Ich bin ihm nie begegnet.«

»Ein sonderbarer Mensch. Ich glaube nicht, daß Harlow das nötige Verständnis für ihn aufbringen würde. Und gerade jetzt möchte ich ein solches Risiko nicht eingehen.«

Fast unwillkürlich schüttelte Dave den Kopf. »Nein, Mr. Hagerty. Ich glaube nicht –«

»Was?«

»Ich glaube nicht, daß ich dieser Aufgabe gewachsen bin. Erst drei Jahre in der Branche. Das genügt nicht für einen Kunden wie Burke.«

»Hören Sie zu, Dave! Früher oder später wäre Ihre große Chance gekommen. Mit der Zeit. Warum also nicht gleich? Es springen dabei für Sie weitere fünftausend heraus.«

»Ich muß es mir überlegen.«

»Selbstverständlich!« sagte der Generaldirektor in herzlichem Ton. »Überlegen Sie sich's. Sie können es sogar heute abend mit Janey besprechen. Sie treffen sie doch heute abend?«

»Ja.«

»Janey denkt nüchtern und klar. Fragen Sie sie nach ihrer Meinung. Wenn Sie heute abend zu einem Entschluß gelangen, können Sie mich zu Hause anrufen. Janey kennt natürlich die Nummer.«

»Gut, Mr. Hagerty.«

Am selben Abend um zehn beugte Janey sich über das Sofa in Daves Wohnung und biß ihn ins Ohr. Er sagte: »Au!« und rächte sich. Dann stand er auf und ging ans Telefon. Er wählte die Nummer ihres Onkels und unterrichtete ihn von seinem Entschluß.

»Wunderbar!« sagte Hagerty. »Sie werden es nicht bereuen, Dave.«

Er irrte sich.

2

Der Pavillon hatte eine Fassade aus bläulich getöntem Glas und war von kunstreich gestutztem Buschwerk umgeben. Er mochte ebensogut ein Museum für moderne Kunst beherbergen wie eine Krankenhausabteilung. Sogar die Schwestern waren anscheinend nach dem Grad ihrer dekorativen Wirkung ausgesucht worden, und Dave Robbins betrachtete sie mit Wohlgefallen. Als er den lautlos gleitenden Aufzug betrat, der ihn in das dritte Stockwerk zu dem leidenden Gordon Tait befördern sollte, schnüffelte er und stellte fest, daß der übliche Karbolgeruch durch Arpège und Chanel No. 5 ersetzt worden war.

Als er die lackierte Tür des Zimmers 311 öffnete, wurde der Parfümduft noch stärker, hatte aber seine sichtbare Quelle. Grace Tait saß am Bett ihres Gatten, und wo Grace wandelte, folgte ihr unweigerlich eine Wolke süßen Pariser Aromas.

Gordon Tait sah Dave und erhob schwächlich die Hand mit einer zugleich tapferen und herzlichen Geste. Dave fand den Anblick des so plötzlich erkrankten Direktors keineswegs erschütternd. Er hatte erwartet, der Kontrast würde bedeutend bitterer sein: dieser robuste, sportliche Mann mit der stolzen Kopfhaltung und dem Johnnie-Walker-Gang, durch einen heimtückischen Streich der Herzklappen aufs Krankenlager hingeworfen. Aber Gordon brachte es fertig, so kräftig und selbstsicher auszusehen wie nur je, und die Blässe des etwas faltigen Gesichtes hätte sich durch nichts Ernsthafteres als einen Whiskykater erklären lassen. Lächelnd sagte er in seinem besten knurrigen Walter-Pidgeon-Ton: »Hejho, Athos! Wie steht die Schlacht?«

»Unverändert.« Dave verbeugte sich höflich lächelnd vor Grace Tait. Sie antwortete mit einem kurzen Kopfnicken, aber in ihrem Blick lag eine nicht zu entziffernde Botschaft.

»Illegitimus non carborundum«, sagte Gordon. »Lassen Sie sich nicht von den Lumpen unterkriegen. Sie kennen doch meine Frau, Dave, nein?«

»Freilich.«

»Was tut sich? Ich habe keine ordentliche Fachsimpelei mehr zu hören bekommen, seit man mir den Schlagbaum vor der Nase gefällt hat.«

»Bitte, nicht«, sagte Grace streng. »Du weißt, Gordon, was Doktor Dishman sagt. Du darfst dir keine geschäftlichen Sorgen machen.«

»Ach du lieber Gott, wer macht sich denn Sorgen? Solange Dave den Laden schmeißt, kann ich das als einen wohlverdienten Urlaub betrachten.«

»Schönen Dank«, bemerkte Dave mit einem etwas schiefen Lächeln. »Ich tue mein Bestes, Gordon, aber ich mache mir keine Hoffnung, Sie ersetzen zu können.«

Gordon Tait lachte in sich hinein. »Nehmen Sie sich bloß in acht, Dave, wenn Kermit Burke rebellisch wird. Immer mit der Linken ins Gesicht. Und wenn er einmal ganz unausstehlich ist, dann wenden Sie sich an Papa. Ich besitze ein kleines Dossier über Mr. Burke, das uns sehr gelegen kommen wird.«

Dave musterte den Mann voller Bewunderung. Erst vor zwei Tagen hatte er das Sauerstoffzelt verlassen, das erforderlich gewesen war, um das Herz in Gang zu halten, und er schien wieder seiner gewohnten Welt anzugehören, als ob gar nichts dazwischengekommen wäre. Er wirkte durchaus entspannt. Es war, als besitze er interne Informationen aus dem Hauptbuch der Schicksalsgöttin. Er schien der Zukunft mit einem Vertrauen entgegenzusehen, um das Dave, allzu oft ein

Opfer der wankelmütigen Fortuna, ihn unwillkürlich beneidete.

Dave blieb eine weitere halbe Stunde bei Gordon Tait sitzen und unterhielt sich mit ihm über berufliche Fragen. Dann ging er weg. An der Aufzugstür aber tönte ihm Grace Taits Stimme ins Ohr.

»Mr. Robbins.«

»Ja, Mrs. Tait?«

»Könnte ich Sie einen Augenblick sprechen? Bevor Sie weggehen?«

»Gewiß.« Er sah sich um und erblickte die Tür zu einem Warteraum voller niedriger Sitzmöbel und matt leuchtender Stehlampen. Sie traten ein. Er bot Mrs. Tait eine Zigarette an.

Sie nahm einen Zug, drückte sie aus und begann zu weinen.

»Verzeihung«, sagte sie schließlich, ohne ihn anzusehen. »Die Aufregung war zu groß. Ich hatte wirklich nicht die Absicht, mich an Ihrer Schulter auszuweinen.«

»Geht in Ordnung.«

»Ich habe bloß niemanden, mit dem ich reden kann. Gordon hat keine Verwandten. Meine Verwandten leben in Kalifornien.« Sie hielt inne. »Er ist schwer krank, Mr. Robbins. Viel schwerer, als er glaubt. Und Sie kennen ihn ja. Auch wenn Doktor Dishman ihm die Wahrheit sagte – er würde es ganz einfach nicht glauben.«

»Das tut mir aber leid«, sagte Dave wie ein kleiner Junge. »Gordon ist ein Prachtmensch. Ich habe ihn ungeheuer gern. Aber soviel ich weiß, haben Millionen Menschen Herzanfälle und fühlen sich hinterher ausgezeichnet. Das erste Mal ist es eine Art Warnung. Wenn man sich in acht nimmt –«

»Vielleicht ist es dazu schon zu spät. Doktor Dishman – ist nicht besonders optimistisch.«

»Ein Jammer!«

Sie sah ihm fest ins Gesicht. Dave hoffte, seine Miene sei ausreichend teilnahmsvoll. Was die Frau ihm erzählte, bereitete ihm aufrichtigen Kummer, aber noch stärker war ein Gefühl des Unbehagens. »Ich bin ratlos. Ich weiß nicht, an wen ich mich wenden soll. Wenn Gordon etwas passiert – ach, ich weiß, es klingt schrecklich, Mr. Robbins, jetzt über so etwas zu sprechen! Aber Gordon hat nicht einmal sein Leben versichert. Er – er hat es nie für möglich gehalten, er hat nie geglaubt, es könnte ihm etwas passieren.«

Dave schluckte mühsam. »Natürlich ist er durch die Firma versichert. Ich bin überzeugt, daß Mr. Tait der Kollektivversicherung angeschlossen ist. Das macht ungefähr fünfunddreißigtausend im Jahr.«

»Bitte, nicht!« Sie berührte seine Hand. Der Silberschmuck fühlte sich eiskalt an. »Sprechen wir nicht mehr darüber. Es ist zu schrecklich ...«

»Er wird sicher wieder gesund werden«, sagte Dave mit etwas alberner Miene.

»Ja, freilich.« Sie stand auf und trocknete schnell ihre Tränen mit einem zerknüllten Batisttaschentuch. »Meine Nerven sind überreizt. Ich wollte Sie nicht belästigen.«

»Ich verstehe«, erwiderte Dave Robbins. Unbeholfen streckte er den Arm aus und streichelte ihre Hand. »Bestimmt wird alles wieder gut werden, Mrs. Tait.«

Auf der glatten Wange der Frau war eine Träne festgefroren. Sie schimmerte silbern im gedämpften Schein einer Warteraumlampe.

»Wie alle großen Ideen«, sagte Joe Spiegel, »ist auch diese Idee einfach.«

Man befand sich im Konferenzzimmer. Dave lehnte sich in dem Plüschsessel zurück, der im allgemeinen für einen Kunden reserviert war, und sah zu, wie Joe Spiegel, Chef der künstlerischen Abteilung, sein Sprüchlein hersagte. Er stand am äußersten Ende des vier Meter langen, polierten Konferenztisches und stützte sich auf einen hölzernen Kasten, der die montierten Proben des neuen Werbefeldzugs für ›Burke-Baby-Foods‹ enthielt.

Spiegel erinnerte eher an einen ländlichen Ladenbesitzer als an einen Werbefachmann. Er war knochig und hundemager. Seine randlose Brille rutschte ihm unaufhörlich an die Spitze der scharfkantigen Nase. Er hatte die Jacke ausgezogen und die Hemdsärmel aufgerollt. Seine roten Hosenträger hätten jedem Politiker aus dem Süden zur Ehre gereicht. Die Worte fielen trocken wie Zwiebackkrumen von seinen Lippen, waren aber meistens sehr vernünftig. Die Burke-Kampagne war, wie Gordon Tait es scherzend formulierte, sein Lieblingskind, und er verteidigte seine Besitzerrechte wie eine Löwin.

An dem Tag, nachdem Dave Robbins den neuen Auftrag übernommen hatte, bat er Spiegel, ihn gründlich über die Reklamekampagne zu informieren, die Kermit Burke so überaus am Herzen lag. Dave hatte natürlich in der Agentur die verschiedenen Entwürfe herumliegen sehen und die Memoranden gelesen, die von Schreibtisch zu Schreibtisch wanderten, aber er wollte die Geschichte aus dem Mund des Initiators hören.

»Beginnen wir mit unserem Produkt«, sagte Spiegel. »Die Erzeugnisse der Firma ›Burke-Baby-Foods‹ werden in Ohio genau nach den von den Bundesbehörden approbierten Vorschriften hergestellt. Die Ingredienzien liefern die im Besitz der Firma befindlichen Farmen und verschiedene landwirtschaftliche Lieferanten in der Umgebung. Sämtliche Nahrungsmittel werden in tadellos sauberen Küchenanlagen unter Druck gekocht und jede Packung luftdicht verschlossen. Die Firma erzeugt jede Art von zerkleinerter Babynahrung, außerdem Kindernahrung und Cornflakes. Die Waren sind reizvoll verpackt und dem Preis der Wettbewerbslage angepaßt.

Warum also«, fuhr Spiegel fort, während er Dave mit funkelnden Augen fixierte, »– warum soll die Öffentlichkeit diese Erzeugnisse kaufen?«

»Ja, warum denn nicht – wenn sie so gut sind?«

»Ah!« sagte Spiegel. »Die Stimme der Unschuld! Die traurige Wahrheit, mein Freund, ist folgende: Alle die von mir erwähnten Fakten treffen so gut wie auf alle heute auf dem Markt vorhandenen Säuglingsnahrungskonserven zu, soweit es sich um Markenfabrikate handelt. Wenn es Unterschiede gibt, sind sie geringfügig – also fallen sie kaum ins Gewicht, niemand beachtet sie. Aber ich werde Ihnen eine andere Frage vorlegen. Was wünscht sich jede Mutter?«

Dave zuckte die Achseln. »Wahrscheinlich einen Ehering.«

»Ein gesundes Baby«, sagte Spiegel. »Ein dickes, munteres Baby, das dicker und munterer ist als Mrs. Jones' Baby im benachbarten Kinderwagen. Und das liefert ihr Burke. Nicht Pflaumen, nicht Karotten, nicht Bananen – sondern ein kräftigeres und gesünderes Baby für Sie, gnädige Frau!«

»Hört, hört!«

»Das ist nun aber auch nichts Neues. Seit Jahren machen Marke X und Marke Y ein großes Geschrei um die gesunden, vergnügten Babys. In den Reklamen für sämtliche Marken, die der Supermarkt feilbietet, zappeln und glucksen Tausende gesunder, vergnügter Babys. In Wirklichkeit aber interessiert sich Mrs. Amerika überhaupt nicht für die Tausende von Babys. Sie interessiert sich nur für ein einziges Baby. Für ihr eigenes. Sehen wir nur einmal Korea an.«

»Wie bitte?«

»Korea. Erinnern Sie sich an die Berichte gleich nach Kriegsschluß über die Millionen hungernder, elternloser Kinder? Glauben Sie, daß Mrs. Amerika ihr Schicksal beweint hat? Nicht zu hastig antworten! Immer wenn von einer Million hungernder Babys die Rede war, hielten die Tränendrüsen recht schön dicht. Aber wenn die Ortszeitung sich eines einzelnen koreanischen Waisenkindes, eines einzigen kleinen Mädelchens annahm, fing der ganze gottverdammte Ort zu heulen an. Diese eine kleine Koreanerin wurde wochenlang durch die Schlagzeilen geschleppt. Sie erhielt Tausende von Dollars an Spenden und Beiträgen. Weil es sich um ein einzelnes Kind handelte. Sie hatte einen Namen, sie war eine Person, man konnte sich mit ihren Problemen identifizieren. Und das ist das große Geheimnis der Burke-Kampagne.«

Joe Spiegel stellte die erste montierte Probe auf den Kasten. Sie enthielt drei Fotos mit den entsprechenden Überschriften. Auf dem Hauptbild war ein junges Paar zu sehen, das Wange an Wange auf einer Parkbank sitzt. Die junge Frau ist offensichtlich schwanger. Sie machen einen schüchternen, wie von einem Wunder erfüllten, geradezu rührenden Eindruck. Die Überschrift lautete: ›Sie werden ein Baby bekommen.‹

»Das ist die erste Anzeige in der Serie, die wir das ›Burke-Baby‹ nennen«, fuhr Spiegel fort. »Sie bestimmt den Stil der gesamten Kampagne. Ein einzelnes junges Ehepaar, Irma und Howard Clarke, stehen vor dem größten Abenteuer ihres Lebens – ihrem ersten Baby. Wohlgemerkt – es handelt sich um ein einzelnes Baby. Nicht einmal um Zwillinge. Das wurde bereits ärztlich festgestellt. Wir zeigen sie nun, wie sie Pläne schmieden, grübeln, hoffen – und es geht immer nur um das eine Baby. Wird es ein Bub oder ein Mädel sein? Wem wird es ähnlich sehen? Wird es blond sein wie Irma oder dunkelhaarig wie Howard? Wie werden sie es taufen? Werden sie eine größere Wohnung oder eine Villa brauchen? Wird es ein Großelternproblem geben? Und das Allerwichtigste: Wird es ein dickes, kräftiges, gesundes Baby sein? Welche Spannung ...!

… Und was die Reklame betrifft: Wir lesen unten nach und stellen fest, daß die Clarkes sich vorgenommen haben, das Kind ausschließlich mit den Erzeugnissen der ›Burke-Baby-Foods‹ aufzuziehen. Was wird geschehen? Werden die Erzeugnisse der ›Burke-Baby-Foods‹ ein Baby heranpäppeln, das Mrs. Jones' mageren Sprößling beschämt? Das erfahren Sie in der nächsten Nummer Ihrer Zeitschrift.«

»Fortsetzung folgt.«

»Genau. Und was erfahren wir einen Monat später?«

Spiegel nahm die zweite Anzeige und deckte sie über die erste. Die Überschrift lautete: ›Das Burke-Baby ist geboren‹.«

»Hier sind wir Zeuge des Augenblicks, da Mama und Papa einander im Krankenhaus begegnen. Ihr Kind ist soeben zur Welt gekommen, ein schöner, sieben Pfund schwerer Junge. Sie werden ihn nach dem Großvater väterlicherseits Donald taufen und sind so stolz, wie junge Eltern es nur sein können. Begreifen Sie, wie das auf den Leser wirkt? Er freut sich zusammen mit den Clarkes, als ob er persönlich mit ihnen bekannt wäre. Er hatte die Spannung miterlebt, er hat sich mit dem Vater oder der Mutter identifiziert – und das wird nun so weitergehen, Monat für Monat, mit jeder neuen Serie.«

Spiegel brachte die dritte Anzeige zum Vorschein.

»›Das Burke-Baby ist einen Monat alt‹. Schauen Sie sich jetzt den kleinen Donald an, den sein Vater hochhält, damit er aufstößt. Ein kleiner Herzensbrecher, wie er im Buch steht. Und da lesen wir denn auch, daß Donald bereits mit seiner Burke-Baby-Foods-Diät begonnen hat. Schauen Sie sich nur die rosigen Wangen an! Wie dem Kleinen doch sein Burke-Pflaumenpüree, sein Burke-Bananenpüree und so weiter schmeckt! Man sieht bereits, daß er alle Rekorde schlagen wird. Schwarz auf weiß oder nicht?

... Überspringen wir jetzt einige Anzeigen und werfen wir einen Blick auf die späteren Entwürfe. ›Das Burke-Baby hat Zähne bekommen‹. – Was für ein stolzer Augenblick für alle Beteiligten! – ›Das Burke-Baby läuft‹. – Und hier eine Anzeige, die wir anderthalb Jahre später einrücken werden. – ›Das Burke-Baby spricht‹. – Ich sage Ihnen, Dave, nicht einmal die Garbo hat je so viel Publicity gehabt wie der kleine Donald, wenn er sein erstes nicht salonfähiges Wort äußert.«

Spiegel setzte sich, als sei er plötzlich müde geworden.

Dave schwieg eine Weile, dann fing er zu lächeln an. »Es ist sogar noch besser, als ich gedacht habe, Joe. Kein Wunder, daß alle begeistert sind.«

»Besten Dank«, sagte Spiegel säuerlich. »Wenn es gefällt, möchte bitte das Geld eingeschickt werden.«

»Ja, mir gefällt es. Wie weit sind wir denn schon?«

»Die fünfte Anzeige liegt im Korrekturabzug vor. Sie trägt die Überschrift: ›Das Burke-Baby ist drei Monate alt‹. – Wir stellen soeben im Atelier die nächste Anzeige zusammen, aber die ›Vier-Monate-Nummer‹ existiert erst als Layout. Gordon Tait wollte morgen mit dem Fotografen zu den Clarkes gehen.«

»Und Janey? Geht sie nicht mit?«

»Nein. Gordon war nie dafür, die Zeichner zum Fotografieren mitzunehmen. Vielleicht wollte er grade nur Janey nicht mit dabeihaben. Vielleicht hatte er Angst, seine etepetete Gemahlin würde eifersüchtig werden und Krach schlagen.«

»Also, ich werde Janey mitnehmen«, sagte Dave mit gestrafften Kinnbacken. »Ist der Entwurf genehmigt? Hat Kermit Burke ihn gesehen?«

»Nein. Ich glaube, Gordon wollte heute zu ihm fahren. Auch das werden wohl Sie erledigen müssen.«

»Vermutlich.«

»Kennen Sie Kermit Burke?« fragte Spiegel und schob die Brille hoch.

»Nein. Sie?«

»Ich habe ihn ein einziges Mal getroffen, aber das genügt mir.«

»Was ist er denn für ein Mensch?«

Spiegel grinste. »Das dürfen Sie selber beurteilen.«

Um halb drei steckte Homer Hagerty sein silbriges Haupt zur Tür herein und beehrte Dave mit einem gütigen Lächeln. Er hatte seinen Kamelhaarmantel an und wickelte einen schottischkarierten Schal um den Hals. »Fertig?« fragte er.

»Gleich. Ich muß nur noch das Layout aus der Versandabteilung holen. Nett, daß Sie gekommen sind, Mr. Hagerty.«

»Das tue ich gern. Schließlich gehört es sich doch, daß ich Sie persönlich mit Kermit Burke bekannt mache. Ich bin überzeugt, ihr beide werdet euch gut vertragen.«

Sie sahen zu, wie der Vorsteher des Briefsortierraumes das Paket zurechtmachte. Dave sagte in absichtlich zwanglosem Ton: »Wie ich gehört habe, macht Bob Bernstein nicht mehr die Fotos.«

Hagerty reagierte nur mit einem Achselzucken.

»Ich finde ihn recht nett. War übers Wochenende bei ihm. Er hat keine Ahnung, warum er abgehängt wurde. Sollte ich darüber informiert sein?«

»Es ist nicht wichtig. Er hat gewisse Leute vor den Kopf gestoßen, weiter nichts. Wir haben aber einen ausgezeichneten Ersatz für ihn, einen Mann namens Smalley. Beeilen Sie sich, beeilen Sie sich!« fügte er hinzu und machte plötzlich ein finsteres Gesicht.

Im Aufzug fragte Dave, das längliche, flache Paket unterm Arm: »Was für ein Mensch ist Kermit Burke?«

»Nett, sehr nett. Ein Mann aus dem Volk, Dave, er wird Ihnen gefallen. Sein Unternehmen ist das größte im ganzen Land, aber er hat nie seine volkstümliche Note verloren. Natürlich nicht allzu volkstümlich.«

Auf der Straße winkte Hagerty ein Taxi heran und fügte hinzu: »Aber er weiß, was er will, das muß man ihm lassen. Mag er auch manchmal wie ein Hinterwäldler daherreden – er ist schlau. Wenn er einen kleinen Wink fallen läßt oder einen Vorschlag macht, gehen Sie nicht leichtsinnig darüber hinweg, Dave. Das ist dann ein Befehl.«

Im Vestibül des Burke-Hauses nahm Hagerty seinen Homburg ab und wischte den Schweiß vom Lederband. »Wenn er richtig freundlich wird, Dave, dann müssen Sie sich vorsehen. Dann wissen Sie, daß er sich anschickt, Sie mit der Nadel zu pieken. Sie müssen immerzu auf dem Sprung sein, sonst können Sie sich begraben lassen.« Er runzelte ärgerlich die Stirn.

»Ein netter Mensch, sehr nett«, bemerkte Dave in säuerlichem Ton.

»Das ist das Schlimme bei dieser lausigen Branche.« Hagerty machte ein finsteres Gesicht. »Es wimmeln zu viel Kunden herum.« Sie gingen über einen sieben Meter langen Teppich zu der Doppeltür, die zu den Direktionsräumen der ›Burke-Baby-Products AG‹ führten. Die Empfangsdame, deren Tisch noch wuchtiger war als der Homer Hagertys, nickte dem Chef der Agentur freundlich zu und sah Dave mißtrauisch an. Hagerty sagte etwas zu ihr, und sie griff nach dem Telefonhörer.

Ein paar Minuten später kam eine junge Dame, offensichtlich ein entthrontes Hollywood-Starlet, aus einer Seitentür und näherte sich ihnen mit der einstudierten Lässigkeit einer Varietédiva, die die Treppe herabschreitet. Sie lächelte ein Tausend-Watt-Lächeln, schob die eine Hüfte hoch und geleitete sie durch einen Korridor. Aus Hagertys Begrüßung glaubte Dave schließen zu dürfen, daß das Kermit Burkes Sekretärin war.

An den Wänden des Korridors hingen alte und neue Reklamedrucke, mit der gleichen Sorgfalt gerahmt wie die Meisterwerke in einem Museum. Die Reihe begann mit einem grausigen Opus aus dem Jahre 1931: ›Wovon träumt ein Baby?‹

Schließlich gelangten sie ins Allerheiligste.

Homer Hagerty watete mit ausgestrecktem Arm durch die Tiefen des Teppichs, der den Boden des großen, viereckigen Büroraums bedeckte. Kermit Burke schlug bereitwilligst ein und schüttelte Hagerty die Hand mit einer Freude, wie man sie sonst nur bei der Begegnung mit einem alten Freund an den Tag legt.

»Hallo, Cubby!« sagte Hagerty. »Das ist aber nett, daß man sich wieder einmal trifft.«

Burke erwiderte Hagertys Lächeln. »Ganz meinerseits, Hummer!«

Einen Augenblick lang wußte Dave nicht, ob er recht gehört habe. Er war hinter seinem Chef stehengeblieben und trat von einem Fuß auf den anderen. Der federnde Teppich war ihm unbehaglich.

Dann drehte sich Hagerty zu ihm um, fast so, als ob ihm das eben erst eingefallen wäre, und sagte: »Cubby, ich möchte Sie mit einem meiner tüchtigsten Leute bekannt machen – Dave Robbins. Er wird Gordon vertreten, bis der Arme wieder auf den Beinen ist. Dave – reichen Sie Kermit Burke die Hand.«

Vorsichtig streckte Dave die Hand aus. Aber als Burke einschlug, war sein Händedruck schlaff und entschieden kühl.

»Sehr erfreut«, sagte Burke gleichgültig. »Bitte, Platz zu nehmen, liebe Leute! Wir haben hier einen Haufen Stühle, da wollen wir sie doch auch benützen.«

Hagerty lachte pflichtschuldigst, und sie holten zwei Stühle an den Schreibtisch heran. Während sie sich setzten, blieb Burke stehen, und aus Daves Gesichtswinkel ragte er wie eine Art Rübezahl über den Schreibtisch empor. Kermit Burke war groß und ungeschlacht, er hatte riesige, schlaffe Hände, die mit den Knöcheln nach unten auf der Löschunterlage ruhten. Das zottige, weizenblonde Haar war über das scharfe Stirnbein nach vorn gekämmt und endete in einer napoleonischen Locke. Sein Gesicht machte keinen jugendlichen Eindruck, aber sein Blick hatte etwas Verschmitztes und Jungenhaftes, als er seine Besucher musterte. Und sein breiter Mund wirkte spöttisch.

Schließlich setzte auch er sich und holte einen Tabaktopf aus der Schreibtischschublade. Er nahm den schweren Porzellandeckel ab und fischte dann das genau zu ihm passende Rauchgerät heraus – eine Maiskolbenpfeife.

»Na also, Hummer!« sagte er, gleichzeitig paffend und lächelnd. »Es sieht so aus, als ob wir Gordon zu Tode gehetzt hätten. Mir ist der Gedanke peinlich, daß auch ich mit daran schuld sein könnte.«

»Aber woher denn?« sagte Hagerty mit Nachdruck. »Mit dem Hetzen kennt man sich nicht aus. So etwas kann jedem passieren.«

»Mir nicht.« Burke runzelte die Stirn. »Mir nicht, lieber Mann. Kerngesund. Ich habe nur ein Laster – Rauchen –, und mein Großvater hat bis zu seinem siebenundneunzigsten Lebensjahr geraucht.«

Plötzlich sah er Dave an. »Na, junger Mann?« – »Pardon?«

»Ich warte darauf, daß Sie was sagen. Dieser Gordon hat immerzu geredet. Gehören Sie zu den stillen Typen?«

Dave lächelte. »Ich werde reden, sobald ich etwas zu sagen habe, Mr. Burke.«

»Mr. Burke?« Der Rübezahl hinter dem Schreibtisch tat, als sei er entsetzt, und zwinkerte Hagerty zu. »Haben Sie das gehört, Hummer? Ich habe an Ihrem jungen Mann bereits fünfundzwanzig Cent verdient.«

Hagerty lachte. »Das stimmt, Dave. Ich vergaß, Sie darauf aufmerksam zu machen. Jedesmal, wenn wir ihn statt Cubby Mr. Burke nennen, müssen wir einen Vierteldollar in die Sparbüchse tun.«

»So wahr ich hier sitze«, sagte Burke und holte ein Porzellansparschwein aus der Schreibtischlade. »Hier, bitte, einzuwerfen, junger Mann – und von jetzt an sagen Sie Cubby zu mir. Das ist mein Spitzname. Was haben denn Sie für einen?«

»Keinen – ich heiße David.«

»Okay – Davy Crockett! Mit mir werden Sie nicht fertig. Ich habe von der Gräfin viel Gutes über Sie gehört.«

Dave schluckte hastig. »Das freut mich.«

»Eine wunderbare Frau, die Gräfin! Echte Klasse, wenn Sie verstehen, was ich meine. Und sie hält Sie für einen Tausendsasa, Davy.«

Hagerty warf ein: »Dave ist schon seit zwei Jahren bei uns, Cubby, und er hat sich auch mit sehr vielen Details Ihrer Baby-Foods-Reklame beschäftigt. Er kennt also die Materie ganz genau.«

»Gut.« Burke nickte zufrieden. »Und was halten Sie von der neuen Kampagne?«

»Er findet sie großartig«, sagte Hagerty mit Nachdruck. »Wir haben uns auf der Herfahrt darüber unterhalten und –«

Plötzlich wurden Burkes Augen eiskalt. Er fiel Hagerty ins Wort: »Ich habe den jungen Mann gefragt. Sagen Sie mir Ihre restlos ehrliche Meinung über die Burke-Kampagne.«

Dave zögerte. »Ich finde sie großartig.«

Hagerty stieß einen tiefen Seufzer aus. »Wir sind alle begeistert, Cubby, das wissen Sie doch. Die Sensation der gesamten Branche.«

»Haben Sie die neue Anzeige mitgebracht?« fragte Burke.

»Ja, wir haben sie hier, Mr. Burke«, antwortete Dave.

»Ein Viertelchen! Ein Viertelchen!« Burke lachte in sich hinein. Dave schnitt eine Grimasse und warf abermals ein Fünfundzwanzigcentstück in das Sparschwein. Dann wickelte er das Paket auf und zeigte Burke den Entwurf für die Nummer sechs in der Burke-Baby-Serie. Die Überschrift lautete: ›Das Burke-Baby ist vier Monate alt‹. Auf dem Hauptbild war das Burke-Baby, der junge Donald Clarke, zu sehen, wie er aus Buchstabenklötzen einen etwas wackeligen Wolkenkratzer errichtete.

Burke betrachtete den Entwurf ziemlich lange, musterte die Fotos, las immer wieder den Text durch. Lautlos bewegten sich seine Lippen.

Ohne den Kopf zu heben, blickte er von dem Entwurf auf, und sein Mund verzog sich zu einem breiten Lächeln. »Gefällt mir«, murmelte er. »Gefällt mir sehr.«

Dave ertappte sich dabei, daß er erleichtert aufatmete.

»Ich möchte nur einen kleinen Vorschlag machen«, fuhr Burke fort. »Einen ganz kleinen. Wenn Sie nicht wollen, brauchen Sie sich nicht darum zu kümmern. Es macht die Sache nicht besser und nicht schlechter. Wollen Sie meinen Vorschlag hören?«

»Sicher.«

»Sehen Sie die Buchstabenklötze?«

»Ja.«

»Sehen Sie, was die Buchstaben besagen? Cflkpt. Sinnlos.«

»Sie sollten eigentlich keinen Sinn ergeben –«

»Selbstverständlich nicht. Aber sie könnten einen Sinn ergeben, meinen Sie nicht? Zum Beispiel – ›Burke‹.« Sein

Lächeln wurde noch breiter, während er Hagerty unter den weizenblonden Brauen hervor anblinzelte.

»Wunderbar!« sagte der Chef. »Das ist gerade die Nuance, die gefehlt hat.«

»Tja ...«, sagte Dave.

»Seien Sie ganz ehrlich«, sagte Kermit Burke zu ihm. »Wenn Sie die Idee nicht gut finden, sprechen Sie es ruhig aus. Du lieber Himmel, ich bin ein kleiner Fabrikant, Davy, ich versteht nichts von Werbung. Ist die Idee gut, oder ist sie schlecht?«

»Das habe ich mir eben überlegt, Mr. Burke. Wird das nicht die Glaubwürdigkeit des Fotos beeinträchtigen? Wissen Sie, das Beste an dieser Kampagne ist die Glaubwürdigkeit der Fotos. Freilich könnten die Eltern die Klötze zum Scherz so angeordnet haben. Diese Annahme würde nicht weiter stören –«

»Denken Sie darüber nach, junger Mann«, sagte Burke großmütig. »Wenn Sie morgen zu den Clarkes fahren, um die Aufnahmen zu machen, na, dann sehen Sie zu, ob es sich machen läßt. Sieht es gestellt aus, dann weg damit. Einverstanden?«

»Gewiß«, erwiderte Dave.

Zehn Minuten später wollten sie aufbrechen, aber Kermit Burke hielt sie zurück.

»O nein!« Wieder lachte er in sich hinein. »Glauben Sie ja nicht, Davy, daß mir das letzte ›Mr. Burke‹ entgangen ist. Ich habe es deutlich gehört. Bitte, zahlen.«

Dave zwang sich zu einem schiefen Lächeln, griff in die Tasche und stopfte abermals einen Vierteldollar in das fette, kleine Sparschwein auf Kermit ›Cubby‹ Burkes Schreibtisch.

Nach der Rückkehr ins Büro machte Dave einen Abstecher zu Janeys Zeichenbrett und erzählte ihr von Burkes Zustimmung.

»Wir wollen das Hauptbild lieber in zweifacher Version aufnehmen«, sagte er. »Eine mit den Klötzen in der Reihenfolge ›Burke‹. Vielleicht kann ich ihn davon überzeugen, daß seine Idee verfehlt ist.«

»Kaum«, sagte Janey. »Meistens mischt der Herr sich nicht ein, aber wenn er es tut – na, dann heißt es kuschen.«

»Das wird sich zeigen. Wann brechen wir morgen auf?«

»Früh, gegen neun. Wir müssen bei den Clarkes sein, bevor der kleine Donald sein Schläfchen macht, und es ist eine gute Dreiviertelstunde bis Willisport. Dort erwartet uns der Fotograf.«

»Du bist aber noch nie dort gewesen?«

»Nein. Dein Vorgänger hat es nicht für nötig gehalten. Er befürchtete, es würde der lieben, guten Grace nicht recht sein, wenn er mit einer Femme fatale umherstreunt. Die Femme fatale bin ich.«

Dave lächelte. »Keine schlechte Idee. Wir machen uns einen angenehmen Tag.«

»Was hältst du von Kermit Burke?«

»Von dem lieben Cubby? Ein reizender alter Herr. Er hat nur ein Laster: raucht eine Maiskolbenpfeife, und sein Großvater hat bis zu seinem hundertsten Lebensjahr Pfeife geraucht – bevor er daran starb.« Dave kaute einen imaginären Priem und spuckte ihn dann in die Richtung von Janeys Pinseltopf.

»Onkel Homer behauptet, daß er schlau ist.«

»Das bezweifle ich keine Sekunde lang. Und reich. Binnen einer Viertelstunde hat er mir fünfundsiebzig Cents abgeknöpft. Nun will ich aber den Entwurf in Arbeit geben. Bis nachher, schöne Galathee!«

Auf seinem Büroschreibtisch lag ein Briefchen in Louises zittriger Schrift, das eine verzweifelte Ähnlichkeit mit dem Abschiedsbrief einer Selbstmörderin hatte, aber nur besagte:

›Gräfin angerufen. Zurückrufen‹.

Dave seufzte und bat die Telefonistin um Mama Maggies Nummer. Die Verbindung wurde hergestellt, und Gräfin Szylenska sagte: »Ah, David! Wie geht es Ihnen heute?«

Ihre Stimme zeugte von sonniger Laune. Wahrscheinlich waren die guten Beziehungen wiederhergestellt. Statt sich dabei wohler zu fühlen, fragte sich David voller Besorgnis, wie weit diese Beziehungen sich noch verbessern müßten.

»Sehr gut, Frau Gräfin. Sind Sie sich schon über Ihre Beteiligung in Cincinnati schlüssig geworden? Wir müßten uns rechtzeitig einkaufen ...«

»Ja, ja, darüber sprechen wir noch«, sagte die Gräfin ungeduldig. »Was ich Sie fragen wollte, betrifft nicht Cincinnati, sondern Romanvilla. Sie sagten mir gestern, das kommende Wochenende würde Ihnen passen. Paßt es Ihnen noch immer?«

»Das kommende Wochenende?« sagte Dave. Offenbar war ihm anzumerken, wie peinlich ihm die Frage war, denn die nächsten Worte der Gräfin klangen recht frostig.

»Natürlich sind Sie beschäftigt.«

»Nein, nein, das ist es nicht. Es handelt sich nur darum, daß ich hier in der Firma einen neuen Auftrag übernommen habe, und es wird vielleicht schwierig sein –«

»Ich verstehe.«

»Nein, hören Sie zu«, sagte Dave hastig, »ich bin überzeugt, daß ich es schaffen werde. Nehmen Sie mir mein Zögern nicht übel, Frau Gräfin.«

»Wunderbar! Sie werden von Romanvilla entzückt sein, David. Es sieht aus, als hätte man es von Europa hierher verpflanzt.«

»Bestimmt«, sagte David. »Und was Cincinnati betrifft –«

Lachend unterbrach sie ihn. »Bitte! Sprechen wir heute nicht über Cincinnati. Cincinnati klingt nach Bier und Sauerbraten. Heute fühle ich mich allzu französisch, Dave. Wenn wir Gelegenheit haben, werden wir uns am Wochenende darüber unterhalten.«

»Fein. Auf Wiedersehen, Frau Gräfin.« Mit finsterer Miene legte er auf. »Wenn wir Gelegenheit haben«, sagte er laut.

»Wie, bitte?« fragte Louise, die eben hereinkam.

»Nichts. Hören Sie zu, Louise, wollen Sie für morgen früh den Firmenwagen bestellen? Abfahrt Punkt neun. Wir müssen nach Willisport, um die Fotos für die nächste Burke-Reklame zu knipsen.«

»Ja, Sir«, antwortete Louise. »Ach, wie gern würde ich mitkommen, Mr. Robbins! Das Baby ist einfach entzückend.« Sie drückte Stenogrammblock und Bleistift gegen ihre flache Brust, in den Augen den ewigen Glanz der Mutterfreude.

»Und gescheit!« sagte Dave. »Wissen Sie, daß es schon mit Buchstabenklötzen den Namen Burke buchstabieren kann?«

»Wirklich? Dann muß er ein Wunderkind sein.«

»Allerdings«, murmelte Dave.

Am nächsten Tag durchspülte die Morgensonne Dave Robbins' Zweizimmerwohnung an der East Side, gerade rechtzeitig, um einen Alptraum wegzuschwemmen. Den Handlungsverlauf hatte er in dem Augenblick vergessen, als er die Zähne zu putzen begann, aber er erinnerte sich, daß zwei der Hauptdarsteller die Gräfin mit einer Maiskolbenpfeife zwischen den Zähnen und Kermit Burke mit einem schwarzen Turban auf dem Kopf gewesen waren.

Als er zwanzig nach neun ankam, stand der Firmenwagen, ein dunkler Cadillac, vor der Tür. Janey erwartete ihn oben am Aufzug. Sie trug einen schwarzen Mantel über einem einfachen Tweedanzug und einen finsteren Ausdruck in ihrem Milchglasgesicht. Sie nahm seinen Ellbogen, schob ihn in den Aufzug zurück und sagte vorwurfsvoll: »Wir sind spät dran, lieber Freund. Vergiß nicht Babys Mittagsschlaf.«

Als sie dann neben ihm im Auto saß und den roten Nacken des Chauffeurs Barney vor sich sah, glättete sich ihre Stirn, und sie drückte sich fest an ihn an.

»Das ist nett. Alle beruflichen Angelegenheiten sollte man im Fond eines Cadillac erledigen.«

»Meine Mutter hat mir von Frauen deiner Art erzählt«, bemerkte Dave.

»Was hat sie denn gesagt?«

»Daß ich hoffentlich eine finden werde.«

Nach einer weiteren halben Stunde bog Barney in einen Seitenweg ein und gelangte auf gewundener Route nach Willisport, das etwa fünfzehn Kilometer nördlich von White Plains liegt, ein gemütlicher kleiner Ort, dessen Durchfahrtsstraßen mit Radargeräten überwacht werden.

Der Cadillac hielt neben einem geparkten Kombiwagen vor dem Haus Boxwood Avenue 321. Ein untersetzter kleiner Mann stieg aus und kam auf sie zu. Er trug eine Brille mit dicken Gläsern und eine Fischgrätenjacke, die zu keinem seiner sonstigen Kleidungsstücke auch nur die geringste Beziehung hatte. Die von der Achsel baumelnde Ledertasche und die Rolleiflex in seiner rechten Hand ließen keinen Zweifel daran aufkommen, daß er der Fotograf war.

»Guten Morgen, die Herren!« sagte er lächelnd mit zwei hervorstehenden Zähnen. »Mein Name ist Ray Smalley.«

»Verflixt!« erwiderte Janey. »Ich wußte doch, ich sollte mir keine Hosen anziehen. Guten Morgen, Mr. Smalley.

Ich bin nämlich eine Frau und kleide mich nur so, um zudringliche Männer abzuschrecken.«

Smalleys kleine Äuglein musterten beifällig ihre reifen Rundungen. »Ja, Sie sind wirklich eine Frau!« sagte er kichernd. »Da würde ich freilich gern ein bißchen zudringlich werden.«

»Ich bin Dave Robbins«, sagte Dave ohne sonderliche Wärme. »Sie wissen, worin Ihr Auftrag besteht?«

»Ja, freilich, lieber Mann.«

»Haben Sie den Entwurf gesehen?« fragte Janey.

»Ich weiß, was von mir verlangt wird. Schauen Sie mal – ich fotografiere Babys, seit ich selber laufen kann.« Er wandte noch immer kein Auge von ihr, und sein Lächeln hatte entschieden etwas Lüsternes. »Meine liebe junge Dame, ich möchte Ihnen mal zeigen, was ich kann. Wenn Sie gelegentlich Lust hätten, das Bärenfell in meiner Wohnung auszuprobieren –«

»Fangen wir an!« sagte Dave schroff.

Er ging zur Eingangstür des bescheidenen zweistöckigen Hauses, das die Clarkes bewohnten. Noch hing an der Tür ein Weihnachtskranz, der braun und zerzaust aussah. Dave setzte zweimal den Klopfer in Bewegung. Die Tür wurde geöffnet.

»Oh!« sagte der Mann. »Sie kommen wohl von der Agentur.«

»Richtig«, erwiderte Dave lächelnd. »Mein Name ist Dave Robbins.«

»Treten Sie ein.«

In dem kleinen Haus war es heiß. Der Mann – offensichtlich der Hausherr, Howard Clarke – nahm die Mäntel und Hüte entgegen und hängte sie nicht allzu ordentlich an die Garderobe. Er war ein jüngerer Mann mit ernstem Gesicht. Er trug einen blauen, gestrickten Pullover, der ihm zu lang war, und rieb sich unaufhörlich die Handflächen an der Wolle über den Hüften.

»Das Baby ist im Kinderzimmer«, sagte er, die Worte hervorsprudelnd. »Meine Frau ist oben und richtet sich her. Wir haben erst vor kurzem gefrühstückt. Vielleicht darf ich Ihnen eine Tasse Kaffee anbieten?«

»Das wäre sehr schön«, erwiderte Janey.

»Gut. Ich komme gleich wieder. Machen Sie sich's inzwischen hier drin bequem.«

Das Wohnzimmer wurde von einem wie eine Attrappe aussehenden Terrakottakamin beherrscht. Die Möbel waren im ungefähren Kolonialstil gehalten und pedantisch rund um einen riesigen, bunten Wirkteppich gruppiert.

Sie setzten sich auf das holzumrahmte Sofa, und Janey sagte: »Pfui, Dave – du hast mich nicht einmal vorgestellt.«

»Ich hatte keine Gelegenheit. Furchtbar nervöser Knabe, findest du nicht?«

Smalley stellte den Lederkasten auf den Fußboden und begann, Filmrollen herauszufischen. Achtlos streute er seine Siebensachen auf dem Teppich umher und sagte: »Na, wo ist denn der kleine Ronald oder wie das Balg heißt?«

»Pst!« murmelte Janey und blickte lächelnd zu Howard Clarke auf, der mit einem Tablett erschienen war, auf dem drei bis an den Rand gefüllte Tassen standen. »Besten Dank, Mr. Clarke. Ich bin Janey Hagerty und besorge die künstlerische Gestaltung der Burke-Reklame. Das ist Mr. Smalley. Er wird von jetzt an die Aufnahmen, machen.«

»Ach so?« bemerkte Clarke zerstreut. »Wo ist denn Mr. Bernstein?«

»Er ist nicht mehr für uns tätig«, erwiderte Dave. »Aber Sie werden sehen, daß Mr. Smalley auch sein Handwerk versteht.«

»Ja, ja«, sagte Clarke, und sein Blick wanderte zur Treppe. »Meine Frau wird jeden Augenblick erscheinen. Möchten Sie vielleicht das Baby sehen?«

»Furchtbar gern«, antwortete Janey.

Sie gingen ins Nebenzimmer, eine Mischung aus Eßraum und Kinderzimmer. In der Ecke stand ein Laufgitter. Ein blondhaariger kleiner Junge stupste den Finger ins Auge eines Teddybären. Als sie hereinkamen, blickte er auf und verzog ein wenig den Mund. Er war recht stämmig und sah älter aus als vier Monate.

»Ach, ist er entzückend!« quietschte Janey, bückte sich und strich ihm über die Locken. »Schaut euch nur die großen Augen an! Viel hübscher als auf den Bildern. Erinnert er dich nicht an jemanden, Dave?«

»Weiß nicht. Winston Churchill?«

»Ach, sei nicht dumm. An irgendeinen Filmstar. Etwas um die Augen und den Mund. Ich kann mich nur nicht entsinnen …« Das Baby girrte sie an, und Janey seufzte hingerissen.

Dave sah nach der Uhr. »Fast schon halb elf. Könnten Sie mal nachsehen, ob Ihre Frau fertig ist, Mr. Clarke?«

»Ja, gewiß«, erwiderte der Hausherr und zupfte mit den Fingern an seinem Pullover. »Ich bringe sie sofort herunter. Ich gehe hinauf und hole sie.«

Rückwärts gehend, verschwand er durch die Tür. Sie hörten seine gedämpften Schritte über die mit Teppichen belegte Treppe in den zweiten Stock hinaufeilen.

»Da stimmt etwas nicht«, sagte Janey.

»Wie?«

»Merkst du es nicht? Er ist viel zu nervös. Ich glaube, zwischen ihm und seiner Frau ist was los.«

»Das kommt in den besten Familien vor«, bemerkte Smalley.

»Warum muß das denn gerade heute passieren?« Dave schnalzte bedauernd mit der Zunge. »Wir müssen dafür sorgen, daß sie glücklich aussehen: Schließlich sind sie doch die Eltern des Burke-Babys. Sie haben glücklich zu sein, überglücklich.«

Sie kehrten ins Wohnzimmer zurück und starrten den kalten Kamin an. Smalley begann umherzuwandern, guckte in die Schränke, untersuchte die Nippsachen auf den Wandbrettern. Zehn Minuten verstrichen. Nichts war zu hören bis auf die geruhsamen Geräusche aus Donalds Laufgitter und das Ticken der vergoldeten Standuhr auf dem Kaminsims.

»Zum Donnerwetter!« sagte Dave. »Was ist denn mit den Leuten los?«

Ungeduldig stand er auf und ging zur Treppe.

»Mr. Clarke!« rief er.

Keine Antwort. Er stieg drei Stufen hinauf und rief noch einmal nach dem Hausherrn. Schließlich ging er bis nach oben und blieb vor der Tür des Schlafzimmers stehen.

Er wollte gerade klopfen, da ließ er sich durch die Geräusche, die von drinnen kamen, dazu verleiten, das Ohr an die Tür zu legen. Es klang, als ob eine Frau schluchzte.

»Ich kann nicht«, sagte die Frauenstimme. »Ich kann nicht, Howie!«

»Du mußt, Irma. Die Leute warten. Wir müssen hinunter.«

»Ich kann es nicht durchstehen. Nicht jetzt. Sie sollen ein andermal kommen.«

»Nein, Irma. Du weißt, was Mr. Tait gesagt hat. Wir müssen bis zum Schluß mitmachen. Du weißt, was sonst geschieht. Wir müssen! Donalds wegen.«

Es wurde still hinter der Tür. Dann sagte Irma Clarke: »Gut! Gut, Howie. Gönne mir nur noch eine Minute. Eine einzige Minute. Bitte!«

Dave machte hastig kehrt und lief die Treppe hinunter.

Janey blickte auf. »Na?«

»Jetzt kommen sie«, erwiderte er.

»Ist etwas los?«

»Nein, nichts.« Er sah Smalley an, der eine bemalte Vase auf einem Sofatischchen betastete. »Um Himmels willen, Smalley, hören Sie auf, hier herumzuschnüffeln. Sie sind nicht bei sich zu Hause.«

Der Fotograf schien sich über diesen Ausbruch zu wundern, stellte aber die Vase hin. Ein paar Minuten später kamen Irma und Howard Clarke lächelnd die Treppe herunter. Rund um die Augen der Frau lag eine dicke Schicht weißen Puders.

Sie aßen in der Stadt zu Abend, und Dave versuchte, Janey zu überreden, vor dem Schlafengehen noch ein Gläschen bei ihm zu trinken. Sie schützte Müdigkeit vor, und er begleitete sie nach Hause. An der Ecke erbot er sich galanterweise, ihr eine Abendzeitung zu kaufen.

Mitten in einer zärtlichen Umarmung vor dem Haustor sagte Janey: »O mein Gott!« und hielt die erste Zeitungsseite näher an das Flurlicht.

»Was denn?« fragte Dave und blickte über ihre Schulter.

»Bob Bernstein!«

Er nahm ihr die Zeitung aus der Hand. Ihm wurde ganz mulmig zumute, als er den Bericht über das plötzliche unerwartete Ableben des Fotografen las. Ein Unglücksfall in der Dunkelkammer, schrieb die Zeitung. Der Bericht war recht knapp, hinterließ aber ein sehr lebhaftes Bild vor Daves innerem Auge. Eine Flasche mit Säure. Bob Bernsteins freundliches, nettes Gesicht … Er schloß die Augen.

»Armer Bob!« flüsterte er.

3

Als Dave Donnerstag früh zur Arbeit kam, war ihm noch die durch Bernsteins Tod ausgelöste Erschütterung anzumerken. Ihre Freundschaft war zwar nur von kurzer Dauer gewesen, aber Bob Bernstein war ein so herzenswarmer Mensch gewesen, daß auch eine kurze Freundschaft einen hellen Nachglanz hinterließ.

Dave wußte nicht recht, ob er Bernsteins Frau anrufen und ihr sein Beileid ausdrücken sollte, aber er hatte sie erst am vorigen Wochenende kennengelernt. Der Gedanke, anzurufen, war ihm peinlich, und er wälzte ihn mit allerlei Vernunftgründen von sich ab. Statt dessen beschäftigte er sich mit den Vorbereitungen für den Job, den man ihm aufgehalst hatte.

Um zehn Uhr bat er Louise, ihm Gordon Taits Karteimappen herauszusuchen, die sich auf Burke bezogen. Als er sie in Händen hatte, nahm er die mit dem Vermerk ›vertraulich‹ bezeichnete Mappe heraus und begann, die angesammelten Dokumente zu studieren.

Sie waren bei weitem nicht sensationell und bestanden zumeist aus Briefen an und von Kermit Burke, aber es lag auf der Hand, warum man sie vertraulich behandelt hatte.

Er griff nach einem typischen Schreiben, das, wie er feststellte, von Burke fast ein Jahr, bevor die Burke-Baby-Kampagne das Licht der Welt erblickte, an Gordon Tait persönlich gerichtet worden war.

Lieber Gordon,
ich habe nun endlich Gelegenheit gehabt, die Vorschläge, die Sie mir vorige Woche auf den Schreib-

tisch legten, durchzusehen, und ich schreibe Ihnen, um Ihnen meine Meinung mitzuteilen.

Nun bin ich ja nur ein bescheidener Baby-Nahrungs-Farmer, lieber Gordy, und habe nie behauptet, ein Reklamegenie zu sein. Aber mein Großvater hat immer zu mir gesagt, mit gesundem Menschenverstand kommt man auf dieser Welt auf jeden Fall am weitesten, und mir ist es nicht schlecht bekommen, daß ich mich einfach nur auf meinen Grips verlassen habe.

Nun zu den Vorschlägen. Freilich sind die Bilderchen recht hübsch. Sie dürfen wirklich auf Ihre Zeichnerin stolz sein. Auch der Text ist nicht übel, aber ich finde, er könnte natürlicher klingen.

Solche Ausdrücke wie »vitamingesättigte Güte« machen mich schwach.

Aber ich muß gestehen, daß mir die Entwürfe alles in allem so vorkommen wie ein mageres Huhn – nur Gegacker und kein Fleisch. In dem ganzen verflixten Zeug steckt nicht eine einzige »Idee« drin, wie mein Großvater sagen würde. Es sieht fast so aus, als ob jemand in Ihrem geschniegelten Büro gesagt hätte: »Na ja, der olle Cubby Burke leckt sich schon wieder die Lippen – holen wir die Reklamewurstmaschine hervor. Ein paar hübsche Bilder, ein paar alberne Phrasen wie vitamingesättigte Güte, dann ist er schon zufrieden.«

Lieber Gordy, viel verstehe ich nicht, aber mein gesunder Menschenverstand sagt mir, daß Ihre Leute zu schlampen beginnen.

Was bleibt mir übrig, als das Zeug einzupacken und zurückzuschicken? Vielleicht können Ihre Leute in den nächsten Tagen mit ein paar richtigen Einfällen aufwarten. Das würde mich sehr freuen. Alle Hochachtung vor Ihren Leuten, und mit dem braven Hummer Hagerty bin ich seit Jahren befreundet. Aber Geschäft ist Geschäft, wie man so sagt, und schon seit langem klopfen eine Menge recht tüchtiger Agenturen bei mir an. Vielleicht ist die Zeit gekommen, es mit ihnen zu versuchen.

Also, Gordy, jetzt kommt es auf Sie an. Übrigens hat es mich sehr gefreut, gestern abend Ihre reizende Frau Gemahlin kennenzulernen.

Wenn alles gut geht, können wir uns vielleicht gelegentlich einmal bei mir zu Hause treffen.

Mit besten Wünschen

Cubby

Die Mappe enthielt weitere unangenehme Briefe, aber allmählich hatte Burke an dem neuen Plan Gefallen gefunden. Einer der Briefe, die Gordon an Kermit Burke gerichtet hatte, lautete:

Lieber Cubby,
ich freue mich, Ihnen sagen zu dürfen, daß die Sache jetzt ins Rollen gekommen ist. Die ersten Aufnahmen der Clarkes haben wir für morgen früh angesetzt und den Auftrag einem erstklassigen Fotografen namens Robert Bernstein anvertraut.

Wie Sie wissen, hatten wir ursprünglich zwei Paare mit einbezogen – die Clarkes und die Addisons – für den Fall, daß bei einer der Geburten ein Unglück passierte. Ich muß zu meinem Bedauern mitteilen, daß Mrs. Addisons Baby gestern verfrüht zur Welt gekommen ist. Damit sind die Addisons automatisch ausgeschieden. Das Baby, ein Sechsmonatskind, liegt in einem Brutkasten. Wir sind nicht der Meinung, daß das Burke-Baby bei seiner Geburt nur fünf Pfund wiegen sollte.

Wir hoffen jedoch zuversichtlich, daß das Baby der Clarkes alle gestellten Bedingungen erfüllen wird. Wie Sie aus dem »Fahrplan« ersehen, werden wir die Anzeigen erst drei Monate nach der Geburt einrücken lassen und uns dadurch zusätzlich gegen Pannen sichern.

Was die von Ihnen gewünschten Textänderungen betrifft: Unserer Meinung nach ist der Ausdruck »vitamingesättigte Güte« …

Dave ging die restliche Korrespondenz durch und stellte fest, daß der Ton in Burkes Briefen immer freundlicher wurde.

Ganz unten in der Mappe lag ein Stoß finanzieller Aufstellungen, die sich auf das Konto der Firma ›Burke-Baby-Foods‹ bezogen. Dave hatte nie sehr viel von Buchhaltung verstanden. Er sah die Ziffern nur flüchtig durch. Eine der Ziffern aber machte ihn durch ihre Größe stutzig.

A. G. .... $ 125 000

Die Initialen bereiteten Dave Kopfzerbrechen. Er ging die Zeitschriftenliste durch, ohne einen Titel zu finden, auf den die Initialen sich hätten beziehen können. Dann sah er sich die Abrechnungen etwas sorgfältiger an und versuchte, irgendwo die Buchstaben A. G. zu entdecken. Sie waren nirgends zu finden.

Dave griff nach dem Hörer und rief Elaine, Gordon Taits Sekretärin, an.

»A. G.?« erwiderte sie. »Bedaure, Mr. Robbins. Mir besagen diese Buchstaben nichts.«

»Wirklich nicht? Es handelt sich um eine ganze Menge Geld. Vielleicht hat Gordon einen Privatcode.«

»Das glaube ich kaum«, erklärte sie hochmütig. »Mr. Tait würde mich darüber informiert haben. Er pflegt mir alles zu erzählen.«

»Zweifellos. Auf jeden Fall vielen Dank, Elaine.«

Er hängte auf und trommelte mit den Fingern auf das Löschblatt. Es war wirklich eine verteufelte Menge Geld, da mußte es doch entsprechende Unterlagen geben. Dieses Wort erinnerte ihn an Sheplow, den Kassenverwalter der Firma. Dave begab sich in sein Büro.

Sheplow saß über einem Stoß Banknoten, die er durch die sauberste, funkelndste Brille der ganzen Welt musterte, eine so blitzblanke Fassade, daß man die sanften, braunen Augen dahinter gar nicht bemerkte. Wenn er sprach, tickte sein falsches Gebiß wie eine Rechenmaschine.

Er begrüßte Dave mißtrauisch. Alle seine Besucher behandelte Sheplow voller Mißtrauen. Wie so viele Kassierer identifizierte er sich persönlich mit dem Kassenbestand der Firma, und jede zusätzliche Beanspruchung in Gestalt von Gehaltserhöhungen, Spesen oder auch nur Kostgeldern verletzte ihn tief.

Auf Daves Frage antwortete Sheplow in schroffem Ton: »Natürlich weiß ich von der Summe. Ich verstehe aber nicht, was Sie das angeht.«

»Vielleicht hat Mr. Hagerty Sie nicht verständigt – aber seit Gordons Erkrankung habe ich die Angelegenheit Burke übernommen. Wenn man meinem Kunden diesen Betrag debitiert hat, möchte ich gern den Grund wissen.«

»Burke debitiert? Unsinn. Es handelt sich um einen Ausgabenposten der Agentur.«

»Warum ist dann die Ziffer in Gordons Burke-Kartei?«

»Das weiß ich nicht. Es interessiert mich auch nicht. Mr. Hagerty selbst hat die Abhebung dieses Betrages angeordnet. Er geht nicht zu Lasten eines einzelnen Kunden, sondern auf das Konto Hagerty & Tait. Ich nehme an, daß Mr. Hagerty seine triftigen Gründe gehabt hat.«

Dave runzelte die Stirn.

»Wissen Sie, was die Buchstaben A. G. bedeuten?«

»Nein.«

»Und Sie würden mir es auch wohl nicht sagen, wenn Sie es wüßten.«

Sheplow lächelte matt. »Durchaus möglich.«

»Ich darf also annehmen, daß es sich um eine durch Mr. Hagerty angeordnete rein persönliche Abhebung handelt?«

»Nehmen Sie an, was Sie wollen. Wenn Sie jetzt so freundlich sind, mich zu entschuldigen –« Er rückte seine funkelnde Brille zurecht und schwenkte den Stuhl herum. Dave stand auf. Er war mit der Erklärung nicht zufrieden und doch auch nicht in der Lage, weitere vernünftige Fragen zu stellen. Ihm blieb jetzt nichts übrig als wegzugehen. Das tat er denn auch.

Er kehrte in sein Büro zurück und beendete die Durchsicht der Karteipapiere. Nichts anderes mehr erregte sein Interesse, aber die Initialen A. G. wollten ihm den ganzen Vormittag nicht aus dem Sinn. Natürlich war Homer Hagerty der Mann, den er um eine Erklärung hätte bitten müssen, aber Dave hatte keine rechte Lust, sich an den Generaldirektor zu wenden. Das zweitbeste war wohl, sich an seine Nichte zu wenden.

Sie lunchten in einem kleinen italienischen Restaurant in der Nähe der Third Avenue, einem stillen, gemütlichen Lokal, wo der Fußboden recht abschüssig und die Tischtücher verdächtig grau waren. Das Essen aber war gut, und Janey schmeckte es.

Beim Espresso richtete er seine Frage an sie.

»A. G.?« Janey runzelte ihre Milchglasstirn. »Nein, ich habe keine Ahnung, was das bedeuten soll.«

»Ich habe die Ziffer in Gordons Papieren gefunden, aber Sheplow behauptet, dein Onkel habe die Abhebung vom Firmenkonto verfügt.«

»So?«

»Du darfst mir meine Neugier nicht übelnehmen. Hundertundfünfundzwanzigtausend Dollar sind eine Menge Geld. Kannst du dir denken, warum dein Onkel eine solche Summe abheben würde?«

»Nein. Wie käme ich dazu? Es muß mit dem Geschäftsgang zusammenhängen. Vielleicht eine Steuerzahlung oder etwas Ähnliches. Darin habe ich mich nie ausgekannt.«

Dave machte eine besorgte Miene, während er den heißen, bitteren Kaffee an die Lippen hob. Janey mußte es gemerkt haben, denn sie sagte: »Worauf willst du hinaus, Dave? Warum dieses Getue?«

»Na ja, ich verstehe auch nicht viel von finanziellen Dingen. Aber ich habe den deutlichen Eindruck, daß es sich um eine persönliche Abhebung handelt. Glaubst du, dein Onkel könnte in Schwierigkeiten geraten sein?«

Sie erwiderte rasch: »Natürlich nicht!«

»Warum bist du deiner Sache so sicher?«

»Weil ich es weiß. Ich kenne meinen Onkel durch und durch. Wenn er etwas Unrechtes begangen hätte –«

»Das habe ich doch nicht behauptet.«

»Aber du hast danach ausgesehen!« Ihre kühle Miene wurde plötzlich wärmer. »Onkel Homer und Gordon Tait sind die einzigen Aktionäre. Sie können mit dem Geld machen, was sie wollen.«

»Rege dich nicht auf. Ich habe ihm nicht vorgeworfen, daß er an den Büchern herumgemurkst hätte. Aber du mußt zugeben – eine so große Abhebung macht einen merkwürdigen Eindruck.«

»Nur, wenn man ein mißtrauischer Mensch ist.«

Eine Weile verharrten sie beide in mürrischem Schweigen. Dave ließ sich Kaffee nachfüllen, obwohl er ihn gar nicht mochte. Er lächelte versöhnlich und berührte Janeys Hand. Sie zog sie hastig zurück.

»Hör mal, Janey! Ich weiß, du hast den alten Herrn gern. Aber du darfst nicht vergessen – für mich ist er nur der Chef.«

»Er ist der wunderbarste Mensch, den ich je getroffen habe«, erwiderte Janey ruhig. »Du hast keine Ahnung, wie gut er zu mir war, Dave. Ich weiß, daß du ihn mit anderen Augen siehst – aber was ich sage, stimmt. Er ist zu mir und zu Tante Clothie sehr gut gewesen.«

»Du sprichst nie von deiner Tante.«

»Sie sind fast seit fünfunddreißig Jahren verheiratet, und er behandelt sie noch immer so, als ob gestern Hochzeit gewesen wäre. Wenn du sie nur einmal beisammen sehen könntest! Seit fünf Jahren ist sie bettlägerig, und fast nie kommt er ohne ein kleines Geschenk nach Hause.«

»Ich komme mir ja ganz schäbig vor!« Dave zog die eine Braue hoch. »Mein Gott, Janey, ich habe wirklich nicht die Absicht, deinen Onkel herabzusetzen. Ich habe ihm viel zu verdanken.«

»Du bist nicht der einzige«, sagte Janey, nicht mehr ganz so steif. Als er diesmal ihre Hand berührte, zog sie sie nicht weg.

Später im Büro suchte Dave Homer Hagerty auf. Aber er blieb im Vorraum stehen, als er sah, daß an Celias Schreibtisch ein heftiger Wortwechsel stattfand.

»Bedaure«, sagte die Sekretärin des Generaldirektors. »Mr. Hagerty ist heute nachmittag nicht zu sprechen. Ich will ihm gern etwas ausrichten.«

»Kommen Sie mir nicht damit!« Die Besucherin beugte sich über Celias Tisch und machte eine wütende Miene. Sie schlug einen so drohenden Ton an, daß Dave beschloß, weiter zuzuhören.

Sie trug einen zottigen Mantel aus einem undefinierbaren, aber kostspieligen Fell, und die Farbe paßte so gar nicht zu dem grell silberblonden Haar, das sich auf ihrem Kopf hoch auftürmte. Sie hielt eine kleine Perlentasche in der Hand. Initialen aus Talmigold (oder war es echtes Gold?) glänzten im Lampenlicht. Sie war ungewöhnlich groß und hatte die Körperhaltung einer Varietéartistin. Ihre Frisur trug sie so, als führe sie eine Balancenummer vor. Als sie den Kopf wandte, sah Dave, daß sie erstaunlich jung war, das Gesicht dick mit phosphoreszierender Bühnenschminke beschmiert, der Mund unnötig rot. Sie besaß jene auffallende Schönheit, die auf den Plakaten der Nachtlokale sehr beliebt ist, und nach den geschmeidigen Bewegungen ihres Körpers unter dem dicken Pelz zu schließen, war ihre Figur von der gleichen wollüstigen Prägung.

»Kommen Sie mir nicht damit!« wiederholte sie. »Er weiß ganz genau, daß ich die Absicht hatte, ihn heute aufzusuchen. Lassen Sie mich einen Augenblick ans Telefon.«

Celia wurde rot. »Er ist aber nicht da. Er mußte ins Krankenhaus. Wenn Sie etwas hinterlassen wollen –«

»Ja, ich habe ihm etwas zu sagen. Aber das ist nicht für die Ohren einer jungen Dame geeignet, die so brav ausschaut wie Sie. Kennen Sie seine Privatnummer?«

Celia log. »Nein.«

Die Besucherin verzog den Mund zu einem spöttischen Lächeln, als hätte sie die treuherzige Lüge durchschaut. »Okay, mein Kind, Sie haben eben auch Ihre Probleme. Mich aber interessieren meine Probleme. Sagen Sie also Mr. Hagerty, er möchte mich anrufen.«

»Gern. Wenn Sie mir Ihren Namen und Ihre Telefonnummer geben –«

»Der Name ist Gander. Miss Gander. Und ich glaube, Mr. Hagerty kennt meine Nummer.«

Celia schrieb etwas auf ihren Notizblock, und die Besucherin betrachtete die Blumenfülle auf Celias Schreibtisch. Wieder lächelte sie ihr berückendes Lächeln und riß eine Nelke vom Stengel ab. Sie legte die Blüte in die Perlentasche und knipste mit verzerrt triumphierender Miene den Verschluß zu. Dann machte sie kehrt und ging zum Aufzug. Ihre Absätze klapperten laut und hart über den Fußboden.

Als sie weg war, trat Dave an Celias Tisch heran und sagte: »Puh! Was einem nicht alles über den Weg läuft!«

Celia erwiderte: »Mhm.« Dann hatte sie plötzlich furchtbar viel zu tun.

Dave kehrte durch die verschiedenen Korridore in sein Büro zurück. Er dachte darüber nach, was für ein Interesse die stimmgewaltige Miss Gander an Homer Hagerty haben mochte.

Eben wollte er sich an seinen Schreibtisch setzen, da fiel ihm ein, was das für goldene Initialen gewesen waren, die auf Miss Ganders Perlentasche geglänzt hatten. A. G.

Er stieß einen Pfiff aus und beschloß dann, die Sache mit Janey zu besprechen.

Als er sie aufsuchte, war sie in den Anblick zahlreicher kleiner Fotos vertieft, je ein Dutzend auf einem Blatt. Sie benützte ein Vergrößerungsglas und runzelte dabei die Stirn.

»Hallo!« sagte Dave. »Ist das die gestrige Ernte?«

»Ja. Ich schaue sie mir schon den ganzen Nachmittag an.«

»Wenn du einen Augenblick Zeit hast, möchte ich dich etwas fragen –«

Zerstreut blickte sie auf. »Hat es Zeit? Ich bin mit einem kleinen Problem beschäftigt.«

»Freilich hat es Zeit. Was ist das für ein Problem?«

»Vielleicht kannst du es lösen. Ich habe hier die Fotos, die Bernstein vorigen Monat aufgenommen hat, und daneben die Serien, die Smalley heute nachmittag geliefert hat. Fällt dir nichts auf?«

Dave verglich die Serien miteinander. »Nichts Besonderes.«

»Siehst du nicht, daß da etwas nicht stimmt?«

»Ich verstehe nicht, was du meinst.«

»Ich meine das Kind. Siehst du nicht den Unterschied?«

»Der Junge ist natürlich inzwischen einen Monat älter geworden. In diesem Alter wachsen die Kinder schnell heran.«

Sie fuhr sich mit den Fingern durchs Haar.

»Du wirst recht haben. Es war einfach dumm von mir.«

»Was hat dich denn gestört?«

»Ich weiß es selber nicht recht. Aber einen Augenblick lang – hatte ich das Gefühl, daß es nicht dasselbe Baby ist.«

Nachdem Dave in sein Büro zurückgekehrt war, griff er geistesabwesend nach dem Fläschchen mit Meprobomat und nahm pflichtschuldig seine Tablette. Er behielt sie wohl, bevor er sie hinunterschluckte, etwas zu lange auf der Zunge.

Sie schmeckte bitter.

Es war halb fünf, und er hatte keine rechte Lust, vor dem Feierabend noch etwas zu tun. Er dachte schon daran, in Janeys Büro zurückzukehren und die seltsame Unstimmigkeit näher zu untersuchen, die sie auf den Fotos entdeckt zu haben glaubte, aber ganz plötzlich überfiel ihn eine tiefe Müdigkeit. Er lehnte sich in seinen Drehstuhl zurück und betrachtete durchs Fenster das kleine Stückchen Horizont, dessen Anblick ihm vergönnt war. Mit dem Herannahen der Dämmerung wurde die Luft dunstig, und die kupferbeschlagenen Firste der Häuser begannen zu verschwimmen. Er rieb sich die Augen und dann den Magen, in dem sich ein nagender Schmerz bemerkbar machte. Vielleicht, dachte er, hatte der Arzt sich geirrt. Vielleicht entwickelte sich doch ein Geschwür ...

Der Schmerz wurde heftiger. Mühsam erhob er sich und ging zum Wasserkühler. Sein Fuß schien das Pedal nicht finden zu können, das den Wasserstrahl auslöste, und es wurde ihm so schwindlig, daß er sich anlehnen mußte. Was zum Teufel! dachte er.

Louise kam vorbei und äußerte ihre Besorgnis. Er hörte nicht, was sie sagte, erwiderte jedoch murmelnd, es fehle ihm nichts. Dann wollte er in sein Büro zurückkehren. Die Türpfosten standen seltsam schief, und er versuchte, sie mit den Händen geradezurichten. Seine Finger aber waren kraftlos, und sein Magen wurde immer rebellischer. Er ließ die aussichtslose Bemühung sein, setzte sich seufzend auf den Fußboden und übergab sich. Er saß noch immer dort, als man ihm zu Hilfe kam, wußte aber nicht, was das für Leute waren.

4

Er lag auf irgendeinem Sofa, und über seinem Kopf spielte sich eine hitzige Debatte ab. Es war eine, akademische Debatte, die sich hauptsächlich um Amateurdiagnosen und eventuelle Heilmittel drehte und davon zeugte, daß keiner recht wußte, was zu tun sei. Er glaubte, Janeys Stimme scharf in die Diskussion eingreifen zu hören, und wußte, daß alles, was sie sagte, bestimmt vernünftig und richtig sei. Hoffentlich würde sie sich durchsetzen. Er wußte nicht, ob es sich so ergeben hatte. Das nächste, was ihm zu Bewußtsein kam, war der Anblick eines Mannes mit einem Mondgesicht und einem geringelten Schnurrbart, der wie von einem Zeichner entworfen unter seiner Nase saß. Dann fühlte Dave die kalte Berührung eines Stethoskops auf der nackten Brust, dann beantwortete er murmelnd leise, zugespitzte Fragen, dann schlief er ein, träumte und fühlte sich sehr wohl, fast über allem schwebend.

Er erinnerte sich auch dunkel an eine Taxifahrt und an die weiche, zärtliche Hand Janeys, die sein Gesicht berührte, und an das kühle Laken seines Bettes, das ihm irgendwie behaglicher, luxuriöser erschien denn je zuvor. Er erinnerte sich, wie er in den Kissen lag, die Ohren spitzte und den angenehmen Geräuschen aus der Küche lauschte und wie er in sich hineinlächelte und sich Janey vorstellte, die in hübscher Baumwollschürze, die Wangen von der Ofenhitze gerötet, etwas in einer Schale umrührte und eine Melodie vor sich hin summte, das vollendete Bild häuslichen Liebreizes. Dann kam sie an seinem Bett vorbei, und er streckte die Hand nach dem seidigen Bein aus …

»Au!« Er öffnete das eine Auge und rieb sich das schmerzende Handgelenk. »Warum hast du das gemacht?«

»Hände weg, mein Herr! Für solche Sachen sind Sie zu krank.«

Dave versuchte sich aufzusetzen, aber es gelang ihm nicht ganz. »Wer ist krank?« stieß er stöhnend hervor. »Ich liege im Sterben.«

Mit besorgter Miene setzte sie sich auf die Bettkante. »Fühlst du dich schlechter?«

»Schrecklich. Ich glaube, mein Ende ist nahe. Gewähre mir lieber eine letzte Bitte. Au!«

»Ich habe dich ersucht«, sagte Janey grimmig, »dich anständig zu benehmen. Meiner Meinung nach war das Ganze eine einzige Komödie. Ich habe gleich gewußt, daß es sich um einen simplen Casanovatrick handelt.«

Dave öffnete auch das zweite Auge. »Was zum Teufel ist denn eigentlich passiert? Ich habe das Gefühl, als hätte man mir den Magen ausgekratzt.«

»Du bist in deinem Büro ohnmächtig geworden. Wir haben einen Arzt geholt, und er meint, es könne eine Fleisch- oder Fischvergiftung sein. Aber egal, was es war, du bist es losgeworden.«

»Vergiftung?« Dave runzelte die Brauen. »Wir haben doch beide dasselbe gegessen, oder wie? Scampi und Kalbsschnitzel. Warum ist denn dir nicht übel geworden?«

»Schönen Dank für die guten Wünsche.«

»Nein, im Ernst!« Mühsam setzte er sich auf, und da sah er, daß er einen Pyjama anhatte. »He, wie ist denn das passiert?«

Janeys Milchglaswangen wurden rot. »Ich habe ihn in einer Schublade gefunden. Du solltest deine Wäscherei ersuchen, deine Pyjamas nicht zu stärken. Der, den du anhast, ist so gut wie von selber aus der Kommode heraus und in dein Bett spaziert.«

»Du meine Güte, ich glaube, jetzt werden wir heiraten müssen«, sagte Dave nachdenklich. »Da hast mich kompromittiert.«

»Sei beruhigt, ich habe auf dem College Erste Hilfe gelernt. Das verleiht mir gewisse Rechte.« Einen Augenblick lang wich sie seinem Blick aus. Als sie ihn dann wieder ansah, merkte sie, daß seine spöttische Laune verflogen war. »Was ist los?«

»Das war keine Fisch- oder Fleischvergiftung, Janey. Es muß sich um ein anderes Gift handeln. Ich erinnere mich – kurz bevor mir übel wurde, habe ich ein Meprobomat genommen.«

»Ein was?«

»Ein Beruhigungsmittel.« Dave runzelte die Brauen. »Ich nehme es schon seit zwei Monaten. Keine Bemerkungen, bitte!«

»Ein Beruhigungsmittel? Kann einem denn davon so schlecht werden?«

»Nein. Aber ich erinnere mich, daß diese Tablette komisch geschmeckt hat. Besonders bitter. Als ich sie hinunterschluckte, habe ich mir nichts dabei gedacht, aber eine Minute später ging es los. Die Tablette muß daran schuld gewesen sein.«

»Du meinst, sie war verdorben?«

»Möglich. Vielleicht hat der Apotheker sich geirrt. Oder ...«

»Oder was, Dave?«

»Du wirst sagen, ich bin verrückt. Bestimmt wirst du das sagen. Aber vielleicht war es Arsenik oder Zyankali, ich meine Gift, reines Gift.«

»Was ist das für ein furchtbarer Gedanke! Wie sollte denn Gift in dein Tablettenfläschchen geraten sein?«

»Ich kann mir nur eine Möglichkeit denken. Jemand hat es hineingetan.«

Er ließ sich zurücksinken und machte die Augen zu. Er war nicht einmal neugierig auf den Wirrwarr der Gefühle, die sich in Janeys Miene spiegeln mußten. Das Betäubungsmittel, das der Arzt ihm gegeben hatte, hatte noch nicht seine Wirkung verloren, und er schlief schnell wieder ein. In den frühen Morgenstunden hatte er einen einzigen kurzen, beunruhigenden Traum, der sich um einen heranbrausenden Eisenbahnzug drehte. Auf der Lokomotive stand Harlow Ross, eine übelriechende Pfeife im Mund. Schwarzer Rauch entströmte dem Pfeifenkopf.

Dave schlief bis halb elf, und als er aufwachte, fühlte er sich erstaunlich normal. Er rief im Büro an. Die Telefonistin, die sofort seine Stimme erkannte, erkundigte sich nach seinem Befinden.

»Es geht mir gut. Ich glaube, ich komme im Lauf des Nachmittags ins Büro. Könnte ich, bitte, mit Louise sprechen?«

Hastig und beflissen empfahl sie ihm ein bewährtes Hausmittel, dessen Hauptbestandteile Kampferöl und eine warme Socke waren, und verband ihn dann mit seiner Sekretärin.

»Mr. Robbins' Büro«, sagte Louise. Als sie Daves Stimme hörte, fing sie zu schluchzen an.

»Schon gut, Louise. Ich bin wieder auf dem Damm. Es war nur ein kleiner Magenkrampf. Hat heute schon jemand angerufen?«

»Nur die Gräfin Szylenska. Ich habe ihr gesagt, daß Sie krank sind und wahrscheinlich heute nicht ins Büro kommen werden. Es war merkwürdig –«

»Was denn?«

»Ihr Ton. Es klang, als ob sie es mir nicht glauben wollte.«

Dave stöhnte in sich hinein. »Also schön, Louise«, sagte er mit recht kläglicher Stimme. »Ich habe es mir überlegt. Ich werde nicht ins Büro kommen. Wenn jemand mich dringend zu sprechen wünscht, bin ich bis gegen sechs zu Hause zu erreichen. Nachher nicht mehr.«

Er legte auf und wählte dann eine neue Nummer.

»Frau Gräfin? Hier spricht David.«

»Ach, ja«, sagte sie in eisigem Ton. »Ich habe gehört, daß Sie sich nicht wohl fühlen, David.«

»Nein, nein, es geht mir gut. Gestern hatte ich Magenbeschwerden, aber jetzt geht es mir wieder gut. Ich wollte Ihnen nur mitteilen, daß ich noch immer mit dem Wochenende rechne, falls es Ihnen paßt.«

Ihre Stimme klang mit einem Male viel vergnügter. »Oh? Wirklich, David?«

»Aber ganz bestimmt. Ein bißchen Entspannung wird mir guttun.«

»Sie Armer!« sagte die Gräfin, und der eisige Ton war mütterlicher Wärme gewichen. »Wir werden Sie in Romanvilla sehr verwöhnen. Wissen Sie, um ganz ehrlich zu sein, als ich in Ihrem Büro anrief ...« Sie lachte. »Ich bildete mir ein, Sie hätten sich wieder einen Vorwand ausgedacht, um mich nicht besuchen zu müssen. Da sehen Sie, mit was für einer dummen Person Sie es zu tun haben.«

»Seien Sie unbesorgt. Ich möchte dieses Wochenende um keinen Preis versäumen.«

»Fein. Ich hole Sie gegen sechs Uhr ab, David. Belasten Sie sich nicht mit zu viel Gepäck. Bei uns in Romanvilla geht es sehr zwanglos zu.«

»Dann auf Wiedersehen um sechs, Frau Gräfin.«

Er legte auf und schnitt dem Telefon eine Grimasse.

Zu Mittag stand er auf und machte sich einen kombinierten Frühstücks-Lunch, der aus Rührei und einem Erdnußbutterbrot bestand. Die Eier schmeckten wie brauner Samt und das Butterbrot wie Holzkitt. Um halb fünf fing er an, sich auf das Wochenende vorzubereiten. »Was hast du denn nur?« sagte er zu seinem Spiegelbild im Badezimmer. »So übel ist sie doch nicht. Außerdem ist sie eine waschechte Gräfin. Wie oft hat man schon Gelegenheit, mit einer Repräsentantin des Hochadels eine Nacht zu verbringen?«

Das Argument befriedigte ihn ganz und gar nicht. Gräfin Margaret Szylenska erweckte trotz ihres bunten Gefieders und ihres stolzen Titels ganz einfach keine entsprechenden Gefühle in ihm. Außerdem war auch noch Janey vorhanden.

Er stöhnte, als er an Janey dachte. Sie wußte, daß das Wochenende ihn irgendwohin entführte, aber er hatte es unterlassen, ihr den Namen seiner Gastgeberin zu nennen. Wenn sie wüßte, was er sich im Namen der Pflicht vorgenommen hatte …

Er begrub den Gedanken in einem nassen Handtuch.

Fünf Minuten nach sechs ertönte unten auf der Straße die Melodie einer mehrstimmigen Autohupe. Er sah zum Fenster hinaus. Es war ein kleiner, roter italienischer Wagen, der recht protzig aussah und gar nicht zu den geparkten Plymouths und Chevrolets paßte. Dave nahm seinen Koffer und ging hinunter, um seine Gastgeberin zu begrüßen.

An diesem Abend war Pelz die vorherrschende Note. Die Gräfin trug einen umfangreichen Nerzmantel, der ihrer rundlichen Figur gar nicht gut stand, und eine dicke, mit kleinen Hermelinschwänzchen geschmückte Pelzkappe. Ihre schwarzen Handschuhe waren mit Hermelin besetzt, und Dave war fast darauf gefaßt, sie aus einer mit Pelz besetzten Zigarettenspitze rauchen zu sehen. Als er einstieg, fletschte sie lächelnd die Zähne und begrüßte ihn mit freundlicher, pelziger Stimme.

»Ach, wie ich mich freue, David! Hoffentlich fühlen Sie sich wohl genug für die kleine Reise.«

»Ohne Frage!« antwortete Dave. »Es war nichts Besonderes.«

»Ich habe aber gehört, daß es recht beunruhigend aussah. Jemand hat mir berichtet, Sie seien ohnmächtig geworden. Stimmt das?«

»Na ja, gewissermaßen. Ich nehme an, daß ich etwas Verdorbenes gegessen habe. Scampi. Sie wissen ja, wie einem das schaden kann.«

»Ja«, sagte die Gräfin. »Sie müssen sehr vorsichtig sein, David.«

»Ja«, erwiderte er nachdenklich. »Ich habe die Absicht, sehr vorsichtig zu sein, Frau Gräfin.«

Die Fahrt dauerte über eine Stunde und war alles andere als gemütlich. Die Gräfin öffnete das Seitenfenster, kuschelte sich in ihren Pelzberg und genoß die kalte Luft, die ihr ins Gesicht schlug. Dave fror erbärmlich in seinem ungefütterten Mantel, aber das wollte er um keinen Preis zugeben. Fast die ganze Zeit hindurch plapperte sie wie ein junges Mädchen darauflos und verstummte nur, als sie auf die Autobahn einbogen. Dann widmete sie ihre gesamte Energie dem Steuern und holte aus dem ausländischen Wagen das Äußerste an seinen recht beträchtlichen Pferdekräften heraus. Sie hatte es anscheinend furchtbar eilig, nach Hause zu kommen, und ihr Eifer gefiel ihm gar nicht.

Als die Fahrt zu Ende war, schmerzten Dave die Augen von der Kälte und dem Wind, und er konnte kaum die Umrisse des großen Hauses erkennen, das gleich hinter der Peconic Bay sichtbar wurde. Es war in ausgeprägt gotischem Stil gehalten, mit steinernen Torbogen und Gewölben, und ähnelte mit seinen senkrechten Linien und hohen Türmen eigentlich mehr einer Kirche.

Drinnen atmete Dave auf, weil dort die Schwibbogen und Strebepfeiler und schmalen Fensterchen durch die bedeutend konventionellere Einrichtung überschattet wurden: Perserteppiche, dänisches Kunsthandwerk, englische Möbel. In dem Haus gab es mehr Korridore als in anderen Häusern Zimmer, und das Wohnzimmer (sie korrigierte Dave, indem sie es als Salon bezeichnete) war groß genug, um als Fußballübungsplatz zu dienen.

Ein Hausmädchen nahm die Mäntel entgegen. Dann ließen sie sich mit eisgekühlten Martinis vor einem riesigen, aus Steinen gemauerten Kamin nieder, und die Gräfin beanspruchte persönlich das Vorrecht, den Wachsstock anzuzünden, der die dicken Scheite in Brand setzte. Dave mußte zugeben, daß das Milieu ungewöhnlich war, aber ihm war gar nicht wohl bei dem Gefühl, die Rolle einer jungen Unschuld spielen zu müssen, die von einem weiblichen Dracula verführt werden soll.

»Na also!« sagte die Gräfin mit einem Seufzer und lehnte sich in die Ecke eines geschwungenen, drei Meter langen Sofas zurück. »Gar nicht so übel, wie?«

»Wunderbar«, sagte Dave notgedrungen.

»Warten Sie nur, bis Sie es bei Tag sehen. Das Grundstück ist einfach hinreißend. Früher habe ich selber viel im Garten gearbeitet. Jetzt aber nicht mehr. Sitzen Sie wirklich bequem?«

»Wirklich!« erwiderte Dave aus der anderen Sofaecke her.

»Sie sind viel zu weit weg. Kommen Sie näher.« Sie klopfte auf den Platz neben sich. »Setzen Sie sich hierher und plaudern Sie mit mir. Aber nicht über geschäftliche Dinge, das müssen Sie mir versprechen.«

Er gehorchte, brachte aber kein Gespräch in Gang. Dann kam ihm das Bild über dem Kaminsims zu Hilfe. Es war das Portrait eines Mannes in blauer Epaulettenuniform. Er sah ernst drein und hatte ein schmales Kinn.

Dave sagte: »Erzählen Sie mir von Ihrem Mann.«

»Von Andrew? Was ist denn da viel zu erzählen? Andrew war ganz einfach Andrew. Ein großer Herr aus einer Schule, die keine Schüler mehr hat.« Sie lachte leise vor sich hin. »Wir haben furchtbar jung geheiratet, unsere Eltern hatten uns miteinander verlobt, als ich erst zehn und Andrew vierzehn war. Stellen Sie sich das vor! Kalte Berechnung. Da lobe ich mir eure amerikanischen Sitten – die romantische Liebe! Vielleicht ist sie nicht immer sehr bequem, aber sie macht einem mehr Spaß. Meinen Sie nicht?«

»Ja«, erwiderte Dave. »Sicher.«

»Nicht etwa, daß mir Andrew nicht sehr romantisch erschienen wäre! In seiner Uniform sah er wirklich schön aus. Haben Sie beim Militär gedient, David?«

»Zweimal. Zweimal hat es mich erwischt. Aber ich bezweifle, daß ich eine so strahlende Erscheinung war. Ich bin beide Male Korporal gewesen. Wir Korporale tragen keine Epauletten.«

»Rücken Sie ein bißchen näher.« Dave rückte näher.

»Wenn es bloß regnen wollte!« sagte die Gräfin theatralisch und warf den Kopf zurück. »Ich liebe es, wenn der Regen an die komischen alten Fenster trommelt.«

»Ich weiß, was Sie meinen«, sagte Dave beunruhigt.

»Es gibt nichts Gemütlicheres, nicht wahr? Draußen der Regen, hier drinnen das Kaminfeuer ...«

Was zum Teufel! dachte Dave. Es war unvermeidlich, unentrinnbar. Wenn sie gedruckte Einladungskarten verschickt hätte, wäre die Situation nicht klarer geworden. Es hatte keinen Zweck mehr, seine Ehre zu verteidigen. Er war es müde, das Unausweichliche hinauszuschieben. Er rückte sogar noch näher an die Gräfin heran und legte den linken Arm um ihre Schulter. Dann zuckte er leicht resigniert die Achseln und schob den rechten Arm um ihre Taille. Einen Augenblick lang sah sie verdutzt drein, und dann küßte er sie.

»David!«

Es klang keineswegs zärtlich und liebevoll. Sondern höchst erstaunt.

»Um Gottes willen, David! Was fällt Ihnen denn ein?«

»Verzeihung, Frau Gräfin –«

»Sie Kindskopf! Was soll denn das heißen, eine alte Frau so zu küssen?«

»Wie?«

Sie lachte krampfhaft. »Und noch dazu hier unter Andrews Portrait. Ich fürchte, die Atmosphäre ist zu stark für Sie, David.«

»Ich verstehe nicht –«

»Ich verstehe es auch nicht. Aber es war ein nettes Kompliment, und ich danke Ihnen dafür.« Belustigt sah sie ihn an. »Haben Sie gedacht, ich wollte Sie ermuntern? Das ist ja schrecklich!«

»Hören Sie zu, Frau Gräfin –«

»David, ich kenne mich selber sehr gut. Ich bin in vieler Hinsicht recht töricht – aber Gott sei Dank nicht mehr, wenn es sich um Männer handelt. Wenn Sie mir versprechen, es nicht weiterzusagen, werde ich Ihnen mein wirkliches Alter verraten. Ich bin achtundvierzig, David. Bestimmt genauso alt wie Ihre Mutter, jetzt aber«, fügte sie hinzu und strich den Rock glatt, während ihre Augen immer noch ein wenig boshaft funkelten, »wollen wir nicht mehr davon reden. Außerdem möchte ich Sie mit jemandem bekannt machen.«

»Heißt das, daß Sie noch jemanden eingeladen haben?«

»Eigentlich nicht. Es wohnt noch jemand außer mir in diesem Haus.« Wieder sah sie ihn lächelnd an, tolerant, aber vorwurfsvoll. »Bleiben Sie jetzt brav sitzen, Sie ungezogener Junge, ich bin gleich wieder da.«

Sie verließ den Raum. Dave kam sich wie ein Idiot vor. Er blickte zu dem Portrait hinauf, und Andrews Miene erschien ihm gar nicht mehr so ernst.

Als die Gräfin zurückkehrte, hatte sie ein junges Mädchen im Schlepptau.

»David«, sagte sie, »das ist meine Tochter Sonja.«

Sie schob das junge Mädchen nach vorn, und David kniff die Augen zu. Sonja war groß und ätherisch. Die

Blässe ihrer Haut kontrastierte lebhaft mit der schwarzen Haarkrone, die ihr Haupt umgab. Sie hatte ein schmales Gesicht mit zarten Knochen, deren feine Struktur sich unter der durchscheinenden Haut abzeichnete. Ihre Augen waren groß und lavendelblau, aber diese verblüffende Farbe wurde allzu häufig dadurch verdeckt, daß sie die Wimpern senkte. Alles in allem glaubte Dave, noch nie in seinem Leben ein so schönes und überirdisches Geschöpf gesehen zu haben.

»Ich – ich wußte gar nicht, daß Sie eine Tochter haben«, stieß er albern hervor und versuchte zu lächeln.

»Nur wenige wissen es. Aber Sonja ist der Mensch, den ich am liebsten habe. Begrüße den Herrn, Sonja.«

»Guten Abend«, sagte Sonja mit leiser, gutturaler Stimme. Sie streckte die Hand aus, und Dave nahm sie behutsam, als habe er Angst, sie zu zerbrechen. Aber die zarten Finger fühlten sich erstaunlich kräftig an. »Meine Mutter hat oft von Ihnen gesprochen, Mr. Robbins. Es freut mich, Sie kennenzulernen.«

»Aber sei doch nicht so zeremoniell!« sagte die Gräfin lachend. »Komm, setzen wir uns zusammen. David, vielleicht könnten Sie Sonja einen Drink mixen. Sie hat am liebsten Whisky mit Soda. Ja?«

»Gern«, erwiderte Dave nervös. »Sagen Sie nur, wo ...«

»Dort drüben«, erwiderte die Gräfin vergnügt. »Wir werden einen reizenden Abend miteinander verbringen. Ja, ich habe für nachher eine großartige Idee. Nach dem Essen spielen wir ein Buchstabenpuzzle.«

»Das ist schön«, krächzte Dave und griff nach der Whiskykaraffe. »Ich liebe Puzzlespiele.«

Der Feuerschein huschte über die Schwibbogen, Mutter und Tochter saßen auf dem Sofa und sahen bewundernd zu, wie ihr Gast mit ungeschickten Fingern den Whisky-Soda mixte.

Am Sonntag nachmittag um vier Uhr verließ Dave Robbins Romanvilla. Er war mehr als froh, mit dem Zug in die Stadt zurückfahren zu dürfen. Das Wochenende war völlig anders ausgefallen, als er erwartet hatte, aber er fragte sich, ob nicht die ursprüngliche Version vorzuziehen gewesen wäre. Denn jetzt war ihm klargeworden, daß die Gräfin sich nach wie vor für ihn interessierte – wenn nicht als Liebhaber, so doch ganz entschieden als Schwiegersohn.

Freilich war Sonja durchaus begehrenswert. Sie hatte einen märchenhaften Zauber und eine Art elfenhafter Schönheit an sich, die Dave an die verblichenen Portraits von Königinnen und Prinzessinnen erinnerte. Aber Dave stand auf eigenen Beinen. Er ließ sich nicht gern seine Angelegenheiten – ob in der Liebe oder im Beruf – durch andere ordnen. Mit unverhohlener Erleichterung kehrte er zu der rauhen Wirklichkeit der Long Island Railroad zurück.

Auf dem Bahnsteig kaufte er eine Zeitung und begab sich in den überfüllten Wartesaal, um sich aufzuwärmen. Zu dieser Tageszeit verkehrten die Züge in großen Abständen, und er würde lange warten müssen. Er setzte sich auf eine der Holzbänke und entfaltete die Zeitung.

Auf Seite eins sah er die Rubrik mit der Sondermeldung.

›Frau im Hotelzimmer ermordet.

New York, 9. Januar. Heute am frühen Morgen wurde im Park-Carlton-Hotel an der unteren Fifth Avenue ein schönes junges Mannequin erschossen. Die Tote, Miss Annie Gander, wurde um halb drei Uhr nachmittags von dem Stubenmädchen aufgefunden. Die Polizei …‹

Für den Augenblick las er nicht weiter. Er dachte an die goldenen Initialen auf einer Perlentasche. A. G.

5

Bei dem Mann im chemischen Laboratorium ›Cromwell‹ in der 48. Street erweckte Daves Anliegen weder Erstaunen noch auch nur besonderes Interesse. Er nahm das Fläschchen Meprobomat mit den restlichen acht Tabletten entgegen, versah es mit einem Merkzettel, schrieb eine Quittung aus und versprach, Dave anzurufen, sobald die Analyse durchgeführt sei.

Im Büro fiel es ihm schwer, die Arbeit in Gang zu bringen. Den ganzen Vormittag über wurde er allzu häufig gestört – durch die Angestellten der Firma, die bei ihm vorbeikamen, um sich nach seinem Befinden zu erkundigen, und durch seine eigenen sorgenvollen Gedanken. Es war nicht leicht, sich auf Werbeprobleme zu konzentrieren – in einem Augenblick, da er vielleicht vor dem Problem stand, das nackte Leben zu retten.

Hatte sich jemand an dem Medizinfläschchen zu schaffen gemacht? Er stellte sich diese Frage, ohne die Antwort wissen zu wollen. Wer würde denn auf Dave Robbins (diesen lieben, gutmütigen Kerl!) so böse sein, daß er ihm rundweg nach dem Leben trachtete? Aber das Bahnhofsunglück – war es mehr als ein Zufall gewesen? Fühlte Harlow Ross sich durch Daves Beförderung tiefer gekränkt, als man annehmen sollte? Harlow wohnte in Sword's Point, aber dort wohnten auch noch ein paar Dutzend anderer Mitarbeiter der Agentur, unter ihnen Hagerty selbst. Oder hing das alles mit der geheimnisvollen Miss A. G., mit den hunderfünfundzwanzigtausend Dollar und der Toten in dem vornehmen Carlton-Hotel zusammen …?

Richte dich auf den morgigen Tag ein, dachte Dave ingrimmig, und sieh zu, was er bringt. Oder wird es morgen schon zu spät sein?

»Montagskater?«

Von der Tür her ertönte Joe Spiegels näselnder Tonfall. Dave zwang sich zu einem freundschaftlichen Lächeln, während der Cheftexter ins Büro gestelzt kam und seinen langen Leib in einen Sessel zwängte.

Dann fiel Dave etwas ein.

»Sagen Sie mal, Joe, haben Sie irgendwelche Beziehungen zu unserer Staatspolizei?«

»Wer? Ich? Höchstens zur Verkehrspolizei.«

»Ich möchte gern eine Auskunft haben. Ich rief heute früh den ›Times-Express‹ an, aber es kam nichts dabei heraus.«

»Mit wem haben Sie gesprochen?«

»Ich weiß nicht. Ich glaube, es war wohl die Lokalredaktion. Dort konnte man mir nur mitteilen, daß die gedruckte Meldung alles enthalte, was ihnen bekannt sei.«

»Was ist das für eine Meldung?«

Dave zögerte. Dann musterte er Joes offenes, friedliches Gesicht und erwiderte: »Es handelt sich um einen Mord. Eine Frau wurde in einem Hotelzimmer umgebracht. Der Name kommt mir bekannt vor. Ich möchte gern wissen, ob es sich wirklich um jemanden handelt, den ich kenne.«

»Ich will Ihnen was sagen!« erwiderte Spiegel in seiner saloppen Art. »Warum setzen Sie nicht ein bißchen Madison-Avenue-Dampf dahinter?«

»Was soll das heißen?«

»Rufen Sie die Anzeigenabteilung an. Unsere Agentur ist eine gute Kundin des ›Times-Express‹. Man wird sehr nett zu Ihnen sein.«

Dave machte ein verdutztes Gesicht. »Was hat denn die Anzeigenabteilung damit zu tun?«

»Sie sind doch wirklich ein blutiger Anfänger! Hören Sie zu! Lassen Sie sich von der Presseabteilung den Namen des Anzeigenleiters geben. Rufen Sie ihn an, sagen Sie ihm, wer Sie sind, und ersuchen Sie um einen kleinen Plausch mit dem Polizeireporter des Blattes.«

»Das ist eine Idee«, sagte Dave.

»Ideen«, bemerkte Joe Spiegel, »sind mein Ressort.«

Der Anzeigenleiter hieß Gallagher und stand gern zu Diensten. Als er am Nachmittag zurückrief, sagte er: »Mr. Robbins? Ihr Mann heißt Max Theringer. Er hat den Fall Gander bearbeitet. Er ist sehr beschäftigt, kann sich aber um fünf für eine Stunde freimachen. Wollen Sie sich mit ihm treffen?«

»Gern. Wo?«

»In der Bar gegenüber dem Zeitungsgebäude. Und passen Sie auf: Stoßen Sie sich nicht an seiner Ausdrucksweise. Max stammt noch aus der guten alten Zeit und ist überzeugt davon, daß die Anzeigenabteilung lebende kleine Kinder frißt.«

»Ich verstehe. Kunst gegen Kommerz – der ewige Kampf.«

»Wie bitte?«

»Egal. Schönen Dank, Mr. Gallagher.«

Um halb vier rief der Mann aus dem chemischen Laboratorium an. Die Auskunft war enttäuschend, aber nicht unerwartet. Das Fläschchen enthielt acht Meprobomat-Tabletten, sonst nichts.

Viertel vor fünf fuhr Dave zu dem Bar-Restaurant gegenüber dem ›Times-Express‹-Gebäude. Es war eine richtige Journalistenkneipe, muffig und altmodisch, mit schmutziger Holztäfelung und zertrampelten Sägespänen auf dem Fußboden, und allem Anschein nach nur von Männern besucht. Dave persönlich bevorzugte in den Bars, in denen er verkehrte, gedämpfte Beleuchtung,

Schaumgummisofas und die gelegentliche Interpunktion eines fröhlichen Frauenlachens. Aber als er in einer der hinteren Nischen Max Theringer begegnete, sah er sogleich, daß der Zeitungsmann zu der Sorte gehörte, die hartnäckig an der ungemütlichen Bieratmosphäre festhält und sie als ein Symbol ihres rauhen Berufes betrachtet.

»Mr. Theringer? Mein Name ist Dave Robbins.« Er streckte die Hand aus, und Theringer streifte gerade nur seine Finger. Der Polizeireporter und Gerichtssaalberichterstatter war ein magerer, gebeugter Mann mit kahlem Gesicht und ebenso kahlem Kopf. Er hatte den glühenden, vorsintflutlichen Blick eines Wüstentieres und mochte Anfang der Fünfzig sein.

»Bestellen Sie nur ja keinen Martini, Mr. Robbins. Gus mixt erbärmliche Martinis. Er tut Vermouth 'rein.«

»Ich werde mich mit einem Bier begnügen«, sagte Dave lächelnd, während er sich in die Nische hineinschob.

»Neumodische Sitten, ja?« bemerkte Theringer mißbilligend. »Ich ziehe allemal Bourbon-Whisky vor. Der Bourbon ist das einzige originelle Kunstprodukt, das Amerika je hervorgebracht hat. Und was zum Teufel haben Sie mit Annie Gander zu tun?«

»Nichts. Ich meine, ich möchte nur Genaueres über den Fall erfahren. Die späteren Auflagen haben kein Wort mehr gebracht.«

»Das stimmt, bei Gott. Und es wird auch weiterhin nichts an die Öffentlichkeit kommen, solange nicht diese Quatschköpfe im Morddezernat das Maul aufmachen. Sie haben einen bestimmten Verdacht und werden dichthalten, bis sie der Spur nachgegangen sind.«

»Wirklich?« sagte Dave höflich. »Wen hat man im Verdacht?«

»Kommen Sie mir nicht mit solchen Wer-oder-wen-Fragen! Auch ich habe die Schule besucht, Robbins, obwohl ich keine Reklamesprüchlein für Strumpfgürtel schreiben kann.« Er reckte seine rosige Glatze in den Mittelgang hinaus. »He, Gus! Noch so einen – und ein Bier!«

»Es wird besser sein, wenn wir von vorne anfangen«, sagte Dave. »Erstens weiß ich nicht einmal genau, ob diese Annie Gander die Person ist, die mir vorschwebt. Wenn Sie sie mir beschreiben könnten ...«

»Ach, du lieber Gott, ich könnte ein Portrait liefern. Blondgefärbtes Haar, blaue Babyaugen, dicker Hintern und reichlich versoffen. Was ist denn los, junger Mann? Hat Ihre Frau Mutter Ihnen, nicht erzählt, daß es solche Frauen gibt?«

Dave schluckte seinen Ärger hinunter. »Sagten Sie blond?«

»Blau habe ich nicht gesagt. Hören Sie mal zu, lieber Mann, worum handelt es sich denn? Warum interessieren Sie sich für dieses billige Dämchen?«

»Billig? Die Adresse ist gar nicht so billig.«

»Okay, vielleicht war sie kostspielig. Aber billig ist billig, Bubi, hier spricht ein weiser Großpapa.«

Dave sah sich ihn genauer an, diesen offensichtlich verbitterten Mann, und gelangte zu der Überzeugung, in Theringers Leben müsse eine Frau eine Rolle gespielt haben. Die Wunde, die sie ihm zugefügt hatte, tat noch immer weh.

»Ich meine es ernst, Mr. Theringer. Ich hätte gern eine genaue Beschreibung. Die Frau, die ich meine, ist noch jung, vielleicht Anfang der zwanzig. Etwa einsfünfundsiebzig groß. Silberblondes Haar, hübsch, aber etwas harte Züge, viel zu stark geschminkt. Vielleicht ist oder war sie beim Varieté. Sie besaß eine Perlentasche mit ihren Initialen in Gold oder goldgelbem Metall. Nun – wie weit trifft diese Beschreibung auf die Ermordete zu?«

»Haargenau«, erwiderte Theringer mit säuerlicher Miene und blickte auf, als der Kellner mit seinen plumpen Fingern ihre Gläser auf den Tisch hinknallte.

»Einschließlich der Perlentasche?«

»Von der Tasche weiß ich nichts.«

Dave runzelte die Stirn. »Ohne die Tasche könnte ich Ihnen zehntausend Frauen in New York beschrieben haben.«

»Daran sind Sie selber schuld, lieber Mann.«

»Passen Sie auf!« Dave beugte, sich über den Tisch. »Ich will Ihnen etwas anderes erzählen. Vor etwa einer Woche besuchte ich einen Bekannten in einem Villenvorort namens Sword's Point. Ich wurde knapp vor dem einfahrenden Zug vom Bahnsteig gestoßen und konnte mich gerade noch retten. Fünf Sekunden länger – und wir wollen nicht einmal daran denken.«

»So?«

»Ich hielt es für einen Zufall. Damals.«

»Heute nicht mehr?«

»Aus einem bestimmten Grund. Vorigen Donnerstag nahm ich eine Tablette, eine unschuldige kleine weiße Tablette, angeblich ein Beruhigungsmittel – die Witze können Sie sich sparen. Aber sie wirkte durchaus nicht beruhigend. Im Gegenteil. Mir wurde hundeübel. Wenn ich nicht das verdammte Zeug ausgekotzt hätte, würde ich Sie heute nicht belästigen. Ich glaube nicht, daß es sich um ein Versehen gehandelt hat.«

»Aha. Sie vermuten, daß Sie auf dem Vormerkkalender eines Mörders verzeichnet sind.«

»Ich kann nichts beweisen. Ich habe mich an ein chemisches Laboratorium gewandt. Die Analyse hat mich ein halbes Wochengehalt gekostet. Aber die restlichen Tabletten in dem Fläschchen sind einwandfrei.«

»Ihrer Meinung nach hängt das alles mit Annie Gander zusammen?«

»Ich habe meine Gründe. Freilich sind sie etwas nebelhaft. Vielleicht sehe ich Gespenster, vielleicht will mir jemand aus einem ganz anderen Grund auf den Pelz rücken. Zum Beispiel sitzt in meiner Firma ein Mann, der sehr wütend darüber ist, daß ich einen Job bekommen habe, auf den er gespitzt hat.«

Theringer lachte stumm, aber mit sichtlichem Vergnügen in sich hinein. »Mord in der Madison Avenue, wie? Mörderische Reklame! Großartig für die Sonntagsbeilage, junger Mann! Vergessen Sie nicht, mir ein Vorkaufsrecht zu sichern.«

»Sie glauben es mir also nicht?«

»Meiner Meinung nach haben Sie zu lange vor dem Fernsehschirm gesessen, lieber Freund. Oder zu viele Beruhigungstabletten geschluckt.«

»Sie sind ein mieser Bursche«, sagte Dave gelassen. »Wirklich mies. Wenn ich nicht ein so sanftes Gemüt hätte, würde ich Ihnen zeigen, was echter amerikanischer Kunststil ist – eins in die Fresse.« Er stand auf.

Theringers Reaktion war erstaunlich. »Setzen Sie sich«, sagte er grinsend. »Ich habe ein Foto.«

»Was?«

»Ein Bild. Man möchte es sich nicht gerade einrahmen lassen, aber es wird Ihnen sagen, was Sie wissen wollen.« Er griff in die Tasche. Plötzlich strahlte er vor Liebenswürdigkeit. »Eine Aufnahme der Leiche, nur fürs Archiv. Wir werden sie nicht veröffentlichen.«

Dave ließ sich von dem Reporter den blanken Abzug geben und sah, was gemeint war. Annie Ganders Leichnam würde einem nicht gerade am Frühstückstisch Freude machen. Das Geschoß war in den Hals eingedrungen, und die Wirkung war nicht sehr schön.

Aber nun blieb kein Zweifel mehr bestehen: Annie Gander war die Frau, die Dave in Hagertys Vorzimmer gesehen hatte.

»Gut«, sagte er. »Nun wollen wir uns unterhalten.«

»Trinken Sie das Bier nicht?«

Dave lächelte. »Um Gottes willen, nein. Ich nehme einen Martini. Solange Gus nur Vermouth hineintut ...«

Als an diesem Abend um neun Daves Türglocke klingelte, hatte er nur halb und halb die Erscheinung erwartet, die vor der Tür stand. Natürlich wußte er, es würde Janey sein. Meistens, wenn sie nicht ausgingen, verbrachten sie die Abende bei Dave, da Janey ihre Wohnung mit zwei kichernden und neugierigen Geschlechtsgenossinnen teilen mußte. Aber er war nicht darauf gefaßt, eine Janey vor sich zu sehen, die den üblichen Rock und Pullover durch ihr bestes raschelndes Seidenkleid ersetzt hatte.

Er kniff die Augen zu und fragte: »Na, sag mal, aus welchem Anlaß?«

Sie lachte und wurde sogar ein wenig rot. Sie setzten sich aufs Sofa. Dave kratzte sich die stoppelige Wange. In seinem zerknitterten Sporthemd und der ungebügelten Hose kam er sich recht schmutzig vor.

Dann erzählte er Janey von Annie Gander.

Während er kurz sein Gespräch mit Max Theringer schilderte, hörte sie verdutzt zu und wußte nicht recht, ob er es ernst meine. Aber als er wieder die geheimnisvollen hundertfünfundzwanzigtausend Dollar und Annie Ganders Besuch in der Firma erwähnte, stieß sie sogleich hervor:

»Hör zu! Du wirst doch nicht am Ende Onkel Homer mit diesem Mord in Verbindung bringen wollen!«

»Nein, nein!« erwiderte Dave hastig. »De facto hat laut Max die Polizei bereits einen Mann auf dem Kieker.«

»Nämlich?«

»Einen rauhen Gesellen namens Willie Shenk. Er ist einer der zahlreichen Freunde der seligen Annie Gander gewesen. Max nennt ihn den schönen Willie, ich weiß aber nicht, warum. Bei einer Straßenrauferei wurde ihm die Nasenspitze abgeschnitten, und er hat sich nicht die Mühe gemacht, sie flicken zu lassen. Ein richtiger Ganove von altem Schrot und Korn.«

»Gespielt von James Cagney.«

»Nein, die echte Ware. Er hat zehn Jahre gesessen, und das hat offenbar nicht genügt. Die Polizei nimmt an, daß Annie und Willie Shenk sich gestritten haben. Eifersucht.«

»Wo steckt er jetzt?«

»Er hat seine Koffer gepackt und ist verschwunden. Offenbar ist es mehr als ein Zufall, daß er gerade in dem Augenblick wegfährt, wo seine Freundin erschossen wird. Die Polizei schweigt, um ihn in Sicherheit zu wiegen.«

Ein Schauder überlief Janey. »Mit solchen Leuten kann doch Onkel Homer nichts zu tun haben!«

»Das habe ich auch nicht behauptet. Aber die ganze Sache macht mir Sorgen. Besonders nach der Tablettengeschichte.«

»Was für eine Tablettengeschichte?«

Er öffnete den Mund und machte ihn wieder zu. »Nichts. Du, paß auf, ich habe eine Idee. Wenn du ohnehin so schön angezogen bist, werde ich mich umziehen, und wir gehen irgendwohin. Was meinst du? Vielleicht tanzen. Seit mich Onkel Homer so fürstlich bezahlt –«

»Gut«, erwiderte Janey ein wenig verdrossen. »Wenn du Lust hast.«

»Das klingt nicht sehr begeistert.«

»Soll ich denn begeistert sein? Ich finde die Idee nicht schlecht – da ich mich nun einmal wirklich schön angezogen habe. Es war dumm von mir.«

»Was war dumm?«

Sie blickte zu Boden. »Als du mich heute abend anriefst, ob ich nicht vorbeikommen wollte – da hast du gesagt, du hättest mir etwas Wichtiges mitzuteilen.«

»Na ja, ich meine, ich finde, die Sache mit Annie Gander ist doch –«

»Egal, Dave.«

Er fing gerade an, sich zu rasieren, als ihm klarwurde, was Janey gemeint hatte.

Der Gedanke, Gordon und Grace Tait aufzusuchen, kam Dave erst spät am nächsten Nachmittag. Seit einer knappen Woche war Gordon wieder zu Hause, aber noch immer ans Bett gefesselt. Es war zu bezweifeln, daß ein Besuch ihm recht sein würde, aber Dave empfand das dringende Bedürfnis, weitere Puzzlestücke zu sammeln.

Als er bei den Taits in Sword's Point anrief, holte das Mädchen die Frau des Hauses ans Telefon.

»Ich weiß, es ist eine Zumutung«, sagte Dave schüchtern, »aber was ich mit Gordon zu besprechen habe, ist recht wichtig.«

Grace Tait schien zu zögern. »Ich weiß nicht, was ich sagen soll, Mr. Robbins. Natürlich würde Gordon gern Gesellschaft haben, er langweilt sich zu Tode. Aber er muß jeder Aufregung aus dem Wege gehen.«

»Was ich zu sagen habe, wird ihn nicht aufregen. Ja, vielleicht wird er sich noch mehr langweilen.«

Sie lachte. »Schön. Dann um neun.«

Der Rest des Nachmittags wurde durch eine Arbeitsbesprechung in Anspruch genommen. Dave saß am untersten Ende des Konferenztisches und hörte zu, wie der Chef der Firma seine Ansichten darlegte, machte sich seine privaten Gedanken über Homer Hagerty und hätte gern gewußt, was für dunkle unterirdische Tiefen sich in diesem kultivierten, weißhaarigen Herrn verbergen mochten, der mit so ruhiger Hand und leiser Stimme sein Unternehmen leitete.

Dave saß in der Nähe des Bahnhofs und setzte sich dann bis zur Abfahrt des Zuges ins Wochenschaukino.

Die Fahrt nach Sword's Point hatte eine einschläfernde Wirkung.

Der Besitz der Taits hatte früher einmal in der exklusivsten Wohngegend von Westchester County gelegen. Nun war er einem veränderten Bauplan zum Opfer gefallen, und das Taxi, das Dave zu ihrer Tür beförderte, fuhr an einer Anzahl dicht besiedelter Wohnviertel vorbei. Aber das Dickicht der Siedlungshäuser trug nur dazu bei, die Pracht der Villa Tait zu betonen. Fast einen Kilometer weit lief ein bepflasterter Weg durch üppiges Gartengelände. Das Haus selbst stand da wie das weiße Gespenst eines Herrenhauses aus dem Süden. Dave war beinahe darauf gefaßt, von weißhaarigen Negersklaven empfangen zu werden und Grace Tait selbst in Reifrock und lässiger Haltung auf die Veranda hingegossen zu sehen.

Statt dessen trug die Herrin des Hauses eine Samthose, ein geschneidertes Hemd und an den Armen lauter afrikanische Silberreifen. Und ihre Begrüßung war alles eher als südländisch charmant.

»Sie werden doch nicht allzu lange bleiben?« sagte sie. »Gordon hat heute schon den ganzen Tag nicht sehr gut ausgesehen. Er ist viel schwächer, als er sich einbildet.«

»Ich bleibe nicht lange, Mrs. Tait«, versprach Dave. »Es sind nur ein paar geschäftliche Dinge zu klären. Was sagen die Ärzte?«

»Doktor Dishman war gestern hier. Anscheinend kann man momentan eigentlich gar nichts für ihn tun. Dishman hat mir einige Medikamente dagelassen, ich glaube, es sind Nitroglyzerinpillen, für den Fall, daß es Gordon schlechter geht. Wollen Sie etwas trinken?«

»Ich glaube nicht, danke. Sie haben hier ein wunderbares Heim, Mrs. Tait.«

Ihre Miene erhellte sich. »Danke. Vielleicht möchten Sie sich umsehen?«

»Nicht gleich. Ich möchte lieber vorher mit Gordon sprechen.«

»Freilich. Er liegt zu ebener Erde. Wir dachten, das ist besser als oben. Sie wissen, die Treppe.«

»Ja, ja«, sagte Dave.

Er folgte ihr über den Moosgrund dicker Teppiche, die sich endlos durch das große Wohnzimmer erstreckten. Die Einrichtung hatte einen gewissen Ausstellungscharakter, als handelte es sich um einen mit Seilen abgegrenzten Modellraum in einem großen Warenhaus. In den Aschenschalen lag keine Asche, die Sitzpolster der Sessel wiesen kein Fältchen auf, der Teppich selbst war so gleichmäßig glatt, daß Fußstapfen zurückblieben.

Grace öffnete die Schiebetür eines verhältnismäßig kleinen Zimmers im Ostflügel des Hauses, das nicht viel größer war als eine Mädchenkammer. Hier zeigte sich nun eine andere Art von Eleganz: Es war eher ein Krankenzimmer als ein Schlafzimmer, mehr vom ›Medical Journal‹ als von ›House and Garden‹ inspiriert. Mitten im Raume lag Gordon Tait auf einem überdimensionalen Bett, sorgsam in Decken gehüllt.

»Ich lasse euch beide allein«, sagte Grace in süßen Tönen. »Wenn ihr etwas braucht, bitte, nur zu rufen.« Sie schob die Tür wieder zu.

»Hejho, Athos!« sagte Gordon.

»Hei!« Lächelnd schob Dave Robbins einen Stuhl ans Bett heran. Ein einziger Blick genügte, um ihm zu zeigen, daß Graces Bulletin nicht übertrieben gewesen war. Gordon sah womöglich noch schwächer aus als in den ersten Tagen nach dem Anfall. Die Gesichtshaut war straff und farblos, den Augen fehlte jeder Glanz, und er befeuchtete unaufhörlich mit der Zunge die papiertrokkenen Lippen.

»Verzeihen Sie, daß ich Sie belästige«, sagte Dave. »Eigentlich haben wir keine schwierigen Probleme –«

»Schon gut, Davy. Ich möchte gern wissen, was vorgeht. Meine Frau ist eine richtige Kerkermeisterin. Ich bekomme nicht einmal mehr die Zeitungen zu Gesicht. Könnten Sie mir nicht wenigstens eine Nummer unseres Fachorgans einschmuggeln?«

»Das hat doch Zeit. Es steht ohnedies immer nur dasselbe drin.«

»Also, was tut sich in der Firma? Haben Sie schon den lieben Cubby kennengelernt?«

»Ich habe ihn kennengelernt.«

Gordon lachte in sich hinein. »Sie brauchen mir nichts zu erzählen. Ich sehe die Narben. Ein reizender Knabe! Ein biederer Sohn der Scholle mit einer Dreißig-Meter-Jacht und einer Vorliebe für langbeinige Revuegirls –«

Diese Anspielung machte Dave stutzig. »Revuegirls?«

»Wundern Sie sich? Lieber Mann, was könnte ich Ihnen für Geschichten über Kermit Burke erzählen!«

»Einen Augenblick! Kannte er eine junge Dame namens Annie?«

Dave hätte es nicht für möglich gehalten, daß Gordon Taits kreidebleiches Gesicht noch weißer werden könnte. Aber als er seine Frage stellte, wich der letzte Rest Farbe aus seinen Wangen. Man hatte den Eindruck, den blutlosen Teint eines lebenden Leichnams vor sich zu sehen.

»Gordon – sind Sie all right?«

Der Mann antwortete nicht, und Dave wurde unruhig. Er wollte aufstehen, um Grace zu rufen, aber eine knochige Hand kam unter der Bettdecke zum Vorschein und hielt ihn zurück.

»Nein. Bleiben Sie sitzen.«

»Ich will lieber Ihre Frau rufen.«

»Nein, Dave. Ich bin all right.«

»Ich wollte Sie nicht aufregen, Gordon. Die Sache ist einfach die – na ja, ich bin da auf eine merkwürdige Situation gestoßen.«

»Wen meinten Sie vorhin? Was für eine Annie?«

»Eine gewisse Annie Gander. Eigentlich weiß ich nichts Näheres über sie. Ich weiß nur, daß sie –«

Dave verstummte. Wenn schon die bloße Erwähnung ihres Namens eine solche Wirkung auf den Kranken ausüben konnte – was würde passieren, wenn er den Mord erwähnte?

Er wechselte den Ton. »Es ist reine Neugier«, sagte er trocken. »Ich habe sie neulich im Büro gesehen. Sie schien sich über irgend etwas aufzuregen. Sie wollte Mr. Hagerty sprechen und machte Celia einen ordentlichen Krach. Mehr weiß ich nicht.«

»Sie lügen.« Gordon sah ihn starr an. Dave versuchte, einen möglichst unschuldigen Eindruck zu machen, aber es gelang ihm nicht.

»Nein, nein. Ich habe sie im Büro gesehen. Die Sache ist bloß die–«

»Ja?«

»Ich habe mir gestattet, Ihre Burke-Akten durchzugehen. Auch die persönlichen Papiere.«

Gordons Blick war zur Decke gewandert. »Was haben Sie entdeckt?«

»Nichts Wichtiges. Ich wollte mich nur mit den Zusammenhängen vertraut machen, sozusagen ein Bild bekommen. Zum Beispiel – über die Korrespondenz zwischen Ihnen und Burke. Das einzige, woraus ich nicht schlau wurde, war eine Summe von hundertfünfundzwanzigtausend Dollar, die an eine Person oder an eine Firma mit den Initialen A. G. ausbezahlt worden ist. Natürlich wurde ich neugierig. Sheplow sagte mir, die Zahlung sei nicht zu Lasten Burkes, sondern zu Lasten der Firma erfolgt.«

»Und Sie vermuten, daß die Buchstaben A. G. sich auf Annie Gander beziehen?«

»Ich finde es logisch. Zuerst wollte ich mich bei Mr. Hagerty erkundigen, aber dann begann ich, mir Gedanken zu machen. Wie denn, wenn Annie Gander gewissermaßen – hm ...« Dave wurde rot. »So gut kenne ich Mr. Hagerty nicht. Wenn es sich um rein persönliche Ausgaben handelt, geht es niemanden etwas an außer ihn selbst.« Abermals verstummte er. »Ach, mein Gott, ich wollte ja gar nicht so gründlich auf die Sache eingehen, Gordon.«

»Weiter!« sagte Gordon mit sonderbarer Miene.

»Das war also mein erster Gedanke. Ich beging den Fehler, meine kleine nette Theorie Janey gegenüber zu erwähnen, und wurde fast in Stücke gerissen. Außerdem konnte ich mir nicht vorstellen, was Mr. Hagertys persönliche Spesen in einer Burke-Mappe zu suchen haben. Sie verstehen, was ich meine.«

»Ich verstehe es genau. Wie also lautete Ihre zweite Theorie?«

»Ich hörte auf, Theorien zu spinnen, bis ich Annie Gander im Vorzimmer Hagertys auftauchen sah. Da fing ich wieder an, mir den Kopf zu zerbrechen. Dazu kam die Geschichte mit den Tabletten.«

»Tabletten?«

»Ich kann nicht beschwören, daß es die Tabletten waren. In dem Laboratorium, wo ich das Fläschchen hinbrachte, konnte man nichts Unrechtes finden. Ich weiß nur, daß mir übel wurde, so übel, daß ich fast daran gestorben wäre. Gott sei dank gab ich wieder alles von mir und war okay. Aber ich möchte beschwören, daß jemand mich vergiften wollte, Gordon.«

Tait sah Dave an. Entweder war es ein Lächeln oder ein Krampf. Die Lippen waren straff gespannt. »Tun Sie mir einen Gefallen«, sagte er mit größter Anstrengung.

»Dort auf der Kommode. Eine kleine Plastikflasche mit Kapseln. Geben Sie mir zwei Stück.«

»Sofort!« sagte Dave hastig.

Als er dem Kranken das Medikament und ein Glas Wasser brachte, schüttelte Gordon die Kapseln auf der flachen Hand hin und her und lächelte gequält. »Hoffentlich sind die da nicht vergiftet!« sagte er und schluckte sie hinunter.

»Soll ich nicht doch Ihre Frau rufen?« fragte Dave besorgt. »Mein Geschwätz bekommt Ihnen gar nicht gut.«

»Mir fehlt nichts. Es war nur eine Vorsichtsmaßregel.«

»Schauen Sie, ich will nicht meine Probleme auf Sie abwälzen. Sie haben weiß Gott selber genug Sorgen. Wenn mir wirklich jemand eine Giftpille unter meine Tabletten geschmuggelt hat, könnte das ganz andere Gründe haben.«

»Also schön«, sagte Gordon plötzlich.

»Wie bitte?«

»Ich glaube, Sie sollten erfahren, worum es geht. Ich glaube, Sie haben ein Recht darauf. Eigentlich hätte Homer Sie informieren müssen. Es ist nicht fair, Sie im dunkeln tappen zu lassen.«

»Mir soll es nur recht sein. Ich habe mich schon immer im Dunkeln gefürchtet.«

»Sie wissen, wie diese Baby-Kampagne angefangen hat?«

»Joe Spiegel hat es mir erzählt. Großartige Idee.«

»Ja, eine großartige Idee«, sagte Tait heiser. »Aber sie hat ihre Mucken. Wie Sie wissen, holten wir uns zwei Familien heran, aber mit der einen ging es gleich schief. Also hielten wir uns an das Baby der Clarkes.«

»Ich weiß. Ich habe Ihren Brief an Burke gelesen.«

»Alles war perfekt. Das Baby kam fahrplanmäßig zur Welt, und wir fingen an, zu fotografieren. Die Wirkung auf die Öffentlichkeit war nahezu sensationell. Seit fünfzehn Jahren leite ich die Werbung für verschiedene Erzeugnisse der Lebensmittelindustrie, Dave, aber noch nie habe ich erlebt, daß die Käufer von Anfang an so positiv auf eine Reklame reagiert hätten.

Die zweite Serie – die Geburt – schlug noch besser ein. Da wußten wir, daß der Erfolg gesichert sei. Der gute Cubby schwebte im siebenten Himmel. Die Verkaufsziffern ab Fabrik kletterten in die Höhe. Das bedeutet natürlich nicht, daß das Produkt auch den Verbraucher erreicht. Um das festzustellen, müssen wir noch etwas warten.«

»Diese Woche wollen die Nielsen-Leute Bericht erstatten«, sagte Dave. »Das heißt, sie wollen uns einen Einblick in ihre Marktanalyse geben, bevor Burke sie zu sehen bekommt. Ich rufe Sie dann gleich an.«

Gordon aber, der zur Decke emporstarrte, schien sich nicht sehr für die Marktanalyse zu interessieren.

»Alles ging glatt«, murmelte er. »Zum erstenmal hatten wir festen Boden unter den Füßen. Zum erstenmal verdienten wir an Burke dickes Geld.«

Er hielt inne und befeuchtete seine Lippen.

»Dann kam das Unglück. Fragen Sie mich nicht, wieso, ich kann es Ihnen nicht sagen. Ein normaleres Kind als das Burke-Baby hätte man nirgends finden können.«

Dave überlief es kalt.

»Heute noch war das Kind ein vergnügtes, glucksendes Bündel – am nächsten Tag ein fieberndes Wrack. Wir holten einen Arzt, auf den wir uns verlassen durften, aber er zuckte nur die Achseln und schnalzte bedauernd mit der Zunge.«

»Ja, was war denn los?«

»Das weiß ich nicht. Eine Art Meningitis. Gehirnhautentzündung. Nach knapp drei Tagen war es aus.«

Dave sank förmlich in sich zusammen. Er erinnerte sich an die seltsam gedrückte Atmosphäre im Hause der Clarkes.

»Wir waren verzweifelt. Ich meine, richtig verzweifelt. Bisher hatten wir erst sieben Anzeigen fertiggestellt, und wir wollten die Serie so lange fortsetzen, bis das Burke-Baby bei der normalen Kindernahrung angelangt sein würde. Wenn wir gezwungen gewesen wären, Kermit Burke mitzuteilen, daß sowohl das Burke-Baby wie auch die Kampagne tot und gestorben sei – hätten wir uns gleich aufhängen können.«

»Bitter!« sagte Dave. »Die armen Clarkes.«

»Kommen Sie mir nicht mit solchen Geschichten! Freilich war es bitter für die Clarkes. Aber immerzu sterben kleine Kinder, das ist der Lauf der Welt. Aber daß gerade dieses Kind dran glauben mußte, das war eine große Tragödie. Vergessen Sie nicht – das Fundament der ganzen Burke-Kampagne ist die ›Gesundheit‹. Schaut euch das dicke Burke-Baby an! Schaut euch die rosigen Bäckchen an! Schaut euch das frohe Lächeln an!«

»Aber ich verstehe eines nicht, Gordon. Die letzten Aufnahmen wurden vor knapp zwei Wochen gemacht –«

»Freilich. Jetzt wissen Sie wohl, wozu wir gezwungen waren, Dave. Wir mußten uns ein einigermaßen brauchbares Faksimile verschaffen, und zwar möglichst schnell. Wir mußten uns schleunigst ein neues Burke-Baby besorgen.«

»Ein neues Baby? Um es unterzuschieben?«

»Ja, selbstverständlich! Als das Kind der Clarkes starb, war es vier Monate alt. Wir mußten ein Baby in ungefähr dem gleichen Alter finden, das dem Original so weit wie möglich ähnlich sah. Außerdem wissen Sie ja, wie schnell kleine Kinder sich verändern. Solange sie noch klein sind, sehen sie jeden Tag anders aus. Wir rechneten damit, daß kein Mensch auch nur Verdacht schöpfen würde.«

»Aber ich verstehe nicht, wie –«

»Überlegen Sie sich's einmal ordentlich, Dave. Betrachten Sie die Lage vom Standpunkt der Clarkes aus. Vor allem waren sie untröstlich über den Verlust ihres Kindes. Als wir dann davon sprachen, ihnen an Stelle des kleinen Donald ein neues Baby zu besorgen, griffen sie mit beiden Händen zu. Ach, die Frau vielleicht nicht. Sie hat sich lange gewehrt, aber ihr Mann war vernünftiger. Außerdem handelte es sich natürlich um viel Geld. Howard Clarke ist bei der Stadt beschäftigt und hat noch nie in seinem Leben mehr als fünfundachtzig Dollar die Woche verdient. Nachdem wir also eine Weile hin und her geredet hatten, schlugen die Clarkes den einzig vernünftigen Weg ein und nahmen das neue Burke-Baby in ihr Haus auf. Und glauben Sie nur ja nicht, daß ihnen der kleine Kerl nicht ans Herz gewachsen ist ...!«

»Aber wo kam es her – das neue Burke-Baby?«

»Keine Angst, wir haben es nicht geraubt. Wir zogen Erkundigungen ein und stießen auf ein unehelich geborenes Kind, dessen Mutter sich nicht allzu ungern von ihrem Sprößling trennte, besonders gegen eine entsprechende Entschädigung. Um es zu präzisieren – fünfundzwanzigtausend.«

Dave stieß einen Pfiff aus. »Aber das ist riskant. Wenn jemand von der Sache Wind bekommt –«

»Dieses Risiko mußten wir auf uns nehmen. Aber wir sagten uns, die einzigen, die von dem Personentausch wissen, könnten es sich selber nicht leisten, aus der Schule zu plaudern. Insgesamt sieben Personen.«

»Welche sieben Personen?«

»Zuallererst der Arzt, der das Baby behandelt hat, den ersten Donald. Wir sorgten dafür, daß wir uns auf ihn verlassen durften. Wir entdeckten in seiner beruflichen

Vergangenheit einige Punkte, die einer näheren Untersuchung nicht standgehalten hätten.«

»Das ist Erpressung.«

Gordon sah ihn mitleidsvoll an. »Sie sind viel zu schnell mit so einem Wort bei der Hand, Dave. Was die übrigen sechs betrifft, so gehören Irma und Howard Clarke, Homer Hagerty, ich selbst und nun auch Sie dazu. Und natürlich die richtige Mutter des Burke-Babys.«

»Kermit Burke weiß nichts davon?«

»Nicht das geringste.«

»Und die Mutter des Kindes …?«

Gordon Tait ließ sich kraftlos in den Kissenberg fallen, der unter seinem Kopf aufgetürmt war, und lachte mit geschlossenen Lippen in sich hinein. »Annie Gander natürlich. Die brave, gute Annie Gander.«

6

Er hörte den Wecker nicht läuten und versuchte, nicht allzu schuldbewußt auszusehen, als er um elf ins Büro kam, aber seine unerklärliche Verspätung schien Louise in einen Zustand versetzt zu haben, der an Panik grenzte.

»Oh, Mr. Robbins!« sagte sie atemlos, mit zitterndem Mund. »Mr. Hagerty versucht schon den ganzen Morgen, Sie zu erreichen.«

»Gut, Louise, ich rufe ihn gleich an.«

»Celia sagte, es sei sehr wichtig«, erklärte Daves Sekretärin händeringend.

»Keine Bange, es war nicht Ihre Schuld.« Er griff nach dem Hörer. Louise tanzte noch immer mit entsetzter Miene um ihn herum, und er konnte sich die Bemerkung nicht verkneifen: »Um Gottes willen, Louise, es ist doch nicht der Weltuntergang!«

Sie schnappte nach Luft, stopfte die Faust in den Mund und rannte zur Tür hinaus. Er wußte, in der nächsten Minute würde sie zu heulen beginnen, deshalb entschloß er sich, nicht zu telefonieren und sich in eigener Person in die Domänen Hagertys zu begeben.

Als er hereinkam, blickte der Herr Generaldirektor stirnrunzelnd auf, aber sein Stirnrunzeln schien nicht nur mit der Unpünktlichkeit Daves zusammenzuhängen. Er hatte offenbar auch noch etwas anderes, auf dem Herzen, und es bedurfte eines fünf Minuten langen belanglosen Hin-und-Her-Geredes, um es ans Licht zu bringen.

»Dave, wir sind in einer sonderbaren Branche tätig«, sagte er und blickte an ihm vorbei zum Fenster. »Sie verlangt Entschlüsse von uns – und zwar sehr oft. Manchmal sind es leichte – manchmal sehr schwere Entschlüsse. Entscheidend aber ist, daß man sich entschließt – egal, ob der Entschluß falsch oder richtig ist.«

Dave schwieg.

»Ich habe im Lauf der Zeit recht oft danebengehauen. Aber ich habe auch meine Fehler nie bereut. Verstehen Sie, was ich meine?«

»Nicht ganz.«

»Seit dreißig Jahren arbeite ich in der Branche. Lord & Thomas, Ayer, Sterling Getchel – ich bin viel herumgekommen, Dave. Und ich habe mich unter anderem deshalb durchsetzen können, weil ich die Fähigkeit besitze, Menschen richtig zu beurteilen. Gerade in der Werbebranche ist das das Allerwichtigste. Manchmal aber läßt man sich von seinen persönlichen Gefühlen irreleiten.«

Der Herr Generaldirektor verschränkte die Finger auf der Löschunterlage und sah aus wie ein Arzt, der seinem Patienten schlimme Neuigkeiten mitzuteilen hat.

»Dave, ich habe einen Fehler begangen«, sagte er aufrichtig. »Es war ein erklärlicher Fehler. Sie und Ihre Arbeit haben mir so gut gefallen, daß ich mir einbildete, Sie müßten jedem beliebigen Auftrag gewachsen sein. Ehrlich gesagt, ich war egoistisch.«

»Egoistisch?«

»Richtig. Weil ich mich selber in Ihnen zu sehen glaubte, Dave, so, wie ich vor zwanzig Jahren war. Klug, draufgängerisch, bereit, alles anzupacken. Damals wußte ich noch nicht, was Reife und Erfahrung wert sind. Außerdem handelte es sich auch um Janey.«

»Was hat denn Janey damit zu tun?«

»Janey gehört zur Familie, Dave. Damit waren gewissermaßen auch Sie in die Familie miteinbezogen. Es ist nur natürlich, wenn man die Menschen bevorzugt, die man gern hat.«

Dave schob seinen Stuhl nach hinten. »Sie sprechen von einem Fehler, den Sie begangen haben. Bezieht sich das auf mich?«

»Mißverstehen Sie mich nicht, Dave. Es bedeutet nicht, daß Sie versagt hätten, nicht im geringsten. Ich war nur so sehr darauf aus, Ihnen den Erfolg in die Hände zu spielen, daß ich Ihnen eine zu schwere Belastung zumutete. Es ist nicht Ihre Schuld, Dave, glauben Sie mir! Ich nehme die ganze Verantwortung auf mich.«

»Ich verstehe kein Wort. Habe ich etwas falsch gemacht? Ist in der Burke-Sache etwas schiefgegangen?«

»Noch nicht, Dave, aber es liegen Anzeichen vor. Und bevor wir beide darunter zu leiden haben, entbinde ich Sie Ihres Auftrags.«

»Wie bitte?«

Hagerty schien Magenkrämpfe zu haben.

»Es geht mir nahe, Dave, es geht mir wirklich sehr nahe. Ich habe vorbehaltlos auf Sie gesetzt. Aber schauen Sie sich das Handikap an. Sie sind erst seit einigen wenigen Jahren in der Branche tätig. Sie sind den Problemen nicht gewachsen, die ein großer Auftrag mit sich bringt. Vielleicht, wenn Kermit Burke ein anderer Typ wäre –«

»Heißt das, daß Burke mich ablehnt?«

»Er hat es nicht ausdrücklich gesagt. Aber ich kenne den alten Gauner, Dave, und ich merke sofort, wenn er drauf und dran ist, Feuer zu speien. Ich möchte nicht, daß Sie sich dabei die Finger verbrennen.«

Daves rechter Fuß war eingeschlafen. Er stampfte auf dem Teppich auf und verlieh damit seinen Worten einen ärgerlichen Nachdruck. »Liegt es bestimmt an nichts anderem, Mr. Hagerty?«

»Wie?«

»Ist das bestimmt der einzige Grund, warum man mir den Auftrag wegnimmt?«

»Verstehen Sie mich nicht falsch, Dave. Wenn es auf mich ankäme, würde ich mit Ihnen durch dick und dünn gehen. Bilden Sie sich ja nicht ein, daß ich Sie loswerden möchte. Sie behalten die Backwerkabteilung und werden vielleicht ›Sugar-Babys‹ übernehmen, sobald Ross –« Er verstummte, und Dave beendete den Satz.

»Sobald Ross mich ablöst. Habe ich recht?«

»Machen Sie mir keine Schwierigkeiten, Dave. Harlow Ross war bereits für diesen Auftrag ausersehen, als Sie noch in der Uniform steckten. Ihn zu übergehen, war ein starkes Stück. Natürlich wird er Sie ablösen.«

Dave stand auf. »Ist das alles?«

»Ich sehe schon, daß Sie es falsch auffassen.«

»Aber woher denn! Es ist doch schließlich Ihre Firma, Mr. Hagerty.«

»Sie werden keine Dummheiten machen?«

»Wer? Ich? Ich verstehe, Order zu parieren. Vergessen Sie nicht, daß ich eine sechsjährige Erfahrung hinter mir habe. Im Grunde meines Herzens bin ich noch immer Korporal.«

Hagerty lachte in sich hinein und kam hinter dem Schreibtisch hervor, um dem jungen Mann auf die Schulter zu klopfen.

»Nicht lange mehr, Dave, nicht lange mehr. Bleiben Sie bei mir, dann sind Sie im Handumdrehen General.«

»Ja, Sir«, erwiderte Dave und stand stramm.

Bevor er in sein Büro zurückkehrte, machte er an Janeys Zeichenbrett halt. Sie blickte nicht lange genug auf, um die grelle Röte in seinen Wangen zu sehen.

»Bist du mir noch immer böse?«

»Böse?« sagte die junge Dame in eisigem Ton. »Warum sollte ich dir böse sein?«

»Das weiß ich nicht. Aber ich möchte etwas mit dir besprechen. Bist du mittags frei?«

»Ich wollte hier etwas essen.«

»Geh mit mir essen. Es ist wichtig.«

»Gut«, sagte sie.

»Ich hole dich um zwölf ab.«

Als Dave in sein Büro kam, saß Harlow Ross in seinem Drehstuhl und lutschte an einer kalten Pfeife und las Daves Exemplar des Buchdruckerfachorgans ›Printers' Ink‹. Die symbolische Bedeutung seiner Handlungsweise war recht dick aufgetragen. Dave brummte etwas vor sich hin, das ein Gruß sein sollte.

»Ich habe Sie gesucht«, sagte Ross gelassen und stand auf. »Und ich dachte mir, inzwischen würden Sie sich wohl auf die Suche nach mir begeben haben.«

»Ich habe nichts mit Ihnen zu besprechen.«

»Ach, du lieber Gott! Ich weiß genau, wie Ihnen zumute ist, Dave.« Sein hübsch geformter Mund verzog sich zu einem süßlichen Lächeln. »Passen Sie auf, lieber Mann! Wenn Sie jemandem eine 'runterhauen wollen – versuchen Sie es doch bei mir.«

Dave machte einen geschäftigen Eindruck und blätterte in dem Inhalt seines Ablagekorbes.

»Ich wollte Sie nur darauf aufmerksam machen, daß das nicht meine Idee war«, sagte Ross. »Ich meine, die Angelegenheit Burke. Mein Gott, als Hagerty es mir heute früh mitteilte, war ich genauso überrascht wie jeder andere auch. Natürlich würde er erst Sie verständigt haben, wenn Sie früher ins Büro gekommen wären … Glauben Sie mir, was ich sage?«

»Freilich.«

»Wahrscheinlich nicht. Wahrscheinlich sind Sie überzeugt, daß ich Ihnen einen häßlichen Streich gespielt habe. Aber Sie irren sich, Dave. Wissen Sie, wie ich es mir erkläre? Ich nehme an, daß Kermit Burke aufsässig geworden ist. Wer weiß? Wahrscheinlich wird es mir genauso ergehen wie Ihnen.«

Das Telefon klingelte, und eine Sekunde lang dachte Dave, Ross würde sich melden. Er streckte die Hand aus und riß den, Hörer an sich.

»Mr. Tait ist am Apparat«, sagte Louise.

Dave legte die Hand über die Muschel. »Dürfte ich Sie bitten, Harlow ...?«

Lächelnd verließ Ross den Raum.

»Hallo, Gordon«, sagte Dave.

»Gott sei Dank, daß ich Sie endlich erwische.« Gordon Taits Stimme klang immer noch kränklich, aber doch erstaunlich kraftvoll. »Ich habe schon früher angerufen, aber Sie waren nicht da. Ich hatte gehofft ...«

»Worum handelt es sich denn, Gordon?«

»Dave – warum haben Sie es mir nicht erzählt? Sie müssen es gestern, als Sie bei mir waren, schon gewußt haben.«

»Bitte, Gordon, regen Sie sich nicht auf.«

»Sie hätten es mir erzählen müssen!« Die Stimme des Direktors, die früher einmal ein so wunderbar beherrschtes Instrument gewesen war, klang nun schrill und zittrig. »Sie wußten doch, daß ich keine Zeitungen gelesen hatte – ich war ahnungslos, Dave, völlig ahnungslos.«

»Wovon sprechen Sie?«

»Von Annie Gander!«

Dave schnitt eine Grimasse. »Ich bitte um Verzeihung. Ich fand den Zeitpunkt nicht geeignet. Aber das hat mich ja so neugierig gemacht. Der Mord »

»Mord! O du lieber Gott, ich wußte nichts davon, Dave! Das müssen Sie mir glauben. Ich bin ein schwerkranker Mann. Krank.«

Verdutzt betrachtete Dave den Hörer. »Aber selbstverständlich, Gordon. Ich behaupte nicht –«

»Ich habe Homer von Anfang an gewarnt! Ich habe ihm gesagt, daß es äußerst riskant ist. Diese Frau würde uns bis aufs Blut aussaugen, Dave. Ich kenne den Typ. Sie wissen ja nicht, wie hart solche Frauenzimmer sein können, wie rücksichtslos – aber so etwas hätte ich nie gebilligt, Dave. Bei Gott nicht!«

»Beruhigen Sie sich, Gordon. Sie dürfen sich nicht aufregen.«

»Vergessen Sie nicht, was ich Ihnen gesagt habe, Dave. Für den Fall, daß man Sie ins Verhör nimmt. Mein Standpunkt war: bis hierher, aber nicht weiter ...« Die Stimme versagte ihm.

»Lassen wir das Thema fallen, Gordon. Um Gottes willen, denken Sie doch an Ihren Zustand!«

Die Ermahnung schien ein wenig genützt zu haben, denn als Gordon Tait die Sprache wiedergefunden hatte, klang seine Stimme bedeutend ruhiger.

»Die Polizei«, sagte er. »Jetzt bleibt uns nichts anderes übrig, Dave. Wir müssen die Polizei verständigen und unsere Karten auf den Tisch legen. Das ist das einzig Vernünftige, das werden Sie einsehen. Alles andere – Burke, die Kampagne – spielt keine so große Rolle. Entscheidend ist, daß die Polizei die Zusammenhänge begreift.«

»Vielleicht haben Sie recht«, erwiderte Dave. »Aber meiner Meinung nach sollten Sie sich nicht übereilen, Gordon. Ruhen Sie sich jetzt aus. Nachher sprechen wir noch einmal über die Sache.«

»Gut«, sagte die Stimme im Telefon tonlos.

Pause. Dann wurde aufgelegt.

Im ›Lucia‹ ging es erstaunlich still zu, und der Kellner besorgte Dave und Janey eine abgelegene Nische ganz hinten in dem Lokal. Brennende Kerzen standen auf dem Tisch. Die intime Atmosphäre wäre für zärtliches Liebesgeflüster eher geeignet gewesen als für den Vortrag, den Dave zu halten gedachte.

»Hör jetzt gut zu«, begann er, nahm Janeys kalte Hand und drückte sie fest gegen die Tischplatte. »Sag kein Wort, bevor ich fertig bin. Was ich zu erzählen habe, wird mich bei dir nicht beliebter machen, aber es muß heraus.«

»Vorwärts!« erwiderte Janey. Das flackernde Kerzenlicht verschleierte ihren Blick.

»Du warst die erste, Janey, die es gemerkt hat – gleich an dem Tag, als der Fotograf die neuen Aufnahmen schickte – als dir auffiel, daß das Burke-Baby anders aussieht. Du hattest recht, Schatz, hundertprozentig recht. Es ist nicht das Burke-Baby. Es ist nicht das Baby der Clarkes. Es ist wirklich ein kleiner Fremdling. Namens Gander.«

Ihre Finger zuckten in seinem Griff.

Er redete hastig weiter und hielt ihre Hand fest, als würde er, wenn er sie losließe, aus dem Konzept geraten. Er berichtete von seinem Besuch bei Gordon Tait und den Auskünften, die er dort bekommen hatte. Er hielt sich an die Fakten, bemüht, sie in keiner Weise auszuschmücken.

Dann fuhr er fort: »Was sich abgespielt hat, Janey, liegt klar auf der Hand. Annie Gander hat für ihre Mitwirkung fünfundzwanzigtausend Dollar erhalten. Nicht hundertfünfundzwanzigtausend. Hier handelt es sich um eine weitere Zahlung. Und du kannst dir denken, warum diese Zahlung erfolgt ist.«

»Nein.«

»Erpressung. Es kann gar nichts anderes gewesen sein. Sobald Annie Gander begriffen hatte, was für eine Macht sie besaß, schlug sie zu. Vielleicht hat ihr Freund Willie sie auf diesen Gedanken gebracht. Sie aber hat die Schraube angezogen. Gordon nannte es – ›bis aufs Blut aussaugen‹. Sie war in der Lage, der Firma Hagerty-Tait nicht nur das Burke-Geschäft zu vermasseln, sondern sie völlig lahmzulegen. So einen Skandal würde die Agentur nicht überleben.«

»Das hast du ihnen klargemacht.«

»Wie?«

»Ihnen. Du beziehst doch Onkel Homer mit ein, nicht wahr?«

»Mein liebes Kind, ich bin kein Staatsanwalt. Natürlich weiß dein Onkel davon, das hat Gordon mir deutlich zu verstehen gegeben. Die Entscheidung wurde in gegenseitigem Einvernehmen gefällt. Wichtig aber ist, was nachher geschah: Eine Erpresserin und ihr krimineller Freund machten sich daran, Tait und deinem Onkel den letzten Groschen abzuknöpfen, den sie in harter Arbeit verdient hatten ...«

Er verstummte, als ein rundlicher Kellner sich mit freundlichem Lächeln zu ihnen herabbeugte und ihnen die Weinkarte reichen wollte. Als Dave einen Whisky bestellte, runzelte der Kellner die Stirn und zuckte äußerst bekümmert die Achseln.

»Schön, vielleicht stimmt das alles«, sagte Janey. »Eigentlich aber ist es doch kein Verbrechen? Um Gottes willen, Dave, in der Werbebranche sind schon schlimmere Manöver vorgekommen. Was glaubst du denn, was das für eine Branche ist?«

»Hör mal zu, wir wollen nicht akademisch werden –«

»Akademisch?« In ihren Augen blitzte ein Funke auf. »Weißt du denn, wer unsere wahren Helden sind? Der schlaue Herr, der auf seinem weißen Lachs sitzenblieb, als alle Welt rosa Lachs verlangte, und annoncierte: ›Wird garantiert in der Büchse nicht rosa‹. Da hast du deinen Reklamehelden! Oder alle die skrupellosen Medizinspezialisten – man könnte eine ganze Fakultät aus ihnen zusammenstellen. Wundermittel über Wundermittel!«

»Laß das bitte sein. So einfach ist es wieder nicht, das weißt du sehr gut, Janey. Auf jeden gerissenen Gauner kommen hundert ehrliche Leute. Wir sind nicht alle damit beschäftigt, weißen Lachs an den Mann zu bringen.«

»Daß du dich so aufspielst wie ein Säulenheiliger – das geht mir auf die Nerven! Bloß wegen eines kleinen schäbigen Reklametricks –«

»Davon spreche ich nicht!« warf Dave ärgerlich ein. »Ich spreche nicht von Reklame. Ich spreche von einem Mord!«

»Ein Whisky«, sagte der Kellner verachtungsvoll, stellte Dave das Glas hin und stelzte davon.

»Es handelt sich um einen Mord, mein Kind. Deshalb bin ich so beunruhigt. Es handelt sich um den Mord an Annie Gander. Gordon rief mich an –«

»Du sagtest doch, die Polizei habe den Täter schon gefunden, einen gewissen Willie, einen Berufsverbrecher?«

»Ich sagte, daß die Polizei ihn sucht. Es liegen keine Beweise dafür vor, daß er der Täter ist. Aber laß mich ausreden. Gordon rief mich an. Er war nahezu hysterisch. So habe ich ihn noch nie reden hören. Offenbar hatte er eben erst von Annie Ganders Tod erfahren. Als ich bei ihm war, habe ich ihm absichtlich nichts davon erzählt. Er hat schreckliche Angst, mit hineinverwickelt zu werden.«

»Was beweist das?«

»Ich habe nicht behauptet, daß es etwas beweist. Aber es macht mich stutzig, Janey. Wenn Gordon Tait vermutet, Annie Gander sei aus einem ganz bestimmten Grund ermordet worden –«

»Na, sprich es doch aus! Du hast dich jetzt lange genug mit Andeutungen begnügt. Deiner Meinung nach wurde sie wegen der Erpressungen ermordet.«

»Du mußt zugeben, daß Erpressung und Mord alte Busenfreunde sind. Sie treten oft zusammen auf.«

»Aber du nimmst doch nicht an, daß Gordon Tait es getan hat?« Es klang viel zu gelassen. »Natürlich nicht. Schließlich lag er ja so gut wie im Sterben, als diese – als diese Frau ermordet wurde.«

»Natürlich nicht. Ich weiß, daß nicht er es getan hat.«

»Dann bleibt also nur Onkel Homer übrig, nicht wahr?«

»Janey!«

»Das Eliminierungsverfahren, Dave. Weder Willie Shenk noch Gordon. Also bleibt noch Onkel Homer übrig.«

Sie wollte aufstehen. Dave machte ein wütendes Gesicht.

»Eine Sekunde, bitte! Vielleicht ist das nicht der einzige Mord, von dem ich spreche. Vielleicht steht ein zweiter bevor. An mir.«

Eine rasche Folge von Reaktionen spiegelten sich in ihrem Blick. Es fing mit Bestürzung an und endete mit Verachtung.

»Willkommen im Schreckenskabinett!« sagte sie mit einem recht mißglückten Lachen.

»Schön! Das willst du mir also nicht glauben. Nun aber eine Sache, die du nachprüfen kannst. Dein lieber Onkel Homer hat mir heute vormittag die seidene Schnur überreicht. Er hat mir das Burke-Konto weggenommen.«

»Wie?«

»Ich sei den ganz großen Aufgaben noch nicht gewachsen – zum Unterschied von deinem alten Freund Harlow Ross. Aber ich weiß Bescheid, Janey. Er hat gemerkt, daß ich über diesen Babyschwindel genauer informiert bin, als ihm lieb ist. Er wimmelt mich ab, bevor ich ihm unangenehm werden kann.«

»Das also steckt dahinter! Deshalb bist du so aufgeregt und wütend! Man hat dir den Laufpaß gegeben, und jetzt willst du dich rächen. Das hätte ich mir doch gleich denken können.«

»Whisky nicht gut?« fragte der rundliche Kellner, als Janey ihre Sachen nahm und davonlief.

»Whisky ausgezeichnet«, erwiderte Dave finster und griff nach der Speisekarte.

Er trank zwei weitere Whiskys und bestellte dann sein Essen. Als er fertig war, war es drei geworden, aber darum kümmerte er sich nicht.

Vor der Kleiderablage begegnete er Harlow Ross, und etwas an dem Mann kam ihm verändert vor. Zuerst konnte er es nicht definieren, aber als Ross ihn begrüßte, fiel ihm auf, daß die gewohnte Pfeife fehlte.

»Hallo, Harlow!« sagte er. »Ich hätte gedacht, Sie würden bereits eine Maiskolbenpfeife rauchen.«

Ross runzelte nur die Stirn und sah aus, als sei er in tiefe Gedanken versunken. »Wer weiß? Vielleicht höre ich ganz damit auf. Vielleicht bekommt es mir nicht allzu gut.«

»Das sieht Ihnen aber gar nicht ähnlich, Harlow.«

»Na, was dem armen Gordon passiert ist – das gibt einem zu denken. Wir passen nicht genug auf uns auf.«

»Gordon geht es gut. Ich habe heute schon mit ihm telefoniert.«

Ross schien peinlich berührt zu sein.

»Schauen Sie doch nicht so erstaunt drein«, sagte Dave. »Die ärztliche Wissenschaft wirkt Wunder. Lesen Sie denn nicht ›Das Beste‹?«

»Sie haben heute mit Gordon gesprochen?«

Dave kniff die Augen zusammen. »Freilich. Gegen elf. Warum?«

»Dann haben Sie es wohl noch nicht gehört –«

»Was?«

»Gordon ist tot«, sagte Harlow Ross nervös und zog seine Pfeife aus der Manteltasche.

7

Unterwürfigkeit.

Das war das passende Wort, aber es fiel Dave erst mehrere Stunden später ein, nachdem er am nächsten Morgen die Büros der Agentur erreicht hatte. Aber von dem Augenblick an, da er das Vestibül betrat, hätte er merken müssen, daß sich die Haltung der Angestellten ihm gegenüber verändert hatte. Jody, die Empfangsdame, erhöhte die Kerzenstärke ihres Lächelns, sowie er um halb elf aus dem Aufzug stieg. Wilson, der Fernsehmann, hielt ihn im Korridor an, um sein Urteil über eine neue Reklamesendung einzuholen. Als er Wilton Sheplow auf der Herrentoilette begegnete, verzog der Kassenverwalter die Betonfassade seines Gesichts zu einem freundlichen Lächeln. Louise, die Sekretärin, schien noch mehr denn je in Ehrfurcht zu ersterben.

Das einzige Mitglied des Firmenpersonals, das einen durchaus unveränderten Eindruck machte, war Janey Hagerty. Die Tür ihres Büros blieb ihm verschlossen.

Dieser jähe Stimmungswechsel bereitete ihm Kopfzerbrechen, aber nicht lange. Der erste Anhaltspunkt war das flache Paket, das auf seinem Schreibtisch lag.

Er hob es auf und wog es in der Hand. Es war recht schwer. Mit einem Papiermesser schnitt er die Schnur durch, mit der es umwickelt war, und entfaltete das braune Papier.

Es war ein Foto Kermit Burkes in silbernem Rahmen. Der Babynahrungsfabrikant lächelte mit dem ganzen Charme eines alten Wildwestfilmstars und hielt eine Maiskolbenpfeife in der rechten Hand. Unten auf dem Foto waren die Worte hingekritzelt:

›Für Davy mit freundlichen Grüßen von Cubby.‹

Dave studierte das Bild, ohne seine Bedeutung zu erfassen, bis er aufblickte und Homer Hagerty auf der Schwelle stehen sah.

»Schau, schau! Wie ich sehe, haben Sie den Hausorden erhalten.«

»Das verstehe ich nicht«, erwiderte Dave. »Weshalb schickt er mir sein Bild?«

»Das dürfen Sie sich selber ausrechnen.« Der Herr Generaldirektor lächelte ein wenig verlegen und setzte sich in den Sessel, der vor dem Schreibtisch stand.

»Bedaure. Es sei denn, daß der brave Cubby allen seinen verabschiedeten Reklameagenten ein Geschenk zukommen läßt.«

»Reden wir doch nicht von ›verabschiedet‹, pfui!« sagte Hagerty. »Seit gestern hat sich hier einiges geändert, Dave. Dieses Bild müßte Ihnen eigentlich genügen.«

Kopfschüttelnd legte Dave das Foto auf den Schreibtisch. »Keine Ahnung. Man hat mir doch das Burke-Konto weggenommen.«

»Dave, ich hatte mich geirrt. Ich hatte mir eingebildet, daß Sie Burke nicht gefallen. Aber als ich ihn gestern nachmittag aufsuchte und ihm von meinen Plänen erzählte, da hätte der Lump mich beinahe zum Fenster hinausgeworfen. Er besteht darauf, daß Sie sein Konto bearbeiten. Ich war natürlich hocherfreut, besonders jetzt, da der arme Gordon …« Er seufzte, als wollte er andeuten, daß seine Freude nicht ungemischt sei.

»Heute so, morgen so«, murmelte Dave. »Das geht einem ein bißchen auf die Nerven, Mr. Hagerty.«

»Wir arbeiten eben in einer verrückten Branche! Aber ich brauche Ihnen nicht zu sagen, wie sehr ich mich freue, Dave. Noch nie in meinem Leben war ich so froh darüber, daß ich mich getäuscht hatte.«

Dave musterte ihn scharf. Das Lächeln auf den Lippen Hagertys war ein wenig unsicher, sein Mund gestrafft. War Homer Hagertys Freude wirklich so groß?

»So also sieht es jetzt aus, Dave. Und um allen Groll zu beseitigen, werde ich Sheplow beauftragen, Ihnen ein kleines Bonbon zu bewilligen. Sie dürfen mit weiteren zweitausend jährlich rechnen. Wenn man die Steuern berücksichtigt, wird nicht viel dabei herausschauen, aber vielleicht reicht es für einige Sandwiches.«

Langsam stand er auf und ging zur Tür. Dann drehte er sich noch einmal um.

»Da wir von unserem Liebling sprachen, Dave – wir sind morgen früh mit ihm verabredet. Er möchte ein Resümee der Marktanalyse hören. Okay?«

»Natürlich«, erwiderte Dave Robbins.

Die nächste halbe Stunde blieb er an seinem Schreibtisch sitzen und versuchte, sich in der neuen Lage zurechtzufinden. Der plötzliche Umschwung hatte ihn dermaßen durchgerüttelt, daß der Tod Gordon Taits nicht einmal ein gebührendes Gefühl der Trauer oder des Verlustes in ihm wachzurufen vermochte. Eigentlich befand er sich in einer äußerst gehobenen Stimmung.

Louise klingelte ihn an. »Die Gräfin ist am Apparat.«

Dave drückte auf den Plastikknopf, der die Verbindung herstellte.

»David? Raten Sie mal, wer bei mir im Büro ist.«

»Das kann ich nicht erraten, Frau Gräfin.«

»Ach, sind Sie dumm! Sonja. Ich habe sie überredet, den Tag in der Stadt zu verbringen, und was glauben Sie, was passiert ist? Ein lieber Freund des Hauses hat uns zwei Karten für die ›Blutenden Herzen‹ geschenkt. Sie wissen doch, wie unmöglich es ist, Plätze zu bekommen.«

»Ich habe davon gehört. Hoffentlich amüsieren Sie sich gut, Frau Gräfin.«

»Nein, nein, ich kann nicht einmal daran denken, hinzugehen. Ich habe heute abend eine Aufsichtsratssitzung. Ich wäre Ihnen dankbar, wenn Sie die liebe Sonja begleiten würden.«

»Ich bin aber selber in der Klemme. Wir sind morgen mit Burke verabredet und –«

»Reden Sie mir doch nicht ein, daß Sie die Nacht durcharbeiten müssen. Das glaube ich Ihnen ganz einfach nicht, David. Außerdem würde Sonja untröstlich sein, wenn Sie ablehnten.« Ihre Stimme wurde ganz geziert. »Wissen Sie, ich habe den leisen Verdacht, daß Sonja Sie recht gut leiden kann.«

»Ausgeschlossen, Frau Gräfin. Vielleicht ein andermal.«

Eine Pause. Dave wußte, daß sie innerlich schäumte. Aber daran lag ihm nichts mehr. Er betrachtete Burkes Foto und kam sich stark vor.

Als sie sich wieder meldete, war ihre Stimme von einer tödlichen Gelassenheit.

»Hatten Sie vor, heute nachmittag zu mir zu kommen? Wegen der Verträge mit Cincinnati?«

»Ich dachte, zum Wochenende –«

»Zum Wochenende werde ich nicht verfügbar sein. Ich halte es für besser, wenn Sie heute nachmittag herkommen.«

»Gut«, erwiderte Dave kurz. »Um zwei bin ich bei Ihnen.«

Während der ganzen Fahrt nach Long Island City drückte er sich mit finsterer Miene in eine Ecke des Taxis. Als er die Fabrik betrat, begrüßte ihn Jörgensen freundlich auf der Eisentreppe, die zu den Direktionsräumen hinaufführte, aber er antwortete nur mit einem Brummen. Vor dem Büro der Gräfin blieb er stehen, um sich für die mißliche Laune seiner Kundin und die Begegnung mit Sonja zu stählen.

In beiden Punkten irrte er sich. Sonja war nicht anwesend und die Gräfin von peinlicher Liebenswürdigkeit.

»Nehmen Sie Platz, David. Ich habe Sie vorige Woche vermißt.«

»Es ging recht hektisch zu, Frau Gräfin. Sie haben wohl von Gordon Taits Tod gehört.«

»Ach ja. Mein armer Mann ist an dem gleichen Leiden gestorben.« Dann lächelte sie. »Aber sprechen wir von angenehmeren Dingen. Sonja war begeistert, als ich ihr von heute abend erzählte. Ich finde, es wäre nett, wenn Sie mit ihr essen gingen. Ich habe mir erlaubt, einen Tisch bei ›Voisin‹ zu bestellen. Man erwartet Sie dort um sieben Uhr. Und bitte, David, ärgern Sie sich nicht über eine dumme alte Frau, aber ich habe die Rechnung im Vorhinein geregelt.«

»Wie bitte?« Dave kniff die Augen zusammen. »Hören Sie zu, Frau Gräfin, Sie haben mich offenbar nicht verstanden.«

»Ich weiß, daß es nicht ernst gemeint war.«

»Aber es war durchaus ernst gemeint.« Seine Lippen strafften sich. »Ich finde, daß Sie kein Recht hatten, Ihrer Tochter so etwas zu erzählen. Jetzt werden Sie ihr eben die Wahrheit sagen müssen.«

»Ich denke nicht im Traum daran. Sie werden es vielleicht nicht wissen, David, aber Sonja ist von sehr zarter Konstitution. Wohlgemerkt, sie ist nicht leidend. Sie ist kerngesund.«

»Das freut mich. Aber der heutige Abend kommt nicht in Frage.«

»Für Sonja würde das ein schrecklicher Schlag sein, David. Sie hält sehr viel von Ihnen.«

»Das sagten Sie mir schon einmal. Aber ich habe versäumt, Ihnen etwas zu sagen, Frau Gräfin. Ich – ich bin gewissermaßen verlobt.«

»Mit Miss Hagerty?«

Sie lächelte. Dave stutzte.

»Vielleicht machen Sie sich in dieser Angelegenheit unnütze Illusionen, David.« Sie schien recht belustigt zu sein. »Soviel ich gehört habe, ist ihr Interesse nicht so groß, wie Sie sich vielleicht einbilden.«

»Soviel Sie gehört haben?«

»Ich bekomme viel zu hören, lieber Freund. Ich habe große, große Ohren und große, große Augen, wie der Wolf im Märchen.« Ihr Lächeln wurde breiter, so daß ihre kräftigen Zähne zum Vorschein kamen.

»Es freut mich, daß Sie so gut informiert sind«, erwiderte Dave mit glühenden Wangen. »Aber ich interessiere mich gar nicht für Ihre Tochter, Frau Gräfin. Sie ist reizend, doch ich kann nicht lügen. Machen Sie, was Sie wollen.«

Einen Augenblick lang ließ ihr Elan nach. Dann erhellte sich wieder ihre Miene. »Ich verstehe. Ihre Position hat Ihnen den Nacken gesteift. Habe ich recht?« Dave errötete noch stärker.

»Ich tue es nicht gern, David. Aber ich glaube, man muß Ihnen ein bißchen Bescheidenheit beibringen.«

Er sah ihr zu, wie sie die oberste Lade ihres Schreibtisches öffnete und zwei steife Pappbogen herausnahm.

»Entzückende Fotos, nicht wahr?«

Er ließ sie sich geben. Auf dem einen Karton waren die von Ray Smalley aufgenommenen Bilder des Burke-Babys befestigt, auf dem anderen die Fotos, die Bob Bernstein geliefert hatte.

»Worauf wollen Sie hinaus, Frau Gräfin?«

»Wenn Sie genauer hinschauen, David –«

»Kommen Sie zur Sache!«

»Nur ein Blinder würde den Unterschied nicht merken, David. Ich bin nicht blind.«

»Wo haben Sie diese Fotos her? Als ich sie zum letztenmal sah, befanden sie sich in unserer Atelierabteilung.«

»Diese Frage ist unwichtig. Entscheidend ist, daß ich sie besitze. Die endgültigen Kopien wurden sehr geschickt retuschiert – diese Bilder aber sprechen für sich selbst. Sie werden sicherlich begreifen, was das für eine Wirkung auf Kermit Burke haben würde – was es für Folgen hätte, wenn er plötzlich entdeckte, daß man einen Schwindel inszeniert hat.«

»Für Ihre Handlungsweise, Frau Gräfin, gibt es ein häßliches Wort.«

»Dann wenden Sie es nicht an. Ich verlange von Ihnen nur ein wenig Zärtlichkeit, ein wenig Aufmerksamkeit für ein armes, junges Ding, das keine Freunde hat, keine –« Sie hielt inne und riß Dave die Fotos aus der Hand, bevor er sie beschädigen konnte. »Das würde nichts nützen, David. Ich habe natürlich auch noch andere.«

»Sie scheinen dieses Metier sehr gut zu beherrschen.«

»Not macht erfinderisch, heißt es. Und ich bin eine Mutter.«

»Ich habe schon von Zwangsehen gehört, aber hier –«

»Von Ehe war keine Rede, David. Nur von ein wenig Aufmerksamkeit. Später wird sich zeigen –«

»Auf Wiedersehen, Frau Gräfin.« Er griff nach seiner Aktenmappe. »Machen Sie mit den Fotos, was Sie wollen. Ich hatte mit dem Austausch der Babys nichts zu tun, und wenn wir Burke verlieren, kann ich leicht anderswo unterkommen. Aber mein Liebesleben lasse ich mir nicht diktieren, auch nicht durch hochadelige Sitten.«

»David!«

Er öffnete die Tür und ging weg.

Bevor er ins Büro zurückkehrte, suchte er eine Bar in Manhattan auf, rief von dort aus Louise an und erkundigte sich, ob jemand etwas für ihn hinterlassen habe. Ein gewisser Max Theringer hatte angerufen und Dave gebeten, ihm den gleichen Gefallen zu tun.

Dave rief im ›Times-Express‹ an.

»Theringer«, sagte die näselnde Stimme.

»Max? Hier spricht Dave Robbins.«

»Ach ja. Ich dachte, es würde Sie interessieren. Unser Freund Willie Shenk ist in der Stadt und möchte mich sprechen. Ohne Hintergedanken. Er will mir nur seine Version liefern.«

»Shenk? Annie Ganders Freund?«

»Ja, der schöne Willie. Die Begegnung wird von dritter Seite arrangiert. Ich habe nicht versprochen, niemanden mitzubringen, wenn Sie also teilnehmen wollen, werden Sie vielleicht etwas Interessantes erfahren.«

Dave schluckte mühsam. Sein Kontakt mit der Verbrecherwelt beschränkte sich auf Balkonsitze bei Gangsterfilmen.

»Wunderbar, Max. Wo soll das stattfinden?«

»Das ist eines der Probleme. Wir brauchen einen möglichst abgelegenen Ort. Wie wäre es in Ihrem Büro – gegen Mitternacht?«

»Okay. So spät arbeitet ja doch keiner mehr.«

»Gut. Bis dahin.«

Dave aß im ›Lucia‹ zu Abend und kehrte einige Minuten nach elf ins Büro zurück. Er blätterte zerstreut in seinen Papieren und horchte mit dem einen Ohr nach dem Geräusch des Aufzugs.

Zehn Minuten nach zwölf tauchten sie auf.

»Hallo!« sagte Theringer lächelnd und holte sich einen Stuhl heran. »Hübsches Zimmer. Das ist Mr. Shenk.«

Dave betrachtete das blasse, schmale Gesicht, das wie eine Maurerkelle geformt war. Willie Shenk hatte dicke Augenlider und dichte, schwarze Wimpern. Der Mund war klein, die Lippen waren voll. Wenn nicht die Nase gewesen wäre, hätte er im Fahndungsblatt die Bezeichnung ›hübscher Bursche‹ verdient. Die Nase war verstümmelt und verlieh seinem Gesicht einen seltsam unfertigen Ausdruck. Er sah nicht sehr gefährlich aus.

»Wie geht's?« sagte er trocken.

»Gut«, sagte Dave und ließ sich in seinen Drehsessel sinken.

»Es handelt sich um eine zwanglose Unterredung«, begann Theringer. »Mr. Shenk hat mich bereits über die näheren Einzelheiten informiert. Möchten Sie es wiederholen, Willie?«

Shenk sah finster drein. »Da ist ja nicht viel zu sagen. Ich habe Annie nicht umgelegt. Ich bin kein Mörder. Aber ich möchte den Kerl, der es getan hat, gern in die Finger bekommen.«

»Was würden Sie mit ihm anfangen?« fragte Theringer in sanftem Ton.

»Ich würde ihn umbringen.«

Dave lockerte den durchschwitzten Kragen. Trotz seiner mädchenhaften Züge und seines schmächtigen Körperbaus machte der schöne Willie jetzt einen ziemlich gefährlichen Eindruck.

»Erzählen Sie mir, was sich zwischen Ihnen und Annie abgespielt hat«, sagte Dave zögernd.

Willie musterte ihn scharf. »Was haben Sie denn für ein Interesse daran, lieber Mann? Max behauptet, daß Sie sie nicht gekannt haben, aber vielleicht lügt er. Sie hat viele merkwürdige Typen gekannt.«

Dave zuckte leicht zusammen. »Nein, ich kannte sie nicht. Ich bin nur genauso wie Sie daran interessiert, den Mörder zu finden. Aus privaten Gründen. Aber nach dem, was Max mir erzählt ...« Er holte tief Atem. »Die Polizei hält Sie für den Täter. Sie waren als letzter mit Annie beisammen. Sie hatten die Gelegenheit. Sie hatten wahrscheinlich auch ein Motiv.«

»Blödsinn. Motiv! In den letzten acht Jahren waren wir immer gute Freunde. Bloß bei meinem Metier kann ich mir kein ordentliches Heim leisten – Sie verstehen, was ich meine. Annie hat oft von Heirat gesprochen, aber ich wollte mich nicht darauf einlassen. Das heißt doch nicht, daß ich sie nicht mochte. Ich –«

Theringer unterbrach ihn. »Sie werden aber nicht behaupten wollen, daß sie Ihnen treu war, Willi? Sie hatte ihre diversen Freunde.«

»Das wußte ich«, erwiderte Shenk mit Würde. »Ich habe ihr alles gegönnt. Ich habe nur von ihr verlangt, daß sie sich sauber hält, solange ich in der Stadt bin. Das ist doch nicht zu viel verlangt?«

»Nein«, sagte Dave liebenswürdig, »das ist nicht viel.«

»Und sie hat sich daran gehalten?« fragte Theringer. »Oder hat sie Sie vielleicht ab und zu ein wenig betrogen? Und haben Sie sich deswegen gezankt?«

»Nein!«

»Wie aber verhält es sich mit dem Baby?« fragte Dave rundheraus.

»Mit was für einem Baby?«

Dave zwinkerte mit den Augen. »Soll das heißen, daß Sie nichts von Annies Kind wußten?«

»Max hat mir davon erzählt. Nur, wie gesagt – ich bin oft verreist.«

»Sie wissen also nicht, wer der Vater ist?«

»Es könnte sich um ein halbes Dutzend handeln.«

»Zum Beispiel?«

»Mich dürfen Sie nicht fragen«, sagte Willie Shenk.

Dave nickte. »Hat sie Ihnen gegenüber jemals ein Werbebüro namens Hagerty & Tait erwähnt? Einen Mann namens Homer Hagerty oder einen gewissen Gordon Tait?«

»Nie gehört.«

Dave seufzte. »Das nützt mir wenig.«

Max Theringer beugte sich vor. »Schauen Sie, Willie, diese Zusammenkunft war doch Ihre Idee. Wenn ich kann, werde ich Ihnen helfen, aber Sie müssen sich an die Fakten halten. Die Polizei ist überzeugt davon, daß Sie Annie umgebracht haben, und bei Ihren Vorstrafen müssen Sie mit einer Verurteilung rechnen. Also heraus mit der Sprache!«

»Nur nicht drohen, lieber Mann.« Willie Shenk musterte den Reporter mit zusammengekniffenen Augen. »Ich erzähle Ihnen alles, was ich weiß. Zwei Tage, bevor Annie umgelegt wurde, bin ich weggezogen. Wir hatten uns gestritten.«

»Weswegen?«

»Wegen Geld. Mir gefiel ihr Leben nicht. Sie hatte zu viel Geld. Ich hatte Sie im Verdacht, einen reichen Freund zu haben. Ab und zu mal sah ich einen Mann herauskommen, aber sie behauptete immer, ihn nicht zu kennen. Eines Nachts kam es zu einem Wortwechsel, und ich verabreichte ihr eine Tracht Prügel. Nicht zu schlimm, und nicht so, daß man was gemerkt hätte. Aber seit etwa zwei Jahren war sie mir zu selbständig geworden. Sie ersuchte mich, zu verschwinden. Na, da bin ich eben verschwunden.«

»War das alles?«

»Das war alles. Ich habe sie nicht umgebracht, Mr. Theringer. Das ist die reine Wahrheit. Ich will Ihnen was Komisches gestehen. Ich habe das Mädel wirklich gern gehabt. Ich habe sie sehr gern gehabt.«

Das blasse, schmale Gesicht mit der merkwürdig verkürzten Nase sah mit einem Male seltsam rührend aus.

»Okay«, sagte Max Theringer. »Ich werde sehen, was ich für Sie tun kann, Willie.«

Willie stand auf. Er war nicht sehr groß und nicht sehr breitschultrig. Aber der Buckel unter seiner linken Achselhöhle gab deutlich zu verstehen, daß Muskeln nicht alles bedeuten. Interessiert sah er sich im Büro des Werbefachmanns um. Er nahm den Entwurf einer neuen Burke-Annonce zur Hand und las achselzuckend die

Überschrift. Dann griff er nach dem eingerahmten Foto auf Daves Schreibtisch und riß den Mund auf, so daß seine schadhaften Zähne sichtbar wurden.

»Er!« sagte er.

»Wer?« Max sah Dave an.

»Um Gottes willen, das ist er doch! Der Kerl, der sich bei ihr herumgetrieben hat. Das ist er!«

Dave nahm ihm das Foto aus der Hand und betrachtete die Züge Kermit ›Cubby‹ Burkes mit neuen Augen.

8

Um zwei Uhr früh nahm er ein Schlafmittel, das aber erst um vier zu wirken begann. Als das schrille Geklingel des Weckers ihn aus dem Bett scheuchte, ging er ächzend ins Badezimmer und holte eine Coffeintablette aus dem Arzneischränkchen. Er sah sich im Spiegel zu, wie er die Pille schluckte, und sagte laut:

»Okay, ihr zwei Pillen! Kämpft es untereinander aus!« Im Taxi, das Zoll um Zoll durch die Stadt kroch, schien das Schlafmittel die Oberhand zu behalten. Dave sackte in sich zusammen, sein Kopf baumelte herab, und vor dem Eingang des Bürohauses mußte der Chauffeur ihn mit einem: »He, lieber Mann!« wachrütteln. Mit verdöster Großzügigkeit gab ihm Dave fast ebensoviel Trinkgeld, wie der Fahrpreis ausmachte.

Er beantwortete weder den meteorologischen Kommentar des Liftboys noch das ›Guten Morgen!‹ der Empfangsdame noch die Begrüßung seiner melancholischen Sekretärin. Das erste Wort, das er heiser hervorstieß, war: »Kaffee!«

Louise reagierte wie ein Militärsanitäter, der den Befehl erhalten hat, Blutplasma zu holen. Sie rief im Café zu ebener Erde an und betonte die Dringlichkeit der Bestellung. Binnen fünf Minuten kam ein junger Mann in weißer Jacke mit der forschen Autorität eines Chirurgen den Korridor entlang. Mit mühsam geweiteten Augen riß Dave den Pappdeckel von dem Becher und nahm den ersten belebenden Schluck. Louise beobachtete ihn in zitternder Erwartung.

»Aaah!« sagte Dave dankbar und erleichtert.

Der Tag hatte begonnen.

»Hat Mr. Hagerty schon nach mir verlangt?« fragte er. »Wir wollten heute früh Burke besuchen.«

»Ach, das habe ich ganz vergessen. Celia rief an und sagte, die Besprechung sei auf Montag verschoben. Mr. Hagerty mußte plötzlich verreisen. Aber er läßt Sie bitten, dafür zu sorgen, daß der Probeabzug der neuen Annonce bereitliegt. Und dann noch etwas über den Nielsen-Marktbericht. Sie sagte, Sie würden Bescheid wissen.«

Dave brummte etwas in sich hinein. Wenn er von dem Aufschub gewußt hätte, wäre er den ganzen Vormittag im Bett geblieben.

»Schön«, sagte er. »Fragen Sie Miss Hagerty, ob der Probeabzug fertig ist. Nein, warten Sie einen Augenblick! Ich werde sie selber fragen.«

Er nahm den Kaffeebecher und ging mit ihm über den Korridor zu Janeys Arbeitsraum. Die Tür war noch immer zu, er wußte, warum, aber er drehte den Knauf und trat ein.

An Janeys Zeichenbrett stand Harlow Ross, eifrig über den Skizzenblock gebeugt, einen Fettstift in der Hand. Mit einem rasch erlöschenden Lächeln blickte er auf und klappte den Block zu.

»Hei, Dave!« sagte er verlegen. »Ich wollte eben nur ein paar Zeilen für Janey hinterlassen.«

»Ist sie nicht da?«

»Noch nicht. Hören Sie mal, ich möchte mit Ihnen über die Burke-Sache sprechen. Ich weiß, Sie werden überzeugt sein, daß ich Quatsch rede, aber ich habe mich darüber gefreut, daß der alte Cubby Sie behalten will. Wie ich gehört habe, hat er Ihnen ein Bild ›unseres lieben Chefs‹ geschickt.«

»Das stimmt«, erwiderte Dave kurz. Er hatte an diesem Morgen gar keinen Sinn für Ross' betonte Jovialität. »Lassen Sie auch in meinem Namen eine Zeile zurück, ja? Bitten Sie Janey, mich anzurufen.«

»Weshalb?« fragte Janey, die hinter ihm hereingekommen war. Sie trug einen Tweedmantel über dem Arm. In der anderen Hand baumelte eine Ledertasche.

»Na, so etwas!« sagte Dave. »Seit wann komme ich früher ins Büro als du?«

Sie fegte an ihm vorbei, und Harlow Ross, lächelnd wie der erklärte Günstling am Hofe Ihrer Majestät, erhob sich und nahm ihren Mantel entgegen. Er hängte ihn hinter die Tür und schob ihr dann den Stuhl vor dem Zeichenbrett zurecht.

»Ihr habt wohl etwas Geschäftliches zu besprechen«, sagte er liebenswürdig. »Da werde ich mich aus dem Staub machen. Wenn er frech wird, Janey, brauchst du nur zu rufen.«

Seine Aufmerksamkeiten ließen Janey völlig unberührt. Nachdem er die Tür hinter sich zugemacht hatte, begann sie einen Bleistift zu spitzen, mit der grimmigen Miene eines Maorikriegers, der seine Speerspitze schärft.

Dave sah ihr eine Weile zu, dann sagte er: »Sei unbesorgt, es handelt sich wirklich um eine geschäftliche Sache. Onkel Homer hat mir sagen lassen, ich solle mich um den Probeabzug der Burke-Annonce kümmern. Kermit will ihn sehen.«

»Er wird gerade im Atelier montiert.«

»Oh!« Er nahm einen Schluck aus dem Kaffeebecher. Er wollte nicht weggehen. »Darf ich dir etwas davon anbieten?«

»Danke, nein.«

Dave verzog das Gesicht. »Nun hör mal, findest du nicht, daß du endlich aufhören könntest, die gekränkte Leberwurst zu spielen?«

»Der Abzug liegt im Atelier«, erwiderte Janey. »Hattest du sonst noch irgendwelche Wünsche?«

»Ja, zum Donnerwetter!« Er knallte den Kaffeebecher auf ihren Hocker, so daß sich eine kleine braune Springflut über die Resopalplatte ergoß. »Erstens einmal wirst du mir die Burke-Baby-Fotos übergeben. Wie du weißt, ist das nach wie vor mein Ressort, auch wenn es Onkel Homer nicht paßt. Ich will die Fotos bei mir verwahren, die ganze Serie, von Anfang an.«

»Wozu? Sie gehören ins Archiv der künstlerischen Abteilung.«

»Es ist mir egal, wo sie hingehören. Ich habe meine Gründe. Wenn du daraus eine hochoffizielle Angelegenheit machen willst, werde ich dir eine Aktennotiz schicken.«

Sie blies Bleistiftspäne von ihrem Spitzer.

»Na?« sagte Dave. »Wie steht es damit? Bekomme ich die Bilder, oder hat Onkel Homer dich angewiesen, sie niemandem auszuliefern?«

»Ich habe die Fotos nicht mehr.«

»Wie?«

»Ich habe sie nicht. Ich habe sie seit der vorigen Woche nicht mehr. Jemand hat den ganzen Stoß aus dem Archiv weggeholt.«

»Jemand? Ja, wer denn?«

»Das weiß ich nicht. Ich habe ein Rundschreiben durch sämtliche Abteilungen geschickt und angefragt, ob jemand sie gesehen habe, aber ich habe keine Antwort bekommen. Hast du das Rundschreiben nicht gelesen?«

»Nein«, erwiderte Dave schuldbewußt. Es gab viele derartige Sachen, die er nicht las.

»Du kannst ja in der abgelegten Bürokorrespondenz nachschlagen und es lesen«, sagte sie kalt. »Für den Fall, daß du mir keinen Glauben schenkst.«

»Das habe ich nicht gesagt.«

»Du sagst vieles nicht. Aber du denkst gern laut, nicht wahr?«

»Ach, dummes Zeug!« brummte Dave. »Deine Haltung ist völlig unlogisch. Du regst dich wegen Onkel

Homer auf, weil mir dieser Baby-Schlamassel nicht gefällt, in den er mich hineinmanövriert hat. Ich habe schon oft von Komplikationen mit angeheirateten Verwandten gehört, aber das ist doch, bei Gott, einfach lächerlich. Wir sind noch nicht einmal verlobt!«

Ein fast unmerkliches Zucken huschte über Janeys frostige Miene. Dave sah es, und dann zuckte auch er mit den Wimpern.

»Ich meine nur«, fuhr er in etwas kläglichem Ton fort und wußte nur ganz ungefähr, was er eigentlich sagte, »ich meine nur, wir sollten diese Familienzwiste verschieben. Bis nachher.«

»Bis wann?«

»Bis wir verheiratet sind«, erwiderte jemand, der sich der Stimme Dave Robbins' bediente. Erstaunt hörte Dave zu und fragte sich, wie es denn möglich sei, daß er so völlig die Herrschaft über sie verloren habe.

Janey saß stocksteif auf ihrem Stuhl und betrachtete den grauen Umschlag des Skizzenblocks.

»Nennst du das einen Heiratsantrag?«

»Wer? Ich? Freilich!« erklärte Dave streitlustig. »Was sollte es denn sonst sein?«

»Das weiß ich nicht.«

»Zum Donnerwetter – natürlich ist es ein Heiratsantrag. Ich bitte dich, meine Frau zu werden. Wie stellst du dich dazu?«

Sie sah ihn an.

»Gestatte mir nur eine einzige Frage. Möchtest du gern heiraten, bevor du meinen Onkel als Mörder festnehmen läßt, oder nachher? Dann könnten wir unsere Flitterwochen ungefähr auf den Zeitpunkt seiner Hinrichtung verlegen. Es wäre doch eine ganz reizende Hochzeitsreise nach Sing-Sing. Meinst du nicht?«

Dave machte den Mund auf, wußte aber nicht, was er mit seiner Zunge anfangen sollte. Ein gurgelnder Laut kam aus seiner Kehle. Janey wandte sich wieder ihrem Zeichenbrett zu.

»Schön«, sagte er schließlich. »Dann will ich dir sagen, was ich tun werde. Ich werde am Montag damit beginnen, die ganze Geschichte aufzuklären. Ich werde Kermit Burke etwas präsentieren, was er nicht so bald vergessen wird.«

Sie blickte hastig auf.

»Du hast gehört, was ich sage!« fuhr Dave mit bebender Stimme fort. »Wir sind mit unserem Vetter vom Lande verabredet, um ihm die neue Burke-Baby-Annonce vorzulegen und uns über die Verkaufsziffern zu unterhalten. Aber ich werde ihm noch mehr zeigen. Ich werde ihn darauf aufmerksam machen, daß er der Mittelpunkt einer Gala-Zirkusvorstellung ist. Ich werde ihm von den Clarkes und Annie Gander und von Gordon und dem ganzen Wechselbalgmanöver erzählen. Dann werden wir ja sehen, was passiert.«

»Warum sollte er dir Glauben schenken?« flüsterte Janey.

»Ich werde ihn dazu zwingen. Die Fotos sind nicht das einzige Beweismaterial, sei ganz unbesorgt. Es gibt Leute, die den Vorfall bestätigen können. Vielleicht nicht du, vielleicht nicht Onkel Homer – aber es gibt solche Leute.«

»Nämlich?«

»Zum Beispiel die Gräfin Szylenska«, erwiderte Dave, und seine Wangen wurden immer röter. »Ihr ist es nicht schwergefallen, sich die Fotos zu verschaffen. Davon wußtest du gar nichts, nicht wahr?«

»Ich weiß nicht, wovon die Rede ist. Was hat denn die Gräfin damit zu tun?«

»Viel mehr, als du denkst. Und es gibt noch etwas, womit du nicht gerechnet hast. Selbst wenn Onkel Homer sich einbilden sollte, seine Spuren verwischt zu haben, irrt er sich sehr. Vergiß nicht Bob Bernstein, der die Aufnahmen gemacht hat. Die Negative liegen noch in seinem Atelier verwahrt. Ich kann mir im Handumdrehen eine komplette neue Serie verschaffen.«

»Bernstein ist tot.«

»Aber nicht seine Frau. Wenn also jemand wissen will, wo ich mich heute aufhalte –«

Wütend blätterte Janey in den Seiten ihres Skizzenblocks. Ihre gelassene Milchglasmiene war restlos zerstört. Dave, der sich gerade um diese Wirkung bemüht hatte, verspürte jetzt heftige Gewissensbisse. Er wurde blaß und ging zu ihr hin, um ihr zärtlich die Hand zu reichen.

»Um Gottes willen, Janey, lassen wir doch die Maulwurfshügel in Frieden! Muß uns das entzweien?«

»Ist es nicht schon geschehen?«

»Sieh mal, das alles können wir freundlich und kühl besprechen. Vielleicht heute abend –«

Sie las gerade die kritzlige steile Handschrift Harlow Ross' auf ihrem Block.

»Nicht heute abend«, sagte sie. »Heute abend bin ich besetzt.«

Dave blickte ihr über die Schulter. Die Worte lauteten: »Rate mal, wer für heute abend Karten für die ›Blutenden Herzen‹ hat? Dein sehr ergebener Harlow. Wie wär's?«

Dave wurde ganz steif. »Schön«, sagte er mit erstickter Stimme. »Wenn dir das lieber ist …«

Auf dem Rückweg in sein Büro ging sein Atem immer schwerer, und er hatte das Gefühl, daß die Coffeintablette schließlich doch den Sieg davontragen würde. Er ließ sich mit solcher Wucht in seinen Drehsessel fallen, daß sich von einem Bein die Laufrolle löste. Er machte sie wieder fest, setzte sich dann hin und begann, auf die Schreibunterlage loszutrommeln, als ob sie eine Kesselpauke in einem Varietélokal sei. Zuletzt griff er nach dem Telefonhörer und ließ sich mit der Gräfin Szylenska verbinden.

»Ja, David?« Ihr Ton hätte genügt, um den Leitungsdraht zwischen Long Island und Manhattan zu Eis erstarren zu lassen.

»Ich habe mir überlegt, Frau Gräfin, was wir gestern besprochen haben. Vielleicht war es ein wenig übereilt von mir, und wenn Sonja mir nicht allzu böse ist –«

»Böse? Aber David, Sonja würde Ihnen nie etwas übelnehmen!«

»Das ist ja wunderbar. Sagen Sie bitte Sonja, daß ich sie sehr gern heute abend treffen möchte, und wenn sie es schaffen kann, in die Stadt zu kommen –«

»Da gibt es nichts zu schaffen. Sie ist seit gestern bei mir in der Wohnung. Sie können sie dort abholen.«

»Gut. Sagen Sie ihr bitte, daß ich gegen sieben Uhr da bin.«

»Wunderbar!« erwiderte die Gräfin, offenbar tief entzückt. »Und was die Theaterkarten betrifft – wenn ich noch vor zwölf meine Bekannten im Theater anrufe, dann kann ich vielleicht –«

»Kümmern wir uns nicht um die Theaterkarten. Und Sie dürfen sich auch die Tischbestellung ersparen. Wenn Sie nichts dagegen haben, will ich selber den Abend organisieren.«

»Natürlich habe ich nichts dagegen, David. Es war nie meine Absicht –«

»Freilich, das weiß ich, Frau Gräfin. Dann sehe ich also beide Damen gegen sieben.«

Er legte auf, teils befriedigt, teils bedrückt. Dann rief er Louise herein.

»Ich bleibe den ganzen Tag weg«, sagte er zu ihr. »Tun Sie mir den Gefallen und holen Sie den Burke-Probeabzug aus der künstlerischen Abteilung, sobald er montiert ist. Die Versandabteilung soll ihn für die Zusammenkunft am Montag einpacken und das da mit dazulegen.« Er nahm den blau eingebundenen Nielsen-Marktbericht aus der obersten Schublade und reichte ihn Louise.

»Kann ich Sie irgendwo erreichen?« fragte sie.

»Nein. Nur für den Notfall – ich meine, falls es wirklich nötig ist –: Ich bin in Sword's Point, zu Besuch bei Mrs. Bernstein.«

Nachdem Dave den Zwölf-Uhr-zehn-Zug bestiegen hatte, der träge Grand Central verließ, betrachtete er die Reihen leerer Sitzplätze und überlegte sich, daß er fast schon ein ›Pendler‹ geworden war, ohne die Vorzüge des Vorortdaseins zu genießen. Vor nicht allzu vielen Tagen hatte er dieselbe Fahrt zu Bob Bernsteins bescheidener Villa angetreten, und die Zwischenzeit war durch drei Todesfälle akzentuiert worden – einschließlich Bob Bernsteins Tod. Bei diesem Gedanken senkte sich eine tiefe Niedergeschlagenheit auf ihn herab, mit dem Sturmzentrum im Magen.

Aber Davids Gewitterstimmung hatte noch andere Gründe. Der kühne Entschluß, am Montag den Burke-Baby-Schwindel aufzudecken, kam ihm jetzt übereilt und nicht sehr aussichtsreich vor. Es gab allzu zahlreiche Elemente, aus denen er nicht schlau wurde. Vor allem Willie Shenks verblüffende Enthüllung, daß er Kermit Burke in Annie Ganders Nähe gesehen habe. Was hatte die beiden zueinandergeführt? Annies Erpressungen hatten nur dann einen Zweck gehabt, wenn Kermit Burke von ihrer verwandtschaftlichen Beziehung zu dem glucksenden Wickelkind in den Baby-Foods-Annoncen nicht die leiseste Ahnung hatte, und sie würde alles getan haben, um jeden Kontakt mit ihm zu vermeiden. Es war sinnlos.

Trotzdem wußte Dave, daß er seine Absicht durchführen würde. Er unterlag dem Zwang, die Wahrheit ans Licht zu bringen und festzustellen, welche Reaktion sie auslösen würde. Solange es Geheimnisse gab, würde er sich durch allzu viele Zweifel und Befürchtungen gefesselt fühlen. Die Wahrheit, dachte er, und dabei war ihm recht wunderlich zumute – die Wahrheit macht dich frei …

Außerdem: Bob Bernsteins Witwe. Ruth Bernstein, eine nette kleine Person mit den Zügen einer alternden Madonna, war am Telefon recht freundlich und heiter gewesen, aber er zitterte vor der Begegnung mit ihr. Nicht ein einziges Mal seit dem Tod ihres Mannes hatte er angerufen und ihr nicht einmal den üblichen Kondolenzbrief geschickt. Was würde sie von ihm denken, wenn sie erfuhr, daß sein Besuch rein eigennützigen Motiven entsprang?

Noch schlimmer wurde ihm zumute, als er in Sword's Point ausstieg und ihre etwas kurzbeinige Gestalt auf dem Parkplatz neben einem grauen Morris Minor stehen sah. Sie winkte ihm zu und lächelte, als er nahe genug herangekommen war, um ihren Gruß gebührend schätzen zu können.

»Ich habe Sie doch ersucht, mich nicht abzuholen«, sagte er mit sanftem Vorwurf. »Ich hätte mir ein Taxi nehmen können.«

»Ich hatte nichts anderes zu tun. Hoffentlich ist Ihnen das Wägelchen nicht gar zu klein.«

Sie setzte sich ans Steuer, und er stieg zu ihr ein. Er wußte, daß er nun etwas über Bob äußern müsse, ein paar kurze tröstende Worte. Sie hatte eine grüne Strickjacke über einem geblümten Hauskleid an und einen mit Straß besetzten Kamm in ihrem glatt zurückgekämmten schwarzen Haar. Sie schien nicht Trauer zu tragen, also redete er sich den Gedanken aus, etwas sagen zu müssen. Erst als sie vor der roten modernisierten Ziegelvilla ankamen, die eigentlich nicht viel mehr war als ein ausgebauter Bungalow, sah Dave, wie ihr Kummer sich Luft gemacht hatte. Das Haus selber trauerte um den Toten. An sämtlichen Fenstern waren die Jalousien herabgezogen und an den Schlafzimmerfenstern die Läden geschlossen. Der Rasen war ungejätet, von Unkraut überwuchert, verwahrlost. Als sie eintraten, konnte nicht einmal die Deckenbeleuchtung, die sie im Flur anknipste, die Düsternis verscheuchen.

Sie setzten sich in das halbdunkle Wohnzimmer vor ein großes, verhangenes Fenster.

»Möchten Sie etwas trinken?« fragte Ruth Bernstein. »Ich trinke etwas, falls Sie es wissen wollen.«

»Gut«, erwiderte Dave.

Sie holte zwei Gläser und eine Flasche und stellte einen Eiskübel auf den stilisierten Kaffeetisch. Dann setzte sie sich auf einen Plastikstuhl, der in der Mitte ein Loch hatte, und streifte mit einem Seufzer die hochhackigen Schuhe ab.

»Ich sehe Ihnen an, Dave, was in Ihrem Kopf vorgeht«, sagte die kluge kleine Frau. »Sie fühlen sich verpflichtet, eine Rede zu halten und mir Ihr Beileid auszudrücken. Ersparen Sie sich die Mühe. Ich habe mir so viele Reden anhören müssen, und sie helfen einem nicht.«

»Ich bedaure es sehr.«

»Also schön, mehr brauchen Sie nicht zu sagen. Sie bedauern es, und ich bedaure es. Basta.«

»Ich weiß, es ist nicht gerade der rechte Augenblick, um Sie zu belästigen, und ich würde es auch nicht tun, wenn es nicht wichtig wäre.«

»Bitte! Ich freue mich, wenn mir jemand Gesellschaft leistet. Man fürchtet sich vor mir, die Leute haben wohl Angst, ich werde ihnen etwas vorheulen. Glauben Sie mir – ich werde nicht weinen.«

»Es war ein furchtbarer Schock. Ich weiß, wie schrecklich es für Sie gewesen sein muß – so plötzlich –«

»Sie wissen wahrscheinlich gar nicht, was geschehen ist?«

Dave fühlte sich schuldig. »Eigentlich nicht. In der Zeitung war, nur von einem Unfall die Rede.«

»Wenn ich bloß dagewesen wäre!« sagte Ruth Bernstein versonnen.

»Sie waren also nicht zu Hause, als es passiert ist?«

»Nein. Freilich hätte ich nichts daran ändern können. Ich verstehe nichts von solchen Dingen – von diesen phantastischen Apparaturen, die er in seinem Atelier und in der Dunkelkammer installiert hatte. Sie wissen doch, wo er gearbeitet hat – in der eingebauten Scheune hinter dem Haus?«

»Bob hat es mir gezeigt.«

»Jetzt gibt es nichts mehr zu sehen. Alles ist weg, alles. Ich hätte nie gedacht, daß der Beruf eines Fotografen so gefährlich wäre – wie der eines – sagen wir – Lastwagenchauffeurs. Man nimmt eine Kamera, man drückt auf einen kleinen Knopf – was sollte daran gefährlich sein?« Sie nippte an ihrem Glas.

»Wo waren Sie denn, Ruth, als es passierte?«

»In Bronx, in unserer früheren Wohngegend. Meine Mutter wohnt noch immer dort, im selben Mietshaus. Sword's Point gefällt ihr nicht, es ist ihr zu primitiv. Gerade an diesem Tag hatte ich mich entschlossen, sie zu besuchen. Ich dachte nicht, daß – Bob mich brauchen würde. Ich wußte, er würde beschäftigt sein – er sollte eine Portraitaufnahme machen.«

»Hat Bob Portraitaufnahmen gemacht?«

»Ja, damit hat er angefangen. Im Atelier seines Vaters – in Bronx. Erst später ist er in die Werbebranche gegangen. Aber als er den Burke-Baby-Job verlor, nahm er gerne wieder Portraitbestellungen entgegen. Als er mir sagte, er habe nachmittags eine Aufnahme zu machen, da dachte ich mir, fein, ausgezeichnet, gerade der richtige Zeitpunkt, um Mama zu besuchen.«

Dave stellte sein Glas hin. »Damit kein Irrtum entsteht, Ruth! Er hat die Portraitaufnahmen an seinem – an dem Tag gemacht, als das Unglück passierte?«

»Richtig. Jemand hatte morgens angerufen und die Zeit ausgemacht. Bob war selber am Telefon.«

»Wissen Sie, wer es war?«

»Keine Ahnung.«

»Mann oder Frau?«

Ruth zuckte die Achseln.

»Wann war das? Ich meine die Verabredung?«

»Das weiß ich nicht. Aber das Unglück muß – wie man annimmt – gegen halb fünf passiert sein. Man hat sich bei den Nachbarn erkundigt – ich meine die Polizei. Ein Nachbar behauptete, um diese Zeit einen gedämpften Knall gehört zu haben. Ich kam gegen sieben nach Haus. Da lag die Scheune bereits in Asche. Bob war in der Dunkelkammer. Er hatte nichts Menschliches mehr an sich, so verbrannt und verstümmelt –«

Einen Augenblick lang versagte ihr die Stimme. Dann fügte sie rasch hinzu: »Ich habe Ihnen versprochen, nicht zu weinen.«

»Aber was ist denn passiert? Was war die Ursache?«

»Ich weiß es nicht genau. Man behauptete, es könnte eine sogenannte Selbstentzündung gewesen sein. Die verrückten Chemikalien, die er herumliegen hatte, wurden überhitzt und explodierten. Man behauptete auch, er habe nicht gelitten; er sei sofort tot gewesen, aber ich frage mich, woher will man das wissen? Woher will man denn überhaupt etwas wissen?«

Dave sah sie an. Sie konnte ihr Versprechen nicht halten.

»Es roch abscheulich, so, wie ich mir immer vorgestellt habe, daß es in der Hölle riechen muß. Alles war zerfetzt, zertrümmert, verbrannt. Als ob eine Bombe eingeschlagen hätte. Später habe ich mir gedacht, daß es vielleicht ein Fehler gewesen war, so einsam zu wohnen. Das nächste Haus ist einen Kilometer weit entfernt. Vielleicht hätte man sonst die Explosion gehört und wäre schnell zu Hilfe geeilt. Wenn er dann vielleicht noch nicht tot war ...« Wieder zuckte sie die Achseln. »In Bronx könnte so etwas nicht passieren, das sage ich Ihnen. Binnen zwei Sekunden wäre das ganze Viertel vor unserer Tür gewesen. Hier fliegt ein Haus in die Luft, und die Leute mähen ihren Rasen weiter.«

Dave wartete, und als sie schwieg, fragte er: »Was wurde zerstört? Alles? Auch das Archiv mit den Fotos?«

»Woher soll ich das wissen? Jedenfalls war nichts übriggeblieben, was man hätte aufheben können. Ich ließ alles wegschaffen.«

»Dann ist also alles verschwunden. Einschließlich der Negative, die er für die Burke-Baby-Serie benützt hat.«

»Ist das wichtig?«

»Nein«, erwiderte Dave verdrossen. »Nicht gar so wichtig. Ehrlich gesagt, hatte ich gehofft, sie würden noch vorhanden sein. Ich hätte etwas mit ihnen vorgehabt. Aber Schwamm darüber, Ruth, ich kann mich auch ohne sie behelfen.«

»Das tut mir leid. Ich wußte es nicht. Haben Sie mich deshalb aufgesucht?«

»Nein, nein«, antwortete Dave. Ihre Frage war ihm peinlich. »Nicht nur deshalb, wirklich nicht. Ich wollte Ihnen guten Tag sagen und Genaueres über den Unfall erfahren. Ich bin nur in der letzten Zeit auf eine Reihe von Problemen gestoßen.«

»Sie meinen, beruflich?«

»Ja, gewissermaßen.« Er füllte sein Glas. »Ruth, darf ich noch eine Frage an Sie richten?«

»Freilich.«

»Diese Portraitaufnahme! Daß beides so merkwürdig zusammentraf. Haben Sie – oder hat Bob eine Kartei geführt – vielleicht außerhalb des Ateliers? Läßt sich nicht feststellen, wer an diesem Tag zu ihm kam?«

»Eine Kartei?« Sie kniff die Augen zusammen. »Nein, Bob hatte nicht so viele Aufträge, daß er eine Kartei gebraucht hätte. Warum fragen Sie?«

»Ohne besonderen Grund. Ich wollte es nur wissen.«

Sie biß sich auf die Lippe. »Ich habe nie viel darüber nachgedacht. Die betreffende Person hat sich nicht mehr gemeldet. Wahrscheinlich hat sie nachher von dem Unglücksfall gehört. Wer weiß, vielleicht steckt der Film noch in der Kamera.«

»In welcher Kamera?«

»Das war eine der wenigen Sachen, die ich behalten habe. Ich weiß nicht, warum. Ich war so wütend auf das Atelier, daß ich am liebsten alles entzweigeschlagen hätte, was nicht schon kaputt war. Aber die Kamera habe ich behalten, eine Leica.«

Dave rutschte auf seinem Stuhl nach vorn. »Könnte ich sie mal sehen, Ruth? Wenn Sie nichts dagegen haben.«

»Gern.«

Sie stand auf und verschwand ins Nebenzimmer. Er wartete gespannt. Als sie mit der Leica zurückkehrte, nahm er sie zur Hand und drehte sie verdutzt hin und her.

»Woraus ersieht man, ob ein Film darin ist?«

»Hier ist eine kleine Vorrichtung.« Sie zeigte auf die Stelle. »Sehen Sie die Indexmarke? Ja, es ist ein Film drin.«

»Ruth – würden Sie mir erlauben, den Film mitzunehmen?«

»Gern. Aber warum wollen Sie ihn denn mitnehmen, Dave?«

»Aus reiner Neugier. Darf ich?«

»Selbstverständlich. Geben Sie die Kamera her, ich nehme den Film heraus.«

Sie knipste die eine Lampe aus, die im Zimmer brannte, und öffnete die Klappe. Dann spulte sie den Film ab, klebte das gummierte Ende zu und reichte ihm die Rolle.

Er hatte keine Lust, noch länger hier herumzusitzen, wußte aber nicht, wie er sich verabschieden sollte. Ruth Bernstein mußte seine Unruhe gespürt haben, denn sie baute ihm eine Brücke. »Haben Sie im Büro zu tun, Dave?«

»Ja. Sehr viel. Eigentlich möchte ich vor Feierabend dort sein. Ich muß noch mit jemandem sprechen.«

»Das verstehe ich. Es war sehr lieb von Ihnen, mich zu besuchen, Dave.«

Die Rückfahrt war von qualvoller Länge, obwohl der Zug den Fahrplan einhielt. Vom Bahnhof aus rief er im Büro an und sprach mit dem Leiter der künstlerischen Abteilung. Der Mann nannte ihm den Namen eines Fotoateliers, wo man in dringenden Fällen einen Film ganz schnell entwickeln lassen konnte. Raschen Schrittes begab Dave sich durch die Bahnhofshalle zu dem Ausgang, der in die 42. Street führte.

In dem Fotoatelier wurde er sofort bedient – er brauchte nur den Namen der Agentur zu nennen. Man fragte ihn, ob er im Vestibül warten wolle, und er bejahte. Er griff nach einer Nummer des ›Photography Annual‹ und versuchte, sich auf die Abbildungen zu konzentrieren, aber es gelang ihm nicht. Er dachte allzu angestrengt darüber nach, was Ruth Bernstein ihm erzählt hatte, und über die erschreckende Idee, die in dem Augenblick, da sie die Portraitaufnahme erwähnte, wie ein Blitzlicht in seinem Hirn aufgeflammt war.

Als die Dunkelkammer läutete, waren Daves Gedanken unablässig nur in eine bestimmte Richtung gewandert. Wenn seine Überlegungen stimmten, würde auf dem Film in der Entwicklungsschale das Portrait von Bob Bernsteins Mörder zu sehen sein.

Die Tür ging auf.

»Pech«, sagte der junge Mann in der weißen Schürze. »Jemand muß die Kamera geöffnet haben, bevor der Film aufgebraucht war. Alle Bilder sind überbelichtet, Mr. Robbins.«

Er reichte Dave ein Bündel nasser Negative, die so leer und so wenig aufschlußreich waren wie die Joker in einem Kartenspiel.

9

Das prunkvolle Haus, das sich ›Manhattan Manor‹ nennt, überragt den East River Drive, ist eine Landmarke für die Kapitäne der Schlepper und eine Sehenswürdigkeit für die Bewohner von Welfare Island. Nachts wirkt das Appartementhaus noch imposanter, und mit der besonderen Ehrfurcht, die der Städter seiner Stadt entgegenbringt, sah Dave durchs Taxifenster die von Scheinwerfern beleuchteten Terrassen näher kommen. Niemand konnte sich seiner Wirkung entziehen. Der Chauffeur legte den Finger an den Mützenschirm, als er Daves bescheidenes Trinkgeld entgegennahm, und der Portier öffnete die Tür des De Soto mit Cadillac-Grandezza. Das gläserne Portal öffnete sich so majestätisch, wie es königlichen Besuchern würdig gewesen wäre, und der dicke Teppich in der Halle begrüßte Daves Füße demütig und weich. Feierlich geleitete ihn der Liftboy in den gepolsterten Aufzug und setzte ihn sanft in der Etage ab, auf der Gräfin Szylenska wohnte. Die Pracht war fast hypnotisierend, und wenn nicht jemand in einer Nachbarwohnung Kohl gekocht hätte, wäre Dave ganz ihrem Bann verfallen. So aber rümpfte er lächelnd die Nase und drückte dann auf den Knopf, der im Inneren des Appartements Nr. 18 A leise Glöckchen ertönen ließ.

Eine schwarzhäutige junge Frau kam an die Tür. Sie hielt ein Köfferchen in der Hand. Als sie ihn erblickte, fing sie zu kichern an, und tauschte dann mit ihm den Platz. Er sah verdutzt drein, als sie die Tür hinter ihm zumachte. Dann brachte ihm die Stimme der Gräfin vom anderen Ende des Korridors her die Erklärung.

»Das war unser Mädchen Dessie. Sie war eben im Weggehen begriffen, als Sie klingelten. Treten Sie näher, David.«

Er ging durchs Vorzimmer in den Wohnraum und sah rot. Es war eine Sinnestäuschung, ein Trick der Netzhaut. Die Teppiche waren rot, die Gardinen waren rot, überall war roter Plüsch zu sehen. Die Möbel selbst waren aus mattem Elfenbein und dürften wohl auch in dem Jahrhundert, in dem sie angefertigt worden waren, ein Vermögen gekostet haben. Alles andere aber war rot.

»Ach, wissen Sie, Frau Gräfin«, sagte Dave, »ich habe einen großartigen Namen für diesen Raum. Nennen Sie ihn doch das ›Rote Zimmer‹.«

Die Dame lachte etwas unsicher und winkte ihn mit ihrer Zigarettenspitze (schwarz) näher zu sich heran. Gräfin Szylenska hatte sich an diesem Abend auf griechisch zurechtgemacht. Sie trug ein dunkelgrünes antikes Stilkleid. Ihr Haar war zu gefährlicher Höhe aufgetürmt und fügte ihrer Körperlänge einige weitere Zentimeter hinzu, die sie gar nicht brauchte. Als er nahe genug herangekommen war, reichte sie ihm einen Cocktail (rot).

»Ist Ihnen ein Manhattan recht?« fragte sie. »Ich habe festgestellt, daß auch Sonja Manhattans bevorzugt. Wenn ich ehrlich sein soll, schmeckt ihr meiner Meinung nach nur die Kirsche unten im Glas.« Lachend setzte sie sich. »Ich fürchte, Sonja hat sich noch nicht an unsere verruchte Welt gewöhnt, David. Manchmal glaube ich fast, sie ist in ein falsches Zeitalter geraten.«

»Wo ist sie denn?«

»Sie zieht sich an. Sie wird gleich fertig sein. Natürlich kann sie sich nicht entschließen, was sie anziehen soll. Und wie ist es denn Ihnen ergangen, David?«

»Danke, recht gut, Frau Gräfin, in Anbetracht der Umstände.«

»Sie sind noch immer böse auf mich, nicht wahr?«

»Böse? Warum sollte ich böse sein?«

»Wegen gestern, natürlich. Diese Fotos! Ich weiß, Sie werden mir nie so recht verzeihen, was ich getan habe, David. Aber ich glaube nicht, daß Sie Ihren Entschluß bereuen werden.«

»Einen Augenblick!« Dave ließ sein Glas sinken. »Über eines wollen wir uns im klaren sein, Frau Gräfin: Daß ich heute abend hier erschienen bin, hat gar nichts mit Ihrem gestrigen Zauberkunststück zu tun. Wenn Sie Kermit Ihr kleines Fotoalbum zeigen wollen, haben Sie meinen Segen. Ja, ich werde es ihm selber gern auf den Tisch legen, falls Sie es mir anvertrauen wollen.«

Die ohnedies recht großen Augen der Gräfin wurden noch größer.

»Ich bin gekommen, weil ich Lust dazu hatte«, fuhr er fort. »Nicht, weil ich mich habe erpressen lassen. Das wollen wir rundweg feststellen.«

»Aber das ist ja großartig, lieber David! Sie wissen nicht, wie sehr es mich freut, das zu hören.«

»Wie schön«, sagte Dave. »Wollen Sie jetzt bitte Sonja ersuchen, sich mit ihrem Reißverschluß zu beeilen. Ich habe seit dem Frühstück nichts gegessen und bin, ehrlich gestanden, halb verhungert.«

Die Gräfin war offenbar entzückt von Daves herrischem Ton, stand aber nicht auf.

»Was haben Sie sich denn vorgenommen? Es gibt so viele wunderbare Lokale, die Sonja noch nie –«

»Pfeifen wir auf die wunderschönen Lokale!« Dave streckte die Beine aus und legte sie einem plötzlichen Einfall nachgebend auf den O-beinigen Marmortisch, der vor ihm stand. »In der Third Avenue liegt eine kleine Taverne, die mir gefällt, und dort gehen wir hin. Es gibt dort keinen roten Plüsch, aber der Wein ist rot, und die Spaghetti schmecken gut. Und es ist außerdem preiswert. Nachher – na ja, vielleicht werde ich nachher mit Sonja ins Kino gehen.«

»Freilich«, sagte die Gräfin, fast keuchend vor Bewunderung. »Sonja geht furchtbar gern ins Kino.«

»Vielleicht gehen wir aber auch nicht ins Kino. Vielleicht gehen wir kegeln.«

»Ich glaube kaum, daß Sonja auch nur weiß, was kegeln ist, aber sie wird bestimmt –«

»Also, ich weiß nicht genau, was wir nach dem Essen machen werden. Momentan liegt mir nur daran, mir den Bauch vollzuschlagen. Wenn Sie also nichts dagegen haben, Frau Gräfin, sagen Sie Ihrer Tochter, sie möchte sich gefälligst beeilen.«

Sie stand auf und verschwand durch den offenen Durchgang und kehrte eine Minute später mit Sonja im Schlepptau zurück. Allem Anschein nach war das junge Mädchen schon seit geraumer Zeit fertig und hatte lediglich von ihrer welterfahrenen Mama die Weisung erhalten, sich zu zieren. Keinem Wachsfigurenkabinett war bis jetzt eine perfektere Erscheinung gelungen. Jede einzelne weiche, schwarze Locke war an der richtigen Stelle festgeklebt. Das blaue Seidenkleid, mit gebauschten Ärmeln und weitem Rock, war nach ihrer mageren Figur modelliert, um die fleischlosen Rippen und den, wie Dave entdeckte, erstaunlich üppigen Busen zu betonen. Die Gräfin hatte offenbar ihren hervorragenden Farbensinn auf Sonjas schmächtiges Gesicht angewandt, und das Ergebnis war verblüffend. Ihre Haut war von phosphoreszierender Weiße, der Mund rot wie eine Feuerspritze, die hellen, lavendelfarbenen Augen mit schwarzer Tusche umpinselt. Sie war wirklich eine Schönheit, das wußte Dave gebührend zu schätzen. Aber sie wirkte nach wie vor unwirklich, überirdisch, ein Aquarell statt einer Frau.

»Hallo!« sagte er brüsk. »Fertig?«

Sie nickte schüchtern.

»Unterhalte dich gut, mein Kind«, sagte die Gräfin und hauchte einen Kuß auf die Wange ihrer Tochter. »Ich gehe gegen neun Uhr aus und werde vielleicht heute nacht überhaupt nicht nach Hause kommen.« Sie sah Dave an. »Eine dumme Sitzung, die plötzlich anberaumt wurde. Ich werde vielleicht in einem Hotel übernachten müssen. Aber das macht mir eigentlich nichts aus.«

»Gute Nacht, Frau Gräfin«, sagte Dave, nahm Sonjas Arm und bugsierte sie zur Tür.

»Passen Sie gut auf mein kleines Mädelchen auf«, rief die Gräfin vergnügt hinterher. »Und amüsiert euch, Kinder!«

Während der Liftfahrt blieben Sonjas Wimpern auf Halbmast gesenkt. Sie schlug sie erst auf, als das Taxi die Runde um den Springbrunnen auf dem Vorhof beendet hatte und sie in die weltlichere Atmosphäre der York Avenue entführte. Dann richtete sie ihren Unschuldsblick auf Dave und fragte: »Wo fahren wir hin?«

»Sagen Sie Dave zu mir, Sonja, niemand nennt mich Mr. Robbins. Bis auf meine Mutter natürlich.«

»Wie bitte?« Sie zwinkerte hastig mit den Augen. Dann mußte sie wohl begriffen haben, daß er um jenen scherzhaften Plauderton bemüht war, von dem sie in Romanen gelesen hatte. Sie lachte kurz auf und räusperte sich, um selber ein wenig Konversation zu machen.

»Schade, daß Sie gestern nicht ins Theater mitkommen konnten. Das Stück war sehr gut.«

»Wirklich? Wovon handelt es denn?«

Selbst im Halbdunkel des Taxis war deutlich zu sehen, daß sie errötete. »Ach, ich glaube, von Liebe.«

»Was Sie nicht sagen!« bemerkte Dave.

Als sie das Restaurant ›Lucia‹ betraten, gab Dave Hut und Mantel an der Garderobe ab und beklagte sich nicht, als der Oberkellner ihm einen besonders im Mittelpunkt stehenden Tisch anwies. Mit Sonja konnte man sich sehen lassen, und wenn auch nur die leiseste Aussicht darauf bestand, daß eine gewisse blonde Layout-Zeichnerin mit ihrem pfeiferauchenden Kavalier hier hereingeschneit käme ... Sonja sah ihn an. »Ein reizendes Lokal«, sagte sie. »Kommen Sie oft hierher?«

»Gelegentlich. Ich empfehle Kalbsscaloppine und natürlich Spaghetti. Man macht sie hier ganz dünn und braun mit einer schönen, leichten Sauce. Sie achten doch nicht auf Kalorien, wie?«

»Eigentlich nicht«, erwiderte Sonja. »Aber ich weiß nicht, ob ich viel essen kann.«

Prompt ging sie daran, ihre Behauptung Lügen zu strafen. Dave sah ihr zu, wie sie zwei Whisky-Soda, ein halbes Dutzend Austern, eine Schüssel Spaghetti, eine große Portion Kalbsscaloppine, drei Scheiben Brot, zwei Gläser Chianti, einen Teller Tortoni und zwei Täßchen Kaffee zierlich, aber unbarmherzig vertilgte. Er wunderte sich ein wenig über diesen kolossalen Appetit, aber als es ans Zahlen ging, saß sie so sittsam da wie nur je, den Blick gesenkt, blaß und nahezu unterernährt.

»Was möchten Sie jetzt gern unternehmen?« fragte Dave. »Wir können entweder ins Kino gehen oder mit einer Pferdedroschke im Park spazierenfahren oder bis morgen früh in einer verräucherten Bar herumhocken. Was wäre Ihnen am liebsten?«

»Ich weiß es nicht«, sagte sie schüchtern. »Was wäre Ihnen am liebsten?«

»Ehrlich gesagt«, erklärte David stirnrunzelnd, »möchte ich gern irgendwohin gehen, wo ich die Schuhe ausziehen und den Gürtel aufschnallen kann. Aber der Abend gehört Ihnen, Sonja, also haben Sie zu bestimmen.«

Sie antwortete nicht gleich. Dann: »Gehen wir zu mir nach Hause. Wir können Musik hören oder vielleicht eine Partie Buchstabenpuzzle spielen.«

Dave unterdrückte ein Stöhnen.

»Ausgezeichnet! Das wird gemacht.«

Es waren keine drei Stunden verstrichen, da waren sie wieder im ›Manhattan Manor‹ angelangt, aber erst, als Sonja den Schlüssel ins Schloß steckte, fiel Dave auf, daß kein Mensch in der Wohnung war: wie ungünstig! Das Mädchen hatte man weggeschickt, und die Gräfin nahm an einer Sitzung teil, die äußerst gelegen kam und sie bis zum Morgengrauen festhalten würde. Es sah fast arrangiert aus.

Aber jedweder Verdacht, den Sonjas Absichten erregt haben mochten, wurde sogleich durch ihre Handlungsweise verscheucht. Emsig ging sie daran, sämtliche Lampen einzuschalten, und dann hielt sie ihr Versprechen in bezug auf das Buchstabenspiel. Sie öffnete das Brett auf dem Kaffeetischchen im Roten Zimmer, hockte sich dann auf den scharlachroten Teppich und begann, die kleinen weißen Täfelchen in dem Kasten umzudrehen.

Dave fragte: »Soll ich Ihnen einen Drink mixen?«

»Mir nicht«, erwiderte sie vergnügt. »Mir ist noch ganz schwindlig. Aber bedienen Sie sich.«

Dave bediente sich. Er setzte sich mit einem eisgekühlten Scotch aufs Sofa, seufzte und war von der Aussicht auf das Wortpuzzle nicht gerade begeistert.

»Glauben Sie, daß es zu warm ist, um Feuer zu machen?«

»Oh, ich finde, ein Feuer im Kamin wäre entzückend Wissen Sie, wie man es macht?«

»So ungefähr. Man reibt zwei Pfadfinder aneinander.« Er stand auf und ging zum Kamin. Dort lagen drei Preßholzscheite und etwas zusammengeknülltes Papier bereit. Er hielt das brennende Feuerzeug an das Papier, das sofort aufflammte.

»Das ging aber leicht«, sagte er. Viel zu leicht, dachte er bei sich.

Sie war noch immer mit den Täfelchen beschäftigt und vergnügte sich damit, auf den bunten Quadraten des Spielbretts Worte zusammenzusetzen.

»Sonja«, sagte Dave. – »Ja?«

»Darf ich Sie etwas fragen?«

»Gern.« Sie blickte auf, und in ihren Augen lag ein seltsamer Glanz. Einen Moment lang glaubte Dave, es sei der Widerschein des Feuers, dann aber merkte er, daß er von einer innerlichen Wärme herrührte.

Ihr Blick war ihm ein wenig unbehaglich, aber er fuhr fort: »Haben Sie vielleicht zufällig einmal Babybilder in der Wohnung herumliegen sehen?«

»Was für Bilder?«

»Babyfotos. Auf Kartons aufgeklebt. Meist ein Dutzend pro Seite.«

Sie schürzte den Mund. »Nein, ich glaube nicht. Warum fragen Sie?«

»Ohne besonderen Grund.« Er kehrte zum Sofa zurück. »Schön, spielen wir Buchstabenpuzzle. Ich leide noch unter der Niederlage, die Sie mir in Romanvilla zugefügt haben. Sie spielen sehr boshaft, Sonja.«

»Gut.« Sie stand auf. »Aber ich glaube nicht, daß wir die vielen Lampen brauchen. Das Feuer macht den Raum so hell.«

Sie hatte die Schuhe abgestreift und tanzte barfuß durchs Zimmer, die Beleuchtung ausknipsend, die sie wenige Minuten zuvor gewissenhaft eingeschaltet hatte. Als sie lachend zurückkehrte, keuchte sie ein wenig von der Anstrengung, und der überraschend üppige Busen hob und senkte sich. »Mein Gott, ist das warm!« sagte sie und zog das blaue, kurze Seidenjäckchen aus. Sonjas Schultern waren bemerkenswert weiß. Wie Milch.

»Spielen wir jetzt?« fragte Dave schroff.

Kichernd saß sie auf dem Sofa und warf ihm einen koketten Seitenblick zu, der ihm neu war.

»Haben Sie wirklich Lust dazu?«

»Natürlich. Ich muß mich rächen.«

»Es gibt Dinge, die süßer sind als die Rache«, sagte Sonja.

»Zum Beispiel?«

Wieder kicherte sie und warf sich gegen die Rückenlehne des Sofas.

»Schauen Sie doch selber nach!«

Er wußte nicht, was sie damit meinte, bis sie den Blick in die Richtung des Spielbretts senkte. Zuerst ergaben ihm die Worte, die sie dort zusammengesetzt hatte, gar keinen Sinn. Als er dann dahinterkam, was sie bedeuteten, schnappte er nach Luft, als hätte man ihm eiskaltes Wasser über den Kopf gegossen. Er las sie noch einmal. Auch auf den zweiten Blick behielten sie ihren Sinn, und er war aufs neue tief bestürzt.

»Hoppla!« murmelte er.

»Was ist denn los?« fragte Sonja kichernd.

»Aber Sonja!« sagte er mit einem kläglichen Lachen, das wie ein Gegacker aus seiner Kehle kam. »Ich hätte nie gedacht, daß Sie so eine sind!«

»Aber ich bin es.« Sonjas Stimme war plötzlich heiser geworden. »Genauso eine bin ich, Dave.« Sie streckte den Arm nach ihm aus.

»Das verstehe ich nicht.« Er ließ sich von ihr aufs Sofa ziehen. »Sie haben – so ganz anders gewirkt.«

Sie legte die Hand um seinen Nacken und schob zwei Finger unter den Hemdkragen.

»Ich dachte, Sie wollten es sich bequem machen«, sagte sie.

»Ja, aber –«

»Dann wollen wir es uns doch beide bequem machen, Dave.«

Im Kamin gab es einen Knall. Dave sprang auf.

»Ich muß auf die Holzscheite aufpassen, daß uns nicht das Haus in Brand gerät ...«

Als er zurückkehrte, lag sie der Länge nach auf dem Sofakissen. Er steuerte auf den Polstersessel zu, aber sie winkte ihn mit dem gekrümmten Zeigefinger heran.

»Kommen Sie hierher«, sagte sie.

»Ich dachte, Sie wollten Buchstabenpuzzle spielen«, erwiderte Dave verdrossen.

Sie wölbte den Rücken. »Kommen Sie zu mir, Dave.«

»Passen Sie auf, Sonja, Sie sind wirklich ein sehr nettes Mädchen, aber ich glaube, Sie haben vielleicht ein bißchen zu viel getrunken.«

»Seien Sie doch nicht so dumm! Das ist Stunden her. Wegen Mama brauchen Sie sich gar keine Sorgen zu machen. Sie kommt die ganze Nacht nicht nach Hause.«

»Ich mache mir keine Sorgen wegen Mama. Sondern Ihretwegen! Seien Sie jetzt schön brav und setzen Sie sich auf. Wir spielen eine Partie, dann gehe ich nach Haus.«

Er hatte sich ihr genähert. Sie schnappte seinen Jakkettärmel.

»Gut. Wir spielen eine kleine Partie, dann dürfen Sie nach Haus gehen. Wie lautet ein Wort mit vier Buchstaben –«

Dave riß sich los. »Egal! Mir ist soeben ein Wort mit fünf Buchstaben eingefallen: Adieu.«

»Dave!«

Er marschierte ins Vorzimmer und kam sich dabei recht lächerlich vor. Sein Hut und sein Mantel lagen auf einem Stuhl neben einem goldgerahmten Spiegel. Die Rückenlehne des Stuhls war wie eine Leier geformt. Dave griff nach Hut und Mantel und legte die Hand auf den Türknauf.

»Dave – warten Sie doch!« Sie stand auf der Schwelle.

»Was wollen Sie denn?«

»Eben ist mir etwas eingefallen.« Sonja lehnte sich gegen den Türpfosten, die eine Hüfte vorgereckt. »Ich erinnerte mich an die Bilder, von denen Sie gesprochen haben. Die Babyfotos.«

Er kehrte zurück. »Und?«

»Legen Sie Hut und Mantel weg, dann werde ich es Ihnen erzählen.«

Sie sah zu, wie er ihrem Befehl gehorchte. Sie hatte die Hände auf dem Rücken verschränkt. Rücklings wich sie ins Rote Zimmer zurück, das Kinn erhoben, die Augen geschlossen. Mit einem unwilligen Brummen packte er sie rauh bei den Armen und küßte sie. Ihr Körper fühlte sich bei weitem nicht so zart an, wie er aussah.

»Ja«, seufzte Sonja, »das ist das Spiel, das mir lieber ist als das Buchstabenpuzzle.«

»Und die Fotos?«

»Können wir das nicht auf nachher verschieben?«

»Nein.«

»Gut.« Sie rieb die Wange an seiner Schulter. »Vorige Woche kam ein Mann in die Wohnung und brachte sie Mama. Sie lagen in einem braunen Umschlag, auf dem der Name der Reklamefirma stand, mit der Mama arbeitet. Ich habe ihn auf ihrem Toilettentisch liegen sehen. Was ist denn daran so wichtig?«

»Wer war dieser Mann?«

»Das weiß ich nicht. Er sah nett aus, wie ein Hochschulprofessor. Nur jünger. Und er rauchte Pfeife. Daran kann ich mich erinnern, weil Mama sagte, als er weg war, daß das ganze Haus nach Pfeife rieche.«

»Ross!« stieß Dave hervor.

»Was?« erwiderte Sonja empört. »Sagen Sie Roß zu mir?«

»Passen Sie auf, Sonja – auch mir ist eben etwas sehr Wichtiges eingefallen. Das Haus stürzt ein.«

»Welches Haus?«

»Egal. Glauben Sie mir – jetzt muß ich wirklich verschwinden! Es war ein schöner Abend. Ich möchte mich herzlich bei Ihnen bedanken.«

»Ich will aber nicht, daß Sie weggehen.« Sie betonte ihren Wunsch durch eine leichte Körperbewegung. »Sie sollen bleiben, Dave ...«

»Ich kann nicht bleiben, Schatz, wirklich nicht. Erstens habe ich meiner Mutter versprochen, vor meinem vierzigsten Jahr keine Frau anzurühren. Zweitens –«

Sie löste sich von ihm und stampfte lautlos mit dem Fuß auf.

»Sie Schwein! Sie Lump! Sie Saukerl!«

»Oh – was Sie für einen erstaunlichen Wortschatz haben!« sagte Dave.

»Raus!« schrie Sonja. »Lassen Sie sich nie wieder bei mir blicken!«

»Grüßen Sie die Mama von mir!« sagte Dave.

Als er unten angelangt war, empfand er das unwiderstehliche Verlangen, allein zu sein – am liebsten in einer Telefonzelle. Er fand eine ganz versteckt hinten in einem Drugstore an der First Avenue und suchte in seinen Taschen nach Kleingeld. Er besaß nur einen Vierteldollar, warf ihn trotzdem in den runden Schlitz und wählte Janeys Nummer.

Das Telefon klingelte achtmal, bevor ihm einfiel, daß sie vielleicht nicht zu Hause sei. Er sah nach seiner Uhr: Es war fünf Minuten vor elf. Wenn sie Harlow Ross' Einladung akzeptiert hatte, würden sie in ungefähr fünfzehn Minuten das Broadhurst-Theater verlassen. Es würde nicht leicht sein, sie in dem Menschengewühl ausfindig zu machen, aber ein Versuch konnte nicht schaden.

Er verließ die enge Zelle und winkte ein vorbeifahrendes Taxi heran.

Die Straße vor dem Theater war verhältnismäßig leer, machte aber einen erwartungsvollen Eindruck. Eben stieg Dave aus, da stürzte ein Platzanweiser auf die innere Tür zu, in leicht panischer Hast, um das Publikum aus dem Saal zu lassen. Dann strömten die Menschen heraus, kritisierten mit eifrigem Gerede das Stück, das sie gesehen hatten, und stritten wie üblich um die Taxis. Der erste Anblick der Menschenmenge war entmutigend. Sämtliche Gesichter verschmolzen zu einer einzigen universellen Physiognomie. Er stand an der Kante des Bürgersteigs und bewegte den Kopf hin und her wie ein javanesischer Tänzer. Ein berittener Polizist streifte an ihm vorbei, drei Frauen hielten ihm klappernde Sammelbüchsen unter die Nase. Die Aufgabe schien hoffnungslos zu sein.

Dann war er zum erstenmal für Harlows allgegenwärtige Pfeife dankbar. Da stak sie, ein knorriger schwarzer Eichenstumpen, wie eine Keule zwischen seinen Zähnen. An seinem Arm hing Janey. Sie sah viel zu hübsch und viel zu zufrieden aus. Zuerst wollte er ihnen etwas zurufen, dann aber entschied er sich für eine schlauere Methode. Er ging hinter ihnen her.

Die Taxi-Situation war verzweifelt. Noch war die nächste Kolonne nicht aus den Garagen der East Side losgeschickt worden, und mitten auf der 44. Street wogte eine höfliche, aber erbitterte Schlacht. Ross schien das nicht weiter zu stören. Dave merkte bald, warum. An der Ecke der Eighth Avenue erwartete ihn ein glitzernd schwarzer Cadillac, und ein uniformierter Chauffeur vollzog seine Zeremonie: Türe öffnen, Guten-Abend-Gnädige-Frau, Guten-Abend-Sir. Er hörte Ross zum Chauffeur »Serafino!« sagen und sah ihm dann zu, wie er hinten in das gemietete Auto einstieg und sich neben Janey setzte. Ohne zu warten, bis die Limousine den Bordstein verließ, eilte Dave südwärts durch die Eighth Avenue und hielt nach einem Taxi

Ausschau. In einem Wettlauf mit einer dicken Frau blieb er Sieger. »Serafino!« sagte er zum Chauffeur.

Das »Serafino« war ein Kaffeehaus in der 56. Street, von einem Typ, der sich auf ausgefallene Kaffeespezialitäten und das dazugehörige Publikum eingestellt hatte. Dave hatte nie sehr viel für diese etwas bohemehafte Atmosphäre übrig gehabt, hätte sich aber denken können, daß sie Harlow Ross behagte. Als er eintrat, wollte ihm eine mit kunstgewerblerischem Schmuck behangene und mit dem üblichen Pferdeschwanz versehene Kellnerin einen Tisch anweisen. Dave aber sah sich unter den Gästen um, bis er den Tisch erspäht hatte, der ihn interessierte.

»Ich setze mich zu Bekannten«, erklärte er und schob sich an ihr vorbei.

Janey erblickte ihn zuerst, und es gelang ihr, ihre Reaktion zu vertuschen. Ross aber nahm die Pfeife aus dem Mund, um seiner Überraschung lauten Ausdruck zu verleihen.

»Hallo, lieber Freund! Was zum Teufel haben Sie denn hier zu suchen?«

»Ich bin verrückt nach Kaffee«, erwiderte Dave und sah Janey an. »Außerdem wollte ich Sie etwas fragen.«

»Du bist uns wohl gefolgt«, sagte Janey vorwurfsvoll. »Wußtest du nicht, Harlow, daß Dave Amateurdetektiv ist?«

Dave zog einen Stuhl heran. »Richtig. Und ich stelle mich auch gar nicht so ungeschickt an. So habe ich zum Beispiel heute abend etwas recht Interessantes über Sie erfahren, Harlow.«

»Über mich?« Ross kniff die Augen zusammen.

»Jawohl. Ich wußte nichts von Ihren Hobbys. Es war für mich geradezu ein Schock.«

»Was meinen Sie damit?«

»Ihre kleine Nebenbeschäftigung. Kuppelei aus Liebe zur Sache und auch des Profits wegen.«

Janey schnaubte durch die Nase. »Er ist betrunken.«

»Vielleicht sollte ich ein netteres Wort wählen«, sagte Dave. »Zum Beispiel – Werkspionage.«

Ross lutschte geräuschvoll an seinem Pfeifenstiel.

»Ich habe mich soeben mit einer Dame unterhalten, die eine Ihrer Bekannten sehr gut kennt«, fuhr Dave fort. »Sie hat mir von Ihren Besuchen bei der Gräfin Szylenska erzählt. Und von den Fotos, die Sie ihr in die Wohnung geliefert haben. Wie lautet das Abkommen? Sind Sie fest engagiert oder werden Sie pro Auftrag honoriert?«

Ross schob den Stuhl zurück und stand auf. In einer früheren Epoche würde er sich auf die Hüfte geklatscht und einen sechsschüssigen Colt gezückt haben. Da er jedoch ein Kind seiner Zeit war, machte er lediglich ein bitterböses Gesicht und sagte schroff: »Komm, Janey, gehen wir! Dein Freund fällt mir auf die Nerven.«

Sie blickte von einem zum anderen und fand sich nicht zurecht.

»Was geht hier vor?«

Dave hatte es nicht gern, wenn jemand auf ihn herabblickte. Auch er stand auf und machte sich seinen höheren Wuchs zunutze.

»Erzählen Sie es ihr doch, Harlow! Erzählen Sie Janey, wie Sie die Fotos aus ihrem Büro geklaut haben –«

»Lump!« flüsterte Ross. Dann beging er den Fehler, die Hitze in Daves Feuerofen zu unterschätzen. Er streckte die Hand aus und drückte sie flach gegen Daves Rockaufschlag. Es war nur ein ganz leichter Stoß, genügte aber, um Daves Zorn auszulösen. Sein rechter Arm bewegte sich wie ein Motorkolben und lieferte einen Haken, wie man ihn kaum schöner bei den allwöchentlichen Mittwochskämpfen zu sehen bekommt. Der Schlag traf Ross' vorgestrecktes Kinn. Die Pfeife flog aus seinem Mund und landete klappernd zwischen den Espressotassen auf dem Nachbartisch.

Janeys halberstickter Ausruf war in dem allgemeinen Tohuwabohu, das nun einsetzte, nicht zu hören. Zuerst stürmten die Kellnerinnen wie ein Trupp aufgeregter Balletteusen auf sie zu. Ein Mann in weißer Jacke und mit behaarten Unterarmen kam hinter der Espressomaschine hervor und überhäufte sie mit italienischen Beschimpfungen. Das gesamte Kaffeehaus reagierte lärmend und begeistert auf diese Unterbrechung des täglichen Trotts – bis auf die beiden Kämpfenden. Nachdem der Schlag gefallen war, betrachteten sie einander gelassen.

Dann rieb Ross sich das Kinn und sagte heiser zu Janey: »Gehen wir! Raus aus diesem Lokal!«

Sie erhob sich rasch und nahm ihren Mantel von der Stuhllehne. Gemeinsam gingen sie zur Garderobe. Ross ließ sich von der Garderobiere, die die Augen weit aufriß, seinen karierten Mantel geben. Aber bevor sie zur Tür hinausgingen, drehte Janey sich plötzlich um und kehrte an den Tisch zurück.

»Dave«, sagte sie leise.

Ihr Blick war ruhig. Dave fühlte sich ermuntert. »Hör mal, Janey, ich bedaure diesen Auftritt, aber was ich gesagt habe, stimmt. Harlow weiß von dem Babytausch und hat die Gräfin davon unterrichtet.«

»Gut.« Sie senkte zuerst die Augen und dann die Stimme. »Aber ich wollte dich etwas anderes fragen. War das ernst gemeint, was du heute früh sagtest? Im Büro.«

»Was denn?«

»Daß du mich heiraten willst.«

Er schluckte. »Selbstverständlich!«

»Ist es nicht üblich, seiner Verlobten einen Ring zu schenken?«

»Janey, heißt das –?«

»Schade, daß du mir keinen Ring geschenkt hast, Dave.« Sie blickte schnell auf, und ihre Augen sprühten hellere Funken als ein Brillant. »Damit ich ihn dir zurückgeben könnte!«

Dann fuhr sie herum und gesellte sich zu Harlow, der an der Ausgangstür stand. Ohne sich umzuschauen, gingen die beiden weg.

Dave setzte sich langsam. Die Kellnerin mit der Pferdeschwanzfrisur näherte sich scheu und nahm das Geld vom Tisch.

»Möchten Sie etwas bestellen?«

»Ja«, sagte Dave. »Haben Sie Kaffee mit Zyankali?«

10

»Das große, flache Paket!« sagte Homer Hagerty und lachte in sich hinein, während Dave das große, flache Paket unter seinem Arm zurechtrückte. »Das Kennzeichen des Werbefachmanns. Ich wüßte nicht, wie wir uns sonst erkennen sollten.«

»Bleibt immer noch der graue Flanellanzug«, erwiderte Dave.

»Nein, heule nicht mehr. Wer fünfundsechzig Dollar verdient, trägt grauen Flanell. Heutzutage kann man einen Metzger nicht mehr von einem Reklamechef unterscheiden. Neunter Stock, bitte!« sagte er zu dem Liftführer.

Nach weiteren zehn Sekunden befanden sie sich im äußeren Vestibül der ›Burke-Baby-Products-Company‹. Die Auffahrt hatte weniger lange gedauert als der Weg über die zwanzig Meter grünen Teppichs, die zur Doppeltür der Direktionsräume führten. Dave paßte sich dem Schritt seines Chefs an und versuchte, sein Gehirn von der Gedankenblässe zu befreien, die seinen Entschluß beinahe zum Wanken brachte.

Bei ihrem Eintritt knipste die Empfangsdame ein fluoreszierendes Lächeln an.

»Guten Morgen!« sagte sie munter. »Wie nett, die Herren wiederzusehen – Mr. Hagerty – Mr. Robbins.«

»Guten Morgen«, erwiderte Hagerty. »Möchten Sie Mr. Burke mitteilen, daß wir da sind? Er erwartet uns.«

Sie sagte etwas in das supermoderne Haustelefon und deutete dann lächelnd auf die roten Ledersessel, die an der Wand standen. Dave legte sein Paket auf den Fußboden und setzte sich.

»Haben wir bestimmt alles mit?« fragte Hagerty. »Probeabzüge, Layouts, den Nielsen-Bericht?«

»Alles«, erwiderte Dave vielsagend.

Weitere fünf Minuten entschwanden in die Ewigkeit, bevor Kermit Burkes gloriose Sekretärin erschien.

»Mr. Burke läßt sich vielmals entschuldigen«, sagte sie mit gutturaler Stimme und gefühlvollen Körperbewegungen, »aber es ist ihm etwas dazwischengekommen, das ihn eine Weile aufhält. Würden Sie so freundlich sein, ein paar Minuten zu warten?«

»Auf ein paar Minuten kommt es uns nicht an«, erwiderte Hagerty. Als sie wegging, fügte er lächelnd hinzu: »Die junge Dame versteht es, groß aufzutreten.«

»Ihr Abgang ist auch nicht schlecht.«

»Ehrlich gesagt, ich bin froh, daß wir ein paar Minuten unter uns sind, Dave. Ich möchte gern eine persönliche Frage an Sie richten.«

»Bitte, Mr. Hagerty.«

»Es handelt sich um Janey.« Als er Daves Miene sah, lachte er in sich hinein. »Ich will mich nicht in Ihre Privatangelegenheiten einmischen, Dave, aber Sie wissen, wie sehr ich an Janey hänge. Was sie unglücklich macht – na ja, das regt auch mich auf. Und ich habe den Eindruck, daß zwischen euch nicht alles in Ordnung ist.«

»Das ist sehr gelinde ausgedrückt. Aber Sie dürfen ganz beruhigt sein. Janey hat sich seit kurzem einen neuen Spielkameraden zugelegt.«

»Sie meinen Harlow?«

»Richtig. Ross mit dem eisernen Kinn.«

»Was soll das heißen?«

»Nichts ... Hören Sie mal, das ist doch etwas Neues bei Cubby, wie? Haben Sie mir nicht erzählt, daß es nie vorkommt, daß er ein Versprechen oder eine Verabredung nicht einhält?«

»Meistens ist er sehr pünktlich. Wenn er uns warten läßt, muß es sich um etwas Wichtiges handeln. Aber lenken Sie mich nicht vom Thema ab, Dave. Janey hat gestern bei uns zu Hause übernachtet, und als ich sie heute früh beim Frühstück sah, hätte ich schwören mögen, daß sie geweint hatte. Nun kenne ich meine Janey. Sie hat nicht mehr geweint, seit sie acht Jahre alt war ...«

Das Klappern hoher Absätze lockte ihre Blicke zur Tür. Eine Frau kam heraus, aber es war nicht Kermit Burkes Sekretärin, sondern Gräfin Szylenska, und ein zufälliger Beobachter wäre über die Reaktion erstaunt gewesen, die ihr Erscheinen auf den Gesichtern der beiden Männer in den roten Ledersesseln hervorrief. Sie sahen wie griechische Masken aus: die Lippen des älteren lächelnd nach oben verzogen, die des jüngeren Mannes finster nach unten gezerrt.

»Guten Morgen, Frau Gräfin!« sagte Hagerty mit seiner schönsten Predigerstimme. »Es freut mich, Sie begrüßen zu dürfen.«

»Guten Morgen!« fügte Dave brummig hinzu. Er überlegte blitzschnell: Dieser morgendliche Besuch konnte nur einen Grund haben. Die Gräfin hatte mit Sonja gesprochen, und welche Version von den Ereignissen des gestrigen Abends sie auch immer erhalten haben mochte, für Dave mußte sie auf jeden Fall unvorteilhaft sein. Offenbar hatte sie Burke in der ausdrücklichen Absicht aufgesucht, ihre Drohungen wahr zu machen und die Wahrheit über das Burke-Baby zu enthüllen.

Als die Gräfin die beiden erblickte, blieb sie wie angewurzelt stehen.

»Guten Morgen!« sagte sie. »Es tut mir leid, daß Sie meinetwegen warten mußten, aber ich hatte etwas Wichtiges mit Mr. Burke zu besprechen. Ich überlege mir nur ...« Sie sah Dave forschend an. »Dürfte ich Sie noch einen Augenblick länger aufhalten?«

»Natürlich, Frau Gräfin.«

»Ich möchte gern mit Ihnen sprechen. Unter vier Augen.«

Hagerty lächelte. »Kümmern Sie sich nicht um mich. Ich habe dringend zu tun.« Er erhob sich und ging auf den Ausgang zu.

»Ja, Frau Gräfin?«

»David, ich glaube, Sie wissen, warum ich heute morgen Mr. Burke aufgesucht habe.«

»Ich glaube es zu wissen. Sie haben mir nur Mühe erspart, Frau Gräfin, da ich das gleiche vorhatte.«

Sie schien nicht zu hören, was er sagte. »Offen gestanden, als Sonja heute früh mit mir sprach, war ich so aufgeregt, daß ich meinen Zorn kaum beherrschen konnte. Ich wollte es Ihnen auf die empfindlichste Weise heimzahlen, David. Mir erschien es unvorstellbar, daß jemand imstande sein sollte, den Umstand auszunützen, daß ein junges Madchen in so rührender Weise auf die vulgären Seiten des Daseins vollkommen unvorbereitet ist ...«

»Was soll das heißen?«

»Ach, ich weiß, was Sie denken. Natürlich empfinden Sie es als die typische Entrüstung der Mutter. Ich habe wohl schon vergessen, wie das aussieht, wenn man jung und voller Leidenschaft ist. Irgendwie aber hätte ich von Ihnen mehr Verständnis, mehr Rücksicht erwartet. Eigentlich mache ich Ihnen keinen Vorwurf.«

»Einen Augenblick, bitte! Was glauben Sie denn, was sich gestern nacht abgespielt hat?«

»Bitte, David, sprechen wir nicht darüber. Sonja ist bereit, Ihnen zu verzeihen – ich bin es auch. In dem Augenblick, als ich Mr. Burkes Büro betrat, wußte ich, wie dumm ich gewesen war. Ich habe die Fotos mit keinem Wort erwähnt. Ich habe mir einen Vorwand für meinen Besuch ausgedacht. Sie brauchen sich also wegen unseres kleinen Geheimnisses keine Sorgen zu machen. Es ist bei mir gut aufgehoben.«

»Sie haben meine Frage nicht beantwortet. Was soll sich gestern nacht ereignet haben?«

Die Gräfin stand auf. »Kein Wort mehr darüber! Wir wollen so tun, als wäre es nie passiert, David.« Sie lächelte hastig und drückte ihm fest die Hand. »Männer!« fügte sie mit belustigter Toleranz hinzu. »Ihr seid alle so brutal, nicht wahr? Aber bitte, David, bitte, warten Sie, bis ihr verheiratet seid, ja?«

Dann machte sie kehrt und ging weg.

Dave saß wie versteinert da, als Homer Hagerty zurückkehrte.

»Okay, junger Mann. Kermit hat jetzt Zeit für uns, Dave!«

»Wie?«

»Erwachen Sie aus Ihren Tagesträumen! Der Vorhang geht in die Höhe.«

»Ach ja«, sagte Dave, »freilich.« Er hob das große, flache Paket vom Fußboden auf und folgte Homer Hagerty in Kermit Burkes Büro.

»Heraus mit den guten Nachrichten, meine Herren!« sagte Burke und schaufelte mit seiner Maiskolbenpfeife Tabak aus dem Tabakbehälter. Er lachte in sich hinein und blickte dann mit verschmitzter Miene auf. »Wetten, daß ihr nicht wißt, wie ich mir ausgerechnet habe, daß es gute Neuigkeiten sind, was? Ich will euch ein kleines Geheimnis anvertrauen. Wenn ihr mit eurem schönsten Lächeln hereinspaziert kommt, dann sage ich mir gleich, die Herrschaften haben Sorgen, und ich soll es nicht merken. Wenn ihr aber mit langen Gesichtern erscheint – ja, das ist ein sicheres Zeichen dafür, daß ihr vor guten Neuigkeiten platzt. Habe ich recht?«

Hagerty zwinkerte vor Bewunderung für Burkes zweifelhafte Psychologie und erwiderte: »Sie lassen sich aber auch keinen Augenblick lang täuschen, Cubby. Ja, es sind wirklich gute Neuigkeiten.« Er klopfte Dave auf die Schulter. »Unser Davy hat die ganze Geschichte in seiner kleinen schwarzen Tasche Wollen wir gleich in medias res gehen?«

»Und die Annonce?« fragte Dave. »Möchten Sie den ersten Probeabzug sehen, Mr. Burke?«

Feierlich holte Burke das Porzellanschwein aus der untersten Lade und stellte es mit Geklapper auf die Schreibunterlage. Stirnrunzelnd griff Dave in die Tasche. »Ich habe keinen Fünfundzwanziger.«

»Das macht nichts – unser Institut gewährt Kredit.« Kichernd lehnte Burke sich zurück und verschränkte die Arme am Hinterkopf. Er sah zu, wie Dave die Schnur aufknüpfte, und ließ sich von ihm den montierten Probeabzug der Burke-Baby-Annonce geben. Er studierte sie aufmerksam, ersparte sich jeden Kommentar und legte sie dann auf den Schreibtisch.

»Nun wollen wir uns die Marktlage ansehen«, sagte er.

Dave nahm die blaue Mappe aus dem Umschlagpapier und wandte sich der ersten Seite zu.

»Das ist natürlich nur eine kurze Zusammenfassung. Ende der Woche erhalten wir von den Nielsen-Leuten den vollständigen Bericht. Es sieht folgendermaßen aus. Das Gesamtvolumen in sämtlichen Bezirken ist um sieben Prozent gestiegen. Burkes Marktanteil aber hat sich von achtzehn auf siebenundzwanzig Prozent erhöht, das bedeutet eine neunprozentige Zunahme, auf ein größeres Gesamtvolumen berechnet. Das betrifft die Warenmenge. In Dollars ist der Zuwachs noch größer.«

»Zeigen Sie mir mal das kleine Heft!« sagte Kermit Burke.

Dave reichte es ihm über den Schreibtisch.

»Sehr imponierend.« Burke blickte unter zottigen, weizenblonden Brauen zu ihnen auf. »Die Herren Werbefachleute nehmen wohl die ganze Ehre für sich in Anspruch, was?«

»Natürlich nicht!« erwiderte Hagerty voller Großmut. »Unserer Meinung nach hat Ihre Verkaufsabteilung zu diesem Fortschritt ebenso viel beigetragen wie wir, Cubby. Lauter Verkaufskanonen, einer wie der andere.«

»Quatsch. Das meinen Sie doch gar nicht ehrlich, Hummer!« Er lachte, ohne den Mund zu öffnen. »In Wirklichkeit hat unsere Verkaufsabteilung seit 1954 nur noch vor Angst geschlottert. Das wissen Sie sehr genau. In unserem Betrieb hat sich nichts geändert bis auf die Reklamekampagne. Wenn die Herren sich verbeugen wollen, bitte sehr! Ich persönlich drücke Ihnen meine volle Anerkennung aus. Was meinen Sie dazu, Davy?«

Dave räusperte sich.

»Ich bin mit Ihnen einverstanden. Es liegt an der Werbung. Die Kampagne hat der Firma ›Burke-Baby-Foods‹ mehr genützt als alles andere. Das Schlimme ist nur –« Dave hielt inne und ließ die Erde sich noch ein Stückchen weiter durch den Kosmos drehen –, »daß die ganze Kampagne von A bis Z ein Schwindel ist.«

Hagerty, der, seit Dave das Paket geöffnet hatte, ein breites Lächeln zur Schau trug, machte nicht sogleich den Mund zu. Burke musterte ihn unverwandt mit einem wunderlich belustigten Ausdruck in den Augen.

Dave hatte das Gefühl, seine Erklärung sei zu plötzlich erfolgt, um ihre volle Wirkung zu erzielen, deshalb fuhr er fort: »Ja, das stimmt. Das Burke-Baby ist gefälscht – die ganze Kampagne ein Schwindel. Nicht ein einziges Wort daran ist wahr. Ich glaube, es wird das beste sein, die Sache sofort fallen zu lassen. Das rate ich Ihnen, Mr. Burke.«

Kermit Burke verzog fast unmerklich das Gesicht. Dann flüsterte er: »Fünfzig Cent. Sie schulden mir fünfzig Cent.«

Endlich war es Homer Hagerty zu Bewußtsein gekommen. Er klappte den Mund zu, und die Haut rund um seine Lippen wurde so runzlig und alt, daß man den Eindruck bekam, er hätte sein falsches Gebiß zu Hause vergessen. Er stützte die Hände auf die Armlehnen des Sessels und versuchte, sich in die Höhe zu stemmen, schien es aber nicht fertigzubringen. Eine leichte Röte begann sich von der Peripherie seines Kragens aus gegen die Wangen hin auszubreiten. Als er wieder den Mund öffnete, erstickte er fast an den Worten, die er hervorzugurgeln versuchte.

Burke sagte in sanftestem Ton: »Na, lieber Davy, das ist aber recht starker Tobak. Vielleicht wollen Sie mir eine Erklärung liefern?«

»Gern.«

»Robbins!« schrie Hagerty.

»Immer mit der Ruhe, Hummer! Der junge Mann will sein Sprüchlein aufsagen. Stören Sie ihn nicht. Wissen Sie, ich falle nie jemandem ins Wort, wenn er eine Meinung zu äußern hat. Mein Großvater sagte immer ...« Er verstummte, da ihm nicht einfallen wollte, was sein Großvater immer gesagt haben könnte. »Weiter, Davy!« brummte er. »Heraus mit der Sprache!«

Nachdem Dave nun erst einmal den ersten Schritt vom Sprungbrett getan hatte, wagte er kopfüber den Sprung ins kalte Wasser.

»Schauen Sie genau hin!« Er nahm den Probeabzug vom Schreibtisch. »Ganz genau, Mr. Burke. Unsere künstlerische Abteilung hat die Fotos großartig retuschiert, aber Sie haben doch inzwischen genügend viele Aufnahmen des ursprünglichen Burke-Babys gesehen. Merken Sie den Unterschied?«

»Was denn für einen Unterschied?«

»Den allerwichtigsten, Mr. Burke. Auf dieser Annonce wird Ihnen ein anderes Kind gezeigt, weil der wirkliche Donald Clarke tot ist. Er starb im Alter von drei Monaten an einer Gehirnhautentzündung, und die Agentur hat Ihnen die Wahrheit verschwiegen, aus Angst, den Auftrag zu verlieren. Schauen Sie genauer hin, Mr. Burke!«

Burke sah hin und sagte: »Ich sehe keinen großen Unterschied, Davy. Glauben Sie, daß andere etwas merken werden?«

»Darum kümmere ich mich nicht, Mr. Burke. Entscheidend ist, daß man Sie übertölpelt hat. Da die Agentur keine ausreichenden Sicherungen getroffen hatte, um einer solchen Katastrophe gewachsen zu sein, wählte sie den nächstbesten Ausweg. Sie unterschob das uneheliche Kind einer gewissen Annie Gander ...« Er musterte Kermit Burkes Gesicht. Burke zuckte nicht mit der Wimper. »Die Clarkes haben Annie Ganders Kind adoptiert und geben es für ihr eigenes aus. Die Agentur hat den Fotografen gewechselt und alles getan, was sie nur konnte, um den Schwindel zu vertuschen. Aber Sie wissen, Mr. Burke – nichts ist so fein gesponnen ... Ein solches Geheimnis läßt sich ganz einfach nicht wahren. Es wissen schon zu viele Leute davon.«

»Nämlich?«

»Mr. Hagerty weiß es. Mr. Tait hat es gewußt. Der Arzt, der den kleinen Donald behandelt hat, weiß es. Die Clarkes wissen es. Bob Bernstein, der Fotograf, könnte es gewußt haben. Und nun sind noch andere mit hineinverwickelt: zum Beispiel die Gräfin Szylenska und Harlow Ross und Mr. Hagertys Nichte ...«

Hagerty griff nach seinem Schlips, als ob er eine Pythonschlange wäre, die ihn zu erwürgen drohte. »Janey?« stieß er hervor. »Janey weiß es?«

»Eine recht schöne Geschichte«, sagte Burke gelassen. »Wie kommt es, daß mir keine dieser Personen schon früher reinen Wein eingeschenkt hat, Davy?«

»Das können Sie sich selber ausrechnen. Erstens einmal sind drei davon tot. Annie Gander. Gordon Tait, Bob Bernstein. Dem Arzt wurde durch ein geschicktes Manöver Gordons der Mund gestopft: Er hat einmal durch eine illegale Abtreibung den Tod einer Frau verschuldet. Die Clarkes schweigen, weil sie ihren Ersatz-Donald behalten wollen. Ich will gar nicht von dem Geld reden, das für sie dabei herausschaut. Was die Gräfin, Harlow Ross – und Janey betrifft – nun ja, sie haben alle ihre Gesichtspunkte. Aber ich habe einen Namen auf meiner kleinen Liste vergessen, Mr. Burke: mich selber. Ich kenne die Wahrheit, und ich habe sie Ihnen mitgeteilt. Darüber hinaus rate ich Ihnen, die Kampagne einzustellen, bevor noch jemand darunter zu leiden hat –«

»Niemand hat zu leiden gehabt!« stieß Hagerty heftig hervor. »Der Austausch hat niemandem weh getan! Er war geschäftlich notwendig –«

»Sachte, sachte, Hummer, der junge Mann ist noch nicht fertig! Oder doch, Davy?«

»Fast, Mr. Burke. Ich wollte nur noch folgendes sagen: Dieser Schritt ist mir nicht leicht gefallen. Er wird mich wahrscheinlich meine Stellung und vielleicht auch die Frau kosten, die ich liebe. Aber es wäre mir noch schwerer gefallen, das Geheimnis für mich zu behalten. Es begann zu verfaulen und zu stinken wie ein alter Käse, der zu lange herumgelegen hat. Ich kann nichts beweisen, aber meiner Meinung nach hat dieses Geheimnis eine Reihe von Mordtaten verursacht …« Er vermied es, Hagerty anzuschauen, obwohl der Chef laut protestierte. »Und ich weiß genau, daß es verschiedene interessante Varianten von Erpressung veranlaßt hat. Deshalb hielt ich es für das Beste, die Luft zu reinigen, Mr. Burke.«

Er kehrte zu seinem Sessel zurück und wartete.

Burke klopfte mit schlaffen Fingern auf die Löschunterlage, ohne den Blick von Dave zu wenden. Er nahm den Probeabzug der neuesten Annonce zur Hand und studierte ihn abermals. Dann griff er nach einem Notizblock und kritzelte etwas darauf.

»Meiner Berechnung nach«, begann er langsam, »haben Sie achtmal Mr. Burke zu mir gesagt, mein lieber Mann. Sie schulden also dem Schweinchen zwei weitere Dollar.«

Daves Mund rundete sich zu einem O. »Sonst haben Sie nichts dazu zu bemerken?«

Burke lächelte verstohlen und sah Hagerty an. »Sie haben sich da einen schönen Hitzkopf zugelegt, Hummer. Was haben Sie verbrochen, um dieses Schicksal zu verdienen?«

Hagerty gab ein Stöhnen von sich. »Ehrlich gestanden, Cubby –«

»Egal, egal! Wir hätten ihn eben nicht unterschätzen sollen, das ist alles. Wir hätten wissen müssen, daß ein gescheiter Kopf wie Davy die Fakten wittern würde. Ehre, wem Ehre gebührt, pflegte mein Großvater immer zu sagen.«

Dave kratzte sich am Kopf. »Sie nehmen das aber sehr gelassen hin, Mr. Burke.«

»Ja, schönen Dank, Davy, es war nie meine Gewohnheit, schnell den Kopf zu verlieren. Na, Hummer? Wollen Sie es dem jungen Mann sagen – oder soll ich es ihm sagen?«

Hagerty, der in diesem Augenblick so aussah, als hätte er das Pensionsalter überschritten, war außerstande, die Frage zu beantworten.

»Dann werde wohl ich es besorgen müssen. Sehen Sie, Davy ...« Er beugte sich vor, wobei ihm die Locke seines blonden Haares in die Stirn rutschte. »Die Sache ist die: Ich weiß schon seit langem von der Geschichte, viel länger als Sie, nehme ich an.«

»Sie haben davon gewußt?«

»Jawohl. Sehen Sie, diese Annie Gander – tja, sie ist zuerst an mich herangetreten. Sie dachte gar nicht daran, sich an unseren braven ollen Hummer zu wenden. Nein, Sir. Wer hatte ihrer Meinung nach am meisten zu verlieren? Der arme kleine Cubby, der Babynahrungsfarmer. Sie sagte sich, wenn die Leute erfahren, daß der kleine Donald das Zeitliche gesegnet hat, na, dann wird das für den Absatz der Babynahrung nicht gerade sehr vorteilhaft sein. Natürlich nicht deswegen, weil die Nahrung daran schuld war, daß er sterben mußte, aber man weiß doch, wie das menschliche Hirn funktioniert. Deshalb kam sie zu mir und bildete sich ein, auf meine Kosten in Freuden leben zu können. Aber sie wußte nicht, mit wem sie es zu tun hatte, nein, Sir, das wußte sie nicht.« Er lachte in sich hinein.

Dave, der erwartet hatte, mit einer großen Überraschung zu kommen, sah sich jetzt selber zutiefst überrascht. Wenn Annie versucht hatte, Burke zu erpressen, war das die Erklärung dafür, daß Willie Shenk das Portrait wiedererkannt hatte …

»Ich habe mich von dieser Gander nicht ins Bockshorn jagen lassen, Davy. Wenn's nach mir gegangen wäre, hätte ich die Polizei angerufen und sie einsperren lassen. Aber in Anbetracht der Situation sagte ich zu ihr, liebe Miss Gander, wenn Sie hier ein kleines Taschengeld herausschlagen wollen, bitte, dann wenden Sie sich doch einfach an Homer Q. Hagerty in der Agentur Hagerty & Tait, Madison Avenue Nummer vierhundertunddreißig. Schließlich versorgt ihn meine Firma mit Reklameaufträgen im Wert von sieben Millionen Dollar auf Provisionsbasis, und da er diesen Hokuspokus angerichtet hat, wird er sicherlich mit dem größten Vergnügen für Sie sorgen, liebe Miss Gander. Was, Hummer?«

»Das stimmt«, erwiderte Hagerty mit matter Stimme. »Das stimmt hundertprozentig, Cubby. Wir hatten den Fehler begangen, wir mußten die Zeche zahlen.«

»Freilich – das ist auch mein Standpunkt. Wie mein Großvater immer gesagt hat – wer die Mühe hat, der hat die Kosten. Da sehen Sie, Davy, daß ich nicht gerade blind bin. Nein, lieber Freund! Ich weiß, was gespielt wird. Ich habe eine Nase dafür.«

Jetzt erst sah Dave seinen Chef an.

»Ich habe mich also ganz umsonst angestrengt«, sagte er erbittert. »Beide habt ihr es die ganze Zeit gewußt. Man hätte mich doch informieren können.«

»Freilich, das sage ich auch!« erklärte Burke jovial. »Unsere Leute sollen Bescheid wissen, Hummer! Wenn Davy zu uns hält, wollen wir ihn nicht an der Nase herumführen.« Er stützte die Hände auf den Tisch und erhob sich. »Deshalb nichts für ungut! Jeder gibt jedem die Hand, dann wird frisch angefangen. Was meint ihr?«

Er streckte die Hand aus, Dave starrte sie an, nahm sie dann wie in Trance und schüttelte sie mechanisch. Das gleiche geschah mit Homer Hagerty, der mürrisch in die dargebotene Hand einschlug. Der letzte Händedruck war der schwierigste.

»Vorwärts!« sagte Burke lachend. »Los, ihr beiden! Reicht einander schön brav die Händchen!«

Hagerty streckte seine schlaffen Finger aus, Dave drückte sie zimperlich.

»Quatsch! Das werdet ihr doch besser zustande bringen. Schließlich seid ihr aufeinander angewiesen.«

Sie blickten zu Boden und reichten einander abermals die Hand.

»Das war schon bedeutend besser«, bemerkte Kermit Burke. »Nun wollen wir einen Strich drunter machen und das Geschäftliche besprechen. Freilich geht es voran, aber wir dürfen uns nicht damit zufrieden geben. Mein Großvater hat immer gesagt ...«

Eine halbe Stunde später verließen sie Burkes Büro. Keiner sagte ein Wort, bis sie auf der Straße angelangt waren.

Dann murmelte Dave: »Habe ich recht gehört, daß ich entlassen bin?«

»Entlassen?« antwortete Hagerty verständnislos. »Wie kommen Sie auf eine solche Idee?«

»Ein Einfall.«

»Ich denke nicht im Traum daran, Dave.« Hagerty runzelte die Stirn. »Es tut mir nur leid, daß Sie nicht sofort zu mir gekommen sind, als Sie auf die Gander-Geschichte stießen. Ich hätte Sie aufgeklärt, und die unliebsame Szene dort oben wäre uns erspart geblieben.«

»Verzeihung! Aber es wurde immer komplizierter – Sie wissen gar nicht, wie kompliziert.«

»Hier haben wir ein Taxi«, sagte Hagerty.

Nachdem sie eingestiegen waren, setzte Dave seinen Gedankengang fort. »Wird es Ihre Lage erleichtern, wenn ich kündige?«

»Bestimmt nicht. Sie haben Burke gehört. Sie gefallen ihm. Und da Sie nun von der Angelegenheit wissen, schlage ich vor, alles beim alten zu lassen. Oder liegt es Ihnen allzuschwer im Magen?«

»Ich weiß nicht recht.«

Dave blickte durchs Fenster auf die rasch vorüberhuschende Fifth Avenue hinaus. Das warme Wetter hatte Scharen schön herausgeputzter Frauen hervorgelockt. In den Läden funkelte der Luxus. Die Leute spazierten munter umher, und jeder hatte ein Lächeln für den anderen. Es war ein erfreulicher Tag und keine unerfreuliche Welt.

»Es fällt mir nicht leicht, einen Strich darunter zu machen«, sagte Dave halb für sich selbst. »Schließlich gibt es so etwas wie Anstand und Sauberkeit.«

»Schöne Worte«, murmelte Hagerty brummend.

»Ja.«

Aber Dave dachte bereits an ein anderes Wort.

»Mord!« sagte er laut.

»Wem sagen Sie das?« Mit einem Seufzer ließ Homer Hagerty sich in die Kissen zurücksinken. »Diese Branche ist nun einmal mörderisch! Wollen Sie mit mir lunchen gehen? Ich kenne ein Lokal, dort bekommt man den besten Lunch in der ganzen Stadt.«

»Sie sind der Chef«, erwiderte Dave.

11

Auf der Mitgliederliste des ›Mercantile Club‹ standen ein ehemaliger Bundespräsident, ein Kabinettsmitglied, sechs Senatoren, ein Dutzend Konzernchefs, vier Senioren der Filmindustrie und hundert weitere Namen, die den Schlagzeilen und Jahresberichten vertraut waren. Während Homer Hagerty zur Garderobe ging, studierte Dave die Namensschilder und war gebührend beeindruckt. Händereibend kehrte Hagerty zurück und bugsierte Dave in einen mit Teppichen ausgelegten Saal, der so aussah wie der Hauptbahnhof ohne Auskunftsschalter.

Sie setzten sich in Ledersessel, die rund um einen Marmortisch gruppiert waren, und warteten, bis ein weißgekleideter Diener dem Ruf der Tischglocke folgte. Hagerty bestellte Whisky pur, Dave Whisky-Soda. Dann lehnte der Chef der Agentur sich behaglich zurück, betrachtete die wuchtigen Portraits an den Wänden, die gewundene Marmortreppe mit dem kunstvollen schwarzen Gußeisengeländer und fragte: »Was sagen Sie dazu, Dave? Gefällt Ihnen dieses Milieu?«

»Es hat einen gewissen intimen Reiz.«

»Warten Sie, bis Sie den Speisesaal oben gesehen haben! Vier Jahre habe ich gebraucht, um Mitglied zu werden. Die Herrschaften sind sehr exklusiv. Der Mitgliedsbeitrag beträgt zweitausend im Jahr, aber die Ausgabe lohnt sich. Gehören Sie irgendwelchen Klubs an, Dave?«

»Ich war einmal Mitglied des Aqua-Velva-Rasierwasser-Klubs, wurde aber wegen ungebührlichen Betragens hinausgeworfen.«

Hagerty sah ihn unschlüssig an, begann dann aber zu lächeln. »Vielleicht bilden Sie sich ein, daß ich das nur zum Vergnügen mache. O nein. Hier trifft man viele wichtige Persönlichkeiten. In unserer Branche lohnt es sich, guten Klubs anzugehören und in guten Restaurants zu essen. Damit schindet man Eindruck, und darauf kommt es bei uns in erster Linie an.« Er trommelte mit den Fingern auf der Marmorplatte und starrte verträumt vor sich hin. »Nein, das stimmt nicht ganz. Ich wollte nicht nur aus geschäftlichen Gründen Mitglied des ›Mercantile Club‹ werden. Ich wollte Mitglied werden, weil ich mich hier wohl fühle.«

»Das klingt schon viel wahrscheinlicher«, erwiderte Dave.

»Freilich. Warum sollte ich Ihnen etwas vormachen? Mir gefällt dieser Lebensstil, Dave. Ich liebe elegante Lokale, guten Whisky und alles Drum und Dran. Es macht mir Spaß, einen Cadillac, einen Jaguar, ein großes Landhaus und eine Stadtwohnung zu besitzen. Unterschätzen Sie nicht diese Dinge, Dave, sie haben vieles für sich.«

Dave lachte ehrlich vergnügt. »Das will ich nicht bestreiten, Mr. Hagerty.«

»Und ob!« sagte Hagerty. Mit geröteten Wangen beugte er sich vor. »Ich halte nichts von dem üblichen Geschwätz der Leute, die so bescheiden tun und den Luxus verachten. Warum zum Teufel sollte ich mich schämen, nur weil ich das Geld liebe? Seit ich in Pittsburgh als junger Mensch im Eiskeller meines Vaters gearbeitet habe, war es mein Traum, mir eines Tages ein möglichst flottes Leben gönnen zu können. Passen Sie auf! Das Beste, was der Werbebranche je passieren konnte, war das laute Gerede von fetten Spesenkonten, Provisionen und schönen Fotomodellen. Das ist es nämlich im Grunde genommen, was junges Blut in die Branche lockt – machen wir uns nichts vor!«

»Sie dürften recht haben, Mr. Hagerty.«

»Und wie recht ich habe!«

Die Drinks wurden serviert. Hagerty hob sein Glas.

»Gegen ein Luxusleben ist nicht das geringste einzuwenden«, sagte er herausfordernd. »Mir gefällt es, Ihnen gefällt es, uns allen gefällt es. Auf Ihr Wohl!«

»Auf die Gicht!« entgegnete Dave. »Meine Lieblingskrankheit.«

Nach zwei weiteren Gläschen fuhren sie mit dem Aufzug in den Speisesaal hinauf. Hagertys reservierter Tisch stand an einem hohen Fenster, das auf die Fifth Avenue ging. Das Essen war hervorragend. Dave aß sehr langsam, und als er fertig war, kaute er an seinen Lippen.

»Sie haben es noch immer nicht verwunden?« fragte Hagerty. »Sie denken noch immer drüber nach, ja?«

»Ja. Ich will Ihre und Gordons Handlungsweise nicht verurteilen. Vielleicht hätte ich an eurer Stelle genauso gehandelt. Aber ich fühle mich ungefähr so behaglich wie ein Steptänzer auf einem Pulverfaß. Jeden Augenblick kann es in die Luft gehen.«

Hagerty atmete erleichtert auf. »Wenn Ihnen nichts anderes Kopfzerbrechen macht! Ich werde Ihnen beweisen, Dave, daß Sie ganz unbesorgt sein dürfen. Sie haben nur an eines zu denken, nämlich Burkes Schweinchen fleißig zu füllen. Alles andere schlagen Sie sich aus dem Sinn.«

»Sie sind optimistischer als ich. Ein halbes Dutzend Personen wissen von diesem kostbaren Geheimnis. Jede dieser Personen ist in der Lage, die Bombe platzen zu lassen.«

»Gewiß. Aber keine wird es tun. Das kann ich Ihnen beweisen.«

Er zog einen schlanken Goldbleistift aus der Brusttasche, nahm die Speisekarte zur Hand, drehte sie um und schrieb eifrig eine volle Minute lang. Dann reichte er die Karte Dave. Was er geschrieben hatte, lautete:

Homer Hagerty
Kermit Burke
Dave Robbins
Janey Hagerty
Irma und Howard Clarke
Herbert Ruess
Harlow Ross
Gräfin Szylenska

»Gehen wir sie der Reihe nach durch, Dave«, sagte Hagerty und nahm die Karte wieder an sich. »Nacheinander. Fangen wir mit mir an.«

»Ihretwegen mache ich mir keine Sorgen, Mr. Hagerty.«

»Dann streichen wir meinen Namen durch.«

Er zog einen dicken Strich durch den ersten Namen auf der Liste. »Als nächster kommt Kermit an die Reihe. Sie werden zugeben, daß wir ihn eliminieren dürfen. Dann kommen Sie, Dave.« Lächelnd blickte er auf und strich die beiden Namen durch. Er fuhr fort: »Janey. Vielleicht trauen Sie ihr zu, daß sie ihren alten Onkel gern brotlos machen möchte. Ich glaube, ihretwegen dürfen wir unbesorgt sein.«

Er strich den vierten Namen durch.

»Was die Clarkes betrifft, so haben Sie selber bereits erwähnt, daß sie das Kind behalten wollen und überhaupt viel zuviel Angst hätten, um den Mund aufzutun. Ruess – für den Fall, daß Sie den Namen noch nicht gehört haben – ist der Arzt, der Donald behandelt hat. Sie kennen die Geschichte. Also wollen wir auch die beiden nächsten Zeilen durchstreichen.«

Er tat es.

»Jetzt sind wir bei Harlow angelangt«, murmelte Dave verdrossen. »Er hat der Gräfin die Fotos gegeben, das bedeutet also, daß er Bescheid weiß. Fragen Sie mich nicht, wieso.«

»Ich weiß, wieso«, entgegnete Hagerty. »Harlow weiß Bescheid, weil er von Anfang an mit dabei war.«

»Er war mit dabei?«

»Selbstverständlich. Vergessen Sie nicht, Dave, daß Harlow Gordons Assistent war und der wichtigste Anwärter auf Gordons Stellung. Er hat sämtliche Details der Burke-Kampagne organisiert. Und was noch wichtiger ist: Er ist mehr als jeder andere daran schuld, daß die Sache schiefging.«

»Ross?«

»Oh, ich will nicht behaupten, daß nicht auch wir daran schuld sind. Aber er hatte alle technischen Arrangements mit den beiden Ehepaaren zu treffen, deren Fotos wir bringen wollten. Er hatte die Addisons und die Clarkes ausgesucht, er hatte das Zeitschema festgelegt. Wenn er vorsichtiger gewesen wäre, hätten wir mit den Anzeigen nicht so bald nach der Geburt begonnen und uns die ganze Sache erspart. So aber muß Harlow Ross sich den Vorwurf gefallen lassen, daß er geschlampt hat. Und glauben Sie ja nicht, daß ich ihn schonen werde, wenn er uns Ungelegenheiten bereitet. Ross weiß, daß ich ihn auf die schwarze Liste setzen kann und daß ihn dann keine Agentur im ganzen Land beschäftigen wird. Nein, nein«, fügte Hagerty lächelnd hinzu und zog zwei dicke Striche durch Ross' Namen, »wegen Harlow brauchen wir uns keine Sorgen zu machen.«

»Dann bleibt nur noch die Gräfin übrig«, sagte Dave.

»Ja. Und Kermit Burke hält die Drähte in der Hand, an denen die Frau Gräfin zappelt.«

Hagerty strich den letzten Namen durch.

»Einen Augenblick!« sagte Dave. »In bezug auf die Gräfin wäre noch etwas hinzuzufügen. Burke ist nicht der einzige Drahtzieher. Mama Maggie hat auf diesem Gebiet auch schon einiges unternommen.«

»Was soll das heißen?«

»Ich habe Ihnen noch nicht erzählt, was sie mit den Fotos gemacht hat, die sie von Ross erhielt. Sie hat sie benützt, um mich zappeln zu lassen – im Takt des Hochzeitsmarsches.«

Behutsam seine Worte wählend, berichtete Dave von Sonja.

»Das ist doch das Tollste, was ich je gehört habe«, sagte Hagerty. »Glauben Sie wirklich, daß sie Sie erpressen und Sie zwingen will, die Tochter zu heiraten?«

»Darauf läuft es hinaus. Freilich ist das Mädel nicht reizlos. Oder schüchtern. Keineswegs. Aber die Gräfin hat noch gewisse altmodische Vorstellungen aus der Alten Welt und glaubt, den Mann ihrer Tochter selber aussuchen zu müssen.«

»Nun, das braucht Sie jetzt nicht mehr zu irritieren. Ich meine, da Kermit informiert ist, kann sie Ihnen nichts antun.« Er musterte den bekümmerten Ausdruck, der nicht aus Daves Zügen weichen wollte, und fügte hinzu: »Aber ich will Ihnen was sagen. Wenn es Sie auch nur im geringsten stört, kann ich Kermit veranlassen, ein wenig Druck auszuüben. Vielleicht wird er die Gräfin davon überzeugen, daß eine schöne Auslandsreise für Sonja das Ratsamste wäre.«

»Glauben Sie, daß er das schaffen könnte?« Daves Miene erhellte sich.

»Bestimmt. Noch vor Ablauf des Monats haben wir Sonja an Bord der ›Ile de France‹, warten Sie nur.«

»Gott sei der Besatzung gnädig!« murmelte Dave.

Der Kellner kam an den Tisch, Hagerty unterzeichnete eine Quittung.

»Gehen wir jetzt in mein Büro und setzen unsere Besprechungen fort«, sagte Hagerty. »Ich habe auch noch etwas anderes mit Ihnen zu erörtern.«

Auf dieses andere ließ er sich vorerst nicht ein, und auch als sie bereits in den Räumen der Firma Hagerty & Tait angelangt waren, erfuhr Dave die Einzelheiten erst, nachdem Hagerty seine Sekretärin hereingeklingelt und sie beauftragt hatte, den Kassenverwalter Wilton Sheplow herbeizuzitieren.

Sheplow kam mit einer braunen Faltmappe unter dem Arm herein, betrachtete Dave mißtrauisch durch seine funkelnden Brillengläser und setzte sich.

»Wilton«, sagte Hagerty, »möchten Sie so freundlich sein, Dave über den finanziellen Status der Firma aufzuklären?«

Sheplow machte noch eine argwöhnischere Miene als gewöhnlich, knüpfte jedoch die Schnur auf, mit der seine Archivmappe zusammengebunden war. Er zog einen Stoß Papiere hervor und blätterte in den raschelnden Seiten.

»Meinen Sie sämtliche Details?« fragte er mit hohler Stimme. »Auch die vertraulichen Ziffern?«

»Geben Sie uns nur einen Überblick«, antwortete Hagerty lächelnd. »Verteilung der Aktien, Nettovermögen und so weiter. Beschränken Sie sich auf runde Summen.«

Sheplow biß die Zähne zusammen.

»Die Firma Hagerty & Tait wurde vor acht Jahren mit einem Stammkapital von einhunderttausend Dollar gegründet. Die tausend Anteile fielen zu gleichen Teilen den Gesellschaftern Hagerty und Tait zu. Gegenwärtig betragen unsere liquiden Mittel annähernd dreihunderttausend Dollar. Dazu gehören die Bankguthaben, die sicheren Außenstände, ein kleines Inventar an Kunstwerken im Wert von fünfundsiebzigtausend und ein kleiner nicht abgeschriebener Restbestand an Einrichtungsgegenständen und Mobiliar im Wert von fünfundzwanzigtausend Dollar.«

»Noch vor wenigen Monaten betrug die Gesamtsumme über vierhunderttausend Dollar«, sagte Hagerty mit finsterer Miene. »Dann aber kamen diese Sonderausgaben –«

»Hundertfünfundzwanzigtausend«, warf Sheplow tadelnd ein.

»Ja, Aber wir sind noch immer unser Geld wert, habe ich recht?«

»Gutes Geld, Mr. Hagerty.«

»Und nach unseren Berechnungen müßte sich der Wert der Aktien in den nächsten zwei Jahren beträchtlich steigern. Habe ich recht?« – »Als Kassenverwalter möchte ich sagen –«

»Egal. Ich erkläre, daß er steigen wird. Nun handelt es sich um Gordons Tod. Ob Sie es wissen oder nicht, Dave, es bestand zwischen ihm und mir keinerlei Abkommen. Gordon hatte eine Aversion gegen Versicherungen. Er bildete sich ein, er würde in dem Augenblick sterben, wo er die erste Prämie zahlte. Nun sieht man, wie unrecht er hatte. Das bedeutet also, daß die Hälfte der Firma Mrs. Tait gehört. Ich habe aber mit Grace darüber gesprochen, und sie hat sich bereit erklärt, der Firma die Hälfte ihres Anteils zu verkaufen. Fünfundzwanzig Prozent vom Gesamtkapital. Es sind also zweihundertundfünfzig Anteile verfügbar.«

»Mit einem Buchwert von dreihundertundzwölf Dollar und siebenundvierzig Cent pro Stück«, sagte Sheplow.

»Ja. Jemand wird dieses Aktienpaket erwerben müssen, Dave, und ich wünsche, daß Sie es erwerben.«

Dave wechselte einen Blick mit Sheplow und dann mit Hagerty. »Sie haben sich an die falsche Brieftasche gewandt. So etwas kann ich mir nicht leisten.«

»Davon ist auch gar nicht die Rede. Ich biete Ihnen eine Gelegenheit, Dave, wie sie Ihnen noch nie geboten wurde. Wissen Sie, was eine Option ist?«

»Nicht genau.«

»Sehr einfach. Ich gebe Ihnen die Möglichkeit, im Lauf der nächsten zwei bis drei Jahre diese zweihundertfünfundzwanzig Anteile zu ihrem heutigen Buchwert zu erwerben. Der Kurs wird bestimmt steigen, so daß Sie, ohne auch nur einen Nickel aufzuwenden, ein ganz schönes Kapitaleinkommen haben werden. Wie finden Sie das?«

Sheplow würgte es in der Kehle.

Hagerty sah ihn stirnrunzelnd an. »Sie können jetzt gehen, Wilton. Besten Dank.«

Der Kassenverwalter raffte seine Papiere zusammen, warf einen letzten grenzenlos erstaunten Blick auf seinen Chef und verließ den Raum.

»Ja, das ist ein äußerst großzügiges Angebot, Mr. Hagerty.«

»Großzügig? Quatsch. Ich betrachte es als ein Geschäft – und zugleich als ein Vergnügen. Erstens sind Sie bei Kermit Liebkind. Sie haben die freche Art, die ihm Respekt einflößt. Zweitens sind Sie Janeys künftiger Gatte.«

»Das würde ich nicht mit solcher Sicherheit behaupten.«

»Glauben Sie denn, ich kenne meine Janey nicht? Ich habe mir bereits überlegt, weshalb ihr euch gezankt habt. Nur wegen des Burke-Babys, nicht wahr?«

»Ich glaube, ja.«

»Nun, das ist doch jetzt bereinigt. Wir haben uns verständigt, nicht wahr?«

»Ja.«

»Dann ist dieser Stein des Anstoßes beseitigt.« Hagerty lachte. »Wunderbar, wie nützlich es doch ist, wenn man sich unter vier Augen ausspricht. Überlegen Sie sich nur, wie viele Probleme wir heute gelöst haben!« Er stand auf und streckte die Hand aus. »Und nun wollen wir einander wirklich die Hand reichen, Dave. Fangen wir ernsthaft von neuem an. Was meinen Sie dazu?«

Lächelnd drückte Dave ihm die Hand.

»Mir soll es recht sein, Mr. Hagerty.«

»Keine weiteren Probleme?«

»Nein, Sir.«

»Von nun an keine tiefen finsteren Geheimnisse mehr?«

»Nein, Sir.«

»Bravo! Jetzt gehen Sie aber an die Arbeit. Wir Aktionäre sind nicht gewillt, Schmarotzer zu füttern. Aber Sie können schnell mal ein paar Worte mit Janey sprechen. Ich glaube, sie möchte gern von Ihnen hören.«

»Okay, Mr. Hagerty«, erwiderte Dave. Mit einem breiten Grinsen ging er auf die Tür zu.

»Ach ja – Dave, noch etwas!«

»Ja, Sir?«

»Ich halte es nicht für richtig, daß einer der Hauptaktionäre nur ein gewöhnlicher Angestellter der Firma ist. Deshalb wollen wir Sie zum Direktor befördern.«

Es lag etwas Glückseliges in Daves Miene, als er durch die Korridore der Firma Hagerty & Tait wandelte. Das fiel den Leuten auf, die ihm begegneten, und sie nickten ihm freundlich zu, ohne stehenzubleiben und ihn anzureden. Auch als er Janeys Büro betrat und es zu seiner Enttäuschung leer vorfand, blieben seine Züge heiter. Er kehrte in seine eigenen Regionen zurück und nahm es Louise nicht übel, daß sie in ihrer besorgten Art auf sein seltsam starres Lächeln reagierte.

»Sind Sie all right, Mr. Robbins?«

»Natürlich bin ich all right. Hören Sie mal, das ist ein sehr hübsches Kleid, das Sie anhaben, Louise.«

Sie sah völlig verdattert drein. »Meinen Sie wirklich, Mr. Robbins?«

»Sicher. Die Farbe steht Ihnen gut.«

»Oh!« seufzte Louise ekstatisch und fiel mit Leidenschaft über ihre Schreibmaschine her.

Dave machte die Bürotür zu, setzte sich in seinen Drehstuhl und legte die Füße auf den Tisch. Zum erstenmal erlebte er einen richtigen Rauschzustand und schaukelte wie in einem Traum auf seinen daunenweichen Wellen dahin. Nach ein paar Minuten gedankenlosen Genusses begann sein Hirn wieder zu arbeiten, und er lachte in sich hinein.

Wie hatte er nur jemals Homer Hagerty ein so ordinäres Verbrechen wie einen Mord zutrauen können? Nun erschien ihm dieser Gedanke einfach lächerlich. Freilich hatte Annie Gander Hagerty erpreßt und in die Enge getrieben, und Mord ist ein todsicheres Mittel, um Erpresser zu beseitigen. Wahrscheinlich aber hatte er so reagiert, wie alle Geschäftsleute auf eine Bedrohung ihres Nettogewinns reagieren würden: mit wütendem Geschrei, Vorwürfen, eifriger Suche nach Schlupflöchern und Alternativen, mit Erbitterung und sogar mit Haß, aber zuletzt mit barem Geld auf dem Tisch. Nie wäre er auf den Gedanken verfallen, ein Verbrechen durch ein noch riskanteres vertuschen zu wollen. Dave versuchte, sich Homer Hagerty mit einem dicken Revolver unter dem erstklassigen Maßanzug vorzustellen, und abermals mußte er lachen. Er versuchte, sich ihn vorzustellen, wie er Annie Gander gegenübersteht und mit der stahlharten Stimme eines Gangsters sagt: ›Okay, meine Liebe, du hast es dir selber eingebrockt …‹ Und wie er dann den Revolver zieht und ihr die Mündung an den Hals drückt. Bum! Bum! Du bist tot!

Dave nahm die Füße vom Schreibtisch und schlug sich mit den Händen auf die Knie. Wie hatte er nur so dumm sein können? Morde werden nicht von dicklichen, weißhaarigen Geschäftsleuten verübt, die ihre Zeit auf Klubs, Cadillacs, Cocktails, Kundschaft und Konferenzräume verteilen. Morde sind das Werk finsterer Männer im Overall, schmutziger Jugendlicher mit Rasierklingen in der Tasche, gefährlicher kleiner Burschen wie Willie Shenk.

Willie Shenk. Natürlich war er es gewesen. So einfach, so einleuchtend – und er hatte es nicht wahrhaben wollen, weil es zu simpel war. Willie hatte die Gelegenheit gehabt, Willie hatte die Mittel gehabt, und was am wichtigsten war, Willie hatte die Anlage dazu gehabt. Als er ihn hier in diesem Raum seine Geschichte erzählen hörte, hatte er ihm aufs Wort geglaubt, ja, sogar ein leises Mitgefühl mit diesem sonderbaren Mann empfunden, der seine Liebe zu der Toten beteuerte. Aber Willie mußte es gewohnt sein, verbrecherische Taten frech abzuleugnen. Das gehörte zu seinem Metier.

Die Morgenzeitung lag im Papierkorb. Dave fischte sie heraus und überflog noch einmal die letzten Seiten, um zu sehen, ob der Fall Gander erwähnt wurde. Wieder nichts. Warum hatte die Polizei Willie Shenk noch nicht gefunden? Wenn man ihn endlich erwischte und in die Zange nahm, würde sich vielleicht des Rätsels Lösung finden. Er fühlte sich beinahe versucht, selber die Polizei anzurufen und von seiner Zusammenkunft mit Willie Shenk und Max Theringer zu berichten. Aber er wußte, daß er sich das nicht erlauben durfte.

Dann kam ihm ein Gedanke. Vielleicht konnte Max ihm etwas Neues mitteilen. Vielleicht war eine neue Spur ans Licht gekommen, vielleicht hatte die Polizei neue Schritte eingeleitet …

Er griff nach dem Hörer und rief den ›Times-Express‹ an.

»Hallo, Max? Hier spricht Dave Robbins. Ich wollte nur schnell mal anrufen und mich erkundigen, wie es Ihnen geht.«

»Magenverstimmung«, sagte Theringer. »Und was macht die Madison Avenue?«

»Das Übliche. Sagen Sie mal, könnten wir uns bald wieder treffen? Ich erzähle Ihnen, was ich erreicht habe, und Sie erzählen mir ... Wie wäre es mit heute abend?«

»Heute abend habe ich keine Zeit. Ich schreibe eine Serie über Jugendkriminalität. Und nach einem von Gus' Martinis bringe ich nichts Rechtes mehr zustande.«

»Wir brauchen ja nicht zu Gus zu gehen. Ich will mich nur eine Weile mit Ihnen unterhalten. Soll ich nach der Arbeit zu Ihnen in die Redaktion kommen?«

»Redaktion? Die Bude, in der ich sitze, enthält einen Schreibtisch, einen Stuhl und einen privaten Spucknapf. Aber wenn Sie wollen, sind Sie herzlich willkommen.«

»Schön. Gegen halb sechs bin ich bei Ihnen.«

»Sagen wir sechs.«

»Gut.«

Janey kehrte an diesem Nachmittag nicht mehr zurück. Dave hatte also keine Gelegenheit, ihr den Olivenzweig zu reichen. Um halb vier wurde ihm von dem Bürodiener ein Personalrundschreiben auf den Schreibtisch gelegt. Der Inhalt lautete:

> Ich darf zu meiner Freude mitteilen, daß Dave Robbins zum Direktor der Firma befördert worden ist. Ich bin überzeugt, daß Sie alle das Bedürfnis haben werden, Dave zu den schönen Leistungen zu gratulieren, die ihm diesen Titel eingebracht haben.
>
> Homer Hagerty
> Generaldirektor

Dave legte das Schreiben in die unterste Schublade seines Schreibtischs, um es für die Nachwelt aufzubewahren. Zehn Minuten später rief Wilton Sheplow an und fragte Dave, ob er ein gutes Portraitfoto besitze, das man den Tageszeitungen und der Fachpresse zustellen könne. Der Rest des Nachmittags verging damit, daß er sich bescheiden und lächelnd bei den Angestellten der Firma Hagerty & Tait bedankte, die herbeigeströmt kamen, um ihn zu beglückwünschen. Louise war die letzte, die ihre Glückwünsche vortrug. Sie betrachtete ihren Chef so, wie die Touristen das Lincolndenkmal betrachten.

Dave verließ das Büro um halb sechs. Ermuntert durch das heitere Wetter, ging er zu Fuß zum Gebäude des ›Times-Express‹. Aus dem Wegweiser ersah er, daß Max Theringer im vierten Stock anzutreffen sei.

Zwischen verstreuten Inseln dicht bepackter Schreibtische wanderte er in einen riesigen, saalartigen Raum, in dem sich außer Max Theringer keine Menschenseele befand. Der Polizeireporter hockte wie ein hungriger Habicht über einer uralten Schreibmaschine. Als Dave herankam, blickte er auf, hämmerte jedoch weiter mit zwei Fingern achtlos auf die Tasten los. Dave zog einen Stuhl heran und wartete, bis Max Theringer das Blatt Papier aus der Walze riß.

»Na, was sagen Sie zu dieser Bude?« fragte Theringer, sich in dem knarrenden Sessel zurücklehnend. »Nicht gerade sehr elegant, oder wie? Also, was haben Sie auf dem Herzen, junger Mann? Sind Sie der Beziehung zwischen Ihrem Freund Burke und Annie Gander nachgegangen? Ich habe mir seither immerzu den Kopf darüber zerbrochen.«

»Es gab eigentlich gar keine Beziehung zwischen den beiden. Burke war lediglich das erste Erpressungsopfer, das Annie sich ausgesucht hatte. Deshalb hat Willie Shenk ihn in der Nähe ihrer Wohnung gesehen. Aber

Burke war viel zu gerissen, um selber mit dem Geld herauszurücken. Er schickte Annie zu Homer Hagerty, und der mußte die Zeche bezahlen. Mehr steckt nicht dahinter.«

»Bestimmt nicht?«

»Bestimmt nicht. Ich habe in der letzten Zeit viel nachgedacht und bin zu der Überzeugung gelangt, daß ich mich vielleicht verrannt habe. Die Erpressung steht außer Frage, aber Mord –«

Theringer hob eine seiner schütteren Brauen.

»Was sind das plötzlich für neue Töne? Haben Sie Ihr Urteil über Hagerty geändert?«

»Darum handelt es sich nicht. Ich habe nie beweisen können, daß Hagerty mit dem Tod Annie Ganders oder mit den Anschlägen auf mein Leben auch nur das geringste zu tun gehabt hätte. Übrigens bin ich nicht restlos davon überzeugt, daß solche Anschläge überhaupt stattgefunden haben. Die Eisenbahngeschichte muß ein Zufall gewesen sein, und es liegen keine Beweise dafür vor, daß die Tablettenflasche Gift enthalten hat. Ich beginne allmählich zu glauben, daß es lauter Hirngespinste sind – wie Sie das von Anfang an vermutet haben.«

Der Reporter knallte einen Bleistift auf die Tischplatte hin. »Sie sind aber ein sehr launischer Herr, wie? Den einen Tag sehen Sie an jeder Ecke einen schwarzen Mann lauern, und am nächsten Tag ist alles eitel Sonnenschein. Was zum Teufel ist denn passiert? Hat Ihr Chef Ihnen eine Gehaltserhöhung bewilligt?«

Dave errötete. »Nicht nur daran liegt es.«

»Es stimmt also.«

»Na und? Das hat doch nichts mit dem Mordfall zu tun. Er weiß nicht einmal, daß ich ihn im Verdacht hatte. Aber er ist kein Mördertyp, wenn Sie verstehen, was ich meine.«

»Nein, das verstehe ich nicht. Ich bin erst seit etwa zwanzig Jahren Kriminalreporter und habe nie feststellen können, wie der Typ aussieht, der einen Mord begeht. Da hatten wir zum Beispiel die liebe alte Dame, die einen Kindergarten leitete. Sie zerstückelte ihren Gatten und schickte die Teile nach St. Louis. Und dann dieser gutaussehende junge Anwalt, frisch vom College. Achtmal überfuhr er seine Braut mit einem Buick. Und der Geistliche –«

»Okay, okay«, warf Dave verdrossen ein. »Also gibt es eben keinen bestimmten Mördertyp. Aber ich frage Sie rundheraus – ist es denn nicht tausendmal wahrscheinlicher, daß Willie Shenk Annie Gander umgebracht hat? Hatte er nicht einen Grund und auch die Gelegenheit? Ist er nicht doch weit eher der richtige Typ?«

»Freilich.«

»Glauben Sie ihm, was er sagt? Halten Sie ihn für unschuldig?«

»Das ist der Haken bei Willie. Er kann großartig lügen. Auch wenn er die Wahrheit sagt, kennt man sich nicht aus.«

»Aber Sie halten ihn für unschuldig?«

»Ich halte ihn nicht für unschuldig«, erwiderte Max Theringer, »ich weiß, daß er unschuldig ist.«

Dave zuckte zusammen. »Was soll denn das heißen?«

»Ich habe heute früh mit meinem Freund Krimmalleutnant Berger gesprochen. Gestern hat man Willie aufgegriffen und ihn vier Stunden später laufen lassen. Sehen Sie, die Polizei hat nun doch nicht die ganze Zeit fest geschlafen, wenn es auch danach aussehen mochte. Man hat, seit der Mord passiert ist, alle möglichen Zeugen verhört und alle möglichen Alibis überprüft. Nicht einmal Willie selbst hätte seine Unschuld besser beweisen können, als es der Polizei gelungen ist. Das hat man ihm natürlich nicht erzählt, aber er steht nicht mehr unter Tatverdacht.«

Von Daves seligem Rauschzustand war nicht mehr viel übriggeblieben.

»Warum sind Sie Ihrer Sache so sicher?«

»Man hat die Mieter in Annies Haus vernommen. Zwei davon haben sie drei Stunden, nachdem Willie Shenk die Wohnung verlassen hatte, am Leben gesehen. Der Portier des Hotels, in dem Willie abstieg, konnte den Zeitpunkt seiner Ankunft genau bestimmen. Ebenso der Pikkolo. Ebenso der Mixer in der Hotelbar. Es gab nicht die kleinste Einzelheit in Willies Geschichte, die der Polizei nicht schon vorher bekannt gewesen wäre. Ganove hin, Ganove her, Willie Shenk hat Annie Gander nicht umgebracht. Und damit ist der schöne Traum zu Ende.«

Dave fiel förmlich in sich zusammen. Die schmalen Achseln seines Jacketts wurden noch schmäler.

»Wenn also Willie nicht der Täter ist –«

»Muß jemand anderer es sein. Vielleicht jemand, der eigentlich gar nicht ein Mördertyp ist ...«

Dave wollte abermals protestieren, wurde jedoch unterbrochen. Das Telefon auf Theringers Schreibtisch klingelte mit erschreckender Lautstärke. Dave fuhr zusammen, aber der Reporter griff gelassen nach dem Hörer und brummte eine Begrüßung in die Muschel. Er hörte ein Weilchen zu, sagte dann: »Okay, schönen Dank!« und legte auf. Er sah Dave an. »Das war Kriminalleutnant Berger. Ein Mord ist geschehen. Einem jungen Mädchen wurde die Kehle durchgeschnitten.« Er erhob sich hastig. »Wollen Sie mitkommen?«

Dave schluckte. »O nein! Danke schön! Das hätte mir gerade noch gefehlt.« Er stand auf.

»Wissen Sie was?« sagte Theringer. »In der Sechzehnten gibt es ein Lokal namens ›Ferdy‹. Setzen Sie sich dort hinein und trinken Sie ein paar Gläschen, während ich meiner Arbeit nachgehe. In einer halben Stunde bin ich bei Ihnen. Einverstanden?«

Es verging eine gute Stunde, bevor Theringer in der Nische bei ›Ferdy‹ erschien, wo Dave immer noch vor seinem ersten Glas saß.

Mit einem tiefen Seufzer ließ Theringer sich auf die Bank sinken und sagte: »Der Fall ist bereits aufgeklärt. Der Laufbursche aus dem Gemischtwarenladen hat gestanden. Hübscher Junge – der Casanova des Viertels. Offenbar hat er Annäherungsversuche gemacht, und sie fing zu schreien an. Ungefähr so muß es sich abgespielt haben. Da bekam er Angst, verlor den Kopf und –«

»Schrecklich!« stieß Dave hervor. »Wie kann man denn so etwas –«

Theringer unterbrach ihn schroff. »Die Angst! Wenn Menschen in Angst geraten, sind sie zu allem fähig. Er hatte schreckliche Angst, wegen Notzucht eingesperrt zu werden. Andere wieder geraten aus anderen Gründen in Panik. Drohen Sie einem Mann, ihm seinen Lebensunterhalt, sein Ansehen, alles, worauf er Wert legt, wegzunehmen – er wird ängstlich werden und manchmal auch in Verzweiflung geraten. Aus Verzweiflung kann er einen Mord begehen.«

Dave wußte, was gemeint war. »Gut. Sie behaupten also, daß ein Mord eine recht verteufelte Angelegenheit sei und daß es gar nicht darauf ankomme, warum er begangen wird.«

»So ungefähr.«

»Und Ihrer Meinung nach irre ich mich in bezug auf Homer Hagerty. Sie halten meine ursprüngliche Vermutung für richtig.«

»Das haben Sie zu entscheiden. Wie Sie selber sagten, liegen keine Beweise vor.«

Dave schlug mit der Faust auf den Tisch, so daß Theringers Whiskyglas Rumba tanzte. »Das meine ich doch eben! Kein Beweis – nur ein vager Verdacht! Selbst, wenn ich es beweisen wollte –«

»Das ist nicht Ihre Aufgabe, lieber Mann. Dafür wird die Polizei bezahlt. Sie brauchen ihr nur mitzuteilen, was Ihnen bekannt ist. Überlassen Sie es ihr, sich nach Fakten umzuschauen, die den Verdacht bekräftigen.«

»Aber ich kann doch nicht eine solche Anschuldigung erheben! Das würde ja –« Er verstummte.

»Das würde Ihnen die Suppe versalzen, ja? Mit Ihrer prima Stellung und Ihrer süßen Braut.«

Dave wand sich ganz jämmerlich. »Was würden Sie an meiner Stelle tun, Max?«

»Wer? Ich?« Der Reporter lachte trocken in sich hinein. »Ich würde jede Woche meinen Scheck kassieren, vom Spesenkonto leben, einen Cadillac fahren, schön brav meine Martinis trinken, das Mädel heiraten, mir ein Haus in Connecticut kaufen und nicht mehr an die Sache denken. Aber ich bin schließlich ein verkommener, nichtsnutziger Lump.«

Dave leerte sein Glas auf einen Zug. »Gut. Ich möchte nichts Unrechtes tun, Max. Aber wenn ich es vorläufig vermeiden kann, die Polizei mit hineinzuziehen, bis ich genau weiß –«

Theringer trommelte auf den Tisch. »Es gibt einen Weg. Aber er ist nicht gerade der allereinfachste.«

»Nämlich?«

»Diese Art Verbrechen, mit der wir es hier zu tun haben – es ist ein Verbrechen, das fortzeugend andere Verbrechen nach sich zieht, wenn Sie verstehen, was ich meine. Annie nimmt eine Erpressung vor, die Erpressung führt zu einem Mord. Sie finden allerlei Spuren, die mit dem Mord zusammenhängen – also versucht man, Sie umzulegen. Das ist eine Kettenreaktion.«

Dave dachte an Bob Bernstein, hielt aber den Mund.

»Solange der Mörder sich bedroht fühlt«, fuhr Theringer fort, »wird er wahrscheinlich weitermorden. Und wenn er glaubt, es mit jemandem zu tun zu haben, der ihm ebenso gefährlich ist wie Annie Gander – dann werden wir vielleicht einen neuen Mordversuch erleben. Habe ich recht?«

»Ich weiß es nicht.«

»Wollen Sie es feststellen?«

»Was soll das heißen?«

»Na, na, seien Sie nicht so begriffsstutzig! Wenn Sie meinen, daß Ihr Chef ein viel zu netter Typ sei, um einen Mord zu begehen – warum es nicht ein für allemal beweisen? Liefern Sie ihm eine Person, die ihm Sorgen bereitet, die er noch dringender loswerden möchte als Annie Gander. Ich spreche von einem Köder, lieber Mann. Wissen Sie, was ein Köder ist?«

»Einen Augenblick. Wenn Sie dabei an mich gedacht haben –«

»Eigentlich habe ich nicht an Sie gedacht. Anfangs wären Sie ein schöner, frischer Köder gewesen, aber jetzt haben Sie schon ein bißchen zu stinken begonnen. Nein, ich dachte nicht an Sie, Davy. Ich dachte an Willie.«

»An Willie Shenk?«

»Richtig. Ich fragte mich soeben, wie Ihr Chef auf Willie reagieren würde. Er muß von seiner Existenz wissen, falls er Annie gekannt hat. Und wenn Willie sich entschließt, dort fortzusetzen, wo Annie aufgehört hat ...«

Dave nickte verständnislos, dann stutzte er plötzlich. »Daß ich Sie nicht mißverstehe! Sie meinen, wir sollen Willie Shenk meinem Chef als neuen Erpresser auf den Hals hetzen? Und dann abwarten, bis er umgebracht wird?«

»Freilich. Wer wird Willie vermissen? Er ist weiter nichts als ein Schmutzfleck auf dem Löschpapier der Polizei.« Theringer lächelte und runzelte gleichzeitig die Stirn. »Nein, so war es eigentlich nicht gemeint. Ich meine, wir sollen Hagerty jede Gelegenheit geben, Willie genauso zu beseitigen, wie er – zumindest meiner

Meinung nach – Annie beseitigt hat. Nur mit dem Unterschied, daß wir es nicht soweit kommen lassen. Dann haben wir mehr Beweise, als wir brauchen, um ihn an den Galgen zu bringen.«

»Warum aber sollte Willie mitmachen? Und wie denn, wenn etwas schiefgeht?«

»Beide Fragen kann ich nicht beantworten. Meiner Meinung nach wird Willie mitmachen, weil er nicht weiß, daß man ihn von der Liste der Verdächtigen gestrichen hat. Ich könnte ihm einreden, daß das die einzige Möglichkeit für ihn sei, sich reinzuwaschen. Und meiner Meinung nach wird es nicht schiefgehen, wenn wir die erforderlichen Vorsichtsmaßnahmen ergreifen. Aber ich kann nichts versprechen. Wenn man, auch mit dem besten Köder, Haifische angeln geht, wird man manchmal von ihnen erwischt.«

»Mir gefällt es nicht«, murmelte Dave unruhig.

»Das kann ich Ihnen nicht verdenken. Aber es ist ein Weg, um Ihre Zweifel an der Unschuld Ihres Chefs endgültig zu bekräftigen oder zu entkräften. Es liegt an Ihnen, lieber Mann. Wie gesagt, Sie können auch ganz einfach das Bargeld einstecken und den Kopf in den Sand stecken. Das wäre das Vernünftigste.«

Dave starrte in sein Glas, als suche er bei den hopsenden Eiswürfeln eine Antwort. »Wenn Sie wirklich glauben, daß Willie mitmacht ...«

»Ich nehme es an.«

»Dann mache auch ich mit«, sagte Dave.

Als er am späten Abend in seine Wohnung kam, vermochten sämtliche Lichtschalter, die Dave anknipsen konnte, die düstere Stimmung nicht zu verscheuchen.

Es war zehn, und er war nicht schläfrig. Er stellte das Fernsehgerät an und sah einen glücklichen Quiz-Teilnehmer mit einem strahlend weißen Cadillac davonfahren. Das Nachtprogramm brachte einen waschechten Kriminalfilm, und er folgte der blutrünstigen Handlung mit viel zuviel Anteilnahme. Als die Reklame kam, beschloß er, sich nicht anzuhören, was die Ärzte gegen Kopfschmerzen, Neuralgie und Arthritis empfehlen, sondern ging in die Küche, um eine Flasche Bier zu holen. Als er zurückkehrte, klingelte das Telefon. Er griff nach dem Hörer.

»Dave? Sie haben doch nicht schon geschlafen, oder?«

»Nein. Wer spricht dort?«

Die Frauenstimme antwortete: »Ruth Bernstein. Ich habe schon einmal angerufen, aber Sie waren nicht zu Hause. Passen Sie auf! Ich habe über die Sache nachgedacht, die Sie erwähnten, als Sie bei mir waren. Sie ging mir nicht aus dem Kopf. Warum ist es so wichtig zu wissen, wer hierherkam, um sich fotografieren zu lassen?«

»So wichtig ist es eigentlich nicht, Ruth. Ich war bloß neugierig.«

»Immerhin hatten Sie mir einen Floh ins Ohr gesetzt. Ich möchte Ihnen nicht gern verraten, was mir alles durch den Kopf gegangen ist. Haben Sie den Film entwickeln lassen?«

»Ja. Aber die Kamera muß während der Explosion aufgesprungen sein. Sämtliche Bilder waren überbelichtet.«

»Schade. Auf jeden Fall habe ich heute ein wenig gekramt, nur um zu sehen, ob unter Bobs Papieren und übrigen Sachen etwas zu finden ist. Ich dachte mir, wenn es Sie noch immer interessiert –«

»Selbstverständlich!«

»Ich habe ein altes Kassenbuch gefunden, das Bob manchmal benützt hat, um sich Notizen zu machen, Telefonnummern aufzuschreiben und dergleichen. Es lag in seinem Schreibtisch. Genau dort, wo es hingehört.«

»Ja?« Dave bemühte sich krampfhaft, seine Unruhe zu bezähmen.

»Es ist nicht gerade ein Vormerkkalender, muß aber auf dem laufenden gewesen sein. Unter dem sechsten September zum Beispiel« – ihre Stimme wurde zittrig – »hatte er einen Hinweis auf unseren Hochzeitstag notiert. Und an seinem Todestag ist ein Name verzeichnet. Das muß die Person gewesen sein, die zu ihm kam, um sich fotografieren zu lassen.«

»Wer ist es denn?« fragte Dave gleichgültig, kühl, fast uninteressiert.

»Ich habe das Buch vor mir liegen. Hier steht: ›B – Janey Hagerty.‹ Ich weiß nicht, was das B bedeutet, aber Sie kennen doch Janey Hagerty, nicht wahr? Die nette junge Dame, die in Ihrer Firma beschäftigt ist? Dave …?«

12

Der Dienstag ist der schlimmste Tag. Er hat nicht die betäubende Wirkung des Montags, die Solidität des Mittwochs, die Feierabend-Stimmung des Freitags. Der Dienstag ist am schlimmsten, und Dave erwachte in einem Wirrwarr durchschwitzter Laken mit der Erkenntnis, daß dieser Dienstag alle seine Vorgänger übertrumpfen würde.

Zum erstenmal seit Wochen beschloß er, sich mit einem Frühstück von normalem Umfang zu stärken. Während er es zubereitete, kreisten seine Gedanken unaufhörlich um Janey.

Was hatte ihr Name in Bernsteins Vormerkkalender zu suchen? War sie die Kundin gewesen, die sich angemeldet hatte? Aber an dem Tag, an dem der Fotograf seinen tödlichen Unfall erlitten hatte, war Janey zusammen mit Dave bei den Clarkes gewesen. Sie war nicht einen Augenblick lang von seiner Seite gewichen. Wenn sie sich schon mit Bernstein verabredet hatte – warum hatte sie die Verabredung nicht eingehalten? Und wenn sie im Namen einer dritten Person angerufen hatte …

Als er ein weichgekochtes Ei aufklopfte, verbrannte er sich den Finger und stieß ein Gebrüll aus. Der Toast hopste halb geröstet aus dem Apparat. Er stopfte ihn zurück und erhielt ein schwarzes, ungenießbares Stück Kohle. Der Kaffee war wäßrig, und er konnte den Deckel des Marmeladenglases nicht loskriegen.

Hungrig verließ er die Wohnung. Ein leichter Regen hatte alle verfügbaren Taxis weggezaubert, er mußte also den Bus nehmen. Die Schneckenfahrt war qualvoll. Es drängten sich so viele Fragen in seinem Gehirn, daß er es nicht erwarten konnte, Janey zu treffen und die Antworten zu hören. Wenn sie die Verabredung im Auftrage Homers getroffen hatte, warum hatte sie das nicht erwähnt? Hatte sie es absichtlich verschwiegen? Und was bedeutete das B neben ihrem Namen?

Aber als er ins Büro kam, war Janeys Zimmer leer.

Die Empfangsdame Jody beantwortete seine Frage. »Miss Hagerty? Sie liegt zu Bett. Gestern nachmittag bekam sie Schnupfen und ging gegen zwei Uhr nach Haus.«

»Danke«, sagte Dave. »Ich werde sie dort anrufen.«

Er rief von seinem Schreibtisch aus an, und als Janey sich meldete, klang ihre Stimme verschleimt und kläglich.

»Ich höre zu meinem Bedauern, daß du krank bist«, sagte Dave. »Kann ich etwas für dich tun?«

»Du könntest mich in Ruhe lassen«, erwiderte Janey gereizt. »Ich habe eben fest geschlafen.«

»Ich würde dich nicht belästigen, aber es ist etwas Wichtiges aufgetaucht. Ich war bei Mrs. Bernstein, Bobs Witwe.«

»Hast du ihr eine heruntergehauen?«

»Was soll das heißen?«

»Ich dachte, das wäre dein neues Hobby, Leuten eine herunterzuhauen.«

»Mach keine dummen Witze. Ruth hat mir erzählt, an dem Tag, als Bob ums Leben kam, habe sich jemand bei ihm angesagt, um eine Portraitaufnahme machen zu lassen. Als ich bei ihr war, wußte sie nicht, um wen es sich handelte, aber gestern abend rief sie mich an. Sie hatte deinen Namen in Bobs Kalender gefunden.«

»Meinen Namen?«

»Ja. Hattest du dich bei ihm angesagt?«

»Nie im Leben«, erwiderte Janey. »Willst du jetzt bitte aufhören und mich schlafen lassen?«

»Hast du im Auftrag einer dritten Person angerufen?«

»Als Bob seine Stellung verlor, habe ich, um ihm zu helfen, überall herumerzählt, daß er Portraitaufnahmen macht. Aber ich habe keine Verabredung mit ihm getroffen. Laß mich jetzt in Frieden, sonst blase ich dir lauter Bazillen durchs Telefon.«

»Okay, okay«, brummte Dave. »Ich lasse dich in Frieden. Aber wir müssen uns sprechen, Janey. Ich habe dir so vieles zu erzählen ...«

»Hast du noch nicht gelernt, Adieu zu sagen?«

»Okay, okay. Adieu!«

Ein paar Minuten später erschien der Chef der Presseabteilung, um die nächsten Burke-Termine zu besprechen. Eine Stunde verging mit einer langweiligen Diskussion über Zeilenpreise, Rabatte und Handelsspannen. Der Mann saß noch immer bei ihm, als um elf Uhr Louise das Klingeln seines Telefons beantwortete und ihm meldete:

»Mr. Theringer wünscht, Sie zu sprechen.«

»Er soll am Apparat bleiben«, sagte Dave hastig. »Sind wir fertig, Jerry? Das ist ein persönlicher Anruf.«

»Freilich sind wir fertig.«

Als Dave allein war, griff er nach dem Hörer und flüsterte: »Max? Was ist passiert?«

»Allerlei. Gestern abend habe ich unseren gemeinsamen Freund erwischt, den mit der komischen Nase. Ich dachte, ich würde ihm furchtbar zureden müssen, aber ich hatte mich geirrt. Er war Feuer und Flamme.«

»So?«

»Ich glaube, Willie will in sich gehen«, sagte Theringer lachend. »Er ist noch mehr darauf aus, den Fall zu lösen, als die Polizei. Ich schilderte ihm die Einzelheiten des Plans und ließ ihn mit seiner unnachahmlichen Handschrift einen Brief an unseren Mr. schreiben. Der Brief wurde heute früh abgeliefert, er muß also bereits auf seinem Schreibtisch liegen.«

»Schon jetzt?« Dave schluckte und blickte zur Tür, als erwarte er, Homer Hagertys zornige Gestalt zu erblicken.

»Ja. Meiner Meinung nach sollten wir uns so bald wie möglich treffen, damit Sie den Inhalt des Briefes erfahren und die Details des Plans hören. Sind Sie zu Mittag frei?«

»Ja. Passen Sie auf! Wollen wir uns in der Stadt treffen? Bei ›Le Val‹ in der Achtundfünfzigsten?«

»Gern, wenn Sie mich einladen.«

»Ich lade Sie ein«, sagte Dave.

Sie trafen sich um ein Viertel nach zwölf unter dem Vordach des Restaurants. Theringer beehrte alle Personen, die mit dem Luxushotel zu tun hatten, mit finsteren Blicken. Finster sah er den livrierten Portier an und stieß selber die Tür auf, finster sah er die Garderobiere an, knurrte den Oberkellner an und schnauzte den Pikkolo an, der seinen Brotteller mit zarten Schwarzbrotstreifen garnieren wollte.

»So eine Butike!« sagte er angewidert.

»Gefällt es Ihnen hier nicht?«

»Es gefällt mir großartig, das ist ja der Jammer. Ich kann es mir nicht leisten, also muß ich es abscheulich finden. Aber zur Sache!«

Er holte ein zusammengefaltetes Blatt Papier aus der Tasche und reichte es übers Tischtuch.

»Das ist der Brief, den ich entworfen habe. Er hat ihn nicht ganz genauso geschrieben, er hat das Englisch ein wenig ›verbessert‹. Aber im wesentlichen ist es die Mitteilung, die Ihr lieber Hagerty heute früh erhalten hat.«

Dave las:

Hagerty –

– ich weiß über Sie und Annie Gander Bescheid. Annie war meine Braut. Ich habe die Bilder des

Babys gesehen, die Sie in den Burke-Annoncen verwenden. Das ist mein Kind. Ich weiß, wie Sie das gedreht haben, und mir gefällt nicht, was Sie Annie angetan haben. Wenn Sie keine Scherereien haben wollen, sehen Sie lieber zu, daß Sie heute abend Hunderttausend für mich übrig haben. Wenn Sie nicht mit dem Geld herausrücken, verständige ich die Polizei. Das ist mein Ernst. Ich erwarte Sie um neun Uhr im Westmore Arms Hotel, Ecke der 41. Street und der 8. Avenue, Zimmer 208. Seien Sie pünktlich, wenn Ihnen Ihr eigener Vorteil am Herzen liegt.

Willie Shenk

»Wie gesagt«, bemerkte Theringer lächelnd, »Willie fand den Brief okay, bis auf den Stil. Durch den Stil fühlte er sich geradezu beleidigt.«

»Und Hagerty hat ihn gelesen?«

»Wenn er seine Morgenpost durchgesehen hat, muß er den Brief gelesen haben. Willie hat ihn persönlich um neun Uhr abgegeben. Die Sekretärin hat ihn entgegengenommen. Für den Fall, daß Hagerty an der Echtheit zweifeln sollte, braucht er nur die junge Dame zu fragen. Sie wird ihm Willie beschreiben.«

»Gibt es wirklich ein Westmore Arms Hotel?«

»Selbstverständlich. Ein schäbiges Wohnhotel, nicht weit von unserer Redaktion entfernt. Gestern abend ist Willie dort abgestiegen. Warum sollten wir es uns nicht möglichst bequem machen? Durch das Fenster der Kneipe läßt sich der Eingang leicht im Auge behalten. Wir brauchen nur dort herumzuhocken, bis wir Hagerty hineingehen sehen. Falls er auftaucht.«

»Sie meinen, daß er vielleicht nicht auftauchen wird?«

»Ich weiß nicht mehr als Sie. Aber wenn er erscheint, gehen wir ihm nach.«

»Und wenn wir zu spät kommen! Wenn er –«

»Machen Sie sich keine Sorgen um Willie. Er weiß sich zu helfen. Als Dilettant mag Ihr Herr Chef recht tüchtig sein, aber Willie ist ein Professional.« Ein Kellner hielt Theringer ein Steak unter die Nase, und er kniff unwillig die Augen zusammen.

»Sieht scheußlich aus«, murmelte er. »Es wird mir bestimmt nicht schmecken.«

»Sie meinen, daß das alles ist«, sagte Dave. »Wir zwei setzen uns in die Kneipe und warten, bis Hagerty auftaucht?«

»Was hätten Sie erwartet? Der FBI? Ein Überfallkommando?«

»Nein, aber –«

»Ich weiß, was Ihnen Kopfzerbrechen macht, aber seien Sie unbesorgt. Ich habe Leutnant Berger gebeten, heute abend auf dem Posten zu sein. Ich habe ihm nicht gesagt, was passieren könnte, aber er wartet auf meinen Anruf – für den Fall, daß sich etwas ereignet. Also – beruhigen Sie sich.«

»Ich weiß nicht recht. Es klingt ziemlich einfach, aber –«

»Ich habe Ihnen doch schon gesagt, Sie sollen sich beruhigen. Gehen Sie ins Büro und tun Sie, als ob nichts los wäre. Das soll Ihre einzige Sorge sein. Junge, Junge, ist dieses Steak erbärmlich!« sagte Theringer und schlang es hinunter.

Theringers Ermahnungen waren nicht leicht zu befolgen. Um halb drei hatte Dave sämtliche Zigaretten aus seinem Paket jeweils zur Hälfte aufgeraucht. Louise kam heran. Als sie die Aschenschale sah, schnalzte sie vorwurfsvoll mit der Zunge.

»Während Sie weg waren, hat Celia angerufen. Mr. Hagerty hat Sie gesucht.«

»So?« Er nahm den Hörer zur Hand und rief im Büro des Generaldirektors an.

Celia sagte: »Jetzt ist er weggegangen, Mr. Robbins. Er ist mit Mr. Sheplow zur Bank gegangen, wird aber gegen halb vier wieder zurück sein.«

Nachdem er aufgelegt hatte, starrte er den Hörer an. Zur Bank! Hieß das, daß er gewillt war, Willies Weisungen zu befolgen?

Er holte sich ein frisches Paket Zigaretten aus dem Automaten im Korridor und füllte die zweite Aschenschale. Um vier Uhr kam Louise mit der Mitteilung: Hagerty sei da und wünsche, ihn zu sprechen.

Dave betrat das Büro des Generaldirektors und sah einen alten, zitternden Mann in Hagertys Drehstuhl sitzen. Das Atmen schien ihm schwerzufallen, er hatte den Kragen um den faltigen Hals gelockert, seine Lippen waren blau.

»Hallo, Dave!« krächzte er. »Nehmen Sie Platz.«

Dave setzte sich, den Blick wie gebannt auf die alternden Züge Onkel Homers geheftet.

»Ich möchte etwas mit Ihnen besprechen«, sagte Hagerty. Jedes einzelne Wort fiel ihm schwer. »Ich fühle mich gar nicht wohl, Dave, gar nicht wohl. Diese ganze Angelegenheit belastet mich zu sehr, Wissen Sie, es lohnt sich nicht. Schauen Sie sich Gordon an ...«

»Sie müßten ein wenig bremsen, Mr. Hagerty.«

»Ja, das meine ich auch. Bremsen. Zum Beispiel – diese Baby-Kampagne. Mein Gott, es handelt sich doch nur um schäbige Reklame. Die Welt wird nicht untergehen, wenn wir sie einstellen, habe ich recht?«

»Sie haben recht.«

»Zu viele Fallgruben, das ist der Jammer! Sie haben es gestern selber gesagt. Als ob man auf Dynamit säße. Man weiß nie, wann es losgeht. Ich habe gründlich darüber nachgedacht und halte es für das Beste, die Sache fallenzulassen.«

»Das Burke-Baby?«

»Ja, das gottverdammte Burke-Baby. Ich will von diesem Balg nichts mehr hören. Morgen rufe ich Kermit an und sage ihm meine Meinung. Na schön, er wird Zeter und Mordio schreien. Die Verkaufskurven gefallen ihm so gut. Aber ich hoffe, ihn davon überzeugen zu können, daß dies nicht die einzige Werbekampagne auf Gottes Erdboden ist. Und wenn er uns Schwierigkeiten machen will – na schön«, fuhr Hagerty mit dunkler Andeutung fort, »ich kann mich wehren.«

Dave stieß einen mißtönigen Pfiff aus. »Das ist aber eine Überraschung, Mr. Hagerty! Nach allem, was Sie gestern sagten!«

»Das meiste gilt auch heute noch, Dave. Sie bekommen Ihre Aktienoption, seien Sie unbesorgt. Wir werden vielleicht einige Justierungen vornehmen müssen. Ich hatte in der letzten Zeit unvorhergesehene Ausgaben. Aber ich werde Sie dafür schadlos halten, Dave, das verspreche ich Ihnen.«

Dave erwartete, mehr zu hören, aber Hagerty schien fertig zu sein. Dave stand auf und ging zur Tür. »Ist das alles, Mr. Hagerty?«

Der Generaldirektor öffnete den Mund, machte ihn wieder zu und nickte.

Dann: »Dave!«

»Ja, Sir?«

»Sagen Sie Joe Spiegel, er soll sich etwas Neues einfallen lassen. Wir brauchen eine neue Kampagne – und eine verdammt prima Kampagne – so schnell er sich was ausdenken kann. In Ordnung?«

»In Ordnung, Mr. Hagerty.«

Spiegel saß über einem Kreuzworträtsel. Seine Brille schaukelte auf der Nasenspitze. Er wollte mit Dave nicht reden, bevor er nicht ein Wort mit zehn Buchstaben für eine Eidechsenart gefunden hatte. Als Dave ihm den ›Salamander‹ lieferte, knallte er mit den Hosenträgern und ließ sich von Dave erzählen, was los sei.

»Eine neue Kampagne?« sagte er erstaunt. »Ja, warum denn, zum Donnerwetter?«

»Eines Tages werde ich Ihnen die Zusammenhänge erklären. Die Hauptsache ist – Hagerty kann den kleinen Donald nicht mehr leiden.«

»Dann suchen wir uns doch ein neues Kind!«

»Das ist eine gute Lösung. Aber dieses Burke-Baby ist noch nicht einmal sechs Monate alt. Es gibt keinen Vorwand, um jetzt schon umzusatteln. He – einen Augenblick!« Dave schnippte mit den Fingern. »Wie denn, wenn wir wirklich diese Serie abbrechen und eine neue beginnen – aber mit einer klaren Begründung?«

»Mit was für einer Begründung?«

»Machen wir doch aus dem Burke-Baby einen Wettbewerb! Dann können wir der Öffentlichkeit erklären, warum wir die jetzige Kampagne eingestellt haben. Es handelt sich nur um einen Ersatz, bevor die richtige Serie einsetzt. Freilich klingt es ein bißchen dünn –«

»Was soll das für ein Wettbewerb sein?«

»Ein großes Tamtam – Sie wissen schon, was ich meine. Nur junge Ehepaare, die ihr erstes Kind bekommen haben, dürfen sich beteiligen. Der Zweck ist, das neue Burke-Baby auszusuchen, verstanden? Wir setzen eine Menge Preise aus, aber der Haupttreffer besteht darin, daß das Kind in den Annoncen erscheint. Das läßt sich jedes Jahr wiederholen. Und müßte eigentlich sehr wirksam sein.«

Spiegel sah unglücklich drein. »Wollen Sie mich um mein tägliches Brot bringen? Schließlich ist es doch meine Aufgabe, Ideen zu haben.«

»Gefällt Ihnen mein Vorschlag nicht?«

»Doch, zum Donnerwetter, ja! Ich halte ihn für brauchbar.«

»Dann bringen Sie ihn doch zu Papier! Eine kurze Skizze. Vielleicht eine Probeanzeige.«

»Wann?«

»Was – Sie sind noch nicht fertig?« Dave blinzelte. Dann lachte er, packte mit einem jähen Ausbruch guter Laune Spiegels Hosenträger, ließ sie zurückschnalzen und ging weg.

Aber wenige Minuten später war es aus mit der guten Laune. Er hatte ja nach wie vor den Abend vor sich – die Aussicht, Kronzeuge eines Mordes zu werden.

Er war viel zu nervös, um es in seinem Büro auszuhalten. Ziellos spazierte er zur Tür hinaus, aber mit entschlossenem Schritt. Er machte einen Abstecher in Janeys Zimmer und betrachtete die Aushänge auf ihrer Anschlagtafel: Zeitungsausschnitte mit Reklamezeichnungen, die ihren künstlerischen Beifall gefunden hatten – gelungene Bilder aus den Sammelmappen der Fotografen – einen aus dem ›Art Annual‹ herausgerissenen Picasso-Druck. Er empfand herzliche Teilnahme, nicht nur für Janey, sondern für alle die künstlerisch begabten jungen Menschen, die den Werbeagenturen ihr Talent zur Verfügung stellen, die draufgängerischen und oft recht unbeholfenen Leute, die sich bemühen, ein wenig Schönheit in eine rein kaufmännische Welt zu bringen, und die ersten sind, die höhnisch lachen, wenn man sie solcher Absichten beschuldigt.

Er kam an den kleinen Boxen der Werbetexter vorbei, der schüchternen Selfmade-Elite, die mehr Stolz in die Erzeugnisse ihrer Gehirntätigkeit setzt, als sie zugeben will. Er kam an einem Verschlag vorbei, der den einzigen Funk- und Fernsehfachmann der Agentur beherbergte, einen geplagten jungen Mann, der ›Variety‹ las und den Jargon des Showbusineß sprach und dessen Zirkusmanieren oft die Tatsache verdunkelten, daß er genau wußte, was er tat. Dave passierte die Forschungsabteilung und hörte murmelnde Stimmen eine akademische Diskussion über das Tiefen-Interview führen. Und überall unterwegs erblickte er die bekümmerten Mienen der Sachbearbeiter, deren spezielles Martyrium darin besteht, daß sie von den Kunden unverschämt behandelt und von ihren Kollegen mißverstanden werden. Plötzlich glaubte Dave, sein Herz für die Werbebranche zu entdecken. Es war kein erfreulicher Gedanke, daß seine Laufbahn vielleicht heute abend ein Ende nehmen würde.

Er vollendete den Rundgang durch die Büroräume und kehrte an seinen Schreibtisch zurück. Dort blieb er bis sechs Uhr sitzen und ging dann einsam in ein mäßig teures Restaurant essen.

Um acht Uhr hielt er seine Verabredung mit Max Theringer ein.

Max stand an der Bar und führte eine einseitige Debatte mit Gus. Als er Dave erblickte, grinste er breit und machte ihm auf dem benachbarten Hocker Platz.

»Alles in Ordnung?« fragte Theringer.

»Ich glaube, ja. Wo ist das Hotel, in dem Willie steckt?«

Theringer nickte zu der großen Glasscheibe mit den goldenen Lettern hin. Jenseits der Straße, in kurzer Entfernung, flatterte eine ausgefranste grüne Markise im Wind über einer fünfstufigen Vortreppe. Die verblichene Aufschrift verkündete: ›Westmore Arms Hotel – Zimmer für Reisende und Dauergäste.‹ Dave zählte sechs Stockwerke.

»Ein perfektes Arrangement«, sagte Theringer. »Von hier aus müssen wir jeden sehen, der das Hotel betritt. Wir brauchen nur Geduld zu haben.« Er musterte Dave mit zusammengekniffenen Augen. »Was fehlt Ihnen denn, lieber Mann, Sie sehen blaß aus.«

»Ich fühle mich nicht wohl in meiner Haut. Ich bin nicht ganz so überzeugt, daß das eine gute Idee war.«

»Ich bin bereit, mir eine bessere anzuhören. Worüber haben Sie sich zu beklagen? Meinen Sie, Hagerty wird sich nicht blicken lassen?«

»Doch – er wird kommen. Er ist zusammen mit dem Kassenverwalter Sheplow auf der Bank gewesen.«

»Na, und was bedeutet das schon? Noch lange nicht, daß er ein Mörder ist. Es könnte darauf hindeuten, daß er unschuldig ist.«

»Das meine ich eben!« sagte Dave heftig. »Wenn er Willie das Geld gibt, ist weder das eine noch das andere bewiesen. Vielleicht will er nur Willie den Mund stopfen, ohne daß er etwas mit dem Mord zu tun gehabt hat. Andererseits könnte er der Mörder sein und hat nicht mehr den Mut dazu, auch ihn aus dem Weg zu räumen. Sie sagten es selbst: Annie war nur eine schlaue Hexe, Willie ist ein abgebrühter Berufsverbrecher.«

»Wenn er aber den Versuch macht, Willie aus dem Weg zu räumen – würde das als Beweis genügen?«

»Ich glaube schon«, erwiderte Dave kläglich. »Geben Sie mir ein Bier, Gus!«

Die Kneipe hatte eine sehr träge Uhr. Ihr Minutenzeiger bewegte sich unmerklich durch die Ziffernrunde. Stumm sahen sie beide zu. Dave verfluchte innerlich seinen langsamen Gang.

Um halb neun sagte er: »Sind Sie sicher, daß dieser Leutnant Berger auf dem Posten ist? Daß er Sie ernst genommen hat?«

»Ganz sicher. Fünf Minuten nach meinem Anruf ist er zur Stelle. Also beruhigen Sie sich endlich.«

Zwanzig Minuten später war es acht Uhr fünfunddreißig.

»Keine Menschenseele ist hineingegangen«, sagte Dave. »Es scheint dort nicht gerade Hochbetrieb zu herrschen.«

»Verwechseln Sie es nicht mit dem ›Waldorf Astoria‹«, erwiderte Theringer. »Noch ein Bier?«

»Danke, nein.«

Zehn Minuten später sagte Dave: »Ich nehme einen Canadian Club.«

Da war es neun. »Noch immer keine Spur«, brummte Theringer.

»Vielleicht hat er gekniffen –«

»Oder sich ganz einfach verspätet. Ihr Herren Reklamefritzen seid nicht gerade die Pünktlichkeit selber, wie? Wann sind Sie heute ins Büro gekommen?«

»Um halb zehn, zehn.«

»Sehen Sie, was ich meine?«

Fünf Minuten nach neun ging eine alte Frau mit einem Regenschirm die Stufen zum Hotel hinauf.

»Das ist furchtbar!« stöhnte Dave. »Meine Magengeschwüre bekommen Geschwüre.«

»Seien Sie still und passen Sie auf.«

Sie hielten Ausschau, und die Wanduhr über dem Spiegel schlug plötzlich ein rasantes Tempo ein. Mit erschreckender Schnelligkeit wurde es zehn nach neun.

»Das gefällt mir nicht«, brummte Theringer. »Ob schuldig oder unschuldig – Hagerty hätte die Verabredung einhalten müssen. Er würde zu viel Angst haben, um nicht zu erscheinen.«

»Gibt es einen zweiten Eingang?«

»Es gibt eine Hintertür, aber das wird er doch nicht wissen. Vielleicht ist ihm etwas passiert. Oder vielleicht –«

Theringer knallte sein Bierglas auf den Tisch.

»Was ist los?« fragte Dave.

»Mir kam eben ein gräßlicher Gedanke«, erwiderte der Reporter. »Wenn ich recht habe, dann haben wir die Sache ordentlich versaut.«

»Was soll das heißen?«

Theringer nahm seinen Regenmantel vom Haken. »Vorwärts! Wir müssen mit Willie sprechen.«

»Sofort? Aber was ist denn, wenn Hagerty erscheint? Wenn er mich sieht?«

»Dieses Risiko müssen wir auf uns nehmen. Los!«

Dave folgte Theringer zur Tür hinaus, sich in kläglichen Tönen beschwerend. Der ältere Mann lief wie ein Fußballstürmer im Zickzack durch den dichten Verkehr zur anderen Straßenseite hinüber. Mit zwei Sätzen nahm er die Hotelstufen, dann raste er durch die schäbige Halle, ohne zu warten, bis Dave ihn eingeholt hatte.

»Die Treppe!« rief er. »Nicht den Aufzug!«

Als sie im zweiten Stock ankamen, war Dave dermaßen außer Atem, daß er gegen die Wand sank und wie ein abgehetzter Pudel keuchte. Theringer klopfte energisch an die Tür Nummer 208.

Keine Antwort.

»O mein Gott!« stieß Dave hervor. »Sie glauben doch nicht –«

»Ich weiß es nicht.« Theringer drehte den Knauf. Er gab nach, und die Tür ging auf.

Dave machte sich auf den Anblick einer Leiche gefaßt, sah aber nichts weiter als einen Linoleumboden, ein Eisenbett mit zerknülltem Deckbett, eine Metallkommode und einen weißen Stuhl, dessen Anstrich sich abschälte.

»Leer!«

»Großartig!« sagte Theringer mit ätzender Schärfe.

»Sind Sie sicher, daß er hier war?«

»Als ich um halb neun wegging, lag er dort auf dem Bett.« Er ging hin und betrachtete das verdrückte Deckbett. Auf dem Fußboden lag eine Zeitschrift mit ›wahren‹ Kriminalgeschichten, daneben stand eine Aschenschale mit winzigen Kippen. »Vielleicht wurde ihm mulmig, und er ist abgehauen. Vielleicht aber handelt es sich um etwas ganz anderes.«

»Sie meinen, er hat gekniffen?«

»Vielleicht ist es bedeutend schlimmer. Vielleicht habe ich Willies Bekehrung zu ernst genommen. Vielleicht hat er uns hereingelegt.«

»Inwiefern?«

»Ich bildete mir ein, daß Willie wirklich die Absicht hat, mit uns Hand in Hand zu gehen. Als ich ihm von dem Plan erzählte, war er Feuer und Flamme. Vielleicht aber dachte er gar nicht daran, Annies Mörder zu fangen – vielleicht dachte er nur an die Hunderttausend.«

»Warum hat er dann nicht auf Hagerty gewartet?«

»Weil das nicht gegangen wäre, Sie Dummkopf! Er wußte, daß wir in der Kneipe saßen, daß Leutnant Berger auf meinen Anruf wartete. Hier hätte er mit dem Geld nicht entwischen können. Aber wenn er den Treffpunkt verlegt hat –«

Dave mußte sich hinsetzen.

»Ich weiß, ich weiß«, fuhr Theringer mit düsterer Miene fort, »Ich bin schuld, weil ich in bezug auf den reumütigen Willie so verdammt selbstgefällig war. Ich habe keine Sekunde lang an diese andere Möglichkeit gedacht. Aber Sie verstehen doch, wie verführerisch es aussah!«

»Was machen wir?«

»Fragen Sie mich nicht. Wahrscheinlich können wir Berger dazu bewegen, einen Fahndungsbefehl durchzugeben. Aber wenn man ihn dann findet, wird es vielleicht schon zu spät sein. Entweder entwischt er mit dem Geld, oder Ihr lieber Freund Hagerty wird ihn –«

»Wir müssen sie finden!« sagte Dave. »Wenn nicht –« Ihm fiel etwas ein. »Einen Augenblick! Celia!«

»Wer?«

»Wenn Willie den Treffpunkt verlegt hat, muß er im Büro angerufen haben. Vielleicht hat Hagertys Sekretärin das Gespräch entgegengenommen. Sie wird wissen, wo sie sind.«

»Ein Versuch kann nicht schaden.«

Dave griff nach dem Telefon, das auf dem Nachttisch stand, und legte den Hörer schnell wieder hin. »Was zum Teufel mache ich denn da? Ich kenne ja gar nicht ihre Privatnummer.« Er zerrte das Telefonbuch von Manhattan auf den Schoß und betrachtete mit leerem Blick den Umschlag. »Celia Glancy? Celia Comstock? Celia Carrington?«

»Was machen Sie denn?«

»Ich kann mich nicht auf ihren Nachnamen besinnen.«

»Ach, wie schön!«

»Ich kenne ihren Namen, zum Donnerwetter. Er will mir nur nicht einfallen.«

»Sie sollten einen Gedächtniskursus besuchen.«

»Das habe ich schon einmal gemacht.«

»Und alles wieder vergessen!«

»Zwecklos.« Er schob das Telefonbuch in die Lade des Nachttisches. »Seit fast zwei Jahren arbeite ich mit ihr zusammen, aber ich kann mich ganz einfach nicht an ihren Nachnamen erinnern.«

»Dann können wir einpacken«, bemerkte Theringer mit einem Seufzer.

»Mir fällt nur noch eines ein – eine sehr geringe Chance – aber vielleicht die einzige. Wenn wir in Hagertys Büro gehen, werden wir vielleicht auf seinem Schreibtisch eine Mitteilung oder einen Vermerk finden. Vielleicht hat er sich die neue Adresse notiert, die Willie ihm nannte.«

Theringer rieb sich das Kinn.

»Keine schlechte Idee«, sagte er bewundernd. »Sie scheinen sich einzuarbeiten, Robbins.«

Obwohl Dave das Kompliment schmeichelte, erwiderte er schroff: »Gehen wir!«

Als sie vor dem Bürohaus das Taxi verließen, wanderte Daves Blick an der Stahl- und Glasfassade empor und suchte beleuchtete Fenster im dreizehnten Stock.

»Es läßt sich nicht feststellen, ob jemand oben ist.«

»Vielleicht die Putzfrauen?«

»Nein, die sind um halb acht mit der Etage fertig. Wir werden den Nachtwächter fragen.«

Der Nachtwächter, ein übelgelaunter, rothaariger Mann in einem schmierigen Overall, sagte: »Ja. Gegen neun ist einer 'raufgegangen.«

Dave und Theringer sahen einander an.

»Hat er sich ins Buch eingetragen?« fragte Dave.

»Jeder muß sich eintragen«, erwiderte der Mann und schob es ihnen hin.

Dave warf einen Blick auf die letzte Eintragung.

Sie lautete: ›Homer Hagerty – 13. Stock.‹

»Die beiden sind da!« stieß Dave hervor.

»Nein«, sagte der Rothaarige. »Es ist nur einer 'raufgegangen. Wollen Sie auch 'rauf?«

»Und ob!« erwiderte Theringer grimmig.

Dave kritzelte seinen Namen ins Buch und stürzte dann auf den Aufzug zu. Theringer folgte ihm dicht auf den Fersen. Dave drückte auf den Knopf und ging in dem engen Raum auf und ab, bis die Schiebetür sich im dreizehnten Stockwerk öffnete.

Sie verließen den Aufzug und betraten die große, altamerikanisch eingerichtete Halle, die durch die grüne Laterne am Empfangstisch erhellt wurde. Die Glastür, die zu den Büroräumen führte, war geschlossen. Dave holte einen klirrenden Schlüsselbund aus der Tasche. Dreimal mußte er es versuchen, bis er den richtigen Schlüssel fand.

»Glauben Sie, daß wir zu spät dran sind?« fragte er.

»Ich glaube gar nichts. Gehen wir 'rein!«

Dave blieb drinnen an der Glastür stehen und blickte mit zusammengekniffenen Augen den finsteren Korridor entlang.

»Gibt es einen Lichtschalter für die Korridorbeleuchtung?« fragte Theringer.

»Irgendwo, aber der Teufel soll mich holen, wenn ich wüßte, wo. Hagertys Büro liegt am äußersten Ende.«

»Ich bin keine Eule«, murmelte Theringer. »Gehen Sie voran.«

Lautlos wie Indianer auf dem Kriegspfad schlichen sie dahin, nur fingen Theringers Schuhe komisch zu knarren an, und Dave stieß mit dem Knie gegen den Wasserkühler vor Hagertys Büro.

»Tür versperrt?« flüsterte Theringer.

Langsam drehte Dave den Knauf und hörte zu seiner Erleichterung das Schloß aufschnappen. »Nein.«

Er öffnete die Tür. Er tastete nach den Schaltern, konnte sie aber nicht finden. An den drei Fenstern waren die Rolljalousien herabgezogen, aber matter Mondschein sickerte durch die Ritzen herein und malte blauweiße Streifen auf den Teppich.

»Ich sehe gar nichts«, brummte Theringer.

Endlich fand Dave den Lichtschalter und drückte ihn nach unten. Die eierkistenförmigen Leuchtkörper an der Decke flammten ein paarmal auf und erfüllten den Raum mit Tageshelle.

Das Büro machte einen normalen Eindruck. An der einen Wand stand eine grüne Ledercouch. Ein Schrank enthielt eine nie benützte Bibliothek und ein oft benutztes Sortiment von Likörflaschen. Außerdem: ein antiker Tisch mit O-Beinen und eingelegter Perlmuttplatte sowie ein massiver, auf Hochglanz polierter Mahagonischreibtisch.

Dann merkte Dave, daß er etwas vermißte.

»Der Stuhl!« rief er aus.

Hinter dem Schreibtisch war kein Drehstuhl zu sehen. Dave ging hin und sah, daß der Stuhl auf dem Teppich lag, umgestürzt durch die blutige Hand, die an der Armlehne Halt gesucht hatte. Neben dem Stuhl lag zusammengerollt die Leiche, als krümmte sie sich vor Schmerzen, die durch die Bauchwunden verursacht wurden – schwere Verletzungen, die den Tod herbeigeführt hatten. Als Dave das Blut auf der weißen Hemdbrust und die starre Haltung der Leiche erblickte, wurde ihm übel, und er mußte sich schnell umdrehen, um diesem Anblick auszuweichen. Theringer, der weniger empfindsam war, kniete nieder und nahm eine hastige Untersuchung vor. Als er wieder aufstand, hatte Dave inzwischen das Büro verlassen, sich tief über den Wasserkühler gebeugt, den Mund mit dem eiskalten Zeug gefüllt und nach Atem gejapst.

»Wer ist es?« stieß er hervor.

»Willie«, antwortete Theringer finster. »Der arme Willie Shenk. Das war der neue Treffpunkt. Alles hat sich so abgespielt, wie wir erwarteten, nur daß wir zu spät gekommen sind.«

»Wir müssen die Polizei verständigen.«

»Nicht hier in Hagertys Büro. Wir dürfen hier nichts anrühren. Wo finden wir hier ein Telefon?«

»Sheplows Büro hat eine zweite Nachtleitung. Gleich vorne im Korridor.«

Er wollte losgehen, aber Theringers Hand umschloß seinen Ellbogen und hielt ihn zurück. »Eine Sekunde!«

»Was ist denn los?«

»Bin ich verrückt – oder hat sich etwas bewegt?«

Dave lauschte so angestrengt, daß seine Ohren zu klingen begannen.

»Ich höre nichts«, murmelte er.

»Was für Räume liegen auf dieser Seite?«

»Natürlich lauter Büros. Sagen Sie mal, was haben Sie denn?«

»Nichts. Ich bin nur der Meinung, wir sollten uns vorsehen.«

»Vorsehen! Das habe ich satt! Und ich habe es auch satt, den Sherlock Holmes zu spielen. Von jetzt an soll die Polizei sich mit dieser Schweinerei beschäftigen. Dafür wird sie bezahlt.«

Er schüttelte die Hand des Reporters ab und ging mit langen Schritten durch den Korridor auf das Büro des Kassenverwalters zu. Er bog in die Tür ein, streckte die linke Hand aus und knipste die Beleuchtung an. Als das grelle Licht den Raum erfüllte, kniff er die Augen zusammen, aber die schnelle, huschende Bewegung in der Ecke löste eine noch heftigere Reaktion aus. Er stieß einen Ruf des Erstaunens aus, als er merkte, daß Sheplows Büro nicht leer war, und als das erschrockene Wesen zitternd den Arm hob, um mit der Mündung der Waffe auf ihn zu zielen, schrie er wütend auf und warf sich nach vorn.

Erst zehn Minuten später erfuhr er, daß er getroffen worden war. Als Theringer es ihm mitteilte, lachte er mit schwindligem Kopf. Zwei Kriege hatte er ohne eine einzige Verwundung überstanden, und nun lag er blutend in seinem grauen Flanellanzug da.

13

»Wir hätten es ahnen müssen«, sagte Janey und hielt ein Papiertaschentuch an die leicht gerötete Nase. »Von dem Augenblick an, da wir von dem Babytausch wußten, hätten wir uns die Zusammenhänge ausrechnen können.«

Dave, der mit der weißen Schlinge am linken Arm sehr tapfer und distinguiert aussah, nahm ihre freie Hand. Janey saß im Bett. Der Nachttisch neben ihr war mit Arzneien und Krankenzimmerutensilien bedeckt. Das einzig Gesunde an ihr war ihre Neugier.

»Reg dich nicht auf«, sagte Dave begütigend. »Sobald du dich wohler fühlst, werden wir darüber sprechen.«

»Untersteh dich nicht!« erwiderte sie hitzig. »Ich will jetzt gleich darüber sprechen. Wenn ich bedenke, was für jämmerliche Detektive wir waren –«

»Ach, ich weiß nicht!« warf Dave abwehrend ein. »Alles in allem habe ich mich gar nicht so schlecht gehalten.«

»Aber wir hätten wissen müssen, daß an diesem Baby etwas sehr anrüchig war. Wo sollte Gordon ein Baby hernehmen, das so ohne weiteres den kleinen Donald ersetzen konnte? Es dauert Monate, ja, sogar Jahre, bevor eines der Adoptivheime einem ein Baby zuweist, und man kann doch schließlich nicht nach einem Säugling dieses Alters annoncieren. Egal, wie tüchtig man auch in der Werbebranche sein mag!«

»Erinnerst du dich an den Tag, als wir bei den Clarkes die Aufnahmen machten? Das Kind kam dir irgendwie bekannt vor.«

»Ja, aber ich wußte nicht, was es war. Etwas an den Augen und an der Nase … Ich kam nicht auf den Gedanken, das Gesicht des Kindes mit Gordon Tait in Verbindung zu bringen. Und selbst, wenn ich auf diesen Gedanken verfallen wäre, hätte ich es als reinen Zufall betrachtet. Ich habe Gordon nie für den Typ gehalten, der ... Na ja, du weißt.«

»Aber er war es, und wie! Er hatte Annie Gander schon gekannt, bevor die Burke-Kampagne begann. Über sechzehn Monate lang hatte er die Miete für das Hotelappartement gezahlt. Und als Annie ihm mit ihrer kleinen, süßen Überraschung kam, bestritt er sämtliche Arztkosten. Du verstehst also, was ihm durch den Kopf schoß, als der kleine Donald starb. Er hatte ein Baby zur Hand, das er den Clarkes in die Wiege legen konnte – sein eigenes. Er wußte, die Mutter würde sich gegen ein entsprechendes Entgelt gern von ihm trennen. Und er selber hatte nichts dagegen, es loszuwerden.«

»Wie schrecklich!« sagte Janey. »Das arme, kleine Wesen!«

»Um das Kind würde ich mir keine Sorgen machen. Die Clarkes werden es wie ihr eigenes lieben. Vielleicht hat der Kleine bei der ganzen Geschichte noch am besten abgeschnitten.«

»Am meisten tut mir Bob Bernstein leid«, sagte Janey betrübt. »Er war das allerunschuldigste Opfer.«

»Richtig. Er hatte ja nur die Bilder aufgenommen. Aber gerade das wurde ihm zum Verhängnis. Bob besaß eine komplette Serie mit Negativen von dem ursprünglichen Burke-Baby. Als man ihn plötzlich entließ, bestand die Gefahr, daß er mißtrauisch wurde. Als ich ihn damals am Wochenende in Sword's Point sah, benahm er sich sonderbar. Und dann der Unfall auf dem Bahnhof!«

Janey schnappte nach Luft. »Glaubst du wirklich, daß man dich mit Absicht hinuntergestoßen hat?«

»Das werde ich nie erfahren. Aber nachdem ich das Wochenende dort verbracht hatte, war es nicht ausgeschlossen, daß Bob mir einen Wink gegeben hatte. Also konnte auch ich zu einer Gefahr werden. Jedenfalls besteht kein Zweifel, daß die Geschichte mit der Tablette ein planmäßiger Mordversuch war. Ich lasse das verdammte Fläschchen immer auf meinem Schreibtisch herumliegen. Es war ein Kinderspiel, in mein Büro zu spazieren, wenn gerade niemand in der Nähe war, das Gift hineinzutun und dann zu warten, bis ich flüsterte, lebwohl, du schnöde Welt! Zum Glück scheint es eine Art Rattengift gewesen zu sein, das mir nur Übelkeit bereitete. Bernstein hatte nicht so viel Glück.« Plötzlich runzelte Dave die Stirn. »Weißt du, ich verstehe noch immer nicht, wie dein Name in Bobs Vormerkkalender geraten ist. Es sei denn, man hat deinen Namen benützt.«

»Ich weiß schon, wie das zusammenhängt«, schnüffelte Janey. »Um Bob zu helfen, habe ich allen Leuten erzählt, was für großartige Portraitaufnahmen er macht. Dadurch hat Bob einige Aufträge erhalten. Er hat mir sogar Blumen geschickt – mit einem kleinen Dankbrief.«

»Blumen? Deshalb hat er deinen Namen notiert. Und deshalb das B! Er hat sich nur daran erinnern wollen, daß er dir ein Geschenk schickt.«

»Ja, um Gottes willen, was hast denn du dir eingebildet? Daß ich hingefahren bin und ihn umgebracht habe?«

»Ich weiß nicht mehr, was ich mir dachte«, erwiderte Dave benebelt. »Ich wußte, daß es sich nicht um einen Unglücksfall handelte, sondern um die Absicht, Bob und gleichzeitig auch das Fotoarchiv zu beseitigen. Aber ich konnte ja nicht beweisen, daß man ihn bewußtlos geschlagen und dann den Brand gelegt hatte. Seine Leiche war so übel zugerichtet, daß sich keine Anhaltspunkte ergaben.«

Janey schauderte. »So ein Ungeheuer!«

»Aber Bob Bernstein sollte nicht das letzte Opfer sein. Sobald Willie Shenk sich bereit fand, den gefälschten Erpresserbrief zu schreiben, kam auch er auf die Mordliste.«

»Warum aber ist Willie Shenk ins Büro gegangen? Warum hat er denn nicht im Hotel gewartet?«

»Weil er im Hotel angerufen und anderswohin bestellt wurde.«

»Aber wenn Willie Shenk dir und Max Theringer helfen wollte – warum hat er euch nicht von diesem Anruf verständigt?«

Dave schnitt eine Grimasse. »Weil Willie sich etwas anderes vorstellte. In seinem Kopf tanzten lauter zuckrige Feen, jede mit einem kleinen Dollarzeichen an der Stirn. Er hatte nur zugestimmt, um die Hunderttausend in die Hände zu bekommen. Von Anfang an war er entschlossen gewesen, uns hineinzulegen. Der Anruf im Hotel kam ihm gerade recht. Er schlich sich durch den Hintereingang davon und kam ins Büro, angeblich, um dort deinen Onkel Homer zu treffen und die Beute entgegenzunehmen.«

»Aber hat denn nicht der Nachtwächter sie ins Haus kommen sehen?«

»Er hat nur Willie Shenk gesehen. Willie hat Homer Hagertys Namen in das Buch eingetragen und ist hinaufgefahren. Dort wartete bereits die Mordwaffe auf ihn – seit vier Uhr nachmittags. Die betreffende Person hatte sich auf der Toilette versteckt gehalten, war den Scheuerfrauen ausgewichen und hatte sich gerade nur hervorgewagt, um Willi Shenk anzurufen und das letzte Rendezvous in seinem Leben zu vereinbaren. Nachher hätte sie dann nur die Nacht im Büro zubringen und frühmorgens weggehen müssen, bevor die Angestellten erschienen und den toten Shenk entdeckten. Bist du dir über die Konsequenzen im klaren? Wenn man Willie Shenk auf Onkel Homers Teppich angetroffen hätte, wären wir wirklich von seiner Schuld überzeugt gewesen. Und die schuldige Person wäre entwischt.«

»Onkel Homer aber hat sich nicht blicken lassen.«

»Nein, weil er nicht das erforderliche Geld hatte, um Willie Shenk abzufinden. Das stellte er fest, als er mit Wilton Sheplow zur Bank kam. Dort erfuhr er, daß er seinen Anteil an der Firma nicht abheben könne, ohne das Geschäft zu schließen. Deshalb rief er seine neue Teilhaberin, Grace Tait, zu sich ins Büro und schilderte ihr seine Zwangslage. Sie weigerte sich, ihm zu helfen. Statt also die Verabredung im Hotel einzuhalten, ging Onkel Homer nach Hause, um sich still und leise zu besaufen.«

Janey nagte nachdenklich an der Unterlippe. »Geld«, sagte sie. »Das Geld verleitet die Menschen zu furchtbaren Dingen.«

»Vielleicht«, brummte Dave. »Aber die Leute, die das Geld verdienen, die dafür arbeiten, sich plagen, ihren Stolz hinunterschlucken – das sind nicht die, die aus Geldgier zu Mördern werden. Die vom Geld leben, nehmen es besonders ernst. Darin liegt der Unterschied. Dein Onkel Homer liebt das Geld – das hat er mir selber offen eingestanden. Aber für ihn ist es ein Maßstab, der ihm sagen soll, wieviel er selber wert ist. Selbst wenn wir das Burke-Konto verloren hätten, hätte er den Kragen gelockert, die Ärmel seines eleganten Anzugs hochgekrempelt und neues Geld verdient. Das gleiche gilt für Kermit Burke. Aber wenn du dir alle Beteiligten ansiehst, wirst du merken, wer ein anderes Verhältnis zum Geld hatte, wer es leidenschaftlich liebte, aber nie selber auch nur einen einzigen Cent verdient hatte.«

»Noch etwas kommt dazu«, sagte Janey. »Simple Eifersucht.«

»Richtig. Zwei Gründe, um Annie Gander zu beseitigen. Nicht nur, um das so überaus wichtige Geld zu verteidigen, sondern auch, um eine Rivalin loszuwerden. Diese beiden Zwecke wollte Grace Tait erreichen, als sie die Waffe abfeuerte.«

Mit leichter Hand berührte Janey Daves bandagierten Arm.

»Und wenn man sich überlegt, daß auch du um ein Haar hättest daran glauben müssen ...!«

»Ja, ich habe Glück gehabt. Mehr Glück als Annie Gander, als Bob Bernstein, als Willie Shenk und als Gordon ...«

»Gordon?«

»Das war das Allergrausamste. Als Gordon von der Ermordung Annies hörte, geriet er in Panik und wollte die Polizei verständigen. Aber Grace brauchte sich nicht anzustrengen, um Gordon loszuwerden. Bei seinem Zustand kam es darauf an, wie schnell er sein Medikament erhielt. Sie brauchte also nur – nichts zu tun.«

Ein paar Sekunden lang hielten sie einander bei der Hand.

Dann sagte Janey: »Dave? Bist du immer noch böse auf mich? Weil wir uns so oft gezankt haben?«

»Natürlich nicht.«

»Aber ich habe recht behalten, nicht wahr? In bezug auf Onkel Homer.«

»Er ist mein Lieblingschef«, sagte Dave, ihre Finger streichelnd.

»Du weißt doch, wie ich wirklich zu dir stehe, Dave.«

»Ich weiß es nicht. Es ist schon so lange her, daß ich es vergessen habe.«

Janey nieste. »Gesundheit!« sagte Dave, erhob sich von seinem Stuhl und setzte sich auf die Bettkante.

Joe Spiegel kam in Daves Büro, runzelte die Stirn, als er den leeren Stuhl erblickte, und näherte sich Louises Schreibtisch.

»Wo ist der Herr und Meister?« fragte er ärgerlich. »Neulich hat er sich die Lunge nach der neuen Burke-Reklame ausgeschrien, und jetzt ist er nirgends zu finden.«

»Mr. Robbins kommt heute nicht ins Büro«, erwiderte Louise mit einem feuchten Schimmer in den Augen. »Er ist krank.«

»Krank?«

»Grippe«, sagte Louise. »Ist es nicht schrecklich, wie sie um sich greift?«

Vorhang auf, wir spielen Mord

Für O. E'none

Prolog

I

Temperatur: 32 Grad, Luftfeuchtigkeit: 86 Prozent. Wettervorhersage: Weiterhin heiß, mit Neigung zu Gewittern, Leidenschaften und Morden gegen Abend. Edward Copley Brandshaft büßte für sein Übergewicht, als er in seinem Leinenanzug schwitzend an der Ecke 81st Street und Park Avenue stand und darauf wartete, daß sein Diener Fritz den grauen Eldorado Cadillac fertig belud. Der alte Mann murmelte bei der Arbeit vor sich hin; er hievte die schwere Garderobe in den Kofferraum, wobei seine Anstrengungen den schwitzenden und gereizten Chef nicht zufriedenstellten. »Um Himmels willen, Fritz, wieviel Platz brauchen Sie denn noch?« fragte Brandshaft, fächelte sich mit seinem Strohhut Luft zu und ließ die Wagenschlüssel in der anderen Hand klimpern.

»Schon fertig, Mr. Brandshaft, schon fertig.« Fritz wischte sich über das Gesicht. »Die kleine Tasche lasse ich draußen, *ja*? Mit den Verdauungspillen und so?«

»Nein, nein, tun Sie sie auch hinein. Alles soll hinein.«

»*Ja*, okay.« Fritz seufzte und knallte die Kofferraumtür zu. »Alles fertig. Schönen Urlaub, Mr. Brandshaft.«

Brandshaft knurrte etwas und öffnete die Wagentür. »Wünsche ich Ihnen auch«, sagte er. »Ihnen und Marta. Grüßen Sie die Kinder, wenn Sie sie sehen, Fritz.«

»Mach ich, Mr. Brandshaft, ganz bestimmt. Schöne Ferien!« sagte er, während Brandshaft das Fenster zudrehte. »Auf Wiedersehen, Mr. Brandshaft. Auf Wiedersehen.«

Brandshaft winkte, drehte den Schlüssel in der Zündung und betätigte den Schalter, der kühle Luft ins Wageninnere blies, eine willkommene Erholung von der drückenden Hitze des späten Nachmittags. Aber er genoß die Kühle nur zwanzig Minuten lang, bis er nämlich den Wagen gegenüber dem Haus stoppte, in dem Delores Mason wohnte.

Er kam sich vor, als täte er etwas Verbotenes, das war das richtige Wort. Er hatte diesen Besuch schon einmal gemacht, diesen Klingelknopf gedrückt; er war mit demselben Fahrstuhl in die Etage gefahren, in der ihre Wohnung lag. Heute abend jedoch parkte erwartungsvoll sein Cadillac auf der anderen Straßenseite, und seine Koffer erwarteten die Gesellschaft von Delores Masons Gepäck. Heute würde er die Wohnung nicht allein verlassen. Er tat etwas Verbotenes, zugleich war ihm aber schwindlig vor Erregung. Jung kam er sich vor, verdammt. Warum sollte er es nicht zugeben? Er kam sich wie ein verdammter Jüngling vor.

An ihrer Wohnungstür drückte er leicht auf die Klingel.

Sie öffnete. Sie trug Reisekleidung aus einem silbrigen Sommerstoff. Aufgeregt und nervös wirkte sie, wie eine Braut nach der Trauung. Dunkles Haar verdeckte ihre Wange. Katzengleiche, träge Augen, ein unsicheres Lächeln. Dies alles war für ihn da. Er erwiderte ihre Begrüßung mit fröhlichem Grinsen und fühlte sich plötzlich gesund und stark und tatkräftig, trotz der Hitze.

»Komm rein, Edward. Ich bin noch nicht ganz mit Packen fertig ...«

»Hat ja keine Eile«, sagte er und folgte ihr ins Zimmer. »Laß dir Zeit.«

»Dauert nur noch ein paar Minuten. Warum schenkst du uns nicht zwei Drinks ein?«

»Gute Idee. Ich mache meinen aber dünn. Du weißt ja, was über Benzin und Alkohol gesagt wird ...«

Sie lachte seltsam, und er spürte plötzlich, unter welcher Anspannung sie stand. Ihr linkes Auge schien zu zucken, sie wischte immer wieder mit dem Handrücken darüber hin. Ihre Bewegungen waren ruckhaft, und die

Röte ihrer Wangen war nicht auf das Make-up zurückzuführen, und als er ihre Hand nahm, fühlte sie sich wie taufrischer Marmor an. Ein maskulines Gefühl schwellte seine Brust, ein Beschützerinstinkt. Das arme Ding!

»Nun hör mal, Dee ...«

»Nein!« Sie entzog ihm die Hand. »Nenn mich nicht so, Edward. Ich hab's dir schon gesagt, ich *hasse* diesen Spitznamen!«

»Schon gut, schon gut. Delores. Hör mal, ich weiß, wie dir zumute ist, und ich möchte dir nur sagen, wie sehr ich dich *verstehe.*« Er rieb ihre Hand, als versuchte er, die Durchblutung anzuregen. »Es wird alles gut, Delores, wart's nur ab. Du amüsierst dich bestimmt prima und erlebst die schönsten Ferien deines Lebens ...«

»Bitte, Edward. Ich muß jetzt weiterpacken.«

»Aber ja, ja, geh nur und packe.« Aber er konnte sie nicht einfach so gehen lassen. Ihre jungmädchenhafte Zurückhaltung reizte ihn. »Aber zuerst noch einen Kuß«, sagte er.

»Edward, bitte!«

Er lachte leise. »Du bist mir ja die Richtige. Wir sind uns doch nicht gerade fremd. Und wenn wir erst im Motel wohnen ...« Er wartete auf eine Reaktion in ihren Augen, die aber seltsam matt blieben und nichts verrieten. Sie löste ihre Finger aus seiner Hand und ging ins Schlafzimmer, wobei sie die Tür hinter sich schloß. Stirnrunzelnd griff er nach einer Zigarre und hatte sie angezündet, ehe er an seinen Vorsatz dachte, sich auf drei am Tag zu beschränken. Dann trat er zum Plattenspieler, schaltete ihn ein und drückte den Knopf, der eine Platte auf den Teller fallen ließ.

Als der sinnlose, blökende Lärm aufklang, verzog sich sein Gesicht in verwundertem Mißfallen; Delores' Musikgeschmack war ihm unverständlich. Er war froh, als die Platte auslief.

Er ging zu der Bar im Bücherschrank hinüber und bereitete zwei Scotch on the Rocks. Als Delores aus dem Schlafzimmer kam, lächelte er entschuldigend und reichte ihr ein Glas.

»Wir sind wohl beide nervös«, sagte er. »Vielleicht beruhigt uns das etwas. Auf uns.« Er hob das Glas in ihre Richtung, doch sie starrte nur in den Whisky und nahm einen langen und offenbar dringend benötigten Schluck. Er wartete, bis der Drink sie beruhigt hatte, und fragte: »Du bedauerst unser Vorhaben doch nicht etwa, Delores? Oder?«

»Nein. Nein, ich bin nur ein bißchen nervös. Muß die Hitze sein.«

»Unterwegs fühlst du dich besser. Er ist klimatisiert, weißt du. Der Wagen. Komm jetzt; je eher wir losfahren, desto besser ...«

»Nein, jetzt nicht!« Ihre Stimme brach. »Ich ... ich bin noch nicht fertig. Ich bin müde.« Sie sank auf das Sofa. »Können wir uns nicht noch etwas ausruhen? Nur einen Moment?«

»Aber ja. Wie du willst.«

Er setzte sich neben sie und legte seine Zigarre in den Keramikaschenbecher auf dem Couchtisch. Sie schloß die Augen und lehnte sich zurück, fast als wollte sie schlafen. Derart von ihm entrückt, schien er den Kontakt zu ihr zu verlieren. Sie war plötzlich eine Fremde, in ihrer Träumerei isoliert, nicht länger zu seinem Leben gehörig. Er versuchte, sie zurückzuholen, und legte ihr eine Hand auf den Arm, rückte näher heran.

Die Tür ging auf.

Im ersten Augenblick wurde er sich der Veränderung nicht bewußt, spürte den Besucher auf der Schwelle nicht. Erst als sich die Tür wieder schloß, erst als Delores die Augen aufriß und damit ein Entsetzen offenbarte, wie er es in seinem ganzen Leben noch nicht in dieser Intensität auf einem menschlichen Gesicht gesehen hatte – erst da drehte er sich um und starrte auf die Ursache ihrer Angst. Es war ein Mann in einem eng gegürteten graubraunen Regenmantel, dessen Kragen hochgeschlagen war. Er hatte einen kleinen, wohlgeformten Kopf, den kleine, schwarze Haarlocken bedeckten. Er war unrasiert, doch sein Bart war der erste Flaum eines Jünglings.

Brandshaft erkannte die Gefahr nicht sofort. Delores mußte es ihm sagen. Die Finger vor den Mund gepreßt, unterdrückte sie einen Schrei und preßte einen Namen heraus.

»Johnny!«

Da wußte er Bescheid. Er stand auf, wobei er sich dick und alt und verschwitzt vorkam, und sah, wie der junge Mann den Regenmantel auszog und lässig auf einen Stuhl fallen ließ. In diesem Augenblick wurde er sich über manches klar – daß er ein Narr war, ein Gefühlsinvalide, daß er es zu Hause besser hatte, daß das ganze Abenteuer von Anfang an ein Fehler gewesen war. Sie war nun eine Unbekannte, ein fremdes Mädchen in einer fremden Wohnung, und er gehörte nicht hierher. Zögernd machte er einen Schritt in Richtung Tür.

»Hallo, Delores«, sagte der Mann. »Sieht aus, als hättest du mich nicht erwartet.« Seine Lippen verzogen sich ironisch.

»Johnny! Ich dachte, du wärst in Los Angeles! Du hast mir gesagt, du fährst ...«

»Ich hab's mir anders überlegt! Dazu hatte ich ja wohl ein Recht, oder?« Er musterte Brandshaft. »Na, wie steht's? Willst du mich nicht vorstellen?«

»Ich heiße Brandshaft«, sagte er heiser. »Ich ... nehme an, Sie sind Miss Masons Mann. Miss Mason arbeitet für mich. Brandshaft Grundstücksverwaltung ...«

»Ja, Johnny!« Sie eilte zu ihm. »Das ist Mr. Brandshaft. Er ist hier, um etwas fürs Büro zu besprechen, Arbeit …«

»Ich wollte gerade gehen«, sagte Brandshaft. Beide starrten ihn an. Er nahm seine Zigarre aus dem Aschenbecher und stellte fest, daß sie ausgegangen war. Daraufhin ließ er sie wieder fallen und wischte seine feuchte Handfläche am Jackett ab. Dann ging er zur Tür. Der Weg wurde ihm versperrt.

»Moment mal, Freundchen. So leicht kommen Sie mir nicht davon.«

»Nun hören Sie mal, Mr. Mason …«

»Rodriguez!« knurrte der Mann. »Ich heiße Rodriguez.« Er atmete tief ein, fuhr herum, machte zwei große Schritte und holte aus. Der Schlag ging vorbei, doch das Mädchen schrie auf, als hätte er sie getroffen. *»Du Schlampe!«* brüllte er. »Du miese Schlampe! Ich weiß, was du vorhattest! Du und dieser Fettsack!«

»Johnny, nein!«

»Ich habe draußen einen riesigen Caddy gesehen. Du machst mir nichts vor, Delores, keine Sekunde!«

»Sie irren sich«, sagte Brandshaft leise. »Sie sehen das völlig falsch. Jetzt muß ich aber wirklich gehen …«

»Sie gehen nirgendwohin!« Der Mann stemmte die Hände flach gegen Brandshafts schweißfleckigen Anzug und schob ihn zurück. »Hier verschwindet niemand, ehe ich nicht diese miese kleine Schlampe da versorgt habe …« Wieder schlug er zu und erwischte Delores jetzt mit der flachen Hand auf der Wange.

Sie schrie vor Schmerz, und ihre Augen blitzten. Sie wollte zurückschlagen, doch er packte ihren Arm und drehte ihn herum, bis sie aufkreischte. »Nicht so fest! Um Gottes willen, nicht so fest.«

»Lassen Sie sie los«, sagte Brandshaft. »Bitte lassen Sie los …«

»Bitte, bitte!« stöhnte sie und wand sich in seinem Griff. »Laß mich in Ruhe ...« Tränen wurden aus ihren Augen geschüttelt.

»Ich habe dich oft genug in Ruhe gelassen! Ich bin es satt, dich in Ruhe zu lassen! Seitdem du mich verlassen hast, bist du nur herumgestromert!« Er umfing ihre schmalen Handgelenke und schlug ihr mit der anderen Hand ins Gesicht. Wieder kreischte sie auf, ein Schrei der Wut und Erniedrigung.

»Edward! Edward, hilf mir doch!«

Er wollte nicht helfen. Er wollte mit der Szene nichts zu tun haben, absolut nichts. Am liebsten hätte er sich abgewendet und die Tür hinter sich zugemacht. Aber sie rief seinen Namen, und der Mann, dieser dünnbärtige Wilde, schlug sie schon wieder ...

»Hören Sie damit auf!« befahl Brandshaft. »Hören Sie auf, haben Sie mich verstanden? Ich rufe sonst die Polizei!«

Aber da hatte sie sich schon losgerissen. Sie lief fort, stürzte auf das Schlafzimmer zu. Er wartete atemlos darauf, daß sie die Schlafzimmertür zuknallen würde, daß das Schloß klickte, daß sie in Sicherheit war. Aber nein! Sie kam zurück. Er brüllte ihr etwas zu, aber sie hörte nicht. Sie kam zurück.

»Sei nicht blöd«, sagte der junge Mann leise und wich zurück. »Mach keine Dummheiten, Delores.«

Dann sah er die Waffe. Sie schwankte in ihrer kleinen Hand. Sie wirkte riesig, häßlich, wie eine tödliche Last. Bei dem Anblick kräuselte sich angewidert seine Oberlippe.

»Gib sie mir«, sagte der Mann leise. Er blieb stehen und hob die Hand. »Gib mir das, du blöde Gans.«

»Nein.« Sie schüttelte den Kopf. »Nein, Johnny.«

Im nächsten Augenblick stürzte Rodriguez vor. Sie nahm den Angriff apathisch und hilflos hin, die Waffe fiel ihr aus der Hand und hüpfte auf den Teppich.

Brandshaft starrte angeekelt auf das Ding, als wäre es eine Giftschlange. Erst die erstickten Laute des Mädchens lösten seinen Blick von der Waffe.

»Hilfe!« kreischte sie und kratzte hilflos an den Fingern, die sich um ihren Hals geschlossen hatten. »Edward, bitte! Er bringt mich um!«

»Hören Sie damit auf!« brüllte Brandshaft. »Lassen Sie sie in Ruhe!«

»Die Pistole, Edward! Die Pistole!«

Er nahm die Waffe auf. »Lassen Sie sie los, hören Sie?« Nachdem er die Pistole nun in der Hand trug, war sie ihm gar nicht mehr so widerlich. Sie wirkte seltsam zuverlässig und real und beruhigend. »Lassen Sie sie los, Rodriguez!«

»Versuchen Sie's doch! Sie Schweinehund! Sie fetter Romeo ...«

Im nächsten Augenblick stand er dem Wilden unmittelbar gegenüber, in einen primitiven Ringkampf verwickelt, das kalte Artefakt der Zivilisation zwischen sich. Er kürzte den Konflikt ab; für solche Dinge war er zu alt, zu alt und zu müde. Er ließ den jüngeren Mann gewinnen; auf einen Sieg kam es ihm nicht an. Aber als die Pistole losging, machte er sich nicht klar, daß der gedämpfte Knall mit ihm zu tun hatte oder mit dem wütenden Fremden, der ihn anfauchte, oder mit dem Mädchen, das entsetzt an der Wand hockte. Er sah keine Verbindung zu dem sich schnell ausbreitenden Fleck auf dem Hemd des jungen Mannes oder zu dem Blick des Unglaubens und des plötzlichen Bedauerns in seinen Augen. Als Rodriguez haltlos fiel, die kleinen Gegenstände vom Couchtisch zerrend, dachte Brandshaft nicht an die Waffe, die er noch in der Hand hielt. Aber sie wog so schwer, so schwer, daß sie wie von allein neben der hingestreckten Gestalt des jungen Mannes auf den Teppich polterte.

Jemand schrie.

Das war natürlich sie. (Wie hieß sie doch gleich?) Sie hatte sich über den blutenden Körper am Boden geworfen, schüttelte den Mann an der Schulter, starrte ihm in die blicklosen Augen.

»Johnny!« kreischte sie. »Johnny! O Gott! Du hast ihn umgebracht!«

Brandshaft schüttelte logischerweise den Kopf. »Nein«, sagte er. »Ich habe ihn nicht umgebracht. Er versuchte, die Waffe an sich zu bringen.« Er machte Anstalten zu gehen.

»Du hast meinen Mann getötet!« schluchzte sie, den Kopf auf die blutbefleckte Brust gelegt. »Du hast ihn getötet!«

»Ich muß jetzt aber … wirklich weg …« Sein Brustkorb war seltsam eng. Die Rippen drückten gegen Herz und Lungen. Ihm war schwindelig. Er brauchte Luft. Er drehte den Türknopf.

Sie war aufgesprungen, flog auf ihn zu.

»Du kannst jetzt doch nicht gehen! Nein!« Sie versperrte ihm den Weg. »Du kannst mich nicht einfach so verlassen. Du kannst *ihn* nicht so zurücklassen …«

»Ein Arzt«, murmelte Brandshaft. »Wenn wir vielleicht einen Arzt holen …«

»Nein! Er ist tot.« Sie schloß die Augen; ihre Zähne schlugen gegeneinander. »Die Polizei. Wir müssen die Polizei anrufen.«

Das war ein guter Gedanke. Brandshaft respektierte die Polizei. Selbst in dieser Lage hielt er den Einfall für gut. Er nickte und kehrte mit ihr ins Zimmer zurück. Beiläufig tätschelte er ihr die Schulter, tröstend. »Natürlich«, sagte er beruhigend. »Wir müssen die Polizei anrufen, nicht?«

Sie ging ins Schlafzimmer. Er holte eine Zigarre aus der Tasche und setzte sich in den Stuhl, der am weitesten von dem rotüberströmten Körper am Boden entfernt war. Dort zündete er sich die Zigarre an. Aus dem Schlafzimmer tönte ihre Stimme.

»Hallo? ... Ich heiße Delores Mason und wohne in der Water Street 17, Wohnung 5J. Mein – mein Mann ist eben getötet worden ... Ja, mein Mann ... John Rodriguez ...«

Dann folgte Schweigen. Zum erstenmal wurde Brandshaft bewußt, daß es hier irgendwo im Wohnzimmer eine Uhr gab. Er horchte auf das Ticken und forschte nach der Ursache der Laute. Es war eine kleine Ormolu-Uhr in einer Glasglocke auf dem Sims des künstlichen Kamins. Ihre Zeiger deuteten auf sieben Uhr.

Sie kamen zu zweit, verschwommene blaue Umrisse mit grellen metallischen Glanzlichtern. Einer sprach mit dem Mädchen, während der andere den Toten untersuchte. Er blickte hoch und sagte etwas zu dem ersten Beamten, und sein Partner zog einen Notizblock aus der Hüfttasche. Dann stand er auf und sagte: »Ich mache Sie beide darauf aufmerksam, daß Ihre Äußerungen notiert und als Beweis verwendet werden können. Wenn einer von Ihnen eine Aussage machen möchte ...«

Brandshaft blickte das Mädchen an.

»Er hat es getan«, sagte sie tonlos. »Er hat meinen Mann getötet. Mit der Pistole da.«

Er versuchte zu sprechen, versuchte die wohltuend-vernünftigen Worte zu finden, die den beiden begreiflich machen würden, was hier geschehen war, doch er brachte es nicht fertig, Zunge und Geist gemeinsam handeln zu lassen.

»Ihre Waffe?« fragte der Beamte und deutete auf die Pistole.

»Ja«, erwiderte das Mädchen. »Mein Mann hat sie mir gegeben. Aber *er* hat damit geschossen. Fragen Sie ihn ruhig. Er hat's getan.«

Der Beamte musterte Brandshaft.

»Ich habe den Schuß abgegeben«, sagte er heiser. »Aber ich wollte gar nicht. Es war ein Unfall.«

»Wir rufen am besten das Hauptquartier an«, sagte der erste Polizist.

Sein Partner nickte und ging ins Schlafzimmer. Dort führte er ein längeres Telefongespräch und kehrte dann zurück.

»Die Jungs sind in zehn Minuten hier«, berichtete er. »Sie sagen, wir sollen nichts anfassen und die beiden auf die Station bringen. Wie ich höre, haben Sie Ihren Wagen hier, Mr. –«, er blickte auf seine Notizen, »Mr. Brandshaft.«

»Ja. Er steht auf der anderen Straßenseite.«

»Wir nehmen ihn mit zur Wache. Frank, du schließt hier ab und wartest im Streifenwagen auf Lieutenant Bruno. Okay, also los.«

»Bin ich ... verhaftet?«

Der Beamte rieb sich das Kinn. »Hab ich das noch nicht gesagt? Jawohl, Sir. Sie sind verhaftet.«

Als die Tür ins Schloß geklickt war, herrschte Ruhe in der Wohnung. Aber die Stille war nicht vollkommen. Unter dem Deckel des Plattenspielers drehte sich noch der Teller; niemand kümmerte sich um sein leises Geflüster. Der Mann am Boden stemmte sich langsam auf die Ellenbogen hoch, lauschte einen Augenblick und rappelte sich auf. Er trat an den Plattenspieler und drückte den Kontrollknopf; der Wechsler trat in Aktion, und die Nadel senkte sich in die erste Rille. Ein Tenorsaxophon hauchte stimmungsvolle Laute durch den Lautsprecher. Der Mann schnipste im Rhythmus mit den Fingern, wiegte den Kopf. Dann stieg er zum Couchtisch und nahm einen der halbgefüllten Drinks zur Hand. Mit dem Finger wischte er am Glasrand entlang und schüttete den Alkohol hinunter. Schließlich ging er ins Schlafzimmer, nahm den Hörer ab und wählte eine Nummer.

»Hallo, wer ist da? ... Step?« Er grinste breit. »Hier spricht die Leiche, Mann, der Tote ... Ja, sie sind eben fort. Müßten in zwanzig Minuten in der Station eintreffen.« Er lachte leise und rieb mit dem Finger über sein rotbeflecktes Hemd. »Großartig ist's gelaufen, wie bei Tennessee Williams. Sag den anderen Bescheid, ja, Step? Sag ihnen, sie sollen sich fertigmachen, Anwalt.«

Am anderen Ende der Leitung fauchte Stephen Sutter in die Sprechmuschel: »Nenn mich nicht so! Daß du mich nie wieder so nennst, Chili.«

Dann legte er stirnrunzelnd auf. Zum erstenmal seit zwei Monaten vermochte er bei dem Gedanken an den Brandshaft-Spaß nicht zu lächeln. Warum nicht? Er suchte seine Antwort bei dem stummen Apparat. Warum hatte er Angst?

Erster Akt
II

Polo war an allem schuld. Wenn Polo an jenem Tag nicht gewußt hätte, wo er ihn auftreiben konnte, wäre er wahrscheinlich gar nicht in die Sache hineingezogen worden. Aber Polo fand ihn in einem Winkel des Automatenrestaurants an der Ecke Broadway und 47th Street, mit seinem angeknacksten Stolz und einer Tasse Kaffee beschäftigt. Vor ihm lehnte Masefords Brief an einem Zuckerstreuer. Maseford war Step Sutters Agent, und der Brief war vermutlich das längste Schreiben, das er einem Schauspieler je hatte zukommen lassen. Im Klartext hieß es darin, daß es Sutter freigestellt sei, sich bei der Schauspielergewerkschaft, bei der Screen Actors Guild oder bei der New Yorker Polizei über ihn zu beschweren.

Step las den Brief nicht, den zweiten, den er in dieser Woche von Maseford erhalten hatte. Er kannte ihn bereits auswendig. Seit heute früh, als er ihn erhielt, hatte er ihn immer wieder studiert und vermochte noch immer keine rechte Antwort zu formulieren. Das war vor einigen Tagen einfacher gewesen, als Maseford seine Entscheidung bekanntgab, daß Step nicht mehr Klient seiner Agentur sei. Voller Wut hatte er in seinem besten Gerichtsstil ein brillantes und umfassendes Schriftstück erstellt und Maseford eine Klage wegen Vertragsbruch angedroht und den Agenten auf seine juristische Vorbildung angesprochen. Maseford hatte grob und unnachgiebig geantwortet. Und die letzte Zeile tat am meisten weh.

»Darf ich Sie daran erinnern«, hatte er geschrieben, »daß zehn Prozent von nichts nichts sind?«

So fand ihn dann Polo, als Verwundeten des seltsamen Krieges, den alle aufstrebenden Schauspieler führen: Er leckte in der nächsten Erste-Hilfe-Station seine Wunden.

Polo, ein hagerer, blonder junger Mann in Khakihemd und Chinohosen, bewegte sich mit der frechen Anmut eines Flamencotänzers zwischen den Tischen. Seine schön geschwungenen Lippen lächelten, als er einem schlurfenden alten Mann den einzigen leeren Stuhl an Steps Tisch abjagte. Er ließ sich seufzend darauf nieder, murmelte eine leise Begrüßung und nahm den Brief zur Hand, der am Zuckerstreuer lehnte. »Maseford?« fragte er mit einem Blick auf den Briefkopf und hob seine Augenbrauen, die er nach Steps Informationen regelmäßig zupfte.

»Maseford«, knurrte Step. »Los, lies schon.«

Polo las den Text, ließ den Bogen auf den Tisch wehen. Dann glättete er eine blonde Haarsträhne über dem Ohr. »Regt dich das auf, Mann?«

»Mich? Himmel, nein. Ich ringe mich nur gerade zu einem *nolle prosequi* durch.«

»Laß den Quatsch«, sagte Polo stirnrunzelnd.

»Das heißt doch nur, daß ich Schluß mache«, sagte Step lächelnd. »Ich kämpfe nicht mehr. Maseford will mich los sein. Ich erhebe keine Einwände. Punktum.«

Polo kicherte bewundernd. »Mann, du könntest ein prima Rechtsanwalt sein. Vielleicht hättest du dein Studium nicht abbrechen sollen.«

»Das sagen alle. Alle, die mich auf der Bühne gesehen haben. Nur war ich als Jurist noch schlechter.«

»He, scheint heute ein rundum mieser Tag zu sein, wie?«

»Hast du vielleicht auch Sorgen?«

»Die ganze *Gruppe* hat Sorgen, so schlimm steht's. Deshalb suche ich dich ja schon den ganzen Tag. Hast du von deinem Zimmerwirt keine Nachricht erhalten?«

»Nein, bin schon seit ganz früh unterwegs.« Step beobachtete Polos glattes, haarloses Gesicht mit neuerwachtem Interesse. »Was soll die Aufregung?«

»Anwalt, du bist schon ewig nicht mehr bei uns gewesen.« Polo lachte leise. »Nur dauert's länger als eine Tasse Kaffee, dir alles zu erzählen. Wie wär's mit einem kleinen Besuch bei mir, sagen wir auf eine Stunde?«

»Nein danke, Polo«, erwiderte Step ruhig.

Die Wangen des blonden jungen Mannes röteten sich. »Blackie und Chili kommen auch. Und vielleicht Dee Dee. Erinnerst du dich noch an Dee Dee?«

»Klar.«

»Das gibt eben ein Gruppenpalaver, nichts Persönliches. Ich habe halb versprochen, daß ich dich mitbringen würde. Ich meine, darum dreht's sich bei unseren Problemen, um was Rechtliches.«

Step reagierte heftig. »Ich bin kein zugelassener Anwalt, Polo. Ich hab abgebrochen, weißt du noch? Ich habe keinen blassen Schimmer. Wenn du einen guten Anwalt brauchst, geb ich dir die Karte meines Vaters.«

»Himmel, Mann, wir wollen doch nur mit dir reden. Reg dich nicht gleich so auf!« Leicht berührte er Steps Hand, und Step zuckte so heftig zurück, daß der Tisch ins Wanken geriet. Polo schien seinen taktischen Irrtum einzusehen und begann hastig zu reden. »Hör zu, Step, wir brauchen nur ein paar Ratschläge. Während du draußen in Pasadena warst, hatten wir unsere großartige Idee, die Off-Broadway-Sache, du weißt schon. Wir waren mit allen Vorbereitungen fertig, Mann, als der Grundstücksverwalter uns plötzlich die Schlinge um den Hals legte. Ich meine, es war ein wirklich schmutziger Trick, Step, ehrlich.«

»Ich weiß nicht, wovon du redest, Polo.«

»Natürlich nicht. Ich sollte dich ja auch nur *finden* und das Gerede den anderen überlassen. Blackie wird's dir erzählen, wenn du mitkommst. Einverstanden?«

Step leerte seine Tasse. Der Kaffee war kalt und schmeckte nach Zigarettenasche. Polos Gesicht, sonst eine kühle, dreieckige Maske, war vor Ungeduld gespannt. Aus irgendeinem Grund war Step von dem Anblick deprimiert.

»Und Dee Dee ist auch da?« fragte Step über den Rand der Tasse.

Polo lächelte gezwungen. »Ist bestimmt nett, Dee Dee mal wiederzusehen, was?«

»Nun komm mir nicht so«, sagte Step heftig. Aber er stand auf, und Polo schenkte ihm ein erfreutes Lächeln. Der blonde junge Mann legte die Hand flach auf seinen Bauch und drückte den Hemdstoff glatt. Dann gingen sie zusammen auf die Drehtür zu.

Polos Wohnung lag im Village, dritter Stock; die Treppe quietschte derart, daß er keine Klingel brauchte. Sie waren noch auf dem Treppenabsatz der zweiten Etage, als Blackie Daggert die Tür zu Polos Wohnung öffnete und sie über die Treppe angrinste. »He, Mann!« rief er. »Freut mich, daß du uns nicht im Stich läßt.«

Step hatte fast die Aura der Macht vergessen, die Blackie ausstrahlte. Er war am Rumpf massig wie ein Baumstamm und trug papierdünne Baumwollhemden, die seinen muskulösen Körper zur Geltung brachten. Seine Arme waren affenartig lang, und die Gesichtszüge ebenmäßig, ohne wirklich schön zu sein; seine Wangen überzog ein blauer Schimmer, der sich jedem gängigen Rasierer widersetzte. Er wirkte mehr wie ein Athlet und nicht wie der Regisseur, als den er sich ausgab; doch seine erste Produktion, ein *Othello* im Brooklyn Theatre, war von jedem Kritiker gelobt worden, der die weite Fahrt auf sich genommen hatte. Leider hatten sich daraus keine Broadway-Angebote ergeben, und sein nächster Versuch war ein uneingeschränkter Reinfall gewesen. »Schaut mal, wen wir hier haben, Kinder!« sagte Blackie. »Clarence Darrow.«

»Hör auf.« Step runzelte die Stirn und folgte Polo ins Zimmer. Zwei Personen waren noch anwesend. Unter einem länglichen ungerahmten japanischen Druck saß Dee Dee Monahan in einem Stoffstuhl und versuchte, sich gelassen zu geben; ihr Gesicht war die alte qualvolle Mischung aus Zimperlichkeit und sinnlichem Versprechen. Auf dem Schaumgummibett lag Chili Alvarez, ein gutaussehender südlicher Typ in schwarzem Rollkragenpullover. Auf seiner Brust stand eine Schale Cracker. Polo ließ Step allein und hockte sich auf den Boden, wo er den halbleeren Highball zur Hand nahm, den er vor kaum einer Stunde zurückgelassen hatte.

Blackie stellte ihn Dee Dee vor, und Step machte sich nicht die Mühe, ihm zu sagen, daß sie sich schon kannten. Chili richtete sich auf und grinste Step fröhlich an, erkundigte sich nach Kalifornien und fragte, ob Step Gelegenheit gehabt habe, Monterrey zu besuchen, Chilis alte Jagdgründe. Step schüttelte den Kopf. Polo bot ihm einen Drink an, er lehnte jedoch ab. Er ließ seinen Blick in dem Kreis der grinsenden Gesichter herumwandern, die ihn zugleich wachsam beobachteten, und hatte ein unangenehmes Gefühl. Er war es nicht gewohnt, im Zentrum der Bühne zu stehen, nicht bei dieser Gruppe. »Also los, rückt schon damit heraus«, murmelte er. »Seit wann bin ich eine solche Berühmtheit?«

Blackie lachte kehlig. »Mann, du bist genau die richtige Medizin für uns. Hat Polo dir gesagt, worum es geht?«

»Nein.« Er warf einen Blick auf Dee Dee, die den Kopf senkte. »Wie ist es dir ergangen, Dee? Beim letztenmal wolltest du doch hiermit aufhören und als Sekretärin gehen oder so.«

»Ja, ja«, sagte sie. »Ich hab auch etwa fünf Monate für die Union Carbide gearbeitet.«

»Nun macht schon«, sagte Chili Alvarez durchaus scherzhaft, aber entschlossen. »Kommen wir zum Kern der Sache, Blackie. Gib dem Anwalt Bescheid.«

Step verschränkte die Arme. »Also bitte. Wie ich Polo schon sagte, ich bin kein Rechtsberater, aber ich hör's mir wenigstens an.«

Blackie kramte einen Zigarillo aus seiner Hemdtasche und zündete ihn an. Dann hockte er sich in Yoga-Position vor Step auf den Boden. »Es geht um folgendes. Vor einigen Monaten hat Polo die Gruppe einer gewissen Mrs. Cook vorgestellt. Ich habe keine Ahnung, wo er sie aufgegabelt hat, aber wir waren richtig froh über die Begegnung.«

Polo errötete. »Ich habe sie bei Freunden kennengelernt«, sagte er. »Sie war selber mal Schauspielerin, in den Zwanzigern oder so.«

»Jedenfalls hat sie ein bißchen Geld, eine jährliche Rente oder so, und sie hat das Gefühl, gute Taten tun zu müssen. Du verstehst, was ich sagen will?«

»Nicht so genau. Ist sie eine Art Mäzen?«

»Auf eine Weise schon, nur ist sie dazu nicht reich genug. Allerdings verrückt nach dem Theater, ein richtiger Fan. Jedenfalls kamen wir mit ihr ins Gespräch – über die Idee, die wir in der Gruppe entwickelt hatten. Du weißt schon, das Off-Broadway-Theater mit dem modernen Repertoire. Na ja, es war nichts Neues, aber sie zeigte sich interessiert. So ist sie nun eben.«

Aus den Augenwinkeln sah Step, wie Chili näher an Dees Leinenstuhl heranrückte.

»Na und?« fragte er ungeduldig. »Kommt endlich zur Sache.«

»Schon gut, schon gut. Ein paar Monate später setzt sich die Dame mit Polo und mir in Verbindung und sagt, hört mal, wenn ihr es wirklich ernst meint, kann ich euch vielleicht helfen. Sie sagt, sie wüßte hier in der

Stadt von einem Gebäude, das sie uns verdammt billig besorgen könnte, und sie würde noch ein paar hundert Dollar zusätzlich für Kostüme und so weiter aussetzen. Natürlich sagten wir, großartig, abgemacht.«

»Das nennt man Glück«, murmelt Step.

»O ja, Glück«, sagte Blackie bitter. »Wir nahmen uns die Sache wirklich zu Herzen. Wir suchten eine richtig gute Gruppe zusammen – ich, Polo, Dee, Chili, Sammy Schultz, Vince Whiting, Harkness ...«

»Harkness? Er gehört zur Gruppe?«

»Wie Beton, Mann. Wir dachten uns, wir brauchen auch mal einen älteren Kerl, nicht? Jedenfalls fand die Cook für uns ein heruntergekommenes Studio an der 7th Street. War früher mal ein altes Filmstudio. Vitaphone oder so, aus der Stummfilmzeit. Ist seit Ewigkeiten nicht mehr in Benutzung, aber so schlimm war's gar nicht. Natürlich mußten wir tüchtig Arbeit reinstecken, aber es war jedenfalls mal ein Dach überm Kopf.«

»Hört sich gut an«, sagte Step. »Wo liegt da das Problem?« Er wandte beiläufig den Kopf und sah, wie Dee Dee mit Chili flüsterte. Er zuckte ärgerlich die Achseln.

»Das Problem ist nun folgendes«, sagte Blackie, ohne den Blick von Steps Gesicht zu nehmen. »Die Cook hat einen sechsmonatigen Mietvertrag abgeschlossen, mit Verlängerungsoption. Seitdem haben wir uns die Finger wundgearbeitet, um das Theater hinzubiegen. Nun kommt plötzlich der Makler an und sagt, die Sache wäre abgeblasen, so leid es ihm täte.«

»Moment mal. Du hast eben gesagt, ihr hättet einen Mietvertrag.«

»Einen glasklaren Vertrag. Aber plötzlich ruft uns der Kerl an, Patchett heißt er, und sagt, raus mit euch. Er behauptet, die Cook habe ihm nicht gesagt, wir wollten ein Theater aus dem Laden machen, und das sei eine Verunstaltung des Mietobjekts, oder so. Passiert ist das alles zwei

Monate später; ich meine, der Schweinehund hätte uns doch auch gleich Bescheid geben können. Natürlich regen wir uns auf und sagen ihm, er könne uns mal. Da droht er mit Zwangsräumung, wenn wir nicht ausziehen.«

»Hast du ein Exemplar des Mietvertrages?«

Polo reckte sich am Boden und stand auf. »Ich hole ihn.«

Blackie starrte auf das feuchte Ende seiner kleinen Zigarre, bis Polo zurückkam. Step bemühte sich, nicht zu Dee Dee hinüberzublicken, spürte jedoch, daß sie ihn ansah. Als Polo ihm das Dokument reichte, überflog er es schnell und sah, daß hier offenbar ein Standardvertrag abgeschlossen war, ohne hinzugefügte Veränderungen. »Ihr dürft mich nicht falsch verstehen«, sagte er, »ich habe keine große Ahnung vom Mietrecht und solchen Sachen, aber wie sich die Sache anhört, wagt sich der Kerl ziemlich weit vor.« Als Blackie zu grinsen begann, fügte er hastig hinzu: »Aber ihr dürft eure Hoffnungen nicht zu hoch schrauben. Kann durchaus sein, daß er im Recht ist. Ich meine, wenn er *wirklich* nicht informiert war, daß das Gebäude für Theaterzwecke genutzt werden sollte, wenn er nichts vom Einbau des Proszeniums und der Sitze und dergleichen wußte, steckt ihr vielleicht doch in Schwierigkeiten. Seid ihr sicher, daß es da keine ausdrückliche Vereinbarung über bauliche Veränderungen gab?«

»Nie davon gehört«, sagte Blackie achselzuckend.

»Wenn's ein langfristiger Mietvertrag wäre, wär's etwas anderes. Dann hätte man das Recht, am Mietobjekt die erforderlichen Veränderungen vorzunehmen. Aber bei einem solchen Sechsmonatsabschluß ...« Step runzelte die Stirn. »Ich weiß nicht. Ich will mich mal erkundigen.«

»Das wäre großartig«, sagte Blackie respektvoll. »Wir wären dir wirklich dankbar, Step.«

Step schob den Vertrag in die Tasche und stand auf. »Ich verspreche nichts. Aber vielleicht kann ich mal mit dem Makler reden und ihm ein bißchen angst machen. Wer weiß?«

Chili lachte plötzlich, und Step fuhr herum. »Wo liegt da der Witz, he?«

Chili sah ihn gekränkt an. »Was für ein Witz wohl? Kann man hier nicht mal lachen? Was ist los, Step?«

Dee Dee sah ihn amüsiert an. »Vielleicht ist er sauer, weil wir ihn nicht in die Gruppe eingeladen haben. Aber das weißt du doch sicher noch – du warst gar nicht hier.«

»Himmel«, sagte Blackie, »du gehörst natürlich dazu, Mann, das weißt du doch!«

Polo räusperte sich. »Wir wollen das Stück von Kingley spielen, Step, *Detektiv-Story*. Prima Sache.«

»Großartig«, sagte Step bissig. »Reserviert mir einen Auftritt.«

Dann trat er ab.

Drei Querstraßen von Polos Wohnung entfernt betrat er einen Drugstore und wählte die Nummer der Rechtsanwaltfirma seines Vaters. »Updyke, Sutter, Sullivan und Gouterman«, sagte das Mädchen.

»Mr. Louis Sutter bitte. Hier spricht sein Sohn.«

»Step?« Die Stimme schwenkte von Tüchtigkeit auf Flirt um. »Na, wenn das nicht unser neuer Marlon Brando ist. Wo haben Sie gesteckt, Fremdling?«

»Hören Sie, Natalie, ich hab's eilig.«

»Ich glaube, Ihr Vater ist in der Bibliothek. Bleiben Sie noch einen Moment dran.«

Louis Sutter vermochte seine Überraschung zu kaschieren, als er hörte, wer ihn anrief. »Ich dachte, du bist in Kalifornien«, sagte er. »Ich bin deinem Freund begegnet, wie heißt er doch gleich? Der alte Knabe.«

»Harkness?«

»Ja, der. Habe ihn eines Tages auf der Straße getroffen, und er sagte, du wärst in Kalifornien.«

»Bin gerade zurück. Hör mal, Paps, ich wollte dich etwas fragen. Etwas Juristisches.«

»Was ist mit diesem Harkness los?« fragte sein Vater, als hätte er ihn nicht gehört. »Wie ist es möglich, daß sich ein alter Mann wie er noch weiter plagt? Bei einer jungen Rotznase wie dir kann ich das noch verstehen. Aber bei Harkness? Wie alt ist er denn, sechzig?«

»Ich wollte mich nicht mit dir über Harkness unterhalten, Paps. Ich wollte ein Mietproblem besprechen. Für Freunde von mir.«

»Na gut, leg los.«

Step berichtete von dem Theaterabschluß, und Louis Sutter hörte schweigend zu. »Keine Chance«, sagte er schroff. »Wenn deine Freunde nicht so klug waren, eine Vereinbarung über die baulichen Veränderungen abzuschließen, haben sie leider keine Möglichkeit, sich zu wehren. Kein Mieter hat das Recht, ein Gebäude zu verändern, nur weil er mal auf sechs Monate einzieht. Was ist, wenn das verrückte Theater ein Reinfall wird? Nein, Stephen, da kannst du nicht einhaken.«

Step seufzte. »Na gut, Paps. Vielen Dank.«

»Aber bitte.« Als Stephen nicht einhängte, fragte Louis Sutter: »Na, und so? Wie steht es mit der Schauspielerei?«

»Lausig.«

»Du arbeitest gerade nicht?«

»Ich habe seit vier Monaten nicht mehr gearbeitet! Fühlst du dich da gleich besser?«

»Brauchst du Geld?«

Step antwortete nicht. Das Amt schaltete sich ein und verlangte eine neue Münze, aber Step warf sie nicht ein.

»Ich schicke dir einen kleinen Scheck«, sagte sein Vater. Step machte keine Einwände.

Neben der Zelle blätterte er das Telefonbuch Manhattans durch, bis er das Büro des Maklers fand. Dann rief er Patchett an und sagte, er ›vertrete‹ die Gruppe und fragte, ob er vorbeikommen dürfe. Obwohl Patchett der Vorschlag nicht zu gefallen schien, willigte er ein.

Patchetts Büro war ein Dachgeschoß in der westlichen 72nd Street – ein kahler, ungepflegter Raum, mit einem wandgroßen Fenster, das auf eine Bäckerei auf der anderen Straßenseite hinausging. Hinter einem Tisch voller Papiere, in einem Drehstuhl, saß aufrecht der Makler, ein dürrer Mann mit drahtigem Schnurrbart, und tippte die Fingerspitzen gegeneinander, während er sich Steps Argumente anhörte. Step hatte sich nicht als Anwalt vorgestellt, aber er spielte die Rolle voll aus.

»Hören Sie, Mr. Patchett«, sagte er, »meine Mandanten sind ziemlich bestürzt über Ihre Willkür. Sie haben den Mietvertrag in gutem Glauben unterschrieben, und wenn Sie nun glauben, sie wegen einer Formsache verdrängen zu können ...«

Patchett räusperte sich, und das Geräusch hallte durch den Raum wie das Schnorcheln in einer fehlerhaften Wasserleitung. »Sie haben mich da falsch verstanden«, sagte er leise. »Die Sache mit der Ausweisung geht nicht von mir aus, Mr. Sutter, im Gegenteil. Um ehrlich zu sein, ich war *glücklich*, daß ich den Laden losschlagen konnte. Mäuse bezahlen keine Miete.« Er stimmte ein leises Lachen an, das mit einem Seufzen endete. »Ich war sogar ein wenig stolz darauf, das alte Studio aus meinen Büchern zu bekommen, wenn auch nur für magere sechs Monate. Aber dann hat Brandshaft irgendwie davon erfahren.«

»Wer?«

»Brandshaft. Sie wissen doch, Brandshaft Grundstücksverwaltungen. Die Leute sind Eigentümer des Grundstücks, schon seit 1929. Kaum vorstellbar, daß eine große Firma wie die so ein Loch besitzt, was?«

»Habe noch nie von den Leuten gehört.«

Patchett schloß die Augen. »Bearbeiten Sie viele solche Fälle, Mr. Sutter? Ich meine, in Maklerkreisen ist Brandshaft allgemein bekannt.«

»Nein«, sagte Step. »Dies ist sonst nicht mein Gebiet. Ich trete hier nur für ein paar Freunde auf. Sie sagen also, Brandshaft hat den Entschluß gefaßt, sie auf die Straße zu setzen?«

»Der große Boss persönlich, Edward Brandshaft. Keine Ahnung, wie er überhaupt Wind davon bekommen hat, von einem so unwichtigen Geschäft. Aber er hat's irgendwie rausgefunden, und prompt bekomme ich einen Anruf von Brandshafts Büro – ich meine, von seinem *persönlichen* Büro – mit der Anweisung, ich soll die Leute da rausschaffen. Offenbar ein Verstoß gegen die Politik der Firma. Keine Liegenschaften Brandshafts dürfen je für Theaterzwecke verwendet werden oder so. Ich habe natürlich protestiert – bin ja nicht meiner Gesundheit wegen in diesem Geschäft. Aber der Befehl steht fest.«

»Aber wieso? Was steckt dahinter?«

Patchett zuckte die Achseln. »Mich dürfen Sie nicht fragen. Ich weiß nur, daß dieser Brandshaft einen Haß auf das Theater und auf Schauspieler haben muß. Hören Sie, Mister, Sie scheinen ein netter Kerl zu sein, da will ich Ihnen einen Tip geben. Wenn Sie mit der Sache vor Gericht gehen, haben Sie keine Chance. Ich meine, Brandshafts Juristen drehen Sie glatt durch die Mangel.«

Step rieb sich den Hals. »Also ein alter Groll, hm?«

»So kann man's wohl nennen.« Patchett drehte seinen Stuhl zum Fenster herum und tippte sich mit einem Bleistift gegen das Bein. »Hören Sie, Mr. Sutter, vielleicht kann ich einen Kompromiß mit Ihnen schließen.«

»Was für einen Kompromiß?«

»Der Mietvertrag, den Ihr Mandant unterzeichnet hat. Wenn ich will, kann ich den für ungültig erklären lassen.

Das wissen Sie so gut wie ich. Aber nehmen wir einmal an, wir lassen den Vertrag laufen. Ihr Klient behielte das Studio für den Rest der Mietzeit, und wir streichen nur die Verlängerungsklausel. Was würden Sie davon halten?«

»Was soll das nützen? Meine Freunde können nicht in vier Monaten ein Theater in Gang bringen.«

»Sicher, das weiß ich. Aber es wäre doch besser als gar nichts, oder? Wir haben jetzt Anfang Juni. Im September packen Ihre Freunde ein und ziehen aus und nichts für ungut. Keine Meckerei, kein Ärger, nichts. Was meinen Sie?«

Step kaute auf seiner Unterlippe. »Ich sehe nicht ein, was das nützen soll. Aber ich gebe meinen Mandanten Bescheid.«

»Ja, tun Sie das«, sagte Patchett und wischte sich die Hände an den Knien ab. Er lächelte liebenswürdig und stand auf. »Nichts für ungut, Mr. Sutter, ja? Vielleicht kommen wir ein andermal wieder ins Geschäft.«

»Vielleicht«, sagte Step.

Er fand Blackie und Polo bei Child's in der 46th Street, berichtete von seinem Besuch bei Patchett, und sie hörten bedrückt schweigend zu. Schließlich sagte Blackie: »Wie großartig. Noch vier Scheiß-Monate, und dann ab.«

»Tut mir leid, Blackie. Mehr war nicht rauszuholen.«

»Wir geben dir doch nicht die Schuld, Step«, sagte Polo leise.

Fluchend schlug Blackie auf den rosa Tisch. »Brandshaft! Wer, zum Teufel, ist Brandshaft? Was hat der Kerl gegen uns, verflucht noch mal!«

»Es geht ihm nicht um dich, sondern um alle Schauspieler. Um das ganze blöde Theater, wenn man Patchett glauben kann. Er muß sich mal im Rampenlicht versengt haben oder so.«

»Ich möchte ihn zu gern richtig schmoren lassen, ihn in Öl braten. Ich habe den Kerl förmlich vor Augen. Ein fetter, alter Privilegierter mit einem Bauch bis dorthinaus und mit Zigarre im häßlichen Gesicht ...«

»Rotarier-Nadel«, schlug Polo vor.

»Ja. Und Kiwanis. Elchzahn an der Weste.«

»Doppelreiher«, steuerte Step bei. »Vierfach gefalteter Strunslappen. Liest das *Wall Street Journal.*«

»Und *Time.*« Polo lachte leise. »*Reader's Digest.* Lebt irgendwo im Vorort. Scarsdale.«

»Darien«, sagte Step. »Nimmt jeden Morgen den Zug 8.02 Uhr, wie ein Uhrwerk. Fährt einen Buick.«

»Caddy«, berichtete Blackie. »Einen großen Caddy mit riesigen Schmuckflossen. Hat einen Swimmingpool, nur kann er gar nicht schwimmen. Geht jeden Morgen zu Fuß ins Büro und nennt das Körperertüchtigung. Hat immer noch einen Haß auf Roosevelt.«

»Ißt Sen-Sen.« Polo lachte leise. »Bevorzugt altmodische Drinks mit vielen Früchten.« Blackie kicherte. »Hat einen Filipino als Hausdiener. Geht aufs Klo, wenn er sich mal was aus den Zähnen pulen muß.« Step fiel in sein Lachen ein. »Bekommt Gichtanfälle. Zu hoher Blutdruck. Ist für die Yankees.«

Sie alle hatten großen Spaß daran. Sie lachten, bis sie nicht mehr konnten, und taumelten schließlich Arm in Arm in die Dämmerung des Broadways hinaus.

III

Die Einladung kam eine Woche später. Sie war auf ein Blatt Büttenpapier gekritzelt und lautete:

Einladung zur
RACHE-PARTY
Bring Deinen teuflischsten Plan mit
Zeit: 25. Juni, 20.30 Uhr
Ort: Theater der Gruppe
Opfer: Edward C. Brandshaft

Step brummte, als er den Zettel las. Er wußte, daß das keine Party war, sondern eine Begräbnisfeier. Zu jeder anderen Zeit hätte er die Einladung vielleicht spöttisch abgetan. Doch jetzt dachte er darüber nach und beschloß hinzugehen. Nicht nur wegen Dee Dee, versicherte er seinem Spiegelbild beim Rasieren – das war vorbei. Sein weißbeschäumtes Gesicht erwiderte zynischen Auges seinen Blick.

Gutaussehend, dachte er. Aber was hatte Maseford gesagt? Nicht *theatermäßig* gutaussehend. Eine zu kleine Nase. Die Augen zu blaß. Gute Wangenknochen, aber nicht deutlich genug hervortretend. Das Theaterprofil zielte auf einen überlebensgroßen Effekt ab; wenn sich Step eingebildet hatte, in die Klasse der angehimmelten Stars aufzusteigen, konnte er sich das aus dem Kopf schlagen. Er mußte etwas anderes ansteuern. Eine gewisse Qualität. Einen Unterschied. Er schob sein Gesicht näher an den Spiegel heran und kam sich plötzlich ganz gewöhnlich vor, ganz gewöhnlich.

Auf dem Toilettentisch ein sauberes Taschentuch, Schlüsselring, goldene Manschettenknöpfe (auf denen die Insignien der Studentenschaft noch hell schimmerten) und Geldbörse. Beim Anblick der Geldbörse war ihm schon besser. Dann dachte er an Blackie und die anderen und den Ort der Party und zog die neuen Geldscheine heraus. Er zählte vom Geld seines Vaters dreißig Dollar ab und schob sie wieder in die schweinsledernen Fächer; der Rest wanderte in die Schublade zu seiner Unterwäsche. Warum ein Risiko eingehen?

Sauberes Hemd, neue Krawatte, frischgebügelter Anzug. Das Ergebnis gefiel ihm, soweit er es in dem flekkigen Glanzspiegel der Schranktür ausmachen konnte. Zuletzt kamen die Schuhe, das Paar mit der geschickt eingebauten Plattform, die seine einszweiundsiebzig um zwei Zentimeter verlängerten.

Es war gut, mal wieder ein Ziel zu haben. Auch wenn's nur eine Trauerfeier war.

Zum Sparen entschlossen, ging er vier Häuserblocks weit zu Fuß. Dann erlag er dem gelben Licht eines Taxidaches.

Als der Wagen an der Adresse hielt, die Blackie ihm genannt hatte, starrte er zweifelnd aus dem Fenster und glaubte schon, sich geirrt zu haben. Die Straße lag verlassen da, gesäumt von geparkten Lastwagen. Bei den meisten Gebäuden handelte es sich um Lagerhäuser, von denen einige leer standen, mit zerbrochenen Fenstern und vernagelten Toren. Dann entdeckte er das fensterlose Stukkogebäude mit den leeren Frachtkisten am Eingang und erkannte, daß er das ›Theater‹ gefunden hatte. Er stieg aus, bezahlte den Fahrer und schlenderte auf die Tür zu.

Als er die Musik hörte, war alles klar. Es war dröhnender, baßbetonter Progressiv-Jazz; er erkannte den kehligen Bariton Mulligans und das süßliche Stakkato von Miles Davis' Trompete. Sein Weg führte ihn durch einen dämmrigen Korridor, in dem es nach altem Urin und Desinfektionsmitteln roch, zum eigentlichen Studioeingang.

Das Studio war ein kahler Raum von der Größe einer kleinen Turnhalle. Mit Teppichboden auf den Dielen und mit Sitzreihen hätte der Raum wie ein intimes Theater wirken können. So erschien der Saal nur ausgehöhlt, leer, die Außenhülle für irgend etwas. Am anderen Ende des Studios führte eine Tür in einen kleineren Raum. Hier waren auch Gegenstände und Menschen konzentriert; er ging darauf zu, wobei ihm zuerst die Gegenstände auffielen. Es handelte sich um seltsame Möbelstücke: ein altersschwacher Schreibtisch mit abgegriffenen Kanten; zwei nicht angeschlossene Telefone standen darauf. Ein zweiter identischer Tisch daneben war von einer antiken Remington-Schreibmaschine gekrönt. Ein dritter Tisch, aus mattgrünem Metall, stand an einer Wand und diente als Untersatz für den tragbaren Phonograph, der die Partymusik lieferte. Drei Drehstühle waren zu sehen, dazu mehrere normale Sitzgelegenheiten, die teilweise besetzt waren. Als Step näher kam, machte er andere Objekte aus; eine elektrische Uhr, deren Schnur um das übergroße Zifferblatt gewickelt war, einen Aktenschrank, einen Garderobenständer und, höchst ungewöhnlich, einen Wasserspender. All diese Gegenstände nahmen ihn mehr gefangen als die Leute, aus denen die ›Party‹ bestand.

Blackie kam grinsend auf ihn zu, einen Highball in der Hand. Er trug ein kariertes Hemd, dessen hochgerollte Ärmel stramm um seinen Bizeps lagen, keine Krawatte. Step, der seinen besten Anzug trug, bewegte sich unbehaglich. »Hallo, Anwalt«, sagte Blackie. »Komm, ich will dich der Truppe vorstellen.«

»Ein ziemliches Loch«, sagte Step. »Was ist das hier für Zeug?«

»Requisiten«, sagte Blackie und verzog das Gesicht. Im Vorbeigehen trat er gegen einen Drehstuhl. »Jetzt nur noch Abfall für die Müllkippe. Waren für das Stück bestimmt.«

»*Detektiv-Story?*«

»Genau. He, stellt mal leiser!« brüllte er zum Phonograph hinüber, und Step sah, wie Polo, der ein flammend rotes Satinhemd trug, an einem Knopf drehte. Von Blackies Hand am Arm geführt, ließ er sich zu der Frau führen, die mit untergeschlagenen Beinen auf einem Klappstuhl saß und sich ernsthaft mit Chili Alvarez unterhielt. Als sie ihm das Gesicht zuwandte, blitzte ein breites Lächeln auf wie eine Birne. Step stufte sie zuerst als ›jung‹ ein, doch nach zehn weiteren Schritten revidierte er diese Einschätzung. Sie schwebte dicht diesseits oder jenseits der Fünfzig, auch wenn Kleidung, Frisur und Make-up der aufwachsenden Generation angehörten. Blackie flüsterte: »Cook. Die Frau, von der ich dir erzählt habe. Sei nett zu ihr.« Dann brachte er seine Stimme auf hörbare Lautstärke: »Hier haben wir unseren juristischen Spürhund, Leute. Florence, Sie wissen doch, was ich Ihnen erzählt habe …«

»Natürlich.« Sie streckte die Hand aus und bewegte kokett die Lider. Sie hatte wäßrige Augen, denen türkisfarbene Lidschatten die Farbe des Meeres verliehen. Ihre Haut war jedoch faltenlos; die Zeichen ihres Alters lagen tiefer. Bei freundlicherer Beleuchtung (im Studio brannten nur vier kahle Glühbirnen) hätte sie als attraktiv durchgehen können. »Freut mich, Sie kennenzulernen, Step«, sagte sie kehlig. »Blackie hat mir alles über Sie erzählt. Besonders von der Sache mit dem scheußlichen Mr. Patchett.«

»So schlimm war er gar nicht«, sagte Step. »Er wollte nur mal ein bißchen verdienen. Na, ich hab ja auch nicht viel ausrichten können.«

»Trotzdem.« Sie zuckte anmutig die Achseln. »Ich finde die Juristerei so *faszinierend*, Sie nicht auch? Ich kann mir vorstellen, daß ein Schauspieler dabei *sehr* erfolgreich ist. Ich meine, das Ganze ist doch eine Art Theaterspiel, nicht wahr?«

»Soweit ich mitbekommen habe, trifft das nicht zu. Einige Prozeßanwälte, die wirbeln vielleicht manchmal Staub auf, aber das ist alles.«

»Ich habe gehört, Ihr Vater ist …«

»O ja, er ist Anwalt. Führt auch manchmal große Prozesse. Aber wenn Sie mal eine richtig miese Schau sehen wollen, müssen Sie ihn vor Gericht erleben. Alles monoton vorgetragen. Zeigt nicht mal mit dem Finger auf einen Zeugen.«

»Und er sagt auch nicht: ›Wo waren Sie am Abend des …‹?«

»Nie. Nur ackern, ackern, ackern, das liegt meinem Vater. Und das Komische ist, er gewinnt die meisten Prozesse.«

»He«, sagte Blackie, eine Hand gegen Steps Schulterblatt gedrückt, »belegen Sie meinen Freund nicht gleich ganz mit Beschlag. Ich will ihn den anderen auch noch vorstellen. Sie haben doch nichts dagegen, Florence?«

»Aber ja.« Sie lächelte mädchenhaft. »Wir sehen uns dann später, ja, Step?«

»Klar«, sagte er.

Er ging mit Blackie weiter und wurde den anderen vorgestellt.

Da war Vincent Whiting, der die Behelfsbar in der Ecke des alten Studios führte und mit der feierlichen Präzision eines Betrunkenen Drinks bereitete. Step hatte Vince Whiting bisher nur einmal gesehen, vom Balkon eines Kinos aus, das den erfolglosen Versuch machte, lebendiges Theater zu spielen. Mit Whiting schien es endgültig aus zu sein; sein weißes Haar hatte die Farbe alten Zinns, das verlebte Profil war eine Barrymore-Karikatur. Whiting war vernünftig genug, Step nicht die Hand zu bieten; er verbeugte sich nur galant, als Blackie die beiden Männer miteinander bekannt machte. Als sie weitergingen, stellte Step die offensichtliche Frage.

»Vince?« sagte Blackie. »Himmel, ich weiß nicht. Jemand hielt es für eine gute Idee, seinen Namen auf dem Programm zu haben. Außerdem brauchten wir ältere Leute für die Gruppe. So ist ja auch Harkness zu uns gestoßen.«

»Kommt der heute abend?«

»Er hat's jedenfalls gesagt. Ist er ein spezieller Freund von dir, Step?«

»Ich habe ihm einmal einen Gefallen getan«, sagte Step düster. »Glaube ich jedenfalls.«

Dann war da Sammy Schultz, der sich beharrlich weigerte, seinen Namen für die Bühne zu ändern. Sammy war hager, drahtig, ein Rotschopf mit mehr Temperament als Charakter. Er war der Komiker der Gruppe, der Tapsige, der Faxenschneider – und er hatte ein unheimliches Talent für Stimmenimitationen. Mit ihm war kein leichtes Auskommen, aber eines konnte man ihm nicht nachsagen, daß er unzugänglich war.

»Die anderen kennst du«, sagte Blackie schließlich und machte eine Handbewegung, die den ganzen Raum erfaßte. Step folgte der Geste mit den Augen. Ja, er kannte Polo und fand ihn widerlich. Er kannte auch Chili, den hübschen Südländer, und ärgerte sich über sein gutes Aussehen und seine Unbefangenheit mit Dee Dee. Dee Dee? Er warf einen Blick auf Blackie.

»Sie kommt.« Er grinste. »Sie kommt bestimmt, Step.«

Dee Dee kam tatsächlich, aber fast zwei Stunden später, mit dem alten Harkness im Schlepptau. Step war fast schon zu betrunken, um davon Notiz zu nehmen. Mrs. Cook hatte ihn in eine Ecke getrieben und entlockte ihm die kurze, aber romantische Geschichte seiner juristischen Karriere. Ihre wäßrigen Augen fixierten ihn, und das schwere Aroma ihres Parfüms unterlag dem Geruch nach trockenem Putz und Staub in dem alten Studio. Als er zu entkommen versuchte, packte sie mit protestierendem Kichern seinen Arm. Irgendwo brüllte eine Männerstimme einen Namen und erhielt dröhnendes Gelächter zur Antwort.

Dann kam Blackie Step zur Hilfe, löste die Hand der Frau von seinem Ärmel. Er lachte, wischte sich mit dem Handrücken über den Mund. »He, Anwalt«, sagte er, »Step, komm, mach bei der Party mit.«

Sammy Schultz schob gerade den grünen Metallschreibtisch in die Mitte. Chili Alvarez sprang auf die Tischplatte, ließ die rechte Hand ins Hemd gleiten und posierte wie ein Denkmal. Blackie versetzte ihm einen Hieb gegen die Fußgelenke, und Chili sprang lachend wieder hinunter. »Fangen wir an, fangen wir an!« sagte Vince Whiting im Befehlston und schlug mit der Faust auf den Tisch, was ein metallisches Dröhnen wie Bühnendonner hervorrief. »Die Sitzung des Rachekomitees ist eröffnet. Anwesende werden zur Ruhe aufgefordert ...«

»Was soll das mit dem Kerl?« fragte Chili.

»Ruhe!« Blackie hob die Arme. »Ihr habt's gehört. Die Sitzung des Komitees hat angefangen. Benehmen wir uns mal 'n bißchen parlamentarisch.«

»Wer ist Vorsitzender?« Mrs. Cook lachte.

»Ich, wer sonst?«

»Nein, Moment mal«, rief Polo schrill und zerrte an Blackies haarigem Arm. »Harkness müßte das machen, Blackie. Harkness ist der richtige Typ dafür.«

Harkness, dessen weiches weißes Haar wie eine Korona um seinen rosa Schädel lag, errötete und protestierte mit schwacher Stimme. »Nein, nein, ich nicht.« Er lachte nervös. »Ich bin zu alt für solche Spielchen.«

»Komm schon, mach mit«, sagte Sammy eifrig und zupfte ihn am Ärmel.

»Ach, laßt ihn doch«, bemerkte Dee Dee. »Seht ihr nicht, daß er müde ist?«

»Ach, das ist aber nicht meine Schuld, Schätzchen. Ich habe ihn nicht schlappgemacht.«

»Na, kommen Sie schon, Mr. Harkness«, sagte Chili. »Seien Sie kein Spielverderber.«

Harkness sah ihn an und suchte dann Steps Blick. Step wußte nicht, was er tun sollte, und lächelte ihm beruhigend zu. Harkness hustete und stand auf. Er nahm in einem Drehstuhl am Tisch Platz, und die anderen schoben ihre Klappstühle zu einem engen Halbkreis zusammen. Dee Dee schien nicht mitmachen zu wollen und setzte sich erst dann, als der alte Mann in ihre Richtung lächelte. Schließlich begann Blackie feierlich vor dem Tisch auf und ab zu gehen und sagte: »Herr Vorsitzender, der Zweck der Sitzung heute abend ist es, Wege und Möglichkeiten der Rache zu finden gegenüber dem degenerierten, blutsaugerischen Parasiten und Philister, Edward Brandshaft geheißen …«

»Hört, hört!« rief Sammy.

»… der böswillig und mit Vorbedacht die heißeste kleine Theatergruppe im ganzen Lande umbrachte …«

Alle applaudierten, und Harkness schlug auf den Tisch. »Die Anwesenden müssen sich zurückhalten«, sagte er mit nicht gespielter Autorität. »Der Vorsitzende nimmt nun Anträge entgegen.«

»Bringt den Schweinehund um!« rief Sammy. »Vierteilt ihn!«

»Ruhe!« brüllte Harkness. »Der Vorsitzende verbietet jeden weiteren Gefühlsausbruch. Bitte denken Sie daran, wo Sie sind, Sir. Sie sind in einem *Theater*.«

Beifallsgeschrei brandete auf, und Step lachte. Er sah sich um und empfand plötzliche Sympathie für die betrunkenen Menschen hier. Es war ein neues Gefühl für ihn. Bis jetzt hatte er eine vage und irgendwie ablehnende Verachtung für die Mitglieder der Gruppe empfunden. Sie waren Theater-Fans, Schmarotzer, nicht durch Freundschaft oder gegenseitigen Respekt miteinander verbunden, sondern durch das gemeinsame Band des Versagens. In sechs Jahren der Anläufe hatte es Blakkie Daggert, der ›Regisseur‹, zu einem Erfolg und einem Reinfall gebracht; die übrige Zeit war mit einem Job als Führer auf Stadtrundfahrten herumgegangen und mit gelegentlichen Mannsbild-Akten in dieser oder jener Fernseh-Zigarettenreklame. Polo, Dee Dee und Sammy Schultz hatten nie auf einer Profibühne gestanden, Chili war nicht mal Amateur gewesen. Vince Whiting dagegen war tatsächlich einmal als ›Star‹ herausgestellt worden – allerdings schon 1928. Warren Harkness hatte regelmäßig für den Rundfunk gearbeitet und dort in einer Familienkomödie die Rolle eines schüchternen Vaters gespielt – bis die Fernsehröhre erfunden wurde.

Sie waren Versager. Ihr gemeinsamer Nenner war die Verbitterung. Doch nun fand sich Step Sutter plötzlich als Anwärter auf Mitgliedschaft in diesem Club, und seine Einstellung war nicht mehr ganz so kraß. Es waren keine üblen Kerls, ganz und gar nicht.

»Sammy Schultz wird das Wort erteilt«, sagte Harkness.

Sammy stand auf und setzte ein breites Grinsen auf. »Ich habe einen wirklich teuflischen Plan«, sagte er, »und er ist ganz einfach. Wir müssen nur den alten Brandshaft anrufen und ihm sagen, die Mafia will seine Grundstücksgeschäfte übernehmen. Dann schicken wir ihm ein paar Briefe mit der Schwarzen Hand, und ...«

Blackie winkte ab. »Sei doch nicht so blöd. Reiner Unsinn.«

»Dann denk dir doch was Besseres aus«, forderte Sammy. »Los, du bist hier der Regisseur. Denk dir was aus.«

»Moment! Moment!« Polo erhob seine zarte Stimme in dem Versuch, die anderen aufmerksam zu machen. »Ich hab die Lösung, Mann, ich hab sie!«

»Polo Dobek wird das Wort erteilt.«

»Ich hab das immer gemacht, als ich noch klein war. Ein Riesenspaß! Wir rufen ihn an, ja? Wir sagen: ›Mr. Brandshaft? Hier spricht das New Yorker Wasserwerk. Wir müssen Ihnen leider mitteilen, Mann, daß wir Ihnen in Ihrer Wohnung in den nächsten fünf Tagen das Wasser abdrehen. Wenn Sie also was zu trinken brauchen oder baden wollen oder so, dann sollten Sie schleunigst alle Töpfe und Behälter füllen!‹« Polo brach ab, von einem idiotischen Lachen geschüttelt; er hielt sich die Seiten. »Könnt ihr euch den alten Saukerl vorstellen, wie er seine Töpfe und Behälter abfüllt?«

Die anderen pfiffen den Vorschlag nieder. »Kinderkram, Kinderkram!« höhnte Chili. »Am besten schnappen wir ihn uns in irgendeiner Seitengasse.«

»Was meinst du, Step?« fragte Blackie. »Hast du nicht eine hübsche juristische Idee?«

»Tut mir leid. Ich habe im Augenblick keinen teuflischen Plan auf Lager.«

»Wir brauchen etwas *Sinngemäßes*«, sagte Vince Whiting. »Etwas, das dem Verbrechen angemessen ist. Ich dachte eher an eine Stiftung ...«

»Eine *was*?«

»Eine falsche Stiftung. Zum Beispiel könnten wir verbreiten, daß Brandshaft fünftausend Dollar an strebsame Schauspieler zahlt, die ihre Karrieren ausbauen wollen – ihr wißt schon, so eine Art Guggenheim. Dann hat er mehr blöde Schauspieler am Hals, als er bewältigen kann – und mit Mietverträgen schon gar nicht ...«

»Zu indirekt«, sagte Blackie kritisch. »Wir brauchen etwas Einfacheres.«

»Sag mal, meinst du das alles etwa ernst?« fragte Dee Dee träge. »Ich dachte, du machst nur Spaß.«

»Natürlich mein ich's ernst.« Blackie runzelte die Stirn. »Warum nicht, zum Teufel? Warum soll der Schweinehund ungeschoren davonkommen?«

Das Mädchen lächelte. »Wenn ich annehmen könnte, daß du's *wirklich* meinst, würde ich sagen, wir sollten die alte Sex-Masche mit ihm abziehen ...«

»Ja, ja, genau!« entfuhr es Chili, der in die Hände klatschte. »Wir schicken ihm Dee Dee auf den Hals, Blackie, begreifst du nicht? Dann fallen wir über den Hurensohn her ...«

»Moment!« sagte Dee Dee. »So hab ich das nicht gemeint.«

Mrs. Cook kicherte. »Zu meiner Zeit nannten wir das Fuchsspiel.«

»Was?«

»Ach, ihr wißt schon. Ein Mädchen lockt den Mann zu sich nach Hause, und prompt kommt ihr Mann anmarschiert. Nur daß der Kerl nicht wirklich ihr Mann ist, muß ja nicht sein.«

»He, das ist ja 'ne großartige Nummer!« lachte Sammy.

Harkness räusperte sich. »Ich glaube, die Sache gerät uns etwas aus den Fugen«, sagte er weise.

»Nein, Moment mal«, bemerkte Vince Whiting, von der allgemeinen Begeisterung angesteckt. »Ich hab mal so was im Theater gesehen, mit Privatdetektiv. Dieselbe Idee, aber anstatt das Opfer auszunehmen, wurde das Spiel so arrangiert, daß es zum Kampf kam. Mit einer Schußwaffe.«

»Ich weiß schon!« sagte Mrs. Cook. »Aber es ist nur ein Trick, nicht? Ich meine, die Pistole enthält keine *richtigen* Patronen.«

»Genau. Der Hereingelegte glaubt aber, er hat den Mann des Mädchens erschossen. Damit wird er erpreßt.

Bis er herausfindet, daß er getäuscht wurde, ist alles zu spät.«

»Potz Kainz!« lachte Blackie. »Ihr geht ja ran!«

»Gar nicht so übel, die Sache«, sagte Sammy aufgeregt. »Ist doch wie's Schauspielern, oder? Trickbetrüger sind Schauspieler, stimmt's, Step?« Step starrte ihn ausdruckslos an. »Wie hieß der Kerl doch gleich, den sie den Schauspieler nannten?« Step zuckte die Achseln.

»Hat keinen Sinn, Mann«, sagte Polo und rieb sich die Wange. »Auf so etwas fällt keiner mehr rein. Zuviel Publicity. Das Fernsehen hat dieses Geschäft kaputtgemacht.«

»Behauptest *du*«, sagte Chili lächelnd. »Was war mit der lausigen Schauspielschule, die du besucht hast? Die haben dir doch eine Rolle versprochen in ...«

»Das ist etwas anderes.«

»Ganz und gar nicht. Himmel, die haben deine Moneten doch gekriegt, oder? Hört zu, im richtigen Augenblick, am richtigen Ort ist jeder irgendwie reinzulegen. Ihr wißt doch, was Barnum gesagt hat. Habe ich recht, Step?«

Sie starrten Step an, als mache ihn seine juristische Vorbildung zum Experten für Trickbetrüger und ihre Spielchen. Step, der Mühe mit seiner Zunge hatte, sagte: »Himmel, ich hab doch keine Ahnung. Aber ein Kerl wie Brandshaft, ein reicher Knabe und Geschäftsmann wie der, ist kaum zum Narren zu halten.«

»Ist ja mein Sagen«, stimmte Polo zu. »Man kann keine so uralte Masche abziehen, selbst wenn man wollte.«

»Aber man könnte den Gag verbessern«, sagte Mrs. Cook lebhaft. »Oder? Ich meine, wenn man wirklich Wert darauf legt.«

»Wie denn verbessern?«

»Na, wenn ein Mann *wirklich* glaubt, er hat jemand umgebracht, haut er vielleicht einfach ab oder stellt sich der Polizei. Ich meine, zum Beispiel dieser Brandshaft, der kennt sich doch bestimmt aus. Er könnte sich einen schlauen Anwalt nehmen, der ihn aus dem Schlamassel heraushaut.«

»Und?« fragte Blackie und starrte sie an. Die winzige Zigarre zwischen seinen Fingern war weit abgebrannt.

»Man müßte es eben *anders* machen. Ihn vielleicht sogar *verhaften*. Oh, nicht *wirklich* verhaften. Nur so tun.«

Plötzlich trat eine Stille ein, die Step aufrüttelte. Er erkannte die Ursache nicht, bis er Vince Whiting aufstehen und auf einen Pappkarton in der Ecke zugehen sah.

Der Schauspieler trat leicht mit der Fußspitze dagegen. »Da hätten wir das hier«, sagte er. »Meinen Sie das, Mrs. Cook?«

»Was ist denn da drin?« fragte Step.

»Nur Requisiten«, sagte Blackie leichthin. »Und Kostüme. Ein paar Polizeiuniformen, von Brooks. Das meinen Sie doch, nicht wahr, Mrs. Cook? Also, sagen wir mal, jemand will so eine Schau wirklich aufführen, dann könnte man sich tatsächlich Polizeiuniformen anziehen und das Opfer verhaften. Und den Mann vielleicht sogar irgendwohin bringen.«

»Also, das könnte man?« Die Frau lächelte sie an, das Lächeln einer Lehrerin, deren Schüler die Bedeutung einer Lektion erfaßt hatten. »Ich meine, das würde alles noch viel überzeugender machen, nicht wahr?«

»Und was dann?« fragte Chili. »Sollen wir ihm den dritten Grad verpassen?«

»Himmel, nein«, sagte Blackie. »Damit muß die Sache längst nicht zu Ende sein. Warum macht man's nicht gleich richtig, schafft ihn in eine falsche Polizeiwache und steckt ihn wegen Mordverdacht hinter Gitter. Das würde ihn Gottesfurcht lehren!«

»Und dann im Gefängnis!« sagte Sammy mit zunehmender Erregung. »Wir könnten ihn im Gefängnis behalten, so lange wir wollten …«

»Was meinen Sie – *wir*?« fragte Vince heftig.

»Hypothetisch, hypothetisch«, sagte Blackie beruhigend. »Wir diskutieren ja nur. Die Sache ist irgendwie interessant. Okay, sagen wir also, wir haben ihn als Gefangenen. Was dann?«

»Ganz einfach.« Mrs. Cook lachte. »Dann laßt ihr ihn frei. Ihr sorgt für seine Flucht. Aber er muß dafür bezahlen.«

»Bezahlen. Und wieviel etwa?«

»Ja«, sagte Polo, »wieviel?«

Hinter dem grünen Tisch räusperte sich Warren Harkness. »Es will mir scheinen«, sagte er bedächtig, »daß ein Mann, der um sein Leben fürchtet, einen großen Betrag für seine Freiheit zahlen würde. Und ein sehr *reicher* Mann …«

»Ein Vermögen«, sagte Sammy atemlos. »Ein Vermögen könnte dabei rausspringen. Eine Million!«

»Du bist ja verrückt«, sagte Dee Dee. »So was wie 'ne Million gibt's gar nicht.«

»Die verrückteste Idee, die ich je gehört habe«, sagte Polo angewidert. »Ihr seid ja übergeschnappt, nur darüber zu *sprechen*. So eine Sache – also, das ist ja eine ganze Bühnen*produktion*.«

»Das Ganze wäre wie eine Theateraufführung, oder?« bemerkte Mrs. Cook und lächelte in ihren Highball. »Wie ein Stück. Nur hättet ihr kein Publikum.«

»Und der Star *wüßte* gar nicht, daß er der Star ist …«

»Und denkt nur an die Einnahmen!« sagte Chili und sog hörbar die Luft ein. »Denkt an die Einnahmen. Eine Million!«

»He, wir könnten uns ein Theater *kaufen*.« Sammy kicherte. »Wir könnten glatt *zwei* Theater kaufen. Wir brauchten uns nicht mehr in solchen Löchern herumzutreiben.«

»Oder Paris«, murmelte Dee Dee. »Wir alle könnten in Paris studieren.«

»Oder in Mexiko«, fiel Polo ein, der sich plötzlich entschloß, die allgemeine Begeisterung mitzumachen. »Mann, da ist schauspielerisch was los, in Mexiko. Chili und ich, wir haben schon darüber gesprochen, stimmt's, Chili?«

»Ja, ja«, Chili war nachdenklich. »Aber wenn ich Geld hätte, ich weiß nicht, wo ich gern sein würde – in einem Penthouse irgendwo am Central Park. Keine Mietsorgen, kein Vorsprechen, keine dünnen Mahlzeiten in den Drugstores ...«

»Auf eine Weise wäre das nur gerecht«, bemerkte Vince Whiting. »Die dichterische Gerechtigkeit, der zum Sieg verholfen würde, wenn ein Mann wie Brandshaft, ein Theaterhasser, unsere Schauspielerkarrieren fördert.«

»O Mann, was für ein Traum!« sagte Polo, klatschte sich an die Stirn und sackte theatralisch zusammen.

Es wurde still. Alle schwiegen.

Das Schweigen wurde erst durch Step unterbrochen, der die bewegte Diskussion mit starrem Grinsen verfolgt hatte. »Ich sag euch was. Ich spiele seinen Anwalt, ja? Ich versuche ihn rauszuhauen, nur bin ich ein mieser Anwalt, das weiß ja jeder. Also muß er sich freikaufen. So kriegen wir das Geld. Was sagst du dazu, Blackie?« Er sah den Regisseur an, der belustigt brummte. »Kriege ich den Job? Mann, wie ich die Arbeit brauche!« Er lachte laut, doch niemand lachte mit.

»Wir reden noch darüber«, sagte Blackie.

IV

Mehr als zwei Wochen vergingen, ehe Step Sutter wieder mit Gruppenmitgliedern in Berührung kam, und das war ein ungewöhnlicher Umstand: Sie waren in denselben Straßen unterwegs, aßen in denselben billigen Restaurants, sprachen bei denselben Theatern vor, besuchten dieselben Drugstores und Cafés. Aber Step sah keinen aus der Gruppe wieder, bis Blackie Daggert ihn anrief und zu Besuch kommen wollte. Step war auf der Hut, doch er sehnte sich nach Gesellschaft und stimmte zu.

Als Blackie eintraf, war er nicht allein. Step blinzelte, als er Dee Dee Monahan hinter ihm erblickte; ihr träges Lächeln hatte einen ungewohnt aggressiven Zug. Beide akzeptierten Steps Angebot auf einen Drink, und Dee Dee schlenderte in eine Zimmerecke, um Steps Plattensammlung durchzustöbern. Blackie belegte den einzigen bequemen Stuhl im Zimmer, saß jedoch gespannt auf der Sitzkante, ohne seinen Drink zu berühren. Er war in Redelaune, und Step ließ ihn reden.

»Du erinnerst dich noch an die Party?« fragte er.

Step nickte.

»Du weißt, was wir dabei besprachen, die verrückte Sache mit dem Schwindel und so?«

»Hör mal, Blackie ...«

»Moment, unterbrich mich nicht. Du kannst später Fragen stellen, Anwalt, aber noch nicht. Ich rede, du hörst zu, einverstanden?«

Step nickte.

»Also, die Sache steht so«, sagte Blackie und beugte sich vor. »Damals gingen wir vielleicht um vier Uhr früh auseinander. Wir hatten viel über die verrückte Idee diskutiert, gar nicht ernsthaft, nur so zum Amüsieren. Es war Spaß, du verstehst?«

»Na und?«

»Na, das war das, Punktum. Ich meine, wir haben nie weiter darüber nachgedacht. Wir haben's uns einfach aus dem Kopf geschlagen. Allerdings glauben wir jetzt nicht mehr, daß es nur verrücktes Gerede war. Wir glauben, daß es zu schaffen ist, Step, daß es wirklich durchführbar ist. Wir heuern Leute an. Und wir brauchen dich.« Er hob seinen Finger und deutete damit auf Step – ein schwarzhaariger Onkel Sam mit blauem Bartschimmer.

»Ich begreif das nicht«, sagte Step.

»Du kapierst schon noch, wenn du alles gehört hast.« Er grinste zu Dee Dee hinüber. »He«, sagte er.

Sie drehte sich langsam um, eine Platte zwischen den Fingerspitzen haltend. Sie kam näher, ihr träges Lächeln auf den Lippen.

»Sag's ihm«, bemerkte Blackie. »So wie du's uns erzählt hast, Dee Dee. Laß nichts aus.«

Step beobachtete ihr Gesicht. Sie setzte sich auf die Kante des Sofabettes und drückte die Platte an die Brust. »Es war ganz einfach«, sagte sie. »Ich begreife nicht, warum ihr so ein Tamtam darum macht. Eine Kleinigkeit war's.«

»Was denn?«

»Ein paar Tage nach der Party habe ich über alles nachgedacht. Ich wußte nicht, ob's wirklich ernst gemeint war, bei dem Haufen weiß man das nie so genau, nicht?« Sie lachte. »Jedenfalls hatte ich kein Geld mehr. Mein üblicher Zustand. Ich begann zu überlegen, vielleicht sollte ich mir einen Job suchen. Tippen oder so was. Dann dachte ich mir, warum nicht bei der Brandshaft-Gesellschaft. Vielleicht konnte ich die Sache in Gang bringen.«

Step umfaßte die Armlehnen seines Stuhls.

»Also, ich zog meine besten Sachen an und stellte mich bei der Personalchefin des Ladens vor. Ein vertrockneter alter Drache. Ich frage, ob sie freie Stellen im Büro hätten, und sie sagt, es würden immer Stenotypistinnen und so gesucht und ob ich nicht einen Antrag ausfüllen wollte.« Sie rümpfte zierlich die Nase. »Mit dem verdammten Ding wollte ich keine Zeit verlieren, also zog ich wieder ab. Aber ich trieb mich bis zur Mittagszeit in der Nähe des Hauses herum.«

Blackie lachte erwartungsvoll.

»Gegen ein Uhr bin ich in den vierundzwanzigsten Stock hinauf, wo Brandshaft sein Privatbüro hat. Ein gewaltiger Raum mit 'ner Menge Schreibtische in der Mitte; die Büros der Abteilungsleiter liegen an der Außenseite des Gebäudes. Niemand war da, nur einige Mädchen am Wasserspender. Ich direkt auf Brandshafts Büro los, als gehörte ich dazu, und hinein. Niemand hielt mich auf. Das Büro – ganz mit Holz ausgetäfelt. Nicht schlecht. Hat sogar ein kleines Privatklo.« Sie kicherte. »Ich hab mir das Gesicht zurechtgemacht, und etwa eine halbe Stunde später kam der alte Knabe persönlich anmarschiert.« Sie keuchte, spielte die überraschte Unschuld. »›Oh, entschuldigen Sie!‹ sagte ich. ›Ich muß im falschen Büro sein!‹ Schade, daß ihr sein Gesicht nicht gesehen habt. Ich meine, ich hatte mich im Klo etwas aufgeknöpft.«

Step knurrte: »Was ist Brandshaft für ein Typ?«

»Na, so dick. Er war nicht böse oder so. Der nicht. Seine Augen werden groß, und er schaut mich mit aufgesperrtem Mund an. Dann lächelt er wie ein richtiger kleiner Casanova und sagt: ›Oh, schon gut. Kann ich Ihnen helfen?‹ Ich sage, aber ja, ich wäre eine arbeitslose Sekretärin und hielte das hier für das Büro des Personalchefs. Ich hätte mich nur ein wenig zurechtmachen wollen, als ich die Toilette sah ... Er lächelt sehr verständnisvoll und sagt, ich hätte mich geirrt, das Personalbüro sei weiter oben. ›Ich wünschte, ich wäre hier richtig‹, sagte ich wie die kleine Waisen-Annie. ›Sie sehen viel netter aus als die meisten Personalchefs.‹« Dee Dee unterdrückte ein Kichern. »Danach kamen wir prima miteinander aus. Wir unterhielten uns über Personalchefs und Chefs und Sekretärinnen und lachten viel. Er hat sogar über sein Privatleben gesprochen. Er sagte, er sei Witwer.« Sie klimperte mit den Wimpern. »Und wißt ihr was? Er ist oft *schrecklich* einsam.«

Blackie klatschte sich auf die Knie. »Der Mann ist ideal für uns«, sagte er. »Himmel, begreifst du das nicht, Step? Der Bursche ist *reif*. Der fällt sofort um.«

»Aber hast du die Stelle gekriegt?« fragte Step.

»Er schickte mich schließlich nach oben«, sagte Dee Dee. »Er rief den alten Drachen *persönlich* an und sagte, ich würde jetzt zu ihr kommen. Gefiel ihr nicht, aber ich fange Montag an.«

Step stand auf und nahm Dee Dee die Platte aus der Hand. Er kehrte zum Ständer zurück und schob sie wieder in die Hülle. Dann drehte er sich um und schaute die beiden an.

»Okay, du hast also die Stellung. Na und?«

»Na, wir wissen jetzt, daß es klappt«, grinste Blackie. »Als Dee Dee uns das alles erzählte, wußten wir, daß wir es schaffen. Die Sache geht in Produktion, Step. Die ganze Gruppe ist schon verpflichtet, en masse. Es wird ein Hit, Anwalt, ein durchschlagender Hit, die größte verdammte Produktion, von der du je gehört hast, mit dem größten Gewinn. Eine Million Dollar. Eine dicke Million? Kapiert?«

Als Step nicht antwortete, lachte Blackie leise.

»Ich weiß, es hört sich verrückt an. Aber das Komische ist, daß die Sache eben verrückt genug ist, um zu klappen. Wir haben soweit wie möglich vorausgeplant, aber es gibt noch viel Arbeit. Einzelheiten. Geschäftliche Dinge. Aber wir tun es, Step, das ist klar. Wir hängen Brandshaft einen fiktiven Mord an.«

Step schnalzte mit der Zunge.

»Das geht mir alles zu schnell, Blackie. Ich kann's nicht glauben, daß ihr ernst macht.«

»Und ob. Verdammt, und ob!« Er grinste. »Wenn du mir nicht glaubst, schau dir die Besetzungsliste an.«

Er griff in seine Hüfttasche und holte einen zusammengefalteten gelben Bogen heraus, der fettfleckig und zerknittert war vom vielen Gebrauch. Er reichte ihn Step, der den Text las:

DAS VERBRECHEN DES EDWARD BRANDSHAFT

Die Sekretärin	Dee Dee Monahan
Der Freund	Chili Alvarez
Erster Polizist	Polo Dobek
Zweiter Polizist	Sammy Schultz
Detective	Blackie Daggert
Staatsanwalt	Vince Whiting
Richter	Warren Harkness
Rechtsanwalt	Step Sutter
Der Mörder	Edward Brandshaft

Step las die Liste zweimal durch, ehe er sie zurückgab. Dann lächelte er leicht. »Du willst mich aufziehen, Blackie. Du kannst so etwas doch nicht machen. Der Plan ist verrückt, durch und durch verrückt. Hast du selber gesagt.«

»Sicher. Und vielleicht ist er deshalb so gut, Step. Weil er so an den Haaren herbeigezogen ist. Vielleicht klappt's dann gerade gut.«

»Aber es gibt da unzählige Probleme! Woher wollt ihr wissen, ob er auf euch reinfällt? Woher wollt ihr wissen, daß Dee Dee ihn überhaupt ausreichend interessiert? Damit kann die ganze Aktion gleich ins Wasser fallen.«

»Wissen wir natürlich.«

»Und selbst wenn sie ihn – rumkriegt. Was dann?«

»Vielleicht solltest du dir mal das Skript anhören – sofort, ehe du dich entscheidest.«

Step seufzte. »Okay. Laß hören.«

Blackie grinste herausfordernd.

»Erster Akt«, sagte er. »Junge trifft Mädchen. Nur ist der Junge kein Junge, sondern Edward Brandshaft. Und das Mädchen ist eine hübsche junge Sekretärin, die in seiner Firma arbeitet. Sie ist wunderschön, sie ist einsam, sie ist willig. Nächste Szene: ihre Wohnung. Alles hübsch anheimelnd, da platzt die Tür auf. Chili, ihr heißblütiger südamerikanischer Liebhaber. Er hat ihr schon angedroht, was er mit ihr macht, wenn sie sich mit einem anderen Mann einläßt. Er hat sie gewarnt. Sie fleht ihn an, aber Chili ist viel zu wütend, um zuzuhören. Er zieht eine Pistole, stürzt sich auf sie und begeht den Fehler, Brandshaft den Rücken zuzukehren. Brandshaft versucht, ihm die Pistole abzunehmen, es kommt zum Kampf, zum Schuß – und Chili sinkt tot zu Boden.

Brandshaft ist entsetzt. Er will fliehen, aber das Mädchen läßt ihn nicht fort. Er weiß auch, daß die Flucht nichts nützt – sie kann ihn jederzeit identifizieren. Sie ruft Polizei an. Als Polizei eintrifft, wird Brandshaft verhaftet. Vorhang.«

Blackie blickte schelmisch hoch, als erwarte er Applaus.

»Zweiter Akt. Brandshaft wird auf den Rücksitz eines Streifenwagens geschoben und zur Station gefahren. Er protestiert, sagt, es war doch nur Notwehr. Er besteht auf seinem Recht, einen Anwalt anzurufen.

Und man gewährt ihm sein Recht. Er ruft seinen Anwalt an.

Leider ist der Knabe Fachmann für Gesellschaftsrecht, für geschäftliche Dinge. Aber er enttäuscht seinen Mandanten nicht. Er sagt zu, Mr. Brandshaft den *verdammt besten Strafverteidiger von ganz New York zu schicken.*«

Das brachte Step auf die Beine. »Nun hör mal zu, Blackie, hier platzt doch der ganze Laden ...«

»Stell deine Fragen später, ja? Laß mich erst zu Ende erzählen.«

»Hat doch gar keinen Sinn, denn an dieser Stelle fällt die ganze Scharade auseinander. Einige Sachen könnten klappen, vielleicht – aber dieser Teil ...«

»Bitte«, sagte Blackie. »Laß mich zu Ende berichten, ja?«

Step setzte sich murrend.

»Jedenfalls kommt der verdammt beste Strafverteidiger in die Polizeistation, um den Fall zu übernehmen. Und das bist *du* natürlich, du Blödmann. Dein ganzes Bestreben ist, ihm zu helfen. Keine krummen Sachen. Du willst dem armen Tölpel wirklich helfen. Nur steht der Fall ziemlich mies, es sieht nach Mord ersten Grades aus. Und das Opfer ist auch noch eine Frau. T – t – t...

Aber du tust dein Bestes für ihn. Wenn er vor Richter Harkness geführt wird, der die Anklage gegen ihn festlegen soll, holst du alle juristischen Tricks aus dem Ärmel, die du auf Lager hast. Aber es nützt alles nichts. Die Anklage lautet auf Mord ersten Grades, und das heißt, daß Brandshaft vor Gericht muß. Ende des zweiten Aktes. Was ist los, Step?«

»Die Sache hat zu viele Löcher«, murmelte Step. »Der ganze Plan ist durchlässig wie ein Sieb.«

»Sicher«, räumte Blackie fröhlich ein. »Aber vielleicht können wir die Löcher stopfen. Also, hier ist erst mal der dritte Akt. Zahltag. Brandshaft liegt in einer Gefängniszelle auf Eis und wartet darauf, daß sich die Rädchen der Justiz in Gang setzen. Von Tag zu Tag wird er verzweifelter, zumal sein Anwalt immer schlimmere Nachrichten bringt. Die Sache sieht hoffnungslos aus – bis zur Wende.

Bis du ihn aufsuchst und ihm ein überraschendes Angebot machst. Du könntest etwas arrangieren, was zwar ein wenig unehrenhaft ist, ihn aber mit heiler Haut aus der Sache rausbringt. Brandshaft beginnt zu geifern. Alles, sagt er, alles sei ihm recht! Du sagst, es kostet aber Geld. Jeden Betrag! sagt er. Auch eine Million Dollar? Da zögert er erst ein bißchen, aber dann muß er daran denken, wie ein elektrischer Stuhl aussieht. Ja, sagt er, auch eine Million! Okay, sagst du, hier kommt's. Es sieht so aus, als wäre das Mädchen Dee Dee bereit, ihre Aussage zu ändern und zuzugeben, daß sie geschossen hat – wenn Brandshaft zahlen will. Sie ist bereit, das Risiko eines Notwehrverfahrens auf sich zu nehmen, gegen eine Million Dollar. Ist Brandshaft einverstanden?

Die Antwort darauf kennst du, Step. Niemand liebt Geld mehr als das eigene Leben. Er wird darauf eingehen; zwar geht es um eine Million, aber er wird's tun. Und wenn er das Geld rausrückt, ist er ein freier Mann.

Jetzt ist das Stück fast aus. Nur eine Szene fehlt noch. Die Gruppe teilt den Ertrag und fliegt mit der ersten Maschine nach Paris, Mexiko, Acapulco, Neuseeland – wohin auch immer. Brandshaft geht nach Hause und fragt sich, was ihm da um Himmels willen widerfahren ist. Aber ändern kann er auch nichts mehr.«

Blackie schwieg und leerte sein Glas in drei großen Schlucken. »Und jetzt«, sagte er und wischte sich mit haariger Hand den Mund. »Jetzt kannst du deine Argumente anbringen.«

»Ich weiß gar nicht, wo ich anfangen soll ...«

»Versuch's mal am Anfang.«

»Na gut. Nehmen wir einmal an, Dee Dee kann Brandshaft tatsächlich in ihre Wohnung locken und Chili bricht wie ein südamerikanischer Tornado über die beiden herein. Woher weißt du, daß Brandshaft wirklich um die Waffe kämpft? Was ist, wenn er kneift?«

»Kein Problem. Dee und Chili werden schon dafür sorgen, daß Brandshaft zwischen sie gerät. Das ist simple Stellungsarbeit auf der Bühne, da brauchen wir uns keine Sorgen zu machen.«

»Na, hier ist aber etwas zum Sorgenmachen. Wenn Brandshaft sich mit juristischen Dingen auskennt, weiß er, daß er nicht des Mordes ersten Grades an Dee Dees Liebhaber angeklagt werden kann. Die Tat war offensichtlich nicht vorher geplant. Sie wurde in einem Augenblick der Erregung begangen, mit der Waffe des Ermordeten. Kein Gericht würde das Mord ersten Grades nennen, Blackie.«

»Nicht so schnell. Du meinst, es gibt keine Möglichkeit, aus der Situation einen Mord ersten Grades zu machen?«

»Das habe ich nicht gesagt. Aber wie du mir die Szene beschrieben hast, haut es nicht hin. Es gäbe entweder einen Mord zweiten Grades oder Totschlag – vielleicht sogar entschuldbare Tötung.«

»Aber wir *könnten* doch einen glatten Mord daraus machen, oder? Du kannst dir sicher etwas ausdenken, nicht wahr, ein schlaues Köpfchen wie du!«

Step bewegte unbehaglich die Schultern. »Also, zunächst müßte Chili ihr Mann und nicht ihr Liebhaber sein. Und wenn Brandshaft nicht zum erstenmal in Dee Dees Wohnung ist, läßt sich schon ziemlich klar auf Ehebruch schließen. Wenn du schließlich den Besitz der Waffe von Chili zu Dee Dee verlagerst, könnte der Eindruck entstehen, hier wäre ein geheimes Einverständnis im Spiel. Der Trick besteht darin, eine Atmosphäre des Vorbedachts zu schaffen. Ich glaube, daraus könnte ein kluger Staatsanwalt schon eine Anklage auf Mord ersten Grades zimmern.«

»Brillant.« Blackie strahlte. »Ich wußte doch, daß wir's ohne dich nicht schaffen; was ist das nächste Problem?«

»Der Streifenwagen. Woher wollt ihr den nehmen?«

»Müßte doch nicht schwer sein, einen alten Wagen zurechtzumachen. Dazu brauchen wir nur Farbe. Wir könnten einen Ford kaufen, der sich kaum von den jetzigen Wagen der Bullen unterscheidet.«

»Und die Station? Wahrscheinlich wollt ihr euch eine Menge Kulissen malen und die irgendwo aufbauen, ja?«

»So ähnlich.« Blackie grinste. »Was ist schon eine Polizeistation? Ein Büro voller Möbel und Leute. Wir wollten ja sowieso eine Polizeiwache bauen, weißt du noch? Drüben auf der Theaterbühne für *Detektiv-Story*. Die meisten Requisiten haben wir also schon; wir brauchen nur die geeignete Örtlichkeit.«

»Und die wäre wo?«

»Bist du schon mal auf einer Polizeiwache gewesen, Step?«

»Nein.«

»Wo liegt deine nächste Station?«

»Keine Ahnung.«

»Die meisten Leute wissen das auch nicht. Ich will dir mal was sagen. Es gibt auf der West Side eine Station, die früher mal Privathaus war. Eine andere Wache wurde vorher als Synagoge benutzt. Und ein Revier wurde im letzten Jahr von den Bullen freigegeben, das ist vom CVJM aufgekauft worden. Eine Polizeiwache kann überall liegen. Wir denken daran, uns das Erdgeschoß von Vince Whitings Haus auszubauen, in dem er seit fünf Jahren wohnt. Ein paar Lampen draußen, ein paar Schilder – und schon ist das 102. Revier fertig. Glaubst du, Brandshaft merkt den Unterschied?«

»Und das Gefängnis? Was ist damit?«

»Das wird schon schwieriger. Für die Gefängniskulisse müssen wir Geld aufbringen. Ich habe mir gestern mal einen Preis nennen lassen; für die Kulisse, die 1930 für *Die letzte Meile* verwendet wurde. Der Bursche will dreihundert Dollar. Aber da gibt's noch günstigere Möglichkeiten.« Er stellte das Glas auf den Tisch und umfaßte seine Knie. »Hör mal, Step, du mußt dir das so vorstellen. Was wäre, wenn *du* das Opfer wärst, wenn du glaubst, du hast ein Verbrechen, einen Mord begangen – ich meine, wenn du das *wirklich* glaubst? Da wärst du doch in einem Schockzustand, nicht? Wenn die Beamten dich verhaften, wenn sie dich zum Verhör vorführen, würdest du auch nur einen *Moment* daran denken, daß du vielleicht hereingelegt wirst? Keine Sekunde! Du wärst viel zu aufgewühlt, um auf so etwas zu kommen, und auch zu verängstigt. Du würdest alles hinnehmen. Du würdest alles *glauben*, Mann, dagegen könntest du gar nichts machen. Du würdest dir solche Sorgen über deine Zukunft machen, daß du gar nicht die Zeit hättest, unangenehme Fragen zu stellen. Ich sage dir, die Psychologie *haut hin*!«

»Aber die Sache mit dem Rechtsanwalt! Du behauptest, Brandshaft wird gleich mit seinem Anwalt sprechen wollen …«

»Klar. Und wir lassen ihn auch telefonieren. *Nur kommt der Anruf gar nicht an!* Das Telefon ist natürlich falsch geschaltet, verstehst du? Die Leitung führt zu einem Schaltbrett, das wir im Stockwerk über der Station installiert haben. Und nicht Brandshafts Anwalt kommt ans Telefon – nur eine annehmbare Nachbildung. Sammy Schultz.«

»Sammy?«

»Genau. Sammy macht die Stimme des Anwalts nach; du weißt selbst, wie gut er das kann. Sammy verspricht, Hilfe zu schicken – und das bist *du*. Du bist die Schlüsselfigur der ganzen Sache, Step, weil du Brandshafts einzige Hoffnung verkörperst. Du arbeitest bis zum Umfallen, um ihn aus der Klemme zu befreien, aber du hast leider keinen Erfolg damit. Jedenfalls nicht bis zu dem Augenblick, da du ihm die Millionen-Dollar-Überraschung präsentierst. Ich sage dir, die Sache ist perfekt. Perfekt!«

Auch Step glaubte jetzt fast daran. Er kämpfte gegen das Gefühl an, versuchte Gegenargumente zu finden. Dann glaubte er das Problem beim Schopf zu haben.

»Moment mal, Blackie, jetzt weiß ich, was mit dem Plan nicht stimmt. Du willst Brandshaft in dein kleines Privatstück einbeziehen, ohne daß sonst jemand davon weiß oder sich darum kümmert. Nur ist das unmöglich! Es gibt auch eine Außenwelt, seine Familie, die Freunde und Geschäftspartner.«

»Glaubst du etwa, das weiß ich nicht?« Blackie zog ein kleines grünledernes Adreßbuch aus der Hemdtasche. »Glaubst du, wir hätten den Kerl nicht überprüft, ehe wir uns so klar entschieden?«

»Was habt ihr festgestellt?«

»Wir besitzen ein hübsches kleines Dossier, das aber nicht komplett ist. Erstens ist Brandshaft Witwer. Seine zweite Frau starb vor zehn Jahren. Seine erste Frau ging mit einem Schauspieler durch – vielleicht liegt hier die Ursache für seinen Haß auf das Theater. Er hat eine Tochter, Victoria, etwa vierundzwanzig. Sie nimmt gerade an einem Doktorandenkursus in Psychologie am Medwin College in Massachusetts teil und lebt auf dem Campus. Zu Hause ist sie höchstens vierzehn Tage im Jahr. Vor einigen Wochen ist sie zum Sommersemester nach Medwin zurückgefahren. Sie taucht erst beim Erntedankfest oder zu Weihnachten wieder hier auf.

Brandshaft wohnt in der oberen Park Avenue, mit zwei Bediensteten, einem alten Ehepaar. Er führt ein ziemlich geregeltes Leben, soweit wir wissen, aber wir haben auch gerüchteweise gehört, daß Brandshaft schon öfter was mit Frauen hatte ...«

»Woher wißt ihr das alles?«

»Wir haben Komitees.« Blackie lachte leise. »Wir sind wirklich gut organisiert, Step. Aber die wichtigste Sache weißt du ja noch gar nicht.«

»Und das wäre?«

Blackie blickte ihn zufrieden an. »Jedes Jahr im Juli oder August fährt Brandshaft mit seinem Cadillac los und macht einen Monat Ferien. Er richtet den Kühler gen Norden und endet gewöhnlich irgendwo in Maine, wo sich gerade günstig angeln läßt.«

»Na und? Jeder hat Urlaub.«

»Richtig. Jedem steht Urlaub zu, auch Millionären. Aber wenn Brandshaft in die Ferien zieht, hinterläßt er keinen genauen Reiseplan; er will dann mit Telefonen, Briefen, Konferenzen nichts mehr zu tun haben. Er fährt *allein*. Begreifst du nicht, wie prima das paßt, Step?«

»Nicht so richtig.«

»Wenn wir Brandshaft hereinlegen, brauchen wir uns um die Außenwelt keine Sorgen zu machen, weil die sich keine Sorgen um ihn machen wird. Wir lassen der Brandshaft Grundstücksverwaltung die Nachricht zukommen, der Chef sei zum Angeln in die Wildnis gefahren. Punktum. Nach allgemeiner Ansicht ist er dann in Urlaub. Dabei brutzelt er die ganze Zeit in einer Gefängniszelle ...«

»Stop«, sagte Step nachdenklich. »Wenn Brandshaft auf Urlaub nach Maine fährt, müßt ihr auch seinen Wagen an euch bringen. Aber vielleicht ist das sogar ein Vorteil für euch. Wenn Brandshaft an jenem Abend zu Dee Dees Wohnung fährt, könnt ihr das Auto dort übernehmen. So erübrigt sich vielleicht auch der falsche Streifenwagen. Die Beamten, die Brandshaft verhaften, können ja sagen, sie müßten den Caddy beschlagnahmen und ihn darin zur Wache fahren.«

»Siehst du?« bemerkte Blackie leise, ohne Triumph. »Wenn man sich's gut überlegt, haut es hin. Richtig, Step?«

»Leicht wird es nicht ...«

»Nein, das weiß ich wohl. Aber es geht um eine Million Dollar, und die sind ein paar Mühen wert. Machst du mit?«

Step blickte zu seinem Fenster hinüber, das keine Aussicht bot. »Natürlich wird niemandem *wirklich* weh getan«, sagte er. »Außerdem hat es der Schweinehund verdient, daß er ein bißchen aufgerüttelt wird – bei den dämlichen Ansichten. Und was das Geld angeht, das schmerzt ihn bestimmt gar nicht ...«

»Wir haben uns einen finanziellen Status besorgt«, grinste Blackie, »über Dun & Brandstreet. Die Summe ist nur ein *Zehntel* des ganzen Vermögens. Niemandem wird wirklich weh getan, Step, wie du schon sagtest.«

»Und die *ganze* Gruppe macht mit? Auch Harkness?«

»Klar, auch Harkness. Er ist unser Untersuchungsrichter, Step, eine sehr wichtige Rolle.«

»Das Projekt wird Geld kosten. Ich kann leider keinen Cent beisteuern.«

»Habe ich etwas von Geld gesagt?« fragte Blackie gekränkt. »Habe ich dir nicht von Mrs. Cook erzählt? Sie finanziert die Expedition, Step, als wär's eine Bühnenproduktion. Also hast du keinen Grund, jetzt noch auszusteigen. Machst du mit?«

Step zögerte. »Ja«, sagte er. »Ich mache mit.«

Blackie lächelte und nahm sein Glas. »Du, ich brauch etwas Eis«, sagte er.

Als Step noch mit den Eisstücken kämpfte, kam Dee Dee in die kleine Küche und lehnte sich herausfordernd an das Spülbecken. Sie berührte sein Schulterblatt mit der scharfen Spitze eines Fingernagels. »Ich habe nasse Hände«, sagte Step. Aber er legte ihr die Arme um die Hüfte und küßte den weichen, nachgiebigen roten Mund. Dann gingen sie ins Wohnzimmer.

V

Eine Woche später rief Blackie bei Step an und sprach eine Einladung aus.

»Möchtest du mal die Polizeistation sehen? Ich hole dich in einer halben Stunde ab.«

Blackie holte ihn vor dem Haus ab und schlug ein Taxi vor. Gewöhnlich reichte Blackies Einkommen gerade für die U-Bahn, doch er schien sich schon reich zu fühlen. Als sie ihr Ziel in der Chelsea-Gegend erreichten, machte Step Anstalten zu zahlen, doch Blackie schob dem Fahrer eine Dollarnote zu. Das Haus fügte sich zwischen die anderen Gebäude des Blocks und hob sich nur durch eine etwas rötlichere Farbe ab. Eine fünfstufige Vortreppe führte zum Eingang, der von vergitterten Fenstern flankiert war. Blackie blieb an der untersten Stufe stehen und deutete auf einen Halbmond aus Glas über der Tür.

»Da bringen wir die Schrift an«, sagte er. »102. Revier. Außerdem montieren wir runde Lampen auf beiden Seiten an, dann erkennt niemand den Unterschied.«

»Möglich«, sagte Step.

»Was meinst du damit – möglich? Hör mal, wenn du hier angeschleppt wirst – von zwei Uniformierten und einigen anderen Knaben, die du für Kriminalbeamte hältst – und wenn du auch noch die Schrift ›102. Revier N.Y.P.D.‹ da oben siehst, wo bist du dann deiner Meinung nach? In Wolkenkuckucksheim?«

Step mußte lächeln. »Da hast du recht.«

Sie gingen hinein.

Es war wie ein Schock. Nicht weil Step so etwas nicht erwartet hätte, sondern weil die Wirkung so vollkommen, so einschüchternd war. Er machte sich klar, daß er

Blackie und die anderen zu gering eingeschätzt hatte; er hatte ihnen nicht die Findigkeit und Geduld zugetraut, die für solche Echtheit erforderlich waren. Nun trat er in das Haus, das Vince Whiting gehörte, und erlebte eine Veränderung, die sogar einen Revierleiter mit dreißigjähriger Diensterfahrung täuschen mochte, so daß er sich ganz zu Hause fühlte.

Das Vorderzimmer war nun Bereitschaftsraum; die Tür, die früher in Vince Whitings Schlafzimmer führte, stand offen und gab den Blick frei auf Teile eines rückwärtigen Büros. Alle Requisiten, die im alten Studio an der 7th Street Staub angesetzt hatten, waren hier verwendet. In der Mitte des großen Zimmers thronte der abgenutzte alte Schreibtisch; er enthielt zwei Telefone. Ein zweiter Tisch stand nahe dem Fenster, bedeckt mit allerlei Ordnern. Durch die offene Tür machte Step die Ecke des grünen Metalltisches aus; hier war offenbar Lieutenant Brunos Reich. An jedem Tisch standen Drehstühle und unbequeme normale Stühle; andere Besucherstühle waren an den Wänden aufgestellt worden. Die Wände waren vielleicht am eindrucksvollsten: sie waren bis in Hüfthöhe olivgrün und darüber hellgrün, und eine meisterliche Hand hatte der Farbe die rechte Ausstrahlung von Abnutzung, Leid und kalter, rücksichtsloser Autorität verliehen. Aber vor allem die Kleinigkeiten sorgten für Echtheit. Die alte Holzschranke, die am Eingang montiert worden war. Die Meßlatte zur Größenbestimmung an der rechten Wand, neben einem Bord mit Geräten zur Abnahme von Fingerabdrücken, darüber eine grünbeschirmte Glühbirne. An der mittleren Wand hing eine elektrische Uhr ohne 5 auf dem riesigen Zifferblatt; ihre Schnur zog sich zur Steckdose am Boden hinab. Unter der Uhr war eine Diensttafel mit beweglichen Zelluloidbuchstaben zu sehen, mit den Angaben: IM DIENST – LT. BRUNO, DET. COOPER, DET. WAL-

LACE. An der linken Wand hing eine uralte Anschlagtafel, deren Korkfläche so ledrig geworden war, daß man Stecknadeln und Reißzwecken praktisch mit dem Hammer einschlagen mußte. Hier drängten sich Steckbriefe und Fotografien von unangenehm wirkenden Burschen; Step erkannte einige Schauspielerkollegen. Auch gab es einen Aktenschrank mit vier Schubladen. Ebenso zwei Garderobenständer; an einem hing ein Regenmantel. Schließlich der Wasserspender, an den er sich aus dem Studio erinnerte, nur war das Glas nun gefüllt. Die ganze Atmosphäre hatte etwas, das Kingsley mit ›Ausdünstung von Tränen und Blut und menschlicher Qual …‹ beschrieben hatte.

»Los, sag schon was«, drängte Blackie und hieb Step einen Ellenbogen in die Rippen. »Was sagst du zu dem Loch?«

»Ich weiß nicht, was ich sagen soll. Verdammt überzeugend.«

»Hab ich's dir nicht gleich gesagt? Hatte ich nicht recht?«

»Verdammt gute Arbeit.«

»Ja, Kingsley. Wir haben hier die Kulisse für *Detektiv-Story*, mit ein paar kleinen Veränderungen. Wenn Papa Dollarsack hier anrückt, hat er bestimmt keine Zweifel, *worum* es geht, darauf kannst du wetten.«

Step schauderte zusammen. »Kalt hier, nicht?«

»Komm und sieh dir meine Bude an«, sagte Blackie.

Sie durchquerten den Einsatzraum und betraten das hintere Büro, das schlicht ausgestattet war – mit dem grünen Tisch, einem Drehstuhl und einer Sitzgelegenheit für Besucher. Außerdem stand ein Bücherregal aus Metall an der Wand, und ein schneller Blick auf die Titel verriet Step, daß Blackie auch an dieses Detail gedacht hatte. Es handelte sich um alte Polizeihandbücher, Gesetzestexte, Strafstatuten und zwei Bände von Gonzales über Gerichtsmedizin. An einer Wand hing ein Bild von Abraham Lincoln und eine Aufnahme J. Edgar Hoovers an der anderen. (Das Hoover-Bild trug ein Autogramm.) Auf dem Tisch stand ein Holzschild mit der aufgemalten Inschrift: LT. DOMINICK BRUNO. Auch hier sah die Farbe nicht frisch aus; sie war geschickt abgeblättert worden. Auf der Schreibunterlage ruhten mehrere gebundene Berichte, und Step, der wußte, daß Blackie dies von ihm erwartete, beugte sich vor und las die Aufkleber. Ein Bericht hieß: ERGÄNZENDE BESCHWERDEN, und ein anderer: TESTERGEBNISSE BENZIDIN, GERICHTSMEDIZINISCHES BÜRO, NEW YORK. Step blickte auf und sah Befriedigung auf Blackies dunklem Gesicht.

»Na, was meinst du, Step? Ziemlich gründlich, was?«

»Du hast dir große Mühe gegeben, Blackie.«

»Ist die Mühe wert, wart's nur ab. Aber Moment mal. Hier ist noch ein kleiner Gag, den ich dir zeigen will. Ein richtiger Heuler.«

Er rieb sich die Hände und nahm das Telefon ab, das auf seinem Tisch stand. Er klemmte sich den Hörer unter das Kinn und wählte eine Nummer, anscheinend willkürlich. Dann hielt er Step den Hörer hin und ließ ihn das Läuten am anderen Ende hören. Einen Augenblick später sagte eine brüske Stimme: »Ja, was ist?«

Blackie sprach in die Muschel: »Myron? Hier Blackie. Wollte nur mal sehen, wie die Sache funktioniert.«

»Funktioniert bestens. Sonst noch etwas?«

»Nein, mein Freund.«

Als Blackie auflegte, fragte Step: »Wer ist Myron?«

»Unser Techniker.« Blackie grinste. »Einer von diesen unentbehrlichen Burschen hinter den Kulissen. Ein Glück, daß Polo sich an Myron erinnerte; aus der Gruppe kann niemand auch nur einen Nagel einschlagen. Er hat mal irgendwo in der Provinz als Bühnentechniker gearbeitet; da hat Polo ihn kennengelernt.

Wir brauchten sowieso einen Kerl wie ihn, Step, auch wenn er nicht zu uns gehört. Außerdem bezahlt ihn Mrs. Cook, also belastet er uns nicht weiter.«

»Und die Telefonschaltung? Ist die Zentrale hier im Hause?«

»Im ersten Stock, in Vinces früherem Arbeitszimmer. Myron hat das alles selbst konstruiert, Empfänger, Sender, alles. Wenn Brandshaft seinen Anwalt anruft, redet er mit Sammy, direkt über ihm. Hübsches Arrangement.«

»Aber bist du sicher, daß wir dem Kerl trauen können?«

»Polo sagt, er sei in Ordnung. Er ist irgendwie ein schwieriger Knabe, aber das stört mich nicht.« Er schnipste mit den Fingern, nahm noch einmal den Hörer ab und wählte hastig eine Nummer.

»Ja, was denn noch?« fragte Myron.

»Hören Sie mal, Myron, wir gehen jetzt. Wenn Vince zurückkommt, fragen Sie ihn wegen – na, Sie wissen schon. Und vergessen Sie nicht, daß niemand hier reindarf.«

»Klar«, sagte Myron, dessen Stimme von der Membrane des Telefons scharf akzentuiert wurde.

Als sie die Stufen vor dem Haus hinabgingen, fragte Step: »Was ist ein Sie-wissen-schon? Oder hat das mit der Technik zu tun?«

Blackie lächelte. »Ich gebrauche das Wort nicht gern, das ist alles. Vince Whiting glaubt, daß er eine 45er Automatic besorgen kann, von einem Freund, der mal in der Army war.« Er musterte Step fragend. »He, warst du nicht auch in dem Verein?«

»Luftwaffe, 44 bis 47. Aber sieh mich nicht so an, Bursche, ich habe keine Souvenirs mitgebracht. Ich war CTO und habe in den Flugzeugen nur geredet. Habe nicht mal eine .45 *gesehen*, außer einmal in der Grundausbildung.«

»Muß interessant gewesen sein«, sagte Blackie vage. »Ich bin um Haaresbreite nicht eingezogen worden. Meine Brust; du weißt ja.« Er legte die Faust auf seinen ausladenden, muskulösen Brustkorb und hüstelte geziert.

An diesem Abend nahm Step an einer geheimen Sitzung des sogenannten Planungskomitees teil. Es war eine geschäftsmäßig aufgezogene Konferenz, in der wenig nüchternen Umgebung von Polo Dobeks Wohnung, die in Grau, Beige und Lavendel gehalten war. Blackie führte den Vorsitz und war gleichzeitig Leiter der Revierabteilung. Vince Whiting hatte das Gefängniswesen unter sich. Warren Harkness, von einem Darmvirus befallen, konnte nicht teilnehmen, so daß sein Bericht über die Gerichtsabteilung aufgeschoben werden mußte. Polo, der die Komiteemitglieder bewirtete, war zugleich für alle Details verantwortlich. Mrs. Cook, zuständig für Forschung, war die einzige Frau im Komitee.

Am gespanntesten waren jedoch alle auf Steps Bericht, der als Vizepräsident für die Rechtsberatung sprach.

»Wir wissen nicht, welche juristischen Kenntnisse Brandshaft besitzt«, trug er vor. »Aber wir können kein Risiko eingehen. Also halten wir uns möglichst eng an die tatsächliche Verfahrensordnung. Zunächst brauchen wir uns um einen Haftbefehl keine Sorgen zu machen, denn die Verhaftungsvorschriften besagen eindeutig, daß in einem Fall, wo die Festnahme schnell und rechtzeitig möglich ist, die Formalität des Haftbefehls übergangen werden kann.

Was die eigentliche Verhaftung angeht, so fordert das Gesetz, daß der Verhaftende seine Machtbefugnis angibt, Uniform und Abzeichen zeigt und den Zweck der Verhaftung deutlich angibt. Er muß dem Betroffenen Gelegenheit geben, sich ohne Gegenwehr zu ergeben, und wenn er das nicht tut, darf er Gewalt anwenden.«

»Hoffen wir, daß es *dazu* nicht kommt«, sagte Mrs. Cook feinfühlig.

Vince Whiting rieb sich die Barrymore-Nase. »Und was ist mit Kaution?«

»Darum geht es hier nicht. Die Anklage lautet auf Mord, und bei diesem Verbrechen ist Kaution nicht möglich. Brandshaft könnte sich nicht mal bis vor die Reviertür freikaufen, selbst wenn er wollte.

Sobald die Verhaftung vorgenommen ist, nennt das Gesetz als Pflicht jedes Verhaftenden, den Gefangenen so schnell wie möglich vor einen Untersuchungsrichter zu bringen. Aber hier lassen sich die Vorschriften auch schon dehnen. Nach manchen Texten muß er ›prompt‹ vorgeführt werden, nach anderen ›sofort‹, nach einigen ›mit aller angemessenen Eile‹ und nach anderen ›ohne unnötige Verzögerung‹.«

»Das gibt uns also Spielraum«, knurrte Blackie.

»Zweifellos. Ein Untersuchungsrichter braucht sein Gericht für die Anklage von Gefangenen nicht durchgehend offenzuhalten. Er kann es tun, ist aber nicht dazu verpflichtet. Oft kann er Verhandlungen sogar bei sich zu Hause vornehmen oder in seinem Büro – sogar über Telefon.«

»Das ist mal eine gute Nachricht«, sagte Vince Whiting. »Da brauchen wir wenigstens keinen Gerichtssaal zu mieten.«

»Will ich auch nicht hoffen«, sagte Mrs. Cook. »Die Sache ist auch so schon teuer genug.«

Polo unterdrückte ein Auflachen.

»Wichtig ist jedoch folgendes«, sagte Step. »Das Gesetz räumt ein, daß Polizeibeamte *Zeit* und *Gelegenheit* haben müssen, ein Verbrechen zu klären, um ausreichende Beweise heranzuschaffen, ehe sie vor einen Untersuchungsrichter gehen. Wir können Brandshaft tage- und sogar wochenlang festhalten, ehe wir ihn Harkness vorführen.«

»Was ist daran so bedeutungsvoll?« erkundigte sich Polo.

Blackie schnaubte durch die Nase. »Mann, du verstehst das *Psychologische* an der Sache nicht! Je länger wir Brandshaft festhalten, desto weicher wird er. Wenn wir ihm dann die Mordanklage anhängen ...«

»Hoffnung«, sagte Vince Whiting mit sonorer Stimme, die langen Finger unter dem Kinn verschränkt. »Hoffnung ist das rechte Mittel. Wir müssen Brandshaft Hoffnung machen und sie ihm dann wieder wegnehmen. Fast eine Art Gehirnwäsche.«

»Und an diesem Punkt beginnt meine Rolle«, sagte Step. »Als sein Anwalt muß ich ihm das Gefühl geben, daß er keinen Grund hat, sich Sorgen zu machen – zuerst jedenfalls. Dann beginnt die Sache schiefzugehen. Was ich auch anstelle – er hat schließlich keine Chance, der Höchststrafe zu entgehen.«

»Bis du ihm die Chance gibst ...«

»Da hängt viel von dir ab, Step«, sagte Blackie. »Du mußt ordentlich etwas auf die Bretter stellen, Mann!«

»Aber was ist mit der Voruntersuchung?« fragte Whiting. »Früher oder später müssen wir sie doch durchführen, oder?«

Step nickte. »Das Gesetz geht davon aus, daß jeder, der eines Verbrechens beschuldigt wird, das grundlegende Recht auf prompte Vorverhandlung hat. Es können jedoch Umstände eintreten, die den Angeklagten auf Anraten seines Anwalts bewegen, auf diese Verhandlung völlig zu verzichten. Ich bezweifle aber, ob Brandshaft darauf eingeht, denn viele Verfahren werden bereits bei der Vorverhandlung niedergeschlagen, ehe sie richtig vor Gericht kommen.«

»Dann müssen wir's eben durchführen«, sagte Blackie. »Ich hoffe nur, daß der alte Knabe das schafft.«

Step warf ihm einen scharfen Blick zu. »Warum nicht? Harkness ist genau der richtige Typ.«

»Klar«, sagte Vince Whiting. »Er sieht wie ein Richter aus. Aber er ist doch schon manchmal ziemlich durcheinander.«

»Er schafft es«, sagte Step tonlos. »Ich probe mit ihm.«

Nun war Mrs. Cook an der Reihe. Ihr Thema: Forschung.

»Ich habe alles hier«, sagte sie und wühlte in ihrer großen Handtasche herum. »Die Texte sind getippt, aber leider ist's mit meinen Schreibmaschinenkenntnissen nicht weit her.«

»Schon gut, Mrs. Cook, auf Sauberkeit kommt es hier nicht an.« Blackie versuchte, die Papiere an sich zu nehmen, die sie aus der Tasche zog, aber sie lächelte und entriß sie ihm.

»Nein, nein, laßt mich vorlesen.« Sie setzte ihre Höhlenforschung fort und brachte schließlich ein besticktes Brillenetui zum Vorschein. »Ich brauche so was nur beim Lesen.« Sie seufzte und setzte die Brille auf.

Sie begann zu lesen und zögerte bei den Tippfehlern in ihrem Manuskript.

»Edward C. Brandshaft, geboren 1904 in Worcester, Massachusetts, Sohn von Herbert Pennington Brandshaft und der geborenen Martha Coples aus Boston. 1928 heiratete er Harriet Rice, eine prominente Schauspielerin der damaligen Zeit. Sie wurden 1930 geschieden. 1934 heiratete er wieder, Estelle Mansville Rigsby. Ein Kind, eine Tochter, Victoria Manning, geboren 1935. Die zweite Frau starb 1948. Brandshaft ist Eigentümer und Präsident der Brandshaft Grundstücksverwaltung, New York City, mit Zweigbüros in Chicago, Detroit, San Francisco. Clubmitgliedschaften: Union League in New York und Chicago, Kaufmannsclub.

Ehemaliger Präsident des New Yorker Maklerverbandes. Hobbys: keine.«

Blackie schnalzte mit der Zunge. »Das hätten wir uns auch aus dem *Who's Who* besorgen können, Mrs. Cook. Ist das alles?«

»Kommt noch viel mehr, mein Lieber, fassen Sie sich in Geduld. Wußten Sie zum Beispiel, daß Mr. Brandshaft bei einem Psychoanalytiker in Behandlung ist?«

»Ehrlich?« fragte Blackie.

Polo kicherte. »Mann, so flott hatte ich ihn gar nicht eingeschätzt. Stellt euch vor, Papa Dollarsack auf der Couch!«

»Seit Januar geht er zu einem gewissen Dr. Granik, zweimal in der Woche.« Mrs. Cook sah sich zufrieden um. »Ist das nicht interessant?«

»Möglich«, sagte Blackie. »Aber wie können wir das verwenden?«

»Wer weiß?« sagte Step. »Als sein Anwalt kann ich ihm sagen, daß es vor Gericht nicht gut aussähe, wenn die Behandlungskarte des Psychoanalytikers als Beweis eingebracht würde.«

Blackie bohrte nachdenklich in der Nase. »Wäre ein Gesichtspunkt. Was haben Sie noch, Mrs. Cook?«

»Also, wie ich höre, kommen Brandshaft und seine Tochter nicht allzugut miteinander aus. Irgend etwas stimmt nicht zwischen ihnen.«

»Was?«

»Ich weiß nicht. Aber ihr könnt euch ja vorstellen, wie die Leute so reden. Sie kommt kaum nach Hause, findet immer wieder eine Entschuldigung. Gerade jetzt nimmt sie an irgendeinem Sonder-Psychologiekursus im Medwin College in Massachusetts teil und bleibt den ganzen Sommer dort.«

»Ist auch der beste Ort für sie«, knurrte Blackie. »Was ist mit dem Anwalt von Brandshaft?«

»O ja, der Anwalt. Wie ihr wißt, arbeitet Brandshaft mit der Firma Hannah und Prentiss, aber sein persönlicher Anwalt ist Jerome Hannah. Es ist nicht leicht, Informationen über Mr. Hannah zu erhalten, denn er hat etwas gegen persönliche Publicity. Die beiden sind allerdings keine guten Freunde; es ist eine reine Geschäftsbeziehung. Soweit ich feststellen konnte, ist Hannah ein unangenehmer, nasaler kleiner Bursche.«

»Das hilft uns nicht gerade weiter«, stellte Blackie fest. »Hat er keine besonderen Interessen oder Projekte? Gibt es keine öffentlichen Auftritte, wo er Reden hält oder so?«

»Soweit ich weiß, nicht. Aber warten Sie, da ist noch etwas. Hannah ist begeisterter Segler. Er hat ein eigenes Boot und schippert damit in der Larchmont-Gegend herum. Nützt das etwas?«

»Möglich«, sagte Blackie zurückhaltend. »Könnte genau das sein, was wir brauchen.«

Step war ratlos. »Das begreife ich nicht, Blackie. Was haben Hannahs Hobbys mit unserem Plan zu tun?«

Polo kicherte. »Du traust Blackie aber auch gar nichts zu, Step. Er hat das Projekt bis ins letzte ausgearbeitet. Er versucht, eine Möglichkeit zu finden, Sammy Schultz an den Anwaltsknaben heranzubringen, stimmt's, Blackie?«

»So ungefähr. Wenn Sammy Hannahs Stimme gut nachmachen will, braucht er Unterlagen für seine Arbeit. Wir dachten, wenn Sammy vielleicht eine Tonbandaufnahme seiner Stimme hätte, müßte es ausreichen. Die Sache mit dem Segeln ist vielleicht ganz richtig. Wenn sich Sammy als Reporter von irgendeinem Bootsmagazin ausgibt, etwa *Yachting* …«

»Ich möchte euch aber warnen«, sagte Mrs. Cook. »Nach allem, was ich so höre, ist dieser Hannah ein ziemlich scharfer Hund. Sagt Sammy, er soll sich vorsehen.«

»Wir alle müssen uns vorsehen, Mrs. Cook. Was ist mit dem Thema Urlaub? Haben Sie auch *darüber* etwas?«

»Ja. Aber da hätten wir wohl ein kleines Problem.«

»Was für ein Problem?«

»Das Büro. Es wäre sehr unwahrscheinlich, daß Brandshaft einfach abreist und im Büro erst später Bescheid gibt. Er plant seine Urlaubszeit immer weit im voraus und bereitet seine Angestellten stets gut darauf vor. Es sähe ihm nicht ähnlich, ohne Vorwarnung zu verschwinden.«

»Daran können wir aber nichts ändern.«

»Vielleicht doch. Wenn Dee Dee weitere Fortschritte gemacht hat ...«

»Hat sie«, sagte Blackie mit zusammengekniffenen Augen. »Warum?«

»Na, warum überlassen wir das Problem dann nicht einfach unserer hübschen Dee Dee? Wenn sie Mr. Brandshaft richtig zu nehmen weiß, könnte sie ihn doch dazu bringen, seinen Urlaub zu nehmen, wann es uns recht ist.«

Blackie blinzelte sie verständnislos an.

»Begreifen Sie nicht?« Mrs. Cook lächelte. »Dee Dee kann Brandshaft um den kleinen Finger wickeln, nicht wahr? Jedenfalls, sobald sie ... Freunde geworden sind. Sie kann also den Zeitpunkt seines Urlaubs festlegen, einfach indem sie sich einverstanden erklärt, mitzufahren.«

Blackie stellte sein Blinzeln ein und begann zu grinsen. »Mit ihm fahren! Nach Maine! Wenn sie soweit ist!«

»Wenn ich mich nicht irre, ist es nicht das erstemal, daß er ohne Genehmigung zum Angeln fuhr ...«

»Und sie könnten von ihrer Wohnung losfahren«, sagte Blackie verträumt. »Sie sorgt dafür, daß er sie bei sich zu Hause abholt. Warum nicht? Wäre ganz logisch!«

»Ich dachte mir schon, daß Ihnen das gefällt«, sagte die Frau selbstgefällig.

Blackie setzte ein anerkennendes Lächeln auf. »Mrs. Cook, Sie sind ein Engel – in mehr als einer Beziehung.«

»Vielen Dank, Blackie.«

»Haben Sie sonst noch etwas in Ihren Notizen?«

»Nun …« Sie nahm die Brille ab. »Ich weiß nicht, ob jetzt der richtige Zeitpunkt ist, Blackie, aber ich dachte mir, daß wir mal die Ausgaben besprechen.« Sie blickte auf das letzte Blatt in ihrer Hand und setzte die Brille wieder auf. Die Falten um ihren Mund vertieften sich, und ihre Stimme wurde härter. »Dies ist Ihre letzte Abrechnung, und da sind ein paar Dinge, nach denen ich mich erkundigen möchte.«

»Aber ja«, erwiderte Blackie und blinzelte Step zu. »Ich erkläre Ihnen das gern.«

»Sie haben hier eine Druckrechnung über fünfundsiebzig Dollar aufgeführt. Was für Druckarbeiten waren das?«

»Oh, verschiedene Sachen, Mrs. Cook, verschiedene Sachen. Zum Beispiel Material, das wir in der Revierkulisse brauchen. Und die Zeitung, die wir vorbereiten mußten. Das war ein Problem; Myron mußte dafür eine ganze Presse mieten.«

»Und die Ausgaben für elektrische Anlagen. Drähte und Relais und so – wozu dient das?«

»Dabei handelt es sich um die Telefonanlagen, Mrs. Cook. Ich hatte Ihnen das bereits erklärt.«

Sie spitzte die Lippen. »Und die Zellen … Sind zweihundertundfünfzig Dollar nicht viel Geld für einen alten Satz Kulissen?«

»Das war nun mal der Preis, Mrs. Cook. Ich habe natürlich zu handeln versucht, aber der erste Preis stand fest. Und all die anderen Dinge auf der Abrechnung … also, das mußten wir ausgeben, Mrs. Cook, niemand versucht, Sie hereinzulegen. Wenn Sie meinen, daß wir Sie finanziell zu sehr belasten, sollten wir die ganze Sache vielleicht abblasen.«

»Seien Sie nicht kindisch!« sagte die Frau heftig. »Ich verwalte mein Geld seit Jahren selbst, Blackie, und ich bin kein Dummkopf. Fest steht, daß Sie praktisch für alles zuviel bezahlen. Künftig sollten Sie mich zu Rate ziehen, ehe Sie weitere Ankäufe genehmigen.«

Blackie schob die Zunge unter eine Wange. »Wie Sie wollen, Mrs. Cook.«

Sie nahm die Brille ab und legte sie wieder in das bestickte Etui. Ihr Gesicht war ohne die Brille wieder weicher, fraulicher, und sie lächelte Step freundlich an.

»Na, Mr. Sutter?« fragte sie. »Sind Sie bereit, den großen Anwalt zu spielen?«

Ehe Step antworten konnte, klingelte in Polos Schlafzimmer das Telefon, und der blonde Junge räkelte sich vom Boden hoch. Kurz darauf kehrte er zurück, um Blackie an den Hörer zu rufen. Als die beiden Minuten später wieder zum Vorschein kamen, entlockten ihre fröhlichen Gesichter dem Planungskomitee neugierige Fragen.

»Dee Dee war am Apparat«, sagte Blackie und wischte sich die Hände an seiner Drillichhose. »Sie hat sich eine Minute aus dem Büro geschlichen, um anzurufen.«

»Aus Brandshafts Büro?« Vince Whiting blickte auf die Uhr. »Es ist nach sieben. Was macht sie dort, zum Teufel?«

»Sie arbeitet.« Blackie lächelte. »Verstehen Sie nicht, Mann? Überstunden.«

VI

Am nächsten Nachmittag stand Step in einer Gefängniszelle.

Von Vince aufgefordert, trat er ein und ließ es zu, daß Polo die Stahlgittertür hinter ihm zuknallte. Polo belachte den eingesperrten Step wie ein Schulmädchen und drehte den Schlüssel im Schloß. Step schritt den winzigen Fußboden ab, setzte sich auf die Liege, die mit einer fünf Zentimeter dicken Roßhaarmatratze bedeckt war, und probierte schließlich den Wasserhahn über dem kleinen Waschbecken aus. Es kam kein Wasser. Er kehrte zur Tür zurück, legte die Hände um die Gitterstäbe und rüttelte probehalber daran. Es gab kein Geräusch.

Whiting sah ihm ernst zu. »Was meinen Sie, Step? Sieht echt aus, nicht?«

»Ich bin kein Fachmann«, erwiderte Step trocken.

»Aber ein Fachmann hat das gebaut.« Whiting nahm Polo den Schlüssel ab und steckte ihn ins Schloß. »Die Kulisse wurde für einen Einakter gebaut, *Der Mutige*. Myron hat die Sachen aufgetrieben.«

»Wer?«

»Na, der Bühnentechniker aus der Provinz. Sie wissen schon.«

»O ja. Der Telefonspezialist.«

»Genau.« Whiting ließ die Tür aufschwingen und klopfte dann mit den Fingerknöcheln dagegen. »Hört sich doch wie bester Stahl an! Ist es aber nicht. Im Innern Sperrholz, darüber eine Blechhülle. Myron sagt, der Mann, der das konstruiert hat, ist nach einem Handbuch für Gefängnisbau vorgegangen.« Whiting gestattete sich ein leichtes Grinsen. »Aber nach dem, was ich so über Myron höre, würd's mich nicht überraschen, wenn er die Pläne selbst gezeichnet hat, nach eigenen Erfahrungen. Myron ist ein übler Bursche.«

Step verließ die Zelle und warf einen nachdenklichen Blick zurück. »Hier wird Brandshaft also eingeschlossen. In richtiger Umgebung wird ihn das schon überzeugen. Was ist mit den sanitären Anlagen?«

»Die bringen wir schon in Gang – das Wasser und so. Das andere – na, das läuft nicht so. Brandshaft wird die örtliche Installation benutzen müssen, natürlich von einem Wächter begleitet.«

»Das bin ich.« Polo lachte leise. »Ich bin der Zellenwärter.«

»Ich dachte, du spielst den Ersten Polizisten.«

»Sicher, Mann, aber du weißt ja, wie das ist. Wir müssen eben ein paar Doppelrollen besetzen.«

Whiting sagte: »Wir glauben, daß das keinen Unterschied macht. Wenn Brandshaft Polo zum erstenmal sieht, ist er sowieso völlig hinüber. Wir glauben nicht, daß er ihn im Gefängnis wiedererkennt. Und wenn doch – na und? Ein Bulle ist ein Bulle, nicht?«

Step runzelte die Stirn. »*Darüber* mache ich mir keine Gedanken.«

»Worüber dann?«

»Wo wollt ihr das hübsche kleine Zuchthaus aufbauen? Im Studio kann es nicht bleiben. Woher nehmen wir das Gefängnisgebäude?«

»Dafür ist Blackie zuständig«, sagte Vince Whiting lächelnd.

Eine Stunde später setzte Blackie Daggert eine Probe an.

Nur drei Spieler waren aufgerufen: Step, Vince Whiting und Warren Harkness. Es gab keine Kulissen und auch keinen vorbereiteten Text. In der Rolle des Untersuchungsrichters saß Harkness hinter einem zerkratzten Holztisch, die Hände auf der Tischplatte verschränkt.

Vince Whiting ruhte mit steinernem Gesicht auf einem Klappstuhl, wie eine Marionette, die den Zug der Fäden erwartet. Step war zu nervös, um sich zu setzen; er wanderte auf und ab, während Blackie Anstalten machte, in die Rolle des Regisseurs zu schlüpfen.

»Also gut«, sagte Blackie schließlich, ließ sich in einen Leinenstuhl fallen und streckte die Beine von sich. »Setz dich, Step! Warren, Sie fangen an.«

Harkness räusperte sich, und sein Gesicht lief rot an wie bei einem Schuljungen, der vor großem Publikum etwas aufsagen muß. Er begann zu sprechen, aber zu leise für Blackie. Der Regisseur brüllte etwas, und er versuchte es noch einmal.

»Ä-hem. Aus den unterschriebenen Aussagen des Beschuldigten geht hervor, daß hier nicht Schuld oder Unschuld am Tode des John Rodriguez zu klären ist. Der Beschuldigte hat zugegeben, John Rodriguez in der Wohnung von Mrs. Rodriguez getötet zu haben, die sich Delores Mason nennt. Die Tatsachen, wie sie von Mr. Harlan Grant, dem Staatsanwalt dieses Distrikts, ermittelt wurden, deuten auf eine Übereinstimmung mit den Grundtatsachen hin, wie sie in den Aussagen festgehalten sind. Der Verstorbene wurde mit einer .45 Automatic getötet, und seitens des Beschuldigten wurde kein Versuch unternommen, sich der Festnahme zu entziehen. Der zu klärende Punkt ist die Kategorie, in die die eingestandene Tat fällt, damit, wenn überhaupt, die richtige Anklage erhoben werden kann.

Wenn das Gericht bei dieser Vorverhandlung zu dem Schluß kommt, daß die Aussagen des Beschuldigten zutreffen, wird der Spruch auf berechtigte Tötung lauten, in welchem Fall keine Anklage gegen den Beschuldigten erhoben wird. Ist die Einrede nicht annehmbar, muß es Ziel dieser Verhandlung sein, die angemessene Anklage festzustellen. Zusätzlich zur berechtigten Tötung kann die Anklage auf Mord, Totschlag oder fahrlässige oder entschuldbare Tötung lauten. Nach dem Bericht Staatsanwalt Grants liegt es in der Absicht der Anklage, zu beweisen, daß hier ein Mord ersten Grades vorliegt. Mr. Grant, Sie dürfen Ihren Fall jetzt vortragen.« Und er nickte Vince Whiting zu.

Blackie Daggert vermochte seine Begeisterung nicht zu zügeln. »Großartig«, sagte er und führte die Hände zu stillem Applaus zusammen. »Jetzt aber weiter, Sie sind dran, Vince.«

Whiting, der während Harkness' Rede die Hände gerungen und zu Boden gestarrt hatte, stand auf und schien sich nun bewundernswert unter Kontrolle zu haben.

»Euer Ehren, es wäre leicht gewesen für die Staatsanwaltschaft, die tragische Situation, die zum Tode von John Rodriguez führte, einfach so hinzunehmen. Es wäre nicht nur leicht, sondern auch wünschenswert gewesen, geht es doch um das Schicksal eines Mannes von derart hohem Ansehen in der Gesellschaft – um Edward Brandshaft.« Er wandte sich in Blackies Richtung und machte eine leichte Verneigung. »Dennoch wurde nach eingehender Prüfung der Tatsachen immer offenkundiger, daß wir es hier mit etwas weitaus Komplizierterem als der Verteidigung einer Frau in Not zu tun haben. Es ist unsere Absicht, eindeutig zu beweisen, daß John Rodriguez' Tod *nicht* das Ergebnis der Ritterlichkeit des Angeklagten, sondern die Folge einer schändlichen Bindung zwischen einer habgierigen jungen Frau und einem Manne war, der alt genug ist, ihr Vater zu sein ...«

Blackie trampelte mit den Füßen und brüllte, um Brandshafts Reaktion vorzutragen, und der ›Untersuchungsrichter‹ klopfte mit der Faust auf den Holztisch. Blackie grinste und verstummte.

»Ich brauche natürlich einen richtigen Hammer«, sagte Harkness mit leichtem Zwinkern. »Der Beschuldigte wird sich aller weiteren Ausbrüche enthalten. Die Verteidigung wird für das Benehmen ihres Mandanten verantwortlich gemacht.«

»Jawohl, Euer Ehren«, murmelte Step.

»Fahren Sie fort, Mr. Grant.«

»Vielen Dank. Wir sind der Ansicht, daß die Umstände, wie sie in den Aussagen des Angeklagten geschildert werden, ein Gespinst aus Halbwahrheiten und Umschreibungen sind. Wenn Sie gestatten, möchte ich jetzt den tatsächlichen Hergang vortragen, wie wir ihn nach unseren Ermittlungen nun kennen.

Delores Mason trat am 18. Juni ihre Stellung bei der Brandshaft Grundstücksverwaltung an. Nach Aussage ihres unmittelbaren Vorgesetzten, des Verwaltungschefs der Firma, Robert Seaton, war Miss Mason keine tüchtige Angestellte und vermochte ihren Pflichten nicht zufriedenstellend nachzukommen. Dennoch beharrte nach Mr. Seatons Aussage Mr. Brandshaft nicht nur darauf, daß sie weiter beschäftigt wurde, sondern forderte sie trotz unzureichender Schreibmaschinenkenntnisse auch für Überstundenarbeiten an.«

»Haben Sie diese Aussage vorliegen, Mr. Grant?«

»Jawohl, Euer Ehren. Ich bringe die Aussage Mr. Robert Seatons hiermit als Beweis bei.« Whiting überreichte nichts, und Harkness griff zu. Es war eine gute Pantomime: Harkness schob seine Brille hoch, um das unsichtbare Dokument zu studieren, und spitzte schließlich die Lippen.

»Nach zwei Wochen dieser Sonderbehandlung war den Angestellten der Brandshaft Grundstücksverwaltung klar, daß Miss Mason nicht nur Kollegin war ...«

»Einspruch!« sagte Step hastig. »Wenn Mr. Grant nicht auch Aussagen der Angestellten vorliegen hat, ist diese Bemerkung reine Vermutung.«

»Stattgegeben«, sagte Harkness ernst.

»Jedenfalls«, fuhr Whiting fort, »wurde es zur Routine für Edward Brandshaft und seine ... Bürohilfe, nach der Arbeit ein gemeinsames Abendessen einzunehmen. Schließlich kam Mr. Brandshaft zu dem Schluß, daß er nicht mehr der Überstunden bedürfe, um Miss Masons Gesellschaft zu genießen, und war nun auch an anderen Abenden mit ihr zusammen. Innerhalb eines Monats standen sie auf äußerst intimem Fuß.«

»Einspruch!« sagte Step wieder. »Der Staatsanwalt unterstellt eine ›Affäre‹ zwischen Mr. Brandshaft und Miss Mason. Wir verlangen einen Beweis für diese Behauptung.«

»Euer Ehren, wir haben keine Schlafzimmeraufnahmen oder Augenzeugen, die die unstatthafte Beziehung zwischen dem sechsundfünfzigjährigen Beschuldigten und diesem fünfundzwanzigjährigen Mädchen ...«

»Einspruch!«

»Ich ziehe das zurück. Wir haben keine Augenzeugen für die Tatsache, aber wir haben Beweise, daß, wenn die Affäre nicht schon bereits begonnen hatte, sie jedenfalls entschieden in Betracht gezogen wurde.«

Vince Whiting erhob triumphierend die Stimme. »Denn eine Tatsache ist vollständig und wissentlich vom Beschuldigten unterschlagen worden – daß nämlich Edward Brandshaft und seine Freundin irgendwo in Maine einen einmonatigen Urlaub verbringen wollten, beginnend mit dem Abend, an dem John Rodriguez starb!«

Blackie begann herumzulärmen, und Harkness betätigte seinen unsichtbaren Hammer.

Step erhob sich. »Euer Ehren, wir verlangen, daß der Staatsanwalt Beweise für seine Behauptungen vorlegt, ehe er fortfährt ...«

»Diese Beweise werde ich liefern, Mr. Vorhees, wenn Sie gestatten. Wir werden klar beweisen, daß eine Verabredung geplant war an dem Abend, als John Rodriguez ermordet ...«

»Einspruch!«

»Stattgegeben!«

»... an dem Abend, als John Rodriguez umkam. Als Teil dieses Beweises verweise ich auf die Aussage von Robert Seaton, wonach das Datum, an dem Edward Brandshaft seinen Jahresurlaub antrat, und das Datum, an dem Delores Mason ihre Ferien nahm, übereinstimmen.«

»Einspruch! Ein Zufall ist kein Beweis!«

»Vielleicht«, sagte Whiting elegant. »Aber wir haben neue Beweise, die die Bedeutung dieses Datums hervortreten lassen, Beweise, die zeigen, daß der gemeinsame Urlaub von Brandshaft und Miss Mason die Wurzel des vorbedachten Mordes war, der am Abend des 10. August begangen wurde.«

Whiting hielt inne, und Step starrte ihn sprachlos an. Hinter ihnen begann Blackie Daggert zu knurren.

»Weiter, steh auf«, sagte er. »Worauf wartest du, zum Teufel?«

Step richtete sich langsam auf. »Euer Ehren. Ich widerspreche der Art des Vortrags der Anklage. Wenn es neue Beweise gibt, verlange ich mit allem Respekt, daß die Verteidigung Gelegenheit erhält, sie zu studieren, ehe sie in dieser Verhandlung vorgetragen werden.«

»Euer Ehren, die Beweise kamen erst vor wenigen Stunden in unseren Besitz. Sie sind in einer Aussage enthalten, die heute früh von Delores Mason gemacht wurde und die ich mit Ihrer Erlaubnis jetzt vorlesen möchte.«

Whiting zog ein nicht vorhandenes Dokument aus der Tasche; sein Gesicht war gerötet.

»Euer Ehren!« brüllte Step. »Ich fordere die Möglichkeit, diese neue Aussage zu prüfen ...«

Harkness spielte den aufgebrachten Richter mit Bravour. »Herr Anwalt. Dies ist keine Hauptverhandlung. Wir versuchen nur festzustellen, welche Anklage, wenn überhaupt, gegen Ihren Mandanten vorgebracht werden soll. Ich sehe keinen Grund, warum wir nicht gleichzeitig von Miss Masons Aussage unterrichtet werden sollen.« Er nickte Whiting zu, wobei er über seine zweigeschliffene Brille starrte. »Sie dürfen die Aussage vorlesen, Mr. Grant.«

»Vielen Dank, Euer Ehren.« Whiting grinste und schüttelte das unsichtbare Blatt. »›Ich, Delores Mason, möchte hiermit meine ursprüngliche Aussage über den Tod meines Mannes, John Rodriguez, ändern. Mein Mann bedrängte mich nicht, als er von Edward Brandshaft, meinem Chef, getötet wurde, er versuchte, mich lediglich davon abzuhalten, mit Mr. Brandshaft nach Maine zu fahren. Während wir uns unterhielten, ging Mr. Brandshaft in das Schlafzimmer und nahm die Pistole zur Hand, die ich in meiner Wohnung aufbewahre. Er wußte, daß sie dort war, weil ich bei früherer Gelegenheit von ihrem Vorhandensein gesprochen hatte. Er kehrte dann in das Wohnzimmer zurück und schoß kaltblütig auf meinen Mann und tötete ihn. Unterschrieben, Delores Mason.‹«

Whiting blickte zuerst Harkness, dann Step an.

»Euer Ehren«, sagte er. »Ich reiche die Aussage von Delores Mason als Beweisstück ein.«

Whiting setzte sich und wurde von Blackie mit Applaus bedacht.

»Perfekt, Vince, perfekt!« rief Blackie lachend. »Das Ganze wird ein Hit!«

Nach der Probe nahm der Regisseur Step auf die Seite. »Was ist los mit dir, Step? Du warst nicht recht bei der Sache.«

»Ich tue mein Bestes, Blackie. Vielleicht bin ich fürs freie Reden nicht geschaffen. Du solltest mir auch einen Text schreiben, wie du's für Polo und Sammy getan hast.«

»Du brauchst keinen Text. Du brauchst nur ein wenig *Haltung*. Oder machst du dir Sorgen um die ganze Sache?«

»Ein wenig schon.«

»Nächste Woche geht der Vorhang hoch. Da ist das nur natürlich. Aber ich schwöre dir, Step, der Plan ist narrensicher ...«

»Aber es gibt immer noch Punkte, bei denen ich mir nicht sicher bin. Zum Beispiel das Gefängnis. Du hast mir noch nicht gesagt, wo es stehen soll. Und wie schaffst du Brandshaft vom Revier dorthin?«

Blackies Zähne blitzten weiß im Dunkelblau seiner Wangen. »Vielleicht sag ich's dir heute abend. Bist du zu Hause?«

»Ja.«

»Kann sein, daß ich dich anrufe«, sagte Blackie leichthin.

Der Anruf kam um zehn Uhr, als sich Step gerade auf einen Abend mit leisem Brahms und leichten Whiskys einrichtete. Blackie machte den etwas wilden Vorschlag, Step solle sich mal blind verabreden. Step interpretierte das als Schnapsidee, denn so hörte sich Blackie an, und er kannte bereits beide Mädchen in der Partie. Die eine war Dee Dee, die sich von ihren Mühen als Stenotypistin und Verführerin bei der Brandshaft Grundstücksverwaltung erholte, die andere eine kecke Blondine namens Loco, deren eindrucksvolle Proportionen jedem Nacktfotografen der Stadt bekannt waren. Step überlegte kurz, welches Mädchen wohl wem zugedacht war, und stimmte dann zu. Er zog sich an, rasierte sich und war in den vereinbarten fünfzehn Minuten fertig.

Als er die drei vor dem Drugstore an der Ecke traf, wirkte Blackie nicht halb so betrunken, wie er sich am Telefon angehört hatte. Seine Fröhlichkeit ging tiefer als Alkohol – sie war eine wahre Euphorie. Dee Dee trug ein schwarzes Kleid mit aufregendem Ausschnitt, dazu ein korallenfarbenes Tuch um den weißen Hals. Loco, die dicker geworden war, seitdem Step sie zum letzenmal gesehen hatte, quoll halb aus einem weiß-rosa Kleid, das schulmädchenhaft wirkte. Wenn sich Step Gedanken über die Mädchenzuteilung gemacht hatte, wurden seine Sorgen im Augenblick seiner Ankunft zerstreut: Blackie stopfte sich Locos rundliche Hand unter den Arm und marschierte los, ließ Dee Dee auf dem Bürgersteig stehen, die Step erwartungsvoll ansah. Er trat an ihre Seite.

»Schön, dich mal wiederzusehen, Dee. Du bist ja sehr beschäftigt gewesen …«

Sie zuckte die Achseln und lächelte träge. »Du weißt ja, wie das ist.«

»He«, sagte Blackie und musterte sie mit fröhlichem Grinsen. »Was meint ihr, gehen wir ins Endsville?«

»Ist mir recht«, erwiderte Step. »Ich bin schon ein Jahr nicht mehr dort gewesen, also von mir aus.«

»Dann los, Mann, los.« Blackie begann, den vorbeifahrenden Taxis zuzupfeifen.

Endsville war ein Nur-Musik-Nachtclub am Rande des Village, dessen Direktion sowohl ein ernsthaftes Jazz-Zentrum als auch ein rentables Lokal daraus machen wollte. Das Ergebnis war nicht immer gut. Die unbekannten Jazz-Quartette ermüdeten die Touristen, und bei den Big Bands langweilten sich die jungen Beatniks und alternden Bohemiens. Als sie den unterirdischen Saal mit seiner Spiegeldecke und den verhangenen Wänden betraten, hatten sie ein Dutzend freie Tische zur Auswahl. Auf der Plattform schufen ein Jazzflötist, ein Pianist und ein Bongospieler verwirrende Muster aus Tönen für die wenigen Gäste, von denen kaum jemand zuzuhören schien. Sie bestellten eine Runde Whisky (pur, um ihre Welterfahrenheit und ihr Mißtrauen gegenüber dem Barmann zu bekunden), und Blackie griff mit geschlossenen Augen den Rhythmus der Bongo auf der Tischplatte auf, während Loco kicherte und ihm auf die Hände klatschte.

Step sprach zu Dee Dee über unwichtige Dinge, und als Antwort schenkte sie ihm ihr Lächeln, weiter nichts. Schließlich gab er die Konversationsbemühungen auf, kümmerte sich um seinen Drink und wandte sich der Musik zu.

Als das Stück vorbei war, zogen Dee Dee und Loco los, um ihr Make-up zu reparieren, und Blackie rückte näher an Step heran.

»Ich wollte dir von der Sache mit dem Gefängnis erzählen«, sagte er.

»Ja. Was ist damit, Blackie? Wo stellt ihr die Zelle auf?«

»Also, das war eine bedeutsame Entscheidung; immerhin finden dort alle wichtigen Dinge statt. Wir mußten einen wirklich abgeschiedenen Ort finden, wo uns *bestimmt* niemand stört. Deshalb beschlossen wir, die Zelle dort zu lassen, wo sie steht – im Studio.«

»Im Studio? Aber das ist *Wahnsinn*, Blackie. Das bringt ihr nie hin.«

»Warum nicht? Die Räume gehören uns. Zumindest noch ein paar Monate lang. Niemand kann uns dort stören. Wir stellen die Zelle auf die Hinterbühne, errichten ein paar Trennwände, liefern einen Tisch für den Wächter ...«

»Aber in *seinem* Studio? Glaubst du, ihr täuscht ihn auch nur eine Minute lang? Sobald ihr ihn einliefert, erkennt er das Gebäude. Es sieht von außen nicht wie ein Gefängnis aus, ebensowenig wie ein Theater ...«

»Das wissen wir.«

»Wie willst du ihn also hinschaffen? Er weiß sofort, daß die Sache stinkt. Ihr könnt ihm nicht die Augen verbinden; so etwas tun Polizisten nicht. Wie willst du ihn täuschen?«

»Wir schaffen ihn schon hin«, sagte Blackie geheimnisvoll. »Und er wird nichts merken.«

Ein dürrer junger Mann bearbeitete nun lebhaft die Trommeln auf der Plattform und schloß mit einem Zimbelklirren, das alle anderen Laute überlagerte. Die groß angekündigte Gruppe des Abends trat nun auf – ebenso Dee Dee und Loco, frisch zurechtgemacht und mit blitzenden Augen und noch immer über ihr Geplauder vor dem Spiegel lachend. Blackie rückte herum, um Loco zwischen sich und Step Platz zu machen, legte die Arme um sie und schmatzte einen Kuß auf ihren frisch nachgezogenen Mund; sie schien nichts gegen den neuen Schaden zu haben. Step wandte sich Dee Dee zu, die mechanisch lächelte. »Runzelst du nie die Stirn?« fragte er boshaft. Sie sah ihn verwirrt an und lächelte, als sie merkte, daß er nur Spaß machte. Er überlegte, ob er vielleicht Blackies liebevolle Schau nachmachen sollte, aber als er die Arme ausstreckte, bewegte sie sich etwas zur Seite, ohne ihn zu deutlich abblitzen zu lassen.

Die Musik begann. Drei Trompeter schrillten durchdringend ›Perdido‹. Blackie begann, über eine Bemerkung Locos brüllend zu lachen, und ein grinsender Zwerg in Abendkleidung blieb an ihrem Tisch stehen und fragte Step, ob alles in Ordnung sei. Er log und bejahte. Um ein Uhr, als die Band ob ihrer musikalischen Tobereien ins Schwitzen geraten war und Step von der Wucht des Amboßrhythmus längst Kopfschmerzen hatte, blieb ein gelockter Mann in aufschlagloser Jacke und mit einem weißen Pflaster über der Nase am Tisch stehen und sagte hallo. Blackie hieß ihn freundlich willkommen, stellte ihn aber den anderen nicht vor. Sie unterhielten sich eine Zeitlang, und Step versuchte, das Gespräch trotz der dröhnenden Musik mitzubekommen, doch ohne Erfolg. Dann griff der lockige Mann in die Jackentasche, holte ein Taschenbuch hervor und zeigte Blackie den Titel, als empfehle er es begeistert. Blackie grinste, nickte und nahm das Buch. Der Lockige ging weiter und verschwand im Halbdunkel. Blackie ließ das Buch in einer Tasche verschwinden und trank von seinem Whisky. Als Step ihn ansah, blinzelte er ihm zu.

Sie verließen Endsville um halb drei. Blackie schlug getrennte Taxis vor, obwohl Dee Dee und Loco nur vier Querstraßen voneinander entfernt wohnten. Ehe sie sich jedoch trennten, zog Blackie Step auf die Seite und zeigte ihm das Buch. Step hatte keine Gelegenheit, den Titel zu lesen, aber als Blackie das Buch öffnete, sah er, daß der Titel auch nicht wichtig war. Das Innere war ausgehöhlt, und in der rechteckigen Öffnung lag ein kleiner weißer Umschlag.

»Was ist das?« fragte Step und zuckte unwillkürlich zurück. »Zum Teufel, was ist das?«

»Beruhige dich.« Blackie lachte. »Kein Rauschgift. Nur Morphium. Morphium, du weißt schon, die Droge. *So* wird Papa Dollarsack nicht mitbekommen, wo das Gefängnis ist, Step. Begreifst du?«

Er knallte das Buch zu, als Loco ihn zu einem wartenden Taxi rief, ging hinüber und nahm ihren Arm. Step und Dee Dee belegten das zweite Taxi, und als sie vor Dee Dees Haus in der Water Street hielten, bot sie ihm pflichtgemäß die Lippen. Step küßte sie, doch als er ihr die Arme um die Hüfte legte, entfloh sie mit leisem Lachen und lief die Treppe hinauf.

Zweiter Akt
VII

Step Sutter hörte Chili Alvarez' zufriedenes Lachen im Hörer. »Sag den anderen Bescheid, ja, Step? Sag ihnen, sie sollen sich fertigmachen, Anwalt.«

»Nenn mich nicht so!« sagte er. »Daß du mich nie wieder so nennst, Chili.«

Dann legte er auf und starrte auf den stummen Apparat.

Vince Whiting, der auf dem Holztisch in der Mitte des ›Bereitschaftsraums‹ hockte, fragte: »Was war?«

»Chili. Sie bringen jetzt Brandshaft und Dee Dee herüber. Er sagt, die Sache ist gelaufen wie *Endstation Sehnsucht*.«

Vince lächelte. »Dann hole ich jetzt Blackie.«

Step atmete langsam aus und ließ die Hände müde in den Schoß sinken. Die letzten Stunden waren eine Qual besonderer Art gewesen, und er freute sich, daß die ›Verhaftungs‹-Phase vorüber war. Blackie kam grinsend aus dem Büro des ›Lieutenants‹ und rieb sich die Hände. »Jetzt ist der Karren in Bewegung«, sagte er. »Was ist los, Step? Ich denke, alles läuft nach Plan!«

Step war bleich geworden. »Ach nichts. Habe wohl nur Lampenfieber.«

»Wirst dich schon erholen. Zieh los und trink ein paar Bier. Entspann dich. Du bist mit deinem Auftritt noch gar nicht dran; erst wenn Mr. B. seinen Hilferuf losläßt, geht es los.«

»Ich will kein Bier. Vielleicht gehe ich nach oben.«

»Wie Sie wollen.« Vince zuckte die Achseln.

Step verließ das Einsatzzimmer und ging in den Flur. Er stieg die Treppe zum ›Telefon‹-Zimmer hinauf und ließ sich dort in einen Leinenstuhl fallen. Zum erstenmal bekam er einen Eindruck von der Telefonzentrale, die der geniale Myron konstruiert hatte. Den Mann selbst hatte er noch nie gesehen, doch nach einem Blick auf das Durcheinander von Drähten und Schaltern empfand er Respekt. Sehr bald würde ein Licht am Schaltbrett aufblitzen, Sammy Schultz würde zum Hörer greifen und mit einer Stimme sprechen, die er seit Wochen übte …

Ob sich Brandshaft wirklich täuschen ließ?

Vierzig Minuten später ging die Tür auf, und er fuhr hoch und seufzte erleichtert, als er Dee Dee Monahan hereinkommen sah, gefolgt von Sammy Schultz in Polizeiuniform. Dee Dees Gesicht war gerötet, ihre Augen schimmerten wie im Fieberdelirium. Sammy hielt sich den blaubetuchten Bauch und bebte vor stummer Heiterkeit, die aber nicht lange lautlos blieb. Als er Steps fragendes Gesicht sah, begann er brüllend zu lachen und umfaßte Dee Dees Taille. »Duse! Duse!« rief er. »Bernhardt! Bravo!«

Dee Dee lächelte gelöst, als Sammy mit ihr durch den winzigen Raum tanzte, und nahm den Blick nicht von Step. Als sie schließlich losgelassen wurde, ließ sie sich schweratmend in einen Stuhl fallen, eine Hand auf die bewegte Brust gelegt. »War ich wirklich gut?« fragte sie. »Ehrlich, Sammy?«

»Du warst *großartig*«, sagte Sammy Schultz. »Alle waren gut. Sogar ich!« Er lachte und tätschelte Steps Schulter. »He, du hättest dabei sein müssen, Anwalt, du hättest uns erleben müssen. Sogar dieser verrückte Mexikaner war ein richtiger Marlon Brando.«

Dee Dee rieb sich kläglich die Handgelenke. »Hätte mich fast *umgebracht*, der kleine Affe. Sieh dir die Druckstellen an. Sieh doch.« Sie hielt Step die Arme vor das Gesicht, und er bestarrte die schwachblauen Streifen auf dem weißen Fleisch.

»Aber er hat's *geglaubt*, Step, er hat's wirklich gefressen!«

»Wo ist Brandshaft jetzt?« erkundigte sich Step.

»In Lieutenant Brunos Büro.« Sammy grinste. »Bebt wie ein Herbstblatt im Winde. Mann, du müßtest mal sehen, wie Blackie ihn rannimmt. Ich schwöre, der Kerl ist der geborene Bulle.«

»Ich finde, er ist vom Typ her ein bißchen zu schräg«, sagte Dee Dee fachmännisch. »Aber darauf kam's wohl nicht an. Ich meine, so wie der alte Knabe reagiert hat. Ich dachte schon, er bekommt 'n Herzanfall, als er das Blut auf Chilis Hemd sah ...«

»Es klappt wirklich«, rief Sammy. »Ich meine, der Kerl sitzt wirklich an der Angel, Step. Du hättest sein Gesicht sehen sollen, als ich und Polo auftauchten.«

»Ärger mit dem Wagen?«

»Kein bißchen. Er hielt's für Routine. Er sagte, er wollte damit in die Ferien fahren, hat aber nichts davon verlauten lassen, daß Dee Dee mit sollte. Wir haben den Caddy auf den Parkplatz gefahren.«

»Aber was hat er gesagt? Brandshaft, meine ich.«

»Er behauptet, es sei ein Unfall gewesen.« Sammy lachte unterdrückt. »Er sagt, er sei bei Dee Dee nur mal so zu Besuch gewesen, als plötzlich ihr Mann hereinplatzte und damit anfing, sie zu belästigen und zu schlagen. Er sagt, sie griff nach der Waffe, um sich zu verteidigen, aber der Mann nahm sie ihr ab. Er sagt, er wollte nur helfen, deshalb hätte er das Ding an sich gebracht.«

»Das ist ziemlich zutreffend, nicht?«

»Vielleicht. Aber du hättest seine Lügengespinste hören sollen, als Blackie ihn nach seiner Beziehung zu Dee Dee fragte. Stimmt's, Schatz?«

Das Mädchen schnaubte durch die Nase und wandte Sammys schelmischem Lächeln den Rücken.

»Was hat er gesagt?«

»Er sagte, er sei Dees Arbeitgeber und sei nur vorbeigekommen, um über eine Arbeit mit ihr zu sprechen, die sie für ihn machen sollte. Wenigstens hat er das zuerst behauptet. Dann hat Blackie ihn ein wenig rangenommen ...«

»Moment mal. Was heißt das – *ein wenig rangenommen*?«

»Ach, na ja, nicht daß er ihn *geschlagen* hat oder so. Er hat ihn nur so ein bißchen durchgeschüttelt. Du weißt schon, hat ihn am Kragen gepackt und solche Sachen.«

Step fluchte. »Der Blödmann! Wozu soll das gut sein? Brandshaft kann sich nun, wenn er will, auf Brutalität der Beamten herausreden. Als sein Anwalt müßte ich dann sogar etwas unternehmen.«

»So schlimm war's ja gar nicht, Step. Blackie hat ihn nur etwas eingeschüchtert, so daß er wenigstens seine Story änderte. Er gab zu, daß der Besuch nicht geschäftlich, sondern ein Rendezvous war, und zwar nicht das erste. Das war alles.«

»Aber kein Wort davon, daß sie zusammen verreisen wollten?«

»Kein Wort. Wahrscheinlich hat er erkannt, wie belastend das gewesen wäre. Natürlich ist es später um so schlimmer, nicht wahr, wenn diese Tatsache vor Gericht ans Tageslicht kommt?«

»Du bist ja ein richtiger kleiner Perry Mason, Sammy. Vielleicht hättest *du* hier den Anwalt spielen sollen.«

»Nein, danke. Ich bin gern Bulle.« Sammy polierte sein Abzeichen mit dem Ärmel.

Am Schaltbrett flackerte ein Lämpchen.

Sammy zog scharf den Atem ein und sah Step an.

»Na, dann ist es wohl soweit«, flüsterte er. »Brandshaft sendet sein SOS.«

»Geh ran«, sagte Step nervös.

»Nein, einen Moment noch. Der Schweinehund soll warten.«

Wieder blinkte das Licht, dann noch einmal.

»Um Himmels willen«, knurrte Step.

»Psst!«

Sammy nahm den Hörer auf.

»Hallo?«

Seine Stimme kam aus verengtem Halse und über gespitzte Lippen, ein hartes, etwas nasales Organ.

In der Muschel hörten sie die dünne, aber präzise Stimme Brandshafts.

»Jerry? Hier Ed Brandshaft.«

»Ed?« fragte Sammy mit der fremden Stimme. »Ich dachte, Sie wären längst in der Wildnis.«

»Hören Sie, Jerry. Ich habe Ärger, großen Ärger. Ich brauche juristischen Beistand, und zwar sofort, heute abend noch ...«

»Moment mal.« Step sah Schweiß auf Sammys Gesicht. »Nun mal langsam, Ed. Um was handelt es sich?«

»Jerry, man hält mich hier in einer Polizeiwache in der Stadt fest. Man beschuldigt mich, einen Mann umgebracht zu haben. Fragen Sie nicht, wie das geschehen ist, kommen Sie rüber und helfen Sie mir, um Gottes willen ...«

»Sie haben jemand *umgebracht*? Sind Sie betrunken?«

»Was meinen Sie – *betrunken*? Sie wissen, daß ich nie betrunken bin. Um Himmels willen, Jerry, hören Sie nicht, was ich sage? Ich stecke in der Klemme, ernsthaft. Man hat mich verhaftet!«

»Okay, okay, regen Sie sich nicht auf. Ich versuche, mir nur ein Bild zu machen, Ed. Sie sagen, man hat Sie verhaftet, weil Sie jemand umgebracht haben. Also gut, was für eine Tötung war das? Was haben Sie getan, jemand angefahren?«

»Nein, nein, so etwas nicht. Es war ein *Totschlag*, Jerry, so heißt es hier. Mord oder Totschlag oder wie man das nennt, zum Teufel. Nur war es gar nicht so, es war ein Unfall. Ein Unfall mit einer Pistole ...«

Sammy ließ eine Pause eintreten und deckte die Sprechmuschel ab. Er schluckte und wandte sich mit schwachem Grinsen an Step – doch es war mehr eine Grimasse der Nervosität.

»Wollen Sie damit sagen, Sie werden eines Verbrechens beschuldigt, Ed?«

»Natürlich will ich das, Sie Idiot!« Brandshafts Stimme schwankte, veränderte die Tonlage, wurde tränenerstickt. »Jerry, die Sache ist wirklich ernst. Ich habe zugegeben, den Mann getötet zu haben, nur scheint man hier nicht zu glauben, *wie* es passiert ist. Sie müssen mir raushelfen!«

»Aber Sie wissen doch, daß ich Strafsachen nicht bearbeite, Ed. Ich bin Fachmann für Gesellschaftsrecht. Für solche Fälle habe ich nicht die Fachkenntnisse.«

»Sie müssen doch wenigstens eine Ahnung haben von ...«

»Nehmen Sie sich zusammen, Ed. Ich könnte gar nicht kommen, auch wenn ich's wollte; ich muß noch heute abend mit dem Zug nach Washington. Aber machen Sie sich keine Sorgen, ich lasse Sie nicht hängen. Ich schicke Ihnen jemand vorbei, der sich genau auskennt ...«

»Wen?«

»Einen gewissen Dan Vorhees, den verdammt besten Strafverteidiger der Stadt. Er ist noch jung, hat aber in den letzten Jahren jeden großen Fall dieser Art bearbeitet. Und er ist ein Freund von mir und schuldet mir einen Gefallen. Ich versuche, ihn so schnell wie möglich zu erreichen.«

»Aber ich brauche *jetzt* jemand. Sie wissen doch, wie das ist, Jerry ...«

»Aber natürlich weiß ich das«, sagte Sammy beruhigend. »Nun machen Sie sich mal keine Sorgen. Ich weiß, daß Vorhees in der Stadt ist und wo ich ihn erwische. Er paukt Sie wahrscheinlich innerhalb einer Stunde heraus.«

Sie hörten Brandshafts erleichtertes Aufseufzen. Der Laut legte eine seltsame Fessel um Steps Brust.

»Also gut«, sagte er. »Also gut, Jerry. Tun Sie Ihr möglichstes. Ich bin im ...« Er schwieg, als stellte er eine Frage. »... im 102. Revier in der 84th Street gleich an der First Avenue. Und, Jerry ...«

»Ja?«

»Man kann mich hier doch nicht festhalten, oder? Doch nicht wegen eines Unfalls?«

»Glaube ich nicht, Ed. Aber lassen wir Dan die Sache regeln; bei ihm sind Sie in guten Händen, das verspreche ich Ihnen.«

Langsam legte Sammy Schultz auf. Dann sank er in den Leinenstuhl und rieb sich den Schweiß aus dem Gesicht.

Dee sah ihn nachdenklich an. »Nicht schlecht«, sagte sie neidisch. »Du hast das ziemlich gut hingekriegt, Sammy.«

Er lächelte schwach. »Vielen Dank. Ich habe die verdammte Stimme nun so lange geübt, daß ich sie schon im Schlaf höre.« Er sah Step an, und sein Grinsen löste sich, wurde natürlicher. »Also, Mr. Vorhees! Betrachten Sie sich als verständigt.«

Step schwieg. Dann zog er den kleinen Zettel aus der Tasche und studierte den Zeitplan, den Blackie aufgestellt hatte. Er warf einen Blick auf die Uhr.

»Wie liegen wir?« fragte Sammy.

»Zwanzig vor eins. Wir sind dem Plan fast eine halbe Stunde voraus. Ich habe noch sechzig Minuten bis zu meinem Auftritt.«

»Dann solltest du noch mal in deine Gesetzesbücher schauen«, sagte Sammy spöttisch.

»Vielleicht. Vielleicht gönn ich mir jetzt doch ein Bier.«
Er ging zur Tür.
»Bis später«, sagte er.

Das Thermometer hatte sich in den letzten fünf Stunden nicht von der Stelle gerührt, aber die Atmosphäre war noch drückender geworden. Auf der Straße musterte Step die rötlich beleuchteten Wolken am Himmel und hoffte, sie würden bald mal etwas Regen abgeben. Er stieg die Vortreppe des Hauses hinab und betrachtete die runden Lampen und die sauber aufgemalten Worte auf dem Glas-Halbmond über der Tür. Wenn das jemand merkte …

Er zuckte die Achseln. In dieser Stadt wurde nichts ›bemerkt‹. Axtmörder versandten zerhackte Leichen mit der Post, und niemand merkte etwas. Perverse und Süchtige trieben sich auf den Straßen herum, und niemand nahm Notiz. Überfälle fanden bei vollem Tageslicht statt, falsche Polizisten stolzierten in Bühnenuniformen herum, selbsternannte Kriminalbeamte verhafteten einen Mann wegen eines Verbrechens, das überhaupt nicht begangen worden war – und niemandem fiel etwas auf. Das ist deine Stadt, dachte Step, jede Stadt; aufeinandergestapelte Menschen, die sich dennoch nicht berühren …

Als er den alten Buick an der Ecke stehen sah, dessen Fahrer das falsche Polizeirevier beobachtete, durchzuckte ihn die Angst wie ein körperlicher Schmerz. Dann erkannte er den alten Harkness und ging erleichtert und ärgerlich auf ihn zu.

»Verdammt, was machst du denn hier? Du hast in der Gegend nichts verloren, Warren.«

»Ich … ich bin noch nicht lange hier, Step. Bin nur mal hergefahren. Ich hoffte, daß wir uns sprechen könnten.«

»Der rechte Ort ist das für uns beide nicht. Weißt du nicht, daß Brandshaft im Haus ist?«

»O doch. Hast du eine Minute Zeit für mich, Step?«

Step biß sich auf die Lippen und ging um den Wagen herum. Er stieg ein, und Harkness löste die Handbremse. Als sie um die Ecke fuhren, sagte der alte Mann: »Ich mußte mal mit jemand reden, Step. Ich habe mir alles durch den Kopf gehen lassen, die ganze schreckliche Sache ...«

»Dazu ist es jetzt wohl zu spät, nicht wahr? Brandshaft hat den Abzug bereits durchgezogen, und Chili hat den Toten gespielt. Er hält sich wirklich für einen Killer. Er hat auch bereits um juristischen Beistand gebeten.«

Harkness fuhr sehr ungeschickt um die nächste Ecke.

»Hör mal, Warren, dir geht's ja ziemlich mies. In dem Zustand darfst du nicht fahren.«

»Nein, nein, ist schon alles klar. Fahren entspannt mich, schon immer. Eigentlich geht's mir ja gut, Step, nachdem ich mir alles überlegt habe ...«

»Was hast du dir überlegt?« Step musterte stirnrunzelnd das weiche, alternde Profil. »Du willst doch nicht etwa aussteigen, Warren? Jetzt noch?«

»Genau das habe ich vor. Ich weiß nicht, wieso ich überhaupt mitgemacht habe. Ich ... ich hielt das Projekt für eine Art Schwank, war sogar ein wenig geschmeichelt, daß Blackie und die anderen mich haben wollten. Dann wurde von Geld geredet, das wir verdienen könnten, und der Gedanke hat mich wohl auch angesteckt. Ich bin älter als ihr alle, Step, doppelt so alt wie du. Es fällt mir nicht leicht, ohne Geld zu leben, nur von Hoffnungen, von meinem Ego ...«

Er erklärte sein Leben, seine Lebenseinstellung – etwas, das völlig unnötig war. Er hatte vergessen, daß gerade Step das Ausmaß der Verzweiflung kannte, deren Warren Harkness fähig war. Er schien jenen kalten Februarabend vergessen zu haben, als Step aus einem ihm selbst unerklärlichen Grunde die Gesellschaft Warren Harkness' gesucht und den alten Mann blutüberströmt, verwirrt und hilflos wie ein Kind vorgefunden hatte.

Es war der Abend, da *Patricia* im Mark Hellinger Theater die letzte Vorstellung erlebte. Step wußte seit den ersten Proben, daß das Stück ein Reinfall war, daß diese Meinung wohl auch von den Kritikern geteilt würde. Er behielt recht. Nach der letzten Vorstellung war er am Broadway herumgewandert, bis ihm der Gedanke kam, daß er sich gern einmal mit Warren Harkness unterhalten würde. Er nahm ein Taxi zu Harkness' Wohnung in der Leroy Street und stieg drei Treppen empor. Er fand Harkness im Badezimmer, wo er sich im Spiegel bestarrte und dabei wimmernd die Hände über das blutige Waschbecken hielt. Step verspürte zunächst den Impuls kehrtzumachen und zu verschwinden, als sei er auf eine unsagbare Szene gestoßen. Dann hatte Harkness jämmerlich geschrien, und Step hatte sich einen Stoß gegeben und gehandelt. Er dämmte den Blutstrom, säuberte und verband die Wunden. Harkness hatte einen ziemlich kläglichen Selbstmordversuch unternommen und eine feingeschärfte Rasierklinge benutzt, für kleine Einschnitte; der Patient konnte überleben, wenn er wollte.

In jener Nacht hatte Harkness wenig erzählt. Er hatte Step den langen Katalog seines Kummers erspart. Er ließ Step auch keinen Arzt rufen, wollte sich lieber hinsetzen und reden. Während sie sich unterhielten – über Stücke, Schauspieler und Produzenten –, war der alte Mann eingeschlafen, mit unschuldigem und ruhigem Gesicht wie ein Kind, die unförmig verbundenen Hände hilflos im Schoß.

Da war Step gegangen und hatte Harkness erst am Abend der Gruppenparty im Studio wiedergesehen.

Harkness kam nicht auf den Zwischenfall zu sprechen; die dünnen Narben an seinen Handgelenken waren die einzige Erinnerung daran. Als der alte Mann nun sein klapperndes Auto durch den Central Park steuerte, erkannte Step, daß er den Vorfall nie wieder erwähnen würde.

»Ich kann es einfach nicht tun«, sagte Harkness entschuldigend. »Vielleicht finden sie jemand anders; ich glaube nicht, daß ich einen wirklich überzeugenden Richter gespielt habe.«

»Du bist schon überzeugend, darum geht es nicht. Jetzt noch jemand anders zu finden, *das* wäre verdammt hart, Warren. Das weißt du selbst.«

»Ich bin nur überzeugt, daß es nicht richtig ist, was wir da vorhaben. Egal, ob Brandshaft Schauspieler haßt. Das ist kein Grund, ihm so etwas anzutun. Ich will dir ein Geheimnis verraten, Step. Ich mag auch keine Schauspieler.«

»Du kannst dir Zeit nehmen, soviel du willst. Wir könnten die Vorverhandlung verzögern ...«

»Das ändert doch nichts. Begreifst du nicht? Könnt ihr mich nicht einfach streichen?«

»Dazu ist es vielleicht zu spät, Warren.«

Harkness schwieg. Als sie den Park an der 59th Street verließen, steuerte er den Wagen nach rechts und fuhr wieder nach Norden.

»Warren«, sagte Step vorsichtig. »Tust du mir einen Gefallen? »

»Was denn?«

»Steig jetzt nicht aus. Halt den Mund über deine Gefühle, ich will versuchen, einen Ausweg zu finden. Einverstanden?«

»Nett von dir, Step.«

Zehn Minuten später setzte ihn der alte Mann an der Ecke 83rd Street und First Avenue ab. Step verabschiedete sich und ging einen Häuserblock weit zu Vince Whitings Haus.

Oben an der Treppe blieb er stehen und warf einen Blick auf die Uhr. Es war fünf Minuten vor zehn.

Er betrat den Flur und ging durch die Doppeltür in den Einsatzraum. Erneut beeindruckte ihn die Echtheit des Zimmers. Am vorderen Tisch hackte Polo eifrig auf einer Schreibmaschine herum, erstellte einen Bericht für niemand über nichts. Sammy Schultz, der in Uniform war, las die *Daily News* und schien sich sehr wohl zu fühlen. Aus dem rückwärtigen Büro kam in diesem Augenblick Blackie Daggert, entdeckte ihn, drehte sich um und rief dem Mann in seinem ›Büro‹ etwas zu.

Step trat vor. Sammy stand auf, schloß seine Zeitung und fragte: »Kann ich Ihnen behilflich sein, Sir?«

»Ich heiße Vorhees«, sagte Step. »Ich habe hier einen Mandanten, einen Mr. Edward Brandshaft.«

»Hier entlang, Mr. Vorhees«, rief Blackie freundlich. »Mr. Brandshaft ist in meinem Büro. Sie können dort alles besprechen.«

Der erste Blick auf Edward Brandshaft war ein Schock. Erst jetzt machte sich Step klar, daß er den Mann ja noch nie gesehen hatte, daß das Bild, das er sich von ihm gemacht hatte, nur Vermutung war. Brandshaft war größer als erwartet, doch nicht annähernd so eindrucksvoll. Und in diesem Augenblick wandte sich sein fleischiges Gesicht mit dem gequälten Blick einer griechischen Tragödienmaske in seine Richtung.

»Mr. Brandshaft?« fragte er geschäftsmäßig und tat den unwiderruflichen Schritt auf die Straße des Verbrechens. »Ich bin Vorhees, Ihr Anwalt. Machen wir uns gleich an die Arbeit?«

VIII

Brandshaft musterte die Gestalt in der Tür von Lieutenant Brunos Büro und empfand Bestürzung angesichts der Jugend des Mannes. Jugend war in diesem Augenblick keine Beruhigung für ihn; er wollte die Weisheit des Alters, die Erfahrung, die er mit grauem Haar und bedächtigem Auftreten identifizierte. Doch schon die Erkenntnis, daß jemand für ihn auftrat, war tröstend; jemand, der fähig war, die richtigen Worte zu wählen und die erforderlichen Schritte einzuleiten, um diesen Alptraum in nüchterne Wirklichkeit zu verwandeln. Er schüttelte Vorhees die Hand und versuchte, in dem dunklen, gutaussehenden jungen Gesicht zu lesen, warum Jerry Hannah solches Vertrauen in seine Fähigkeiten setzte. Aber er fand das Gesuchte nicht; das Gesicht des jungen Mannes wirkte düster, der Blick nicht durchdringend, der Mund irgendwie verdrießlich. Und wirkte er nicht nervös? In seinem jetzigen Zustand vermochte Brandshaft das nicht recht zu beurteilen.

»Bitte setzen Sie sich«, sagte der Anwalt. »Ich will möglichst viel über die dumme Sache wissen, Mr. Brandshaft. Aber ich möchte Ihnen gleich sagen, es ist leider nicht möglich, daß Sie sofort Ihre Freiheit wiedererhalten, egal, was Sie mir erzählen.«

»Was soll das heißen? Jerry hat mir gesagt ...«

»Ich weiß nicht, was Mr. Hannah Ihnen gesagt hat, aber darauf kommt es nicht an. Es gibt nur zwei Möglichkeiten, Sie hier herauszuholen, und beide Wege sind uns im Augenblick versperrt. Ein Antrag auf *Habeas Corpus* nützt uns nichts, und wir haben nicht die Zeit, eine Kaution festsetzen zu lassen. Also müssen Sie sich auf mindestens eine Nacht im Gefängnis einrichten. Tut mir leid.«

»*Ihnen* tut's leid?« Brandshaft lachte. »Verdammt, können Sie sich vorstellen, wie *ich* mich fühle?« Er spürte, wie das Blut durch seine Adern strömte; das war ein gutes Gefühl nach der Betäubung der letzten Stunden. »Also gut«, knurrte er. »Ich muß also eine Nacht im Gefängnis verbringen. Was dann?«

»Dann müssen wir weitersehen. Ich will versuchen, die Anklage gegen Sie festlegen zu lassen und eine Vorverhandlung durchzusetzen.« Der junge Mann stockte, als seien ihm plötzlich Zweifel gekommen. Brandshafts Zuversicht geriet wieder ins Wanken. »Jedenfalls ist es wohl das beste, wenn wir uns ausgiebig unterhalten. Ich will *detailliert* wissen, welche Aussagen Sie schon gemacht haben, und dann müssen Sie mir mehr erzählen.«

Brandshaft klopfte seine Taschen ab und erinnerte sich, daß er die letzte Zigarre des Tages ja schon geraucht hatte. Als der Anwalt ihm eine Zigarette anbot, griff er zögernd zu. Dann sagte er: »Hören Sie, wenn ich schon die Nacht im Gefängnis verbringen muß, möchte ich ein paar Sachen haben. Ich habe fertig gepackte Koffer im Kofferraum meines Wagens. Könnten Sie dafür sorgen, daß ich die bekomme?«

»Ich will sehen, ob ich es einrichten kann. Natürlich müßte das Gepäck erst durchsucht werden, wenn das nicht schon geschehen ist.«

»Sollen sie doch suchen, ich habe nichts zu verbergen. Um Himmels willen, ich bin doch kein Verbrecher! Die ganze Sache war ein Unfall …«

»Dann berichten Sie mal darüber.«

»Na gut.« Brandshaft seufzte. Er begann zu reden, wobei er seine Worte vorsichtig wählte und sich zu erinnern versuchte, was er den Beamten, die ihn verhörten, bereits erzählt hatte. Er war ganz rational und völlig gefaßt; er bedauerte, daß er in den ersten Stunden seines Unglücks die Beherrschung verloren hatte. Er erzählte

Vorhees von Delores und versuchte nicht zu verbergen, daß die Beziehung mehr als geschäftlich gewesen war; doch als er dann von der heutigen Verabredung berichtete, verschwieg er ihren eigentlichen Zweck. Er berichtete von dem überraschenden Auftauchen des Ehemannes Johnny Rodriguez, von seinem wilden Angriff auf das Mädchen. Er stellte sich als Beschützer der Schwachen heraus, allerdings in bescheidenem Rahmen.

Als er den Zwischenfall mit der Waffe schilderte, wurde der Strom seiner Worte langsamer, die nun wichtig waren; doch der Anwalt schien gar nicht richtig zuzuhören. Er knurrte eine Bemerkung darüber, und Vorhees sagte:

»Ich höre schon zu, Mr. Brandshaft. Aber ich kenne den größten Teil des Tathergangs bereits. Allerdings wäre es sinnlos, Sie zu täuschen – es gibt Gesichtspunkte, die Ihren Fall komplizierter machen, als Sie sich vielleicht vorstellen.«

Brandshaft gefielen weder die Worte noch ihr Tonfall. »Was, zum Teufel, heißt das? Es war doch nur … Notwehr.«

»Ich dachte, Sie hätten Unfall gesagt.«

»Also, na ja, wie die Pistole losging, war's ein Unfall. Aber es wäre gar nicht erst passiert, wenn der Mann mich nicht angegriffen hätte.«

»Hat er Sie angegriffen oder das Mädchen?«

»Mich. Sie. Uns beide. Sagen Sie mal, auf wessen Seite stehen Sie eigentlich?«

»Darum geht es hier nicht«, erwiderte Vorhees erschöpft. »Hören Sie, Mr. Brandshaft, ich möchte eines klarstellen. Was immer in der Wohnung geschehen ist, wie der tatsächliche Ablauf der Geschehnisse auch war, die *Beziehungen* waren doch ziemlich heikel. Begreifen Sie, was ich damit meine? Delores Mason ist eine verheiratete Frau. Johnny Rodriguez, wie er charakterlich auch aussehen mag, war ihr rechtmäßiger Ehemann. Und Sie, ein Mann, mehr als doppelt so alt wie sie, waren der dritte Beteiligte, dessen Interesse … nun, wie würden Sie Ihr Interesse umschreiben, Mr. Brandshaft?«

»Interesse? Was meinen Sie? Das Mädchen hat für mich gearbeitet, sie war Stenotypistin in meiner Firma …«

»Aber Sie haben sie doch sicher nicht wegen eines kleinen Diktats besucht, oder?«

»Ich habe sie *besucht*, ist das verboten? Ich hatte mich auch schon früher mit ihr getroffen, sie zum Essen ausgeführt. Sie lebte von ihrem Mann getrennt, wissen Sie, seit Jahren schon. Ich habe mich ihr nicht aufgedrängt.«

»Hatten Sie ein Verhältnis mit Delores Mason, Mr. Brandshaft?«

»Nein!«

»Sie können ruhig offen zu mir sein. Ich bin nicht die Polizei. Haben Sie mit dem Mädchen geschlafen?«

»Ich sagte doch – nein!«

»Hatten Sie aber etwas in der Richtung vor?«

Brandshaft zögerte. »Ich glaube nicht, daß Sie das etwas angeht.«

Vorhees stand auf. »Wenn Sie bei dieser Einstellung bleiben, Mr. Brandshaft, möchte ich doch lieber Mr. Hannah anrufen und ihm sagen, er soll sich jemand anders suchen. Aber ich kann Ihnen schon jetzt versichern, daß jeder andere Anwalt meiner Meinung ist – daß mich nämlich *alles* etwas angeht.«

»Schon gut, setzen Sie sich.« Brandshaft runzelte die Stirn. »Ich weiß nicht, was Sie damit meinen – ob ich etwas vorhatte. Ich bin nur ein Mensch, wie alle. Sie ist ein sehr attraktives Mädchen, und wenn sie mich eben gemocht hätte, hätte ich sie bestimmt nicht fortgestoßen.«

»Haben Sie das der Polizei gesagt?«

»Nein.«

»Warum nicht?«

»Weil ich nur zu gut weiß, was die Beamten dann sagen! Sie würden annehmen, ich hätte ein … ein Motiv, den Mann umzubringen. Aber das hatte ich nicht, das schwöre ich Ihnen! Als er ins Zimmer kam, wollte ich nur noch fort, wollte in meinen Wagen steigen und in den Urlaub fahren …«

»Allein, Mr. Brandshaft?«

»Wie bitte?«

»Sie haben mich schon verstanden. Als Sie Delores Mason besuchten, war Ihr Wagen für eine lange Reise ausgestattet, nicht wahr? Und Miss Masons Koffer waren ebenfalls gepackt.«

»Das war ein Zufall. Sie wollte auch in Urlaub. Ich wußte nicht einmal, wohin.«

»Stimmt das?«

Brandshaft ließ die Schultern hängen. »Nein, es stimmt nicht. Ich hab's der Polizei nicht gesagt, aber wir wollten zusammen verreisen. So hatten wir's vor, bis *er* hereinplatzte.« Er fuhr sich mit der Zunge über die Lippen. »Aber ich habe meine Absicht sofort geändert, als ich ihn sah, Mr. Vorhees. Das müssen Sie mir glauben. Sobald ich ihn sah und erkannte, wie jung er war, wie jung doch *beide* waren, konnte ich es nicht mehr tun. Ich wollte schon gehen, als er sie zu schlagen begann. Da konnte ich nicht mehr fort, konnte sie doch nicht mit ihm allein lassen …«

Vorhees lächelte schwach. »Begreifen Sie, was ich mit Beziehungen meine? Ein Sechsundfünfzigjähriger arrangiert einen Urlaub mit einer Fünfundzwanzigjährigen, da taucht ihr Mann auf, der Mann wird erschossen. Wie immer es dazu gekommen ist – das sind die Tatsachen. So würde die Anklage den Fall vortragen. Wenn Sie in einer Jury säßen, wie würde Ihnen das vorkommen?«

»Eine Jury?« fragte Brandshaft atemlos. »Sie meinen, ich muß vor Gericht? Wegen dieser Sache?«

»Der Mann ist tot, Mr. Brandshaft. Von einer Pistole getötet, die Sie abgefeuert haben. Daran führt kein Weg vorbei.«

»Aber das habe ich ja auch *zugegeben*. Ich versuche mich doch nicht herauszulügen. Gut, ich habe die Waffe abgefeuert. Aber es war doch kein *Mord*.«

»Wie würden Sie's dann nennen?«

»Notwehr. Er hätte sich auch gegen mich wenden können …«

»Das dürfen Sie getrost vergessen«, sagte der Anwalt mürrisch. »Sie sprechen hier von einer berechtigten Tötung, von der Tötung eines Menschen, um ein schwerwiegendes Verbrechen zu verhindern. Das wäre die Einrede, wie ich sie im Augenblick sehe. Sie wollten Delores Mason lediglich vor Schaden bewahren, womöglich sogar vor dem Tode erretten. Würden Sie sagen, daß das zutrifft?«

»Ja, ja! Nennen Sie's, wie Sie wollen, aber genau das ist geschehen. Deswegen kann man mich doch nicht bestrafen, oder?«

»Nein. *Wenn* man sich auf diese Anklage festlegt. Kommt es nicht dazu, müssen Sie sich auf – etwas anderes gefaßt machen.«

»Worauf?«

»Im besten Falle Totschlag. Schlimmstenfalls auf Mord ersten Grades.«

Brandshaft ballte die Fäuste und legte sie lautlos auf die Schreibunterlage von Lieutenant Brunos grünem Metallschreibtisch.

»Sie sitzen da und wollen mir einreden, daß ich vielleicht wegen Mord vor Gericht gestellt werde?« Seine Stimme war leise, bebte jedoch vor gezügelter Emotion. »Sie wollen mir vormachen, daß ein Mann wie ich, ein angesehener Geschäftsmann in dieser Stadt seit fünfunddreißig Jahren, der zu keiner Zeit Ärger mit dem Gesetz ...« Ihm versagte die Stimme. »Sie behaupten, dieser dreckige kleine Mex kann in mein Leben stürmen, das Mädchen zusammenschlagen, diese Fremde, deren Namen ich manchmal gar nicht mehr weiß – und ich kann dafür ins *Gefängnis* gesteckt werden? Ich? Oder sogar ...« Er erbleichte so plötzlich, daß Vorhees das Gefühl hatte, das gesamte Blut sei ihm durch die Poren abgeflossen. »Oder ich könnte sogar hingerichtet werden, um Gottes willen? Wegen dem, was da passiert ist?«

»Es wäre eine Möglichkeit, ja.«

»Jetzt hören Sie mal zu. *Aber genau!*« sagte Brandshaft erregt und schob sein gerötetes Gesicht vor. »Sie zimperlicher Winkeladvokat, Sie glauben, Sie können *mir* so etwas verkaufen, wo ich doch genau weiß, daß es gar nicht so war, daß es gar nicht so passiert ist. Sie glauben, Sie können mich eines kaltblütigen, absichtlichen Mordes beschuldigen ...«

Vorhees wirkte leicht angeschlagen, doch seine Stimme blieb ruhig. »Ich beschuldige Sie überhaupt nicht, Mr. Brandshaft. Ich versuche Sie nur über die Lage aufzuklären, in der Sie sich befinden. Es ist nicht meine Sache, die Anklage zu formulieren, es ist meine Aufgabe, Ihre Seite im vorteilhaften Licht vorzutragen.«

»Ich hab's nicht getan!« explodierte Brandshaft und sprang auf. »Ich habe niemanden ermordet! Ich habe den Kerl ja nicht mal *gekannt* ...«

»Beruhigen Sie sich. Damit erreichen Sie überhaupt nichts.«

»Verschwinden Sie!« brüllte er. »Sie mieser kleiner Winkeladvokat! *Raus hier, zum Teufel!*«

Draußen klangen Schritte auf; Lieutenant Bruno, der ein grimmiges Gesicht aufgesetzt hatte, erschien an der

Tür. Er eilte herein, um seinen Gefangenen zu überwältigen, dessen aufgewühlte Gefühle jetzt in Gewalttätigkeit ausarteten. Während er noch mit ihm rang, verzog Lieutenant Bruno spöttisch den Mund und fragte: »Na, Mr. Vorhees? Wollen Sie noch weiter mit Ihrem Mandanten sprechen?«

»Jetzt nicht.« Der Anwalt seufzte. »Nicht in diesem Zustand. Ich komme wieder, Mr. Brandshaft.«

»Ich will Sie nicht mehr sehen!« Brandshaft zappelte im kräftigen Griff des Beamten. »Ich will Sie nicht, hören Sie? Ich brauche keinen Anwalt! Ich brauche niemanden!«

»Frank!« bellte Bruno in den Einsatzraum hinüber. »He, Frank!« Als sich nichts rührte, rief er: »Schultzie! Um Himmels willen, komm rüber!«

»Nun aber mal nicht so wild«, sagte Vorhees mit besorgtem Blick. »Ich will nicht, daß meinem Mandanten etwas passiert, Lieutenant.«

»Keine Sorge«, sagte Bruno spöttisch. »Wir versorgen ihn schon, Mr. Vorhees. Aber es ist vielleicht erforderlich, ihm etwas einzugeben, ehe wir ihn ins Distriktgefängnis überführen. Ich hoffe, Sie sind damit einverstanden.«

Vorhees zögerte. »Wenn Sie es für nötig halten …«

»Ist nur zu seinem Besten.« Bruno lächelte und wandte sich an den Beamten, der in der Tür stand und von einem Fuß auf den anderen trat. »Frank, hol mal ein Beruhigungsmittel für Mr. Brandshaft. Etwas, nach dem er sich besser fühlt.«

»Ich will das nicht!« brüllte Brandshaft. »Ich nehme nichts ein!«

»O doch«, knurrte Bruno. »Ist ein ganz harmloses Mittel, Mr. Brandshaft, das Sie beruhigen soll. Sie nehmen es, oder wir müssen Sie anders festhalten. Und das wollen Sie doch sicher nicht?«

»Vorhees!« Brandshaft musterte den Anwalt mit wildem Blick. »Muß ich das einnehmen? Muß ich?«

»Ich … ich glaube, es wäre das beste, Mr. Brandshaft.«

Der Beamte brachte einen Pappbecher mit Wasser, in dem er ein weißes Pulver auflöste. Schon der Anblick hatte eine beruhigende Wirkung auf Brandshaft; er war an Pillen und Pulver gewöhnt. Er stellte seine Gegenwehr in den Armen Lieutenant Brunos ein und bat darum, freigelassen zu werden. Dann nahm Brandshaft dem Beamten den Becher ab und trank den Inhalt mit zwei Schlucken.

Als sich der Anwalt zum Gehen wandte, sagte Brandshaft: »Mr. Vorhees …«

»Ja?«

»Tut … tut mir leid, was ich da vorhin gesagt habe. Ich war da im Irrtum, das weiß ich jetzt. Ich bin nur noch nie in einer solchen Lage gewesen, das verstehen Sie doch.«

»Sicher«, erwiderte der Anwalt mit seltsam verzogenem Gesicht. »Schon in Ordnung, Mr. Brandshaft. Ich will Ihnen ja nur helfen.«

»Bearbeiten Sie den Fall weiter? Kommen Sie wieder?«

Vorhees schien sich seiner Sache nicht sicher zu sein. Er fuhr sich kurz mit der Hand über die Augen. Dann sagte er: »Natürlich. Ich komme so schnell wie möglich zurück, Mr. Brandshaft.«

»Danke.« Brandshaft setzte sich wieder. »Vielen Dank, Mr. Vorhees.«

»Soll ich irgend jemanden verständigen? Gibt es jemand, den Sie sehen möchten?«

Brandshaft überlegte. »Nein«, sagte er. »Niemand.«

IX

Um ein Uhr vierzig früh wurde der Gefangene Edward Copley Brandshaft aus dem falschen Polizeirevier in der 84th Street in die falsche Gefängniszelle im Hinterzimmer des alten Filmstudios an der 7th Street verlegt. Brandshaft, in einen tiefen Schlaf gesunken, der durch oral eingenommenes Morphium hervorgerufen war, spürte nichts vom Wechsel seiner Umgebung, spürte nicht den klimatisierten weichen Rücksitz seines Cadillac, ahnte nichts von dem staubigen, kahlen Gebäude, das ihm gehörte. Und während er, ungestört von Träumen, auf der Roßhaarmatratze der Gefängnispritsche schlief, kamen seine Wärter zu einer geheimen Konferenz zusammen, um seine Besitztümer zu untersuchen und seine Zukunft zu besprechen.

»Eine Brieftasche«, sagte Blackie und gähnte ausgiebig. »Inhalt: zweihundertunddreißig Dollar in bar, alles neue Scheine. Führerschein. Drei Kreditkarten, Mitgliedskarten des Union League Clubs aus New York und Chicago, des Kaufmannsclubs sowie des Maklerverbandes New York. Drei Visitenkarten. Taschenkalender. Eine Fotografie.«

Step nahm Blackie die kleine Aufnahme aus der Hand und betrachtete sie. Sie zeigte das Portrait eines lächelnden Mädchens mit dunklem, frei herabfallendem Haar, mit blonden Strähnen an den Schläfen und am Haaransatz. Das Bild, bei starkem Sonnenlicht aufgenommen, versteckte ihre Augen im Schatten, doch auch der starke Gegensatz zwischen hell und dunkel vermochte die klaren Flächen ihres Gesichts und Halses nicht zu verwischen. Er starrte auf das Gesicht, bis Vince Whiting ihm die Aufnahme knurrend aus der Hand riß.

»Was ist daran so interessant?« fragte Vince gereizt.

»Muß seine Tochter sein«, erwiderte Step. »Brandshafts Tochter, Vicki. Sieht nett aus.«

»Ein eleganter Vogel«, sagte Blackie. »Los, machen wir weiter. Ich bin todmüde.«

»Komisch, daß Brandshaft mich nicht gebeten hat, sie zu verständigen«, bemerkte Step. »Wahrscheinlich lag Mrs. Cook mit ihrer Information über die beiden ganz richtig.«

»Wollen mal sehen, was in der Tasche hier ist«, sagte Blackie. »Wir haben den großen Koffer und den Schrankkoffer überprüft. Nichts Besonderes drin – nur Kleidung, Lederhosen, karierte Hemden, Angelzeug – solcher Kram. Die kleine Tasche aber …« Er öffnete sie. »Voller Pillen und so. Weiß nicht, wogegen die sind, Brandshaft scheint ein Hypochonder zu sein. He, seht euch mal das an! Zahnbürste mit Silbergriff!« Blackie lachte leise.

Whiting nahm den Schlüsselring zur Hand. »Wofür sind die?«

»Sicher das Übliche – Autoschlüssel, Wohnungstür, Kofferraumschlüssel, dieser kleine könnte sogar zu einem Safefach passen. Nummer 1186.« Blackie klimperte nachdenklich damit. »Vielleicht ist das ein Gesichtspunkt. Womöglich bewahrt Brandshaft ausreichend Bargeld und leicht veräußerliche Wertpapiere in einem Stahlfach auf, so daß wir die Bezahlung ganz einfach abwickeln können.«

»Hört mal, darüber könnten wir morgen sprechen«, sagte Step ungeduldig. »So wie sich Brandshaft heute im Revier benommen hat, stoßen wir leicht auf Schwierigkeiten. Was ist, wenn er sich wieder anders entschließt und einen anderen Anwalt will?«

»Mach dir darüber keine Sorgen«, sagte Blackie zuversichtlich. »Wenn er noch mal mit Hannah sprechen will – Sammy steht bereit.«

»Er schläft ziemlich tief«, sagte Whiting nervös. »Haben Sie ihm auch bestimmt die richtige Dosis von dem Zeug gegeben, Blackie?«

»Er kommt schon durch. Mein Freund hat mir gesagt, wie man damit umgeht. Es ist nicht gefährlich, wenn man sich vorsieht.« Blackie stand auf. »Machen wir Schluß. Vince, Sie nehmen einen von den mittelgroßen Koffern und packen ihn voll. Hemden, Unterwäsche, alles, was Brandshaft für etwa eine Woche braucht. Stellen Sie ihm den Koffer in die Zelle und dazu auch die kleine Tasche. Step, du hilfst mir, das andere Gepäck zum Wagen hinauszuschaffen. Wir schließen es in den Kofferraum und stellen dann den Caddy auf dem Parkplatz an der Ninth Avenue ab. Okay? Also los.«

Step wurde am nächsten Morgen nicht von seinem Wecker aus dem Schlaf gerissen. Er hatte ihn zwar auf zehn Uhr gestellt, doch es war schließlich das Telefon, das um zwölf Uhr klingelte. Er ahnte sofort den unbewußten Instinkt, der ihn hatte durchschlafen lassen: Er wollte seinen ›Mandanten‹ heute früh nicht sehen.

Die Stimme im Hörer war ihm zunächst fremd. Die Anruferin mußte sich identifizieren.

»Hier Florence«, sagte sie. »Florence Cook.«

»Oh, Mrs. Cook.«

»Ich versuche schon den ganzen Morgen, Blackie anzurufen, aber er ist nicht zu Hause. Ich möchte aber *unbedingt* wissen, was gestern abend passiert ist, Step. Ob wir zusammen Mittag essen?«

»Ich müßte eigentlich im Studio sein«, sagte Step. »Wahrscheinlich schreit Brandshaft längst nach seinem Anwalt.«

»Aber essen müssen Sie doch auch?«

»Ja«, sagte Step und zog eine Grimasse. »Essen muß ich. Nur wird's ein Frühstück für mich.«

»Wenn wir uns nun bei Divan treffen? In einer halben Stunde? Und kein Streit um die Bezahlung, klar?«

»Gut«, sagte Step.

Mrs. Cook war recht bunt gekleidet, als sie Step in der Tür des Restaurants an der Madison Avenue entgegenkam. Die Punkte und der Bilderbuchhut ließen sie wie ein Mädchen erscheinen, bis das schwere Make-up diesen Eindruck verwischte.

Sie fanden einen ruhigen Tisch im Obergeschoß, und während das Essen serviert wurde, schilderte Step die Ereignisse des vergangenen Tages. Mrs. Cook lauschte verzückt, ohne ihn zu unterbrechen; ihr einziger Kommentar war ein besorgtes, mitleidiges Zungenschnalzen, als Step die bedauernswerte Reaktion Edward Brandshafts beschrieb.

Als Step fertig war, spielte sie mit ihrem Dessertlöffel und sagte: »Nach Ihrer Beschreibung war das alles ziemlich unangenehm, Step. So gar nicht lustig.«

Step musterte sie abschätzend. »Mrs. Cook«, sagte er. »Haben Sie je daran gedacht, daß wir vielleicht einen großen Fehler machen?«

»Einen Fehler? Was meinen Sie?«

»Die ganze Sache. Sie begann doch eigentlich als großangelegter Scherz und nicht mehr, meinen Sie nicht auch? Als Gelegenheit, eine fröhliche Schau abzuziehen – und dazu vielleicht ein Haufen Geld am Ende des Regenbogens ...«

Sie griff quer über den Tisch nach dem Kaffeetopf. »Sprechen Sie weiter, Step.«

»Auch ich hab's nur für Jux und Dollerei gehalten, als die Idee in der Gruppe aufkam. Als ich dann aber Brandshaft in der falschen Polizeistation sah, als ich den Mann aus Fleisch und Blut greifbar vor mir stehen sah – nicht nur seinen Namen im Text ... nun, da war's nicht mehr dasselbe. Sie haben Brandshaft noch nicht gesehen?«

»Nein. Aber nach meinen Ermittlungen ist mir fast, als kenne ich den Mann.«

»Das hatte ich mir auch eingebildet. Ich hatte mir alles über ihn zurechtgelegt: ein kleiner Wichtigtuer, der nur Stroh im Kopf hat. Dann aber begegnete ich ihm, und er ist wie jeder andere Mensch, der in der Klemme steckt. Ein wenig aufbrausender vielleicht, mehr von seiner Wichtigkeit überzeugt, vielleicht auch entrüsteter als die meisten. Aber trotzdem kam mir der Spaß gar nicht mehr so komisch vor.«

Mrs. Cook trank ihren Kaffee. »Da haben Sie vielleicht recht«, sagte sie. »Auch ich hatte meine Zweifel, besonders in letzter Zeit. Zu Anfang war's ein herrliches *Spiel*, nicht wahr? Das Geld war gar nicht wichtig ...«

»Und selbst wenn wir das Geld bekommen, glauben Sie, Brandshaft läßt es dabei bewenden? Er hat noch viel übrig, ausreichend, um den Rest seines Lebens damit zu verbringen, Privatdetektive zu engagieren, die sich an unsere Fersen heften. Und nach dem, was wir ihm angetan haben, könnten wir's ihm nicht mal übelnehmen.«

Sie erschauderte plötzlich. »Aus Ihrem Munde klingt das alles so schrecklich, Step! Aber was können wir noch ändern? Dazu ist es doch viel zu spät, nicht? Wir können nicht einfach die Zellentür aufmachen und ihm sagen, das Ganze war nur ein Witz.«

»Ich bin mir nicht sicher, ob das nicht das beste wäre. Solange wir nicht versucht haben, Geld von ihm zu erpressen, könnte er uns allenfalls wegen groben Unfugs anzeigen. Aber ich weiß natürlich, was Blackie dazu sagen würde.«

»Ich auch«, erwiderte die Frau, und ihr Hut wippte auf und ab. »Blackie ist nicht wie Sie oder ich, Step. Er ist ein Eisberg. Für Geld würde er alles tun.«

»So habe ich mir Blackie nie vorgestellt. Ich dachte, er wäre des Spaßes wegen dabei, mehr noch als wegen des Geldes.«

»Dann kennen Sie ihn schlecht«, sagte Mrs. Cook wissend. Sie berührte plötzlich seine Hand. »Step – tun Sie mir einen Gefallen, ja?«

»Und das wäre?«

»Wenn Sie je das Gefühl haben, daß die Sache schiefgeht – wenn Sie meinen, daß sie uns über den Kopf wächst, dann müssen Sie mir Bescheid geben, ja?«

»Mach ich«, versprach Step.

Ehe er zum Studio ging, suchte Step einen Lederwarenladen am Broadway auf, der ständig Total-Ausverkauf hatte, und erstand zu herabgesetztem Preis eine Aktentasche: sein einziges Requisit.

Am Eingang des falschen Gefängnisses stieß er auf einen ›Wächter‹. Es war Sammy, in Zivil, der wie immer boshaft grinste. »Morgen, Herr Anwalt«, sagte er. »Hübscher Tag heute, nicht?«

»Ist mir noch gar nicht aufgefallen. Wie geht es meinem Mandanten heute?«

»Wie ich höre, hat er einen Kater. Sonst ist alles in Ordnung.«

»Haben wir ihm endlich zu essen gegeben?«

»Der Gefangene hat eine herzhafte Mahlzeit zu sich genommen. Orangensaft, zwei Eier, Toast und Kaffee. Geliefert vom Sunshine Diner. Er hat wie ein Schwein gefressen, wenn du die Wahrheit wissen willst. Einen Hungerstreik haben wir nicht zu befürchten.«

Step folgte Sammy ins Studio. »Ist Blackie da?«

»Nein, nur Polo, in Uniform. Er spielt den Gefängniswärter. Ich bin heute nur Außenmann. Blackie hat vor einer Weile angerufen und gesagt, er käme erst gegen vier.«

»Hat er nach mir gefragt? Brandshaft, meine ich.«

»Ja, einmal. Er sagte: ›Wo ist dieser Hurensohn von Anwalt?‹« Sammy schnalzte mit der Zunge. »Ich glaube, er mag dich, Kumpel.«

»Bring mich zu ihm.«

»Moment noch. Blackie hat mir gesagt, ich soll dir auf jeden Fall das hier geben.«

Sammy trat zu dem Tisch, der an der Studiomauer stand, und nahm eine großformatige Zeitung von der Tischplatte. Er brachte sie Step, wobei er gleichzeitig die Schlagzeilen studierte.

»Myron hat das für uns drucken lassen. Lies es lieber vorher, ist ziemlich gut. Vince ist der Autor, Blackie will, daß du Brandshaft die Zeitung gibst.«

Step warf einen Blick auf die erste Seite. Es schien sich um die aktuelle Ausgabe der *Daily News* zu handeln; sogar Datum und Wetterbericht stimmten.

Die Schlagzeile jedoch, in fünf Zentimeter großen Blockbuchstaben, war reine Erfindung:

MILLIONÄR WEGEN LIEBESMORD VERHAFTET
Bericht auf Seite 3

Step blätterte um und sah, daß auf Seite 2 echte Berichte des Tages standen. Auf der folgenden Seite, in einer Schrifttype, die der Aufmachung der Zeitung entsprach, stand der Bericht über den Brandshaft-Spaß.

GRUNDSTÜCKSMILLIONÄR WEGEN MORDVERDACHT AN SEX-RETÄRIN-EHEMANN
IM GEFÄNGNIS

10. August, Edward Copley Brandshaft, 56, Eigentümer einer der größten Maklerfirmen der Stadt, wird von der Polizei festgehalten im Zusammenhang mit

dem Todesschuß auf John Rodriguez, 26, einen arbeitslosen Dreher. Die Tat ereignete sich gestern abend in der Wohnung von Delores Mason, 25, der getrennt lebenden Frau des erschossenen Rodriguez, Sekretärin der Firma, deren Präsident Brandshaft war.

Lieutenant Dominick Bruno sagte vor Reportern, Mr. Brandshaft hätte gestanden, die .45 Automatic bei einem Kampf mit Delores Masons Mann abgefeuert zu haben. Die Waffe, ein Army-Souvenir, war auf den Namen John Rodriguez registriert.

Es heißt, daß Brandshaft seit mehreren Wochen vor der Tragödie mit seiner Sekretärin intime Beziehungen unterhielt. Sie war seit dem 19. Juni bei der Brandshaft Grundstücksverwaltung, 665 Fifth Avenue, angestellt. Nach Lieutenant Bruno behauptet Brandshaft, die Schießerei sei das Ergebnis eines Unfalls während des Streits.

Der Makler-Millionär wird im Ersten Distrikt in Untersuchungshaft gehalten.

Step senkte die Zeitung und sah Sammys fragendes Grinsen.

»Nicht schlecht«, sagte Step. »Unter der Gürtellinie, aber nicht schlecht. Und Blackie möchte, daß ich das meinem Mandanten zeige?«

»Genau. Wenn Sie mir jetzt folgen würden, Herr Anwalt.«

Sammy öffnete die Tür, die nach hinten führte, und Step trat hindurch. Trennwände bildeten einen Korridor, den er durchschritt, bis er in einen L-förmigen Bereich kam, der die Gefängniszelle und einen zerkratzten leeren Holztisch enthielt. Hier saß Polo, uniformiert, die Beine auf die Tischkante gelegt. Er schwang die Füße herab, als Step eintrat, und begrüßte ihn ehrerbietig.

»Morgen, Mr. Vorhees.«

»Morgen«, erwiderte Step mürrisch. »Ich bin hier, um mit Mr. Brandshaft zu sprechen.«

»Jawohl, Sir«, sagte Polo, ohne eine Miene zu verziehen, und ging zu der grünbemalten Kulissenwand hinter sich. Von einem Haken nahm er einen großen Metallring, an dem vier übergroße Schlüssel hingen. Er brachte den Schlüsselring zur Zellentür und öffnete sie umständlich.

Step trat ein und begrüßte seinen Mandanten. Brandshaft saß auf der Kante seiner Liege und wirkte abgehärmt und zugleich seltsam entspannt, eine Illusion, die wahrscheinlich auf die Zigarre zurückzuführen war; Brandshaft rauchte sie in aller Ruhe und mit offensichtlichem Genuß.

»Also«, knurrte er. »Wird ja Zeit, daß Sie sich mal sehen lassen, Vorhees. Wo, zum Teufel, haben Sie gesteckt?«

»Tut mir leid, Mr. Brandshaft.« Step zog sich den einzigen Stuhl der Zelle heran und setzte sich, die Zeitung im Schoß. »Ich mußte heute morgen noch einiges erledigen.«

»Na, ich will Ihnen sagen, was es für Sie zu erledigen gibt. Sie können mir eine Kiste Upman-Zigarren besorgen. Sehen Sie das?« Er hielt Step den Zigarrenstummel hin. »Hat mich fünf Dollar gekostet. Soviel hat der miese Kerl da draußen verlangt.«

Step runzelte die Stirn und blickte durch die Gitterstäbe zu Polos Tisch hinüber. »Ich sorge dafür, daß das nicht noch einmal vorkommt, Mr. Brandshaft. Aber jetzt erzählen Sie mir von gestern abend. Als ich heute früh anrief, hieß es, Sie seien bewußtlos geworden ...«

Brandshaft ließ ein tiefes Knurren hören. »Ich erinnere mich kein bißchen an gestern abend. Wahrscheinlich hat mich das Mittel umgehauen. Als ich wieder klar werde, hocke ich in dieser verdammten Zelle. Wann komme ich hier raus?«

Step betrachtete den Kachelboden. »Haben Sie schon die Morgenzeitungen gesehen?«

»Haben Sie meine Frage nicht verstanden? Wann komme ich hier raus, verdammt? Wenn es um die Kaution geht …«

Step reichte ihm die *Daily News*. Brandshaft wischte sich die Hand an der Hose ab, ehe er die Zeitung nahm. Dann starrte er düster auf die schwarze Schlagzeile.

Step beobachtete ihn eingehend, während Brandshaft den Bericht auf Seite 3 studierte. Das fleischige Gesicht war gelassen, als er den kurzen Artikel zu Ende las, doch kaum hatte er das Blatt raschelnd geschlossen, als sich Nacken und Schläfen zu röten begannen.

»Diese Schweinehunde! Klingt ziemlich mies, wie sie's da schreiben, nicht? Aber es ist nur die halbe Story …«

»Ja«, sagte Step. »Ich würde mir darüber auch keine Gedanken machen.«

»Soll das heißen, daß es etwas anderes gibt, worüber ich mir Sorgen machen müßte?«

»Ich wünschte, es wäre nicht so. Aber ich will Ihnen die Wahrheit sagen, Mr. Brandshaft. Ich bin sicher, es ist Ihnen lieber so. Lieutenant Bruno hat seinen Bericht an den Staatsanwalt weitergeleitet, und der tritt jetzt im Sinne der Anklage in Aktion, die er gegen Sie einbringen will. Tut mir leid, aber dabei handelt es sich um Mord ersten Grades.«

Step machte sich auf einen Ausbruch gefaßt, der jedoch ausblieb. Statt dessen lehnte sich Brandshaft schwer gegen die Metallwand und nahm den Zigarrenstummel aus dem Mund. Ein dünner blauer Rauchfaden stieg von der glühenden Asche auf.

»Damit hab ich schon halb gerechnet«, sagte er mit hohler Stimme. »Ich hatte so ein Gefühl …«

»Aber darüber ist das letzte Wort noch nicht gesprochen«, sagte Step hastig. »Wir stellen unsere Verteidigung auf berechtigte Tötung ab, und es liegt dann beim Gericht festzulegen, welche Anklage erhoben wird. Nicht weiter überraschend, daß der Staatsanwalt den ersten Grad haben will. Sein Geschäft sind Verurteilungen, wissen Sie, jede Verurteilung ist günstig für die Beförderung. Aber offen gesagt hat er keine Chance, die Sache durchzubringen. Bei den vorhandenen Beweisen und besonders bei Delores Masons Aussage bin ich sicher, daß ein Richter nur berechtigte Tötung als Anklage gelten lassen kann. Das ist meine ehrliche Überzeugung, Mr. Brandshaft, und wenn Sie meinem Urteil kein Vertrauen schenken, sollten Sie mit Jerry Hannah sprechen.«

Brandshaft hatte sich unwillkürlich aufgerichtet, und ein Hoffnungsschimmer erschien in seinen Augen. »Meinen Sie das ehrlich? Sie glauben nicht, daß man mir eine Mordanklage anhängen kann?«

»Ich glaub's wirklich nicht«, sagte Step heiter. Die Wirkung seiner Worte war groß; er empfand wirkliche Freude angesichts der Veränderung, die mit Brandshaft vor sich ging. »Jedenfalls wird der Fall kaum vor eine Jury kommen, verstehen Sie. Es liegt am Untersuchungsrichter, zu entscheiden, ob Sie John Rodriguez böswillig und mit Vorbedacht ermordet haben oder aus der schlichten Sorge um Leben und Sicherheit von Delores Mason. Solange das Mädchen bei der Wahrheit bleibt, bin ich sicher, daß sich der Richter unserer Einrede anschließt. Na, fühlen Sie sich jetzt besser?«

»Machen Sie Witze?« Brandshaft lachte leise. »Eine Million Prozent besser! Und wie schnell komme ich jetzt hier aus dem Loch raus?«

Step machte ein langes Gesicht. »Also, das ist einer der unangenehmsten Aspekte meines Besuches. Da der Staatsanwalt eine Mordanklage vorbereitet, können Sie leider nicht gegen Kaution freigelassen werden. Tut mir leid, aber daran läßt sich nichts ändern.«

»Dann kann man mich weiter hier festhalten? Eingesperrt wie ein Tier?«

»Ich will versuchen, so schnell wie möglich etwas zu erreichen.

Wenn ich nicht innerhalb von vierundzwanzig Stunden eine Voruntersuchung erwirke, versuche ich, Sie mit einem *Habeas Corpus* herauszubekommen. Jedenfalls bin ich sicher, daß es nur noch ein paar Tage dauert, bis Sie wieder frei sind.«

»Ein paar Tage ...« Brandshaft seufzte. »Na ja, wenn's nicht zu ändern ist. Wie geht es ... dem Mädchen?«

»Alles in Ordnung mit ihr. Sie wird übrigens auch festgehalten, als wichtige Zeugin. Sie war ziemlich mitgenommen von der ganzen Sache. Sie müssen sich wohl damit vertraut machen, daß sie doch mehr an ihrem Mann hing, als sie erkennen ließ. Sie liebte ihn noch immer, auch wenn sein schlechtes Benehmen sie abstieß.«

Brandshaft legte eine Hand über die Augen. »Mr. Vorhees«, sagte er leise. »Ich habe Ihnen gestern gesagt, es gebe niemanden, der von den Vorgängen unterrichtet werden soll. Aber ich habe doch jemanden. Eine Tochter.«

»Ja«, sagte Step vorsichtig. »Ich wußte, daß Sie eine Tochter haben, Mr. Brandshaft. Wo ist sie jetzt?«

»In Massachusetts. Sie besucht das Medwin College und nimmt dort an einem besonderen Doktorandenkursus teil, der den ganzen Sommer dauert.«

»Wäre natürlich möglich, daß sie noch gar nicht von den Ereignissen gehört hat.«

»Wenn ich das nur glauben könnte ...« Er nahm die Hand von den Augen. »Aber das ist jetzt wohl kaum möglich, oder? Ich will Ihnen die Wahrheit sagen, Mr. Vorhees, meine Tochter und ich kommen nicht gut miteinander aus. Meine Lage ist schlimm genug, auch ohne daß sie hineingezogen wird, aber ich sehe keinen Weg, wie ich das verhindern könnte.«

»Soll ich mich ... mit ihr in Verbindung setzen? Sie herbringen?«

»Nein! Ich will sie nicht sehen!«

Step seufzte. »Dann vielleicht ein Brief? Sie könnten ihr einen Brief schicken und ihr berichten, was geschehen ist, damit sie sich nicht zu sehr aufregt, wenn sie ... solche Berichte liest.« Er deutete auf die Zeitung, die auf der Pritsche lag.

»Das ist vielleicht ein guter Einfall. Ein Brief.«

»Ich sorge dafür, daß er abgeschickt wird, Mr. Brandshaft, wenn Sie ihn jetzt schreiben wollen.«

»Ja. Ja, so ist es am besten.«

Step erhob sich und ging zur Zellentür. »Wache, Mr. Brandshaft möchte Papier und einen Schreibstift. Und Sie können mich jetzt rauslassen.« Er wandte sich noch einmal an seinen Mandanten. »Ich bin in etwa einer Stunde zurück, Mr. Brandshaft. Ich erkundige mich jetzt erst mal nach dem Untersuchungsrichter, der für Ihre Vorverhandlung zuständig wäre.«

»Jawohl, Sir«, sagte Polo respektvoll und ohne eine Miene zu verziehen und ließ Step aus der Zelle.

Step verließ den Gefängnisbereich und trat ins offene Studio. Erst jetzt bemerkte er, wie sehr er während des Gesprächs geschwitzt hatte. In diesem Augenblick kam Blackie Daggert durch den Vordereingang. Er trug ein enges Trikothemd, das seine ausgeprägten Brustmuskeln gut zur Geltung brachte, und wirkte frisch und ausgeruht und schien mit sich und der Welt zufrieden zu sein.

»Wie ist es gelaufen?« grinste er Step an. »Ist Papa Dollarsack auch brav?«

»Er hat sich beruhigt. Ich habe ihm die schlimme Nachricht mit der Anklage ersten Grades verpaßt, und er hat's wie ein standhafter kleiner Zinnsoldat geschluckt. Dann konnte ich ihm etwas Mut machen angesichts seiner Chancen, mit berechtigtem Totschlag vom Haken zu springen; ich habe seine Hoffnungen tüchtig geschürt. Auch hat er den Artikel in der *Daily News* gesehen. Das ist ihm ziemlich an die Nieren gegangen.«

»Jetzt ist die Sache also wirklich in Fluß«, sagte Blakkie erfreut. »Du machst das ganz prima, Step.«

»Oh, noch etwas. Er hat schließlich doch das Thema Vicki angeschnitten – seine Tochter. Mrs. Cook hatte ganz recht – da knistert's im Gebälk, aber du darfst mich nicht fragen, worum es geht. Er will sie nicht sehen, wenn er's verhindern kann.«

»Kann er.« Blackie lächelte.

»Allerdings schreibt er ihr einen Brief.«

»Das ist kein Problem. Solange er nicht an einen Briefkasten herankommt, übernehmen wir die ›Zustellung‹ für ihn. Natürlich ist unser Postdienst ziemlich langsam.«

»Nur fragt er sich vielleicht, warum sie nicht antwortet.«

»Nicht, wenn sie ein schlechtes Verhältnis haben. Er wird annehmen, daß es ihr egal ist …«

»Das wäre aber ziemlich hartherzig. Die Art Mädchen scheint sie mir nicht zu sein.«

»Was? Woher weißt du das?«

»Die Fotografie.«

»Oh«, sagte Blackie. Dann kniff er die Augen zusammen. »Das Bild hat dich wirklich mitgenommen, was?«

»Ist nur so ein Gedanke.« Step zuckte die Achseln. »Selbst wenn sich die beiden hassen, wäre es unmenschlich von ihr, seinen Brief zu ignorieren. Er ist ihr Vater, was da auch sonst sein mag.«

Blackie sah ihn seltsam an. Das Grinsen flackerte auf seinem Gesicht, verschwand und kehrte schließlich zurück, breiter denn je. »Oh, du Schlauberger!« sagte er. »Du hast ja recht, Anwalt, wie immer. Vicki wird seinen Brief beantworten. Es wird alles noch viel überzeugender, wenn er in der Handschrift seiner Tochter über den Vorfall liest...«

»Ich verstehe nicht, was du ...«

»Klar wie Kloßbrühe. Hast du je was von Fälschung gehört?«

»Allerdings.«

»Warum *fälschen* wir dann nicht einen Brief von Vicki? Verstehst du? Wenn Brandshaft von seiner eigenen Tochter einen Brief bekommt, in dem der Mord abgehandelt wird, dann ist das der letzte Nagel zu seinem Sarg. Wir könnten den Brief sogar tippen und nur ihren Namen daruntersetzen.«

»Woher besorgen wir uns ein Muster ihrer Handschrift?«

»Das hier wäre der einfachste Weg.« Blackie griff in die Tasche und zog einen Schlüsselring hervor, hielt ihn Step vor das Gesicht. »Brandshafts Schlüssel. Du brauchst nur in seine Wohnung zu marschieren und seine Papiere durchzusehen – und findest bestimmt, was du suchst. Einfach, *n'est-ce pas*?«

»Du willst, daß *ich* das mache?«

»Warum nicht? Es ist niemand in der Wohnung. Das Mädchen ist in Massachusetts, die Bediensteten sind im Urlaub, und wo Brandshaft steckt, weißt du. Bleib hier, bis Brandshaft seinen Brief geschrieben hat, dann nimmst du ihn mit zur ›Post‹. Komm bloß nicht auf den Gedanken, ihn wirklich abzuschicken.« Er lachte. »Dann nimmst du ein Taxi zu Brandshaft und gehst in seine Wohnung. Gute Idee?«

»Da bin ich mir nicht so sicher.«

»Ich meine, es ist eine gute Idee«, sagte Blackie nachdrücklich.

Step kehrte nach einer Stunde in die Zelle zurück, und Brandshaft gab ihm den Brief. Er versprach, den Umschlag zu frankieren und abzusenden, und verließ das Studio. Im Taxi auf dem Weg zu Brandshafts Wohnung löste er die Umschlaglasche und las, was Brandshaft an seine Tochter geschrieben hatte.

Liebe Victoria!

Inzwischen weißt Du das Schlimme. Ich ahne, wie Dir zumute sein muß, und kann nur sagen, daß es mir leid tut. Du hast mit allem recht gehabt – wie dumm ich mich benommen habe! Es war wie eine Krankheit, Victoria, und ich kann nur hoffen, daß Du das wirklich verstehst. Ich weiß, wie sehr Du Deine Mutter geliebt hast, wie sehr Du das Gefühl hattest, ich betröge sie. Und jetzt hat mich meine Krankheit und Torheit zur Gewalttätigkeit und ins Gefängnis gebracht, und ich kann nur sagen, verzeih mir, Victoria, bitte verzeih mir.

Ich habe meinem Anwalt schon gesagt, daß ich Dich auf keine Weise in die Sache hineinziehen möchte. Bitte versuch, mich nicht zu besuchen. Wenn Du schreiben möchtest, bin ich im New York Distriktsgefängnis, Distrikt Eins, Vierte Division, New York. N. Y. Bitte glaube mir, daß ich Deine Mutter geliebt habe und jetzt Dich liebe.

Vater

Das war alles. Keine Unschuldsbeteuerungen, keine Erklärung des Verbrechens. Step steckte den Brief wieder in den Umschlag und bedauerte es, ihn gelesen zu haben – trotz Blackies Befehl.

Als das Taxi vor dem überdachten Eingang zu Brandshafts Wohnung an der Park Avenue hielt, bezahlte er den Fahrer aus einer Brieftasche, die seit der letzten Zuwendung schon wieder unangenehm geschrumpft war. Es war bald wieder soweit, daß er ausgebrannt war, und er überlegte, ob sich Mrs. Cooks finanzielle Unterstützung des Brandshaft-Spaßes auch auf persönliche Darlehen erstreckte.

Der Pförtner öffnete fröhlich die Tür, und der Fahrstuhlmann sah ihn nicht einmal an, als er die Etagennummer nannte. Er trat in den ausgelegten Korridor und zog den Schlüsselring aus der Tasche. Nach zwei Versuchen fand er den Schlüssel, der den Riegel von Brandshafts Tür bewegte.

Dann trat er ein.

Die Sonnenblenden waren herabgelassen und sperrten das Licht aus den großen Zimmern aus.

Es war kühl, als wäre die Wohnung klimatisiert. Anstatt den Sonnenschutz zu öffnen, schaltete er im Wohnzimmer die Deckenbeleuchtung ein und betrachtete seine Umgebung.

Das Mobiliar war verspieltes Viktorianisch, Seidenpolster und Stuhlbeine in Form von Löwenpranken, elastischer Teppichboden unter den Füßen, ein Geruch nach kostbaren Dingen in der leicht muffigen Luft.

Er ging auf den hellen Schreibtisch mit Rollpult zu, der an der Wohnzimmerwand stand. Vorsichtig griff er zu. Der Schreibtisch war nicht verschlossen. Er ließ ihn aufgleiten und fand in sauberen kleinen Fächern Briefpapier, von dem ein Teil den Namen VICTORIA MANNING BRANDSHAFT trug. Er ließ ein halbes Dutzend Bogen und Umschläge in seine Aktentasche gleiten und sagte ins Leere: »Jetzt bin ich auch ein mieser Dieb. Was soll aus dir noch werden, Step?«

Unter den Fächern war ein Brieffach aus Messing, in dem allerlei Papiere lagen. Er blätterte sie durch; er suchte Muster für Vickis Handschrift. Aber er fand nichts Eindeutiges. Daraufhin durchsuchte er die schmalen Schubladen des Tisches und stieß auf Streichholzhefte, ein leeres Taschen-Tagebuch für das vergangene Jahr, eine Sonnenbrille, drei Rollen mit Briefmarken, ein Scheckbuch und ein Adreßbuch in grüngenarbtem Leder. Die Adressen waren mit der Schreibmaschine geschrieben.

Erst in der unteren Schublade fand er den kleinen blauen Umschlag, der in einem vollgestopften Fotoalbum steckte. Er enthielt eine kurze Nachricht, die fast ein Jahr alt war.

Lieber Paps!

Bin gut angekommen. Bitte denk an die Verabredung mit Granik am 23. Alles Liebe.

Die Notiz war mit sicherer Hand unterzeichnet: *Victoria.*

Er atmete tief ein, schob den Brief in seine Aktentasche und ließ das Schloß zuschnappen. Mehr brauchte er nicht; er ließ das Schreibtischrollo zugleiten und kehrte in den Wohnungsflur zurück. Dort wurde er ohne Deckung erwischt, als das Schloß klickte und die Wohnungstür aufschwang und das hübsche Mädchen mit dem blauen Käppi erschien. Sie trug einen kleinen Koffer, und ein zweites Gepäckstück stand auf dem Boden hinter ihr. Sie riß die Augen auf, als sie ihn erblickte, doch ihr Gesicht verriet keine Panik. In aller Ruhe nahm sie das Käppi ab und schüttelte ihr braungoldenes Haar.

Dann fragte sie: »Also, was haben Sie hier zu suchen?«

X

Das Telefon riß ihn aus einem Alptraum und stürzte ihn in den nächsten. Durch das Gitter einer Zellentür sah Brandshaft, wie der uniformierte junge Mann den Hörer aufnahm und leise in die Muschel sprach. Der Wärter schien überrascht, und sein hübsches Gesicht verzog sich ratlos. Er zuckte die Achseln, widersprach leise und nickte schließlich widerstrebend.

Als er den Hörer aufgelegt hatte, stand er auf und rückte den Gürtel an seiner schmalen Hüfte zurecht. Dann näherte er sich der Zelle und sagte: »Muß Sie mal ein Weilchen allein lassen, Paps. Sie bleiben schön ruhig.«

Brandshaft knurrte etwas und drehte sich auf der Pritsche um.

»Soll ich Ihnen was holen? Eine Zigarre?«

Er antwortete nicht.

»Wie Sie wollen«, sagte der Wärter, und er hörte das Grinsen in seiner Stimme. Dann entfernten sich seine leichten Schritte durch den Korridor.

Irgendwo zwischen Schlafen und Wachen hörte er plötzlich ein anderes Geräusch. Jemand war in das Gefängnis gekommen und näherte sich seiner Zelle, doch er erkannte an den schweren, schlurfenden Schritten, daß es sich nicht um den jungen Wärter handelte. Er stützte sich auf die Ellbogen und betrachtete die stämmige Gestalt des älteren, weißhaarigen Mannes, der ihn mit traurigem und abschätzendem Blick musterte.

»Mr. Brandshaft?« Die Stimme klang hohl und seltsam verschwörerisch.

Brandshaft richtete sich auf. »Ja. Wer sind Sie?«

»Das ist nicht wichtig. Ich habe nur eine Minute Zeit; er kommt gleich zurück. Ich muß mit Ihnen sprechen.«

»Wer kommt zurück? Meinen Sie den Wärter?«

»Ja, den Wärter. Passen Sie gut auf – was ich Ihnen sagen muß, ist sehr wichtig. Sie müssen nicht glauben, daß sie wirklich *schlecht* sind, Mr. Brandshaft, darum geht es nämlich. Sie sind nur töricht, so, wie junge Leute eben sind.« Er lächelte schwach und kam noch näher an den Käfig heran, wobei er einen schwachen Whiskygeruch verbreitete. »Und manchmal auch die alten. Sie und ich – wir wissen das, nicht wahr?«

»Ich verstehe nicht, was Sie meinen. Was machen Sie hier? Hat Vorhees Sie geschickt?«

Der alte Mann blinzelte. »Vorhees?«

»Mein Anwalt!«

»Oh.« Er fuhr sich mit den Fingerspitzen über die Wange. »Ja, Vorhees, natürlich. Er gehört auch dazu. Aber Sie müssen begreifen, warum sie das tun … Es ist nur ein Streich, in jugendlichem Leichtsinn begangen … Sie müssen versuchen, das zu verstehen …«

»Warum sie was tun?« knurrte Brandshaft, stand auf und ging zur Zellentür. Er starrte in das kreidebleiche Gesicht und versuchte, die Bedeutung dieser Heimsuchung zu erfassen. »Wovon sprechen Sie eigentlich? Was für ein Streich?«

Irgendwo im Korridor knallte eine Tür. Der plötzliche Laut ließ die Augen des alten Mannes klar werden, und er wich von der Zellentür zurück, wobei er mitleiderregend die Hände bewegte. Als der Wärter eintrat, das junge Gesicht von Wut entstellt, stieß er ein Wimmern aus. Brandshaft sah, wie der Beamte den Arm des alten Mannes umfaßte, der zusammenzuckte. Der Wärter sagte: »Alles in Ordnung, alles in bester Ordnung. Nur ein harmloser Irrer, Mr. Brandshaft, ein Verrückter.« Dann fluchte er und stieß den alten Mann vor sich her, führte ihn durch den Korridor, aus dem er so geheimnisvoll aufgetaucht war. Minuten später kehrte der Wärter zurück, das Gesicht starr und verärgert; er wirkte wie ein Mann, der bei einem Streit den kürzeren gezogen hatte.

XI

»Nicht schießen«, sagte Step mit gezwungenem Humor. »Ich bin kein Einbrecher.«

Das Mädchen auf der Schwelle drückte das Käppi mit der Hand zusammen, machte jedoch keine andere Bewegung. »Was sind Sie denn?«

»Sind Sie Vicki?«

»Ich glaube, meine Fragen sollten zuerst beantwortet werden. Wer sind Sie?«

»Ich heiße Vorhees«, sagte Step, und seine Gesichtsmuskeln entspannten sich. »Ich bin auch nicht durch ein Fenster eingestiegen. Schauen Sie, ein Schlüssel!« Er hielt ihn hoch.

»Woher haben Sie den?«

»Von Ihrem Vater. Falls Sie tatsächlich Vicki sind.«

»Ich bin Vicki. Wie kommt mein Vater dazu, Ihnen einen Schlüssel zu geben? Ich kenne Sie nicht.«

»Das stimmt leider. Ich erledige juristische Arbeiten für die Firma Ihres Vaters. Er hat hier einen Vertrag liegenlassen, den wir dringend brauchten.« Step stellte fest, daß er kaum atmen konnte. »Deshalb gab er mir den Schlüssel zu seiner Wohnung, ehe er auf Urlaub fuhr. Aber er hat kein Wort gesagt über seine … daß Sie hier sein würden.«

Sie war offenbar bemüht, sich über ihn schlüssig zu werden. »Was für juristische Arbeiten? Sind Sie Rechtsanwalt?«

»Nur eine Art Assessor.« Er lächelte.

Sie erwiderte das Lächeln nicht, aber er wußte, daß die Spannung nun gelockert war. Sie machte kehrt, um den anderen Koffer aus dem Flur zu holen; Step eilte an ihre Seite und half ihr. Sie machte keine Einwände, dankte ihm aber auch nicht. Er brachte das Gepäckstück ins Wohnzimmer, und sie folgte ihm zögernd. »Mein Vater hat über mich gesprochen?« fragte sie.

»O ja. Ich ... ich sah zufällig ein Bild von Ihnen, und da ... na, wir kamen so ins Gespräch. Deshalb wußte ich, wer Sie sind.« Er schwieg. »Sagen Sie mal, würden Sie mir einen Ratschlag übelnehmen?«

»Was?«

»Lassen Sie ein neues Bild machen. Sie sind viel hübscher als die Aufnahme, die er bei sich hat.«

Ihre Augen wehrten das Kompliment ab. Sie setzte sich auf die Couch, verschränkte die Arme und blickte zu ihm hoch. »Wo arbeiten Sie? Bei der Brandshaft Grundstücksverwaltung?«

Es war eine beiläufige Frage. Step spürte, wie der Schweiß seinen Hemdkragen durchnäßte. »Nein, ich arbeite für eine Anwaltsfirma, die als Berater für die regulären Anwälte Ihres Vaters tätig ist.« Im ersten Augenblick war ihm der Name entfallen, der dann aber wieder auftauchte. »Sie wissen schon, Jerry Hannah.«

»Ich kenne ihn nicht. Ich habe von den Geschäften meines Vaters wenig Ahnung.«

Step war erleichtert, doch das Gefühl hielt nicht lange an.

Das Mädchen fügte hinzu: »Wie heißt Ihre Firma?«

»He, Sie halten mich wohl wirklich für einen Einbrecher?« Er lachte. »Da schätzen Sie mich falsch ein. Wissen Sie nicht, daß Einbrecher immer Homburgs und graue Handschuhe tragen? Wenigstens die Sorte aus der Park Avenue.«

»Ich beschuldige Sie nicht im geringsten. Ich will nur wissen, wo Sie arbeiten. Darauf habe ich wohl ein Anrecht, oder?«

Ihr kühler Tonfall schuf eine eisige Atmosphäre. *Reiche Zicke*, dachte Step.

»Ich arbeite für Updyke, Sutter, Sullivan und Gouterman«, sagte er tonlos. »Westliche 23rd Street Nr. 8. Ich bin Mr. Louis Sutters Assistent. Die Telefonnummer ist Chelsea 9-8000. Ich trage einen Anzug Größe 40 und habe braune Augen. Und wenn Sie nichts dagegen haben, muß ich jetzt den Vertrag ins Büro schaffen, sonst dreht mich der alte Sutter durch die Mangel. Okay?«

Schlanke Finger bekneteten ihre Unterarme, und ihr Gesichtsausdruck taute um eine Winzigkeit auf. Schließlich löste sie ihre Arme und stand auf. »Na gut, wahrscheinlich sagen Sie die Wahrheit. Sie können sich ja vorstellen, wie das wirken mußte – ich komme hier herein und sehe einen Fremden ...«

»Sie haben mich aber auch überrascht. Ihr Vater sagte, Sie gingen irgendwo zur Schule, Medwin, oder so.«

»Das ist vorbei. Ich ... ich habe beschlossen, eine Zeitlang zu Hause zu leben.«

»Warum?«

»Glauben Sie, daß Sie das etwas angeht?«

Verzeihung, daß ich am Leben bin, dachte Step. Er wollte sich eben zur Tür wenden, als eine Frage ihn zurückhielt.

»Kennen Sie eine gewisse Delores Mason?«

Es war wie ein Messerstich. Er erholte sich soweit, daß er wenigstens langsam den Kopf schütteln konnte. »Nein, ich glaube nicht.«

»Sie ist Sekretärin oder Stenotypistin oder so. In der Firma meines Vaters.«

»Hm. Der Name klingt irgendwie bekannt.« *Bleib ruhig*, dachte er. »Schon möglich, daß ich ein- oder zweimal mit ihr gesprochen habe, am Telefon. Ist sie schon lange dort?«

»Nicht sehr lange. Bitte versuchen Sie, sich zu erinnern. Es ist wichtig.«

Er schloß die Augen und legte eine Hand über die Augen. Wenn er jetzt nein sagte, mochte das Gespräch schnell zu Ende sein. »Wenn ich's mir recht überlege – ist sie ein irgendwie gutaussehendes Mädchen, dunkles Haar, lächelt wie eine Katze?«

»Ich weiß leider nicht, wie sie aussieht.«

»Ja«, sagte Step. »Ja, vielleicht ist sie mir schon mal begegnet. Was ist mit ihr?«

»Ich mache mir nur Gedanken. Mein … mein Vater hat sie erwähnt, in einem der Briefe, die er mir ins College schrieb.« Sie verstummte, als wäre sie zu dem Schluß gekommen, nun genug gesagt zu haben.

Aber Step war noch nicht zufrieden. »Einmal, ja! Ich glaube, ich weiß, wen Sie meinen – sie ist sogar am gleichen Tag wie Ihr Vater in Urlaub gegangen. Nach Florida, jetzt fällt's mir ein. Ich erinnere mich daran, weil ich einmal im Büro anrief und mit ihr sprach. Sie freute sich auf den tropischen Strand.«

»Nach Florida? Sind Sie sicher?«

»Aber ja. Ich habe ihr sogar ein Motel in Key West empfohlen. Da bin ich mal im Krieg gewesen, auf Kosten von Onkel Sam.«

Hätte er ihr Gesicht nicht so eingehend beobachtet, wäre ihm die fast unmerkliche Veränderung ihres Ausdrucks vielleicht entgangen. Die angespannten Linien um ihre vollen Lippen verschwanden langsam, machten sie weich und schöner, als Step es je bei einem Mund für möglich gehalten hätte.

»Danke«, sagte sie leise. »Das wollte ich nur wissen.«

Er zögerte, wußte aber, daß das Thema für sie erledigt war.

»Na, dann gehe ich jetzt lieber. Es dauert bestimmt noch zwei Stunden, bis ich den Rest des Gebäudes ausgeräumt habe, und ich bin gern rechtzeitig zum Abendessen zu Hause.« Er lächelte sie an, aber sie reagierte nicht darauf. »Bis dann«, sagte er. »Hat mich gefreut, Sie kennenzulernen.«

»Ja«, sagte sie vage. »Wie war Ihr Name doch gleich?«

»Vorhees. Dan Vorhees.«

»Und Ihre Firma heißt Updyke, Sutter, Sullivan und Gouterman?«

»Sie haben ein verdammt gutes Gedächtnis, Miss Brandshaft.«

Als die Tür hinter ihm zufiel, hörte er, wie sie den Riegel vorschob und den Schlüssel herumdrehte. Irgendwo drinnen klingelte durchdringend ein Telefon.

Als Step im Studio eintraf, hatte es einen Wetterumschwung gegeben; ein ungestümer Wind fegte den Abfall auf den Bürgersteigen im Kreis, und die Wolken waren schwer von Regen. Er stieß die Tür zum hinteren Zimmer auf und spürte auch hier eine atmosphärische Veränderung, die allerdings mit dem Barometer nichts zu tun hatte. Deutlichstes Anzeichen war das Gesicht Blackie Daggerts, der gerade aus dem Hinterzimmer kam, wo der ahnungslose Star des Brandshaft-Spaßes eine falsche Gefängniszelle bewohnte. Düster wie Hamlet, folgte ihm Vince Whiting.

»Hallo«, sagte Step mit aller Freundlichkeit, die er aufbringen konnte. »Wie läuft die Sache?«

Blackie steckte die Hände in die Hosentaschen und baute sich vor Step auf. »Vielleicht kannst *du* uns das sagen«, bemerkte er.

Die gezwungene Antwort machte Step nervös. »Ich weiß nicht, was du meinst.« Er schaute an Blackie vorbei. »Hallo, Vince, haben Sie Ihren Auftritt als Staatsanwalt hinter sich?«

Whiting sah Blackie an und lächelte dann sarkastisch. »Sicher, es war ja auch Zeit. Ich bin in die Zelle gestürmt und hab ihn ein wenig rangenommen. Habe Ihrem Mandanten gewisse Angebote gemacht, falls er ein volles Geständnis ablegt. Er wird Ihnen sicher davon erzählen.«

»Wie hat er's geschluckt?«

»Stumm wie ein Fisch. Nur hat er abgelehnt. Er sagt, er hätte nichts Unrechtes getan, und damit basta. Alles läuft glatt wie Schmierseife!«

»Fast alles«, sagte Blackie. »Stimmt's, Step?«

Da wußte er, was er sagen mußte. »Ja, fast. Wir haben leider im Augenblick ein Haar in der Seife, Vince. Deshalb bin ich auch gekommen. Brandshafts Tochter ist in der Stadt.«

Blackie taute bei diesen Worten etwas auf, und Step wußte, daß er richtig reagiert hatte. Irgendwie hatte Blackie von Vickis Rückkehr erfahren, und wenn er versucht hätte, dies zu verschweigen ...

»Ja«, sagte Blackie gedehnt. »Hatte ich mir fast gedacht. Weißt du, ich habe nämlich in Brandshafts Wohnung angerufen, um zu hören, was du so lange treibst. Nur bist nicht du an den Apparat gekommen, sondern ein Mädchen. Ich wußte nicht, wer das außer Vicki sein sollte.«

»Was hast du ihr gesagt?«

»Gar nichts; ich habe einfach aufgelegt.«

»Sie wird glauben, da hat sich jemand verwählt«, sagte Vince Whiting. »Passiert ja dauernd. Aber was ist das Problem, Step? Weshalb ist sie hier?«

Step berichtete von seinem Erlebnis. »Vielleicht hatte sie einfach nur Heimweh. Aber ihre Bemerkungen über Dee Dee bringen mich auf den Gedanken, daß sie wußte, da war etwas zwischen Delores Mason und ihrem Vater. Vielleicht ist das der eigentliche Grund für die Rückkehr; sie will den alten Knaben im Auge behalten.«

»Natürlich ist das der Grund!« sagte Blackie heftig. »Sie hat bestimmt gewußt, was für ein Lüstling ihr Paps ist, und hat vielleicht auch einen Tip wegen seiner neuen Freundin bekommen. Die Frage ist nur, wie lange sie bleiben will.«

»Was macht das schon?« fragte Step gelassen. »Sie nimmt an, ihr Vater steht längst knietief in einem Forellenbach.«

»Mag ja sein. Aber es besteht immer die Gefahr, daß sie ganz sichergehen will, daß ihr alter Mann Delores Masons Bett fernbleibt. Wenn sie herumzuschnüffeln beginnt ...«

In Steps Kopf schlug eine Alarmglocke an. »Moment mal. Wir wollen uns doch keine verrückten Sachen einreden.«

Blackie rieb sich die Wange; das knirschende Geräusch war Step unangenehm. »Habe ich ja ganz vergessen.« Er lächelte. »Du hast ja etwas für die Kleine übrig, nicht? So wie du dich bei ihrem Bild angestellt hast ...«

»Das hat nichts damit zu tun. Sie ist vom Typ her eine reiche Zicke – ganz und gar nicht meine Linie. Ich meine nur, wir sollten sie in Ruhe lassen.«

»Damit sie uns alles kaputtmachen kann?« Blackie runzelte die Stirn und setzte dann wieder ein heiteres Lächeln auf. »Ich sag dir was, Step. Ich habe da eine Idee, die dir gefallen müßte. Jemand müßte die Kleine im Auge behalten! Willst du den Job?«

»Was?«

»Ihr beide seid euch schon vorgestellt. Vielleicht nicht in aller Form, aber ihr kennt euch. Wenn ihr die Freundschaft nun aufrechterhaltet? Ruf sie an, führ sie aus. Meinst du, daß sie mitmacht?«

»Ich glaube nicht.«

»Schadet nichts, wenn man's versucht, nicht? So kannst du sie im Auge behalten, kannst ihr immer wieder Informationen über Delores Mason in Florida zukommen lassen ...« Er schnipste mit den Fingern. »He, ich hab da eine Idee. Vielleicht können wir einen kleinen Beweis organisieren.«

»Was für einen Beweis?«

»Einfach. Kein Problem. Wir lassen uns von Dee Dee eine Postkarte schreiben, einen hübschen Sonnenuntergang am Meer. Das Ding schicken wir dann von Key West ab, an dich adressiert.«

»Warum an mich?«

»Du hast ihr doch das Hotel empfohlen, nicht? Die Karte ist ihr Dankeschön. Du zeigst sie Vicki und zerstreust damit alle Zweifel.«

»Großartig«, sagte Whiting anerkennend. »Gut überlegt, Blackie.«

»Ja, ich werde auch laufend besser.« Er schien wieder sorgenfrei zu sein, schlug Step auf die Schulter und sagte: »Am besten siehst du jetzt mal nach deinem Mandanten, Mr. Vorhees. Er wird sicher mit dir sprechen wollen. Dann rufst du Vicki an und verabredest dich. Klar?«

Step sagte: »Gut. Nur ein kleines Problem, Blackie. Ob mir die Firma wohl einen kleinen persönlichen Kredit gewährt? Ich bin ziemlich blank.«

Blackie grinste. »Sprich mit Cookie, Step. Sie ist die Kassiererin.«

Im Gefängnisbereich des Theaters spielte Polo Dobek die Rolle seines Lebens. Der junge Schauspieler, der die Rolle des Gefängniswärters übernommen hatte, saß am Tisch, eine Zeitung auf dem Schoß geöffnet, das Kinn auf der blauuniformierten Brust, die Augen geschlossen, sanft entschlummert. So war er überzeugender als jeder noch so gut einstudierte Text.

Auch Brandshaft lieferte eine überzeugende Leistung, aber seine Rolle war einfacher. Er erhob sich von der Zellenpritsche, als er seinen Anwalt erblickte, das vollkommene Bild des verzweifelten, in hilfloser Wut lebenden Opfers einer langsamen Justiz. Er hatte sich gar nicht rasiert, obwohl die erforderlichen Dinge zur Verfügung standen, und die dichten Stoppeln verliehen seinen sinnlichen Zügen etwas Raubtierhaftes und Primitives. Als sich seine Hände um die Gitterstäbe schlossen, ähnelten sie Klauen. Step empfand Ekel vor dem Wesen in der falschen Zelle, die sie errichtet hatten, und dieses Gefühl löschte etwas von dem Mitleid aus, das sich heimlich in sein Verhalten geschlichen hatte.

»Vorhees, um Himmels willen«, brummte Brandshaft. »Was für eine Art Anwalt sind Sie eigentlich? Wußten Sie nicht, daß der Staatsanwalt hier war? Warum haben Sie mich nicht vertreten?«

»Bleiben Sie ruhig«, sagte Step. »Ich durfte an der Sitzung gar nicht teilnehmen, Mr. Brandshaft, nicht ohne Aufforderung.«

»Das gibt Ihnen noch lange nicht das Recht, mich im Stich zu lassen.«

Step hätte jetzt leicht aufbrausen können, aber Polos lautstarkes Erwachen nahm seine Aufmerksamkeit gefangen. Er starrte Step an, als wüßte er nicht, wo er war; zum Glück nahm er sich noch rechtzeitig zusammen und sagte: »Oh, hallo Mr. Vorhees. Wollen Sie den Gefangenen sprechen?«

»Ja. Wenn der Gefangene mich sprechen will.«

Als er in die Zelle gelassen wurde, forderte er Brandshaft auf, das Gespräch zwischen ihm und dem Staatsanwalt wiederzugeben.

»Er hat Süßholz geraspelt«, sagte Brandshaft bitter. »Aber damit hat er mich nicht getäuscht; ich wußte, was er wollte.«

»Und was haben Sie ihm gesagt?«

»Nichts!«

Step nickte. »Richtig so. Hat er etwas über die Anklage gesagt, die er vorbereitet?«

»Ja. Er sagte, die Umstände zwängen ihn, auf Mord ersten Grades zu plädieren. Er sagte auch, er persönlich hielte es ja für kaum vorstellbar, daß ein Mann wie ich … daß ich eines solchen Verbrechens fähig sei, aber er sei leider auf eine Reihe glasharter Tatsachen festgelegt. Er sagte, er wollte alles Erdenkliche tun, um mir zu helfen.«

»Hm. Und was für Hilfe hat er Ihnen angeboten?«

»Er wollte, daß ich eine Aussage, ein Geständnis unterschreibe. Ein Haufen Lügen, der ganze Text.«

»Sie haben nicht unterschrieben?«

»Natürlich nicht! Er sagte, ich machte einen Fehler. Ich müßte zwar auf jeden Fall vor Gericht, auch wenn ich meine Tat eingestanden hätte, ein Geständnis könnte mein Urteil aber mildern. Er sagte, man kann bei einem Mord ersten Grades nicht auf schuldig plädieren …«

»Das stimmt. Eine Anklage auf Mord ersten Grades erfordert immer ein Nicht-Schuldig der Verteidigung. So will es das Gesetz.«

»Aber er sagte, mein Geständnis würde darauf hindeuten, daß ich zumindest *wüßte*, ich habe ein Unrecht begangen. Daß es mir *leid täte*. Er sagte, es wäre die einzige Möglichkeit, mich vor dem …« Brandshaft hielt inne, als käme ihm die Warnung des Staatsanwaltes zum erstenmal richtig zu Bewußtsein. »… vor dem elektrischen Stuhl zu retten«, beendete er leise den Satz.

Er setzte sich auf die Pritsche, und Step mußte an Vicki Brandshaft denken. Die Erinnerung an das Mädchen und das Gesicht des Mannes vor ihm verschwammen ineinander und erfüllten seinen Körper mit einer seltsam kribbelnden Spannung, die ihn ein wenig taumeln ließ. Die Rolle entglitt ihm. Er spürte, wie sie ihm von den Schultern rutschte, wie ein lockerer Umhang.

Eine Sekunde lang stand er in der falschen Gefängniszelle, bloßgestellt als Stephen Sutter, Schauspieler, gescheiterter Rechtsanwalt, Betrüger, Verbrecher …

Aber Brandshaft bemerkte die Verwandlung nicht. Er sah etwas anderes. »Hören Sie, Vorhees«, sagte er leise. »Sie müssen etwas unternehmen. Egal was es kostet. Sie müssen mich hier herausholen.«

Step erholte sich. »Dieser Schweinehund!« explodierte er. »Dieser Hurensohn!«

Brandshaft blickte auf.

»Hören Sie, Mr. Brandshaft, niemand hat das Recht, Sie einzuschüchtern. Ich werde deswegen bei der Staatsanwaltschaft gehörig Wind machen, darauf können Sie sich verlassen! Sie haben noch keine Vorverhandlung gehabt, und bis dahin gibt es keinerlei Anklage gegen Sie. Im Augenblick sind Sie nur ein besserer Zeuge im Todesfall John Rodriguez – lassen Sie sich nichts anderes einreden.«

»Warum kann ich dann nicht hier raus? Warum hält man mich fest?«

»Das habe ich Ihnen doch schon gesagt. Sie sind hier wegen Mord*verdacht* festgesetzt, und das genügt leider, um eine Kaution unmöglich zu machen. Aber solange Sie nicht durch ein ordentliches Gericht formell angeklagt werden, brauchen Sie sich keine Sorgen zu machen.«

Brandshafts Gesicht gewann seine Farbe zurück, »Okay«, sagte er. »Okay.«

»Ich werde den Antrag stellen, daß Ihre Vorverhandlung in den nächsten vierundzwanzig Stunden stattfindet; solange Sie und Delores Mason bei Ihren Aussagen bleiben, hat eine Anklage auf Mord ersten Grades keine Chance. Das ist ein Versprechen.« Als Brandshaft immer noch zu zweifeln schien, sagte Step: »Sie glauben mir doch, ja?«

»Ja, wenn Sie es sagen. Es ist nur ... ich weiß nicht so recht, aber irgend etwas stimmt nicht an dieser ...«

»Stimmt nicht?«

»Ich meine, es ist seltsam. Ja, seltsam.« Vicki Brandshafts Vater starrte ihn in dumpfem Schmerz an.

Es regnete, als Step auf die Straße trat, aber er ging fast eine Meile weit zu Fuß, ließ sich von den kühlen Tropfen reinigen.

Erst zu Hause bemerkte er die Folgen des Regengusses. Er war bis auf die Haut durchnäßt, und das Wasser hatte seine billigen Ledersohlen aufgeweicht und abgelöst. Seine Socken waren naß, und sein Haar hatte sich über der Stirn verfilzt. Trotz seines klitschnassen Zustands galt sein erster Gedanke dem Telefon. Er setzte sich auf das Bett, wobei er auf der Schutzdecke einen nassen Fleck hinterließ, und wählte Warren Harkness' Nummer.

Er vermutete, daß Harkness schlecht hörte, und ließ es ein dutzendmal klingeln, ehe er aufgab. Er knallte den Hörer auf die Gabel und ließ sich rückwärts auf das Bett fallen, eine Hand über die Augen gelegt.

Er wachte auf, zitternd, verwundert über den Schlaf, der ihn so plötzlich überfallen hatte. Seine Uhr zeigte auf halb sechs, und er dachte an das Versprechen, das er Blackie gegeben hatte. Vor dem Anruf bei Vicki wählte er noch einmal Warren Harkness' Nummer. Keine Antwort.

Am Telefon klang Edward Brandshafts Tochter noch kühler und unnahbarer als im persönlichen Gespräch. Stephen mußte sich anstrengen, um den passenden Tonfall nonchalanten, romantischen Interesses aufzubringen.

»Hier ist Ihr Einbrecher«, sagte er flott. »Dan Vorhees. Ich habe meine Stehlerei für heute beendet, und da dachte ich mir, ich sollte Sie mal anrufen.«

»Oh?«

»Hören Sie, ich kann mir eigentlich nicht denken, daß ein nettes, ordentliches amerikanisches Mädchen wie Sie mit einem Verbrecher essen geht. Oder vielleicht doch?«

»Wie bitte?«

»Formulieren wir es mal so. Wenn ich Ihnen verspreche, keine Bestecke zu klauen und den Kassierer nicht zu berauben, würden Sie dann heute abend mit mir zum Essen gehen? Es sei denn, Sie hätten schon etwas vor.«

»Das habe ich, wo wir schon davon sprechen.«

»Wie wär's dann mit morgen abend?«

Sie schwieg, und er beschloß, ein As auszuspielen.

»Übrigens habe ich heute etwas über das Mädchen gehört – Delores Mason. Sie hatten sich nach ihr erkundigt. Ein Freund von mir, der sie kennt, hat aus Key West von ihr gehört. Ich dachte, das würde Sie interessieren.«

»Aber nicht *so* sehr«, sagte sie kühl. »Ich war nur neugierig, das ist alles.«

»Na gut, ich wollte Sie bestechen«, sagte Step. »Ich würde alles sagen, um Sie herumzukriegen. Daß ich ein ehrlicher Mensch bin, habe ich nie behauptet. Wie steht es also?«

Sie schwieg wieder, doch diesmal dauerte die Stille nicht lange.

»Morgen abend geht es auch nicht«, sagte sie. »Aber vielleicht zum Wochenende hin ...«

»Freitag?«

»Vielleicht Freitag. Wenn Sie mich morgens anrufen ...«

»Wann stehen Sie denn so auf?«

Hörte er ein kleines Auflachen?

»Rufen Sie gegen elf Uhr an«, sagte sie. »Natürlich kann ich noch nicht sicher sagen, ob ich frei bin.«

Step zog eine Grimasse und zwang sich, den lustigen Ton beizubehalten.

»Bis Freitag dann«, sagte er. »Wenn die Bullen mich nicht vorher schnappen.«

Er legte auf, ehe sie es sich anders überlegen konnte.

Als er wieder auf die Straße kam, lag nur noch ein leichter Dunst in der Luft; sein erhitztes Gesicht begrüßte die Abkühlung. Er ging in einen Drugstore an der Lexington Avenue und kaufte mit einem seiner wenigen verbleibenden Scheine eine Flasche Aspirin, Erkältungstabletten und eine Schachtel Papiertaschentücher. Dann betrat er eine Telefonzelle und wählte Warren Harkness' Nummer,

Es klingelte dreimal. Dann wurde abgenommen.

»Hallo?«

Es war nicht Harkness' Stimme.

»Wer ist da?« fragte Step.

»Hier Houston 4-5698«, erwiderte der Mann. »Wer spricht da, bitte?«

Es war Harkness' Nummer, aber nicht der alte Mann. Step war zu verwirrt, um vorsichtig zu sein.

»Könnte ich bitte Warren Harkness sprechen? Ich bin ein Freund von ihm.«

»Hier ist die Polizei. Würden Sie mir bitte Ihren Namen nennen?«

Step starrte auf die durchlöcherte Sprechmuschel und hängte ein.

In der Zelle war es nun durch sein zunehmendes Fieber unerträglich heiß geworden. Er wischte sich den Schweiß von der Stirn und schob noch eine Münze in den Schlitz. Er wählte Blackies Nummer und hörte es ein dutzendmal klingeln, ohne daß abgenommen wurde. Dann versuchte er sich an Vince Whitings oder Polos Nummer zu erinnern, doch ohne Erfolg. Er wußte, daß Whiting immer noch an dem zweifelhaften Privileg einer Geheimnummer festhielt, daß Polo Dobek aber im Telefonbuch stehen müßte. Er verließ also die Zelle und nahm das Telefonbuch von Manhattan in Angriff. Seine brennenden Augen hatten Mühe mit dem kleinen Druck, aber er machte schließlich aus: DOBEK, HERMAN. Er kehrte zum Telefon zurück und erhielt diesmal Antwort.

»Hallo, Polo? Hier Step. Ist Blackie bei dir?«

»Nein, Mann«, kicherte Polo mit trunkener Stimme. »Blackie ist woanders. He, Step, willst du auf 'ne Party? Die Leiche ist hier!«

»Wer?«

»Der Tote, Mensch, der Körper. Chili.« Er lachte wild.

»Komm, machen wir 'ne Party, Step. Blackie und Vince kommen nachher auch noch, wenn sie das Polizeirevier auseinandergenommen haben ...«

»Polo, was ist mit Harkness? Hast du ihn gesehen?«

Ein kurzes Schweigen trat ein. Dann sagte Polo: »Weißt du's etwa noch nicht?«

»Ich weiß überhaupt nichts. Ich habe eben bei ihm angerufen und hatte die Bullen dran.«

»Klar, Mann, da wimmelt's heute von Polizei. Der arme Schlucker ...«

»Was ist mit ihm, Polo? Was soll das alles?«

»Mann, der alte Knabe hat den kürzesten Abtritt gewählt. Wußtest du das nicht? Hat seine blaugehärtete Gilette genommen und voll zugelangt. Brr! Von einem Ohr zum anderen. Komm nur rüber, Step, dann trinken wir auf den alten Schweinehund.«

XII

Edward Brandshaft zog sich in die äußerste Ecke seiner Gefängniszelle zurück, um bei der Lektüre seiner Post möglichst ungestört zu sein. Der Anblick des vertrauten blauen Briefpapiers war schon schmerzlich, ehe er die ersten getippten Worte Vickis las.

Lieber Paps!

Ich kann Dir gar nicht sagen, wie sehr mich belastet, was da passiert ist. Aber Du mußt mir bitte, bitte glauben, daß ich Dich verstehe und Dir nach besten Kräften helfen möchte. Ich habe mit Dan Vorhees gesprochen, und er versichert mir, es werde alles menschenmögliche getan und er sei zuversichtlich, daß Du bald entlassen wirst. Die ganze Sache war ein schreckliches Mißverständnis, und das Gericht wird bestimmt erkennen, daß Dir der Tod des Mannes nicht anzulasten ist. Ich respektiere Deinen Wunsch, alleingelassen zu werden, zumindest bis zur Vorverhandlung, aber dann versuch bitte nicht, mich von Dir fernzuhalten. Soll ich mich mit Dr. Granik in Verbindung setzen? Vielleicht kann seine Aussage helfen. Bitte gib mir Bescheid.

Alles Liebe,

Victoria

Er ließ den Brief in den Schoß sinken. Als er Dan Vorhees auf die Zellentür zukommen sah, steckte er ihn wieder in den Umschlag und legte ihn unter das harte Kissen seiner Pritsche.

»Mr. Brandshaft?« sagte Vorhees. Er wirkte bleich und ernst; seine unnatürlich aufrechte Haltung hatte etwas Drohendes.

Der Wärter ließ den Anwalt in die Zelle, und Vorhees nahm Platz. »Was ist los?« fragte Brandshaft. »Sie sehen ja fürchterlich aus …«

»Eine Erkältung, weiter nichts«, sagte Vorhees langsam. »Mir ist nicht besonders gut. Der Regen gestern hat mich erwischt.«

»Regen?« fragte Brandshaft. »Hat es geregnet?«

»Ja.«

»Komisch. Regen, und ich hab's nicht gewußt.«

Vorhees senkte den Blick. »Das ist leider im Augenblick nicht mein einziges Problem, Mr. Brandshaft. Ich wünschte, es bliebe mir erspart, aber es gibt keinen anderen Weg. Ich muß Ihnen schlechte Nachrichten bringen – bezüglich der Vorverhandlung.«

»Die Vorverhandlung? Sie meinen, die Sache zieht sich noch länger hin?«

»Schlimmer als das. Ich werde Ihnen empfehlen müssen, auf Ihr Recht auf eine Vorverhandlung überhaupt zu verzichten.«

»Auf die Verhandlung verzichten? Aber Sie haben mir doch gesagt ...«

»Ich weiß, was ich Ihnen gesagt habe, aber es hat sich einiges geändert. Ja, Sie haben das Recht, vor einen Richter geführt zu werden, und unter normalen Umständen ist das auch das klügste. Viele Fälle werden schon bei der Voruntersuchung erledigt und kommen gar nicht zum Prozeß. Doch in diesem Fall kann eine Voruntersuchung nur weitere Verzögerung oder Schlimmeres bedeuten. Deshalb möchte ich, daß Sie einen Verzicht aussprechen.«

»Aber warum? Was ist denn anders geworden?«

»Alles«, sagte Vorhees bitter. »Der ganze verdammte Fall hat sich über Nacht umgekehrt.«

»Wie denn?«

Der Anwalt seufzte und griff in seine Aktentasche.

»Hierdurch, Mr. Brandshaft. Eine neue Aussage, die gerade bei der Staatsanwaltschaft für die Unterschrift von Delores Mason vorbereitet wurde. Dies ist eine Fotokopie, aber Sie sehen, daß Miss Mason bereits unterzeichnet hat. Damit ändert sich alles, was ich über den Fall bisher wußte. Sie werden das verstehen, wenn Sie den Text gehört haben.«

Mit leiser, monotoner Stimme begann er zu lesen:

»›Ich, Delores Mason, ändere hiermit meine ursprüngliche Aussage über den Tod meines Mannes John Rodriguez am Abend des 10. August in meiner Wohnung in der Water Street 17, New York. Mein Mann bedrängte mich nicht, als er von Edward Brandshaft, meinem Arbeitgeber, getötet wurde. Er versuchte mich lediglich davon abzuhalten, die Wohnung zu verlassen, um ein Rendezvous mit Mr. Brandshaft in Maine einzuhalten. Mr. Brandshaft und ich hatten einen einmonatigen gemeinsamen Urlaub arrangiert und wollten gerade abfahren, als mein Mann John Rodriguez, von dem ich getrennt lebte, die Wohnung betrat. Mein Mann und ich stritten uns. Während dieser Auseinandersetzung ging Edward Brandshaft in das Schlafzimmer der Wohnung. Wenige Minuten später erschien er mit der .45 Automatic, die ich im Nachttisch neben meinem Bett aufbewahrte. Die Waffe war ein Kriegssouvenir meines Mannes. Mr. Brandshaft wußte, daß die Waffe dort lag, weil ich bei früherer Gelegenheit davon gesprochen hatte. Er schoß kaltblütig auf meinen Mann und tötete ihn. Als er zu fliehen versuchte, ging ich ins Schlafzimmer und rief die Polizei an. Er kam dann zu dem Schluß, daß eine Flucht sinnlos war, und blieb bis zur Ankunft der Beamten. Unterzeichnet, Delores Mason.‹«

Brandshaft hatte zugehört, als ginge ihn das alles nichts an. Er nahm dem Anwalt das Dokument aus der Hand und las es selbst noch einmal durch, wobei sich seine Lippen bewegten.

»Und was bedeutet das?« fragte er fast gleichgültig.

»Es bedeutet, daß sich Ihr einziger Zeuge gegen Sie gewandt hat«, sagte Vorhees hart. »Es bedeutet, daß diese Information automatisch zu einer Anklage wegen Mord ersten Grades führt, welches Argument wir vor einem Untersuchungsrichter auch vorbringen. Deshalb bitte ich Sie ja, die Voruntersuchung auszuschlagen und einverstanden zu sein, daß wir den Fall gleich vor ein Schwurgericht bringen. Eine Vorverhandlung, in der diese Aussage als Beweis eingebracht wird, kann sich für Sie nur belastend auswirken. Ich möchte nicht, daß dies ein Richter zu Gesicht bekommt, Mr. Brandshaft; ich möchte lieber, daß wir uns auf eine Jury verlassen.«

»Eine Jury? Wir müssen vor die Geschworenen?«

»Es gibt keine andere Möglichkeit, glauben Sie mir.«

»Aber ich bin doch noch gar nicht angeklagt worden! Vielleicht würde ein Richter mich verstehen, vielleicht könnten wir ihn überzeugen …«

»Hören Sie zu! Ich kenne den Untersuchungsrichter, der Ihre Vorverhandlung führen würde. Der Mann ist ein Pfennigfuchser, was die juristischen Vorschriften angeht, ein wirklich harter Brocken. Mit einem derart konkreten Beweis verhängt er die Anklage ersten Grades so sicher wie das Amen in der Kirche. Und das könnte sich nachteilig auf Ihren Prozeß auswirken, begreifen Sie nicht? Alle Aussagen der Vorverhandlung stünden sowohl der Verteidigung als auch der Anklagevertretung zur Verfügung. Mr. Grant würde alles gegen uns verwenden, Mr. Brandshaft, würde die Dinge hinbiegen, bis Sie keine Chance mehr haben, der Höchststrafe zu entgehen.«

»O *Gott*!« jammerte Brandshaft. »Wie ist das möglich? Wie kann der Staatsanwalt sich so irren?«

Vorhees wirkte kraftlos. »Bitte«, sagte er schwach, »nehmen Sie sich zusammen, Mr. Brandshaft.«

»Aber das Mädchen *lügt*! Begreifen Sie nicht? Sie ist eine Schlampe, eine Betrügerin, eine *Lügnerin*! Sie weiß, daß ich nicht mit Vorbedacht gehandelt habe. Sie *weiß* das. Warum sollte sie lügen? Was hat sie gegen mich?«

»Das will ich Ihnen sagen«, brummte Vorhees. »Sie haben ihren Johnny getötet, Mr. Brandshaft, das hat sie gegen Sie.«

»Aber sie lebte doch getrennt von ihm – wollte nichts mehr mit ihm zu tun haben …«

»Das hat sie Ihnen gesagt. Vielleicht hat sie sich das auch selbst eingeredet. Aber sie war noch immer verrückt nach ihm, Mr. Brandshaft, das müssen Sie doch schon vermutet haben. Als sie ihn tot am Boden liegen sah, von der Pistole getötet, die Sie abgefeuert haben … na, sie hat Ihnen zuerst vielleicht verzeihen wollen, aber als sie dann zu sich kam, war ihr nur eins wichtig – die Tatsache, daß Johnny tot war und daß Sie dafür verantwortlich waren. Und als der Staatsanwalt sie dann in die Mangel nahm und ihr vielleicht mit einer Anklage auf Mittäterschaft drohte, sah sie nur einen Ausweg. Und ich fürchte, wir können absolut nichts dagegen tun.«

»Aber es muß doch eine Möglichkeit geben! Einen Ausweg! Sie sind mein Anwalt, um Himmels willen. Helfen Sie mir!«

»Ich tue mein möglichstes, Mr. Brandshaft.«

»Dann tun Sie mehr, tun Sie *mehr*!« Er begann haltlos zu schluchzen. »Um Gottes willen, Vorhees, ich habe in meinem Leben keinem Menschen etwas zuleide getan. Können Sie mir nicht helfen – bitte?«

XIII

Step Sutter verbrachte den folgenden Tag im Bett, trank literweise Fruchtsaft und wechselte von unruhigem Schlaf in lange, melancholische Wachperioden. Am Freitag morgen stand er jedoch wieder auf und zog sich an. Der Gottesdienst für Warren Harkness fand in einer Kapelle statt, nur zwei Querstraßen vom Broadway entfernt, den Harkness zu Lebzeiten nicht erobert hatte. Es waren nur wenige Trauernde da, und die Prozession zum Friedhof war noch kürzer. Step, der sich darüber ärgerte, daß außer Sammy Schultz von der Gruppe niemand erschienen war, kam trotzdem zu dem Schluß, daß er die Feier nicht bis zum Ende mitmachen konnte. Er verließ die Kapelle nach der kurzen Predigt und suchte in den überhitzten und halb verlassenen Straßen nach Leben. Ziellos blieb er am Broadway vor einer Vergnügungshalle stehen und trat ein. Der Saal war leer bis auf einen schläfrigen alten Mann, der Gewehre reinigte. Step zahlte fünfundzwanzig Cents und gab fünf hastige Schüsse auf ein bewegliches Entenziel ab. Der Lärm der Schüsse war ohrenbetäubend, und er traf nur einmal. Er ließ das Gewehr auf den Tresen fallen und marschierte hinaus; die Aggressivität hatte ihm gutgetan.

Die Wanderung über den Broadway weckte in ihm die Erinnerung an einen anderen Spaziergang, an dem Tag, als er zum erstenmal mit der Gruppe zu tun bekam – und mit dem Brandshaft-Spaß. Damals hatte er dasselbe Problem gehabt – keinen Dollar Wechselgeld mehr in der Tasche –, und die dicke Beute von einer Million, die Blackie vor Augen schwebte, erschien nicht halb so real oder greifbar wie die Notwendigkeit von Essen, Trinken und Mietgeld. Er bedachte die Möglichkeit, seinen Vater um einen Zuschuß anzugehen, erstickte den Gedanken jedoch im Keim. Dann erinnerte er sich an Blackies Bemerkung, was im Falle einer finanziellen Krise zu tun sei. Dieser Ausweg deprimierte ihn, aber er wußte, daß er es tun mußte. Auf der 46th Street wandte er sich nach Osten und machte sich auf den Weg zu dem Wohnhotel, in dem Mrs. Cook wohnte.

Als er die Vorhalle betrat, fragte ihn ein schmutziger Pförtner nach seinen Wünschen, und er erkundigte sich, ob Mrs. Cook im Hause sei. Der Pförtner knurrte etwas und benutzte das Haustelefon. Als er Steps Namen erwähnte, reagierte Mrs. Cook offenbar mit einladenden Worten, denn der Pförtner wurde höflicher und sagte Step, er möge sich zum Zimmer 408 begeben.

Step betrat den automatischen Fahrstuhl und ging noch einmal seine Bittrede durch.

Mrs. Cook trug ein dünnes Bettjäckchen über einem Negligé, das um einige Jahrzehnte hinter der Mode zurück war. Das Morgenlicht schmeichelte ihrem Gesicht und Hals gar nicht, doch sie begrüßte Step mit der Begeisterung eines jungen Mädchens.

»Mein Lieblingsanwalt«, sagte sie lachend, ergriff seinen Arm und zog ihn herein. »Stören Sie sich nicht an dem Durcheinander hier. Jeden Nachmittag kommt eine Frau und bringt alles in Ordnung – Gott sei Dank, ich bin einfach keine Hausfrau. Also!« Sie ließ sich auf das geschwungene Brokatsofa fallen, das in dem kleinen Wohnzimmer dominierte, und klopfte die Kissen hinter sich zurecht. »Was haben Sie so gemacht, Step?«

»Ich komme gerade von einem Begräbnis«, sagte er und vergaß seinen Entschluß, sich fröhlich zu geben. »Sie haben sicher von der Sache mit Harkness gehört.«

»O ja, der arme Mann. Eine schreckliche Sache, nicht? Er muß ja richtig *krank* gewesen sein. Lag es daran? An irgendeiner schrecklichen Krankheit oder so, an etwas Unheilbarem?«

»Irgendwie schon«, sagte Step.

»Schrecklich, schrecklich.« Ihr Gesicht verhärtete sich. »Und so unpassend, nicht? Ihr werdet es jetzt sehr schlau anstellen müssen, nicht wahr? Bei eurem Freund Brandshaft, meine ich.«

»Oh, da haben wir uns schon geholfen. Wir mußten nur das Drehbuch ein wenig ändern, aber wir kommen schon hin. Brandshaft glaubt immer noch an den elektrischen Stuhl – wenn ich nicht ein Kaninchen aus dem Hut zaubere.«

»Und das werden Sie natürlich tun.« Sie lachte leise. »Ein Millionen-Dollar-Kaninchen.«

»Wenn es soweit ist. Im Augenblick aber, Mrs. Cook ...« Er zögerte.

»Warum setzen Sie sich nicht? Sie machen mich ganz nervös, wenn Sie da so rumstehen. Möchten Sie einen Drink oder so?«

Er setzte sich neben sie. »Nein danke. Im Moment, Mrs. Cook, habe ich leider ein kleines Dollarproblem. Ich komme damit nicht gern zu Ihnen, aber Blackie hat gesagt, daß Sie es ganz gern sähen, wenn wir ... na, wenn einer von uns finanzielle Hilfe braucht.«

»Oh.« Sie zog den Rock ihres Negligés enger um ihre Knie. »Sie sind wegen Geld hier?«

»Nichts Großes. Ich dachte, wenn Sie mir vielleicht fünfundzwanzig Dollar leihen könnten ...«

»Leihen?«

»Natürlich. Ich will sie Ihnen ja zurückzahlen. Ich habe in den letzten Tagen ziemlich viel Geld gebraucht – Taxikosten und so. Und ich mußte die Aktentasche kaufen, um wie ein Rechtsanwalt auszusehen. Solche Dinge. Wenn es natürlich nicht möglich ist ...«

»Seien Sie kein Dummerchen«, sagte sie hastig. »Ich habe schon soviel in das Projekt investiert, Step, da machen fünfundzwanzig Dollar auch nichts mehr aus. Ich *möchte*, daß ihr Jungs zu mir kommt, wenn ihr Geld braucht. Immerhin gehöre ich ja dazu, oder?« Sie rückte näher.

»Natürlich. Ohne Sie hätten wir nichts machen können.«

»Sie sind ja wirklich Jurist, Sie wollen mir schmeicheln, nicht?« Sie lächelte, die Lippen dicht vor seinem Gesicht. »Sie haben so ein *nettes* Gesicht, Step. Manchmal sehen Sie wie ein trotziger kleiner Junge aus. Aber Sie sind kein kleiner Junge mehr, wie?«

»Kaum.«

»Sie mögen Dee Dee sehr, ja?«

»Ich bin ein paarmal mit ihr ausgegangen.«

»Sie ist so hübsch. Ihr dunkles Haar und die hinreißenden Augen. Meinen Sie auch, daß sie hübsch ist, Step?«

»Ja.«

»Und sie ist jung, das ist für einen jungen Mann immer wichtig. Sie mögen junge Mädchen, nicht wahr, Step? Sogar die alten Männer, alte Knacker wie Brandshaft, mögen junge Mädchen. Sie auch?«

»An das Alter denke ich eigentlich nie«, sagte er vorsichtig.

»Denken *Sie* an mein Alter? Jetzt?« Sie war nun so nahe, daß ihre Absicht nicht zu verkennen war. Step blieb starr sitzen wie ein Denkmal. Er hatte gar nicht an diese Möglichkeit gedacht, als er sich für den Besuch bei Mrs. Cook entschied; er hätte an die deutliche Aufforderung ihrer Worte und Blicke denken sollen, als sie sich in dem alten Studio an der 7th Street zum erstenmal begegneten. Damals hatte er so halb überlegt, daß ein Liebesdienst bei ihr vielleicht gar nicht so unangenehm wäre – aber jetzt wollte er nur ihren starken, dünnen Armen entfliehen.

»Mrs. Cook«, sagte er vorsichtig. »Ich will Ihnen lieber gleich sagen, daß ich mir neulich eine schlimme Erkältung geholt habe. Ich möchte nicht, daß Sie sich anstecken.«

»Sie armer Junge«, jammerte sie und strich ihm über die Wange. »Sie gehören ins Bett.«

»Ich komme gerade von einem Begräbnis, Mrs. Cook. Mir ist nicht sehr nach Zubettgehen zumute.«

Das Begräbnis hatte die gewünschte Wirkung. Sie ließ ihn langsam und zögernd los, offenbar ohne gekränkt zu sein. Step seufzte, froh, daß diese Hürde genommen war.

»Aber ja«, sagte Mrs. Cook und biß sich auf die Lippen. »Dieser arme, alte Mann. Wissen Sie, ich hatte immer das Gefühl, er war nicht ganz *richtig* da oben.« Sie tippte sich gegen die Schläfe.

»Was meinen Sie?«

»Ach, Sie wissen schon. Sein verrückter Einfall, Brandshaft aufzusuchen! Er hätte die ganze Sache glatt schmeißen können, nicht?«

Steps Rückenmuskeln spannten sich. »Was meinen Sie? Wann hat Harkness Brandshaft gesehen? Ich dachte, die beiden wären sich nie begegnet?«

»Aber doch! Wußten Sie das nicht?«

»Nein! Wann war das?«

»Ach, du meine Güte.« Mrs. Cook schien verwirrt. »Wahrscheinlich wollten es Ihnen die anderen gar nicht sagen, weil er doch Ihr *Freund* war. Es ist irgendwann in der letzten Woche passiert. Er rief Polo im Studio an und sagte, er müßte ihm etwas sehr Wichtiges sagen. Er bestand darauf, daß sich Polo sofort mit ihm im Sunshine Diner traf – auf der anderen Straßenseite. Natürlich ging Polo hin. Zum Glück kam er rechtzeitig zurück, um Harkness noch vorzufinden – an Brandshafts

Zelle. Können Sie sich das vorstellen? An der Zelle, und er sprach mit ihm!«

»Was sagte er denn?«

»Das weiß ich eigentlich nicht. Er hatte getrunken, das ist sicher, und Polo sagte, er hatte Mühe, einen zusammenhängenden Satz herauszubringen. Glück für uns. Polo tat, als sei er nur ein alter Säufer, der sich ins Gebäude verirrt hatte. Hat Brandshaft nichts davon gesagt?«

»Nein, nicht direkt. Allerdings hat er sich letztesmal komisch ausgedrückt – daß die Dinge irgendwie seltsam seien …«

»Glauben Sie, er hat Verdacht geschöpft?«

»Nein, so ernst ist es sicher nicht.«

»Na.« Mrs. Cook seufzte. »Jedenfalls brauchen wir uns um Harkness keine Sorgen zu machen. Ich meine, nachdem er nun nicht mehr bei uns ist.« Sie stand auf und glättete das Negligé über ihren Hüften. »Dann will ich Ihnen jetzt das Geld geben, Step. Aber machen Sie sich keine Sorgen wegen der Rückzahlung. Sie wissen schon, was vom Geldverleihen gesagt wird – der sicherste Weg, Freunde zu verlieren. Und das soll uns doch nicht passieren, wie, Step?« Sie legte die Hand unter sein Kinn und lächelte ihm in die Augen.

Als er den Hoteleingang hinter sich gebracht hatte, das Geld in der Brieftasche, fiel ihm der Gedanke an das Telefongespräch mit Vicki Brandshaft schon leichter. Er betrat die nächste Telefonzelle und wählte ihre Nummer. Heute war Vicki nur noch halb so unnahbar und bestätigte, daß die Verabredung am Abend klappen würde. Er dankte und willigte ein, sie um sieben Uhr abzuholen.

Am Abend regnete es wieder, und er verbrachte eine halbe Stunde mit dem sinnlosen Versuch, ein Taxi anzuhalten. Als er schließlich um halb acht vor Vickis Wohnungstür eintraf, öffnete sie die Tür und sagte: »Ich ahnte schon, daß wir uns wegen des Regens verspäten würden ...«

Er grinste sie schwach an. Sie trug eine schwarze Wollweste über beigefarbener Bluse und wirkte noch hübscher, als er sie in Erinnerung hatte – und auf undefinierbare Weise auch anders.

Er führte sie zu Siboni – eine wohlüberlegte Entscheidung. Mit seiner ungewöhnlichen Atmosphäre und den bescheidenen Preisen gehörte es sicher nicht zu der Art Restaurant, die Vicki kannte. Es war nicht vornehm und auch nicht studentisch. Spesenritter und Gesellschaftsreporter machten einen Bogen darum – und ebenso natürlich die reichen Töchter auf Vergnügungstour. Step wußte, daß seine Entscheidung richtig gewesen war, als sie sich gesetzt hatten und der Kellner eine Flasche Rosé brachte.

»Mr. Siboni sagt, ich soll Ihnen dies bringen«, sagte er galant. »Mr. Siboni hat es sich zur Regel gemacht, jedem auffallend hübschen Mädchen, das in unser Restaurant kommt, mit den besten Empfehlungen eine Flasche Wein an den Tisch zu bringen. Wenn Sie gestatten?« Und er füllte ihre Gläser.

Vicki war von der Geste sichtlich angetan, aber sie versuchte, es sich nicht anmerken zu lassen. »Ein hübsches Lokal«, sagte sie kühl. »Sind Sie oft hier?«

»So oft wie möglich.«

»Und ... bekommen Sie viele Flaschen Rosé – mit Empfehlung von Mr. Siboni?«

Step hielt sich die übergroße Speisenkarte vor das Gesicht und grinste. »Ich empfehle die Kotelettchen«, sagte er.

Er fühlte sich schon besser. Seine Füße ruhten klamm in den noch immer feuchten Schuhen, und in seinen Schläfen pulsierte ein dumpfer Schmerz, aber er war zufrieden und empfand sogar einen Anflug von Fröhlichkeit.

Sie nahmen Antipasto, Kalbfleisch à la Marsala, dünne braune Spaghetti mit Mr. Sibonis Spezialsauce, dazu einen Baba au Rhum, den Vicki nicht ganz schaffte. Sie sprachen wenig während des Essens, und Step hatte das Gefühl, sie warte darauf, daß er die Sprache auf Delores Mason brachte. Die falsche Postkarte, von einem Versanddienst in Florida aufgegeben, ruhte in seiner Manteltasche und wartete auf den psychologisch richtigen Augenblick.

Er beobachtete sie sorgsam während des Essens und bemerkte die feinen, eingeübten Bewegungen von Messer und Gabel, die vornehme Erziehung in Aktion. Aber so sehr er sich auch bemühte – er vermochte keine Verachtung für das aufzubringen, was sie war oder hätte sein sollen: ein Produkt leichtverdienten Geldes, flacher Werte, gedankenloser Schulung – eine Tochter der Reichen. Zum einen war sie zu hübsch. Die glatten, weichen Flächen ihres Gesichts, nur wenige Zentimeter von ihm entfernt, machten es schwer, sich auf etwas anderes als ihre Schönheit zu konzentrieren. Und zum anderen ihre Augen, die Augen, die er auf der schlecht ausgeleuchteten Fotografie in Edward Brandshafts Brieftasche nicht hatte erkennen können – diese Augen waren traurig und intelligent.

Wenn sie sprach, dann wußte er, daß ihre Worte nicht die eisige Verachtung vermitteln sollten, die er darin spürte, sondern daß es sorgsam gewählte Worte der Verteidigung waren. Aber wogegen sollten sie verteidigen? Ahnte sie, was mit ihm los war? Oder wurden alle Männer von Victoria Brandshaft gleich behandelt?

Als sie mit dem Essen fertig waren, hatten sie Delores Mason nicht einmal erwähnt. Sie unterhielten sich über andere Themen, triviale Dinge, die durch Jugend und Kerzenschimmer und Rosé Bedeutung gewannen. Step begann, den Abend zu genießen, und mußte sich seine Absicht gewaltsam ins Gedächtnis zurückrufen.

Er erfuhr, daß sie Musik mochte, Streichquartette und Jazzquartette, und versuchte im letzten Augenblick Plätze in einem Mitternachtskonzert zu reservieren. Als das nicht klappte, lud sie ihn auf einen Stereoabend zu sich nach Hause ein. Sie war dabei völlig unbefangen, und Step willigte ein.

Sie kehrten um halb zehn in das Haus an der Park Avenue zurück, und erst nach dem zweiten Drink erinnerte sich Step an die Ansichtskarte in seiner Tasche. Er nahm sie beiläufig heraus und sagte: »He, wissen Sie noch, was ich Ihnen am Telefon sagte? Über dieses Mädchen – Delores Mason? Ich dachte mir, daß Sie sich vielleicht für die Karte hier interessieren.«

Sie nahm sie und betrachtete neugierig das Bild.

»Los, lesen Sie schon. Ich hab das Ding heute mit der Post erhalten.«

Sie drehte die Karte um und las den Text laut vor: »›Lieber Dan. Vielen Dank für den Tip. Das Hotel ist großartig – wie auch Key West. Ich habe viel Spaß hier. Möchten Sie nicht auch hier sein? Delores ...‹«

Ihr Gesicht wurde wachsbleich.

»Nun denken Sie nicht gleich das Falsche«, sagte er jovial. »Ich kenne das Mädchen kaum. Ich habe ihr nur das Hotel empfohlen und mich auch nicht im Nachbarzimmer eingemietet. He, was haben Sie?«

Sie erhob sich und ging wortlos auf die Tür zu.

Er folgte ihr hastig. »Was ist los, Vicky?«

»Bitte ...«

Er kannte die Wirkung von Tränen auf die menschliche Stimme. Er hob die Hand und umfaßte ihren Ellenbogen. Sie schüttelte ihn nicht ab. Langsam drehte er sie herum und sah die salzigen Spuren auf ihren Wangen. Er sagte: »Was habe ich da nur angerichtet? Was ist passiert?«

»Nichts, nichts.« Sie wandte den Kopf zur Seite.

»Wenn ich gewußt hätte, daß eine blöde Ansichtskarte Sie aus der Fassung bringen würde ...«

»Das ist es ja gar nicht.« Nun entzog sie sich seinem Griff und kehrte ins Zimmer zurück, sank in eine Ecke des seidengepolsterten Sofas und ließ den Tränen freien Lauf. Er tat das Klügste und ließ sie einige Minuten in Ruhe, setzte sich schließlich neben sie und wartete geduldig, bis der Strom versiegte. Offenbar wirkte die Postkarte durchschlagender, als er erwartet hatte.

»Wollen Sie's mir erzählen?« fragte er leise. »Ich habe zwei große Ohren und hübsch gepolsterte Schultern.«

Sie sah ihn an und wischte sich mit den Fingerspitzen über die Wangen. »Es ist blöd von mir, mich so aufzuführen ...«

»Nicht, wenn Sie einen Grund haben. Und den haben Sie doch, ja?«

»Boshaftigkeit«, sagte sie. »Reine Boshaftigkeit.«

»Was?«

»Ich weiß nicht, wie Leute so sein können. Was sie so denken. Ihre schmutzige Phantasie ...« Ihr Kinn reckte sich entschlossen. Sie stand auf, trat zu dem hellen Schreibtisch an der Wand, den er vor wenigen Tagen durchsucht hatte, schob das Rollo zurück und nahm einen geöffneten Umschlag von der Schreibunterlage. Sie brachte ihn zur Couch und reichte ihn Step.

»Soll ich das auch wirklich lesen?«

»Los, lesen Sie«, sagte sie bitter. »Sehen Sie selbst, wie fies Menschen sein können.«

Er öffnete den Umschlag und zog den Brief heraus. Auf einem Briefbogen der Brandshaft Grundstücksverwaltung stand säuberlich mit Maschine geschrieben:

Liebe Miss Brandshaft!

Ich halte es für meine Pflicht, Ihnen etwas über Ihren Vater mitzuteilen. Wie Sie vielleicht schon gehört haben, beabsichtigt Mr. Brandshaft ab 10. August einen einmonatigen Urlaub anzutreten, und ich nehme an, er will seinen üblichen Besuch in Maine machen.

Kürzlich hat die Firma eine junge Stenotypistin namens Delores Mason eingestellt. Miss Mason, deren äußere Erscheinung hübsch ist, hat ihre Pflichten nicht in einem Maße erfüllt, die ich für völlig zufriedenstellend hielt. Mr. Brandshaft hat es dennoch für notwendig gehalten, sie auch für Überstunden heranzuziehen. Ich habe zwar keine unmittelbare Kenntnis von dieser Tatsache, aber den Bürogerüchten zufolge sind Mr. Brandshaft und Miss Mason auch außerhalb des Büros eng liiert.

Normalerweise würde mich diese Beziehung natürlich nichts angehen, aber ein kürzlich aufgetretener Zufall veranlaßt mich, Ihnen zu schreiben. Gestern reichte Miss Mason ein Urlaubsgesuch ein – auf einen Monat ab 10. August. Ich ziehe keine Schlußfolgerung aus der Übereinstimmung der Urlaubszeiten, sondern hielt es in Anbetracht aller Umstände für geraten, Sie über die Lage zu informieren. Wenn ich Ihnen weiter dienlich sein kann, geben Sie mir bitte Bescheid.

Ihr Robert Seaton

»Wer ist Seaton?« fragte Step, der die Antwort bereits kannte.

»Er ist Verwaltungschef meines Vaters. Ein unangenehmer kleiner Mann, ein verlogener Gerüchteverbreiter!«

»Aber wenigstens wissen Sie jetzt, daß es nicht stimmt. Haben Sie deshalb … das College verlassen?«

Sie zündete sich eine Zigarette an und nickte. »Mein Vater ist irgendwie seltsam, Dan. Oh, vielleicht nicht seltsamer als viele andere auch. Aber er hat so eine Neigung …«

»Wollen Sie mir bestimmt davon erzählen?«

»Doch, ich will Ihnen davon erzählen.«

Sie stützte den Kopf gegen die Sofalehne, ließ große Rauchwolken aufsteigen und sprach, ohne ihn anzusehen.

»Ich glaube, es hat irgendwie mit seiner ersten Frau zu tun. Sie war erst siebzehn, als sie sich kennenlernten, und man kann sie wohl als bezaubernde Schönheit bezeichnen. Sie war Schauspielerin; wenigstens hatte sie eine winzige Rolle in einem Musical, das *Haltet den Tiger!* hieß oder so. Ich habe noch ein Bild von ihr in der Reihe der Chormädchen, Sie wissen schon, mit fransigem Kleid, Stirnband und baumelndem Haar. Die beiden waren nicht sehr lange verheiratet, drei Jahre oder so. Dann ließ sie sich mit einem Mann aus dem Chor ein, einem egoistischen blonden Adonistyp. Paps kam ihr auf die Schliche und warf sie hinaus. Sie hatte sich auch eine schlechte Zeit dafür ausgesucht; Paps war gerade dabei, im Maklergeschäft seine erste Million zu verdienen.

Jedenfalls ließ sich Paps von Harriet Rice scheiden – das war ihr Name –, und sie heiratete ihren blonden Adonis und bekam sogar ein Kind von ihm. Aber auch ihn hat sie dann später sitzenlassen. Was Vater angeht, der besaß ein Jahr später die Million, die er sich vorgenommen hatte, und nun begann das Familienvermögen wirklich zu wachsen. In dieser Zeit traf er Mutter, Estelle Mansville Rigsby, aus Bar Harbor – eine Debütantin. Hört sich das langweilig an? War sie aber nicht, glauben Sie mir. Sie war ein Rehkitz, neunzehn Jahre alt. Paps war dreißig, als sie heirateten.

Sie starb, als ich fünfzehn war«, sagte Vicki. »Und etwa ein Jahr nach ihrem Tode begann ich zu vermuten, daß sich Paps für andere Frauen interessierte. Nicht für Frauen seines Alters, sondern für Frauen im Alter seiner Bräute. Es war eine erschreckende Erkenntnis; und ich war mir nicht sicher, warum es mich so erschreckte.

Das ging so viele Jahre hindurch. Vor etwa einem Jahr kam es allerdings zu einem handfesten Krach. Ich war damals in Massachusetts auf dem College, als mir jemand aus Paps' Büro einen Brief schrieb und ich nach Hause kam, um mal nach dem Rechten zu sehen. Ich traf spät ein und marschierte in die Wohnung, ohne mich anzumelden. Und da fand ich *sie*. In meinem Zimmer.«

Step rührte sich nicht. Er atmete kaum.

»Es war natürlich ein Schock. Sie war ... jünger als ich, vielleicht fünf Jahre jünger. Sie so zu sehen, in meinem Bett, war für mich ...« Vicki legte eine Hand über die Augen. »Na, das war die letzte Nacht, die ich in meinem Zimmer verbrachte. Paps war natürlich außer sich. Er versuchte, sich zu rechtfertigen, versuchte, mir mit Argumenten zu kommen, versuchte schließlich sein Glück mit Aufbrausen und lauten Worten. Aber ich war zu gekränkt und wütend, um ihm zu verzeihen. Ich hatte meine Mutter sehr geliebt – und dies war ... na, was soll's? Als ich später darüber nachdachte, war ich beschämt über mein Benehmen, und wir kamen zu einer Art Übereinkunft. Ich deutete an, er habe ein Gefühlsproblem und brauche irgendwie Hilfe. Er ging darauf ein und erklärte sich sogar bereit, sich bei einem Analytiker, einem Dr. Granik, in Behandlung zu begeben. Ich glaube nicht, daß er von der Therapie überzeugt war, aber es war sein Versuch, mir gerecht zu werden, sich in meinen Augen zu erneuern ...«

»Schlimm«, sagte Step und schnalzte mit der Zunge. »Schlimm für Sie, meine ich. Es ist nur ...« Er stockte.

»Was? Was wollten Sie sagen?«

»Ich behalt's besser für mich. Ich mag Sie. Und ich möchte, daß Sie mich mögen.«

»Sie müssen's mir aber sagen«, bemerkte Vicki. »Was wollten Sie eben sagen?«

»Ich meine nur, was Ihr Vater da tat, war vielleicht … unschön. Aber Sie müssen zugeben, daß er seine Rechte als Erwachsener nicht übertreten hat. Er ist Witwer. Es war also nicht Ehebruch oder so. Die Tatsache, daß die Mädchen so jung waren, macht den Vorfall ein wenig unangenehm. Aber Jugend um ihrer selbst willen kann sehr anziehend sein.«

»Wollen Sie damit sagen, daß ich mich falsch verhalten habe? Das brauchen Sie nämlich nicht. Ich habe mir selbst schon genügend Vorwürfe gemacht.«

»Das ist es nicht. Ich habe nur das Gefühl, daß er nicht … na, er war kein Verbrecher, das meine ich. Er war nur Mensch. Vielleicht ein wenig zu alt, ein wenig zu töricht. Aber ein Mensch.« Er bemerkte ihren Blick. »Na, was habe ich da angerichtet? Jetzt mögen Sie mich nicht mehr.«

»O doch«, flüsterte Vicki Brandshaft.

Als Step am nächsten Morgen erwachte, fühlte er sich ganz anders. Er sah im Rasierspiegel anders aus, und das ganze Zimmer schien sich verändert zu haben. Das seltsame Gefühl, das ihn erfüllte, entzückte ihn mehr, als daß es ihn verwirrte, und es war nicht schwer, seine Ursache auszumachen. In seinem Leben hatte es schon ähnliche Morgenstunden gegeben, doch sie ließen sich mit seinem heutigen Empfinden nicht vergleichen – das alte, kitschige Gefühl, Thema der Schlagerproduzenten und Drehbuchschreiber, das süße Gefühl, das Schauspielern und Geigern und Geburtshelfern Arbeit und Brot verschaffte …

Am Nachmittag rief er Vicki Brandshaft an.

»Ich habe beschlossen, das Einbrecherhandwerk aufzugeben«, sagte er. »Ich will ein ehrliches Leben führen. Aber nur unter einer Bedingung. Daß ich dich diese Woche wiedersehen darf.«

Sie machte nicht mit. Ihre Stimme war so mechanisch wie der Apparat, durch den sie übermittelt wurde.

»Wer bist du?« fragte sie.

Die Frage rüttelte ihn auf. »Wie bitte?«

»Was willst du von mir? Was hast du vor?«

»Also hör mal ...«

»Updyke, Sutter, Sullivan und Gouterman«, sagte sie spöttisch. »Hattest du nicht gesagt, du arbeitest bei der Firma?«

»Allerdings«, sagte er, und ein schweres Gewicht legte sich auf seine Brust.

»Ich weiß. Ich habe natürlich ein verdammt gutes Gedächtnis. Ich ... ich wollte heute früh mit dir sprechen. Frag mich nicht, warum. Dein Name stand nicht im Telefonbuch – also suchte ich mir die Firma heraus. Ich dachte mir, vielleicht ist am Samstag jemand da, der mir sagen kann, wo ich dich erreiche. Aber dort ist ein Dan Vorhees völlig unbekannt.«

»Das verstehst du nicht. Es ist ein komisches Arrangement ...«

»Das glaube ich gern.«

»Vicki, du mußt mir Gelegenheit geben, dir alles zu erklären. Nur fünf Minuten ...«

Es klickte in der Leitung, dann war die Verbindung getrennt.

Er machte sich auf die Suche nach Blackie und fand ihn im Studio. Er zog ihn zum Eingang und sagte: »Ich muß mit dir sprechen, Blackie. Es ist wichtig.«

»Sicher, Step. Was ist los?«

»Hier nicht. Ich habe noch nicht gefrühstückt; trinkst du einen Kaffee mit mir?«

Im Diner auf der anderen Straßenseite rührte Step seinen Kaffee und versuchte, Worte zu finden, die den harten Kern seiner Entscheidung verdaulicher machten. Als er keine fand, fiel er mit der Tür ins Haus: »Ich will raus aus der Sache, Blackie. Und zwar sofort.«

Der Regisseur schien so etwas erwartet zu haben. Er verzog keine Miene. »Ich weiß, wie dir zumute ist, Step«, sagte er tröstend. »Himmel, mir ist auch so, wenn ich sehe, wie Brandshaft reagiert. Harte Sache, einen Kerl so ranzunehmen.«

»Dann sprich's aus – sag, daß du bereit bist, die Sache abzublasen.«

Blackie lächelte; er erkannte Steps Ironie. »Was erwartest du von mir?« Blackie zuckte die Achseln. »Ja, prima, machen wir die Tür auf und lassen unser Täubchen entfleuchen? Zu den *echten* Bullen? Wir müssen durchhalten, Step.«

»Du vielleicht, Blackie. Aber was mich angeht – ich will raus, nach dieser Tasse Kaffee ist Schluß.«

»Ob du mir mal den Grund sagen kannst?«

»Weil's kein *Spaß* mehr ist, deshalb.«

»Wer hat gesagt, daß es ein Spiel ist? Ich jedenfalls nicht. Ich such mir meinen Spaß später, wenn ich einen Teil von dem Geld in der Tasche habe.«

»Streich mich aus der Inszenierung, Blackie. Du kannst Brandshaft ja sagen, ich hätte den Fall als hoffnungslos aufgegeben. Du brauchst mich nicht.«

»Teufel, du bist die Schlüsselfigur bei dem Projekt, Step. Du bist verdammt überzeugend, ein richtiger Strafverteidiger. Wenn Kazan dich sehen könnte, hättest du's geschafft.«

»Hör auf damit«, murmelte Step. »Ich breche ja keinen Vertrag. Du kannst meinetwegen meinen Anteil an den Einnahmen behalten, wenn ihr überhaupt etwas einnehmt.«

Blackie stellte seine Tasse ab und sah Step eine Zeitlang an. Dann sagte er:

»Abgesehen von dem Geld, Step – ich sehe keinen Weg, wie wir ohne dich weitermachen können.«

»Denk dir was aus.«

»Ich habe vom Denken genug. Ich will, daß zur Abwechslung mal alles klappt. Ich will mich ans Drehbuch halten.«

»Wir haben den Text schon einmal ändern müssen, als Harkness ausfiel.«

»Ja, richtig. Komisch, nicht, daß Harkness auch rauswollte.«

»Harkness«, sagte Blackie nachdenklich.

»Was ist daran so komisch?«

»Na, ich meine den Zufall. Zuerst Harkness und dann du. Schade, wirklich. Ich meine, Harkness hätte sich mit dem Geld, das er hier verdient hätte, zur *Ruhe* setzen können, er hätte nicht tun müssen, was er dann tat ...« Blackie fuhr sich mit der Handkante über den Hals und machte ein schnarrendes Geräusch.

»Spiel hier nicht den Komiker.« Step verzog das Gesicht.

»Ich lache nicht, Step. Siehst du mich lachen?«

»Was tust du *dann*? Drohst du mir?«

Blackie lächelte. »Mann, dieses Räuber-und-Gendarm-Spiel ist dir wirklich zu Kopf gestiegen, dich bedrohen? Meinen alten Freund? Bei mir nicht, Step.« Sein Lächeln erlosch. »Aber du solltest nicht vergessen, daß auch andere Leute in der Sache drinstecken. Einige würden es vielleicht ziemlich übelnehmen, wenn du jetzt aussteigst. Zum Beispiel Chili – dem Kerl habe ich noch nie getraut. Hast du schon mal erlebt, wie er manchmal so starrt? Dann hat er einen Blick wie ein Eispickel.« Blackie hatte seine Stimme zu einem vertraulichen Flüstern gesenkt. »Und vergiß Myron nicht. Himmel, der Kerl ist ein richtiger, abgebrühter *Verbrecher*, Step. Wußtest du, daß er vorbestraft ist? Ich mache keine Witze. Hat drei Jahre in Ossining gesessen, wegen bewaffneten Raubes. Verstehst du, was ich meine? Begreifst du, was mir Sorgen macht, wenn du solche Sprüche anfängst?«

»Ich verstehe«, sagte Step und verzog das Gesicht.

»Wenn die Sache nicht bald abgeschlossen wäre, wär's ja etwas anderes. Aber wir stehen unmittelbar vor dem großen Durchbruch, Step.« Er breitete die Hände aus. »Los, sei kein Spielverderber. Bleib bei uns, Mann.« Und er versetzte Step einen übertrieben kameradschaftlichen Boxhieb gegen den Arm.

Step leerte seine Tasse, ehe er antwortete. »Na gut«, sagte er. »Ich bleibe. Aber nur unter einer Bedingung.«

»Und die wäre?«

»Ich will, daß der Vorhang fällt. Ich meine, *sofort.* Brandshaft ist fest davon überzeugt, daß ihm der elektrische Stuhl droht – überzeugter geht's gar nicht. Komm, sagen wir ihm, was er tun muß, um sich die Freiheit zu erkaufen.«

Blackie überlegte. »Gut, Step«, sagte er ruhig. »Wenn du meinst, daß wir soweit sind.«

XIV

Brandshaft warf sich beim Anblick seines Anwalts wie ein aufgescheuchtes Tier gegen seine Käfigtür. Der Wärter sprang bei dem Geräusch alarmiert auf, und der Anwalt versuchte, seinen Mandanten mit einigen leisen Worten zu beruhigen.

»Alles in Ordnung, Mr. Brandshaft. Ist ja schon alles in Ordnung ...«

»Was meinen Sie – in Ordnung?« Brandshafts stämmiger Körper bebte; mehr denn je wirkte er wie ein Wilder. »Wo haben Sie gesteckt? Warum waren Sie gestern nicht hier?«

Vorhees nickte dem Wärter zu, der ihn einließ. »Ich hatte zu tun«, erklärte er ruhig. Dann blinzelte er Brandshaft zu und wandte sich an den Beamten. »Hören Sie mal, ich habe keine Zigaretten. Ob Sie mir wohl mal eine Schachtel Camel holen?«

Der Wärter kratzte sich das bartlose Kinn. »Also, ich weiß nicht, Mr. Vorhees. Man mag es nicht, wenn ich hier weggehe, besonders wenn Mr. Brandshaft Besuch hat. Sie wissen ja, wie das ist.«

Vorhees zog einen Zehndollarschein aus der Tasche. »Sicher weiß ich das, aber es ist blöd ohne Zigaretten. Ich will ja auch kein Wechselgeld oder so – nur die Zigaretten.«

Der Wärter nahm den Schein und grinste. »Schon verstanden, was Sie meinen, Mr. Vorhees – ich besorg Ihnen die Packung.«

Er machte kehrt und verließ energisch den Raum, wobei er den Geldschein in die Tasche steckte. Als sie allein waren, zog Vorhees hastig einen Stuhl heran und hockte sich rücklings darauf.

»Nun hören Sie mal gut zu«, sagte der Anwalt mit einer Stimme, die kaum ein Flüstern war. »Ich mußte den Wärter wegschicken, damit wir auf keinen Fall belauscht werden. Was ich Ihnen jetzt sage, ist wahrscheinlich die wichtigste Sache in Ihrem ganzen Leben.«

»Und die wäre?« fragte Brandshaft heiser. »Was ist passiert?«

»Noch ist nichts passiert. Nichts Entscheidendes. Aber vielleicht haben wir eine große Chance.«

»Wie denn? Wovon sprechen Sie?«

»Erinnern Sie sich an das, was ich Ihnen sagte? Über die neue Aussage des Mädchens? Ihre Beschuldigung, daß Sie der Mörder ihres Mannes sind?«

»Glauben Sie, ich könnte das vergessen?«

»Also ich will ehrlich sein – als ich das hörte, war ich bereit, den Fall abzugeben. Ich weiß, daß sich das nicht gut anhört, aber Sie sind ja Geschäftsmann und können sich meine Gefühle vielleicht vorstellen. Ich habe seit drei Jahren keinen Strafprozeß mehr verloren. Wissen Sie, was das für einen Anwalt bedeutet? Kein einziger Schuldspruch in drei Jahren! Das ist wie bei einem Boxer mit einer langen Serie von K.-o.-Siegen – man kann darauf wetten, daß er die besten Kämpfe bekommt und die besten Börsen. Und so war es bei mir. Und warum? *Weil ich immer auf den Sieger gesetzt hatte.* Ich will damit nicht sagen, daß meine Mandanten immer hundertprozentig unschuldig waren – obwohl ich mir das immer gern so vorstellte. Aber wenigstens hatten ihre Tatumstände eine ausreichende *Atmosphäre der Unschuld*, wenn Sie verstehen, was ich meine. Als mir Jerry Hannah von Ihrem Fall erzählte, dachte ich, das wäre bei Ihnen auch so. Bis ...« Er hielt inne.

»Reden Sie weiter«, sagte Brandshaft mürrisch.

»Bis diese Delores Mason ihre Aussage unterzeichnete. Die hätte Ihnen das Genick gebrochen, Mr. Brandshaft, darüber will ich Sie nicht im Zweifel lassen. Delores

Mason war unsere einzige Hoffnung, Ihre einzige Zeugin. Mit ihrer Aussage gegen Sie hatten Sie keine Chance. Vielleicht wäre in Anbetracht Ihres Alters und Ihres guten Rufes das Urteil nur lebenslänglich gewesen. Aber es brauchten nur ein paar gefühllose alte Schachteln in der Jury sitzen – schon wären Sie der nächste Staatskandidat auf den elektrischen Stuhl. Deshalb wollte ich aus der Sache raus, Mr. Brandshaft. Begreifen Sie, was ich sagen will?«

Brandshaft schwieg; Dan Vorhees' geschäftliche Probleme interessierten ihn nicht.

Vorhees fuhr fort: »Also war ich drauf und dran, den Fall abzugeben, um meine Weste sauberzuhalten. Bis mir dann eine Idee kam. Eine wilde, unwahrscheinliche Idee, die sich aber bezahlt gemacht hat.«

Er hielt inne, um seinen nächsten Worten ein bedeutungsvolles Schweigen voranzustellen. »Ich kann Sie hier herausholen, Mr. Brandshaft. Frei und unbelastet. Für Geld.«

Er wartete. Brandshaft sah ihn verwirrt an, begierig, mehr zu erfahren, aber der Anwalt wartete ab.

»Weiter. Um Himmels willen, reden Sie weiter!«

»Gut. Hören Sie, was ich angekurbelt habe. Ich wußte, daß der Angelpunkt des Falles Delores Masons Aussage ist. Ich suchte also den Staatsanwalt auf und bat ihn um die Möglichkeit, mit Delores Mason unter vier Augen zu sprechen. Er weigerte sich natürlich und sagte, ich könne sie im Zeugenstand ins Kreuzverhör nehmen, basta. Aber damit gab ich mich nicht zufrieden, Mr. Brandshaft. Ich habe gute Beziehungen bei der Behörde, und suchte einige Freunde auf. Die ließen ein paar Verbindungen spielen, und gestern erhielt ich die Möglichkeit, den Fall mit Ihrer Ex-Freundin zu besprechen.«

Vorhees trat an die Zellentür und starrte in den Korridor. Dann kehrte er zu seinem Stuhl zurück.

»Zuerst wollte sie nicht recht mit der Sprache heraus. Sie hielt sich an ihre Geschichte und wiederholte sie immer wieder wie ein Papagei. Würde mich nicht wundern, wenn der Staatsanwalt ihr jedes Wort diktiert hat. Ich ließ sie eine Weile plappern, dann machte ich ihr einen Vorschlag. Sie wollte zuerst nichts davon hören, aber ich habe auf sie eingeredet, bis sie wenigstens ein bißchen zuhörte. Und als es soweit war, als sie Interesse zu zeigen begann, da wußte ich, daß der Fisch an der Angel zappelte. Denn ich schlug ihr vor, ihre letzte Aussage zurückzuziehen, Mr. Brandshaft. Nicht um zu ihren ersten Angaben zurückzukehren, sondern um eine *weitere* Version anzubringen. Eine noch günstigere Aussage.«

»Was meinen Sie? Wenn sie nur die Wahrheit sagte ...«

»Die Wahrheit hat nicht ausgereicht, begreifen Sie das nicht? Selbst mit der Wahrheit würde die Jury Ihnen vielleicht noch Totschlag anhängen. Das könnte zehn oder zwanzig Jahre bedeuten, Mr. Brandshaft, und das ist ein hartes Leben, glauben Sie mir. Ist da wirklich ein so großer Unterschied – der Tod auf dem elektrischen Stuhl und der Tod hinter Gittern?«

»Nein«, sagte Brandshaft und blickte um sich. »Nein, ich würd's nicht ertragen.«

»Natürlich. Solange ich also noch Oberwasser hatte, peilte ich den Hauptgewinn an. Ich machte ihr ein Angebot, das sie nicht ablehnen konnte – *falls sie den Schuß auf Johnny Rodriguez zugab!*«

Brandhafts Kopf ruckte hoch wie von einer Faust getroffen. »Aber sie hat's doch gar nicht getan!« sagte er. »Sie würde so etwas niemals aussagen!«

»Wirklich nicht? Vielleicht sollte ich Ihnen zeigen, wovon ich rede.«

Vorhees griff in seine Aktentasche und holte ein Blatt Papier hervor. Er las den Text laut vor: »»Ich, Delores

Mason, gestehe hiermit, meinen Mann John Rodriguez getötet zu haben. Edward Brandshaft hatte auf keine Weise mit der Tat zu tun. Mein Mann schlug heftig auf mich ein, und in Notwehr nahm ich die Waffe aus dem Nachttisch im Schlafzimmer und versuchte, ihn damit abzuwehren. Doch er kümmerte sich nicht um meine Warnungen und attackierte mich weiter. Bei dem Kampf löste sich ein Schuß, und er starb. Edward Brandshaft hat die Tat nur eingestanden, um mich zu schützen. Alle bisherigen Aussagen, die ich über den Tod von John Rodriguez gemacht habe, sind falsch. Dies ist der wahre Hergang. Gezeichnet, Delores Mason.‹«

»Und das hat sie unterschrieben?« fragte Brandshaft und erhob sich langsam von der Pritsche. »Sie hat das wirklich unterschrieben?«

»Moment, Mr. Brandshaft. So einfach ist die Sache nicht. Sie schiebt Notwehr als Motiv für den Schuß auf ihren Johnny vor, aber das heißt nicht, daß sie Risiken eingeht. Deshalb habe ich ihr ja auch einen Handel vorgeschlagen, Mr. Brandshaft – Geld. Und jetzt halten Sie sich fest. Ich sagte ihr, ich würde ihr eine Million Dollar in bar geben, wenn sie diese kleine Aussage unterschreibt. Ich *mußte* ein großes Angebot machen, verstehen Sie? Sie steckt den Hals in die Schlinge. Ich mußte den Betrag so unwiderstehlich machen, daß sie einfach nicht nein sagen konnte. Aber wenn Sie's nicht machen wollen, ist das natürlich Ihr gutes Recht. Dann tun wir unser Bestes mit der Aussage, die der Staatsanwalt jetzt hat.«

»Aber diese Aussage bringt mich auf den Stuhl! Das geht nicht!«

»Eben, Mr. Brandshaft. Und deshalb habe ich mich nach der Decke gestreckt, um den Handel abzuschließen. Jetzt geht's um Ihr Ja oder Nein. Ich gebe zu, es ist ein ziemlicher Haufen Geld ...«

»Geld?« Brandshaft wiederholte das Wort, als begreife er seine Bedeutung nicht. »Was hat Geld damit zu tun? Kommt es darauf an?«

»Ja, so habe *ich* es gesehen, Mr. Brandshaft, aber es war ja immerhin nicht mein Geld. Sie haben den Betrag doch verfügbar, nicht? Nach dem, was Jerry Hannah sagt, sind Sie ziemlich gut gepolstert.«

»Fünf, sechs Millionen, ich weiß es nicht genau, hängt von den Marktschwankungen ab. Etwa eine halbe Million in einem Stahlfach, teilweise in bar, teilweise in Wertpapieren ...«

»Ich glaube, damit würde sie sich zufriedengeben«, sagte Vorhees hastig. »Wäre der einfachste Weg, den Handel abzuwickeln – falls Sie ja sagen.«

»Natürlich sage ich ja!« Seine Stimme brach, dann lachte er. »Wenn sie das unterschreibt, läßt man mich frei, ja? Man wird ihr doch glauben, oder?«

»Ich glaube nicht, daß es dann noch Zweifel gibt. Es gäbe keine Handhabe mehr, Sie festzuhalten. Auf der Waffe waren keine erkennbaren Fingerabdrücke, und es gibt auch keine sonstigen Beweise, die darauf hindeuten, wer den Schuß abgegeben hat. Genaugenommen gehen Sie aus der Sache sogar als eine Art Held hervor, Mr. Brandshaft – Sie haben ein Mädchen schützen wollen. In den Zeitungen wird sich das gut machen. Sogar ...« Step hielt inne. »Sogar Ihre Tochter wird stolz auf Sie sein, Mr. Brandshaft, daß Sie so etwas getan haben.«

»Victoria«, sagte Brandshaft leise. Dann sank er auf seine Pritsche und stützte den Kopf in die Hände. »Bringen Sie sie zum Unterschreiben«, sagte er. »Bitte beeilen Sie sich. Ehe sie es sich anders überlegt.«

Vorhees starrte ihn mitleidig an. Dann trat er vor und legte einen Arm um Brandshafts massige Schultern.

»Wir müßten da nur noch eine technische Frage klären«, sagte er leise. »Wie kommen wir an das Geld heran?«

Dritter Akt

XV

Als er Sibonis Restaurant betrat, wandte sich Step energisch an den Oberkellner. »Zwei Plätze«, sagte er. »Ich erwarte noch eine Dame.« Er hoffte, daß seine Zuversicht berechtigt war; Vickis Reaktion auf seine dringende Telefonnachricht war ganz und gar nicht befriedigend gewesen, und nur seine geheimnisvollen Andeutungen über ihren Vater hatten ein wenig Interesse an dem vorgeschlagenen Mittagessen in ihr geweckt.

Er nahm an einem Tisch im Hintergrund Platz und wartete, ohne den bestellten Drink anzurühren. Er wartete eine Viertelstunde über die vereinbarte Zeit – dann sah er das Mädchen anmutig zwischen den Tischen näher kommen. Sie trug eine leichte Tweedjacke. Er stand auf und schob ihr den Stuhl zurecht; sie setzte sich, ohne ihn anzusehen. Als er zur Begrüßung eine flotte Bemerkung machte, preßte sie die Lippen zusammen und sagte: »Du bist gar nicht mehr komisch – für mich nicht.«

»Hör mal, ich weiß, wie dir zumute ist. Du begreifst nur nicht, warum ich so gehandelt habe.«

Sie musterte ihn mit abweisendem Blick. »Wie soll ich dich nennen? Smith? Jones? Oder heißt du wirklich Vorhees?«

»O ja, Vorhees. Aber es stimmt, daß ich nicht für Updyke etc. arbeite. Ich kenne jemanden aus der Firma, und da ist mir der Laden eben als erster eingefallen. Ich war nie ein guter Lügner.«

»Ich hielt dich für ganz gut«, sagte sie schroff.

»Aber ich hatte auch einen Grund, einen wichtigen Grund. Jedenfalls war ich damals der Überzeugung. Willst du ihn dir nicht anhören?«

»Du hast etwas von meinem Vater gesagt …«

»Darum geht es ja. Ich habe dir wegen deines Vaters nicht die Wahrheit gesagt. Ich arbeite nicht für eine Anwaltsfirma, Vicki, das sagte ich nur, weil du dir nicht unnötig Sorgen machen solltest. In Wirklichkeit arbeite ich für die Regierung. Ich bin Sonderermittler für die Steuerbehörde. Kannst du dir nun vorstellen, warum ich so geheimnisvoll getan habe?«

Sie sah ihn verwirrt an. »Das begreife ich nicht. Warum solltest du … Steckt mein Vater irgendwie in Schwierigkeiten? Ist das das Problem?«

»Nichts Ernstes, das mußt du mir glauben. Es ist etwas, das sich leicht wieder hinbiegen läßt, aber dein Vater hätte nicht gewollt, daß ich dich damit belaste.«

»Wie läßt sich das hinbiegen?«

»Also, zum einen braucht dein Vater ein wenig Geld.«

»Geld? Was meinst du?«

»Hör mal, bevor du mich wirklich für einen krummen Hund hältst, sieh dir lieber das an.« Er griff in die Tasche. »Ein Brief von deinem Vater. Kennst du seine Handschrift gut?«

»Sehr gut.«

»Prima. Dann wirst du wissen, daß das Schreiben echt ist. Er bittet dich darin um einen Gefallen – lies den Text also aufmerksam.«

Sie nahm das zusammengefaltete Blatt:

Liebe Victoria!

Aus geschäftlichen Gründen brauche ich den Inhalt des Banksafes, den ich bei der First National Bank in der 47th Street unterhalte. Hiermit wirst Du bevollmächtigt, den Fachinhalt an Mr. Dan Vorhees auszuhändigen, der sich mit Dir in Verbindung setzt. Mr. Vorhees genießt mein volles Vertrauen. Er hat den Safeschlüssel, und die Safenummer ist

1186. Der Safe ist sowohl Dir als auch mir zugänglich, und Du mußt Dich identifizieren, ehe die Bank Dich an das Fach heranläßt. Bitte tu mir so schnell wie möglich diesen Gefallen.
Paps

Sie hob den Kopf und begegnete seinem Blick.

»Aber woher wußte Paps, wo ich bin?«

»Er wußte es nicht«, sagte Step. »Er hat mich gebeten, dich in Medwin aufzusuchen und zu bitten, einen Tag nach New York zu kommen. Ich habe ihm nicht gesagt, daß du schon hier bist; ich dachte mir, daß du ihm das vielleicht nicht unbedingt sagen wolltest. Oh, hier der erwähnte Schlüssel.« Er zog ihn aus der Tasche. »Elfsechsundachtzig. Glaubst du, daß wir's heute noch erledigen können?«

»Natürlich – wenn es wichtig ist. Willst du mitkommen?«

»Wenn du möchtest. Wir könnten gleich nach dem Essen gehen. Hast du etwas zum Identifizieren, wie er sagt?«

»Meine Einschreibung beim College und ein paar andere Sachen. Außerdem bin ich Mr. Potter von der First National schon mal begegnet – er ist einer der Vizepräsidenten. Paps hat ihn an einem Abend mal zum Essen mit nach Hause gebracht.« Sie blickte auf das Tischtuch. »Dan, tut mir leid, was ich dir alles gesagt habe …«

Er grinste. »War ja nicht deine Schuld. Hätte mir nur eine bessere Geschichte ausdenken sollen, das ist alles.«

»Oder du hättest es mit der Wahrheit versuchen sollen.«

»Da hast du recht«, sagte er und schob die Hand über den Tisch, bis er ihre Fingerspitzen berührte. »Ich vermute … du wirst bald ins College zurückfahren?«

»Ja«, sagte Vicki. »In etwa einer Woche.«

»Wann kommst du wieder nach New York?«

»Ich könnte nach dem Sommersemester eine Weile hier bleiben. Dann geht es im September weiter, und ich bin erst zum Erntedankfest zurück.«

»Das ist noch lange hin.«

»Aber es ist mein letztes Semester. Danach ...«

Danach, dachte Step, und vor seinem inneren Auge erschien Brandshafts Gefängniszelle. Er umklammerte ihre Finger und schwieg.

Eine Stunde später marschierte er durch die ahnungslose Menschenmenge mitten in Manhattan, ein von Leder umschlossenes Vermögen unter dem Arm. Die Welt war ein derart unwirklicher Ort geworden, daß sogar harte Tatsachen (100 000 Dollar in bar, 300 000 Dollar in übertragbaren Wertpapieren – was konnte härter und realer sein?) die Illusion eines Alptraums nicht zu zerstreuen vermochten. Blackie und die anderen hatten nicht gewußt, wie schnell er im Besitz des Geldes sein konnte; sie waren bestimmt überrascht und entzückt, es endlich zu bekommen; sie würden ihn beglückwünschen und ihm auf die Schulter klopfen und seine Schlauheit loben. Aber die Aktentasche unter seinem Arm fühlte sich wie ein lebendiges Wesen an, wie etwas ungemein Gefährliches; er preßte sie an sich, um die greifenden Kiefer, die spitzen Zähne zusammenzudrükken, um den fürchterlichen Appetit des Wesens im Zaum zu halten. Er hastete dahin, begann zu laufen, stolperte, keuchte, ging dann wieder langsamer, bestrebt, das Untier lebendig abzuliefern, es los zu sein, sich davon zu befreien, vor ihm in Sicherheit zu sein.

Schließlich erreichte er die Tür des Theaters der Gruppe. Er stieß sie mit der Schulter auf und brüllte:

»Blackie!«

Seine Stimme hallte in dem riesigen leeren Raum wider. Kein Blackie, keine Antwort. Er stand in der

Mitte des kahlen Saals und fuhr herum, suchte die Ecken ab. Niemand.

Dann marschierte er auf das Hinterzimmer zu, auf das Gefängniszimmer, wobei er überlegte, daß er hinter jener Tür ein anderes Gesicht brauchte, das nüchterne, verständnisvolle Gesicht von Dan Vorhees. Er öffnete die Tür und ging leise den Korridor entlang.

Er sah den Tisch, den Wärtertisch, Polos Tisch. Der Stuhl davor war leer.

»Wo?« flüsterte er.

Er schlich näher, so nahe, daß er durch die Gitterstäbe in Brandshafts Gefängnis blicken konnte. Brandshaft lag auf der Pritsche ausgestreckt, schlafend. Er schlief und war allein.

Es hatte keine schlimmen Vorzeichen gegeben. Keine Sternschnuppen, keinen Donnerschlag, keine aufzukkenden Blitze. Doch Step wußte, was er während seines alptraumhaften Marsches durch die Stadt empfunden hatte – das Heraufziehen des Unheils. Er legte die Aktentasche, die eklige, pralle Aktentasche auf den Tisch und näherte sich der Zelle. Er flüsterte Brandshafts Namen. Er legte die Hände um die Gitterstäbe und rief den Namen laut und befehlend. Dann drehte er sich um und starrte auf die Wand, auf den Schlüsselring, der dort über einem Nagel am grünbemalten Sperrholz hing. Er nahm ihn zur Hand, schloß die Tür auf und trat ein. Laut und deutlich rief er Brandshafts Namen; seine Stimme hatte etwas Drängendes, Flehendes. Er wußte, daß er ihn anfassen mußte, daß seine Hand die reglose Gestalt berühren mußte, ehe er sicher wissen konnte, was er bereits ahnte. Aber er wollte ihn nicht berühren. Also brüllte er.

»*Brandshaft!* Um Himmels willen, Brandshaft!«

Aber er wußte, daß der Aufschrei sinnlos war. Ohne die unmerkliche Veränderung in Brandshafts Zügen näher zu untersuchen, ohne die verfilzte Stelle in Brandshafts grauem Haar zu berühren, ohne sicher zu wissen, daß die geronnene Verfärbung die Folge einer Wunde war, wußte er, daß sein Mandant, sein Opfer, allem Rufen entrückt war. Step hatte den Tod zuvor schon erlebt, er wußte, daß er viele Gestalten annimmt, vordringlich aber die Form der Stille. Brandshaft war tot. In einem Moment der Klarheit brachte Step die Vernunft auf, nach dem Puls zu suchen, nach einem Atemhauch, einem Laut des Bewußtseins. Aber von alldem war nichts vorhanden – nur Stille. Als er die Hände fortnahm, waren seine Handflächen warm und klebrig. Tot, dachte Step gelassen.

Er verließ die Zelle, wobei er die Tür offenließ. Er hängte den Schlüsselring wieder an den Nagel und setzte sich an den leeren Wärtertisch. Er stemmte die Hände auf die Tischplatte, aber als er sie anschaute, begann er zu würgen und ging in die Knie.

Eine Stunde oder eine Minute später schloß Polo Dobek, einen hellgrauen Regenmantel über der Polizeiuniform, die Bühnentür hinter sich und kam den Korridor entlang, wobei er leise vor sich hin pfiff.

Er blieb stehen, als er Step vor dem Tisch hocken sah, und sein Pfeifen erstarb mit schrillem Mißklang. Step schluchzte, und der tierische Laut rüttelte Polo auf. Seine Lippen zuckten.

»Jesus«, flüsterte er.

Step packte die Tischkante und zerrte sich hoch. »Ihr Schweinehunde«, stöhnte er. »Ihr heimtückischen Schweinehunde.«

»Step, um Himmels willen. Was ist denn mit dir, Mann?«

»Ihr Schlächter«, murmelte Step. »Ihr dreckigen ...«

Polos Blick wanderte zu der offenen Zellentür. Er blinzelte und marschierte darauf zu. Er ging in die Zelle, und als er zurückkehrte, war alle Farbe aus seinem Gesicht gewichen. Es war ein guter Effekt, ein schöner Auftritt, dachte Step. »Schön gespielt!« höhnte er. »Gut gemacht, Polo. Du mußt überrascht dreinschauen, darauf kommt's an. Tu, als wär's ein großer überwältigender Schock, als hättest du's nicht schon die ganze Zeit gewußt ...«

»Step! Step, um Himmels willen, ich *hab's* nicht gewußt. Ich bin den ganzen Nachmittag nicht hier gewesen, ich hatte es über, den alten Knaben die ganze Zeit jammern zu hören ...« Er legte Step die Hände auf die Schultern. »Du mußt mir glauben. Ich war gar nicht hier. Ich habe nichts damit zu tun!«

Step schüttelte die Hände ab. »Faß mich nicht an«, sagte er resigniert. »Hör mit der Mimerei auf, Polo, die Vorstellung ist vorbei. Du brauchst mir doch nichts vorzumachen.«

»Hör mal, Step, wir müssen Blackie holen. Wir müssen etwas *tun*, Mann! Der alte Knabe ist *tot*, begreifst du? Das ist kein Witz, Mann!«

»Kein Witz«, sagte Step. »Kein Witz, Polo.«

»Du bleibst hier, hörst du? Du gehst nirgendwohin, Step. Ich hole Blackie ...«

Er wollte losrennen, aber Step hielt ihn an den Handgelenken fest. »Laß los, Mann, ich muß Blackie holen!«

»Du läufst mir nicht davon, Polo. Du bleibst hübsch hier.«

»Bist du *wahnsinnig*?« fragte Polo außer sich. »Wir brauchen Blackie! Blackie weiß, was wir tun müssen ...«

Step packte den Kragen von Polos Regenmantel. Er drehte den Stoff herum, bis die Wangen des blonden jungen Mannes fleckig wurden und seine Augen hervortraten.

Polo war zu verschüchtert, um noch einen Muckser zu machen. Erst als Step seinen Griff lockerte, fragte er atemlos: »He! Was soll denn das?«

»Wir unterhalten uns«, sagte Step gepreßt. »Ich will die Wahrheit wissen …«

»Mann, bei dir ist ja 'ne Schraube …«

»Polo, wir haben im Augenblick nur *eine* Leiche am Hals. Wenn du willst, daß es zwei werden, brauchst du bloß meine Fragen nicht zu beantworten. Warum hast du das Studio verlassen? Wer hat dir gesagt, du sollst Brandshaft allein lassen?«

»Niemand hat gesagt …«

»Mach mir nichts vor! Du hattest den klaren Befehl, ihn niemals allein zu lassen. Wieso nun plötzlich doch? War es Blackie?«

»Nein! Ich schwör's!«

»Jemand wollte dich aus dem Haus haben, Polo, begreifst du das nicht? Es war Blackie, nicht?«

»Nein, Step, ehrlich! Ich bin von mir aus abgehauen. Ich konnte den Laden hier nicht mehr ertragen, Mann. Komm, laß mich Blackie holen. Bitte! Ich will die Gruppe zusammenrufen. Wir müssen beraten …«

Step überlegte. »Gut«, sagte er nachdrücklich. »Du rufst die anderen zusammen. Ich muß noch etwas erledigen.«

Er nahm die pralle Aktentasche, machte kehrt und ging durch den Korridor zum Ausgang. Hinter sich hörte er Polo eine Nummer wählen.

An der Ecke 8th Avenue war ein U-Bahn-Eingang. Hastig ging er die Treppe hinab und stellte fest, daß sein Gedächtnis ihn nicht getäuscht hatte; hinter dem Käfig des Münzenverkäufers war eine Reihe Schließfächer. Er besorgte sich Wechselgeld und ließ fünfundzwanzig Cents in das Schließfach Nummer 942 gleiten. Er stellte die Aktentasche hinein, schloß sorgsam die Tür und schob den Schlüssel in die Tasche.

Dann kehrte er auf die Szene von Betrug und Tod zurück.

Es war die erste Vollversammlung der Gruppe, seitdem der Brandshaft-Spaß geboren wurde, im gleichen Studio, wo nun Edward Brandshafts blutüberströmte Leiche lag. Und wieder schmiedeten sie Pläne, doch diesmal ohne Fröhlichkeit, ohne Spiel und Spaß. In einem Fall gab es sogar Tränen.

»Hören Sie, Mrs. Cook«, sagte Blackie geduldig. »Diese Heulerei hilft uns gar nicht weiter. Wir alle müssen einen klaren Kopf bewahren.«

»Ich kann nichts dafür«, schluchzte die Frau. »Wir hätten's nicht soweit kommen lassen dürfen. Wir hätten's wissen müssen ...«

Vince Whiting, dessen übertriebenes Profil einen verträumten Zug hatte, sagte: »Auf eine Weise ist es so am besten. Klärt irgendwie die Lage, das müssen wir zugeben.«

Step konnte seinen Spott nicht unterdrücken. »O wirklich? Wir hätten von Anfang an dran denken sollen!«

Polo stampfte mit dem Fuß auf. »Verdammich! Siehst du, was ich meine, Blackie? Der Schweinekerl tut, als hätten wir's getan. Als hätten *wir* den alten Knaben getötet!«

»Halt's Maul«, sagte Blackie kurz angebunden. »Du hast schuld, weil du ihn alleingelassen hast.« Blackie wandte sich an Step. »Was ist?« fragte er kühl. »Was meinst du, Step? Glaubst du, *wir* haben Brandshaft umgebracht?«

»Wär doch denkbar, nicht? Wer sonst hätte einen Grund?«

An Blackies Hals schwollen die Adern, und seine Augen versprühten plötzlich wildflackerndes Feuer. »Da liegst du völlig falsch, weißt du das, Anwalt? Wir wußten, daß es nicht leicht sein würde, sobald es darum ging, ihn freizulassen. Aber ihn abzumurksen –

daran hat niemand gedacht. Das war nicht meine Idee.«

»Und was ist mit Harkness? War *das* deine Idee?«

»Harkness?« fragte Sammy Schultz. »Was hat der damit ...?«

»Du weißt schon, was ich meine. Sein Selbstmord. Sein willkommener Selbstmord.«

»Nun hör mal, Kumpel«, sagte der Regisseur.

»Ich bin nicht dein Kumpel, Blackie.«

»Harkness hat Selbstmord begangen«, sagte Dee Dee schrill. »Wissen doch alle, daß er sich selbst umgebracht hat. Mit 'ner Rasierklinge ...«

»Kam allerdings sehr passend, nicht? Wie Vince so schön sagt, es klärt irgendwie die Lage, da sich Harkness gerade entschlossen hatte, Brandshaft die ganze Sache zu verraten.«

»Wovon redest du? Harkness wollte *was*?«

»Ihr wißt doch, daß Harkness Brandshaft in seiner Zelle besucht hat ...«

»Du bist ja übergeschnappt!« Blackie schien wirklich ahnungslos zu sein. »Davon weiß ich ja gar nichts. Wann ist Harkness bei Brandshaft gewesen?«

»Willst du behaupten, daß Polo dir nichts davon erzählt hat?«

Polo knurrte: »Ich hielt's nicht für wichtig. Ich wollte dich nicht aufregen, Blackie. Es war wirklich nichts, ich schwör's ...«

Mrs. Cook schluchzte, und Blackie warf ihr einen verächtlichen Blick zu. Als er weitersprach, klang seine Stimme überzeugend ehrlich.

»Ich weiß nicht, warum ich mir das wünsche.« Seine Stirn umwölkte sich. »Aber ich möchte, daß du mir glaubst, Step. Ich bin ein atheistischer Schweinehund, das weißt du. Aber bei Gewitter bekreuzige ich mich. Sieh mich an, Step.«

Step sah ihn an.

»Beim Grab meiner Mutter, ich schwör's dir. Ich habe Brandshaft nicht umgebracht. Ich habe auch niemand beauftragt, ihn zu töten. Glaubst du mir?«

Step seufzte. »Na gut, Blackie. Ich glaube dir – wenn du's gern möchtest.«

»Was, zum Teufel, ist das hier?« fauchte Chili. »Eine spiritistische Wiedererweckung? Was ist mit dem *Ding* da drin, Mann? Was machen wir damit?«

Blackie sagte: »Wir müssen es loswerden, das ist klar. Es irgendwo abladen.«

»Vielleicht im Fluß?« Polo erschauderte.

»Wir haben einen Heizofen im Keller«, bemerkte Chili leise. »Habt ihr schon daran gedacht?«

Die anderen starrten ihn an, doch sein Gesicht blieb ausdruckslos. Er betrachtete seine Hände, als rücke er von dem Vorschlag ab, den er gerade gemacht hatte. Step hatte eine plötzliche Vision hochzuckender Flammen, und er spürte, wie sich sein Gesicht erhitzte, als wären die noch ungeschürten Flammen bereits zu spüren. Der Gedanke an dieses letzte Unrecht gegenüber Vicki Brandshafts Vater ließ ein hohles Gefühl in Magen und Brust entstehen, so daß er zuerst gar nicht sprechen konnte. Aber er mußte reden; auch wenn Brandshaft nur noch eine sterbliche Hülle war, mußte er die Entweihung verhindern. Er räusperte sich.

»Blödsinn«, sagte er rauh. »Blödsinn wäre das.«

»Was meinst du?«

»Wenn ihr Brandshaft loswerden wollt, ist das nicht die Lösung. Ihr braucht ihn nur dorthin zu schaffen, wohin er gehört, wohin er wollte, als wir ihn schnappten. Auf die Straße nach Maine.«

»Maine?«

»Sehr einfach, Blackie, herrlich einfach.« Er ließ seinen Blick im Kreis wandern. »Hört her, Leute«, sagte er vertraulich. »Gebrauchen wir mal unser Köpfchen. Gut, ich habe mich vorhin gehenlassen, aber jetzt sehe ich klar. Wir haben noch eine halbe Million Dollar in Brandshafts Banksafe, und die können wir morgen aufteilen, wenn wir heute richtig handeln.«

»Weiter«, sagte Blackie ruhig. »Was ist mit Maine?«

»Denkt mal eine Woche zurück. Wo hätte Brandshaft vor einer Woche sein sollen?

Auf dem Weg in die North Woods, stimmt's? Wenn er nun nicht wieder auftaucht – wo sucht man wohl zuerst nach ihm? Auch dort. Aber wenn man ihn woanders findet, etwa in einem Heizofen in Manhattan oder im East River, dann sieht das nicht so gut aus, nicht? Dann gibt es eine umfassende Fahndung. Wißt ihr, welche Chance ich uns dabei gäbe?«

»Also?« fragte Chili. »Wie schaffen wir ihn nach Maine?«

»Tun wir gar nicht. Ist nicht nötig. Wir müssen ihn in seinen Wagen legen, das ist alles, und ihn irgendwo in die Nähe der Straße bringen, an eine wilde und schwierige Stelle, wo es eine Kurve gibt, wo es dunkel und steil und für Autos gefährlich ist ... begreift ihr nicht? Wenn man ihn in seinem Caddy findet, irgendwo in der Tiefe einer Schlucht, völlig zerschmettert – was würden die Leute dann denken?«

Polo sah ihn erleichtert an. »Ja, ja«, murmelte er. »O verdammt, das ist gut überlegt.«

»Könnte klappen«, sagte Blackie. »Könnte ganz gut klappen.«

Sogar Mrs. Cook wirkte erleichtert.

»Es ist die einzige Möglichkeit«, sagte Step tonlos. »Man kann nach einem wirklichen Absturz eine Wunde nicht von der anderen unterscheiden. Man wird annehmen, er ist von der Straße abgekommen und *Peng*. Hat seinen Urlaub gar nicht erst angetreten. Der Schlag auf den Kopf besagt dann nichts mehr, überhaupt nichts mehr.«

»Richtig«, sagte Vince Whiting. »Keiner wird vermuten, daß es ein Stuhl war ...«

»Ein Stuhl?« sagte Step tonlos. »War es das?«

»Haben Sie ihn da drin nicht gesehen? Er liegt auf dem Boden, ein Bein ist ganz abgesplittert. Der Täter hat einfach den Stuhl genommen und ihm tüchtig einen übergebraten ...«

Blackie sagte: »Wir müssen schnell handeln, ehe es zu spät ist. Wir müssen Brandshafts Wagen vom Parkplatz holen, seine Koffer neu packen ...«

»Richtig«, nickte Step. »Dann müssen wir den Laden hier auseinandernehmen und alles abstoßen. Jemand sollte sich Gedanken machen, wer was erledigt.«

Blackie griff das Stichwort auf. »Vince – Sie, Chili und Sammy macht euch daran, das Gefängnis abzubauen. Dee Dee, du begleitest am besten Mrs. Cook nach Hause und bringst sie zu Bett; Hysterie können wir im Augenblick nicht gebrauchen. Wenn wir das Geld haben, Dee Dee, solltest du dir Gedanken über eine kleine Reise machen.«

»Ich?« fragte Dee Dee. »Warum denn das?«

»Ich meine, du sollst eine kleine Reise antreten«, sagte Blackie sanft. »Nach Key West. Für den Fall, daß Brandshafts Verwaltungschef neugierig wird. Er glaubt doch, daß du bei Brandshaft im Wagen gesessen hast.«

»Key West? Ist das wie Miami Beach?«

»Klar«, grinste Sammy. »Nur ohne Neonreklamen.«

»Step, wir beide holen den Caddy. Wir fahren an einer Tankstelle vorbei und besorgen uns eine Straßenkarte in Richtung Maine ...«

»Das mach ich am besten allein«, sagte Step hastig. »Kümmere dich lieber um die Dinge hier, Blackie.«

»Himmel, das kann ich nicht machen, Step. Ich kann nicht alles dir überlassen. Ich komme mit.«

»Sei doch vernünftig. Du hast mit dem Saubermachen hier genügend Probleme.«

Er wartete angespannt, während Blackie nachdachte.

»Vielleicht hast du recht. Es gibt hier viel zu tun, aber mir wäre wohler, wenn jemand bei dir wäre.«

»Traust du mir nicht, Blackie?«

»Das ist es nicht. Du hältst dich prima, Step, aber die Sache erfordert zwei Kerle. Brandshaft ist kein Fliegengewicht, und sein Wagen auch nicht. Ihr macht das besser zu zweit.«

»Gut«, sagte Step. »Ich nehme Polo mit.«

»Mich?«

»Okay.« Blackie nickte. Er griff in die Tasche und holte den Parkschein hervor. »Ihr bringt den Wagen vors Haus. Inzwischen wickeln Vince und ich die Leiche in eine Decke. Wir warten, bis die Straße leer ist, und laden ihn dann hinten rein.« Er reichte Step das orangefarbene Kartonstück.

»Komm«, sagte Step zu Polo, der verzweifelt zwischen ihm und Blackie hin- und herschaute.

»Warum *ich*?« fragte Polo, und seine Stimme war schrill geworden. »Bei solchen Sachen bin ich nicht zu gebrauchen, Blackie. Ich *mag* keine Leichen.«

Step stieß ein verächtliches Knurren aus. »Ich will's ja auch allein tun, nicht? Wenn du mitwillst, Polo, dann los.«

Polo machte weitere Einwände, aber als Blackie ihm nicht half, folgte er Step zum Ausgang.

Der Parkplatzwächter machte ihnen eine Rechnung über fünfzehn Dollar auf. Step versuchte, mit ihm zu handeln; er besaß gerade noch achtzehn Dollar. Der Wächter warf einen Blick auf den Wagen, den er in Verwahrung hatte, verzog das Gesicht und murmelte etwas von abgebrannten Typen in Cadillacs. Polo steuerte zehn Dollar bei, und der Wagen gehörte ihnen. Step setzte sich hinter das Steuer und lenkte den Wagen in scharfer Kurve und mit quietschenden Reifen auf die Straße.

Langsam ließ er den Cadillac in die schmale Straße vor dem alten Studio rollen und schaltete die Zündung aus. Dann stieg er aus und ging nach hinten, um den Kofferraum aufzuschließen. Es lagen noch zwei Koffer darin.

Sie gingen ins Studio und stießen dort auf Blackie und Vince, die Brandshafts kleineres Gepäck brachten. Kein Wort wurde gesprochen. Step nahm beide Stücke und kehrte nach draußen zurück, um sie in den Kofferraum zu legen. Er hob den Kopf und blickte die Straße hinauf und hinab; niemand war zu sehen, bis auf einen älteren Mann, der einen Handwagen in einen Laden für Nähmaschinenteile schob, in dessen Schaufenster eine nackte Glühbirne brannte. Der Mann verschwand in der Tür, und Step kehrte ins Studio zurück.

Blackie und Vince schleppten die in eine Decke gehüllte Leiche zur Tür. Polo folgte ihnen mit steifen Schritten, betrachtete mit fasziniertem Blick ihre Last. »Beeilt euch«, sagte Step. »Die Straße ist leer, aber so ein alter Knabe arbeitet noch.«

»Schwer«, grinste Vince. »Hatte keine Ahnung, daß er so schwer ist …«

»Halt's Maul!« sagte Blackie atemlos.

Step kam ihnen zu Hilfe; die Berührung des Toten war ihm unangenehm, aber er zwang sich, nicht daran zu denken. Er wollte überhaupt an nichts mehr denken, bis er hinter dem Steuer von Brandshafts Wagen saß, bis er bereit war, zu tun, was getan werden mußte … »Vorsicht«, sagte er. »Laßt euch Zeit.«

»Mach die Tür auf!« sagte Blackie heiser. »Polo!«

Polo kickte die Studiotür auf, und sie ruhten sich einen Augenblick aus, ehe sie weitermachten.

Step ging nach draußen und inspizierte noch einmal die Straße. Der alte Mann war noch immer in seinem Laden, aber nun überquerte eine Frau in grauem Mantel diagonal die Straße. Er stoppte die anderen mit einer Handbewegung und wartete, bis sie die Ecke erreicht hatte. Dann sagte er: »Okay. Jetzt.«

Er sprang vom Eingang fort und öffnete die Hintertür des Cadillac. Vince und Blackie folgten mit ihrer Last; Step bückte sich und sprang auf den Rücksitz des Autos, um die verhüllte Leiche auf den Boden zu ziehen. Polo hielt sich mit offenem Mund im Hintergrund.

»Komm!« flüsterte Step. »Polo! Los, komm her!«

»Ich komme ja!«

Polo setzte sich in den Beifahrersitz, und Step rutschte hinter das Steuer. Blackie beugte sich zum Fenster herab und salutierte mit zwei Fingern. »Viel Glück, Step. Und seid vorsichtig.«

Step drehte den Zündschlüssel und ließ den Wagen aus dem Stand vorschnellen. Er blickte nicht zu den beiden Männern zurück, die am Straßenrand zurückblieben. Er fuhr so schnell es die Ampeln zuließen, steuerte auf dem West Side Highway nach Norden. Das Tempo begann Polo nervös zu machen. Er zupfte Step am Ärmel, forderte ihn auf, langsamer zu fahren.

»Klar«, sagte Step grinsend. »Mach ich, Polo.«

Er nahm eine Ecke auf zwei Rädern und trat dann auf die Bremse. Als der Wagen stand, griff er an Polo vorbei zum Türhebel und schob ihn nach oben. Polo sagte: »He, was soll das, Step?«

»Ich tue dir einen Gefallen. Ich lasse dich raus, Polo.«

»Raus? Was soll das heißen?«

»Du hast gesagt, du magst keine Leichen, also gut. Über die da hinten brauchst du dir keine Sorgen zu machen. Ich erledige die Sache selber.«

»Na gut, Mann, aber du hast doch gehört, was Blackie dazu meint. Ich sollte dir helfen, Step.«

»Ich brauche deine Hilfe nicht, Polo. Ich möchte das lieber allein erledigen.« Er stieß die Tür auf. »Also, Polo, bis irgendwann mal.«

»Warte, Mann ...«

»Verdufte!« sagte Step und stieß Polo mit der linken Hand gegen die Schulter. Polo leistete keinen Widerstand; er stieg ungeschickt aus und sah zu, wie Step die Tür wieder zuknallte.

»Aber was soll ich Blackie sagen?« hörte er Polo rufen, als er den Fuß auf den Gashebel senkte. »Er ist bestimmt sauer, Step ...«

»Sag ihm gar nichts!«

Er warf einen letzten Blick auf Polos hagere Gestalt im Rückspiegel; der blonde Junge wirkte hilflos und verlassen. An der nächsten Ecke bog Step nach links und fuhr weiter nach Norden, wobei er auf die Ampeln und den langsamen Verkehr fluchte und auf alles andere, das ihn auf seiner letzten Fahrt aufhalten konnte. Er hatte Glück. Es gab einen Parkplatz nur drei Wagenlängen vom Eingang zu Vicki Brandshafts Haus entfernt.

Sie saß da und hörte zu. Sie schien seine Worte weder anzuzweifeln noch zu glauben. Sie sah zu, wie sich seine Lippen bewegten, und ihr Geist schien jede Einzelheit abzuwägen und einzuordnen, ohne auch nur eine Tatsache in ihrer Gesamtheit zu erfassen. Während Step berichtete, saß sie ruhig auf dem Stuhl im Wohnzimmer und rieb über die bestickte Seidenbespannung – ein steinernes Götzenbild, vor dem alle Sünder gestehen konnten, ohne Angst vor Anmerkungen oder Kritik oder Zornausbrüchen. Er erzählte ihr alles, beginnend mit dem ersten Abend im Gruppenstudio, nannte ihr alle Namen, alle Geheimnisse und

Vorgänge, und sie hörte zu, als hätten seine Worte keine Bedeutung für sie, für Vicki Brandshaft, für ihren Vater, dessen Leiche deckenverhüllt unten vor dem Haus im Wagen lag. Einmal, als er sie anbrüllte, seine Wut hinausbrüllte über ihre steinerne Ruhe, begann sie zu wimmern. Und dann sagte er es ihr noch einmal, die Stimme voller Grausamkeit und Zorn. Aber sie blieb reglos sitzen, unbeeindruckt, ungläubig, bis plötzlich die Wahrheit über sie hereinbrach, wie ein Bergsee, der seinen Damm sprengte, sie überschüttete, einschloß, überwältigte, bis das Gewicht sie zu Boden drückte.

»Gott verzeih mir«, sagte Step und beugte sich über sie. »Gott verzeih mir, Vicki, ich dachte nie, daß es so enden würde. Ich hätt's nicht für möglich gehalten ...«

Sie antwortete nicht. Sie bewegte sich, stöhnte, ließ den Kopf hin- und herpendeln. Er hob sie auf das Sofa, und bei der Bewegung öffneten sich ruckartig ihre Augen; nackter Haß stand in ihrem Blick und legte sich um ihren Mund.

»Laß mich zufrieden«, sagte sie. »Faß mich nicht an!«

»Vicki ...«

»Verschwinde! Raus hier!«

»Du mußt mir glauben, was ich sage. Es war falsch, daß ich mitgemacht habe, sehr sogar. Aber mit dem, was jetzt geschehen ist, hatte ich nichts zu tun. Ich habe ihnen gesagt, ich wollte Schluß machen, ich habe gesagt, ich wollte das Geld nicht ...«

»Bitte«, stöhnte sie, »o Gott, bitte ...«

»Ich gehe zur Polizei, Vicki. Hörst du? Ich gehe zur Polizei und berichte alles. Mehr kann ich nicht tun. Ich erwarte jetzt nicht, daß du etwas sagst. Ich wollte nur, daß du Bescheid weißt, ehe du es anders erfährst.«

Endlich konnte sie weinen. Sie drehte den Kopf zur Sofalehne und weinte wie ein Kind. Und darauf hatte er gewartet. Er stand auf.

»Vicki, ich möchte dich noch um etwas bitten. Ich brauche die Ansichtskarte, die ich dir gegeben habe, die falsche Karte aus Key West. Ich nehme sie mir.«

Als sie nicht antwortete, ging er zu dem hellen Rolltisch. Sie hielt ihn nicht auf, und er durchsuchte alle Fächer und Schubladen, die er sich schon einmal vorgenommen hatte.

Wieder fand er das Fotoalbum und darin auch die Ansichtskarte der erfundenen Delores Mason zwischen den losen Bildern. In dem Stapel war ein Bild von Edward Brandshaft in der dicken Jacke eines Jägers, wie er grinsend neben einem geschossenen Rehbock posierte. Andere Aufnahmen von Brandshaft, die Arme um eine zerbrechlich wirkende Frau mit sanftem Gesicht gelegt. Er blätterte die Fotos mit morbidem Interesse durch, bis er auf gelbliche Theateraufnahmen stieß. Er starrte konzentriert darauf, wobei er an einige alte Gespräche dachte, und wußte, daß er in Edward Brandshafts Tisch mehr gefunden hatte, als er eigentlich finden wollte. Schließlich steckte er die Ansichtskarte in die Brusttasche und warf einen letzten Blick auf die hingestreckte Gestalt auf dem Sofa. Da er ihr nichts mehr zu sagen wußte, ging er zur Tür.

Unten angekommen, ließ er den Pförtner seine Pflicht tun und ging auf den wartenden Cadillac zu. Zwei Polizisten standen neben dem Wagen, und einer starrte durch das hintere Seitenfenster.

XVI

Hätte er einen Augenblick länger Zeit gehabt zu denken, sich zu entscheiden, wäre Step wahrscheinlich ausgerückt. Er wollte nicht, daß es ein solches Ende nahm; trotz seiner Entschlossenheit und Zielstrebigkeit war sein Selbsterhaltungstrieb ausgeprägt. Sich zu stellen, war eine gute Sache – da konnte man sich Hoffnungen machen; er wußte genug über das Strafgesetz, um das zu erkennen. Doch als er sich jetzt dem grauen Cadillac und den blauuniformierten Männern näherte, die den Rücksitz inspizierten, wußte er, daß es zu spät war. Nun mußte er sich mit den anderen Darstellern des Brandshaft-Spaßes in eine Reihe stellen lassen und das gleiche Geschick auf sich nehmen.

»Moment«, sagte einer der Polizisten scharf. »Ist das Ihr Wagen, Freundchen?«

»Nein«, flüsterte Step. »Er gehört nicht mir.«

»Sie sind aber darauf zugelaufen. Was ist das da in Ihrer Hand?« Der Beamte hatte ein junges Gesicht, das aber schon zerfurcht und abgehärtet war. Der zweite Mann war älter, hatte eine pockennarbige Stirn und eine schiefe Nase. Er griff zu und nahm den Wagenschlüssel, den Step in der Hand hielt. Der junge Polizist ließ sich hinter das Steuer gleiten und probierte den Zündschlüssel aus; als der Motor ansprang, stieg er wieder aus.

»Behaupten Sie immer noch, der Wagen gehört nicht Ihnen, Freundchen?«

»Er gehört … einem Freund von mir. Edward Brandshaft. Er hat ihn mir geliehen.«

»Aha. Und was ist das da auf dem Rücksitz?«

»Ach, nur Decken und so.«

Der Polizist öffnete die hintere Tür. »Zeigen Sie's mir«, sagte er. »Zeigen Sie mir die Decken und so, Mister.«

Step seufzte müde. »Hören Sie, ich wollte sowieso gerade zur Polizei fahren. Da liegt ein Mann in der Decke, ein Toter. Nur hab ich ihn nicht umgebracht. Ich wollte ihn gerade zur Polizei bringen.«

Die beiden Beamten wechselten einen Blick. Der Polizist mit der schiefen Nase schaute auf das Vordach des Hauses und sagte: »Sieht mir nicht wie eine Polizeistation aus.«

»Ich mußte zuerst noch jemand besuchen. Aber ich wollte ihn zur Polizei bringen, das schwör ich Ihnen. Ich wollte alles melden – wer ihn ermordet hat, alles. Sie müssen mir eine Chance geben …«

»Die bekommen Sie auch. Sie bekommen alles, was Sie wollen. Zeigen Sie mir mal Ihren Führerschein.«

Step reichte ihm seine Brieftasche, und der junge Polizist blätterte sie uninteressiert durch. »Okay, leeren Sie jetzt Ihre Taschen.«

Step gehorchte. Der ältere Polizist betrachtete den Tascheninhalt mit leichter Neugier.

»Eine Ansichtskarte«, sagte er. »Und ein Schlüssel. Wozu ist der Schlüssel, Mister?«

»Ist kein Haustürschlüssel«, sagte der jüngere Mann. »Sieht wie ein Schließfachschlüssel aus. Nummer 942. Was ist denn in dem Fach, Mr. Sutter?«

»Meine Bowlingkugel«, sagte Step.

»Ein Komiker, aha. Los, Sie Spaßmacher, einsteigen.« Er schob Step zum Auto. Der Polizist mit der Nase setzte sich ans Steuer, und der jüngere Mann stieg zur Leiche Edward Brandshafts auf den Rücksitz. Die nächsten sechs Querstraßen wurden schweigend zurückgelegt, dann ging es nach Osten. Step drehte ab und zu den Kopf, um den Mann abzuschätzen. Der Fahrer schien nervös zu sein; seine Fingerknöchel am Steuer waren seltsam weiß. Einen Augenblick bedachte Step die Chancen, in das Rad zu greifen, es herumzureißen, den Wagen gegen den Bordstein zu lenken und in dem Durcheinander zu fliehen. Aber er spürte die Blicke und den warmen Atem des anderen Polizisten im Nacken und lehnte sich wieder zurück.

Sie näherten sich dem Beginn des East River Drive; Step wartete, daß der Wagen auf die New York Avenue einbog, aber der Fahrer steuerte weiter nach Osten. Bald waren sie auf der Schnellstraße nach Norden unterwegs, und er starrte aus dem Fenster auf die Müllschiffe, die durch das trübe Flußwasser glitten. »Moment mal«, sagte Step unbehaglich. »Wo ist eigentlich Ihr Revier?«

Die beiden Polizisten antworteten nicht, und Step erschauderte, was dem Polizisten am Steuer ein leises Lachen entlockte.

»Ihr Schweinehunde«, sagte Step heiser und wurde von dem Beamten auf dem Rücksitz mit einem Schlag in den Nacken belohnt.

»Ihr kommt damit nicht durch«, sagte Step. »Ich habe der Polizei schon alles erzählt.«

»Du hast überhaupt nichts erzählt«, sagte der Mann am Steuer selbstgefällig. »Das hättest du uns gesagt, als wir dich hochnahmen.«

»Vielleicht hat er telefoniert«, sagte der jüngere Mann besorgt. »Er hätte doch von dem Gebäude aus telefonieren können.«

»Mach dir keine Sorgen«, sagte der Fahrer. »Der hat nicht nach den Bullen geschrien. Warum auch – mit all dem Zaster in der Hinterhand?« Er lachte. »Siehst du, wir wissen alles, Kumpel, wir wissen alles.«

»He, Myron«, sagte der jüngere Mann. »Laß mich fahren, ja? Mir gefällt's hier hinten nicht.«

»Myron!« sagte Step. »*Sie* sind das also! Der Techniker ...«

»Richtig, Kumpel. Schade, daß wir uns nie begegnet sind; Sie hätten mir Schauspielunterricht geben können, ja?«

»Blackie hat mir also nicht getraut. Und ich muß auf den gleichen blöden Trick hereinfallen …«

»Blackie hat dir schon getraut, das war sein Fehler. Nach dem Schlüssel zu urteilen, den du bei dir hattest, hast du längst das Geld von dem alten Knacker, nicht? Nur wolltest du's nicht teilen. Du wolltest alles selbst behalten.«

»Wohin bringt ihr mich?«

»Das ist unser Problem«, sagte Myron. »Vielleicht zur selben Stelle, wo der Kerl hinten enden sollte.«

»He, Myron«, sagte der andere Mann nervös. »Du weißt doch, was ich von Leichen halte. Was meinst du, läßt du mich 'ne Weile fahren?«

»Beruhige dich, Phil. Mir gefällt diese Kutsche. Ich hab nur selten Gelegenheit, einen Cad zu fahren.«

»Dann laß mich vorn bei euch sitzen, ja? Mir ist schon ganz komisch.«

»Hört mal«, sagte Step. »Wir wollen das mal durchsprechen. Ihr wißt nicht, wo das Schließfach ist, aber ich weiß es. Vielleicht können wir das Geld zwischen uns aufteilen.«

An der Auffahrt zur Bronx-Whitestone-Brücke wurde der Verkehr dichter. Steps Hand näherte sich langsam dem Türgriff, während er weitersprach.

»Was meint ihr? Wir können's in drei Teile …«

Myron lachte, und Step zog heftig am Türgriff, stieß die Tür zugleich mit der Schulter nach außen. Zehn Zentimeter trennten ihn von der Freiheit, als Myron den Fuß auf das Gaspedal senkte und den Wagen drei Meter vorschnellen ließ, wodurch Step wieder in den Sitz gedrückt wurde. Der Rowdy auf dem Rücksitz packte seinen Kragen und hielt ihn fluchend fest, langte dann nach vorn und schloß die Wagentür wieder. Als sich Step zu wehren begann, hob er die Hand, soweit es das Wagendach gestattete, und hieb seine Handkante wie eine Axtklinge in Steps Nacken. Ein stechender Schmerz durchzuckte ihn, doch er versuchte verzweifelt, bei Bewußtsein zu bleiben – bis sich die Hand erneut hob und herabzuckte und Dunkelheit über ihn brachte.

Als er sich zu rühren begann und erwachte, hatten sie den dichten Verkehr hinter sich gelassen; sie rasten eine nicht beleuchtete Schnellstraße entlang, die von breiten, düster wirkenden Bäumen gesäumt war. Er behielt die Augen geschlossen und hoffte, die beiden würden ihn noch für bewußtlos halten. Doch ohne den Blick von der Straße zu nehmen, schien Myron zu spüren, daß der Gefangene wieder zu sich gekommen war. Er lachte leise und fragte Step, ob alles in Ordnung wäre.

»Ja«, erwiderte er bitter. »Alles in Ordnung. Wie lange noch?«

»Nicht lange«, sagte Phil hinter ihm. »Nicht mehr lange, Kumpel.«

»Hat euch Blackie das aufgetragen? Daß ihr mich beseitigen sollt?«

Phil schnaubte durch die Nase. »Er hat mir besser gefallen, als er noch schlief. Soll ich …«

»Nun mal halblang«, sagte Myron. »Beruhige dich!«

»Du hast's gut«, sagte Phil bitter. »Du brauchst nicht mit 'ner Leiche zu fahren.«

»Woher wißt ihr, daß Blackie mit euch teilt?« fragte Step plötzlich. »Er zahlt euch ein Butterbrot, während die anderen eine halbe Million Dollar verbraten …«

Myron knurrte. »Jetzt reicht's aber, Kerlchen.«

»Eine halbe Million! Und was habt ihr davon? Ein paar hundert dafür, daß ihr mich beseitigt?«

»He«, sagte Phil, »was hat der vor, Myron?«

»Er redet nur so«, sagte Myron leichthin. »Er versucht, uns nervös zu machen. Er ist Anwalt, vergiß das nicht.«

»Ja, ich bin Anwalt. Und ich sage euch, daß ihr ahnungslose Waisenknaben seid!«

»Du Hurensohn!« knurrte Phil schweratmend. »Komm, tun wir's gleich, Myron. Tun wir's jetzt! Die Leiche hier macht mich ganz kribbelig, Myron, ich halt's nicht mehr lange aus.«

»Bald, Phil. Wir müssen die Stelle finden.«

»Beeil dich, ja, Myron?« Step drehte ein wenig den Kopf und sah die Silhouette von Phils Gesicht, den offenen Mund, den Schweiß auf Stirn und Kinn. »Mir gefällt der Kollege hier nicht, du weißt, was ich meine. Ich mag keine Leichen.«

»Seltsam«, bemerkte Step. »Dabei hat mir Blackie gesagt, ihr beide hättet es getan.«

»Was? Blackie hat das gesagt?«

»Halt's Maul!« knurrte Myron. »Und du hältst auch den Mund, Anwalt.«

»Er lügt!« brüllte Phil. »Er ist ein gottverdammter Lügner. Wir haben keine Ahnung davon gehabt! Sag's ihm, Myron!«

»Weshalb denn, du Blödmann? Was kommt's noch darauf an?«

»Ich hab's nicht getan!« schrie Phil Step ins Ohr. »Ich hab ihn nicht getötet ...«

»Warum bist du dann so nervös, zum Teufel?« fauchte Step zurück. »Warum hast du solche Angst?« Er ging das Risiko ein, den Kopf ganz zu drehen, und blickte auf die verhüllte Leiche. Dann weiteten sich seine Augen, sein Mund klappte auf, und er kreischte mit voller Lungenkraft: *»Er lebt ja noch! Er lebt noch!«*

Phil fiel in den Entsetzensschrei ein, und als sich Myron fragend umdrehte, spürte Step, wie der Wagen auf den weichen Seitenstreifen hüpfte und dann schräg auf die Gegenfahrbahn zuhielt. Step ließ den linken Fuß auf Myrons breiten Zeh fallen und drückte den Gashebel durch; die Reifen quietschten auf, und das Steuerrad entwand sich Myrons Griff. Step spürte, wie sich der schwere Wagen nach links neigte, er sah, wie Phil gegen die Seitentür geworfen wurde und sich verzweifelt am Vordersitz festhielt, er sah, wie die verhüllte Leiche gegen die Wagenwand geworfen wurde und Phil die Hände hochwarf, um sich vor dem ekligen Ding zu schützen. Als Myron das Steuer wieder in die Gewalt bekam, war es zu spät, die Kräfte zu stoppen, die den Wagen herumrissen, ihn mit dem Dach nach unten auf die Straße hämmerten und dann auf den gegenüberliegenden Steilhang zurollen ließen – mit einer Wucht, die Phil Kopf und Brust zerquetschte und Myron für den Rest seines Lebens die Beine kostete.

XVII

Er hieß Dr. Greff und war ein Arzt, wie Step ihn noch nicht erlebt hatte. Ihm fehlte jede Verbindlichkeit beim Umgang mit Patienten und sogar die didaktische Sanftheit, die Step von allen Angehörigen dieses Berufes erwartete. Vielleicht lag es daran, daß er Polizeiarzt war; die schienen eine eigene Sorte zu sein.

Trotz der Nüchternheit, mit der er über seinen Zustand sprach, fand ihn Step seltsam sympathisch.

»Sie hatten keine ernsthaften inneren Verletzungen«, sagte er. »Zuerst nahmen wir an, eine der gebrochenen Rippen hätte eine Punktur verursacht, aber Sie hatten Glück. Außer dieser Sache und einigen kleineren Prellungen und Quetschungen ist alles in Ordnung.«

Captain Pellegrini, der ernste, rücksichtsvolle Kriminalbeamte, der so gar nicht der Vorstellung der Gruppe von einem Gesetzeshüter entsprach, fuhr den Rollstuhl neben das Bett.

»Sind Sie sicher, daß Sie's durchhalten, Mr. Sutter? Es liegt bei Ihnen.«

»Ich schaffe es«, sagte Step mit zusammengebissenen Zähnen. »Ich will es tun.«

»Sie helfen sich damit selbst«, sagte Pellegrini. »Ich bin kein Anwalt – das ist Sache Ihres Vaters. Aber ich mache schon lange genug mit, um zu wissen, daß so etwas vorteilhaft sein kann.«

»Ich würd's auch tun, wenn es nicht so wäre«, sagte Step grimmig. »Helfen Sie mir bitte mal, ja?«

Pellegrini trat ans Bett, und von dem Beamten und dem Arzt flankiert, setzte sich Step vorsichtig in den Stuhl.

Zehn Minuten später saßen sie in der ersten Reihe eines dunstigen Auditoriums, die Augen auf die grellschimmernde Bühne gerichtet, deren Kulissen aus schwarzen Meßlinien bestanden. Dann begann die Vorstellung – ohne Fanfaren. Es war die letzte Vorstellung der Gruppe.

Da war ein Mädchen, groß und schlank, dunkle Haare und Augen; sie bewegte sich wie ein verwirrtes Phantom über die Bühne.

»Delores Monahan«, sagte Captain Pellegrini. »Genannt Dee Dee. Sechsundzwanzig Jahre. Ledig. Berufsangabe: Schauspielerin. Letzte Tätigkeit: Stenotypistin in der Brandshaft Grundstücksverwaltung. Bisher nicht straffällig.«

»Das ist sie«, sagte Step. »Sie war Delores Mason.«

Dann war da ein Mann, stiernackig und dunkelhäutig, die muskulöse Brust in ein zu enges Unterhemd gezwängt, das unrasierte Gesicht düster verzogen. Er marschierte über die winzige Bühne und kniff die Augen zusammen, um hinter die grellen Scheinwerfer zu schauen.

»David Jameson Daggert, Spitzname Blackie«, sagte Captain Pellegrini. »Dreiunddreißig Jahre, Berufsangabe: Theaterregisseur. Arbeitslos. Bisher nicht straffällig.«

»Unser Regisseur«, sagte Step düster.

»Samuel Gerald Schultz, siebenundzwanzig Jahre. Ledig. Beruf: Schauspieler. Eine Verurteilung 1949 wegen groben Unfugs. Urteil: Dreißig Tage. Keine weiteren Verhaftungen.«

»Sammy hat einen unserer Polizisten gespielt. Er war auch die Stimme von Brandshafts Anwalt.«

»Vincent Davies Whiting alias Sidney Wollman. Fünfundvierzig Jahre. Geschieden. Beruf: Schauspieler. Eine Verurteilung wegen Trunkenheit am Steuer, 1953.«

Mit erhobenem Kopf nahm Vince Whiting seinen Platz in der Reihe ein. Er starrte in den Zuschauerraum, als versuchte er, das Publikum zu zählen. Als er feststellte, daß er nichts erkennen konnte, zuckte er nonchalant die Achseln.

»Unser Staatsanwalt«, sagte Step.

»Herman Dobek genannt Polo. Fünfundzwanzig Jahre. Ledig. Beruf: Schauspieler. Arbeitslos. Zwei Verurteilungen 1954 und 1955 wegen sittlicher Vergehen.

Chili Alvarez, vierundzwanzig Jahre. Ledig. Beruf: Schauspieler. Eine Verhaftung wegen illegalen Glücksspiels. Keine Verurteilung.

Das sind alle«, sagte Pellegrini. »Die ganze verdammte Truppe. Kein Zweifel, die Bühne hat es ihnen angetan, nicht wahr? Jede Bühne war ihnen recht ...«

»Nein«, sagte Step. »Da ist noch jemand. Vielleicht das wichtigste Mitglied der Gruppe. Mrs. Florence Cook.«

Pellegrini musterte ihn nachdenklich. »Wie kommen Sie darauf? Warum ist sie so wichtig?«

Step atmete tief ein. »Weil sie Edward Brandshaft umgebracht hat. Sie ist die Mörderin, die Sie suchen.«

»Sind Sie ganz sicher, Mr. Sutter?«

»Ich habe genug Zeit gehabt, darüber nachzudenken, Captain. Und je mehr ich darüber nachdachte, desto sicherer war ich. Sie war nicht zufällig unsere Mäzenin. Sie setzte auf eine sichere Sache – auf den Tod ihres ersten Mannes.«

»Mann!«

»Sie hieß nicht Cook, Captain. Sie hieß Rice. Harriet Rice. Und deshalb glaube ich, daß sie Edward Brandshaft umgebracht hat.«

Pellegrini rieb sich das Kinn. »Es wäre eine Erklärung«, sagte er, »das muß ich zugeben. Es würde erklären, was sie getan hat ...«

»Was hat sie denn getan?«

»Sie hat Selbstmord begangen. Mrs. Florence Cook hat sich an dem Abend, als wir diese Bande verhafteten, umgebracht. Wenn Sie recht haben, wäre das tatsächlich ein Grund. Nicht wahr?«

Es war eine gute Frage. Aber nun war sich Step seiner Antwort nicht mehr so sicher.

XVIII

Step hakte seine Finger in den Maschendraht, während Louis Sutter sorgsam seine Brille putzte. Er kannte die Gesten seines Vaters und ihre tieferliegende Bedeutung; er wußte, daß Louis Sutter im Augenblick einer Gefühlserregung seine drahtgefaßte Brille abzunehmen und zu polieren pflegte, bis sie blitzte.

»Sprich weiter, Stephen«, sagte er leise. »Ich höre zu.«

»Letztlich hat das Foto alles ausgelöst«, sagte Step. »Das Bild, das ich in Vickis Tasche fand. Vicki hatte mir von Harriet Rice erzählt und sie ziemlich genau beschrieben. Sie sagte, sie war eine kleine Komparsin, ein anonymes Gesicht bei den Tanzmädchen in einem billigen Musical. Ich erinnerte mich an ihre Worte, als ich das Foto sah. Mrs. Cook war natürlich nicht zu erkennen, schon gar nicht nach dem, wie sie heute aussieht. Aber ich brauchte sie auch nicht zu erkennen. Ich mußte mich nur erinnern.«

»Woran erinnern?«

»An Mrs. Cooks Worte, als sie ihre Nachforschungen für die Gruppe durchführte. Sie beschrieb Harriet Rice als eine *prominente Schauspielerin der damaligen Zeit.* Was für eine Frechheit! Vielleicht hielt sie sich wirklich dafür; wer kann das wissen? Vielleicht haben die Jahre ihre Erinnerung verwischt, so daß sie sich für einen Star hielt und nicht nur für zwei Beine in der hinteren Tanzreihe.

Aber die beiden Beschreibungen paßten nicht. Warum sollte Mrs. Cook Harriet Rice eine prominente Schauspielerin nennen, wenn sie es gar nicht war? Hier kam das Ego ins Spiel! Und als ich das Foto sah, erkannte ich die Wahrheit. Sie war Brandshafts erste Frau!«

»Dann war die ganze Sache ihr Einfall ...«

»Nein, es war nicht ihre Idee. Sie hatte einen ganz anderen Spaß im Sinne, Paps. Als sie das verlassene Studio für die Gruppe fand, wußte sie wohl, daß es der Brandshaft Grundstücksverwaltung gehört. Sie muß das Ganze für einen Riesenwitz gehalten haben, den Besitz ihres Ex-Mannes in ein Theater umzuwandeln und zu wissen, wie sehr er diesen Beruf haßte. Aber sie hatte natürlich nichts von dem Spaß, wenn Brandshaft nichts davon wußte. Also schrieb sie ihm einen kleinen Brief. *Sie* hat Brandshaft informiert, nicht dieser Makler Patchett.

Natürlich konnte Brandshaft das nicht auf sich sitzen lassen. Er beauftragte Patchett, den Mietvertrag zu lösen, und so wurde ich in die Sache verwickelt.

Aber erst mit der Party fing es wirklich an. Alle trugen dazu bei; ich kann nicht Mrs. Cook allein die Schuld geben. Wir alle müssen dafür die Verantwortung übernehmen. Der Brandshaft-Spaß war ein gemeinsames Unternehmen; wir alle sind gleichermaßen schuldig.«

»Wie hast du das nur tun können?« fragte Louis Sutter leise.

»Ich weiß es nicht, Paps. Ich habe keine Ahnung, warum ich mich in das verwickeln ließ. Wahrscheinlich war ich so begierig, überhaupt mal irgendwohin zu gehören, daß ich nicht widerstehen konnte. Zuerst war es ja auch nur ein Riesenspaß, eine Komödie, die Darstellung eines Stücks – ich dachte überhaupt nicht ernsthaft an das Geld, das wir bekommen sollten. Aber als Harkness getötet wurde …«

»Dann war es also nicht Selbstmord?«

»Nein, Harkness konnte sich gar nicht umbringen, das hatte er schon einmal bewiesen. Er wurde getötet, von derselben Hand, die Brandshaft und Florence Cook umbrachte und die auch mich fast umgebracht hätte …

Ich dachte, ich hätte mir alles richtig zurechtgelegt, während ich da im Krankenzimmer lag, und hielt mich für ziemlich schlau. Als ich erkannte, wer Mrs. Cook wirklich war, hatte sie meiner Meinung nach das beste Motiv, Brandshaft loszuwerden ... nicht nur Rache, sondern auch Geld; sie bekam eine lebenslängliche Annuität, die bei Brandshafts Tod mit einem ziemlich hohen Betrag ausbezahlt wurde. Ja, sie hatte alles – nur nicht den Mut. Sie war nur eine törichte alte Frau, die das Gefühl hatte, es müßte sehr lustig sein, ihren früheren Mann mal ein wenig zappeln zu lassen. Leider wollte ihr Sohn weitaus mehr ...«

»Ihr *Sohn*?«

Step warf einen Blick auf die große Uhr an der Wand.

»Als die Polizei wußte, wer ›Mrs. Cook‹ wirklich war, hatte sie keine Mühe, die ganze Familiengeschichte auszugraben. Einschließlich des traurigen Falles mit dem hübschen blonden Adonis, der ihr bei seinem Tod nur eine Annuität ihres ersten Mannes hinterließ und ein Kind mit einer verkorksten Psyche. Er hieß Dobek, Paps. Herman Dobek, Senior.«

»Polos Vater?«

»Ja, Polo, Paps. Es war kein Zufall, daß Mrs. Cook und die Gruppe zusammenkamen. Polo Dobek hat die Verbindung hergestellt. Und beileibe nicht aus Mutterliebe; Polo mochte seine Mutter nicht mal, nicht nachdem sie seinen Vater verließ. Aber Polo meinte, daß das Geld seiner Mutter vielleicht ganz nützlich sei, und stellte sie deshalb Blackie und den anderen anonym vor. Er hielt seine verwandtschaftliche Beziehung geheim; wahrscheinlich schämte er sich ihrer – und umgekehrt. Aber etwas weiß ich bestimmt – ihr Pseudonym hat er ausgesucht, als kleine Ironie. Als es mit seiner Schauspielerkarriere abwärts ging, arbeitete sein Vater nämlich in einem Schnellrestaurant – als Koch. Daher der Name Cook. Er starb dort in der Küche.

Als Harkness an jenem Tag bei Brandshaft auftauchte und das Projekt fast platzen ließ, war Polo im Gefängnis. Er schaffte Harkness hinaus, ehe der Schaden zu groß wurde, aber er mußte dafür sorgen, daß der alte Mann nicht zurückkam und seine Arbeit zu Ende brachte. Na, und dafür sorgte er dann auch. Anschließend hat er Blackie und den anderen Harkness' Besuch verschwiegen; vielleicht hatte er Angst. Nur seiner Mutter erzählte er davon. Als ich das wußte, wurde mir klar, daß die beiden als einzige der Meinung waren, Harkness müßte auf jeden Fall beseitigt werden, um den Brandshaft-Spaß zu retten.

Aber Polo ging es um mehr als den Spaß. Er war kein Genie, aber er konnte rechnen. Ein Achtel-Anteil an den vierhunderttausend, die wir von Brandshaft erwarteten, belief sich auf fünfzigtausend. Wenn Brandshaft starb, wäre Mrs. Cooks Annuität mit etwa zweihunderttausend zur Auszahlung gekommen. Er wußte, daß seine Mutter nicht die Nerven hatte, dieses Geld auf dem Mordwege zu kassieren – aber Polo hatte keine solchen Bedenken und trug sich mit der Absicht, nach dem Mord einen schönen Betrag von ihr zu erpressen. Als Brandshaft mir also den Brief an Vicki gegeben hatte, die Vollmacht für den Banksafe, war Polo zum Einsatz bereit. Er öffnete einfach die Gefängniszelle und trat ein. Aus der Rolle des Wächters schlüpfte er in die des Henkers.«

Steps Vater seufzte müde. »Und die Rowdies, die dich umbringen wollten?«

»Myron war von Anfang an Polos Kumpel. Zwei alte Männer konnte Polo erledigen – Harkness und Brandshaft –, aber bei mir war das anders. Als ich ihn aus dem Wagen warf, begann er sich Sorgen zu machen und kam auf den Gedanken, daß ich ihn vielleicht hereinlegen wollte. Das war natürlich der entscheidende Hinweis.

Polo war der einzige, der wissen konnte, wohin ich fuhr. Damit hatte er auch recht. Als ich Brandshafts Leiche in der Zelle sah, war mir klar, daß ich zur Polizei gehen mußte.« Er blickte auf und forschte im Gesicht seines Vaters. »Wirkt sich das irgendwie aus, Paps? Beim Prozeß?«

Louis Sutter zuckte die Achseln.

»Na, wie dem auch sei«, sagte Step. »Polo gab sich alle Mühe, mich loszuwerden. Reines Glück, daß es ihm nicht gelungen ist. Dann sah er sich aber einem schlimmeren Problem gegenüber – seiner Mutter, die eine hysterische Angst entwickelte, was nun aus ihr werden würde, und die bereit war, ihren Sohn der Polizei auszuliefern. Ich möchte mir nicht die Szene vorstellen, die die beiden gespielt haben. Du weißt ja, wie es geendet hat, Paps. So wie auch Harkness' Leben zu Ende ging ... mit einem falschen Selbstmord ...«

»Und die Polizei weiß Bescheid?«

»Sie weiß alles, Paps, jede Einzelheit. Ich habe nichts ausgelassen. Glaubst du, daß mir das hilft?«

»Ich weiß nicht, was ich dir darauf antworten soll, Stephen.«

»Du bist mein Anwalt.« Stephen grinste. »Du müßtest es wissen.«

»Ich kann nur sagen, daß du eine Chance bekommst – das weiß ich sicher. Die Tatsache, daß du aus der Bande ausgeschert bist, daß du der Polizei geholfen hast, das alles spricht zu deinen Gunsten. Aber Haare wirst du lassen müssen, Stephen. Etwas anderes darfst du nicht erwarten.«

Step betrachtete seine Hände. »Das weiß ich auch, Paps. Womit ich mich nicht auskenne, ist – Vicki.«

»Was soll ich dir sagen?« Louis Sutter nahm seine Brille ab und polierte sie. »Was du ihr angetan hast, war ziemlich schlimm, Stephen. Glaubst du, daß sie das so einfach vergessen kann?«

»Nein, das erwarte ich nicht. Und ich glaube auch nicht, daß sie mich sprechen will...«

»Nein, Stephen. Vielleicht später, aber jetzt noch nicht.«

Der Wärter tauchte hinter ihm auf, berührte ihn an der Schulter. Louis Sutter stand auf und ging zum Ausgang, ohne sich umzudrehen, ohne sich zu verabschieden. Als der Wärter die Tür öffnete, sah Step Vicki draußen stehen. Als wüßte er, worum es ging, ließ der Beamte die Tür eben lange genug offenstehen, so daß Step sah, wie sein Vater Vickis Ellenbogen nahm und ihr den Arm um die Schulter legte – eine tröstende Geste, wie sie für Menschen reserviert ist, die man liebt.

Hinter der Tür

Für Jan

12. März 1955

Der Tod roch nach Medizin und Möbelpolitur. Die Goldstaubzwillinge hatten das Putzmittel überall im Haus der Gunnersons verrieben, über Kommoden, Schränken und Treppengeländern. Der Auftrag dazu war von Mrs. Bellinger gekommen, die der Meinung war, die Dienstboten müßten sich durch viel Arbeit vom Tod im oberen Schlafzimmer ablenken. Später sollte sich für Gail Gunnerson der Geruch polierten Holzes stets mit einer unerklärlichen Traurigkeit verbinden. Aber das wußte sie noch nicht; am 12. März 1955 war sie erst sechs Jahre alt. Ihre kleine Hand glitt sanft über das gewachste Geländer, als sie in das Obergeschoß hinaufging und sich dabei in ihren Lacklederschuhen auf die Zehenspitzen stellte, als hätten die dicken Teppiche ihre leisen Schritte nicht ohnehin gedämpft.

Oben an der Treppe hörte sie ein Türschloß klicken. Sie erkannte, daß jemand das Schlafzimmer ihrer Mutter verließ, und gehorchte dem Diktat der Angst – sie rannte los. Am Ende des Flurs erhob sich eine Burg mit einem einzelnen imposanten Turm – ein Asyl. Ältere, die es genauer nahmen, nannten das Gebilde eine Standuhr. Gail duckte sich dahinter (wieder Duft nach Wachs, säuerlich und verbraucht wie eine verblühte Gardenie) und hörte die Stimme ihres Onkels, ein dröhnendes männliches Organ, das die empfindlichen Federn der Uhr zum Beben brachte: »Wann wollte der Mann hier sein?«

»Nach spätestens einer Stunde, Sir.« Das war Mrs. Bellinger.

»Ich wünschte, er würde sich beeilen. Ich will die Maschine um zweiundzwanzig Uhr noch erwischen. Haben Sie das Mädchen gesehen?«

»Nein, Sir.«

»Und wo steckt mein Sohn?«

»Unten, Mr. Swann.«

»Piers!« *Er ließ das Wort wie eine Wasserbombe über das Treppengeländer fallen. Unmittelbar darauf hörte Gail die schrille Antwort des Jungen von unten. Dann ihr Onkel: »Hast du deine Kusine gesehen?«*

»Nein.«

»Such sie. Sag ihr, sie soll ins Schlafzimmer kommen.«

»Ach, Paps, ich weiß doch gar nicht, wo sie ist.«

»Such sie. Sag ihr, das wär die letzte Gelegenheit für sie, ihre Mutter zu sehen – ehe der Mann vom Bestattungsinstitut kommt.«

Das Wort bedeutete ihr nichts, enthielt aber eine unterschwellige Drohung. Gail machte sich neben der schützenden Wand der Uhr ganz klein. Sie hörte, wie Piers nach ihr rief, hörte ihn überall am langen Flur die Türen öffnen und respektlos wieder zuknallen; er war erst vierzehn Jahre alt und unbeeindruckt vom Tod einer Fremden.

»Gail! He, wo bist du?«

Sie versuchte sich an die Unsichtbarkeitsformel aus dem letzten Buch zu erinnern, das die Mutter ihr vorgelesen hatte. Doch ihr Gedächtnis versagte, und Piers hatte Erfolg. »Was machst du denn da?« Sie wimmerte eine wortlose Antwort. »Was ist mit dir? Mein Vater sagt, du sollst ins Schlafzimmer kommen.« Sie wich vor seiner ausgestreckten Hand zurück. »Nun komm schon! Willst du denn deine Mutter nicht sehen?«

»Nein!«

»Deine letzte Gelegenheit. Sie wird fortgebracht.« In seiner Stimme lag genug Boshaftigkeit, um die Tränen zum Überfließen zu bringen. Sie schlug nach seiner Hand und rief: »Ich gehe nicht!«

Seine Hand an ihrem Arm. »Blödes Gör! Du mußt sie sehen, das ist nun mal so!«

»Ich will nicht, ich will nicht!«

Er zog und zerrte.

»Laß mich los, Piers, laß mich los! Ich will sie nicht sehen. Ich will da nicht rein – ich will nicht!«

Unten ging die Türklingel und schob die Auseinandersetzung zunächst auf. Die Zwillinge hatten vor einer Stunde laut schluchzend das Haus verlassen, so daß Mrs. Bellinger selbst aufmachen mußte. Piers, der den Besucher offenbar unbedingt sehen wollte, ließ Gails Arm los und ging zur Treppe. Sie hörte, wie er mit einem leisen Pfeifen den Atem einzog, und Neugier siegte über Angst. Sie folgte ihm zum Treppengeländer und blickte hinab.

An der Tür standen drei Männer, zwei in uniformähnlichen Jacken, die ihnen eine halb ärztliche, halb militärische Autorität verliehen. Der dritte Mann war eindrucksvoller. Er war so groß, daß sein schwarzer Filzhut am oberen Türrand entlangstreifte, als er ihn vom Kopf zog. Auch sein Anzug war schwarz. Gail wußte, daß die Farbe ein Ausdruck der Trauer war, doch zugleich wurde ihr klar, daß das Gefühl in seinem Falle unpersönlich blieb.

»Der Leichenbestatter«, flüsterte Piers.

Dann kamen sie die Treppe herauf, und jetzt sah Gail, daß einer der Männer ein Gebilde aus Holzstangen und Leinen trug, dessen Bedeutung ihr aber gleichgültig war, so sehr faszinierte sie das Gesicht des Mannes an der Spitze der feierlichen Prozession. In ihrem sechsjährigen Leben war ihr der Anblick wirklicher Häßlichkeit bisher erspart geblieben; doch nun holte sie das nach, nun sah sie eine Häßlichkeit, die durch einen Ausdruck grimmiger, kummervoller Entschlossenheit noch verstärkt wurde. Als dann die drei Männer vorbeigingen und das Schlafzimmer ihrer Mutter betraten, schürte Piers ihre Angst mit den Worten: »Er holt deine Mutter. Du kannst sie jetzt nicht mehr sehen; er bringt sie fort. Er bringt sie fort und tut sie in einen Holzkasten.«

Entsetzt über seine ernste, tonlose Stimme, starrte sie ihren Vetter an.

»Es stimmt«, sagte Piers. »Genau das macht ein Leichenbe-

statter. Er tut dich in einen Kasten. Er steckt den Kasten unter die Erde und begräbt dich!«

Die drei kamen zurück, mit ihr. *Ein Laken verdeckte den Körper von den weizenbraunen Haaren bis zu den bemalten Fußnägeln, und Gail erkannte, daß alles, was Piers gesagt hatte, auf grausame Weise stimmte, daß dem Tod ihrer Mutter ein noch größerer Schrecken folgte, daß es Zeit war, den Schreien freien Lauf zu lassen …*

Tränen versalzten die Milch, die Mrs. Bellinger ihr reichte. Gail hatte noch nie Milch und Kekse im Bett serviert bekommen, aber heute war ein besonderer Abend. Sie fragte: »Sind sie fort? Sind alle fort?«

»Alle, mein Schatz. Onkel Swann und Vetter Piers sind auf dem Heimweg … sie bedauern, daß sie nicht bis morgen zum Begräbnis bleiben können, aber dein Onkel hat wichtige Geschäfte in London. Du weißt doch, wo London liegt, mein Schatz, denk an die Bilder! Die große Uhr, die ich dir gezeigt habe, die Uhr, die Big Ben heißt?« Gail reagierte nicht. Mrs. Bellinger suchte nach einem anderen Thema. Sie ergriff die mechanische Ballerinapuppe auf dem Nachttisch und zog sie auf. »Und jetzt wirst du schlafen, mein Schatz. Ich muß unten noch einiges erledigen, aber ich komme wieder herauf, wenn ich fertig bin; ich bleibe die Nacht bei dir, einverstanden?«

Die Ballerina drehte sich langsam auf ihrem runden Podest. Als die Musik Gails Schluchzen übertönte, stellte Mrs. Bellinger die Figur hin, küßte dem Kind die Stirn und verließ das Zimmer.

Einige Minuten später war die Ballerina ihres Tanzes überdrüssig, die Musik wurde langsamer und erstarb, und Gail schlief.

Ehe sie träumen konnte, wachte sie wieder auf.

Als erstes sah sie die Ballerina, die in einem Entrechat erstarrt war.

Sie erinnerte sich an den Tod.

Der Porzellankörper der Tänzerin schimmerte wächsern im Mondlicht.

Tod, der Besucher.

Sie unterdrückte ein Schluchzen, das in ihr aufsteigen wollte, und tastete im Bett nach dem warmen braunen Pelz des Puh-Bärs, der das Kissen mit ihr teilte. Sie drückte ihn an sich und dachte an den Tod.

Tod, der Unglaubliche.

Dann quietschte der Türknopf, Metall knirschte auf Metall, und Gail hob den Blick ins Licht, zu einem neuen Umriß in der Dunkelheit.

Die Tür ging auf.

I

Ein Mann verfolgte sie. Als ihr die Schritte auffielen, ging sie im Geiste die Liste der Dinge durch, die sie bei sich haben müßte, aber nicht besaß. Einen Mace-Behälter. Eine Polizeipfeife. Eine Hutnadel. Dann vermochte sie einen Blick auf die typische Schnalle seiner Gucci-Schuhe zu werfen und kam zu dem Schluß, daß sein Motiv die Amoure und nicht die Attacke war.

Natürlich lag es an der Mappe, an dem flachen schwarzen Gebilde unter ihrem Arm. Geschähe nicht zum erstenmal, daß ein Mann sie für das Handwerkszeug eines Fotomodells hielt – und manche Typen hatten recht stumpfsinnig-verquere Vorstellungen von Mannequins. Gewiß, sie hätte durchaus sein können, was die Mappe andeutete; das Leder hätte Muster enthalten können, die die goldene Fülle ihres Haars und die verblüffende braunsamtene Dunkelheit ihrer Augen darstellten. Aber das war nicht der Fall. Kleine Überraschung, Mister! Schauen Sie doch, was sich darin befindet! Verschiedene Modelle. Dicke Frauen. Zeichnungen haariger Frauen. Einige von der Zeichenkohle förmlich seziert: hier ein korpulenter Arm, dort ein Bein und eine Hand, die sich in einer anmutigen dürerähnlichen Geste krümmen sollte. Sofern sie überhaupt eine Hand zeichnen konnte; warum machten Hände so große Schwierigkeiten? Warum konnten die Menschen nicht nur aus Augen und Mündern und Nasen bestehen? Nasen konnte sie besonders gut.

Sie überquerte die Straße, und er tat es ihr nach. Sie ging wieder zurück, noch eine Prüfung, und er bestand sie – oder fiel durch, je nachdem. Sie war zu müde, um sich aufzuregen; sie empfand nur eine Art apathische

Gereiztheit. War so ein Vormittag nicht schon schlimm genug? Jeder Morgen war eine Strafe für sie, da jede Nacht zur Qual wurde. Die letzte Nacht hatte zu den schlimmsten gehört; sie hatte kaum ein Auge zugetan. Die Alpträume waren in kurzen, wilden Galoppjagden durch ihr Gehirn gestürmt.

Als das graue Steinportal der Kunst-Liga in Sicht kam, fühlte sie sich sicher genug, langsamer zu gehen und sogar völlig stehenzubleiben. Sie wollte ihren Verfolger zwingen, sie entweder links zu überholen oder zur Tat zu schreiten. Er tat keins von beidem. Er blieb einfach stehen, schützte ein entzücktes Interesse am Ausstellungskasten der Kunst-Liga vor. Sein Spiegelbild vermischte sich mit den grellen Farben von Moses Lieblings neuestem Gemälde. Er sah gut aus – jedenfalls in der Spiegelung. Kein ebenmäßiges Gesicht, aber nett. Schlank, nicht sehr breitschultrig. Gute Hände, unmöglich zu zeichnen. Aber sie war sicher, daß sie die Nase geschafft hätte.

Als sie in der Toreinfahrt verschwand, schien er überrascht zu sein. Sie fragte sich, ob ihm nun wohl die Wahrheit aufging – daß er nämlich gar nicht hinter einem Mädchen aus Vogue her war, sondern hinter einer armen, hungernden Kunststudentin. Sie zog eine Grimasse, als ihr dieser Satz durch den Kopf ging. Auf Gail traf nichts von alledem zu.

Mr. Liebling schnüffelte gerade herum, als sie das Klassenzimmer betrat. Mit diesem Wort bezeichnete er seine Inspektionsrunden. Dabei schlurfte er durch den Raum, rückte dicht an seine Studenten heran, legte ihnen das backenbartgesäumte Kinn auf die Schulter, während sie das lebendige Modell in der Mitte des Raums darzustellen versuchten, und machte seine Anmerkungen, knurrte etwas, klagte oder lobte – was selten geschah; in den drei Monaten ihres Lehrgangs hatte

Gail bisher nur ein freundliches Wort über seine schiefen Lippen kommen hören: »Nett«, hatte er gesagt, und sie wußte noch immer nicht, ob er ihre Zeichnung oder ihr Dekolleté meinte, da er beides zugleich betrachtete. Mr. Liebling ignorierte zwar mit einer gewissen Routine die Aktmodelle in seinem Klassenzimmer, hatte aber ein Auge für seine bekleideten Studentinnen.

Gail vermochte diesem Auge auszuweichen, als sie eintrat und sich an ihrem gewohnten Platz neben der Staffelei Helen Malmquists einrichtete. Ihre Freundin verzog clownhaft den Mund und fragte: »Na, was hast du diesmal für eine Entschuldigung?«

»Ein Mann ist mir bis vors Haus nachgegangen.«

»Und was gibt es sonst Neues?«

»Ich meine, er ist mir wirklich gefolgt. Von der Wohnung bis zur Kunst-Liga. Über sieben Straßenkreuzungen – stell dir das mal vor!«

»Hast du ihn dir anschauen können?«

»Nur ganz kurz.«

»Ein Fiesling?«

»Nein«, sagte Gail. »Er war noch jung und sah gut aus.«

»Dann beklag dich nicht. Wenn du wüßtest, was mir alles nachläuft!«

Gail ignorierte die Bemerkung. So wie Helen aussah, war alles mit ihr in Ordnung; in den Farben war sie fast das genaue Gegenteil Gails. Dunkles Haar, hellblaue Augen, ein Mund, der etwas zu breit war, um das übrige Gesicht als schön gelten zu lassen, doch eine aufregende Figur, die schon mal den Verkehr zum Stocken bringen konnte. Im Augenblick stockte nur Moses Liebling auf seinem Rundgang. Er legte ihr das Kinn auf die rechte Schulter und blinzelte ihre Zeichnung an. Oder was bei ihr als Zeichnung galt. Helen schien nie über einen dünnen, schattenhaften Umriß hinauszukommen, der nur vage an das darzustellende Objekt erinnerte. Manchmal fragte sich Gail, ob sie sich nicht eben deswegen angefreundet hatten; Helen war so unfähig, daß sich Gails Versuche daneben wahrhaft professionell ausnahmen.

Der Zeichenlehrer schüttelte den Kopf und schnalzte mit der Zunge. »Wissen Sie, was Ihr Problem ist, mein Schatz? Sie denken zuviel. Sie müssen das Denken völlig aufgeben. Lassen Sie das von Ihrer Hand besorgen. Kräftige, kühne Striche!«

Er entriß ihr die Zeichenkohle und warf die Gestalt des Modells mit kräftigen kühnen Strichen auf das Papier – die schweren Glieder erschienen wie durch Zauberhand, der Winkel des Ellenbogens auf dem rundlichen Schenkel, sogar ein Eindruck des mürrischen Gesichts. Die Zeichnung wurde besser, als er erwartet hatte, und er lächelte gutmütig und reichte ihr die Kohle zurück.

»Ist doch nur ein Stück Papier, mein Schatz«, sagte er. »Sie brauchen keine Angst davor zu haben.«

Er blinzelte Gail zu und ging zum nächsten Studenten. Helen betrachtete abschätzend ihren Zeichenblock und beschloß dann, das Werk noch zu krönen – sie signierte es.

»Was machst du denn da?« fragte Gail.

Helen riß das Blatt ab und rollte es zusammen. »Ich will meinem Alten endlich mal beweisen, daß ich zeichnen kann!«

Zum Mittagessen setzten sich die beiden mit ihren Sandwiches in den Park, und Helen fragte: »Na, wie war es gestern nacht?«

Gail schüttelte den Kopf. »Nichts Neues. Hör auf, mich jeden Tag danach zu fragen, Helen, du weißt doch, daß ich dir immer dasselbe antworte. Ich gehöre eben zu den Leuten, die nicht gut schlafen.«

»Wie schaffst du es dann? Ich meine, wie kann ein Mädchen, das nie zu ihrem Schönheitsschlaf kommt, so verdammt schön sein?«

»Iß lieber deinen Kram.«

»Leberwurst … Gail, was ist mit dem Arzt, den du konsultieren wolltest? Yost?«

»Der hat mir genau dasselbe verschrieben wie der letzte. Ich habe ihm gleich gesagt, es würde nichts nützen. Oh, nicht daß ich nicht einschliefe – das Phenobarb schlägt durch wie ein Hammer. Aber dann erwache ich mitten in der Nacht, als hätte ich plötzlich einen Kanonenschuß gehört, und mein Herz klopft tausendmal in der Minute. Und am nächsten Tag bin ich ein Wrack, ein absolutes Wrack. Nein, das ist keine Lösung, Helen; ist es noch nie gewesen.«

»Und gestern nacht?«

»Ich habe gar nichts genommen. Ich hab's einfach nicht fertiggebracht. Ich wollte mich heute wenigstens wie ein Mensch fühlen.«

»Und fühlst du dich wie ein Mensch?«

»Nein.«

»Also hast du gar nicht geschlafen.«

»Eingeschlafen bin ich schon«, sagte Gail. »Damit habe ich selten Kummer. Aber dann …«

»Dann kamen wieder die Träume, nicht wahr?«

»Weißt du was? Gespräche über meine Gesundheit sind etwa so interessant wie – Leberwurstsandwiches. Wie kannst du so etwas überhaupt essen?«

»Ich brauche Eisen«, sagte Helen, die gedankenverloren vor sich hin kaute. Gail ließ sie träumen und trank aus ihrer Milchtüte. Plötzlich musterte Helen sie mit ungewohntem Ernst und sagte: »Schatz, hättest du etwas dagegen, wenn ich mal was sehr Persönliches sage?«

»Bitte.«

»Ich habe eine große Klappe, das kann jeder sehen, und manchmal meine ich fast, das gäbe mir das Recht, gewisse Dinge offen auszusprechen. Unterbrich mich, wenn ich über das Ziel hinausschieße, aber ... naja, du erinnerst mich an mich selbst.«

»In welcher Beziehung?«

»Ach, mach dir keine Sorgen – ich werde dir meine Krankengeschichte ersparen. Da wir gerade über Leberwurst reden – vor ein paar Jahren war ich auch wie durch den Wolf gedreht. Ich meine, ich hatte die schlimmsten hysterischen Zustände, die du dir nur vorstellen kannst.«

»Du?« Mit diesem Ausruf charakterisierte Gail das unbeschwerte Wesen ihrer Freundin.

»Jede Schallplatte hat zwei Seiten – du schaust dir gerade die A-Seite an.« Helen knüllte die Überreste ihres Sandwichs zusammen und stopfte sie in die Papiertüte. »Ich will dir sagen, wie schlimm es mit mir stand«, sagte sie. »Eines Abends ging ich ins Badezimmer, nahm eine Rasierklinge und schnitt mir die Pulsadern auf.«

Sie knöpfte die langärmelige Bluse auf, und Gail erkannte, daß Helens Kleidung stets die Handgelenke verdeckte. Die Narben waren dünn, hell und lang.

»Kräftige, kühne Striche«, sagte Helen.

Gail war sprachlos.

»Wie du vielleicht schon erraten hast«, fuhr Helen fort, »hab ich mich sehr blöd angestellt. Natürlich legte man mich auf eine psychiatrische Station; ich hatte niemanden, der die Sache für mich vertuschte. Als ich wieder rauskam, wurde ich zu einem Psychiater in Beobachtung gegeben. Ein junger Typ, frisch von der Uni, noch feucht hinter dem Diplom. Dr. Vanner hieß er. Gott segne jedes Haar in seinem Bart.«

»Er hat dir geholfen?«

»Er hat mir das Leben gerettet! Ich meine das wortwörtlich.«

»Besuchst du ihn immer noch?«

»Nur noch einmal monatlich. Um meine Psyche rundum in Schuß zu halten.« Sie lächelte. »Vanner ist heute erheblich teurer als früher. Praxis an der Park Avenue. Echtlederne Couch. Als ich ihn kennenlernte, hat er noch zwei Küchenstühle zusammengestellt.« Sie berührte Gails Hand. Dabei fielen ihr die Narben an den Handgelenken ein, und sie knöpfte ihre Ärmel zu. »Schatz, ich wollte dich nur fragen, ob du schon mal einen Mann wie ihn besucht hast.«

Gail zögerte, ehe sie antwortete: »Nein, ich habe keinen besucht. Ich *wurde* besucht. Haufenweise kamen diese Leute ins Haus. Und es gab eine Zeit, da ... Hör mal, Helen, wenn das alles auf die Bemerkung abzielt ›Ich habe da einen Arzt für dich‹, vergiß es bitte. Ich könnte so etwas nicht nochmal durchmachen – ehrlich nicht.«

»Okay, okay, war ja nur ein freundschaftlicher Vorschlag.« Sie preßte den Papierbeutel noch mehr zusammen, zielte damit nach einem Drahtpapierkorb und warf daneben. »Ich komme nicht recht voran mit dir, wie?« Sie lächelte. »Du willst meinen Arzt nicht aufsuchen, du willst nicht mal meine Freunde kennenlernen. Oder hast du's dir wegen heute abend anders überlegt?«

Gail senkte den Blick, und Helen seufzte. »Was für eine verrückte Freundschaft ist das eigentlich? Du kennst niemanden aus meinem Bekanntenkreis, und umgekehrt ebenso.«

»Tut mir leid, Helen, ehrlich ...«

»Ach, entschließ dich doch einfach, Gail, ja? Es wird bestimmt toll. Wenn du erst ein paar von meinen Freunden kennst, hältst du dich für ganz normal!«

»Um ganz ehrlich zu sein, ich bin keine große Partykanone. Ich fühle mich schnell isoliert, und das bekommen alle zu spüren. Dann bin ich wie eine offene Eisschranktür ...«

»Wer weiß?« Helen grinste, und ihr Mund war wieder clownhaft verzogen. »Vielleicht findet sich ein Knabe, der die Auftauanleitung hat.«

Gail antwortete nicht.

Auf dem Heimweg dachte sie über Helens Bemerkung nach, die natürlich zutraf. Sie war noch nie bei Helen zu Hause gewesen oder hatte Helen zu sich eingeladen. Plötzlich wurde ihr bewußt, daß sie sich ihres Reichtums schämte. Die seltsame Entdeckung nahm sie so gefangen, daß sie ihre Umwelt vergaß und nichts mehr mitbekam – auch nicht, daß sie wieder verfolgt wurde. Von einem Paar Gucci-Schuhe.

Mrs. Bellinger schlurfte auf ihren Senkfüßen in der Küche herum. Als sie die Vordertür zufallen hörte, zog sie die Hausschuhe mit den herausgeschnittenen Ballenlöchern aus und zwängte ihre entzündeten Füße stöhnend in normale Schuhe. Gail sollte auf keinen Fall Zeichen des Verfalls an ihr bemerken – dabei waren die Füße schon immer ein Problem gewesen. Erst als Gails Mutter gestorben war, erst als Gail in dem Heim (im Geiste bezeichnete Mrs. Bellinger die Mead-Klinik immer nur als das Heim) untergekommen war, hatte sie sich in ein Krankenhaus begeben und ihre dicken Adern in beiden Beinen behandeln lassen. Aber die Phlebektasie hatte den schlimmen Füßen nicht geholfen, die ein doppelter Anziehungspunkt für alle Hühneraugen, Schwielen und Entzündungen der Gegend waren.

Sie trat ins Wohnzimmer und fragte: »Gail, Liebling?«

Aber Gail war zu schnell gewesen. Sie befand sich bereits im Obergeschoß und eilte auf ihr Schlafzimmer zu. Die Haushälterin, die zugleich Mutterstelle vertrat, rief noch einmal, wurde aber nicht gehört; und sie wagte sich nicht auf die Treppe. Mrs. Bellinger wußte kaum noch, wann sie zuletzt die Treppe erstiegen hatte. Natürlich kümmerten sich die anderen Dienstboten um die oberen Gefilde des Hauses; ihr Reich war die Küche. Die Goldstaubzwillinge waren vor langer Zeit in den Süden zurückgekehrt, aber zwei andere hatten ihre Stelle eingenommen. Drei Dienstboten für eine Herrschaft mochten manchem Außenstehenden übertrieben vorkommen, aber Mrs. Bellinger wußte, daß eigentlich das Haus Pflege erforderte, nicht Gail Gunnerson. Von Mrs. Bellinger brauchte Gail mehr als hausfrauliche Fähigkeiten, sie brauchte vor allem Liebe. Daran glaubte die Haushälterin fester als an Gott, obwohl sie sogar wochentags in die Kirche ging.

Sie kehrte in die Küche zurück und beschloß, über die Haussprechanlage in Gails Schlafzimmer anzurufen. Die Verbindung war angelegt worden, als sie noch ein junges Mädchen war; ihr Vater hatte die Leitungen während seines letzten Urlaubs gelegt, ehe er nach Südkorea zurückkehrte, um dort von einem Granatsplitter getötet zu werden.

»Alles in Ordnung, Gail?«

»Ja, Emma. Alles in Ordnung. Nur übermüdet, wie üblich. Ich wollte mich vor dem Essen noch ein bißchen hinlegen.«

»Ob du dann heute nacht gut schlafen kannst?«

»Ich bin sicher, daß ich heute nacht *nicht* schlafe, ich bin auch sicher, daß ich jetzt nicht mal gut schlummern kann. Aber ich versuch's trotzdem.«

»Liebling, der Mann von der Polizei hat heute angerufen. Ich kann mir einfach seinen Namen nicht merken.«

»Lieutenant Baldridge.«

»Genau. Er hat gesagt, er könnte wegen der Streifenwagen nichts unternehmen; es gäbe keine Möglichkeit, die Fahrtrouten zu ändern.«

»Mit der Antwort hatte ich schon fast gerechnet.«

»Er meint, das beste wäre vielleicht, wenn wir alle Schlösser auswechseln ließen. Oder uns einen Wachhund anschafften, was immer das ist.«

»Vielleicht wäre ein Gorilla besser als ein Hund. Ob Hertz wohl auch Gorillas vermietet, Emma?«

»Du scheinst ziemlich müde zu sein, Liebling.«

»Bin ich auch«, sagte Gail. »Ich weiß nicht, ob ich noch die Sachen vom Leib bekomme. Aber ich möchte nicht ganz durchschlafen, Emma, das wäre eine Katastrophe. Weck mich also um halb acht, ja?«

»Ich habe Marengo-Krabben zum Abendessen gemacht.«

»Halb acht, Emma, okay?«

»Gut«, seufzte die Haushälterin. Dann legte sie den Hörer auf und zog erleichtert die Schuhe wieder aus. Als sie eine Stunde später die seltsamen Geräusche aus dem Lautsprecher hörte, war sie froh, daß sie ihre Hausschuhe anhatte. Offenbar war Gail zu müde gewesen, um die Verbindung zu unterbrechen, denn Mrs. Bellinger hörte eine schrille Folge hysterisch abgehackter Schrei- und Schluchzlaute aus dem oberen Schlafzimmer. Sie sagte: »Grundgütiger Gott!« und ging mit schmerzenden Füßen zur Treppe. Sie wußte, daß es sich wieder mal um einen Traum handelte, um einen schlimmen Traum – war es das nicht immer gewesen? Aber sie hatte die Laute noch nie in die Küche übertragen bekommen, Laute, die ihr etwas Bedrückendes und zugleich Erschreckendes über Gail Gunnersons Alpträume verrieten: Gail Gunnerson wimmerte und schluchzte wie eine verängstigte Sechsjährige.

2

Ich habe das Gefühl, mein Bart fasziniert Sie«, sagte Dr. Vanner.

»Komisch«, erwiderte Gail kühl, »ich hatte dasselbe von Ihnen angenommen. So wie Sie andauernd daran herumzupfen.«

Er lachte, wobei er gesunde weiße Zähne zeigte, und streifte die Bartspitze mit einer Hand etwas nach oben. »Wissen Sie, damit haben Sie völlig recht. Aber der Grund ist ein bißchen undurchsichtig. Ich ließ mir den Bart wachsen, als ich mit dem College fertig war, vor gut zehn Jahren. Ob Sie's glauben oder nicht, vor zehn Jahren war ein Bart ein Kuriosum. Aber jetzt ist er natürlich nicht weiter auffällig.«

»Außer bei alten Männern«, sagte Gail.

»Ja.« Vanner lachte leise. »So ändern sich die Zeiten.«

»Haben Sie sich deshalb einen Bart stehen lassen? Um älter auszusehen?«

»So ungefähr. Um Zutrauen bei den Patienten zu erwecken. Vielleicht wollte ich auch nur mein Idol verehren, Sigmund Sie-wissen-schon. Oder die Leute sollten denken, ich sei seine Reinkarnation. Ich muß das eines Tages mal analysieren.«

»Glauben Sie, daß Sie sich das bei Ihren Honoraren leisten können?«

Vanners Lachen klang nicht mehr ganz so ungezwungen. »Sehen Sie, schon sind wir dabei, über den Arzt zu sprechen und nicht über die Patientin.«

»Ich habe nicht gesagt, daß ich eine Patientin bin. Ich wollte nur mal mit Ihnen *reden*.«

»Gut, reden wir. Aber es würde mir weiterhelfen, wenn ich ein bißchen mehr über Sie wüßte als nur Namen, Rang und Sozialversicherungsnummer …«

»Sagen Sie mir, was Sie wissen wollen.«

»Vielleicht sollte ich Ihnen zunächst berichten, was ich schon weiß – von Ihrer Freundin Miss Malmquist.«

»Redet sie denn über mich?«

»Nur wenn sie nicht von sich selbst, ihrem Vater, ihrer Katze oder ihren Begleitern spricht. Normalerweise in dieser Reihenfolge.«

»Was hat sie Ihnen erzählt?«

»Daß Sie eine Waise sind. Daß Ihr Vater kurz nach Ihrer Geburt starb und Ihre Mutter, als Sie sechs waren. Daß Sie kaum schlafen können. Daß Sie schlimme Träume haben. Daß Sie andere Männer mit Bärten besucht haben. Vermutlich mit ähnlichen Diplomen an der Wand.«

»Keiner von denen hatte einen Bart. Und sie waren alle viel älter.«

»Beunruhigt Sie mein Alter? Glauben Sie, ich könnte Ihnen bei der Lösung Ihres Problems nicht helfen, weil ich nicht reif genug bin, nicht weise genug?«

»Sind Sie's denn?« fragte sie, und überraschte sich damit selbst.

»Müssen Sie sich davon erst noch überzeugen?« fragte Vanner. »Miss Malmquist sagt, sie hätte mir ziemlich gute Referenzen gegeben. Wenn das nicht genügt nun, dann muß ich Ihnen meine Kräfte vielleicht irgendwie anders demonstrieren.«

»Zum Beispiel?«

»Im Stil des guten alten Sherlock Holmes. Sie wissen, Conan Doyle war auch eine Art Psychoanalytiker. Seine Technik der Schlußfolgerung, die wir fälschlicherweise ›Deduktion‹ nennen. Tatsachen in Erfahrung bringen, ohne daß die Betreffenden direkte Aussagen dazu machen.«

»Wissen Sie denn etwas über mich? Nur aus der Art und Weise, wie ich hier sitze und mit Ihnen rede? Körpersprache?«

Er lachte leise. »Tut mir leid, die spreche ich nicht. Aber wenn ich's täte, würde ich mir Ihren Körper anschauen und sagen: ›O Mann!‹«

Gail errötete, und ihre Haut bildete einen kräftigen rosa Kontrast zu dem blonden Haar. Vanner beobachtete interessiert die Wirkung seiner Worte und fragte: »Belastet Sie meine Bemerkung? Haben Sie etwas gegen persönliche Anspielungen, anatomische Anspielungen?«

»Wenn Sie meinen, daß ich wegen eines sexuellen Problems gekommen bin, Doktor ...«

»Ich wollte Ihnen nichts unterstellen.« Er lehnte sich zurück und schlug einen ernsteren Tonfall an. »Und ich wollte fragen: Stimmt es, daß Ihre Mutter Selbstmord begangen hat?«

Im ersten Moment vermochte Gail nicht zu antworten; sie versuchte darauf zu kommen, welches Zeichen ihm diese Wahrheit eröffnet hatte. Schließlich erkundigte sie sich danach.

»Kein Zeichen«, sagte er ernst. »Das war nur ein schlecht abgepaßter Scherz. Ich erinnerte mich daran, daß es einmal eine Schauspielerin namens Cressie Blake gegeben hat, die einen sehr reichen Mann namens Gunnerson heiratete und sich später umbrachte.« Sanft: »Sie taucht noch ab und zu im Spätprogramm auf. Haben Sie sie gesehen?«

»Nein, die alten Filme meiner Mutter schaue ich mir nie an – das ertrage ich nicht. Sie kommt mir so absolut fremd vor.«

»Das ist bedauerlich. Wenn Sie sich die Filme ansähen, wüßten Sie nämlich, wie ich auf meine Schlußfolgerung gekommen bin.«

»Ja. Ich weiß, daß sie mir ähnlich ist.«

»Auch in einer anderen Hinsicht als dem Aussehen?«

Sie sah Vanner an und spürte die Notwendigkeit, seinem Blick nicht auszuweichen. Er brach den Kontakt als erster und zupfte an seinem Bart. »Äh, hatten Sie irgendwelche anderen Verwandten?«

»Nur meinen Onkel Swann, den Bruder meines Vaters. Und meinen Vetter Piers, seinen Sohn.«

»Haben Sie später mit den beiden zusammengelebt?«

»Nein. Mein Onkel ist viel gereist. Meistens in Europa. Aber er hat alles für mich arrangiert – naja, oder die Bank.«

»Die Bank?«

»Die Familie hat etwas Geld. Die Bank hat das für mich verwaltet – tut sie immer noch. Meine Mutter hatte das so vorgesehen.« Mit einer gewissen Bitterkeit fügte sie hinzu: »Ich dürfte mich wohl gar nicht als Waise bezeichnen. Ich hatte ja Vermögensverwalter als Eltern.«

Zum erstenmal kam Vanner hinter seinem Schreibtisch hervor. Seine »Körpersprache« zeugte von Squash und Tennis. Er ging zu einem Ledermantel, der an einem Haken hing, und begann in den Taschen nach etwas zu suchen. Als er weitersprach, war seine Stimme völlig ernst. »Nein, Miss Gunnerson«, sagte er, »ich glaube nicht, daß die Bank eine Mutter ersetzen kann. Sie können nicht zur Bank laufen, wenn Sie sich das Knie aufschürfen oder einsam oder gekränkt oder hilflos sind ...« Er wandte sich zu ihr um, die endlich gefundene Zigarettenpackung in der Hand. »Oder wenn Sie *Angst* haben«, sagte er.

Gail wartete ab.

»Sie waren doch ein sehr verängstigtes Kind, nicht wahr?«

»Ja.«

»Und das Problem liegt darin, daß schließlich ein erwachsenes Mädchen aus Ihnen geworden ist. Und daß Sie immer noch verängstigt sind.«

Er kehrte zum Schreibtisch zurück und öffnete dabei die Packung. »Das ist das Unfaire am Erwachsenwerden. Man soll die Kindheitsängste abschütteln. Leider ist das nicht immer so einfach. Deshalb haben Leute wie ich Diplome und lassen sich Bärte wachsen.«

Irgend etwas kratzte an der Tür, und Vanner wandte den Kopf und lächelte. »Entschuldigen Sie mich einen Augenblick«, sagte er.

Er öffnete die Tür, und ein zotteliges Energiebündel schoß ins Zimmer, machte hastig Gebrauch von dem Lenksystem in seiner Nase, um sich das interessanteste Ziel auszusuchen, und leckte schließlich Gails Kinn. Sie lachte, streichelte das Wesen und fragte: »Wie heißt er denn?«

»Sie heißt Cassandra. Komm, Cass, laß die Dame zufrieden.«

»Mir macht das nichts, ich mag Hunde. Was ist das für einer? Die Rasse kenne ich nicht.«

»Cass auch nicht. Komm, du haariger Bursche, es wird Zeit für deine Therapie!«

Cass sprang auf die Ledercouch des Arztes und ließ sich auf den Rücken rollen. Wieder lachte Gail; alles, was Tiere den Menschen nachmachten, reizte sie unweigerlich zum Lachen. Vanner wollte das Tier von der Couch scheuchen, aber der Hund gab sich widerspenstig.

»Komm, Cassie. Jetzt reicht's. Runter mit dir!«

»Es gefällt ihr«, sagte Gail.

»Klar. Es ist sehr gemütlich da oben. Aber die Couch ist für Menschen reserviert.« Er sah Gail vielsagend an. »Für meine Patienten«, fuhr er fort.

Gail registrierte seinen Blick und stand auf. »Ich weiß, was Sie sagen wollen, Doktor.«

Als sie sich der Couch näherte, sprang der Hund zu Boden. »Ich habe das Gefühl, ich bin hereingelegt worden«, sagte sie.

»Allerdings«, erwiderte Vanner leichthin. »Aber wenigstens haben wir diese Hürde nun übersprungen, nicht wahr?«

Als sie unter dem Vordach des Apartmenthauses hervortrat, blickte sie in beide Richtungen die fast verlassene Straße entlang und fragte sich, warum die Park Avenue so wenige Fußgänger anzog. Dann dachte sie: Es sind die Läden, oder das Fehlen von Läden. Hier ist kein Schaufensterbummel möglich. Sie konzentrierte sich entschlossen auf die Flaniergewohnheiten der New Yorker und andere unwichtige Themen; dabei war ihr bewußt, daß sie es vermied, sich mit den fünfzig Minuten zu befassen, die sie eben in Dr. Joel Vanners Büro verbracht hatte; besonders die letzten dreißig Minuten, als sie zum erstenmal seit Jahren den Namen der Mead-Klinik hatte aussprechen müssen.

Vielleicht war es der Gedanke an die Kindheit, der plötzlich den Hunger nach etwas Süßem in ihr weckte. Sie ging in Richtung Lexington Avenue und hielt krampfhaft Ausschau nach dem Schild eines Cafés. Wieder verhinderte ihre Konzentration, daß sie den Verfolger bemerkte. Aber er war ihr auf den Fersen.

Sie entschied sich für eine Cafeteria, in der sie sich in aller Ruhe etwas aussuchen und sehen konnte, was sie bekam. Seit ihrer Kindheit hatte Gail ein Gericht *sehen* müssen, damit ihr schwacher Appetit … Wieder unterdrückte sie jeden Gedanken an die Kindheit; für heute reichte es ihr.

Am Tresen wählte sie ein Stück Schokoladenkuchen mit sieben Schichten aus, nahm eine Tasse Kaffee mit und setzte sich an einen kleinen Tisch an der Wand.

Das Lokal war ziemlich schwach besucht. Als der hagere junge Mann etwas verloren mit seinem Tablett zwischen den leeren Tischen herumwanderte, vermutete sie sofort, daß er sich einen Tisch in ihrer Nähe aussuchen würde. Aber sie irrte sich – er wählte ihren Tisch.

»Haben Sie etwas dagegen?« Er lächelte und stellte sein Tablett ab. Es enthielt eine Tasse schwarzen Kaffee und ein halbmondförmiges Kuchenstück.

Sie musterte ihn von oben bis unten – wobei ihr Blick zuerst auf die Gucci-Schuhe fiel.

»Verschwinden Sie«, sagte sie.

»Öffentliches Lokal«, erwiderte er. »Man soll teilen, wo man kann, wissen Sie.«

»Es gibt hier zweihundert leere Tische. Verschwinden Sie, oder ich rufe den Geschäftsführer.«

»Ich habe keine Lust, allein zu essen. Ich hasse es, allein zu essen. Deshalb gehe ich in Cafeterias, damit ich unter Menschen bin.«

»Wenn ich's mir genau überlege«, sagte Gail eisig, »sollte ich sogar die Polizei rufen. Ich sage den Beamten, daß Sie mich schon den ganzen Tag verfolgen.«

»Gut, rufen Sie die Polizei«, sagte er. »Ich bin die Weglauferei sowieso leid. Da möchte ich's lieber gleich mit den Beamten ausschießen.«

Er setzte sich, und Gail sprang prompt auf und griff nach ihrem Tablett.

»Bitte, Miss Gunnerson!« sagte er. »Gehen Sie nicht. Setzen Sie sich, oder ich bringe mich um.«

Er nahm das Hörnchen vom Teller und zielte damit auf seine Schläfe.

»Woher wissen Sie meinen Namen?«

»Ich weiß sehr viel über Sie. Ihr Vorname ist Gail. Sie nehmen Zeichenunterricht in der Kunst-Liga. Sie wohnen im größten Haus an der Schuyler Avenue. Und Sie können nachts nicht besonders gut schlafen.

Vielleicht liegt das an dem vielen Schokoladenkuchen, den Sie essen.«

»Und wer sind Sie? Woher wissen Sie das alles?«

Ernst: »Miss Gunnerson, haben Sie schon einmal vom FBI gehört?«

»Natürlich.«

»Ich auch. Großartiger Laden, was? Hätte nichts dagegen, eines Tages mal für die Leute zu arbeiten.«

»Wenn das ein Witz sein soll ...«

»Kein besonders guter, ich weiß.«

»Sie haben mich verfolgt. Halten Sie das vielleicht auch für einen Witz?«

»Nein«, sagte er. »Ich halte das für meine Arbeit. Ich heiße übrigens Steve Tyner.« Er machte eine erwartungsvolle Pause. »›Freut mich, Sie kennenzulernen, Mr. Tyner‹«, sagte er dann. »›Ganz meinerseits, Miss Gunnerson.‹«

»Wer könnte Sie beauftragen, mich zu verfolgen?«

»Sie zu *beschützen*. Alles ganz positiv gemeint, glauben Sie mir.«

Und da wußte sie natürlich Bescheid. Worte wie »beschützen« konnten nur aus einer Ecke kommen.

»Die Bank«, sagte sie tonlos. »Sie arbeiten für die Fiduciary.«

»Berichtigung. Ich bin freiberuflicher Detektiv. Die Bank hat meine Dienste gemietet, nicht aber mich.«

»Wo liegt da der Unterschied?«

»Mr. Tedesco von der Bank hielt es für ratsam, festzustellen, was Sie bekümmert.«

»Wer behauptet, daß mich etwas bekümmert? Außer Ihnen?«

Er atmete tief ein. »Im letzten Monat haben Sie viermal bei der Polizei angerufen.«

»Nur einmal. Die übrigen Male hat Mrs. Bellinger telefoniert. Meine Haushälterin.«

»Auf Ihr Ersuchen.«

»Ich habe im Haus ... Geräusche gehört. Ich nahm an, es könne sich um einen Vagabunden handeln, einen Einbrecher, irgend jemanden.«

»Und was hat die Polizei angenommen?«

»Es hat nichts gefehlt, es gab keine Hinweise, keine Einbruchsspuren. Die Beamten sagen, ich müsse mich geirrt haben. Sie haben sich weiter keine Gedanken darüber gemacht.«

»Nun, Mr. Tedesco hat sich aber Gedanken gemacht. Sie wissen, die Bank interessiert sich für alles, was mit Ihnen passiert.«

Ärgerlich sagte sie: »Die Fiduciary Bank, Mr. Tyner, ist wie eine dicke alte Glucke. Jede Marmorsäule in der Kassenhalle zittert, wenn ich bloß niese.«

»Die Leute tun nur ihre Pflicht. Sie passen auf Sie auf – und auf Ihr Geld. Sie sind ein reiches kleines Mädchen.«

»Ja, und wenn Sie mich nicht endlich in Ruhe lassen, *kaufe* ich die Fiduciary und mache einen Waschsalon daraus.«

»Waren Sie mit den Ermittlungen der Polizei zufrieden? Haben die Beamten Sie überzeugt, daß wirklich alles nur Ihrer Phantasie entsprungen ist?«

»Oh, ich verstehe«, sagte Gail und preßte die Lippen zusammen. »Sie sind Privatdetektiv, und Sie scheuen sich nicht, in öffentlichen Lokalen um Klienten zu werben. Geht es darum, Mr. Tyner?«

»Ich stehe doch längst auf Ihrer Seite; wie kann ich Sie nur davon überzeugen? Hören Sie, selbst wenn die Polizisten keine aufgebrochenen Türen oder Fußabdrücke in der Speisekammer gefunden haben, besteht doch die Möglichkeit, daß es die Geräusche, die Sie im Haus gehört haben, wirklich gegeben hat. Daß jemand Ihr Haus im Auge hat, daß er erkundende Schritte unternimmt –

eine Generalprobe für den großen Eröffnungsabend. Etwa die Eröffnung Ihres Wandsafes und so.«

»Ich habe keinen Wandsafe. Bis auf das Silber und ein bißchen persönlichen Schmuck sind keine Wertsachen im Haus.«

»Aber *ein* sehr wertvolles Stück befindet sich dort.«

»Und das wäre?«

»Sie«, sagte Steve Tyner. »Wir dürfen nicht nur an einen schweren Einbruch denken, Miss Gunnerson. Es gibt auch andere Verbrechen. Etwa Entführung und Erpressung. Wenn die ... Probleme, mit denen Sie sich herumschlagen, zu Ereignissen dieser Art führen, müssen Sie scharf beobachtet werden.«

Sie stand auf und schob dabei nachdrücklich ihr Tablett gegen die Wand. »Tut mir leid, Mr. Tyner. Ich stelle heute keine Leute ein. Und Sie können Mr. Tedesco sagen, daß ich keine Geräusche im Haus mehr höre und daß ich sicher wäre, die Sache ist vorbei.«

»Das wird ihm aber nicht genügen.«

»Also gut. Sagen Sie ihm außerdem, sein väterliches Getue wäre mir ebenso verhaßt wie sein finanzielles Kauderwelsch und seine fiesen spionierenden Schwindeldetektive! Nein, lassen Sie das lieber, ich sag's ihm heute nachmittag selbst. Und ich werde ihm sagen, wenn Sie mir je wieder unter die Augen kommen, Mr. Tyner, wird mein Konto am 2. Dezember von der Fiduciary abgezogen. Falls Ihnen das Datum nichts bedeutet, fragen Sie Mr. Tedesco. Für ihn ist dieser Tag sehr wichtig!«

»He«, sagte Steve schwach. »Sie machen mich arbeitslos, wissen Sie das?«

»Da habe ich einen prächtigen Vorschlag für Sie.«

»Was?«

Sie griff nach dem Hörnchen und reichte es ihm. »Erschießen Sie sich!«

Sie verließ die Cafeteria so hastig, daß sie fast zu zahlen vergaß. Steve sah ihr nach, wie sie durch die Drehtür verschwand, und lehnte sich seufzend zurück. Er betrachtete das Gebäck in seiner Hand und richtete es auf seine Schläfe.

»Peng!« sagte er.

»Sie hat an dem Tag Geburtstag«, berichtete Tedesco.

»Na und?«

»Kein gewöhnlicher Geburtstag, jedenfalls nicht nach den Bedingungen des Treuhandfonds, den ihr Vater für sie geschaffen hat. An dem Tag bekommt sie Vollmacht über das ganze Vermögen. Wenn sie die Fiduciary wirklich verabschieden wollte, könnte sie das tun. Verstehst du jetzt?«

Steve nahm einen Brieföffner vom Tisch des Bankiers und reinigte sich damit die Fingernägel. Wenn Saul Tedesco nicht mit Steves Tante verheiratet gewesen wäre und den jungen Mann nicht so gemocht hätte und wenn er so hartherzig gewesen wäre, wie Gail Gunnerson annahm, hätte er jetzt die Stirn gerunzelt. Aber so lächelte er nur.

»Glaub ja nicht, daß ich mir Sorgen mache«, sagte er. »Miss Gunnerson und die Bank arbeiten schon zu viele Jahre zusammen, als daß sie jetzt überstürzt handeln würde. Es wäre fast, als würde man eine Nabelschnur durchschneiden. Mag sein, daß sie die Wilde spielt und uns beschimpft, aber sie braucht uns auch.«

»Ich habe übrigens noch einmal mit dem Polizeibeamten gesprochen.«

»Baldridge?«

»Ja. Ich dachte mir, es könne nicht schaden, die Sache noch mal mit ihm durchzugehen. Er hat sich nicht besonders über meinen Besuch gefreut.«

»Was hat er gesagt?«

Steve zuckte die Achseln. »Dasselbe wie vorher, nur nicht mehr so freundlich. Er sagte, sie gingen jedem Anruf sorgfältig nach. Die Tatsache, daß die junge Gunnerson schon ein paarmal Alarm gegeben hat, mache die Polizei nicht weniger wachsam – was hätte er mir anderes sagen sollen? Oh – er hatte ein neues Argument gegen sie in der Hand.«

»Und das wäre?«

»Offenbar hat sie vor zwei Monaten ein weiteres Mal bei der Polizei angerufen – allerdings nicht von zu Hause. Sie war irgendwo im Norden in einem Hotel; es ging um ein Tennisturnier, das sie sich anschaute oder an dem sie teilnahm – er wußte es nicht genau. Mitten in der Nacht rief sie die dortige Polizei an und sagte, jemand habe versucht, in ihr Zimmer einzudringen. Die Beamten haben das überprüft, aber nichts gefunden.«

Tedesco seufzte. »Die Polizei kennt übrigens ihre Vorgeschichte. Habe ich dir das schon gesagt?«

»Baldridge hat so etwas angedeutet. Woher weiß man das – von dir?«

Sein Onkel sah ihn gekränkt an. »Warum läßt du immer wieder anklingen, ich wollte mich gegen Gail Gunnerson stellen? Das trifft nämlich nicht zu. Ich bin ehrlich besorgt um sie. Wie wir alle.«

»Ah ja. Du und Mr. Comfort und Mr. Sankey und Mr. Rorimer und all die anderen Buchhaltertypen ...«

»Tu deine Arbeit, Steve, mehr verlangen wir nicht.«

»So leicht, wie es sich anhört, ist es gar nicht. Wenn ich ihr wieder unter die Augen komme – ich meine, sie ist ein ziemlich harter Brocken.«

»Ach, du wirst sie schon weichkriegen. Knips deinen Charme an.«

»Weißt du, wie sie mich genannt hat? Einen Schwindler!«

»Ist dir das an die Nieren gegangen?«

»Nein – warum? Ich bin doch einer.«

»Was hast du ihr erzählt? Über dich?«

»Ich habe ihr gesagt, man hätte mich engagiert, sie zu beschützen.«

»Gewissermaßen stimmt das auch.«

»Pustekuchen. Ich bespitzele sie – darauf läuft es doch hinaus!«

»Du brauchst keine Gewissensbisse zu haben, Steve. Das Mädchen wird bestens versorgt sein, was immer die Gerichte beschließen ...« Er beugte sich über den Tisch und nahm seinem Neffen den Brieföffner aus der Hand. Seine Stimme klang leise und beruhigend. »Du mußt es mal so sehen«, sagte er. »Das Gunnerson-Erbe ist weitaus mehr als Zahlen auf einem Bankkonto. Es umfaßt Besitztümer, Grundstücke, Fabriken – die Arbeitsplätze von mehreren tausend Leuten ...«

»Und ein hübsches dickes Konto für die Fiduciary.«

»Klar, das auch. Aber vergiß nicht, daß wir die Maschine in Gang halten, Steve. Wenn das Mädchen seelisch nicht ausgeglichen ist, wenn sie nicht verantwortlich handelt, könnte sie der Maschine erheblich schaden. Sie vielleicht zum Stillstand bringen. Das dürfen wir nicht zulassen.«

Steve, dessen dünnen, nervösen Händen der Brieföffner fehlte, beruhigte sie, indem er sie in die Jackentaschen steckte.

»Du hast mich noch nicht gefragt, was ich von ihr halte.«

»In welcher Hinsicht?«

»Na, mein Eindruck von ihr als Mensch.«

Tedesco setzte ein schiefes Lächeln auf. »Ich hatte dir gleich gesagt, daß sie hübsch ist.«

»Ich habe mit ihr gesprochen, Saul. Sie kam mir durchaus ehrlich vor. Sie hatte überhaupt nichts Hysterisches. Keine großen stieren Augen, nichts von dem, was du mir angedeutet hast.«

»Angedeutet? Was habe ich dir *angedeutet*?«

»Das weißt du verdammt gut. All das Gerede, daß sie als Kind in einem psychiatrischen Institut gewesen ist – als Sechsjährige, um Himmels willen!«

»Sie war fast zwölf, als man sie aus der Mead-Klinik entließ«, sagte Tedesco nachdenklich. »Das war damals ihr halbes Leben. Und dann ihre Mutter. Die medizinischen Unterlagen sind da ziemlich unpräzise, aber sie war offenbar schwermütig; deshalb erhängte sie sich. Solche Dinge können sich in einer Familie weitervererben, Steve, wußtest du das nicht? Himmel, laß dich doch nicht von schönen braunen Augen narren, nur weil sie keinen stieren Blick haben. Was immer du glauben möchtest – Gail Gunnerson ist ein Fall für die Psychiater.«

3

Nächtliche Gedanken:

Das unvollendete Stilleben in der verglasten Veranda, die ihre Mutter Wintergarten genannt hatte. Die Vermischung von Äpfeln und Orangen auf ihrer Palette. Mrs. Bellinger, die mütterliche Kritikerin, die das Bild überschwenglich lobte. *Das Obst sieht so echt aus, daß man's essen möchte, mein Liebling.* Aber nicht gut genug zum Rahmen, verriet Gail erschöpft ihrem Kissen. Klopfte es zurecht, wendete es auf die kühle Seite.

Vanner. Wann hatte sie morgen den Termin? Drei oder vier Uhr? Glatt vergessen. Welche Bedeutung hatte das? Natürlich innerer Widerstand. Sollte sie davon sprechen? Gail bewegte die nackten Beine über das glatte Laken, deren angenehme Oberfläche ihr plötzlich zu Bewußtsein kam. Sie dachte an die Worte *ärztlicher Benimm* und fragte sich, ob sie etwas Erotisches hatten. Vanner war ein attraktiver Mann. Der Bart hatte sie zuerst abgestoßen, doch jetzt überlegte sie, wie er sich wohl anfühlte. Sie beschloß, diese Gedanken auf der Couch des Analytikers nicht zur Sprache zu bringen. Sie war nicht zur Transferenz bereit – noch nicht.

Steve Tyner.

Sie verdrängte sein Bild, indem sie die Augen in das Kissen drückte, doch schon fühlte sich das Baumwollgewebe wieder warm an. Oder war das ihre gerötete Haut? Entrüstung – oder etwas anderes? Die Richtung ihrer Gedanken war ihr plötzlich zuwider. *Eine neue Richtung, bitte*, murmelte Gail.

Aber der Schlaf wollte sich nicht einstellen. Sollte sie ein Seconal nehmen? Phenobarb? Nembutal? Freie

Wahl. Der nette Mr. Todd, der willige Apotheker. Vergessen, von freundlichen alten Herren hilfsbereit zur Verfügung gestellt. Und Dr. Yost. Was hatte er ihr für die Nerven empfohlen? Einen Wechsel der Umgebung. Flucht vor dem Vertrauten. Ein Rückzug vor dem Schrecklichen. Die Ärzte in der Mead-Klinik waren anderer Ansicht gewesen. Es gebe keine Flucht, sagten sie. Dies war Gails Zuhause, und sie müßte es eigentlich wieder anheimelnd gestalten, müßte es zu einem Ort des Friedens und der offenen Tür werden lassen, nicht der Angst.

Sie öffnete die Augen und ließ ihren Blick durch das Schlafzimmer wandern, zum Fenster, zum massigen Schrank, zur Tür. Sie empfand nichts. Die Dunkelheit ihres Zimmers, gedämpft durch den Schimmer der Nachtleuchte, war tröstend und nicht furchterregend. Sie hatte Mühe, Vanner begreiflich zu machen, warum sie keine Angst vor der Dunkelheit hatte. Sie fürchtete eher …

Ja, was?

Sie blickte auf das Leuchtzifferblatt der Uhr. Viertel nach zwei. Sie dachte an das Buch, das sie um Mitternacht angefangen und um ein Uhr zur Seite gelegt hatte, ohne die Handlung zu verstehen. Sie tastete danach, hielt aber inne, als sie es hörte, das

Rumsen.

Es war ein eindeutiger Laut, als habe sich etwas Rundes und Weiches direkt auf das Gunnerson-Haus gesetzt. Ein ausgebrannter Meteor, zu einem kalten Tonballen verglüht, der auf das Dach fiel.

Wieder hörte sie den Laut und wußte, daß er vom Dachboden kam.

Gail hatte schon öfter dort Geräusche gehört und hatte sich jedesmal von einer anderen Erklärung überzeugen lassen. Das Dachfenster war nicht intakt. Alte Balken und Dielen ächzten und knackten. Die Schwerkraft richtete allerlei Unheil an; aufgestapelte Kisten fielen von allein um. Verschiedene Kammerjäger hatten vor Termiten gewarnt. Und dann die Ratten oder Katzen oder Fledermäuse, die heimlichen Dachbodenbewohner so vieler anderer Häuser von der Größe und Stattlichkeit des Gunnerson-Anwesens.

Doch jedesmal führte das *Rumsen* über ihrem Kopf dazu, daß sie im Bett hochfuhr und nach der Haushälterin rief. Mrs. Bellinger hatte zunächst darauf reagiert, indem sie die Polizei anrief (ihre erste Begegnung mit dem säuerlichen Gesicht Lieutenant Baldridges). Dann hatte sie es gewagt, auf den Boden zu gehen, und konnte Gail die persönliche Versicherung geben, daß sich dort oben keine Dämonen herumtrieben. Beim drittenmal hatte sie die bebende Gail in die Arme geschlossen und die Erscheinung einem Traum zugeschrieben.

Als sie Dr. Vanner von dem seltsamen Phänomen erzählte, hatte er ihr mit ernstem Interesse zugehört und dann gefragt, ob es ihr je in den Sinn gekommen sei, der Sache selbst nachzugehen.

»Ich wußte ja gar nicht, ob es da etwas gab, dem man auf den Grund gehen konnte«, sagte sie. »Ich meine, ich weiß durchaus, daß da gar nichts ist ...«

»Das wissen Sie nur aus zweiter Hand«, sagte Vanner. »Deshalb haben Sie die Erklärung nie wirklich akzeptiert.«

»Aber doch!«

»Warum haben Sie dann solche Angst, wenn Sie die Geräusche hören? Warum ist das jedesmal ein besonderer Augenblick in Ihrem Leben? Liegt es nicht daran, daß Sie nie den Mut gehabt haben, sich mit eigenen Augen zu überzeugen?«

Sie dachte über diese Worte nach, während sie um Viertel nach zwei aufrecht im Bett saß und auf eine

Wiederholung dessen wartete, was da nachts über ihrem Kopf bumste.

Sie hörte es zum drittenmal.

Sie hatte Angst, aber sie wußte, was sie tun mußte. Anstatt Mrs. Bellinger zu rufen, stieg sie aus dem Bett und zog Hausschuhe und Morgenmantel an.

Sie trat in den Flur hinaus. An einem Ende des Gangs wachte noch immer die große Standuhr. Die andere Seite war ungeschützt. Dort begann eine kurze Treppe, die zur Bodentür führte.

Dr. Vanner wäre stolz auf mich, dachte sie.

Sie stieg die Treppe hinauf.

Ich habe ja nicht mal Angst, überlegte sie fast triumphierend.

Sie öffnete die kleine Kipptür. Der Bodeneingang war so niedrig, daß sich ein Erwachsener beim Eintritt bücken mußte, und sie ließ sich durch diese Tatsache einen Augenblick aufhalten.

Die Dunkelheit auf dem Boden schien anders zu sein als die Schwärze in ihrem Schlafzimmer. Aber sie wußte, daß in der Mitte eine elektrische Birne hing und daß der Schalter erreichbar war, ohne daß sie einen Fuß über die Schwelle setzen mußte.

Sie schob die Hand um den Türrahmen und ertastete den Schalter, den sie mit einiger Mühe betätigte. Der wenige Gebrauch hatte ihn unbeweglich gemacht. Es gab keine plötzliche Lichtflut; die Birne war schwach, und der Bodenraum schimmerte gelblich vor ihr. Sie neigte den Kopf und trat ein.

Im staubigen Lichtkreis hing ihre Mutter an einem niedrigen Dachbalken. Die elektrische Schnur lag schwarz um ihren bleichen Hals, und sie trug das Kleid, an das sich Gail am besten erinnerte – ein bodenlanges weites Gewand aus schimmernd blauem Satin.

Mrs. Bellinger mühte sich mit ihr. Warum kämpfte Mrs. Bellinger gegen sie, warum versuchte sie, ihr die Arme festzuhalten? Verwirrt und in dem Bewußtsein, daß ihr das Blut in den Ohren rauschte, brüllte sie sie an, sie solle aufhören, sie habe kein Recht, so etwas zu tun, überhaupt kein Recht! Einen Augenblick lang glaubte sie, die Haushälterin werde ihr ins Gesicht schlagen, und überlegte, daß das ja das Heilmittel gegen die Hysterie sei. Sie erkannte, daß Mrs. Bellinger nicht ihre Feindin, sondern nur ihre Therapeutin war. *Es liegt an mir, an mir*, dachte Gail außer sich. *Ich bin übergeschnappt!*

Bei dem Gedanken gab sie die Gegenwehr auf und merkte, wie sich der Griff der Haushälterin um ihre Arme lockerte. Unten am Rücken spürte sie einen schmerzhaften Druck, und Gail merkte, daß sie am Fuße der Bodentreppe lag und sich auf den Stufen krümmte.

Dann erinnerte sie sich an die Ursache ihres hsysterischen Anfalls und versuchte, Mrs. Bellinger davon zu erzählen.

»Ich weiß, mein Liebling, ich weiß«, sagte die Haushälterin beruhigend. »Nur hast du dich geirrt! Komm, schau's dir an, Liebling, überzeug dich, daß es nur an deiner Phantasie liegt!«

Sie versuchte, Gail wieder zum Boden zu ziehen, und Gail widersetzte sich mit dem jämmerlichen Wimmern eines Kindes. (Piers Swann, der sie zu ihrer toten Mutter führen wollte. *Nein, Piers, nein, ich will da nicht rein!*)

»Es war etwas ganz anderes, Schatz«, sagte Mrs. Bellinger einschmeichelnd. »Bitte schau dir an, was du gesehen hast, bitte.«

Sie wurde an der Hand genommen und wieder zur Bodentür geführt, zurück in den gelbschimmernden Raum, zurück zu der Erscheinung, die an dem niedrigen Balken hing ...

Sie wimmerte, aber sie schaute hin.

Das blaue Sackkleid ihrer Mutter hing dort am Balken, gehalten von dem schwarzen Draht eines Metallbügels.

»*Das* hast du gesehen, Gail, mehr nicht«, sagte Mrs. Bellinger. »Du hast ihr Kleid gesehen, nicht deine arme Mutter. Den Irrtum hätte jeder begehen können, mein Liebling. Jeder.«

4

»Nein«, erzählte sie Dr. Vanner am nächsten Tag (es hatte sich herausgestellt, daß der Termin um vier Uhr war), »Mrs. Bellinger hat sich geirrt. Nicht jeder hätte sehen können, was ich gesehen habe.«

»Ich glaube, ich verstehe, was Sie meinen«, erwiderte er. »Halluzinationen sind etwas sehr Individuelles. Sie setzen sich zusammen aus alten vergrabenen Erinnerungsbildern, Wahrnehmungen und geheimen Ängsten.«

»Ja, vielleicht meine ich das«, flüsterte Gail, und ihre Fingerknöchel verkrampften sich weiß um die Kanten der Couch.

»Sprechen Sie davon«, ermutigte sie Vanner.

»Das Wort – Halluzination. Ist das eine so alltägliche Erfahrung? Wenn jemand Halluzinationen hat, bedeutet das nicht, daß etwas mit ihm nicht stimmt?«

»Ab und zu ist es jedem mal vergönnt, etwas zu *sehen*. Einige Leute geben sich große Mühe damit. All die jungen Leute, die Acid, Skag, Peyote und Sonnenblumenkerne nehmen – was sehen die wohl, nachdem sie die normale Funktion ihrer Gehirnzellen verändert haben?«

»Ich habe mal zwei Züge von einer Marihuanazigarette geraucht«, sagte Gail. »Das sind meine ganzen Erfahrungen in dieser Hinsicht.«

»Also gut. Sagen wir einfach, Ihre Augen haben Ihnen etwas vorgemacht. Und dürfte nicht klar sein, daß Sie dieser Täuschung nur erlegen sind, weil es sich um eine Szene handelte, die Sie schon kannten?«

»Nein.« Gail schüttelte den Kopf. »Ich habe die Leiche meiner Mutter nie gesehen. Weder als sie sich aufhängte noch hinterher. Es war Mrs. Bellinger, die sie auf dem Boden fand.« Die Furche zwischen ihren Augen vertiefte sich. »Wo ich gerade darüber nachdenke – ich wußte überhaupt nicht, *wo* es passiert war. Hätte ich gewußt, daß es auf dem Boden geschehen ist, wäre ich gestern abend nie hinaufgegangen.«

»Wann haben Sie sich denn wieder daran erinnert?«

»Gar nicht. Mrs. Bellinger hat's mir schließlich erzählt. Meine Mutter hat sich da oben an einer elektrischen Schnur aufgehängt. Als ich noch ein Kind war, hat mir niemand die Einzelheiten verraten. Man wollte mir soviel wie möglich ersparen.«

»Oder Sie haben es sich selbst erspart«, sagte Vanner leise. »Sie wissen, daß der Geist die Möglichkeit kennt, Dinge zu vergessen, die er zu unangenehm findet.«

»Ja«, sagte Gail. »Das weiß ich nur zu gut.« Sie wandte den Kopf und sah ihn an. Vanners Stuhl stand immer unmittelbar hinter ihrem Kopf. »Es ist schrecklich heiß hier – oder bin ich das nur?«

»Sie und ich – wir beide«, sagte er lächelnd. »Meine Klimaanlage muß repariert werden – deshalb habe ich auch das Fenster offen. Ich hatte gehofft, Sie würden nichts merken.«

»Ist meine Stunde fast vorbei?«

»Ich schulde Ihnen noch zehn Minuten. Wissen Sie was?« fragte er fröhlich. »Würden Sie sich betrogen und verlassen vorkommen, wenn ich vorschlage, daß wir unser Gespräch draußen beenden?«

»Draußen?«

»Im Park. Ich habe Cassandra einen langen Spaziergang versprochen, sobald das Wetter besser würde. Wir könnten im Zoo vorbeischauen und einen Tee trinken oder so. Ich habe heute keine Patienten mehr.«

»Ich dachte, Psychoanalytiker verkehrten nicht privat mit ihren Patienten.«

»Das erzählen wir nur so herum. Bei hübschen Mädchen gilt das nicht.«

Cassandra, der Fast-Schäferhund, geriet völlig aus dem Häuschen, als die erste grüne Erhebung in Sicht kam. Vanner verstieß gegen die Parkvorschriften, indem er sie aus dem Halsband rutschen und hinter den anderen unrechtmäßig freigelassenen Hunden herjagen ließ. Beim Anblick ihrer wilden Fröhlichkeit wurde Gail leichter ums Herz.

»Schön ist es hier«, sagte sie. »Sie müßten im Sommer alle Patienten im Park behandeln.«

»Warum nicht? Und anstelle meiner Couch nehmen wir die Parkbänke.«

Sie kamen an einem schnarchenden Stadtstreicher vorbei, der ausgestreckt auf einer Bank lag.

»Ist das einer Ihrer Patienten?«

»Einer meiner Fehlschläge, der arme Bursche.«

Gail lachte.

Aber sie war wieder ernst und sogar ein wenig verdrossen, als sie schließlich im Freiluft-Café des Zoos bedient wurden, während Cassandra zufrieden unter dem Tisch lag und von Bäumen träumte.

»Sie wissen doch, warum ich Ihnen die Frage gestellt habe, nicht wahr? Über die Halluzinationen?«

»Na, weil Sie gerade eine gehabt haben.«

»Nein. Weil ich *mehr* als eine gehabt habe.«

»Von früheren Visionen haben Sie mir noch nichts gesagt.«

Sie zögerte. »Sie müssen ja nicht visuell gewesen sein, oder? Ich meine, ich habe im Haus Geräusche gehört, Geräusche, die es wahrscheinlich nie gegeben hat.«

»Was wollen Sie damit sagen?«

»Na, daß Leute, die normal sind, die geistig gesund sind, keine Halluzinationen haben.«

»Meinen Sie Ihre Mutter?«

»Das wissen Sie doch!«

Vanner seufzte. »Gail, geistige Gesundheit und Wahnsinn sind die beiden unpräzisesten Begriffe im Wörterbuch – allerdings nach der ›Liebe‹.«

»Die Krankheit meiner Mutter hatte nichts Unpräzises.«

Streng: »Nach den Angaben, die Sie mir gemacht haben, hatte Ihre Mutter nach dem Tod Ihres Vaters einen Anfall akuter Melancholie. Das ist die verbreitetste Ursache einer Depression, wissen Sie – der Verlust eines engen Familienangehörigen. Sie brauchte Hilfe, um wieder zu sich zu kommen, aber diese Hilfe kam nicht rechtzeitig. Bei Ihnen schon.«

»Ja«, sagte sie und blickte auf die Uhr. »Man hilft mir sogar mit Überstunden. Ich wußte ja gar nicht, wie spät es ist!«

»Kommt es darauf an?«

»Ich habe um sechs Uhr eine Zeichenstunde. Ich werde mich verspäten!«

»Ist das schlimm?«

»Nein«, sagte Gail. »Es ist jedenfalls nichts Neues.«

Aber es gab an diesem Abend doch etwas Neues in der Zeichenstunde.

»Neue Attraktion«, sagte Helen Malmquist und deutete mit einer Kopfbewegung auf die entgegengesetzte Seite des Zimmers.

Gail schaute hinüber. Steve Tyner stand dort an einer Staffelei und zeichnete. Seine Konzentration war offensichtlich gespielt. Als sie in seine Richtung blickte, lächelte er und winkte ihr mit zwei Fingern zu.

»He, das ging aber schnell!« sagte Helen.

»Eigentlich nicht.« Gail runzelte die Stirn. »Das ist das Scheusal, von dem ich dir erzählt habe, der Kerl, der mich verfolgt hat.«

»Himmel, hast du Grund zum Klagen?«

Steve nahm seinen Zeichenblock von der Staffelei und kam auf sie zu. Dabei schlug er das obere Blatt um, um sein Kunstwerk zu verdecken. Er tat, als blicke er Gail nicht an, sondern blieb an der Staffelei ihrer Nachbarin stehen und musterte die Zeichnungen mit gespielt kritischem Blick. »Wissen Sie, was bei Ihnen nicht stimmt, Madam?«

»Was denn?« fragte die Frau überrascht.

»Ihre Perspektive. Sie haben von Natur aus eine linkshändige Perspektive. Sie sollten immer von der Seite des Raumes aus zeichnen.«

»Meinen Sie wirklich?«

»Rembrandt hatte ebenfalls eine Linkshänderperspektive. Versuchen Sie's mal.«

Auch als er die Staffelei längst übernommen hatte, blickte Gail ihn nicht an. Aber die Anstrengung war zu groß. Sie ließ ihre Stimme so eisig wie möglich klingen und fragte: »Weiß die Fiduciary Bank, daß sie für Zeichenstunden bezahlt?«

»Ich male schon seit Jahren.«

»Bilder oder Decken?«

»Dürfte ich mal Ihre Zeichnung sehen?« fragte Helen und schenkte ihm ein breites Lächeln. »Schon gut. Wir beide gehören zusammen.«

»Ich habe Ihren Namen nicht verstanden.«

»Helen Malmquist. Und wie heißen Sie?«

»Steve Tyner«, sagte er. »Und um ehrlich zu sein, habe ich etwas dagegen, wenn sich jemand meine Arbeiten ansieht, bevor sie fertig sind. Ich reagiere ziemlich empfindlich auf Kritik.«

»Vielleicht hätten Sie Privatstunden nehmen sollen.«

»Da mögen Sie recht haben.« Er sah Gail zögernd an. »Können Sie jemanden empfehlen?«

Helen bemerkte amüsiert, daß Gail sich starr auf das Aktmodell konzentrierte. Sie fragte: »Was hatten Sie denn für ein Honorar im Sinn?«

»Oh, Cocktails. Abendessen. Vielleicht eine Kutschenfahrt durch den Park. Ob Ihre Freundin wohl Interesse hätte?«

»Warum fragen Sie sie nicht?«

»Warum fordern Sie nicht Mr. Liebling auf?« fragte Gail.

»Ich bin sicher, er ist ein großartiger Kunstlehrer. Aber ich glaube nicht, daß er mir in einer Kutsche recht wäre.«

»Tut mir leid. Ich gebe keine Stunden. Ich bin selbst nur Schülerin.«

»Wie wär's dann trotzdem mit einem Abendessen? Heute abend?«

»Tut mir leid.«

»Morgen zum Mittagessen?«

»Nein, vielen Dank.«

»Brunch? Englischer Tee? Kaffeepause, Mitternachtshappen?«

»Gail«, sagte Helen. »Larry und ich fahren morgen zum Strand. Warum machen wir den Ausflug nicht zu viert?«

»Einverstanden?« fragte Steve. »Wenn ich verspreche, daß ich die Fiduciary Bank zu Hause lasse?«

Aber sie blieb bei ihrem Nein, bis er schließlich die Zeichnung aufklappte, an der er arbeitete. Es war ein Strichmännchen mit Brüsten. Als sie zu lachen begann, wußte sie, daß sie zum Strand fahren würden.

Aber die Vierergruppe kam dann doch nicht zustande. Um zehn Uhr am nächsten Vormittag packte Gail gerade Badesachen und Sonnenöl zusammen, als Helen anrief. Ihre Stimme klang deprimiert. Sie verkündete, daß

»Larry«, wer immer er war, plötzlich etwas Besseres gefunden hatte. Gail drängte sie, trotzdem mitzukommen, aber Helen sagte: »Nein, vielen Dank. Zu zweit ist es gemütlich, zu dritt wird gleich ein französischer Film daraus.«

»Helen, was ist denn los? Hast du dich mit deinem Freund gestritten?«

»Nein, es ist nichts. Liegt allein an mir.«

»Du hast heute nicht gerade deine A-Seite aufgelegt, soviel ist klar.«

»Ja, vor dir dreht sich die B-Seite der Platte – Helens Blues.«

Gail überlegte, ob sie Steve Tyner anrufen und den Ausflug absagen sollte; seine Nummer fand sie im Telefonbuch. Aber die Entscheidung fiel ihr nicht schwer; sie wollte fahren – und nicht wegen Helen.

Steve holte sie eine Stunde später ab. Auf der langsamen, verkehrsbehinderten Fahrt zur Küste erzählte sie ihm von Helens Anruf.

»Ist Ihre Freundin oft so? Deprimiert, meine ich.«

»Ich kenne sie noch nicht lange genug.«

»Und wie steht es mit Ihnen? Sind Sie manchmal deprimiert?«

»Das ist ein Geheimnis zwischen mir und meinem Psychiater.« Sie biß sich auf die Zunge.

Steve spürte ihr Bedauern und sagte: »Macht doch nichts, wenn man einen Psychiater hat. Soll immer noch große Mode sein.«

»Sie wissen doch sowieso Bescheid«, sagte Gail tonlos. »Sie und die Fiduciary.«

»Tut mir leid«, sagte Steve. »Ich habe versprochen, kein Thema anzuschneiden, das Ihnen nicht recht ist.«

»Ist ja völlig in Ordnung«, sagte sie noch einen Grad frostiger. »Ich habe nichts dagegen, Ihre Fragen zu beantworten. Nein, ich bin nicht sehr deprimiert, jedenfalls nicht am Tage.«

»Aber in der Nacht?«

»Wem geht das nicht manchmal so?«

»Ich wette, dazu käme es nicht, wenn Sie nicht mehr allein wären.«

»Ich bin aber nicht allein. Ich habe eine Haushälterin, Mrs. Bellinger.«

»Großartig. Und ich wette, daß Sie auch einen Teddybär besitzen.«

»Nein, einen Puh-Bär.«

»Meine Güte, ein Stofftier-Fan! Was bringt Frauen nur dazu, andauernd diese blöden Stoffdinger an sich zu drücken? Welche Verschwendung!«

Als sie den Strand erreichten, waren beide hungrig. Mrs. Bellinger hatte den Picknickkorb gepackt, der Obst und Schinkensandwiches enthielt. Steve fand das Essen ein wenig zu lasch, wie er es vornehm ausdrückte.

»Wo ist der Senf?« fragte er und wühlte in dem Korb herum. »Ich kann den Senf nicht finden!«

»Ein schöner Detektiv sind Sie!«

»Nicht drängen – dies ist mein erster Auftrag.«

»Was haben Sie denn vorher gemacht? Ich meine, ehe Sie für Kunden wie die Fiduciary schmutzige Aufträge übernahmen?«

»Ich war für ein Auslandspressebüro tätig. Pickering, kennen Sie die Leute?« Sie schüttelte den Kopf. »Davor war ich Schiffsreporter. Ich würde sagen, mir gefallen alle Jobs, bei denen man herumkommt.«

»Sie sind also der ruhelose Typ«, sagte Gail.

»Habe noch nichts gefunden, was mich irgendwo festhielt.« Er fand den Senfkrug und beschäftigte sich damit. »Und auch keinen Menschen«, fügte er hinzu.

Eine halbe Stunde später ging er zum Wasser hinunter und holte mit zusammengelegten Händen eine Portion von dem Naß. Als er es in ihre Richtung schleuderte, rief sie: »Hören Sie auf! Mein Badeanzug wird ja naß!«

Sie schwammen, bis der Himmel grau wurde, und widmeten sich dann einer Fischmahlzeit in einem Restaurant, das zu laut war, um sich ruhig zu unterhalten. Auch auf dem Rückweg sprachen sie kaum, aber ihr Schweigen war ein freundschaftliches Auskosten der müden, zufriedenen Stimmung.

Als sie die Auffahrt des Gunnerson-Hauses erreichten, war es erst kurz nach neun Uhr. Steve fragte, ob er mit hineinkommen dürfe. Als sie zögerte, verdarb er prompt alles, indem er sagte: »Ich möchte mich nur mal umsehen. Vielleicht gibt es einen Weg, auf dem ein Einbrecher in das Haus eindringen oder es verlassen kann.«

»Wenn Sie *deshalb* mit reinkommen wollten«, sagte sie eisig, »vergessen Sie die Sache.«

»Das war nur der erste Grund«, sagte er hastig. »Der zweite Grund ist der: Ich gedenke, Sie zu verführen. Ist das besser?«

»Zwei falsche Antworten hintereinander, Mr. Tyner. Gute Nacht.«

Aber als sie den großen Flur betrat, lehnte ein Zettel an der Lampe auf dem Korridortisch. Sie erkannte Mrs. Bellingers sorgfältige Handschrift. *Gail – bin bei meiner Schwester. Vor elf Uhr zurück, hoffe ich. In Liebe, Emma.*

Die Aussicht auf zwei Stunden abendlicher Einsamkeit löste eine schnelle Reaktion aus. Sie öffnete die Tür und hörte Steves Reifen knirschen, als er auf der Einfahrt wendete. Er bremste sofort.

»Sie können reinkommen«, sagte sie. »Aber nur um nach Einbrechern zu suchen.«

Irgendwie brauchte er recht lange, um wieder auf dieses Thema zu kommen. Trotz des warmen Wetters bestand Steve darauf, im Kamin ein Feuer zu machen – wofür er atavistische und nicht romantische Gründe geltend machte. Um die Zimmertemperatur in vernünftigen Grenzen zu halten, mußten sie die Klimaanlage auf volle Leistung stellen. Er schaltete auch das Licht aus und fand einen Diskjockey im Radio, der Pianisten mit einem leichten, flirrenden Touch bevorzugte. Gail beschuldigte ihn, eine recht plump-romantische Stimmung zu schaffen, was er offen zugab. Als sie sich weigerte, vor dem Kamin Platz zu nehmen und Küßchen-Küßchen mit ihm zu spielen, schlug er die Couch vor. Sie konterte mit dem Vorschlag, sie könne ihm ja ihre Zeichnungen zeigen. Ohne große Begeisterung stimmte er zu.

»Ich begann zu zeichnen, als ich acht war«, sagte sie und breitete die kremfarbenen Blätter auf dem Couchtisch aus. »War angeblich eine gute Therapie. Ich bin mir immer noch nicht sicher, ob ich überhaupt Talent habe.«

»Also, von Kunst habe ich keine große Ahnung«, sagte er und legte ihr einen Arm um die Hüfte. »Aber ich weiß, was mir gefällt.«

Das war der Augenblick, als sie den Rundgang durch das Haus vorschlug.

Die Veränderung, die mit Steve Tyner vor sich ging, als er seine Inspektion begann, war für Gail fast besorgniserregend. Er hatte plötzlich nichts Scherzhaftes mehr und erkundete die Türen, Fenster und Schlösser des Hauses mit einer Gründlichkeit, die die Arbeit der Polizei womöglich noch übertraf. Er stellte Gail viele Fragen, die auch Lieutenant Baldridge schon gestellt hatte, und schien einige der Antworten zu kennen, ehe sie ausgesprochen waren. Er notierte sich Typ und Hersteller aller Schlösser. Er erstellte eine Prüfliste der Eingänge und zwang sie, sich zu erinnern, welche Eingänge zu welchen Tag- und Nachtzeiten verschlossen waren. Er erkundete den Keller – mit ihr – und den Boden – allein. Dann bat er, ihr Schlafzimmer sehen zu dürfen. Sie blickte ihn an.

»Immer noch der erste Grund.« Er lächelte.

Als sie die Treppe hinaufgingen, fragte er beiläufig, ob alle Geräusche, die sie gehört hatte, vom Boden ausgegangen wären.

»Nein«, erwiderte sie.

»Was haben Sie sonst noch gehört?«

»Eben – Geräusche. Sie wissen selbst, wie schwierig es ist festzustellen, aus welcher Richtung ein Laut kommt. Manchmal dachte ich, sie kämen aus dem Flur oder von der Treppe oder aus einem Wandschrank. Einmal glaubte ich zu hören, daß meine Tür aufging, aber das war natürlich nicht möglich.«

»Warum nicht?«

»Weil ich die Schlafzimmertür immer abschließe.«

»Mit einem Schlüssel?«

Sie zeigte ihm den Mechanismus. »Das Ding riegelt von innen zu. Mit einem Schlüssel kann man von außen heran, aber nur Mrs. Bellinger hat einen.«

»Vielleicht haben Sie Mrs. Bellinger gehört.«

»Nein, die Ärmste. Sie hat großen Ärger mit ihren Füßen, auch wenn sie sich Mühe gibt, wie das blühende Leben auszusehen. Das letztemal, als die arme Frau in das Obergeschoß humpelte, war – na, vor etwa drei Wochen, als ich einen schlimmen Traum hatte.«

»War das so ungewöhnlich?«

»In diesem Fall schon. Wir haben eine Sprechanlage zwischen Schlafzimmer und Küche, und die Lautsprecher waren versehentlich eingeschaltet. Sie hörte, wie ich hier loslegte, und kam nach oben.«

»Würden Sie mir sagen, was Sie träumten?«

»Will die Fiduciary Bank etwa meine *Träume* analysieren?«

»Nein.« Steve lächelte. »Das überlassen wir Ihrem Dr. Vanner.«

»Wie ich sehe, haben Sie keine Zeit verschwendet. Sind Sie in sein Büro eingebrochen, um meine Akte zu stehlen, wie es Daniel Ellsberg passiert ist?«

Die Frage war nicht scherzhaft gemeint. Steve suchte nach einer Ablenkung und entdeckte den Puh-Bär. Er saß aufrecht in einem Stuhl, und das braune Fell war von den Umarmungen aus zwanzig Jahren fast völlig abgeschabt.

»Das ist also mein Rivale, soso.«

»Auf den lasse ich nichts kommen. Er hat bei mir geschlafen, seit ich ein Baby war.«

»Also, wenn er je an die Pensionierung denken sollte ...«

»Ich gebe Ihnen Bescheid, wenn sein Posten frei wird. Dann können Sie den üblichen Antrag stellen.«

»Was für einen Antrag?«

»Na, im Standesamt«, sagte Gail. Als Steve zusammenzuckte, fügte sie trocken hinzu: »Keine Sorge. Wenn es etwas gibt, das für mich nicht in Frage kommt, dann eine Ehe mit einem Privatdetektiv. Und wenn Sie Detektiv sind, Mr. Tyner, warum machen Sie dann nicht weiter?«

Aber ihr Schlafzimmer ergab nichts Ungewöhnliches oder jedenfalls nichts, worüber Steve sich ausließ. Er fragte, ob er das benachbarte Schlafzimmer sehen dürfe und wer zuletzt darin gewohnt habe.

»Meine Mutter«, sagte Gail.

»Hat sie viel Zeit in dem Zimmer zugebracht?«

»Ja – nach ihrem Zusammenbruch.«

»Sie war nie in einem Krankenhaus, nicht wahr?«

»Nein, sie wurde zu Hause behandelt. Das war wohl einer der Vorteile des Reichseins. Schließlich wurde der Familie klar, daß ihr nur in einem Sanatorium wirklich geholfen werden konnte. Aber der Gedanke ... eingewiesen zu werden, entsetzte sie. Sie sagte, sie würde es nie dazu kommen lassen.«

»Und sie hat es auch nicht dazu kommen lassen«, sagte Steve ruhig.

»Nein.«

Er machte Anstalten, das Zimmer zu verlassen, doch Gail folgte ihm nicht.

»Ich weiß genau, wie ihr zumute war, Steve.«

»Wie bitte?«

»Ich weiß, wie meiner Mutter zumute war. Wie sehr es mit mir auch bergab gehen mag, ich werde nicht zulassen, daß man mich in einen Käfig sperrt. Tut mir leid, wenn sich das melodramatisch anhört, aber so denke ich nun mal.«

»Hören Sie auf«, sagte Steve. »Wer redet denn überhaupt von Ihnen?«

»Die Fiduciary Bank – würde ich sagen. Sie redet von vererbter Schwermut. Warum geben Sie nicht zu, daß mich Ihre Leute am liebsten in eine Zwangsjacke stekken würden?«

»Sie wissen, daß das nicht stimmt.«

»Die Bankiers würden sich unheimlich darüber freuen. Sie würden mit meinem Geld alle möglichen kleinen Steuerspielchen spielen, Mr. Tedesco würde zum Präsidenten der Bank gewählt, und Sie würden wahrscheinlich einen Bonus bekommen, weil Sie bewiesen haben, daß mit diesem Haus nichts verkehrt ist, was sich nicht durch eine Gummizelle beheben ließe!«

Steve ging auf sie zu, packte ihre Arme und zog sie an sich – eine elegante, stürmische Filmstarbewegung. Nur der Kuß klappte nicht ganz so fehlerlos, denn er stieß leicht gegen ihre Nase. In jeder anderen Hinsicht war das Manöver zufriedenstellend. Nach der ersten Überraschung erwiderte sie den Kuß, wobei ihre Arme sich um ihn legten, wie es sich gehörte. Er war so dankbar für ihre Reaktion, daß er sie ein drittes Mal küßte. Er hätte die Schlafzimmertür zugetreten, wenn sein Blick nicht auf Puh-Bärs mißbilligendes Gesicht gefallen wäre.

Tedesco hängte gerade einen Druck mit einer Jagdszene auf, als Steve am nächsten Morgen sein Büro betrat.

»Ist das jetzt gerade?«

»Links ein bißchen tiefer. Hast du mich deshalb kommen lassen?«

»Nein«, erwiderte Tedesco munter. »Es geht um einen neuen Auftrag, Steve, der dir gefallen wird. Ein vermißter Erbe. Ein Mann namens Applegard. Bekommt hunderttausend von seinem Opa, wenn wir ihn finden.«

»Ein *neuer* Auftrag? Was ist mit dem alten?«

»Der Gunnerson-Fall? Ja, das war gute Arbeit – deswegen sind wir überhaupt darauf gekommen, daß du auch für diese Sache der Richtige bist.«

»Du redest, als wäre alles vorüber.«

»Sagen wir mal, *deine* Rolle in der Sache ist erledigt. Ich will nicht behaupten, daß wir ein Verfahren gegen sie in Gang bringen, aber wir haben mehr als genug Munition, wenn und falls wir Schritte unternehmen ... Aber jetzt zu Applegard ...«

»Moment mal. Vielleicht haben meine Berichte den falschen Eindruck erweckt ...«

Freundlich: »Niemand hat dich um Eindrücke gebeten, Steve. Nur um Tatsachen.«

»Die *Tatsachen*, die ihr habt, sind reine Indizien. Erst in letzter Zeit habe ich das Mädchen auch persönlich kennengelernt.«

»Ja.« Tedesco seufzte. »Und um ganz ehrlich zu sein, Steve, war das meiner Meinung nach nicht dein bester Schritt. Du hast deine Objektivität verloren, und für einen Detektiv ist das nicht gut.«

»Bist du sicher, daß die *Bank* objektiv ist?«

Tedesco runzelte die Stirn und hörte auf, an dem Bild herumzurücken. »Der Ton dieser Bemerkung gefällt mir nicht recht, Steve.«

»Immer noch schräg, würde ich sagen.«

»Was?«

»Das Bild. Und ich habe folgendes gemeint: Du hast etwas zu gewinnen, wenn Gail Gunnerson für unzurechnungsfähig erklärt wird. Warum gibst du das nicht zu?«

»Weil es nicht die Wahrheit ist. Wir würden nur eine größere Verantwortung aufgebürdet bekommen und sehr wenig zusätzliches Einkommen.«

»Aber du weißt, daß Miss Gunnerson die Fiduciary haßt. Daß die Chancen recht gut stehen, daß sie die Bank wechselt, wenn sie fünfundzwanzig wird und die Verwaltung ihres Vermögens übernimmt. Aber wenn sie natürlich in einer gemütlichen Irrenhauswerkstatt Körbe flicht ...«

»Steve, wenn ich dich nicht besser kennen würde, müßte ich das für eine gemeine Unterstellung halten.«

Steve versuchte mit ruhiger Stimme zu sprechen. »Das Mädchen ist nicht verrückt, Onkel Saul.«

Tedesco blickte ihn ernst an, als er die Familienanrede hörte.

»Gut, Steven. Nette, hübsche Mädchen wie Gail sind nicht verrückt. Das wäre jedenfalls kaum zu glauben, besonders, wenn man das nette, hübsche Mädchen ein klein wenig zu gern hat. Meinst du, ich verstehe das nicht? Oh, ich verstehe dich sehr gut. Allerdings begreife ich nicht, warum du die Beweise nicht siehst, die du selbst geliefert hast. Weißt du eine *andere* Erklärung für all die Dinge, die mit diesem Mädchen gewesen sind?«

»Also gut«, sagte Stevenson. »Wenn du eine andere Erklärung brauchst – ich habe eine.«

»Ich höre.« Tedesco seufzte und rückte das Bild zurecht.

»Ich glaube, jemand ist hinter ihr her«, sagte Steve.

5

»Ich wußte gar nicht, daß Paranoia ansteckend ist«, bemerkte Saul Tedesco und ließ sich wieder in seinen Drehstuhl fallen.

»Ist das die große ärztliche Entscheidung? Ist das der Name, den eure Experten Gail Gunnersons Krankheit geben wollen?«

»Weißt du was?« knurrte der Bankier. »Wenn du so die Lippen zusammenkneifst, Steven, siehst du genauso aus wie dein Vater.«

»Vielen Dank.«

»Das war nicht als Kompliment gemeint.« Tedesco steckte einen Hustenbonbon in den Mund und lutschte aggressiv darauf herum. »Und ich wollte sagen – es muß sogar einem Laien klar sein, wenn ein Mensch sich einbildet, daß Kobolde ihn verfolgen, auf den Möbeln herumklopfen, auf dem Dachboden spuken und Giftgas unter der Tür hindurchleiten …«

»Aus *meinen* Berichten hast du diese Sachen nicht.«

»Ich möchte dich an etwas erinnern, junger Mann. Ich habe dich auf die Sache angesetzt, als wir längst ausreichende Informationen für den Verdacht hatten, daß unsere Miss Gunnerson womöglich das Alter von fünfundzwanzig Jahren erreicht, ohne alle Tassen im Schrank zu haben.« Er hob die Hand wie ein Verkehrspolizist, als Steve etwas sagen wollte. »Laß mich ausreden. Als Theodore Gunnerson seinen Treuhandfonds schuf, hatte er keine Ahnung, daß er ihn für ein Waisenmädchen errichtete – außerdem noch für ein Mädchen mit ganz besonderen … äh … geistigen Problemen.«

»Im Alter von sechs Jahren!«

»Das Kind ist Vater des späteren Mannes«, sagte Tedesco ernst. »Oder Mutter der Frau. Was immer dem armen Mädchen in der Kindheit widerfahren ist, was immer sie in die psychiatrische Anstalt geführt hat – dieser Faktor ist nie ganz verschwunden, Steve. Die Wurzeln reichen tief. Als die Bank als ihr Vormund eintrat, wußten wir durchaus, daß sich uns dieses Problem eines Tages wieder stellen könnte.«

»Aber ihr habt bis *jetzt* gewartet, um etwas zu unternehmen. Bis kurz vor dem Termin, da sie ihr Vermögen übernimmt.«

»Nein«, sagte Tedesco. »Gail Gunnerson hat bis jetzt gewartet, bis vor etwa drei Monaten, als sie ihre paranoiden Symptome zu zeigen begann.«

»Und jetzt scheine ich sie zu haben, wie?«

»Wie würdest du die Äußerung nennen, die du da eben gemacht hast? Daß jemand hinter dem Mädchen her sei?«

»Wäre doch möglich, oder? Sie ist eine sehr reiche junge Dame und unverheiratet. Sie wohnt praktisch allein. Sie ist ein natürliches Opfer für Haie – und die Gewässer sind voll davon.«

»Was für Haie? Einbrecher, Landstreicher, Fassadenkletterer? Wie wir selbst angeraten haben, enthält das Gunnerson-Haus bis auf die Möbel nur wenige teure Stücke. Keine wertvollen Antiquitäten, keinen kostbaren Schmuck, keine großen Barbeträge oder Wertpapiere.«

»Großartig. Wissen das alle Fassadenkletterer?«

»Oder vielleicht meinst du Glücksjäger! Männer, die das Mädchen wegen ihres Geldes heiraten möchten.«

»Sie hat mehr zu bieten als das!«

»Soso.« Tedesco grinste.

»Also gut«, sagte Steve tonlos. »Wie steht es mit Männern? Wie sieht ihr Liebesleben aus? Ich bin sicher, daß du genau Bescheid weißt.«

»Ja, wir haben ihre romantischen Interessen immer gut im Auge behalten. Eine Heirat hätte unseren Status geändert. Es interessiert dich vielleicht zu erfahren, daß Miss Gunnerson auf diesem Gebiet nicht sehr aktiv ist. Sie hat sich mit ein paar Männern getroffen, die sich aber selten länger als ein paar Monate gehalten haben. Ich vermute, die Trennung ging jeweils von ihr aus, wahrscheinlich wenn ihr die Männer ein wenig zu nahe kamen. Laß dir das eine Warnung sein.«

»Ich bitte dich – ich habe das Mädchen gerade erst kennengelernt! Hör auf, Dinge anzudeuten, die es gar nicht gibt!« Tedesco schien von dieser Rede wenig beeindruckt zu sein. Steve fuhr fort: »Was ich aber wirklich gern wissen möchte – wem fällt das Vermögen zu, wenn ihr etwas passiert?«

»Dir, wenn du deine Trümpfe richtig ausspielst.«

»Ich meine das ernst!«

Tedesco schluckte die Reste seines Hustenbonbons hinunter. »Natürlich sind dann die nächsten Verwandten dran. Ihr Onkel, ein Mann namens Gilbert Swann.«

»Was weißt du über ihn?«

»Soviel wie nötig ist.«

»Ist er reich? Hat er ein Vermögen wie Gail Gunnerson?«

»Nicht daß ich wüßte.«

»Also hätte er viel zu gewinnen, nicht wahr? Wenn sie in irgendein Sanatorium eingeschlossen wäre?«

»Lieber Neffe«, sagte Tedesco ernst. »Das ist die zweite ernste Anschuldigung, die du in der letzten Viertelstunde vorgebracht hast. Wenn du meinst, das seltsame Verhalten des Mädchens ist das Ergebnis des gezielten Versuchs, sie in den Wahnsinn zu treiben, oder was dergleichen romanhafter Unsinn ist, läßt du deiner Phantasie die Zügel schießen. Durch ein absurdes Vorgehen dieser Art hätte niemand etwas zu gewinnen –

nicht die Fiduciary Bank, nicht ich und schon gar nicht Gilbert Swann. Die Bedingungen des Gunnerson-Treuhandfonds schließen es aus, daß sich jemand anderes als die bestellten Treuhänder um das Geld kümmert – die direkte Einflußnahme durch ein geldgieriges Individuum wäre völlig ausgeschlossen.«

»Erzähl mir trotzdem mehr über Swann. Sag mir, wo er wohnt oder wie ich ihn aufspüren kann.«

Tedesco blickte auf die Uhr. »Ich habe einen Termin«, sagte er. »Ich bringe dich zur Tür, Steve.«

»Ich werde nichts Unüberlegtes tun. Ich verspreche dir, daß ich die Bank aus dem Spiel lasse. Alle Erkundigungen mache ich in eigenem Namen. Ich werde der Fiduciary nicht mal eine Rechnung schicken.«

Tedesco steckte einen Kugelschreiber ein und stand auf. Steve folgte ihm durch die langen Korridore der Bank bis zum Ausgang. »Onkel Saul«, sagte er nachdrücklich. »Ich bitte dich um diesen persönlichen Gefallen. Mach es mir wenigstens möglich, mit dem Mann zu sprechen. Nur um meine Neugier zu befriedigen.«

Tedesco seufzte. »Ich kann deine Neugier auf der Stelle befriedigen. Wenn du annimmst, daß Gails Onkel irgendwie mit den Traumbildern und Halluzinationen zu tun hat, irrst du dich. Gilbert Swann und sein Sohn haben die letzten *einundzwanzig Jahre* in Europa gelebt. Wenn du mit jemandem reden willst, Steve, wende dich an den Psychiater des Mädchens.«

Dr. Vanner bedachte Steve Tyner mit einem abschätzenden Blick. Sein Blick war so durchdringend, daß Steve das Gefühl hatte, der Psychiater habe im Handumdrehen Größe, Gewicht, durchschnittliches Jahreseinkommen und praktisch alle seelischen Probleme erfaßt. Aber er wartete geduldig, bis Vanner seine Frage beantwortete.

»Ob *ich* an Spukhäuser glaube? Nein«, sagte er. »Aber ich glaube an Menschen, in deren Köpfen es spukt.«

»Würden Sie Gail Gunnerson so bezeichnen?«

»Ich habe nicht von Miss Gunnerson gesprochen. Und wie ich schon sagte, Mr. Tyner, werde ich das auch nicht tun.«

»Hören Sie, ich weiß, daß es da so eine Ethik gibt, nach der man vertrauliche Mitteilungen von Patienten nicht weitergeben darf. Aber ich dachte mir, daß Sie in diesem Fall vielleicht eine Ausnahme machen könnten.«

»Ist das eine Bitte der Fiduciary Bank? Oder eine private Angelegenheit?«

»Wie ich schon sagte, die Vermögensverwaltung der Bank hat mich engagiert, um ein Auge auf Miss Gunnerson zu haben ...« Er runzelte die Stirn. »Hören Sie, ich will offen sein – das stimmt eigentlich nicht. Man hat mich engagiert, um über Gail Gunnersons Verhalten zu berichten. Das soll bei der Entscheidung helfen, ob sie geistig zurechnungsfähig ist.«

Trocken: »Sind Sie zu einem solchen Urteil qualifiziert?«

»Ich habe nur das berichtet, was sie getan hat. Die Interpretation ihrer Handlungen obläge natürlich Leuten wie Ihnen, wenn nötig.« Er verschränkte die Hände. »Ich persönlich nehme nicht an, daß das notwendig ist.«

»Sie haben also doch ein Urteil gefällt.«

»Ich bin überzeugt, daß sie nicht geistig unausgeglichen ist. Ich halte sie für nervös, übermäßig gefühlsbetont, sensibel. Aber ich glaube nicht, daß sie Geisterstimmen hört oder auf ihrem Boden Gespenster sieht.«

»Sie hat Ihnen davon erzählt?«

»Ja.«

»Und natürlich haben Sie das prompt an die Bank weitergegeben.«

Steve rückte unbehaglich auf seinem Stuhl hin und her. »Ich mußte es melden.«

»Wußten Sie nicht, daß man diese Information gegen sie verwenden kann? In Entmündigungsverfahren dieser Art?«

»Es war mein Job!«

»Kennt Miss Gunnerson den genauen Zuschnitt dieses ›Jobs‹?« Stevens Gesicht war Antwort genug. »Ich hab's mir fast gedacht«, sagte Vanner.

»Natürlich konnte ich es ihr nicht sagen. Das wäre das Ende jeder möglichen Beziehung gewesen.«

»Oder in der Sprache der Spionageromane: Sie hätten Ihren Deckmantel lüften müssen.« Vanner senkte den Blick und starrte auf Steves verschränkte Finger. Steve trennte schuldbewußt die Hände und kam sich vor dem Blick, Bart und Diplom des Psychoanalytikers recht ungeschützt vor.

»Ich sage Ihnen das alles natürlich nur im Vertrauen.«

»Natürlich«, sagte Vanner trocken. »Mir ist bekannt, daß die Angehörigen Ihres ... Standes das Privileg vertraulicher Informationen beanspruchen, wie es in meinem Beruf besteht. Aber Sie brauchen sich keine Sorgen zu machen, Mr. Tyner. Ich werde Ihre Maske nicht lüften. Nicht um Ihretwillen – sondern wegen ihr.«

»Was meinen Sie?«

»Gail spricht natürlich über Sie.« Steve entging nicht, daß Vanner seine Patientin plötzlich mit dem Vornamen bezeichnete. »Nach ihrer Beschreibung hält sie Sie für eine Art Schutzengel, obwohl Sie im Lohn der Fiduciary Bank stehen. Und gerade jetzt macht Gail Gunnerson eine kritische Zeit durch. Jeder Vertrauensbruch durch Menschen, die ihr etwas bedeuten, könnte ... Naja ...« Vanner zuckte die Achseln. »Ich kann mir nicht vorstellen, daß Sie so empfindungslos wären, nicht zu erkennen, wie schmerzhaft diese Erkenntnis wäre.«

»Deshalb bin ich ja zu Ihnen gekommen. Ich möchte nicht, daß ihr weh getan wird.«

»Das ist von Ihrem Standpunkt aus leicht zu erreichen.«

»Wie?«

»Indem Sie die Möglichkeit ausschließen, daß sie enttäuscht wird.«

»Sie meinen, ich soll aus ihrem Leben verschwinden?«

»Erkennen Sie denn nicht, daß Gail die wahre Ursache Ihres Interesses an ihr früher oder später doch erfährt? Was hat es wohl für eine Wirkung auf Gail, wenn sie erfährt, daß Sie ein Schwindler sind?«

Steve stand auf. Er hatte Lust auf eine Zigarette, wie er sie seit zwei Jahren nicht mehr verspürt hatte, als er zu rauchen aufhörte. Vanner beobachtete ihn mit der sphinxähnlichen Geduld des Psychoanalytikers, der keine Geheimnisse anbietet, sondern nur fordert. Steve begann, eine gesunde Antipathie gegen den Mann zu empfinden, und mußte sich widerstrebend eingestehen, daß dabei die Betonung auf »gesund« lag. Er machte kehrt und sagte: »Ich weiß, was Sie im Sinne haben. Sie glauben, ich fühle mich schuldig wegen der Dinge, die ich Gail angetan habe. Okay, das stimmt. Aber ich habe nicht die Zeit oder das Geld für eine volle Behandlung – also geben Sie mir doch bitte mal einen kurzen Abriß – ja?«

»Was wollen Sie denn hören?«

»Sagen Sie mir, ob das Mädchen ein geistiges Problem hat oder nur mißverstanden wird. Es muß entweder das eine oder das andere sein, das wissen Sie so gut wie ich. Sagen Sie mir, daß sie nur eine niedliche kleine Neurotikerin ist und keine Kandidatin für eine Gummibadewanne, dann tue ich alles, was in meiner Macht steht, um die Bank von ihr fernzuhalten. Übrigens ist er mein Onkel.«

»Wer?«

»Saul Tedesco, der Treuhänder, der sich für die Vermögensverwaltung der Bank um Gails Besitz kümmert. Er hat mir den Auftrag gefälligkeitshalber gegeben, nachdem ich meine letzte Stellung aufgegeben hatte. Ich bin sicher, daß er Gail nicht schaden will; er hat ein Herz wie ein Pudding.«

»Tut mir leid«, sagte Vanner energisch. »Ich würde Ihnen keine Diagnose über Gail Gunnerson geben, selbst wenn ich annehmen müßte, ich könnte damit die Finanzhyänen zurückrufen, die nach ihr schnappen. Sie ist erst seit knapp einem Monat bei mir in Behandlung.«

»Aber Sie müssen doch eine Vorstellung von ihrem Zustand haben!«

»Ich habe gewisse Vorstellungen. Aber ich habe noch nicht alle Tatsachen.«

Vanner musterte ihn jetzt ohne seine steinerne Reglosigkeit; sein Blick war offen abschätzend. »Um ehrlich zu sein«, sagte er, »gibt es vielleicht doch eine Möglichkeit, daß Sie uns helfen können.«

»Ich?« fragte Steve. »Wie? Ich tue alles.«

»Gail Gunnerson hat die Art Problem, die einen ›Durchbruch‹ erfordert, wenn Sie verstehen, was ich meine. Vielleicht eine ganze Reihe Durchbrüche. Sie leidet an etwas, das wir ›begrenzte Amnesie‹ nennen. Das heißt, es gibt Schwarze Löcher in ihrem Gedächtnis, die ihre Existenz bedeutsamen Gründen verdanken.«

»Sie hat davon gesprochen.«

»Wirklich?« Vanner beugte sich mit aufflammendem Interesse vor.

»Sie hat nur gesagt, es gebe in ihrer Kindheit Dinge, an die sie sich nicht erinnert. Ich hätte das allerdings kaum für ›bedeutsam‹ gehalten. Das einzige, woran ich mich aus der Zeit vor meinem sechsten Lebensjahr erinnere, war der Tag, an dem ich meinem Vater heißen

Kakao in den Schoß schüttete, und sein Schrei: ›Jenny, er hat mein bestes Stück ruiniert!‹«

»An Ihrer Kindheit bin ich nicht interessiert. Nur an der von Gail.«

»Nun, zum einen hat sie keine Erinnerung daran, wo und wie ihre Mutter Selbstmord beging. Die schlimmen Einzelheiten erfuhr sie erst in der Nacht, als sie glaubte, ihre Mutter auf dem Boden hängen zu sehen.«

»Das muß nicht unbedingt zutreffen. Hätte sich um eine vergrabene Erinnerung handeln können. Tatsächlich muß ich das sogar als gegeben ansehen, in Anbetracht der Tatsache, daß ihre Halluzination so detailliert war.«

Steve runzelte die Stirn. »Sie verwenden das Wort ›Halluzination‹.«

»Und *sie* verwendete das Wort *elektrische Schnur*, als sie ihre Beobachtung beschrieb. Wäre es nicht logischer gewesen anzunehmen, daß sich ihre Mutter mit einem Seil erhängt hat?«

»Okay, und wenn sie die Erinnerung nun wirklich verdrängt hätte? Ist es nicht besser, daß sie das getan hat?«

»Ja«, sagte Vanner. »Es gibt Tatsachenverdrängungen, die eine gesunde Wirkung haben – aber auch ungesunde.«

»Zum Beispiel?«

Vanner nahm einen Bleistift zur Hand und klopfte damit auf den Tisch. »Die Tür«, sagte er.

»Was für eine Tür? Die Tür zu Gails Schlafzimmer?«

»Hat sie Ihnen nichts davon erzählt? Über die Angst, die sie hinsichtlich dieser Tür hat?«

»Ich weiß, daß sie sie immer abschließt, aber das ist alles.«

»Hat sie Ihnen nicht von dem Abend erzählt, als ihre Mutter starb? An dem Abend, als sie etwas so Schreckliches erlebte, daß sie in eine psychiatrische Anstalt eingewiesen werden mußte?«

Steve zögerte. »Ich weiß, daß sie als Kind krank gewesen ist. Ich weiß, daß diese Krankheit mit dem Selbstmord ihrer Mutter zu tun hatte, aber das ist ja wohl kaum überraschend, oder? Kurze Zeit davor war ihr Vater gestorben. Ihre Mutter geht geistig aus dem Leim und nimmt sich das Leben. Wie ausgeglichen kann man da im Alter von sechs Jahren noch sein?«

Vanner legte den Bleistift auf den Tisch und ließ ihn herumwirbeln. Als das Holz zum Stillstand kam, war das angespitzte Ende auf Steve gerichtet. »Was hat sie Ihnen von der Tür erzählt?« fragte er.

»Nichts.«

»Wußten Sie nicht, daß Gail annimmt, die Tür habe sich in der damaligen Nacht geöffnet? Und irgendein *Ding* sei über die Schwelle gekommen, ein *Ding*, das einen so schrecklichen Anblick bot, daß sie einen Schleier vor die Erinnerung gezogen hat, einen Schleier, der bis heute nicht gelüftet worden ist?«

»Nein«, sagte Steve. »Sie hat das mit keinem Wort erwähnt. Hat sie's Ihnen gesagt?«

»Nein, ich schließe nur indirekt aus Gails Angaben darauf. Und, das muß ich zugeben, aus Informationen, die ich in ihrer alten Krankengeschichte gefunden habe. Wie Sie wissen, ist Miss Gunnersons Akte ziemlich dick.«

»Na und? Sie hat also einen schlimmen Traum gehabt, der sie sehr erschreckt hat.«

»Sie wissen doch, was ein Trauma bedeutet, nicht wahr?«

»Sicher weiß ich, was es bedeutet. Aber ich weiß auch, was *neunzehn Jahre* in einem Leben ausmachen. Und so alt ist der Traum inzwischen.«

»Die Ärzte in der Mead-Klinik haben die Einzelheiten des Traums nicht in Erfahrung bringen können. Sie konnten ihn also auch nicht analysieren. Gail Gunnersons Unterbewußtsein hat eine unglaublich starke Barriere errichtet, um diese Erinnerung vor der Aufhellung zu schützen. Und offen gesagt – ich glaube, daß sie erst wieder geistig gefestigt sein wird, wenn dieser Schutzwall niedergerissen ist.«

»Soll das heißen, Sie *wollen*, daß sie sich an dieses ›Ding‹ erinnert?«

»Ja«, sagte Vanner ernst. »Ich glaube, es ist entscheidend für sie zu wissen, was sie damals so erschreckte. Das ›Ding‹ muß isoliert, definiert und bewältigt werden – nicht als Sechsjährige, sondern als Frau von fünfundzwanzig Jahren, die ihre Angst als nebensächlich erkennen kann.«

»Und dann ist sie geheilt?«

»Das ist ein unpassendes Wort.«

»Wenn sie sich nun an das *Ding* erinnert und immer noch Angst davor hat? Vielleicht wird sie dadurch völlig aus dem Gleis geworfen.«

»Als ich sagte, daß Sie uns vielleicht helfen könnten, Mr. Tyner, meinte ich, daß Gail den Schutzwall für einen Menschen wie Sie vielleicht senkt. Vielleicht enthüllt sie die Wahrheit, ohne es selbst zu wissen.«

»Ich wüßte nicht wie.«

»Das Schwarze Loch in ihrem Gedächtnis – stellen Sie es sich als Tier vor, als wildes Tier, das in ihrem Geist Schutz gesucht hat, ein schlaues, blutrünstiges Wesen, das sich nicht so einfach in die Falle locken läßt. Es erkennt den Feind, den es in *mir* hat; es ahnt, daß es mein Beruf ist, schwarzen Wesen eine Grube zu graben. Aber in Ihrer Gegenwart ist es vielleicht nicht so wachsam. Begreifen Sie, was ich meine?«

»Hören Sie«, Steve runzelte die Stirn, »ich habe schon genug Ärger mit dem Detektivberuf, ohne mich noch zum Psychiater ausbilden zu lassen.«

»Die Tatsachen liegen ziemlich einfach. Der Traum ereignete sich in der Nacht, als Cressie Gunnerson zur Beerdigung von ihrem Totenbett genommen wurde. Gail war fast außer sich vor Entsetzen; sie weigerte sich sogar, einen letzten Blick auf ihre tote Mutter zu werfen, ein Umstand, der ihr noch heute zu schaffen macht. Als sie zu Bett ging, war die Leiche fortgebracht worden. Mitten in der Nacht hatte sie den Traum. Das einzige, was wir darüber wissen, ist, daß die Schlafzimmertür aufging und etwas unglaublich Schreckliches in den Raum trat.«

Steve schüttelte den Kopf. »Tut mir leid«, sagte er. »Ich weiß, daß Sie hier der Experte sind, Dr. Vanner. Aber ich begreife nicht, wieso das ein so großes Rätsel sein soll. Ist Ihnen in Anbetracht der Umstände nicht klar, wer das ›Ding‹ gewesen ist?«

»Ihnen denn?«

»Natürlich«, sagte Steve. »Ich würde sagen, daß sie ihre Mutter durch die Tür kommen sah. Ihre tote Mutter.«

Vanner lehnte sich so weit zurück, daß die Federn seines Stuhls zu knacken begannen. »Ja«, sagte er leise. »Das hat er auch vermutet.«

»Wer?«

»Ihr Onkel«, erwiderte Vanner. »Ein Mann namens Gilbert Swann, der die Angelegenheiten der Familie ordnete, ehe er nach London zurückkehrte, wo er wohnte. Der Chefpsychiater der Mead-Klinik hat ihm geschrieben, und er sprach in seinem Antwortbrief dieselbe Ansicht aus. Sie kam ihm damals so einfach und klar vor, wie sie Ihnen heute erscheint.«

»Und was meinen Sie?«

»Offen gesagt, ich weiß es einfach nicht«, entgegnete Vanner. Steve sah ihn an und respektierte den Ausdruck ehrlichen Zweifels, ja der Ratlosigkeit in den besorgten grauen Augen über dem gepflegten Bart.

Cecilia Louise hatte einige Pfunde zugenommen, seit Steve sie zum letztenmal gesehen hatte, was durchaus nicht zu ihrem Nachteil war; vermutlich hatte der letzte Posten sie in eine Stadt geführt, wo gut gegessen wurde.

»Paris«, sagte sie. »Ist das nicht herrlich? Ich habe massenweise gegessen, Schatz; ich habe reingehauen wie ein Kutscher.« Ihre Begeisterung färbte wie üblich den englischen Akzent, den sie vor etwa zwölf Jahren nach Amerika und in den Pickering News Service mitgebracht hatte. Doch die Begeisterung galt nicht nur ihren Worten, wie sich unschwer an dem Blick ihrer wedgewoodblauen Augen erkennen ließ, den sie Steve zuwarf.

»Ich wollte dich wirklich schon anrufen«, sagte Steve. »Aber du weißt, wie das ist, wenn man seine Stellung im Unfrieden aufgibt ...«

»Unfrieden? Das ist Blödsinn, was du genau weißt. Pickering war ganz niedergeschlagen, als du gekündigt hast, mein Schatz; wegen der Sache mit dem Jeep hat er sich überhaupt nicht aufgeregt. Aber ich habe ja nie die ganze Geschichte erfahren.«

»Sissy, was immer man dir erzählt hat – es stimmt.« Steve lächelte. »Ich habe den Jeep gestohlen. In meiner Lage konnte ich gar nichts anderes tun. Selbst wenn es die Bullen in Haiti abstreiten – ich war wirklich in dem Restaurant gefangen.«

»Hört sich alles fürchterlich aufregend an«, sagte Cecilia seufzend. »Ich bin immer sehr enttäuscht gewesen von meinem Job als Auslandskorrespondentin. Ich dachte, wir würden ständig durch die Gegend rasen und großartige *Abenteuer* erleben – und du scheinst der einzige zu sein, bei dem das so gekommen ist.«

»Stimmt nicht. Meistens habe ich nichts anderes gemacht als die übrigen – an unzähligen langweiligen Konferenzen teilgenommen, alle möglichen Typen interviewt, meine Telegramme abgelegt und versucht, mir den Spaß am Leben zu erhalten. Ich habe mich mit dem Jeep nur deshalb so ›abenteuerlich‹ empfohlen, weil ich den Gedanken nicht ertragen konnte, in diesem miesen Restaurant von Bewaffneten bewacht zu werden. Das Essen war ungenießbar. Schlimmer als der Tod.«

»Ach, du Ärmster« – Cecilia seufzte – »schon reden wir wieder übers Essen. Können wir nicht das Thema wechseln? Wie wär's mit Sex?«

»Wie geht es Percy MacDougal?« fragte Steve hastig. »Steckt er immer noch in Sierra Leone?«

»Nein«, erwiderte Cecilia. »Er hat gekündigt. Übrigens – sein Posten ist frei. Pickering wäre begeistert, wenn du wieder mitmachen würdest. Warum rufst du ihn morgen nicht an?«

»Nein.«

»Man sucht wirklich verzweifelt nach einem Ersatz für ihn. Ich bräuchte nur zu *erwähnen*, daß du Interesse hast, wieder zu arbeiten, und Pickering würde einen Freudentanz aufführen.«

»Nein«, wiederholte Steve. »Die einzige Person, die ich morgen im Büro anrufe, bist du.«

»Ich?« rief sie entzückt. »Liebling, ist es dir endlich bewußt geworden? Du bist verrückt nach mir!«

»Ich rufe dich wegen einer Information an, mein Schatz. Du wirst die unbegrenzten Möglichkeiten des Büros nutzen, um etwas für mich herauszufinden.«

»Was denn?«

»Über einen Mann, der in deiner alten Heimatstadt wohnt. Einen gewissen Gilbert Swann.«

Als er Gail am nächsten Abend um neunzehn Uhr abholte, wußte er, daß sie seine Nervosität spürte. Seine Anrufe bei Cecilia – er hatte es im Lauf des Nachmittags dreimal bei ihr versucht – hatten nichts ergeben. Sie sagte, sie hätte Schwierigkeiten, die gewünschte Information zu erhalten; er vermutete fast, daß sie die Sache in die Länge ziehen wollte, um noch eine weitere Cocktail- oder Abendessenverabredung herauszuschlagen. Gegen Ende des letzten Gesprächs hatte sie vorgeschlagen, er möge es heute abend doch mal bei ihr zu Hause versuchen, vielleicht käme gegen Büroschluß noch etwas über den Fernschreiber.

Beim Essen blickte er in das Gesicht, dessen Schönheit er bei jedem Wiedersehen neu zu entdecken schien, und hörte kaum auf Gails Bemerkungen über die Veränderungen in ihrem Leben – bis sie feststellte, es sei ihm wohl gleichgültig.

»Was ist mir gleichgültig?« fragte er ausdruckslos.

»Meine Entscheidung«, sagte sie. »Ich weiß, sie ist nicht gerade umwälzend, aber ich hatte angenommen, daß du dich dafür interessierst.«

»Natürlich.«

»Nein. Du hast mir überhaupt nicht zugehört. Ich gebe zu, daß ich ziemlich langweilig geredet habe, aber meine letzten Worte haben wenigstens ein paar ... wie nennt ihr das? ... konkrete Neuigkeiten enthalten.«

»Tut mir leid«, sagte Steve. »Versuch's nochmal.«

»Ich habe die Kunst-Liga aufgegeben«, sagte sie, »denn ich bin zu dem Schluß gekommen, daß ich dort nicht nur meine Zeit, sondern auch die Zeit des armen Mr. Liebling verschwende. Im Grunde habe ich kein Talent, Steve, und mir gefällt die Malerei nicht so sehr, daß ich ein Hobby daraus machen könnte. Helen ist natürlich ganz außer sich; sie hält meine Entscheidung für einen schlimmen Fehler. Und du?«

»Nein«, sagte Steve. »Ich meine nicht, daß es ein Fehler ist, wenn du wirklich so denkst.«

»Ich glaube, Helen ist der einzige Grund, warum ich den Kursus überhaupt so lange mitgemacht habe. Ich begann mich für sie verantwortlich zu fühlen, glaube ich – besonders nach ihrem Bruch mit Larry.«

»Mit wem?« fragte Steve und überlegte, wo sich wohl die Telefonzelle befand.

»Ich habe Larry nie kennengelernt und kann dir gar nichts über ihn sagen. Aber offenbar hat die arme Helen sehr an ihm gehangen, und als sie sich schließlich endgültig trennten, war sie ziemlich am Boden zerstört. Ich mache mir große Sorgen um sie, Steve.«

Er stand auf. »Entschuldigst du mich mal einen Augenblick?«

»Natürlich.« Als sie ihn in die Tasche greifen sah, fuhr sie fort: »Sag bloß, du mußt auf der Herrentoilette blechen! In diesem vornehmen Laden?«

»Nein«, sagte er. »Ich muß mal telefonieren.«

»Geschäftlich?«

»Nein. Um ehrlich zu sein – ich rufe ein hübsches blondes Mädchen an, um sie zu fragen, was sie zu ihrer Entschuldigung vorzubringen hat.« Gail lächelte, als er den Tisch verließ; nichts hilft einem besser aus der Klemme als die Wahrheit, überlegte Steve.

Cecilias Stimme klang bedauernd, als sie sich am Telefon meldete.

»Ich weiß«, sagte er. »Du hast noch immer nichts. Naja, bleib dran, mein Schatz; es ist wichtig.«

»Liebling, ich habe doch noch gar nichts gesagt! Ich habe tatsächlich etwas über deinen Freund erfahren – aber ich glaube, du wirst dich nicht gerade darüber freuen.«

»Was soll das?«

»O je«, sagte sie. »Man überbringt ja so ungern schlechte Nachrichten. Nennt man uns nicht Vorboten des Bösen oder etwas ähnlich Unschönes?«

»Sissy, sagst du mir bitte endlich, was du weißt?«

»Er ist tot. Gilbert Swann ist tot, mein Schatz. War er ein guter Freund von dir?«

»Nein«, sagte Steve und hatte das Gefühl, die Telefonzelle sinke wie ein Fahrstuhl in den Weinkeller. »Ich kenne den Mann überhaupt nicht. Weißt du, wie lange das her ist?«

»Sechs Monate. Er und sein Sohn Piers wurden in der Schweiz von einem Erdrutsch oder so getötet, in Zürich. Hör mal, Darling, ich an deiner Stelle wäre in so einem Augenblick nicht gern allein. Soll ich nicht mal vorbeikommen und dir die heiße Stirn kühlen?«

6

Ich weiß wirklich nicht, warum ich weine«, sagte Gail und befeuchtete Steves Hemdtasche mit ihren Tränen. »Es ist nur so traurig! Verstehst du das?«

»Klar«, sagte er beruhigend, streichelte ihr das Haar und nutzte ihren Gefühlszustand, um sie enger an sich zu ziehen, als sie es normalerweise zuließ. »Ich begreife nur nicht, warum du nicht offiziell davon verständigt wurdest.«

»Wahrscheinlich hat niemand daran gedacht. Onkel Swann und sein Sohn haben so lange in Europa gelebt – alle ihre Freunde waren drüben. Es hat wohl keiner geahnt, daß er eine Nichte in den Staaten hatte. Wie bist *du* denn darauf gekommen?«

»Durch eine Routinesache«, sagte er beiläufig. »Die Bank hatte eine Rückfrage wegen des Datums auf einem Dokument oder so. Dabei erfuhr sie von dem Unfall.«

Ihre Tränen wurden jetzt durch leichtes Schniefen abgelöst. Sie verließ das Sofa und machte sich auf die Suche nach einem Taschentuch.

»Sehr nett«, sagte Steve.

»Was?«

»Wie du dir das Näschen putzt. Ich bin sehr empfänglich für solche Sachen – wie ein Mädchen niest oder hustet oder lacht. Ich war mal fast mit einem Mädchen verlobt, aber dann erkältete sie sich, und ich hörte sie niesen und husten. Brr! Ich wußte sofort – das konnte ich nicht den Rest meines Lebens ertragen.«

»Du versuchst mich aufzuheitern«, sagte Gail anklagend.

»Tut mir leid. Erzähl mir mehr über deinen Onkel. Warum hat er überhaupt in England gelebt? Oder war er vielleicht Engländer?«

»Nein«, erwiderte Gail. »Die Familie meines Vaters kam zwar ursprünglich aus England, aber das war vor mehreren Generationen.«

»Dann war Swann also der Bruder deines Vaters?«

»Ja. Ich weiß sehr wenig über ihn, außer daß er wohl eine Art Snob war. Antiquar, Englandfreund, sehr korrekt, nicht sehr liebenswert. Er verabscheute dieses Land. Ich weiß noch – in einem alten Brief an meinen Vater nannte er Amerika einen einzigen großen Hotdog-Verkaufsstand, umgeben von dicken Menschen in Familienkutschen ...«

»Würde es dich kränken, wenn ich schlecht von einem Toten rede? Ich glaube nicht, daß mir Onkel Swann gefallen hätte.«

»Ich habe ihn auch nicht gemocht«, sagte Gail. »Obwohl ich ihn nur einmal getroffen habe.«

»Als deine Mutter starb.«

»Ja. Wahrscheinlich war er auch im Lande, als mein Vater in Korea fiel. Ich erinnere mich nicht mehr. Aber er kam zurück, als meine Mutter – als sie starb – und sorgte für das Begräbnis und so weiter. Er brachte seinen Sohn mit, Piers. Ein unangenehmes Kind. Ich haßte ihn auch.«

»Und doch«, sagte Steve leise, »ist mein Hemd voller Tränen.«

»Ich konnte nicht anders – ich mußte weinen. Siehst du nicht, daß ich nun überhaupt niemanden mehr habe? Keinen einzigen lebenden Verwandten auf der Welt?«

»Bist du ganz sicher? Ich wette, wenn du eine Anzeige aufgäbst – ›Reiche junge Dame sucht Verwandte‹ –, hättest du sofort tausend Vettern dritten Grades.«

»Nein«, sagte Gail. »Da ist niemand mehr, Steve. Vielleicht ist das überhaupt die Ursache meiner neurotischen Probleme. Vielleicht verliert ein Mensch den Boden unter den Füßen, wenn er keine menschlichen Bindungen mehr hat, und fliegt davon wie ein Ballon ... Ich muß Dr. Vanner mal danach fragen.«

Jetzt war es an Steve, das Sofa zu verlassen. Er ging zum Kamin und betrachtete die frischen Holzstücke, die Mrs. Bellinger auf den Rost gelegt hatte. Als wollte sie weitere sommerliche Feuer verhindern, hatte sie gefaltete Papierfächer zwischen die Scheite gesteckt.

»Du hältst viel von deinem Psychoanalytiker, nicht?«

»Offen gesagt ja.«

»Würdest du dich sehr aufregen, wenn ich dir sage, daß ich ihn besucht habe?«

Ihr Schweigen veranlaßte ihn, sich umzudrehen. »Vielleicht hat er schon davon gesprochen«, fuhr Steve fort.

»Nein.« Ein Anflug von Frostigkeit. »Hast du ihn gebeten, mir nichts zu sagen?«

»Ich glaube, ich habe so etwas angedeutet.«

»Nun, er ist deiner Bitte nachgekommen. Würdest du mir jetzt eine Bitte erfüllen?«

»Natürlich.«

»Sag mir, warum du so etwas getan hast, sprich ganz offen. Bist du im Interesse der Bank zu ihm gegangen oder meinetwegen?«

»Willst du die Wahrheit wissen? Ich bin um meinetwillen gegangen. Ich wollte sehen, was ich über dich erfahren konnte, über das Problem, mit dem du dich herumschlägst. Und über mein Problem.«

»Was ist das für ein Problem?«

»In diesem Zusammenhang wollte ich eigentlich nicht davon sprechen.«

»Aber wir reden ja schon davon.«

»Ein kalter Kamin hat etwas Trauriges«, sagte er. »He, was sollen all die Papierfächer? Sieht sehr viktorianisch aus.«

»Gibst du mir bitte eine Antwort?«

»Sollen wohl zum Feuer anmachen dienen, nicht wahr? Wenn man Papier faltet, brennt es länger.«

»Steve!«

»Also gut!« brüllte er zurück. »Ich habe mich gefragt, ob ich ein guter oder schlechter Einfluß für dich bin. Und wohl auch umgekehrt – obwohl unsere Beziehung genau genommen nicht sehr lasterhaft gewesen ist.«

»Hast du deshalb Dr. Vanner aufgesucht? Um dich über meinen kalten Kamin zu beklagen?«

»Ich wollte ihn mir nur mal anschauen, das ist alles. Es wird dich freuen zu hören, daß er zu den Ethischen gehört. Wollte seine Patientin nicht mit mir durchhecheln. Er hat dich sogar so gut beschützt, daß mir gleich ein paar Ahnungen gekommen sind.«

»Was meinst du?«

»Ich glaube, du gefällst ihm – und nicht nur wegen deiner Krankheit. Hast du nicht gesagt, er wäre Junggeselle?«

Sie musterte ihn mißtrauisch. »Ich weiß nicht, ob ich dir glauben soll. Mein Instinkt verrät mir, daß du nur ablenken willst.«

»Da wir schon von Ablenken sprechen«, sagte Steve. »Ich kann kaum noch an etwas anderes als meinen Hunger denken. Hast du nicht gesagt, du wolltest das szechuanische Restaurant mit mir ausprobieren? Warum versuchen wir's nicht mal?«

»Nein«, sagte Gail tonlos. »Ich habe keine Lust auf scharfe Sachen. Und wenn du das im doppelten Sinn verstehen willst, Mr. Tyner, bitte sehr.«

»Du hast keinen Grund, wütend auf mich zu sein.«

»Ach, nein?«

»Gail, um Himmels willen, ich habe nicht mit Vanner gesprochen, weil die Fiduciary das wollte. Komm, laß uns heute abend noch mal ganz von vorn anfangen.«

»Du hast mich gar nicht gefragt, ob ich nicht etwas *anderes* vorhätte«, bemerkte Gail. »Dabei wollte ich eigentlich Helen besuchen. Ich habe dir schon erzählt, daß sie sehr deprimiert gewesen ist. Sie hat mich gebeten, über Nacht bei ihr zu bleiben – und das werde ich wohl auch tun.«

»Ich dachte, du wärst auch deprimiert. Wegen deines Onkels.«

»Gleich und gleich gesellt sich gern«, sagte Gail.

»Das ist das falsche Sprichwort«, erwiderte Steve. »Du meinst: Wenn man betrübt ist, hat man gern Gesellschaft.« Und er sah selbst ganz betrübt aus, als Gail zum Telefon ging.

Das Haus, in dem Helen Malmquist eine Wohnung gemietet hatte, lag auf der West Side, ein langweiliger Steinkasten, der in seinem Mangel an Charakter deprimierend war. Gail bedauerte ihre Entscheidung, als der hemdsärmelige ›Portier‹ sie mit einem wollüstigen Lächeln begrüßte. Unter dem Arm trug er eine Papiertüte, in der sich offenbar eine Weinflasche befand. Aber Helen war am Telefon so außerordentlich dankbar gewesen für ihren Besuch, daß Gail sich auf einen Abend seelischer Erster Hilfe gefaßt machte.

Überraschenderweise war Helen bei blendender Laune.

»Was soll's!« sagte sie. »Bei Larry kam schon das Knie durch. Er ist erst achtundzwanzig, und das Haar geht ihm aus wie nichts. In drei oder vier Jahren wäre er völlig kahl gewesen.«

»Jedes Ding hat eine gute Seite«, sagte Gail lächelnd.

»Klar. Obwohl es durchaus sein kann, daß *ich* in drei oder vier Jahren kahl bin, wenn ich mir weiter bei derselben Friseuse die Haare färben lasse. Sie heißt Olga – könnte durchaus eine russische Agentin sein, die von innen bohrt. Was wohl auch auf mich zutrifft, wie? Ich bohre dir auf den Nerv?«

»Nein«, sagte Gail. »Natürlich nicht. Hör zu, Helen, es tut mir wirklich leid, daß es so lange gedauert hat, bis ich dich mal besucht habe. Gehst du immer noch zur Kunst-Liga?«

»Ja. Aber es macht mir keinen großen Spaß mehr. Das Beste an der Sache war wohl, daß man jemanden zum Reden hatte.«

»Das ist komisch«, sagte Gail. »Ich habe Steve genau dasselbe gesagt.«

»Du triffst dich immer noch mit dem Privatdetektiv?«

»Ja.«

»Ist es was Ernstes?«

»Ich weiß nicht.«

»Du siehst aber ziemlich ernst aus. Ja, du siehst fast so aus, wie ich aussehen sollte. Was ist los?«

»Nichts«, sagte Gail. »Ich habe nur schlechte Nachrichten über Verwandte von mir erhalten. Sie sind beim Skifahren in der Schweiz umgekommen.«

»O Mann, das ist aber bedauerlich! Und dabei habe ich dich eingeladen, damit *mir* besser wird. Du wirst doch nicht ins Ausland fahren müssen – zur Beerdigung oder so?«

»Nein, die Sache ist offenbar schon vor Monaten passiert, aber ich habe erst heute davon gehört. Ich habe die Leute auch gar nicht gekannt, Helen – ich wollte keine morbiden Gespräche führen.«

»Warum denn nicht?« Helen zündete sich eine Zigarette an, und der stechende Duft ließ Gail zusammenfahren; nun war auch die gelöste Stimmung ihrer Freundin erklärt. »Die Morbidität gehört zu meinen Lieblingsthemen. Du weißt ja nicht, wie oft ich an den Tod denke! Oder vielleicht bin ich nur bereit auszusprechen, daß ich daran denke. Wahrscheinlich geben andere Leute ihre heimlichen Gedanken nicht so offen zu. Möchtest du mal einen Zug?«

»Nein, danke«, sagte Gail und rümpfte die Nase, als sich der Qualm an ihrem Gesicht vorbeikräuselte.

»Wird dir guttun. Du hast doch schon gepafft, oder?«

»Ja, einmal. Aber das hat mir nicht gefallen.«

»Vielleicht liegt's dir beim zweitenmal mehr. Ausgezeichnetes Gras. Los, mach schon.«

Gail griff zögernd nach dem Joint; sie nahm das Angebot nur an, weil sie ihrer Freundin helfen wollte.

»Du kannst das Ding zu Ende rauchen«, sagte Helen. »Ich habe noch ein halbes Dutzend – fertiggerollt und alles. Das Erbe des vielbeklagten Larry Rosenbaum, ab sofort als Kahlkopf Rosenbaum bekannt.« Sie fischte eine andere Zigarette aus der Schublade des Couchtisches und zündete sie an. »Seine Überreste, die in Rauch und Asche aufgehen.« Sie kicherte. »Siehst du? Man kommt nicht davon los – wie vom Sex.«

»Wovon?« Gails erster Zug ließ bereits das Zimmer kreisen.

»Vom Tod natürlich. Denkst du nie darüber nach?«

»Ich glaube schon.«

»Sei ehrlich – denkst du nicht sogar oft daran? Wie es so ist, wenn man nicht mehr lebt?«

»Man merkt wohl gar nicht mehr, daß man nicht mehr lebt – wenn man tot ist, meine ich.« Das kam ihr lustig vor, und sie lachte.

»Ich weiß nicht – das kann ich jedenfalls nicht akzeptieren«, sagte Helen. »Ich meine – die Vorstellung, daß man nichts mehr *fühlt* oder *weiß*. Eine Art endloses Nichts – das ist doch kaum denkbar. Alles hat einmal ein Ende, stimmt's? Ich sage, wenn das Leben mal endet, endet vielleicht auch der Tod.«

»Das ist interessant formuliert«, sagte Gail, der ein wenig übel war. Aber sie rauchte weiter und erkannte, daß ihr die beiden ersten Züge an einer Marihuanazigarette keine Vorstellung von den tollen Möglichkeiten des Stoffes vermittelt hatten. Vielleicht lag es auch daran, daß sie seit dem Frühstück nichts mehr gegessen hatte oder daß ihr Helens Gesprächsthema nicht lag. Oder sie war beunruhigt durch das Gespräch mit Steve und die Tatsache, daß er jetzt nicht bei ihr war und daß sie sich halb gestritten hatten – hieß das, daß sie sich auch nur halb versöhnen konnten? Sie kicherte – oder Helen kicherte; sie wußte es nicht mehr genau.

»Weißt du, was ich meine?« fragte Helen, und ihre rechte Hand nahm den doppelten Umfang an, als sie die Zigarette an die Lippen hob. »Ich glaube, der Tod ist etwas, das schrecklich mißverstanden wird, ehrlich. Das Problem mit dem Tod ist, daß er keine Lobby hat.« Ihr Kopf schrumpfte etwas zusammen, doch ihre Augen blieben unverändert groß – riesige braune Kugeln, die sie unverwandt anstarrten. Gail beobachtete sie interessiert und wartete auf das Zucken der Lider, das jedoch ausblieb. »Ich meine folgendes«, sagte Helen, »niemand setzt sich je für den Tod ein – alle sind dagegen. Was wir brauchen, ist ein Komitee oder so, eine *Bewegung* – vielleicht sollten wir Autoaufkleber und Anstecknadeln verteilen. ›Den Tod an die Macht!‹ Wie klingt das?«

»Schrecklich«, sagte Gail. »Wirklich schrecklich, Helen. Entschuldige – wo ist das Badezimmer?«

»Hier hinten irgendwo.«

Gail erhob sich unsicher. Sie brauchte aber nicht lange zu suchen. Helens Wohnung bestand aus einem schmalen Flur, der durch eine riesige Kommode verkleinert wurde, auf der ein vergoldeter Buddha thronte. Das Zimmer, in dem sie saßen, war eine winzige Höhle zum Wohnen, Essen und – wenn der Rolladen eine Küche verdeckte – auch zum Kochen. Es gab eine Tür, und Gail vermutete, daß sie zum Schlafzimmer und Bad führte. Sie hatte einige Mühe, die Strecke bis dorthin zurückzulegen, und die Aufgabe wurde ihr auch nicht gerade leichter gemacht, als Helen warnend sagte: »Paß auf, mein Schatz, die Badezimmerlampe ist kaputt.«

Aber sie fand das Badezimmer, ein hängender Garten aus Röhren, suchte nach dem Schalter, knipste ihn an, und das Licht brach über sie herein, explodierte ringsum, füllte Augen und Ohren und Mund mit seiner Helligkeit und blendete sie – doch vorher sah sie noch das Gesicht ihrer Mutter im Spiegel, eine wahre Reflexion des Todes. Dann: Dunkelheit zum Schreien.

»Ach Schatz, mein Schatz«, girrte Helen und wiegte sie in den Armen. »Reg dich nicht auf, reg dich nicht auf! Das war doch nur die Birne, die verdammte Glühbirne ist geplatzt, das war alles. Es ist alles in Ordnung, Gail, ehrlich …«

»O Gott, ich hatte ja solche Angst!« sagte sie. »Es war ein Blitzstrahl, heller als zehn Blitze auf einmal, und dann sah ich – etwas …«

»Du hast überhaupt nichts gesehen, du hast gar nichts sehen können«, sagte Helen. »Nicht nach dem Blitz. Als du aus dem Badezimmer kamst, warst du wie ein neugeborenes Kätzchen. Du hättest deine Augen sehen sollen, mein Schatz …«

»Ich komme mir so blöd vor.« Gail blickte Helen schuldbewußt an, deren Augen ebenfalls verschwommen waren, und sie erinnerte sich an das »gute Gras«. Dann lachte sie, ein zittriges Geräusch, das gar nicht von ihr zu kommen schien. Was hatte Steve über Mädchen gesagt, die komisch lachten, schnarchten und niesten? Nein, von Schnarchen hatte er nicht gesprochen. Das kam erst später, dachte Gail und wünschte, sie könnte das Lachen unterdrücken, das ihren Körper schüttelte. »Mir reicht's«, sagte sie zu Helen. »Ich bin einfach keine Potraucherin! Das Gesundheitsamt hat festgestellt, Potrauchen kann für meine Gesundheit schädlich sein, das müßte auf jeder Packung stehen.«

»Bist du sicher, daß es dir wieder gut geht – ganz sicher?«

»Ja«, sagte Gail. »Und weißt du, was mit mir los ist? Ich bin nur hungrig; ich sterbe fast vor Hunger. Ich habe seit dem Frühstück nichts mehr gegessen.«

»So ist es immer.« Helen kicherte. »Wenn du Gras rauchst, bekommst du schrecklichen Appetit. Man kann sich förmlich dick rauchen. Das ist die größte Gefahr, liebes Gesundheitsamt. Hör mal, ich habe keinen Bissen zu essen im Haus …«

»Nichts Szechuanisches?« fragte Gail. »Überhaupt nichts Szechuanisches?« Sie löste sich aus Helens Armen und ging zum Telefon. »Schon gut. Ich habe da einen Freund. Oder *hatte* ihn mal.«

Irgendwie brachte sie es fertig, Steves Nummer zu wählen.

»Weißt du was?« fragte er. »Du hörst dich high an.«

»Das muß ich ja auch sein, wenn ich dich anrufe«, erwiderte Gail würdevoll. Dann fiel ihr das Gesicht ihrer Mutter im Badezimmerspiegel ein, und ihre Stimme begann wieder zu zittern. »Ich muß dich sprechen«, sagte sie leise. »Ich habe einen Angstanfall oder so etwas. Ich wollte Dr. Vanner anrufen, aber der weiß doch nichts von dem szechuanischen Restaurant …«

Steve sagte streng: »Bleib, wo du bist, und ich hole dich ab. Und kein Alkohol mehr, oder was immer du genommen hast.«

»Wie kannst du es wagen, so mit mir zu reden?« fragte Gail.

»Ich liebe dich«, erwiderte Steve. »Deshalb!«

7

Sie trug ein pfirsichfarbenes Baumwoll-Voilekleid, das hinten und vorn tief ausgeschnitten war. Auf Dr. Vanners dunkelbrauner Ledercouch machte es sich besonders gut, und Gail betrachtete den langen Rock und die dazu passenden Sandalen mit der befriedigenden Gewißheit, daß sie sehr gut aussah. Dann fiel ihr ein, daß der Arzt sicher wissen wollte, worüber sie nachdachte, und versuchte, ihre Gedanken hastig in eine andere Richtung zu lenken. Aber es war schon ein wenig zu spät.

»Sie haben gelächelt«, sagte Vanner.

»Wirklich?«

»Ganz eindeutig. Sehr hübsch hat das ausgesehen. Um ganz ehrlich zu sein, Sie sehen heute besonders hübsch aus. Sehr sommerlich und so.«

»Wir haben doch Sommer, oder?«

»Ja. Aber Sie hatten sich bisher nicht entsprechend angezogen, jedenfalls nicht bei Ihren Besuchen hier.«

»Das schien mir nicht zu der nüchternen Umgebung zu passen.«

»Und plötzlich – paßt es?«

Gail errötete und wußte, daß er aus diesem Umstand sofort psychologisches Kapital schlagen würde. »Ich hatte einfach Lust, mir ein paar neue Sachen zu kaufen«, sagte sie. »Ich habe Ihnen doch von meiner Kleider-Macke erzählt. Oder Nicht-Macke, wenn man bedenkt, wie leer meine Schränke sind.« Vanner lachte leise. »Na bitte, der große Augenblick ist da!« sagte Gail. »Ich habe Sie zum Lachen gebracht.«

»Nun beglückwünschen Sie sich bitte nicht gleich. Patienten, die ihre Psychoanalytiker zu unterhalten versuchen, tun das gewöhnlich, um sich nicht mit ernsten Dingen auseinandersetzen zu müssen.«

»Ich wollte Sie nicht unterhalten. Ich habe Ihnen nur berichtet, wie mir zumute ist. Daß es an der Zeit ist, mich für mein Äußeres zu interessieren.«

»Und Sie wissen sicher, wie heilsam das ist.«

»Dann müßten Sie sich ja über mich freuen.«

»O ja«, sagte Vanner. »Sehr sogar. Allerdings bin ich auch ein wenig verwirrt. Aber das ist nicht Ihr Problem, sondern meins.«

Ihr Hals schmerzte, als sie sich dem Impuls widersetzte, den Kopf zu wenden und ihn anzusehen.

»Schon gut«, sagte er. »Sie können ruhig eine Bemerkung darüber machen, wenn Sie wollen. Ich habe Ihnen zu Anfang mal gesagt, Sie sollten nicht überrascht sein, wenn Sie feststellen, daß ich auch nur ein Mensch bin. Ein Mann, alleinstehend, heterosexuell und Einflüssen ausgesetzt.« Er legte ein Lächeln in seine Stimme. »Zum Glück kann ich dieser Liste ein weiteres Adjektiv hinzufügen. ›Meinem Beruf verschrieben.‹ Jedenfalls versuche ich, das zu sein.«

»Wissen Sie was? Ich glaube, Sie machen mir ein Kompliment – aber ich bin mir meiner Sache nicht ganz sicher.«

»Ich meine es, wie ich es sage. Sie gefallen mir, Gail – und nicht nur wegen Ihres Aussehens.«

»Sie meinen – wegen meiner Träume.«

»Ja. Wie lange ist der letzte dicke Brummer her?«

»Gut eine Woche. Ich habe in den letzten drei Nächten überhaupt nicht mehr geträumt, sondern geschlafen wie ein Kind. Nein«, fügte sie lächelnd hinzu, »sogar weniger wie ein Kind.«

»Wie meinen Sie?«

»Ach, das ist eine dumme Sache. Ich meine, ich habe meinen Puh-Bär nicht mehr mit ins Bett genommen.« Und fügte hastig hinzu: »Und auch sonst niemanden.«

Diesmal dauerte Dr. Vanners Lachen noch etwas länger. »Willkommen beim Gail-Gunnerson-Humorprogramm!«

»Tut mir leid. Ich will wirklich nichts verbergen. Ich weiß, daß ich ganz offen über mein Liebesleben sprechen soll, aber das ist ein Thema, bei dem ich die größten Schwierigkeiten habe, mich klar zu äußern.«

»Ich glaube, das ist klar genug. Sie wollen mir doch sagen, daß Sie nicht mit Steve Tyner geschlafen haben, jedenfalls noch nicht. Ist das zutreffend?«

»Da wir nun schon davon sprechen. Nein, ich habe nicht mit ihm geschlafen. Und er drängt mich auch nicht.«

»Was halten Sie davon?«

»Ich glaube, er versteht mich. Er versteht, daß ich dazu neige, meine Beziehungen zu verkomplizieren, daß ich nicht bereit bin zu Bindungen, mit denen ich nicht fertig werde.«

»Für Sie ist Sex gleich Bindung?«

»Natürlich. Für Sie nicht?«

»Vergessen wir nicht, wer hier auf der Couch liegt, ja?«

»Tut mir leid.«

Das Telefon klingelte.

»Ich dachte, ich hätte das verdammte Ding abgestellt«, sagte Vanner.

Er ging mit mürrisch verzogenem Gesicht an ihr vorbei zum Tisch und riß den Hörer von der Gabel. »Hallo?« Als der Anrufer sich meldete, hob er den Blick zur Decke. »Ja«, sagte er mit unterdrücktem Ärger. »Natürlich. Ich hatte das Telefon nur versehentlich eingeschaltet gelassen, sonst hätte sich der Antwortdienst gemeldet … Ich bin in etwa einer Viertelstunde fertig, dann unterhalte ich mich mit Ihnen, einverstanden?« Gail hörte ein nachdrückliches Summen im Telefonhörer, das sich nach einer weiblichen Stimme anhörte. Die Laute wurden schriller.

»Das ist absoluter Unsinn, Helen! Sie machen das doch nur, um Mitleid zu erwecken.«

Als Gail den Namen hörte, richtete sie sich auf.

»Ich lüge Sie nicht an«, sagte der Arzt im Tone elterlichen Tadels. »Ich will ganz offen sein, die Patientin ist Ihre Freundin Gail, und ich werde ihr nicht die Aufmerksamkeit entziehen, für die sie mich bezahlt.« Jetzt wirkte Vanner nicht nur ärgerlich, sondern auch besorgt. »Helen, bitte hören Sie mir zu! Ich kann jetzt unmöglich zu Ihnen kommen. Wenn ich mit Gail fertig bin, kommt noch ein Patient. Legen Sie sich hin und denken Sie an gar nichts, schließen Sie einfach die Augen und entspannen Sie sich ... Ja, so schnell ich kann. Das ist ein Versprechen.«

Er legte auf, doch die Falten auf seiner Stirn hatten sich vertieft.

»Helen Malmquist?«

»Ja. Sie wollte, daß ich sie besuche. Ich sollte einfach alles stehen und liegen lassen und zu ihr kommen.«

»Was ist los?«

»Sie ist deprimiert. Ich weiß nicht, ob Sie in letzter Zeit mit Helen gesprochen haben, aber sie hat eine große Enttäuschung erlebt. Mit einem jungen Mann.«

»Ja, ich weiß. Larry.«

»Dieses Ereignis scheint ihre alte Unsicherheit wieder geweckt zu haben. Offen gesagt, ist das für uns beide eine Art Rückschlag.« Vanner zupfte an seinem Bart – die einzige nervöse Geste, die er sich je gestattete. Dann sah er Gail an und sagte: »Ich dürfte Ihnen das eigentlich nicht erzählen, aber da Sie ja mit ihr befreundet sind – es gab eine Zeit, da war Helen Malmquist ...«

Er stockte, und sie schaltete sich ein: »Ich weiß, was Sie sagen wollen. Helen hat mir selbst davon erzählt – von ihrem Selbstmordversuch.«

»Ich bin sicher, daß sie sich nicht so weit zurückentwickelt, aber wenn jemand auch nur andeutet, daß er sich das Leben nehmen will, bin ich geneigt, ihn ernst zu nehmen.«

Gail hielt den Atem an. »Hat sie das eben gesagt?«

»Nein, nicht so direkt. Sie redete ziemlich wirr durcheinander. Vielleicht hat sie etwas genommen, Alkohol oder Gras oder sogar Betäubungstabletten. Ich weiß es nicht.«

»Aber das ist ja fürchterlich! Sollten Sie nichts unternehmen?«

»Ich glaube nicht, daß ich schon die Polizei anrufen muß oder so.« Er warf einen Blick auf die Uhr. »Und ich erwarte wirklich noch einen Patienten, jemanden, dem es fast so mies geht wie Helen. Ich wäre ungern fort, wenn der Mann kommt, obwohl ich den Termin wohl verschieben könnte.«

»Ob es etwas nützt, wenn *ich* mal bei ihr vorbeischaue? Nur um zu sehen, ob alles mit ihr in Ordnung ist?«

»Das ist nett von Ihnen.« Er lächelte geistesabwesend. »Aber Sie kommen für Ihr Geld ohnehin schon zu kurz.«

»Nein, wirklich, ich täte es gern!«

»Also gut. Ich bin sicher, daß Ihre Gegenwart sie beruhigt. Machen Sie ihr einen Tee oder Kaffee und beruhigen Sie sie. Reden Sie mit ihr über Filme, Frisuren – irgendein triviales Thema. Ich komme sofort rüber, wenn ich den anderen Patienten losgeworden bin.«

»Vielleicht ist es eine ganz gute Therapie, anderen Leuten zu helfen«, sagte Gail leichthin. »Anonyme Neurotiker.«

»Vielleicht«, sagte Dr. Joel Vanner.

Der Fahrstuhl in Helens Haus bewegte sich nur ruckhaft, und die Plastikwände der Kabine sonderten Feuchtigkeit ab. Gail dachte: Wenn ich hier wohnen müßte, wäre mir auch mies. Aber natürlich lebten in dieser Stadt viele Menschen in schlimmeren Quartieren. Gail war die Last der Armut erspart geblieben, die sie auch nicht kennenlernen würde. Sie machte sich klar, wie selten sie an diesen Umstand dachte. Und an die anderen Vorteile. Sie sah ein feuchtverschwommenes Spiegelbild ihres pfirsichfarbenen Voilekleides an der schimmernden Kabinenwand und dachte: Ich bin eine anziehende Frau. Das weiß ich. Sogar hübsch, verdammt! Und ich habe keine Zipperlein oder Krankheiten oder Entstellungen. Warum gehe ich dann mit so vielen schwarzen Wolken durchs Leben? Warum? Es war ein seltsamer Ort für einen Blitzstrahl der Erkenntnis, doch genau das schien ihr jetzt zu widerfahren – auf halbem Wege zwischen dem elften und zwölften Stockwerk im Wohnhaus an der Ecke West End Avenue und Vierundachtzigste Straße.

Sie läutete an der Tür zu 12-G, ohne daß ihr geöffnet wurde. Sie klingelte mehrere Male und weigerte sich, die schlimmste Möglichkeit in Betracht zu ziehen. Helen wußte nicht, daß sie unterwegs war. Sie mochte ausgegangen sein, um Milch, Eier, Brot und Schmerztabletten einzukaufen; oder sie schlief, betäubt durch ein Mittel. Gail drückte noch einige Male auf die Klingel und wandte sich ab. Auf halbem Wege zum Fahrstuhl kamen ihr erste Zweifel, und sie überlegte, ob sie den beschwipsten Pförtner bitten konnte, sie in die Wohnung zu lassen. Der Gedanke an die Erklärungen, die sie ihm dann geben mußte, brachte sie davon ab. Helen hätte mit dieser peinlichen Situation leben müssen, solange sie in diesem Haus wohnte. Dann ein neuer Gedanke. Warum nahm sie eigentlich an, daß die Wohnungstür verschlossen war? Natürlich, so mußte es eigentlich sein – diese Stadt hieß immerhin New York. Aber Helen war in solchen Dingen sehr unachtsam; sie ging zu unmöglichen Zeiten allein von der Kunst-Liga nach Hause, wobei sie einladend die Handtasche schwenkte und damit ein Schicksal herausforderte, das ihr gottlob bisher erspart geblieben war.

Gail kehrte zur Tür der Wohnung 12-G zurück und griff nach dem Knopf.

Die Tür war offen.

Gail betrat den schmalen Flur und sah den vergoldeten Buddha. Helens Heimgott diente als Stütze für einen Bogen Zeichenpapier. Noch ehe sie die Worte entziffern konnte, wußte Gail, daß diese Nachricht für die nächste Person bestimmt war, die durch die Wohnungstür kam. Ihre Hand zitterte, als sie den Bogen hochnahm.

Kritzelei mit einem Filzstift. *Tut mir leid!*

Helens Handschrift, die kräftigen Züge ihrer Schrift, kühner und kräftiger als der Strich ihrer Zeichnungen.

Tut mir leid! hieß es auf dem Papier. *Dies ist der einzige Ausweg für mich. Allein Helen ist schuld.*

Gail legte den Bogen hin und sagte: »Helen?«

Sie wollte sich nicht eingestehen, daß sie damit ihren Atem verschwendete.

Sie ging ins Wohnzimmer – leer. Sie betrat das Schlafzimmer. Es war ebenfalls leer, aber die Tür zum Bad stand weit offen.

Gail ging darauf zu, entschlossen, nur das sterile Innere zu sehen – die weißen Fliesen und das Porzellan und Chrom.

Bitte! flehte sie lautlos. *Bitte.*

Aber Helen war da.

Sie war über die Badewanne drapiert und trug ein weißes Baumwollnachthemd, das ihr Blut wie eine Gazebandage aufgesaugt hatte und überall bis zum Saum mattrote Streifen und Flecken aufwies. Das Blut auf dem Kachelboden, das Blut, das noch langsam auf den Badezimmerabfluß zuströmte, war dagegen rot, grellrot. Die Quelle des roten Flusses war das linke Handgelenk. Der rechte Arm war offenbar ebenfalls eingeschnitten, hatte aber nichts mehr zu geben; diese Hand hing außerhalb der Wanne. Ganz in der Nähe der gekrümmten Finger lag ein schimmerndes Stahlrechteck, dessen Kante verfärbt war. Es war erstaunlich, wie viele Details Gail wahrzunehmen vermochte; sie konnte fast den Namen des Herstellers auf der einseitig geschärften Klinge erkennen. Wo blieb das gestörte Sehvermögen, das einem Schock folgte? Warum konnte sie diese hellrote Realität nicht verschwinden lassen? Was war aus der kostbaren Gabe ihrer Kindheit geworden, aus der Fähigkeit, den Anblick schrecklicher Dinge zu verdrängen? Warum sah sie dies alles und schrie?

»Gail! *Gail!*«

Zwei feste Hände an ihren Oberarmen. Sie erkannte, daß sie wohl doch einen Augenblick der Amnesie durchgemacht hatte, denn sie erinnerte sich nicht an Vanners Ankunft. Jedenfalls stand er jetzt vor ihr und schüttelte ihr die Hysterie aus dem Körper, so wie es auch Mrs. Bellinger getan hatte. Vor ihr stand ein Arzt, greifbar und beruhigend, und sein Anblick stimmte sie dankbar. Was hatte ihr Helen doch gesagt? Gott segne jedes Haar in seinem Bart …

»Sie ist tot«, schluchzte Gail und klammerte sich an ihn. Sie brauchte die Stütze seines Körpers, um sich auf den Beinen zu halten. »Sie hat sich umgebracht, sie hat es wirklich getan! Wir sind zu spät gekommen … zu spät …«

»Ich hätte Sie nicht allein herkommen lassen dürfen«, erwiderte er, und sie erkannte, daß sein Schmerz weniger Helen galt als ihr. »Ein schrecklicher Fehler von mir, Gail! Ich bin Ihnen sofort nachgefahren, als ich den anderen Patienten losgeworden war.«

»Hätten wir das noch verhindern können?« fragte Gail. »Hätten wir überhaupt etwas tun können?«

»Hören Sie auf, sich in diese Fragen mit einzubeziehen!« sagte Vanner. »Helen war einzig und allein meine Verantwortung, und ich bin damit nicht fertiggeworden.« Er löste sich sanft von ihr und drehte ihr Gesicht herum, so daß sie die Leiche nicht mehr anschauen mußte. »Aber wenigstens kann ich Sie jetzt aus der Sache heraushalten. Gehen Sie nach Hause, Gail. Ich melde den Vorfall allein. Es gibt keinen Grund, warum Sie da mit hineingezogen werden sollten.«

»Ja«, flüsterte sie. »Ich könnte das nicht ertragen. Es wäre zuviel, jetzt noch mit der Polizei zu sprechen. Ich möchte nach Hause – nichts weiter.«

»Und ins Bett«, sagte er bestimmt. »Sie können das als ärztliche Anordnung auffassen. Gehen Sie ins Bett, nehmen Sie eine der Pillen, die ich Ihnen verschrieben habe, und rühren Sie sich nicht von der Stelle, bis Sie morgen früh von mir gehört haben. Verstanden?«

»Ja«, sagte Gail, doch sie ließ seine Jackenärmel nicht los. Er sah sie fragend an, dann beugte er sich vor und legte seine Lippen auf die ihren. Es war mehr eine Tröstung als ein Kuß, doch die Berührung hatte eine beruhigende Wirkung auf sie. Sie verließ die Wohnung und ging auf den Fahrstuhl zu, wobei sie noch leise Vanners Stimme hörte, der bereits mit den Stadtbehörden telefonierte, die es gewohnt waren, das Schreckliche als statistische Realität zu nehmen.

Sie begann erst wieder zu weinen, als sie zu Hause war, und Mrs. Bellinger bestand trotz ihrer entzündeten

Fußballen darauf, sie ins Schlafzimmer zu führen und zu warten, bis das Mittel zu wirken begann. Gnädigerweise war das schnell der Fall.

8

Träume:
Fahrradfahren auf einer dunklen Landstraße mit dem verzweifelten Bemühen, die Räder auf der leuchtend weißen Linie zu halten, schwarze Ulmen, die sich rukkelnd über der Straße wölbten, ein endloser Tunnel aus Bäumen, der sich in die Ewigkeit verengte ...

Ein Mann, der ihr im Nichts über eine Straße folgte; sein zerschlissener Tweedmantel war so lang, daß er auf dem Pflaster schleifte; das ausdruckslose Idiotengesicht an ihrem Halsansatz, eine heisere Stimme, die ihr Obszönitäten ins Ohr flüsterte ...

Ein Zimmer mit kalkweißen Wänden und ohne Möbel, ein krachendes, reißendes Geräusch, Putzbrokken lösten sich von der Decke und rieselten auf sie herab; kummervolles Weinen, weil ihr Ausgehkleid beschmutzt war, der Ruf nach der Mutter, ihre Schritte im Flur, die Erkenntnis, daß gar keine Tür zu sehen war, daß es keinen Zugang, keinen Ausgang gab; das Hämmern an die Wände, weinend ...

Gail öffnete die Augen.

Keine Landstraße, keine Straße, die ins Nichts führte, kein kalkweißes Zimmer.

Sie lag sicher in ihrem Bett. Ironischer Gedanke: warum fühlten sich Leute im Bett sicher? Krankenbett, Totenbett, nicht auf Rosen gebettet. Betten, in denen Alpträume hausten. Versuchte, sich an die Einzelheiten des Traums zu erinnern, was ihr nicht gelang. Versuchte, eine Bedeutung zu finden, wieder vergeblich. Das war ja auch Vanners Aufgabe, redete sie sich ein. Die Symbole zu entschlüsseln. Die Ängste zu entziffern. Wieder schlossen sich die Augen. Zurückschweben an den Rand der Dunkelheit.

Sie war fast am Ziel, war fast im Reich des Unbewußten, doch etwas riß sie zurück.

Ein Geräusch.

Sie bewegte sich nicht. Sie lag reglos da und wünschte sich, die Ohren ebenso leicht schließen zu können wie die Augen.

Da war es wieder.

Langsam drehte sie sich im Bett um, zog sich ein Bettlaken um den Körper (Todeslaken, Gedanken an den Tod) und rückte langsam zum Kopfende, wobei sie sich auf die Decke des Schlafzimmers konzentrierte.

Aber das Geräusch kam nicht vom Boden.

»Mrs. Bellinger?«

Ein leises Klopfen.

»Sind Sie das, Mrs. Bellinger?«

Sie verließ das Bett, ging zur Tür und öffnete die Verriegelung. Sie blickte auf den Türknopf und rechnete damit, daß die Haushälterin von der anderen Seite aufmachen würde, aber nichts geschah. Sie kam zu dem Schluß, daß sie sich irrte. Wieder einmal hatte sie sich irreleiten lassen, wieder war sie durch den großen Zauberer Schall hereingelegt worden. Na gut, dachte Gail. Sie wollte den Knopf selbst drehen und den Zauberer zufriedenstellen.

Sie öffnete die Schlafzimmertür.

Draußen stand Helen Malmquist in ihrem blutbespritzten Negligé. Auf den ersten Blick schien sie nicht mehr als eine stehende Leiche zu sein. Aber dann wurden langsam die rotverschmierten Ärmel angehoben, und die totenweißen Hände, die schlaff an den tief eingeschnittenen Gelenken baumelten, streckten sich Gail entgegen.

»Komm mit«, sagte Helen.

9

In ihrem ganzen Leben hatte sich Mrs. Bellinger noch nicht so sehr über das Klingeln des Telefons gefreut. Sie vergaß Entzündungen, Hühneraugen und Schwielen und sprintete auf den Apparat zu, und ihre sportliche Leistung wurde durch den Klang der richtigen Stimme belohnt.

»Hier Dr. Vanner. Mein Antwortdienst sagt, Miss Gunnerson habe angerufen.«

»Nein«, sagte die Haushälterin und versuchte zu Atem zu kommen. »Nicht Gail hat angerufen, sondern ich. Sie ist in einem fürchterlichen Zustand, und ich hielt es für das beste, Sie zu verständigen und keinen normalen Arzt. Ach, Sie wissen schon, was ich meine«, sagte sie in reuiger Verwirrung. »Sie redet die ganze Zeit nur von Ihnen, wie Sie ihr helfen, die schlimmen Träume zu überwinden und so. Nur war dies bisher der schlimmste, Doktor. Dieser Traum war absolut nicht wie die anderen ...«

»Schon gut, Mrs. Bellinger, beruhigen Sie sich. Sie *sind* doch Mrs. Bellinger, nicht wahr?«

»Jawohl, Sir, ich bin's, und ich wollte Sie fragen, ob Sie nicht vorbeikommen können. Oder soll ich jemand anders rufen, Gails regulären Arzt, Dr. Yost?«

»Die Frage kann ich eigentlich erst beantworten, wenn Sie mir genau gesagt haben, was bei Ihnen los ist, Mrs. Bellinger. Könnten Sie vielleicht Miss Gunnerson an den Apparat holen?«

»Nein, das geht nicht. Ich meine, sie ist endlich eingeschlafen. Ich will sie nicht wecken. Als ich hinaufging, war sie wie eine Verrückte, Doktor, sie schluchzte und zitterte, wie ich es noch nie bei ihr erlebt habe. Wenn Sie das hätten sehen können ...«

»Bitte, Mrs. Bellinger«, sagte Vanner mit unendlicher Geduld. »Berichten Sie mir genau, was geschehen ist.«

»Aber das weiß ich ja nicht! Ich meine, nicht genau. Ich hörte Gail schreien – wirklich *schreien* –, und sie war nicht mal in ihrem Bett, sondern an ihrer Tür. Sie hatte die Tür geöffnet und schrie, als sei der Teufel persönlich in ihrem Zimmer. Ich ging nach oben, so schnell ich konnte, und da lag sie auf der Schwelle, ganz hinüber.«

»Sie war ohnmächtig?« Vanners Reaktion war nun schon angemessener, und Mrs. Bellinger fuhr eifrig fort.

»Ja, ganz hinüber«, sagte sie mit dramatischer Betonung. »Und bleich wie ein Laken. Und ganz kalt und verschwitzt, wissen Sie. Ich mußte sie praktisch ins Bett schleppen, und sie begann ganz wirr zu reden ...«

»War sie im Delirium?«

»Keine Ahnung, wie Sie das nennen. Ihre Worte ergaben jedenfalls keinen Sinn, aber so ist das wohl, wenn man träumt.«

»Sind Sie sicher, daß es nur ein Traum war, Mrs. Bellinger? Hätte es sich nicht um eine neue Halluzination handeln können?«

»Das weiß ich nicht«, entgegnete die Haushälterin. »Gail sagte, es müsse ein Traum gewesen sein, mehr kann ich Ihnen nicht berichten.«

Vanner schien überrascht zu sein. »Gail hat Ihnen das gesagt? Dann hat sie also doch ein paar kohärente Worte herausbekommen?«

»Was?«

»Mrs. Bellinger. Das ist jetzt sehr wichtig. War Gail in der Lage, hinterher mit Ihnen zu sprechen – konnte sie sich vernünftig ausdrücken?«

»Ja. Ja, sie war ganz vernünftig, aber wenn Sie gesehen hätten, wie sie aussah, wie eine aufgewärmte Leiche, und wie sie am ganzen Leib gezittert hat … Immerhin haben wir Sommer, Doktor, und ich mußte ihr die elektrische Bettdecke heraussuchen und auf mittel einstellen, damit sie sich aufwärmen konnte …«

»Ich verstehe«, sagte Vanner besorgt. »Mrs. Bellinger, ich glaube, es würde im Augenblick gar nichts nützen, wenn ich hinüberkäme, nachdem sie schläft. Am besten bleibt sie den Rest der Nacht ungestört.«

»Ich glaube nicht, daß sie durchschläft.«

»Wissen Sie, ob sie von den Mitteln genommen hat, die ich ihr verschrieben habe?«

»Nein.«

»Nun, aller Wahrscheinlichkeit nach wird sie erst morgen früh aufwachen, und wir können dann entscheiden, was wir unternehmen wollen.«

»Aber es *muß* etwas geschehen, Dr. Vanner – das meinen Sie doch auch, nicht wahr?«

»Ja«, sagte Dr. Vanner, ehe er auflegte. »Es muß etwas geschehen.« Aber seine letzten Worte waren für Helen Malmquist bestimmt, die mit untergeschlagenen Beinen und schmollend geschürztem Mund auf der Sofakante saß und das befleckte Negligé über die Knie hochgezogen hatte. Vanners Gesicht zeigte leichten Widerwillen, als fände er die Kombination der aufreizenden Pose und des blutigen Kostüms ausgesprochen geschmacklos.

»Warum wäschst du dich nicht und ziehst dich um?« fragte er. »Man kann dich ja nicht anschauen!«

»Vielen Dank, das ist vielleicht ein nettes Kompliment!« sagte Helen und griff nach einer Zigarette. »Aber vergessen Sie nicht, wer sich diesen kleinen Sketch ausgedacht hat, *Herr* Doktor.«

»Du mußt dich ja sowieso anziehen. Wir müssen dich von hier verschwinden lassen. Und je eher, desto besser.«

»Wozu die Eile? Miss Schwerreich wird doch nicht etwa vorbeischauen? Dies dürfte der einzige Ort auf der Welt sein, den sie garantiert nicht so schnell wieder besucht. Möchtest du einen Drink?«

»Nein«, sagte Vanner und sah zu, wie sie vom Sofa glitt und dabei ein halbes Dutzend Kissen zu Boden streifte. Sie ging zu dem breiten Rollo, das die Küchennische verdeckte, rollte es hoch und enthüllte ein Waschbecken voller schmutzigem Geschirr, das zum Teil schon mehrere Tage alt war.

»Na, was hat die Haushälterin gesagt?« fragte Helen. »So wie du ausgesehen hast, war die Auskunft nicht ganz das Erwartete.«

»Alles in Ordnung«, sagte Vanner verbissen. »Weißt du doch selbst; du hast ja gesehen, wie die Sache gewirkt hat.«

»Irrtum. Ich habe die Wirkung gar nicht abgewartet. Ich hab's dir doch erzählt! Als ich sah, daß ihr die Knie einknickten, zog ich mich zurück und verschwand, so schnell ich konnte. Ich hatte eine Heidenangst, daß sie nach mir greifen würde – was wäre dann gewesen?«

»Sie ist ohnmächtig geworden.«

»Und jetzt?«

»Schläft sie. Natürlich wirken die Medikamente noch, so daß sie logischerweise wieder eingeschlafen ist.«

»Und das ist alles? Sie ist nicht übergeschnappt?«

»Sie war im Delirium, als sie zu sich kam – soviel hat mir die Haushälterin erzählt. Aber sie hat Gail beruhigen und wieder ins Bett bringen können.«

»Großartig«, sagte Helen und verzog den großen Mund. Sie goß zwei Fingerbreit Bourbon in ein Glas, das noch eine Reinigung vertragen hätte. Als sie Eiswürfel hineingleiten ließ, sagte sie: »Dein narrensicherer Plan klappt wohl nicht?«

»O doch«, sagte Vanner. »Nur kann man bei einer solchen Sache keinen Zeitplan aufstellen – man muß flexibel sein, kreativ.«

»Kreativ!« Helen lachte. »Das ist ja nun wirklich ein schönes Wort.«

»In diesem Fall sogar das richtige. Irgendwie ist unser Plan wie eine Psychoanalyse. Was stellst du dir eigentlich unter einer Analyse vor? Das ist kein festgefahrener Vorgang, keine programmierte Entwicklung, die von A bis Z abläuft und dann fertig ist.«

»Gott steh uns bei«, sagte Helen. »Herr Doktor hält schon wieder mal Vorträge. Weißt du gar nicht, wie sehr mir deine Prahlerei mit diesem Thema zum Hals heraushängt?«

»Vielleicht glaubst du, ich wüßte nicht, wovon ich rede.«

»Zeig mir erst mal ein echtes Diplom«, sagte Helen brutal, »dann lasse ich mich vielleicht von dir belehren.« Sie kostete von ihrem Drink, und ihre Stimmung änderte sich. »Vielleicht würde ich mich sogar für dich auf die Couch legen«, sagte sie und blickte ihn kokett über den Rand des Glases hinweg an.

»Es wird funktionieren«, sagte Vanner entschlossen. »Ist nur eine Frage der Zeit.«

»Du machst dir etwas vor. Und das ist meine Analyse von *dir*, Doktor! Du machst dir gern etwas vor. Naja, nimm's nicht zu tragisch – mir geht's ja genauso. So wie ich die Dinge sehe, ist Selbsttäuschung eine Berufskrankheit. Und in diesem Falle ist Beruf gleich Leben.«

»Die Haushälterin hat gesagt, sie wäre hysterisch gewesen«, sagte Vanner vor sich hin. »Hätte absoluten Unsinn geredet. Wenn sie schon nicht völlig übergeschnappt ist, steht sie doch offenbar dicht davor.«

»Aber das genügt nicht.«

»Nein«, sagte er. »Nicht ganz.«

»Und du warst dir deiner Sache so sicher«, sagte Helen spöttisch. »So verdammt schlau warst du und so verdammt sicher. Du hattest alles analysiert.«

»Ganz sicher wußte ich, daß sie sich vor dem Tod fürchtet.«

»Wer tut das nicht?«

»Aber für sie war es schlimmer – etwas, das ihr nie aus dem Kopf ging. Begreifst du das nicht? Die Sache, die ihr als Kind passiert ist, als sie erst sechs Jahre alt war, hat ihr Gehirn beeinflußt – eine Macke, die heute noch da ist. Sie *muß* noch da sein.«

»Und wenn nicht – dann gibt's kein Geld, richtig?«

»Keine Sorge«, sagte Vanner und zupfte an seinem Bart. Er nahm Helen das Glas aus der Hand, trank und verzog das Gesicht. »Wie kannst du nur dieses Zeug trinken?«

»Das ist so amerikanisch wie Apfelkuchen, Herr Doktor. Tut mir leid, wenn ich keinen Cognac habe. Möchtest du etwas Wein?«

Vanner antwortete nicht. Er machte einen Rundgang durch das enge Zimmer und erzeugte dabei Falten auf dem dünnen Teppichboden. »Ich dachte, ich wüßte, was Gail damals gesehen hat. Ich war sicher, das ›Ding‹ an der Tür wäre ihre tote Mutter gewesen. Ich nahm an, sie hätte geträumt, ihre Mutter sei vom Totenbett oder aus dem Grab auferstanden und in ihr Zimmer getanzt ...«

»Aber das hat sie dir nie so erzählt!«

»Nein. Sie hat es niemandem gesagt – weder mir noch all den anderen Ärzten, die sich um sie gekümmert haben ...«

»Die *anderen* Ärzte? Mann, du wirst wirklich langsam schizoid, mein Schatz. Du glaubst schon an deine eigenen Lügen!«

»Du weißt, was ich meine. Sie hat viele Jahre in der Klinik zugebracht – ich hab's dir erzählt. Und sie hat nie genau beschreiben können, was sie damals gesehen hat. Und als ich die Sprache darauf brachte – dasselbe Problem. Kompletter, totaler Ausfall.«

»Was macht das so verdammt wichtig?«

Vanner blieb stehen. »Die Erscheinung ist der Auslöser, der Umstand, der ihr Gehirn zum erstenmal überlastete. Warum also nicht noch einmal?«

»Warum hast du ihr nicht ein Wahrheitsserum gegeben oder so? Hätte das nicht geklappt?«

»Man hat es bei ihr mit Rauschgiften versucht, als sie noch klein war, aber sie hat schlecht darauf angesprochen. Als ich eine Andeutung machte, hat sie sich sofort gesperrt. Und selbst wenn sie zugestimmt hätte, wäre ihr Widerstand wohl zu stark gewesen, um ein brauchbares Ergebnis zu bekommen.«

»Herr Doktor stecken also in der Klemme?«

»Nenn mich nicht immer so«, sagte Vanner. »Du reitest den Witz ziemlich zu Tode.«

»Vielleicht reiten wir die ganze Sache zu Tode. Vielleicht ist dein Plan unmöglich.«

»Nein«, sagte er. »Ich bin immer noch überzeugt, daß es klappt. Wir mußten nur ein paar Rückschläge einstecken, das ist alles. Etwa Gails romantische Bindung – die hat uns nicht gerade weitergeholfen. Ihr superamerikanischer Freund hat sie gestützt, hat ihr Selbstvertrauen gestärkt.«

»Und er ist nett«, sagte Helen.

»Ich kann ihn natürlich loswerden – eine ganz einfache Sache. Aber ich dachte, er könnte uns nützen – ich hatte gehofft, er würde uns einen Hinweis geben.«

»Über das ›Ding‹?«

»Ja. Ich habe ihm gesagt, wie wichtig ich diesen Aspekt finde; ich versuchte, ihn dazu zu bringen, festzustellen, was in ihrem Geist versteckt ist.« Ironisch: »Ein seltsamer Verbündeter, aber es könnte klappen.«

»Wie lange willst du warten?«

»Nicht allzu lange.« Vanner runzelte die Stirn. »So kann es jedenfalls nicht weitergehen. Zum einen entspricht die Situation nicht der Parallele.«

»Was heißt das?«

»Ich meine die Parallele zwischen Gails Mutter und ihr selbst. Als damals ihre Mutter verrückt wurde, gab es keinen Mann in ihrem Leben. Sie verlor den Ehemann in Korea. Es gab niemanden, der seine Stelle einnahm, niemanden, auf den sie sich neu orientieren konnte.«

»Meine Güte«, sagte Helen, »du benutzt aber raffinierte Worte, Liebling. Du hättest sogar *mich* überzeugen können, daß dein Diplom echt ist.«

»Das ist die zentrale Tatsache. Gail macht sich Sorgen wegen der Parallele zwischen ihr und ihrer Mutter, seit sie alt genug war, an diese Dinge zu denken. Den erblichen Wahnsinn *gibt* es schließlich.«

»Und du glaubst wirklich, daß sie denselben Weg geht?«

»Das glaubt *sie*. Wenn *sie* die Parallele sieht, wenn sie sich auf die Gummizelle zusteuern sieht, wählt sie vielleicht dieselbe Lösung wie ihre Mutter.«

»Nein«, sagte Helen tonlos. »Das ist der Teil, den ich dir nicht abkaufe. Daß sie dir den Riesengefallen tut, sich umzubringen.«

Vanner hörte ihr schon nicht mehr zu. »Vielleicht sollte ich gar nicht warten, gegen Tyner vorzugehen. Vielleicht sollte ich ihn sofort abschießen, damit es kein Hindernis für sie gibt, das … Rechte zu tun. Wenn sie ihn verliert. Wäre förderlich für die Parallele.«

»Bist du sicher, daß das dein einziger Grund ist?«

»Was meinst du?«

»Manchmal wundere ich mich über dich, Doktor. Manchmal frage ich mich, was wirklich in deinem Kopf vorgeht. Ich meine, woher weiß ich, daß du nicht vorhast, das Mädchen wegen ihres Geldes zu heiraten. Das brächte doch dasselbe Ergebnis, oder?«

»Unsinn!«

»Vielleicht möchtest du sie so abhängig von dir machen, daß sie ohne dich nicht mehr leben kann.«

Jetzt schien Vanner doch zu meinen, daß sie seiner Aufmerksamkeit bedürfe. Er näherte sich ihr, ließ die Arme um ihr farbverschmiertes Negligé gleiten und lächelte auf sie hinab. »Vergiß das alles«, sagte er. »So etwas ist mir nie in den Sinn gekommen. Gail Gunnerson kann mir nur als Leiche nützen. Wir sind noch immer ein Team, Helena.«

»So hast du mich seit Europa nicht mehr genannt«, sagte Helen schmollend. »Du hast seit damals den Vers nicht mehr aufgesagt.«

»Ist dies das Gesicht, das tausend Schiffe auf den Weg geschickt«, zitierte Vanner, »und das die offenen Türme Iliums in Schutt und Asche legte?« Er ließ das Negligé über ihren gekrümmten Körper hochgleiten und begrub seinen Bart wie einen Spaten in ihrem Hals. »Süße Helena«, murmelte er, »mach mich unsterblich mit einem Kuß.« Sie stöhnte leise, und er trug sie mit schnellen Schritten zum Sofa und legte sie sanft auf die Kissen. Jetzt schienen ihn die grellroten Farbflecken an ihren Armen und auf dem Negligé nicht mehr abzustoßen; die falschen Blutflecken schienen ihn eher anzufeuern, und Helen wurde durch seine Erregung angesteckt.

»Ach, Herr Doktor«, flüsterte sie.

»Nenn mich nicht so«, sagte er. »Du kennst doch meinen Namen.«

»Ach, Piers«, sagte sie.

Eine halbe Stunde später war sie unter der Dusche und hörte ihn ins Badezimmer kommen, hörte, wie er im Toilettenschrank herumkramte. Sie erhob die Stimme über das Rauschen des Wassers und fragte, was er da mache.

»Ich schau nach, ob nichts zurückgeblieben ist«, sagte er. »Sachen, die mir gehören. Rasierkrem und so.«

»Was? Ich verstehe dich nicht.«

»Egal.« Joel Vanner alias Piers Swann setzte seine methodische Suche fort. Er war völlig in Anspruch genommen von seiner Aufgabe, weil er die Gründlichkeit um ihrer selbst willen liebte. Was Sauberkeit und Ordnung anging, war er ein Fanatiker; der Rektor seiner Volksschule in Kent hatte ihm in dieser Richtung ›Zwangsvorstellungen‹ bescheinigt; das förmliche Schreiben an seinen Vater hatte damals einen weiteren Schulwechsel ausgelöst. In der Brusttasche seiner Jacke befand sich ein kleines Notizbuch, das in dünnstes englisches Leder gefaßt war; mit einer ungewöhnlich kleinen und schönen Schrift hatte Vanner hier eine verschlüsselte Liste aller wichtigen Details des Plans erstellt, den er ›Unternehmen Goldene Tür‹ genannt hatte; ein Name, der ihn nur so lange amüsierte, wie er geheim blieb; nicht einmal Helen Malmquist, seine einzige Verbündete und Vertraute, wußte von dieser Bezeichnung. Er hatte den Plan ursprünglich ›Unternehmen Auftauen‹ nennen wollen, da er das Projekt in einer verlassenen Alphütte entworfen hatte, die bis zum Einsetzen der Frühlingswärme von der Zivilisation abgeschnitten gewesen war. In dieser Hütte hatte er die beiden kältesten Wochen seines Lebens zugebracht und wußte noch immer nicht genau, ob sein Vater lebte oder tot war, nachdem die Lawine ihre Bergtour abrupt beendet hatte. Aber vielleicht hatte die Kälte auch ein gutes Werk getan. War es nicht richtig, daß Kälte das Großhirn veränderte, es vielleicht diamanthart schrumpfen ließ und den Geist in die Lage versetzte, kristallklare Gedanken zu fassen und brillante Strategien zu entwerfen? Waren nicht alle großen Impulse in Kunst und Wissenschaft bei niedrigen Temperaturen entstanden? Natürlich hatte Vanner in seiner zweiwöchigen Wintergefangenschaft nicht schon alle Einzelheiten ausgearbeitet. Damals hatte er nicht mit der willigen Unterstützung der verarmten amerikanischen Kunststudentin rechnen können, die er in Zürich kennengelernt hatte. Das Mädchen war sofort bereit, bei seinem Plan zum schnellen Reichwerden mitzuwirken, nachdem sie sich von dem ersten Schock der Erkenntnis erholt hatte, daß Piers lebte und neuerdings einen Bart trug. Damals hatte er noch nicht all die köstlichen Theatertricks ausgearbeitet – das Stroboskoplicht, das im Badezimmer explodierte, das Photo von Gails toter Mutter am Spiegel, die hängende Modepuppe auf dem Boden, das Rumsen, Klappern, Knirschen und Spuken, das nur dadurch ermöglicht wurde, daß sein Vater ihm einen kompletten Satz Schlüssel zum Gunnerson-Haus hinterlassen hatte – das einzige wirkliche Erbstück. Der gefährlichste Augenblick des Unternehmens war gewesen, als er anonym in die Londoner Wohnung an der Fulham Road zurückkehrte und die Gläubiger seines Vaters damit beschäftigt fand, Gilbert Swanns magere Besitztümer zu schätzen. Aber danach war alles glattgegangen, und er hoffte noch immer auf ein glückliches Ende des ›Unternehmens Goldene Tür‹. Als er den Badezimmerschrank zuklappte, lächelte er sein Spiegelbild an. Dann sah er Helen, die feucht und dampfend aus der Dusche kam. Die Rundlichkeit ihres Körpers wurde durch die schimmernde Haut betont, und er erkannte, daß sie in ein paar Jahren wahrscheinlich fröhlich in die Breite gehen würde.

»Gibst du mir mal das andere Handtuch?«

Er kam der Bitte nach und sah zu, wie sie sich unsystematisch trockenrieb; dabei war ihr Blick nachdenklich, die Mundwinkel waren herabgezogen. »Was ist los?« fragte er. »Warum siehst du mich so an?«

»Ich kann nicht anders. Ich muß immer daran denken, Piers. Ich kann mir einfach nicht einreden, daß es klappt, daß es jemals klappen wird. Sie ist zu jung und verdammt zu hübsch, und sie ist zu *reich*. Es müßte jemandem schon viel schlechter gehen, ehe er an Selbstmord denkt.«

»Wart's nur ab«, sagte er.

»Und sie ist verliebt«, sagte Helen düster. »Ganz eindeutig. Sieht man an ihrem Blick, wenn sie nur den Namen des Burschen ausspricht. Seit wann begehen verliebte Mädchen Selbstmord?«

»Vielleicht wenn sie ihren Liebsten verlieren? Und was passiert, wenn sie die Wahrheit über Steve Tyner erfährt? Wenn sie erfährt, daß er von der Fiduciary Bank engagiert wurde, um ihren Wahnsinn zu beweisen?«

»Nein«, sagte Helen kopfschüttelnd und besprühte ihn mit Tropfen. »Vielleicht regt sie sich darüber auf, aber sie wird ihm verzeihen. So sind Frauen nun mal. Wir erdulden euch Schweinehunde, weißt du das nicht? Auch die Schlimmsten von euch. Wenn du ein gutes Beispiel dafür sehen willst, brauchst du nur in den Spiegel zu schauen.«

Vanner wandte sich dem Spiegel zu. Diesmal lächelte er nicht. »Hör auf, dir Gedanken zu machen«, sagte er kalt. »Ich habe dir schon gesagt, daß mein Plan bis ins letzte Detail steht. Ein Fehlschlag ist überhaupt nicht möglich.«

»Hör mal, du magst ja ihr ›Psychoanalytiker‹ sein, aber ich bin ihre ›Freundin‹ und kenne sie so gut wie du.

Zu viele Dinge sprechen für sie, Piers. Sie wird nicht glauben, daß sie verrückt ist, nur weil du das willst!«

»Und wie steht es mit den anderen Leuten?«

»Was?«

»Vielleicht siehst du die Sache zu eng. Was glauben andere Leute, wenn sie von ihrem Verhalten erfahren? Daß sie zum Beispiel gesehen hat, wie ihre tote ›Freundin‹ Helen ins Zimmer wanderte?«

»Wieso kommt es darauf an, was die Leute denken? Mein Gott, es nützt dir absolut nichts, wenn man Gail entmündigt! Damit bekommst du das Erbe nicht.«

»Ich denke nicht an eine Entmündigung. Ich meine die *Hinnahme* ihres Todes, die Bereitschaft, an die Motive für ihren Selbstmord zu glauben.«

»Aber wenn es gar keinen Selbstmord gibt …«

»Es wird einen Todesfall geben, und der reicht uns völlig. Einen Todesfall, der durch ihren Geisteszustand bestens untermauert ist.«

Helen brauchte fünf Sekunden, um zu begreifen, was er da eben gesagt hatte, und als ihr ein Licht aufging, zog sie das Badelaken erschaudernd um sich. »Was heißt das genau? Ein Todesfall?«

»Na, was es eben heißt. Gail muß sterben, oder die ganze Sache war Zeitverschwendung. Und wenn sie nicht so entgegenkommend ist, die Sache selbst in die Hand zu nehmen, muß man ihr eben helfen.«

»Mein Gott, man könnte fast meinen, du sprichst von einem Mord!« Sie warf das Badetuch zu Boden und griff nach ihrem langen Frotteemantel, der an einem Haken hing. Als sie hineinschlüpfte, blickte sie ihn nicht an, als habe sie Angst, seinen Gesichtsausdruck deuten zu müssen. Aber als er schwieg, wandte sie sich doch um und sah genau das, wovor sie sich gefürchtet hatte. »Piers, um Himmels willen, du hattest doch nicht etwa die ganze Zeit *das* im Sinn?«

»Nur als letzten Ausweg«, sagte er leichthin.

»Das brächtest du nicht fertig! Ich kann nicht glauben, daß du so etwas tätest! Du weißt, daß ich damit nichts zu tun haben will. Die Sache ist so schon schlimm genug, aber ein *Mord*? Junge, da hast du dir aber den falschen Vampir geangelt!«

Sie gürtete den Morgenmantel enger und verließ das Badezimmer.

Piers öffnete das Schränkchen und durchsuchte es noch einmal, methodisch wie immer.

10

»Sinnlos«, seufzte Cecilia Louise und berührte die Kante ihres Margaritaglases mit der Zunge, wobei sie wie ein Rehkitz beim Salzlecken aussah. »Es ist fast so wie der amerikanische Autor gesagt hat, es führt kein Weg zurück. Wie hieß er doch? Thomas Sowieso.«

»Wolfe«, ergänzte Steve.

»Und wie ein Wolf benimmst du dich wahrlich nicht, mein Schatz. Ich habe nun wirklich alles versucht – höchstens hab ich mir noch keine Einladung auf die Matratze sticken lassen –, und es hat überhaupt nichts genützt. Schrecklich deprimierend, ehrlich.« Aber mit ungezügeltem Appetit machte sie sich über ihre Enchiladas her. Steve unternahm einen weiteren heimlichen Versuch, auf die Uhr zu schauen, was durch die schwache Kerzenbeleuchtung des Lokals ziemlich erschwert wurde. Doch diesmal erwischte sie ihn. »Du willst *sie* wohl wieder anrufen, ja?«

»Wen?«

»Liebling, ich weiß genau, wohin du jedesmal verschwindest, wenn du den Tisch verläßt. Seit wir hier ins Lokal kamen, mußt du die Frau glatt dreimal angerufen haben. Vergiß nicht, daß du mit einer geschulten Beobachterin zusammensitzt.«

Steve lächelte und sagte: »Ich habe dir doch gesagt, daß es in meinem Leben ein Mädchen gibt, Sissy.«

»Aber du hast nichts davon gesagt, daß sie schon zur Besessenheit geworden ist.«

»Um ehrlich zu sein, ich mache mir etwas Sorgen um sie. Ich habe sie angerufen, kurz bevor ich die Wohnung verließ – muß so gegen sieben Uhr gewesen sein. Ihre Haushälterin sagte mir, sie läge im Bett und schliefe.«

»Was hast du gegen eine Siesta? Frag die Leute, denen das Lokal hier gehört, Liebling, ein kurzes Schlummerstündchen ist was Herrliches.«

»So kurz ist das aber nicht. Als ich das letztemal anrief, schlief sie immer noch. Scheint mir ein bißchen viel zu sein für eine Siesta. Und außerdem ...« Er runzelte die Stirn. »Mir hat nicht gefallen, wie sich die Haushälterin geäußert hat. Ich habe irgendwie das Gefühl, daß da etwas nicht stimmt.«

»Dein Mädchen ist doch nicht etwa krank, oder?«

»Nein«, sagte Steve zögernd. »Eigentlich nicht.«

Cecilia legte eine Hand auf die seine und schenkte ihm einen mütterlichen Blick. »Hör mal, ich hatte sowieso nicht angenommen, daß wir die alte Flamme zwischen uns wieder entfachen können – halte mich bitte nicht für so dumm. Und jetzt erzähl mir alles.«

Steve, der sich nicht gerade an ein loderndes Feuer erinnern konnte, reagierte dennoch mit einem herzlichen Druck auf ihre Finger. »Sissy, erinnerst du dich an die Information, die du mir beschafft hast – über Gilbert Swann?«

»Natürlich; deshalb spendierst du mir ja dieses herrliche Essen, aus Dankbarkeit.«

»Mr. Swann war ihr Onkel. Deswegen wollte ich wissen, was aus ihm geworden war.«

»Ach je! Und ist sie deshalb ganz außer sich und liegt um neun Uhr abends schon im Bett? Weil sie ihrem Onkel nachtrauert, der bei einem Unfall umgekommen ist?«

»Sie hat den Mann eigentlich gar nicht gekannt, aber er war ihr einziger lebender Verwandter – er und sein Sohn –, und da nun beide unter der Erde sind, hat sie plötzlich niemanden mehr ... Hast du übrigens noch weitere Einzelheiten über den Unfall erfahren?«

»Nein, aber ich könnte mich dahinterklemmen, wenn du möchtest.« Sie tätschelte seine Hand. »Und nun geh los und ruf an. Sag ihr, du wärst unterwegs, um sie zu besuchen – mit den besten Grüßen von Mama Louise. Ich bleibe noch ein Weilchen hier sitzen und ertränke meinen Kummer in Sangria.«

Aber in der Telefonzelle bekam er nur wieder Mrs. Bellingers Stimme zu hören. »Nein, sie ist leider noch nicht auf«, sagte sie. »Wie ich schon sagte, ich halte es für das beste, wenn Sie morgen früh anrufen.«

»Glauben Sie, daß sie durchschläft?«

»Naja, vielleicht«, sagte die Haushälterin. »Ich hoffe es sogar. Offen gesagt, fühlt sich Gail nicht ganz wohl. Sie hat heute abend einen kleinen Schock erlitten und braucht etwas Ruhe.«

»Was für einen Schock?«

»Ich glaube nicht, daß ich darüber reden sollte.«

»Sagen Sie es mir, wenn ich zu Ihnen komme? Mrs. Bellinger, ich glaube wirklich, daß ich ein Recht habe, die Wahrheit zu erfahren!«

»Bitte! Lassen Sie das arme Mädchen schlafen! Sie war vorhin halb außer sich – ich mußte den Arzt anrufen! Der ist aber auch nicht gekommen. Er sagte, Schlaf wäre das beste für sie.«

Mehr brauchte Steve nicht zu hören. »Ich bin in einer halben Stunde bei Ihnen«, sagte er und hörte sich ihren Protest gar nicht mehr an.

Aber Mrs. Bellinger protestierte nicht mehr, als sie Steve in das Gunnerson-Haus führte. Sie schien über seinen Besuch sogar erleichtert zu sein. »Gail ist wach«, sagte sie und preßte eine Hand gegen ihr unregelmäßig schlagendes Herz. »Aber sie liegt nur so da und starrt an die Decke. Sie will nicht mal mit mir darüber reden.«

»Worüber denn?«

»Ich habe noch einmal versucht, den Arzt zu erreichen, den *neuen.*« Mrs. Bellinger drückte sich nicht präzise aus, wenn es um Dr. Vanner ging, so wie sie auch die Mead-Klinik niemals beim Namen nannte.

»Haben Sie ihn erreicht?«

»Nein, nur seinen Antwortdienst.«

»Warum ist er nicht gleich herübergekommen?«

»Er sagte, das hätte nichts genützt, sie würde wahrscheinlich bis morgen früh durchschlafen. Wenn sie nur ...«

»Erzählen Sie mir von dem Schock, den sie erlitten hat. Worum ging es? Wieder Geräusche im Haus?«

»Nein«, sagte Mrs. Bellinger und senkte die Stimme, um den Ernst ihrer Worte zu unterstreichen. »Heute abend hat Gail etwas *gesehen*, an der Tür ihres Zimmers. Ein Gespenst oder einen Kobold, etwas in der Art.«

Steve versuchte, sich seine Besorgnis nicht anmerken zu lassen.

»Sie meinen, es war wie beim letztenmal? Wie im Bodenraum – als sie das Kleid ihrer Mutter am Balken hängen sah?«

»Nein. Diesmal war es anders – und viel schlimmer. Sie meint, es sei jemand an ihrer Tür gewesen, jemand, der ins Zimmer kommen wollte. Sie hätten ihren Schrei hören sollen! Als ich endlich oben ankam, war sie schon bewußtlos.«

»Hat sie das ›Gespenst‹ beschrieben?«

»Es war eine Frau, mehr hat sie nicht gesagt – nein, nicht ihre Mutter. Jedenfalls konnte ich das ihren Worten entnehmen, die nicht viel Sinn ergaben. Sie hat wirres Zeug geredet, aber jetzt sagt sie überhaupt nichts mehr. Ich habe zu ihr hineingeschaut, und sie lag einfach da und wollte mir nicht antworten ...«

»Vielleicht redet sie mit mir«, sagte Steve und ging auf die Treppe zu. Er hatte schon die Hälfte der Strecke zurückgelegt, als Mrs. Bellinger ihre entzündeten Füße auf die ersten Stufen setzte und ihm nachblickte.

Er klopfte zunächst an; es wäre sinnlos gewesen, neue Ängste auszulösen, indem er unangemeldet eintrat. Als sein leichtes Klopfen ohne Antwort blieb, trat er ein.

Mrs. Bellingers Beschreibung traf zu. Doch kaum hatte Gail ihren neuen Besucher erkannt, stimmte sie ein lautes Jammergeschrei an, das Steve zusammenfahren und wie einen Schnelläufer durch den Raum eilen ließ. Lange lag sie in seinen Armen, ohne daß ihr Schluchzen nachließ, und er schob seine sinnlosen Fragen auf und stieß ähnlich nutzlose Laute des Mitgefühls aus.

Schließlich vermochte sie einen Namen zu sagen. »Helen«, schluchzte sie.

»Helen Malmquist? Was ist mit ihr?«

»Sie ist tot«, sagte Gail. »O Steve, sie hat sich heute abend umgebracht! Sie hat sich die Pulsadern aufgeschnitten!«

»Mein Gott! Kein Wunder, daß du so durcheinander bist und Alpträume hast.«

»Nein! Du verstehst nicht, was ich meine. Ich habe sie gesehen, ich habe ihre Leiche gesehen – und dann sah ich sie *hier* an meiner Tür!«

»Moment mal! Wir wollen nicht über Dinge reden, die du *gesehen* hast, sondern über *Träume*.«

»Nein, nein, das will ich dir ja gerade sagen, deshalb ist die Sache ja so schrecklich! Ich habe nichts geträumt, ich habe sie *gesehen*! Ich hätte die Hände ausstrecken und sie berühren können! Es war Helen, so wie sie in ihrem Badezimmer ausgesehen hat …«

»Du hast die Leiche tatsächlich gesehen? Wann?«

»Heute am späten Nachmittag. Ich war zur üblichen Sprechstunde bei Dr. Vanner. Helen rief ihn im Büro an; sie drohte mit Selbstmord oder machte wenigstens entsprechende Andeutungen. Ich erklärte mich bereit, in ihre Wohnung zu gehen und bei ihr zu bleiben, bis er seinen nächsten Patienten loswurde.«

»Dann bist du in Helens Wohnung gefahren?«

»Ja. Nur kam ich leider zu spät! Sie hatte es schon getan. Steve, sie hat sich die Pulsadern aufgeschnitten, an beiden Armen! Es war fürchterlich – Blut überall im Badezimmer – es lief wie Wasser in die Wanne ...«

»Gail, bist du ganz sicher? Du hast die Dinge nicht etwa durcheinandergebracht, nachdem du eingeschlafen bist? Du nimmst doch Mittel ein ...«

»Ich war wirklich dort und habe sie gesehen. Sie lag auf der Bodematte. Sie trug ein Negligé – weiße Baumwolle, ganz blutbeschmiert. Aus den Armen quoll Blut ... Sie war tot, aber dann kam sie hierher. Helen kam zu mir, Steve!«

Sie zitterte so heftig, daß er sie an sich drückte und seine Arme so fest um sie legte, als wären sie die Stoffarme einer Zwangsjacke. Der Gedanke zuckte ihm wie eine spitze Nadel durch den Kopf.

»Gail, mein Liebling, du bist ganz verwirrt.« Er haßte den Klang seiner Stimme, die so gemessen tönte, daß sie sich schon fast salbungsvoll anhörte. »Es ist ganz verständlich, daß du nach einem solchen Erlebnis einen schlimmen Traum durchgemacht hast, einen sehr lebhaften Alptraum ...«

»Aber es war kein Traum, wirklich nicht! Schau mich an, Steve, schau mir ins Gesicht!« Er gehorchte. Der übernatürliche Glanz ihrer Augen, die plötzlich gebremste Intensität ihrer Stimme waren alarmierender als ihre Worte. »Ich habe heute abend Helen Malmquist gesehen«, sagte sie. »Sie hat an meine Schlafzimmertür geklopft und mich geweckt. Ich stieg aus dem Bett und öffnete die Tür, und sie stand draußen.«

»Nein, Kleines ...«

»Sie stand vor mir in ihrem blutigen Negligé – in dem gleichen Stück, das sie auch im Badezimmer getragen hatte. Es war auch noch Blut an ihren Handgelenken. Ich weiß das, weil sie nach auswärts gedreht waren, etwa so ...« Sie führte es ihm vor. »Sie war tot, Steve, und doch war sie hier. Sie hat sogar zu mir gesprochen.«

»Was?«

»Sie sagte: ›Komm mit.‹«

Das Schnalzen, das über seine Lippen kam, war ein Laut des Unwillens.

»Sie hat es wirklich gesagt, Steve! Sie hielt mir ihre blutigen Arme hin und versuchte mich mitzunehmen. Das habe ich noch gesehen, ehe ich ohnmächtig wurde – Gott sei Dank! Aber Helen war so greifbar wie du – das mußt du mir einfach glauben.«

»Versuch nicht so krampfhaft, mich zu überzeugen«, sagte er gepreßt. »Warum willst du mir etwas einreden, von dem wir beide wissen, daß es unmöglich ist?«

»Ja«, flüsterte sie. »Das habe ich mir ja auch die ganze Zeit gesagt. Daß es Gespenster nicht in der Wirklichkeit, sondern nur im Kopf eines Menschen gibt. Und wenn man Dinge sieht, die es nicht geben kann, wenn sie so real waren wie Helen ...«

»Hör auf damit!«

Steve ließ sie los. Von der tröstenden Umarmung befreit, schien sie seinen Schutz plötzlich nicht mehr zu benötigen. Sie ließ sich zwischen ihre Kissen fallen, und ihr Gesicht nahm wieder einen Ausdruck leerer Resignation an. Wenn sie plötzlich losgeschrien hätte, wäre er nicht überraschter gewesen. Doch ihm kam auf einmal eine Idee, die die erschreckende Logik einer neuen mathematischen Lehre hatte.

»Gail, bitte hör mir mal genau zu«, sagte er. »Ich werde deine Worte nicht anzweifeln, ich werde dir aber auch nicht zustimmen. Hast du das verstanden?«

Sie drehte kaum den Kopf.

»Ich lasse dich nicht einfach gewähren. Aber mir ist eben etwas eingefallen. Es geht um deine Freundin Helen. Wie lange kennst du sie überhaupt?«

Ihre Lippen formten eine Antwort, die er nicht verstand.

»Nicht sehr lange – hast du das gemeint? Nur ein paar Monate, keine lebenslange Freundschaft.«

»Nein«, sagte sie.

»Du hast sie in der Kunst-Liga kennengelernt, ja?«

Gail schüttelte den Kopf. »Nein, in einer Cafeteria. Wir saßen zusammen an einem Tisch. Sie hatte ihre Zeichenproben dabei, und wir kamen ins Gespräch.«

»Dann weißt du also nicht sehr viel über sie, oder?«

»Was macht das schon? Wir haben uns angefreundet. Und als ich sie heute abend so daliegen sah …«

»Vielleicht hast du gar nicht gesehen, was du zu sehen glaubtest. Vielleicht hast du nicht Helens Leiche gesehen, sondern eine lebendige Helen! Hast du schon mal daran gedacht?«

Jetzt lag Ratlosigkeit in ihrem Blick – was Steve schon besser fand als die absolute Leere.

»Wovon redest du überhaupt?«

»Tote Frauen klopfen nicht an Türen und führen Gespräche, mein Schatz, nicht einmal in blutigen Negligés. Ich bin bereit, die Möglichkeit in Betracht zu ziehen, daß du heute abend keinen Alptraum hattest, wenn du dich mit der Möglichkeit beschäftigst, daß Helen Malmquist gar nicht in ihrem Blute lag.«

»Aber ja! Ich hab's doch gesehen, ganz bestimmt! Ich habe die Rasierklinge gesehen, mit der sie sich umgebracht hatte – alles!«

»Wenn nun dieses ›alles‹ eine perfekte Bühnenshow gewesen ist?«

Wenn er schon sonst nicht weiterkam, erweckte er das Mädchen wenigstens wieder zum Leben.

»Wie wäre das möglich?«

»Warum nicht? Es gibt haufenweise Leichen auf der Bühne und im Kino – das ist oft verdammt echt gemacht. Woher weißt du so genau, daß dir Helen keinen kleinen Halloween-Streich gespielt hat? Wäre natürlich außerhalb der Jahreszeit«, fügte er trocken hinzu, »und vielleicht ein wenig übertrieben.«

Wieder schüttelte sie den Kopf, diesmal lebhafter.

»Denk darüber nach, mein Schatz – über die Dinge, die du in der Wohnung wirklich gesehen hast. Meinst du, du hättest den Unterschied erkennen können, wenn das rote Zeug in der Badewanne Tomatenketchup oder Farbe gewesen wäre? Du hast die Leiche doch nicht berührt, oder?«

»Nein, das habe ich nicht fertiggebracht. Ich habe kehrtgemacht und bin fortgelaufen, so schnell ich konnte ...«

»Klar, darauf hat man natürlich gebaut – auf eine gute Schockwirkung, die dich aus der Wohnung scheuchte mit der Überzeugung, daß sie wirklich tot war.«

»Steve, du irrst dich! Helen hat nicht zum erstenmal Selbstmord begehen wollen; ich habe die Narben an ihren Handgelenken gesehen! Und da war ein Abschiedszettel ...«

»Vielleicht war das nur eine kleine Requisite für den ersten Akt. Eines der Dinge, die dich für den zweiten Akt reif machen sollten ...«

»Du meinst, der Besuch bei mir.«

»Ja, der Besuch hier im Haus – auf dem Wege, den Helen schon mehrfach benutzt hat.« Bei diesen Worten fuhr Gail im Bett hoch, und er hielt sie mit einer Handbewegung zurück. »Ja, darauf will ich hinaus, Gail, daß Helen nicht zum erstenmal Katz-und-Maus mit dir gespielt hat. Vielleicht ist sie schon seit Monaten auf dem Boden und sonstwo am Werk und rumst herum oder rasselt mit Ketten oder tut weiß Gott was, um dich zu Tode zu erschrecken ...«

»Aber *warum*?«

»Auf das Motiv komme ich gleich noch. Bedenken wir im Augenblick nur die Methode. Nehmen wir einmal an, Helen hätte ein Interesse, dich wirklich zu erschrecken – welchen besseren Trick gäbe es da, als dir ein Gespenst vorzuführen – ihr eigenes Gespenst? Sie wußte doch, daß du heute nachmittag bei Vanner warst, nicht wahr?«

»Ja. Sie wußte, wann ich meinen Termin hatte.«

»Gut. Sie ruft also beim Arzt an und spielt die Erregte, bereit, sich in die Ewigkeit zu stürzen, wobei sie sich sehr wohl ausrechnen kann, daß du bereit bist, zu ihr zu kommen und ihr das Händchen zu halten. Aber ehe du eintreffen kannst, malt sie sich die Hand rot an. Verstanden?«

»Nein! Steve, es gäbe keinen *Grund* ...«

»Woher weißt du das? Ich meine, bist du wirklich sicher, daß man in dieser Welt leben kann, ohne sich Feinde zu machen?«

»Was sollte Helen gegen mich haben?«

»Vielleicht nichts – jedenfalls nichts Persönliches. Vielleicht ist sie nur – naja, engagiert worden, verstehst du?«

»Engagiert? Wer sollte sie engagieren, um etwas so Schreckliches zu tun?«

Er versuchte nicht zu lange zu zögern. »Gail, es gibt viele verquere Leute auf der Welt, das muß ich dir leider sagen, und einige dieser Typen können durchaus in Stellungen sitzen, die nach außen hin viel Ansehen bringen. Und wenn es um das große Geld geht, sind diese Leute vielleicht nicht in der Lage, ihre moralischen Prinzipien aufrechtzuerhalten – sie bilden sich womöglich ein, sie hätten das Recht, alle möglichen verrückten und auch kriminellen Dinge zu tun ...«

»Ich verstehe kein Wort!«

»Ich weiß selbst nicht genau, was ich da rede«, sagte er grimmig und nicht ganz wahrheitsgemäß. »Und vielleicht ist meine Theorie noch ziemlich unausgegoren. Aber es gibt eine Möglichkeit, der Sache nachzugehen.«

»Und die wäre?«

»Indem wir den logischen ersten Schritt machen – indem wir feststellen, ob deine Freundin Helen lebt oder tot ist. Und ob sie deine Freundin ist.«

Auf dem engen Rücksitz eines Nova-Taxis, das sich von der East Side in den Westen durchschlängelte, stellte sich Steve all die Fragen, die er am liebsten schon in Gail Gunnersons Schlafzimmer ausgesprochen hätte. Wenn seine Vermutungen über Helen Malmquist zutrafen, waren noch andere Bösewichter in die Sache verwickelt – das Wort »Bösewicht« war kaum vorstellbar im Zusammenhang mit Saul Tedesco, selbst wenn alle Logik dafür sprach. Aber wenn nun Onkel Saul gar nicht der Bösewicht war? Wenn es andere Direktoren in der Fiduciary Bank gab, die der Zukunft des Gunnerson-Kontos nicht annähernd so gelassen entgegensahen und die nicht ganz so ethisch waren in ihrem Bemühen, es der Bank zu erhalten – Opfer ihrer eigenen Gier, bereit, auch Gail zu einem Opfer werden zu lassen? Steve hatte keine genaue Vorstellung vom Wert des Gunnerson-Erbes, doch er hatte gehört, daß es zu »einem der zehn größten Privatvermögen in Amerika« zählte – und wurden nicht wegen weitaus geringerer Summen viel schlimmere Verbrechen begangen? Zum Beispiel für dreißig Silberlinge? Und ein neuer Gedanke. Wenn nun Gails Volljährigkeit einen Bankwechsel und eine Buchprüfung auslöste? Wenn es nun jemand gäbe, der genau wußte, daß eine Prüfung Differenzen, den Mißbrauch von Geldern und sogar Unterschlagungen aufdecken würde? Das Taxi fuhr durch ein Schlagloch, und er knallte mit dem Kopf gegen das Wagendach. Er war fast dankbar für den Schmerz, der seine Gedanken unterbrach.

Als der Wagen in die West End Avenue einbog, erkundigte sich der Fahrer nach der Anschrift. Steve vermochte keine genauen Angaben zu machen, bis sein Wagenfenster eine Szene umrahmte, bei deren Anblick sich sein Herz zusammenzog. Eine Ambulanz der Polizei entfernte sich langsam und lautlos vom Bürgersteig vor einem Backsteinbau an der Ecke der Vierundachtzigsten Straße. Zwei Streifenwagen parkten dicht daneben in zweiter Spur. Blaue Uniformen mischten sich in die Menge der etwa fünfzig Zuschauer, die das Schauspiel genossen, doch es herrschte kein hektisches Treiben, es gab keine Krisenstimmung. Als er aus dem Taxi stieg, war Steve der einzige, der erregt zu sein schien. Er sah das säuerliche Gesicht Lieutenant Tom Baldridges, und es widerstrebte ihm, den Beamten anzusprechen und sich die Wahrheit erzählen zu lassen, die bereits auf der Hand lag – daß sich nämlich die Polizei nicht mehr beeilt und die Ambulanz ihre Sirene nicht mehr einschaltet, wenn es um einen Todesfall geht. Aber er hielt ihn doch am Ärmel fest, und Baldridge, der über seinen Anblick nicht sehr erfreut war, antwortete knapp und bestimmt. »Selbstmord«, sagte er. »Eine gewisse Helen Malmquist.«

11

Baldridge hatte ihn vor dem Kaffee gewarnt, aber Steve, der das bittere schwarze Gebräu aus einem halben Dutzend ausländischer Pressebüros gewohnt war, hatte nicht angenommen, daß es im 20. Revier noch schlechteren Kaffee geben konnte. Nach dem ersten Schluck wußte er es besser. Baldridge grinste, nahm ihm den Becher ab und sagte: »Keine Sorge, ich versuche Sie nicht zu vergiften. Jedenfalls nicht, bis Sie Ihre zweite Frage gestellt haben.«

»Ich bin noch gar nicht mit der ersten Antwort zufrieden.«

Der Lieutenant zuckte die Achseln. »Mit Selbstmordmotiven beschäftigen wir uns nicht so eingehend, Mr. Tyner. Besonders wenn wir Hinweise auf seelische Probleme haben. Sie wußten, daß Helen Malmquist in psychiatrischer Behandlung war?«

»Vanner ist kein einfacher Psychiater. Er ist auch Psychoanalytiker.«

»Wenn Sie sich wegen des Unterschieds mit mir anlegen wollen, wenden Sie sich lieber an die Mediziner.«

»Nein«, sagte Steve niedergeschlagen. »Ich möchte mich mit niemandem anlegen. Ich weiß, daß das Mädchen Depressionen hatte. Habe ich jedenfalls gehört.«

»Von unserer gemeinsamen Freundin Miss Gunnerson?«

»Ich bin nicht hier, um über sie zu sprechen.«

»O nein? Ich hatte mir gedacht, daß Sie vielleicht von der jungen Dame gebeten worden sind, Erkundigungen einzuziehen. Weil sie der Verstorbenen mal sehr nahe gestanden hat – habe ich recht?« Baldridge sah Steve ruhig an, griff nach dem verschmähten Kaffeebecher und trank daraus, ohne mit der Wimper zu zucken.

»Also gut, ich schnüffele hier wegen Gail Gunnerson herum. Aber auch in eigener Sache. Ich habe Helen Malmquist auch gekannt.«

»Gut. Dann wissen Sie wahrscheinlich auch, daß dies ihr zweiter Versuch war, sich die Pulsadern aufzuschneiden. Der erste lag fünf, sechs Jahre zurück und war weniger erfolgreich – liegt ja auf der Hand. Um die Sache abzurunden, haben wir eine freiwillige Aussage von einem gewissen Larry Rosenbaum. Kennen Sie den?«

»Nein«, sagte Steve.

»Er war Helen Malmquists Verflossener, der letzte Mann in ihrem Leben, und wir sehen die Sache so, daß sie das Verhältnis ein wenig ernster genommen hat als er. Und dann natürlich der Abschiedsbrief. Falls das Ihre zweite Frage sein sollte, Mr. Tyner – wir haben nicht die geringsten Zweifel, daß die Nachricht echt ist.«

»Das sollte aber nicht meine zweite Frage werden«, meinte Steve. »Ich behaupte gar nicht, daß Helen Malmquist *nicht* Selbstmord begangen hat. Ich möchte nur erfahren, ob Ihre Ermittlungen etwas Neues über die Frau ergeben haben, Dinge, die wir noch nicht wußten.«

»Na, und wenn? Warum sollte ich Ihnen davon erzählen?«

»Lieutenant, Sie wissen, daß ich lizenzierter Detektiv bin, und Sie haben schon einmal mit mir zusammengearbeitet.«

»Ja – in einer völlig anderen Angelegenheit. Nur weil die Malmquist eine *Freundin* von Gail Gunnerson war, muß ich nicht meine Zeit mit Ihnen verquatschen.« Als Steve nicht antwortete, seufzte Baldridge und sagte: »Also gut, ich will Ihnen sagen, was ich weiß. Viel ist es nicht. Miss Malmquist hat keine Familie mehr, nur eine Tante in Seattle, die das Mädchen seit ihrer Kindheit nicht mehr gesehen hat. Soweit wir wissen, hat sie in drei Städten gelebt, nachdem ihre Familie den Nordwesten verließ, als sie noch klein war – Los Angeles, Phoenix und New York. Wir nehmen an, daß sie in Phoenix mit einem Mann zusammengelebt hat, der sie dann verließ; damals muß sie den ersten Versuch mit den Pulsadern gemacht haben. Als ihr Vater starb, bekam sie etwas Geld von der Versicherung und ging ins Ausland. Sie war etwa achtzehn Monate unterwegs und besuchte Kunstschulen, eine in Paris und eine in der Schweiz. Dann kam sie nach New York zurück und blieb hier, organisierte ihre Sprechstunden auf der Couch und endete schließlich mit der Rasierklinge in der Hand.«

»Ach, so hat sie das gemacht?« fragte Steve tonlos. »Mit einer Rasierklinge?«

»Ganz saubere Sache. Sollte man gar nicht annehmen, bei all dem schmutzigen Geschirr im Abwasch – aber sie hat sich Mühe gegeben, die Schweinerei so gering wie möglich zu halten.«

»Können Sie mir das mal beschreiben? Ich meine, wie Sie sie gefunden haben.«

Baldridge kniff die Augen zusammen. »Warum? Was ist daran so wichtig?«

»Ich möcht's nur wissen. Nennen Sie's morbide Neugier. Bitte geben Sie mir die Beschreibung, dann belästige ich Sie nicht mehr.«

»Na gut«, erwiderte Baldridge. »Sie hat sich im Badezimmer umgebracht. Sie zog ein ärmelloses Baumwollnegligé an und setzte sich mit einer einseitig geschärften Rasierklinge auf die Badematte. Sie stellte das Wasser an und schnitt sich beide Pulsadern auf. Als sie ohnmächtig wurde, schlug sie mit dem Kopf gegen den Rand der Badewanne. Nach einer gewissen Zeit starb sie.«

Er griff nach dem Kaffeebecher und leerte ihn bis zum bitteren Bodensatz. Als er ihn wieder auf den Tisch stellte, blickte Steve in den Becher und sah zu, wie ein Streifen schwarzer Kaffeesatz hinabglitt – für ihn war das in diesem Augenblick der deprimierendste Anblick seines Lebens.

Er rief von der Telefonzelle an der Ecke im Gunnerson-Haus an und regte sich auf, als Mrs. Bellinger ihm berichtete, Gail sei im Bett.

»Wer ist denn auf die Idee gekommen? Was soll ihr die Bettliegerei nützen, sie hat doch keine Masern! In dem verdammten Zimmer dreht sie nur noch mehr durch!«

Mrs. Bellinger war gekränkt. »Nicht ich habe das angeregt, sondern ihr Arzt.«

»Sie meinen Vanner?«

»Ja, der neue Arzt. Sie wollte nicht, daß ich Dr. Yost anrief, ihren praktischen Arzt. Sie meint, der könnte sowieso nichts für sie tun.«

»Rufen Sie mal hoch zu Gail. Ich will mit ihr reden.«

»Sie hat gesagt, sie will niemanden sprechen.«

»Mir ist egal, was sie Ihnen gesagt hat«, meinte Steve drohend. »Ich will mit Gail sprechen. Ich muß sie aus dem elenden Bett holen!«

»Tut mir leid, das kann ich nicht. Ich kann doch nicht gegen ärztliche Anweisung handeln!«

Steve fluchte laut vor sich hin, legte jedoch so rechtzeitig auf, daß Mrs. Bellinger annehmen mochte, er habe nur einige Familienvorfahren beschworen. Dann wählte er die Nummer von Vanners Büro und bekam wie erwartet den Antwortdienst in die Leitung.

»Ich weiß, ich weiß, der Doktor hat seine Sprechstunde und läßt sich nicht stören. Nur muß ich ihn bitte sofort sprechen, und ich bin nicht mehr lange unter dieser Nummer zu erreichen.«

Vanner rief schließlich eine Viertelstunde später zurück. Steve regte sich gleich über seine ersten Worte auf.

»Na, was haben wir denn so Dringendes?«

»Wissen Sie, wo diese Telefonzelle steht?« fragte Steve barsch. »Direkt vor dem 20. Revier der New Yorker Polizei.«

Trocken: »Hat man Sie verhaftet, Mr. Tyner? Dann rufen Sie lieber einen Anwalt an.«

»Ich habe mit den Beamten über Helen Malmquists Selbstmord gesprochen.«

»Warum? Was geht Sie das an?«

»Soweit ich weiß, hat die Polizei bereits mit Ihnen darüber gesprochen.«

»Natürlich. Helen war immerhin meine Patientin. Ich habe alles zu Protokoll gegeben, was die Beamten meiner Meinung nach über ihre Probleme wissen mußten. Ich wüßte nicht, was Sie noch dazu beisteuern könnten.«

»Sie haben alles über Helen zu Protokoll gegeben. Aber was ist mit Ihrer anderen Patientin? Gail Gunnerson?«

»Ich verstehe nicht, was Sie meinen.«

»Sie haben der Polizei nicht berichtet, daß Gail Helen Malmquists Wohnung aufsuchte, nicht wahr? Daß *Gail* diejenige war, die die Leiche entdeckte, nicht Sie.«

Einen Augenblick lang herrschte Stille in der Leitung.

»Ich habe keinen Grund gesehen, Gail in die Sache zu verwickeln. Es war ohnehin ein Fehler von mir gewesen, sie in die Wohnung gehen zu lassen. Ich wollte die Sache nicht noch schlimmer machen, indem ich sie durch die Polizei belästigen ließ.«

»Was sie mir gesagt hat, stimmt also«, fuhr Steve fort. »Daß sie Helen im Badezimmer fand.«

»Ja, stimmt. Das ist natürlich sehr bedauerlich. Wie Sie wissen, ist Gail sehr anfällig für Ängste, für alle möglichen Angstvorstellungen. Daß sie diesen Fund gemacht hat – nun, das könnte natürlich ihre Therapie beeinträchtigen, kein Zweifel.«

»Haben Sie sie danach schon besucht?«

»Nein. Gail habe ich zuletzt bei Helen gesehen. Ich riet ihr, nach Hause zu gehen, im Bett zu bleiben und sich nicht aufzuregen.«

»Sie hat sich diesen Rat wahrlich zu Herzen genommen. Sie ist immer noch im Bett. Seit vierundzwanzig Stunden.«

»Weiß ich. Ich habe mehrmals mit ihr telefoniert. Ich glaube nicht, daß Ruhe ihr schaden kann.«

»O nein?«

»Nein.«

»Ist Ihnen der Gedanke gekommen, daß ihr die Ruhe vielleicht auch nicht besonders nützt? Haben Sie schon mal daran gedacht, einen Hausbesuch zu machen, um sich selbst davon zu überzeugen?«

»Wir haben über einen Termin in meiner Praxis Anfang nächster Woche gesprochen, wenn sie sich dann schon wieder wohl fühlt.«

»Hören Sie«, sagte Steve mürrisch. »Sie wissen doch, was ich wirklich will, oder?«

»Nein, ich fürchte nicht.«

»Ich will wissen, was mit Gail geschah, *nachdem* Helen Malmquist Selbstmord beging. Ich bin sicher, daß sie Ihnen inzwischen davon erzählt hat – daß sie Helen von den Toten auferstehen sah.«

Während des nun entstehenden Schweigens wünschte sich Steve inbrünstig, es gebe bereits das Fernsehtelefon. So konnte er Vanners Reaktion nur aus der dünnen Vibration seiner Antwort ableiten.

»Nein«, sagte der Arzt. »Von einem Alptraum hat sie mir nichts gesagt.«

»Berichtigung«, sagte Steve. »Kein Alptraum. Es war eine Halluzination – oder etwas Schlimmeres. Das ist der wirkliche Grund, warum sie sich im Bett verkriecht. Sie versteckt sich vor dem unbekannten Einfluß, der dazu führt, daß man Gespenster auf der Türschwelle stehen sieht.«

»Tut mir leid, ich glaube, wir reden aneinander vorbei.«

»Ich sage Ihnen, Gail Gunnerson hat das Gefühl, den Boden unter den Füßen zu verlieren. Sie meint, ihre seelische Uhr laufe ab, und es gebe keine Möglichkeit, die Entwicklung aufzuhalten! Das Mädchen braucht Hilfe – und zwar sofort!«

»Ich tue, was ich kann«, sagte Vanner förmlich. »Aber ich muß das tun, was ich für richtig halte. Und wenn Sie meinen, daß das auf einen Mangel an Fürsorge hindeutet, Mr. Tyner, irren Sie sich sehr. Auf der ganzen Welt gibt es niemanden, dem Gail Gunnersons Schicksal mehr am Herzen liegt als mir – niemanden, Sie eingeschlossen!«

Steve mußte zugeben: Er sagte es mit Gefühl.

Gail war noch immer in ihrem Schlafzimmer, als Steve am späten Nachmittag im Haus der Gunnersons vorsprach. Sie saß auf einem Stuhl neben dem Bett, in einen Morgenmantel voller sonnenheller Narzissen gehüllt. Wenigstens ein Fortschritt, dachte Steve. Nur konnte er nicht übersehen, daß die Blütenpracht des Morgenmantels unvorteilhaft von ihrer farblosen Haut und den verquollenen Augen abstach.

»Du siehst besser aus«, sagte er höflich.

»Lügen tust du aber nicht besser«, erwiderte sie. »Was hast du heute gemacht?«

»Jetzt komme ich mir fast wie ein Ehemann vor, der abends von der Arbeit zurückkehrt.« Er lächelte. »Ich sage dir, was ich im Büro getan habe, und du sagst mir, was es zum Abendessen gibt.«

»Da wir gerade vom Abendessen sprechen – wenn du bleiben möchtest, Mrs. Bellinger sagt, sie hätte genug Eintopf für eine ganze Armee.«

»Kommst du mit nach unten und setzt dich zu uns?«

»Nein. Ich bekomme ein Tablett ans Bett. So sehr es mir auch widerstrebt, die arme Frau die Treppe heraufzujagen.«

»Das Problem kann ich beseitigen. Ich nehme meine Suppe auch auf einem Tablett und bringe beide Portionen hierher. Wie findest du das?«

»Einverstanden«, sagte Gail tonlos.

»Die Aussicht scheint dich nicht gerade zu freuen.«

»›Die Aussicht scheint dich nicht gerade zu freuen‹«, wiederholte sie. »Ja. Das drückt sehr gut aus, was ich im Augenblick empfinde. Wegen des Abendessens und des Frühstücks morgen und den folgenden Mahlzeiten.« Sie sah ihn an. »Ich überlege, was man in solchen Instituten vorgesetzt bekommt. Wahrscheinlich Suppen und viel Zusammengekochtes. Vielleicht ist das auch Mrs. Bellingers Absicht – sie versucht mich schon an das Essen zu gewöhnen.«

»Der Witz ist mir zu hoch.«

»Ich meine, man kann uns dort ja keine Steaks oder Roastbeef oder andere Dinge servieren, die man mit dem Messer schneiden muß. Vielleicht gibt's nicht mal Gabeln. Das wäre doch zu gefährlich. Wir würden uns vielleicht gegenseitig zerfleischen, wir Verrückten ...«

»Ach, jetzt verstehe ich«, sagte Steve stirnrunzelnd. »Nur ist das nicht besonders komisch.«

»Ich versuche dich nicht aufzuheitern. Vielleicht will ich dich nur warnen.«

»Wovor?«

»Vor mir. Davor, dich mit mir einzulassen. Dein Abendbrot vom selben Tablett zu essen wie ich. Wer weiß, vielleicht ist meine Krankheit ansteckend.«

»Ich hab's doch gewußt!« sagte Steve. »Ich wußte, daß du dich in eine Depression hineinsteigern würdest, wenn du in diesem Zimmer bliebest. Das habe ich auch deinem großartigen Dr. Vanner gesagt.«

»Du hast mit ihm gesprochen?«

»Ja, heute nachmittag. Ich wollte wissen, was er davon hält – von deinem Alptraum.«

»Ich habe ihm noch gar nicht gesagt, daß ich Helen gesehen habe.«

»Weiß ich. Ich meine, du solltest das fix nachholen. Du brauchst jemanden, der ein wenig kompetenter ist als ich und der dich überzeugt, daß die Sache gar nicht so schlimm war, wie du anzunehmen scheinst. Daß eine Halluzination nicht genügt, um dich in den Eßsaal einer Irrenanstalt zu verbannen – ohne Messer und Gabeln …«

Plötzlich begann etwas zu knistern. Steve war überrascht, aber Gail schien das Geräusch zu erkennen. Sie erhob sich müde und ging zum Nachttisch neben ihrem Bett. Dicht neben einer Porzellanballerina, die verkrümmt auf einem Spieldosenpodest verharrte, stand ein kleines braunes Gerät mit einem Lautsprecherrost. Gail drehte einen Knopf und sagte: »Ja, Mrs. Bellinger?«

»Post für dich, Liebling.«

»Um diese Zeit?«

»Eilzustellung. Ein großer Umschlag. Soll ich ihn raufbringen?«

»Können Sie erkennen, woher er kommt?«

»Poststempel London.«

Gail sah Steve an, der hastig sagte: »Ich hole den Umschlag. Sag Mrs. Bellinger, sie soll ihre Hühneraugenpflaster anbehalten.«

Als er die Treppe hinaufeilte, betrachtete er den festen Umschlag, sah aber keinen Absender, sondern nur eine Gruppe vornehmer Marken und den datierten Poststempel. Der Inhalt, der im Umschlag herumrutschte, bestand offenbar aus mehreren Teilen.

Es waren Briefe. Die säuberlich aufgeschlitzten Umschläge waren lose verschnürt und trugen USA-Marken. Obwohl er kein Philatelist war, wußte Steve, daß die Marken mindestens zwanzig Jahre alt waren.

»Was sind das für Briefe?« fragte er. »Wer hat sie geschrieben?«

»Sie sind alle von meinem Vater.« Sie blätterte die Umschläge leicht verwundert durch. »Briefe meines Vaters an seinen Bruder in London. Alle Briefe sind an Gilbert Swann, Fulham Road 21, gerichtet.«

»Wer hat dir die Briefe geschickt? Ist kein Schreiben dabei?«

»Eine Art Zettel, der aber nicht an mich gerichtet ist. ›Nachlaß Gilbert Swann Esq. Weitergegeben durch M. Spyker in Firma Tremont, Tushingham & Spyker, London.‹«

»Klingt nach einem Anwaltsbüro.«

»Möglich.«

»Man hat die Briefe sicher bei den Sachen deines Onkels gefunden. Und da du die einzige lebende Verwandte bist, war man wohl der Ansicht, du müßtest sie bekommen.«

»Ja«, sagte Gail und zog einen der Briefe aus dem Umschlag, ohne auf die chronologische Reihenfolge zu achten. Hastig überflog sie die mit Schreibmaschine geschriebenen Zeilen, warf Steve jedoch einen beunruhigten Blick zu, ehe sie unten auf der Seite angekommen war. »Es scheint mir nicht recht zu sein, die Briefe zu lesen. Ich weiß, es sind Briefe meines Vaters, aber irgendwie habe ich das Gefühl, in seine Privatsphäre einzudringen.«

»Ich finde das nicht«, sagte Steve leise, der erleichtert war über die willkommene Ablenkung für Gail. »Wenn ein Mensch stirbt, werden seine Briefe zu Besitzobjekten. In diesem Fall zu deinem Erbe. Frag Tremont, Tushingham & Spyker.« Grinsend: »Tolle Namen haben diese englischen Anwaltbüros!«

Sie las bereits die zweite Seite.

»Er schreibt über meine Mutter!«

Plötzlich war Steve gar nicht mehr überzeugt, daß ihm die Ablenkung so willkommen war. »Von wann ist denn der Brief?«

»14. Februar 1953.«

»Schau dir die anderen Daten an. Vielleicht möchtest du sie in der richtigen Reihenfolge lesen.«

»Ja«, sagte Gail und begann, die Umschläge im Schoß zu sortieren. »Der erste scheint aus dem Jahr davor zu sein, vom 4. Dezember 1952.« Sie öffnete den Brief; das Papier war noch weiß und frisch. Steve warf einen verstohlenen Blick auf die sauber getippte Anrede. »Lieber Gil«, hieß es da. »Ich muß dir leider berichten, daß Cressies Krankheit eine Auslandsreise …« Mehr konnte er nicht sehen; er vermutete, daß das nächste Wort »unmöglich« lautete. Da er selbst nicht lesen durfte, versuchte er statt dessen in Gails Gesicht zu lesen. Sie studierte den Brief von Anfang bis Ende, und Steve sah etwas »Unmögliches« auf ihrem Gesicht: Es wurde noch bleicher, als es vorher gewesen war.

»Was ist? Was steht in dem Brief?« Sie antwortete nicht. »Etwas über die Krankheit deiner Mutter?«

»Damals muß es gerade angefangen haben, Steve; wie schrecklich!«

»Wovon redest du? Soweit ich weiß, ging es deiner Mutter ausgezeichnet, bis dein Vater in Korea fiel. Sie ging doch erst hinterher in Stücke.«

Gail schüttelte den Kopf, und als wolle sie sein Verständnis erzwingen, schob sie ihm den Brief in die Hand. Er las den Text, während sie den zweiten Umschlag öffnete.

Lieber Gil!
Ich muß Dir leider berichten, daß Cressies Krankheit eine Auslandsreise unmöglich macht, ehe ich in die Armee eintrete. Nach Col. Sieferts Bescheid muß ich mich am 5. März 1953 bei ihm in Washington melden, und ich weiß einfach nicht, ob es C. so gut gehen wird, daß wir rechtzeitig losfahren können, um die Reise noch lohnend zu machen. Trotzdem vielen Dank für die Einladung und für Deine lieben Genesungswünsche. Eine Besserung ist bisher leider noch nicht eingetreten, wie Du Dir vorstellen kannst. Was mir wirklich Sorgen macht, Gilly, und bitte sprich zu niemandem darüber – und erwähne es auch nicht in Deinen Briefen an mich, denn Du weißt ja, wie es in einem Haushalt voller Dienstboten etc. zugeht, zuviel Interesse für Briefe und so weiter. Ich habe einmal ein Hausmädchen namens Normalie (was für ein Name!) erwischt, wie sie in der Küche über dem dampfenden Teetopf einen Umschlag öffnete und wohl hoffte, es wäre Geld darin oder ein paar saftige Klatschgeschichten. Soweit ich mich erinnere, war es aber nur eine Schneiderrechnung. Bitte erwähne also nichts von dem, was ich Dir berichte – jedenfalls hat Cressie im letzten Monat *keine* schlimme Lungenentzündung gehabt, auch wenn das die offizielle Diagnose war, die wir allgemein verbreitet haben. In Wirklichkeit war das Fieber ziemlich schwach und hielt nur vierundzwanzig Stunden an. Daß Dr. Halevy sie so lange im

Bett behielt, lag an einem Anflug von »Gehirnentzündung«, wie er es nennt. Um ehrlich zu sein, Gil, ich weiß nicht, ob es so etwas überhaupt gibt oder ob es sich nicht nur um eine Art viktorianischen Euphemismus handelt, der die »Hirngespinste« oder leichten Nervenzusammenbrüche umschreiben sollte, die unsere Vorfahren in dieser unmöglichen Gesellschaft ständig hatten. Wie dem auch sei, Dr. Halevy hat es jedenfalls so genannt und mir gesagt, ich solle mir nicht zu viele Sorgen machen; Cressie sei eben nervös und beunruhigt durch die Tatsache, daß ich in die Armee eintrete und mir womöglich auf irgendeinem Schlachtfeld den Kopf abschießen lasse. Zufällig weiß ich, daß sie sich über meine freiwillige Meldung als Offizier wirklich aufregt, aber ich habe ihr hundertmal gesagt, daß Siefert mich gebeten hat, in seinem Stab zu dienen. Der alte Knabe kommt bestimmt nicht auf Hörweite an eine Schlacht heran, wenn er sich seit unserer Akademiezeit nicht völlig geändert hat. Tatsächlich ist der Colonel schon ziemlich taub, nach meinem letzten Anruf bei ihm zu urteilen. In letzter Zeit habe ich mir übrigens gewünscht, Cressie würde auch etwas schlechter hören, denn das ist ihr Hauptproblem und macht mir die größten Sorgen. Sie hört so allerlei – seltsame Geräusche, ein Rumsen und Bumsen im ganzen Haus. Jede Nacht geht das so, und sie weckt mich zwei- oder dreimal und ist überzeugt, daß überall Einbrecher herumschleichen. Am Tag ist sie ganz normal, doch sobald die Sonne untergeht, weiß ich, daß sie sich wieder genauso benehmen wird. Um ehrlich zu sein, habe ich manchmal Beklemmungen, wenn es Abend wird. Ich kann nie durchschlafen, und Du weißt, wie dringend ich meine zehn Stunden brauche – erinnerst Du Dich, ich habe Dir erzählt, was für ein Wrack ich damals war, als Gail geboren wurde und wegen der verdammten Blähungen andauernd weinte. Natürlich war die Kinderschwester da, aber Cressie wachte natürlich auf, sobald sie das jämmerliche Geschrei hörte – na, falls Du Dich wunderst, Mrs. B. kümmert sich um Gail in dieser schlimmen Zeit, die hoffentlich nicht lange dauert. Ebensowenig wie dieser schlimme Krieg oder Polizeieinsatz oder was uns da all die Menschenleben kostet in diesem komischen Land, von dem die Hälfte von uns vor 1950 nichts gehört hatte. Wenn alles vorbei ist, nehmen wir bestimmt Dein Angebot an und besuchen Dich und Piers in London. Schreib bald, auch wenn Du dazu eine Deiner Gänsefedern benutzen mußt.

Viele Grüße
Teddy

Gail war mit ihrem Brief als erste fertig. Sie öffnete den dritten Umschlag noch nicht, sondern starrte Steve an und wartete auf seinen Kommentar.

»Na gut«, sagte er. »Deine Mutter hat also auch Geräusche gehört. Wenn du meinst, daß darin eine Parallele liegt, hast du recht. Ich habe dir schon einmal gesagt, daß dieses Haus ein natürlicher Geräuscheerzeuger ist. Es quietscht und ächzt und hat wackelnde Fensterläden und lockere Dielen, dazu die Mäuse, die in den Wänden die zweite Baseballiga austragen …«

»Mein *Vater* hat die Geräusche aber *nicht* gehört, Steve. Nur meine Mutter. Sie war die einzige, wie auch ich die einzige bin.«

»Er hat eben fest geschlafen, offenbar hast du nicht gelesen, was er über seine zehn Stunden Schlaf geschrieben hat. Wahrscheinlich hat ihn immer nur deine Mutter wachgerüttelt. Und ich wette, deine Mrs. Bellinger ist auch so ein Siebenschläfer.«

Anstelle einer Antwort reichte sie ihm den zweiten Brief. »Lies das.«

Steve besah sich das Datum. 9. April 1953. Abgestempelt in Washington D. C.

Lieber Gil,

tut mir leid, daß es seit meinem letzten Brief so lange gedauert hat, aber nach der Zeit zu urteilen, die zwischen Deinen letzten beiden Briefen liegt, kann ich nur annehmen, daß Du den Gänsekiel nicht gefunden hast, der Dich zu einem besseren Briefeschreiber macht. Tut mir leid, wenn dieser Witz nicht sehr lustig ist, aber ich bin in Anbetracht von Cressies Gesundheitszustand nicht besonders zum Scherzen aufgelegt. Ich will Dir lieber gleich sagen, daß sie bei einem Psychiater in Behandlung ist – einem Armeeoffizier, der in Philadelphia eine ausgezeichnete Praxis hatte. Vogel heißt er. Cressie widersetzte sich meinem Vorschlag, und wir mußten es sehr raffiniert anstellen, damit sie sich überhaupt von dem Mann untersuchen ließ. Er gehört zu den Typen, die kein vorschnelles Urteil abgeben, aber er hat sich mir gegenüber ziemlich offen geäußert und gesagt, er habe bei Cressie Anzeichen für eine schizoide Persönlichkeit gefunden, wie er es ausdrückte. Soweit ich das verstehe, findet bei ihr eine Art Dissoziation statt, bitte verlange keine näheren Erklärungen. Er vermutet, daß ihre akustischen Halluzinationen mit Kindheitsängsten zu tun haben – offenbar Angst vor Zudringlichkeiten, vor Einbrechern und Räubern, die ihr Haus betreten ... allerdings sagte er auch, der Begriff »Haus« sei in diesem Zusammenhang ein sehr ungenauer Begriff, was mich doch sehr beunruhigt hat ...

Steve senkte den Brief und stieß ein Knurren aus. »Hör mal, ich glaube, diese Lesesitzung ist doch keine so gute Idee. Besonders wenn du die Briefe wörtlicher nimmst, als es nötig ist.«

»Was könnte denn deutlicher sein?« fragte Gail. »Die Briefe sprechen von *ihr*, Steve, von meiner Mutter. Sie enthalten die Wahrheit über sie, Dinge, die ich bisher nicht gewußt habe.«

»Vielleicht ist es besser, wenn du sie nicht kennst.«

Aber sie begann mit dem dritten Brief, und ihr entsetzter Gesichtsausdruck veranlaßte Steve, sich hinter sie zu knien und über ihre Schulter mitzulesen.

Der Brief trug das Datum vom 22. Juni 1953 und kam ebenfalls aus Washington D. C.

Lieber Gil,
Du hast wahrscheinlich schon von dem plötzlichen Tod Col. Sieferts gehört. Es war für uns alle ein großer Schock, und wenn Du es genau wissen willst, ja, ich glaube, mein Status hier wird sich ändern. Die Möglichkeit eines aktiven Einsatzes ist größer denn je, und offen gesagt weiß ich nicht, ob sich meine Verhältnisse durch einen Marschbefehl nach Übersee verbessern oder verschlechtern würden. Vermutlich könnte ich einen solchen Einsatz hinausschieben, wenn ich auf Härtefall plädiere – und damit meine ich natürlich Cressie, deren Zustand schlimmer geworden ist – trotz der Therapie von Dr. Vogel, der vielleicht selbst bald aus Washington fort muß. Vielleicht ist er froh darüber, da er der fortschreitenden Schizophrenie meiner Frau keinen Einhalt gebieten kann – eine Krankheit, zu deren Symptomen

jetzt zählen (ich zitiere eine Liste, die Dr. V. mir gegeben hat): Entpersönlichung, Entfremdung von der Wirklichkeit, nihilistische Wahnvorstellungen, Verfolgungswahn, visuelle Halluzinationen. Das letzte Wort bezeichnet einen schrecklichen Zwischenfall, von dem ich bisher noch niemandem erzählt habe – daß ich Dir jetzt davon schreibe, bringt mir wenigstens ein bißchen Erleichterung. Der alptraumhafte Vorfall ereignete sich kaum vierundzwanzig Stunden nach dem Herzanfall des Colonels. Obwohl Siefert ziemlich oft bei uns zu Besuch war, hätte ich nicht angenommen, daß Cressie sein Tod irgendwie nahegehen würde. Aber offenbar war das ein Irrtum, denn mitten in der Nacht begann sie plötzlich zu schreien – ich meine, mit voller Lautstärke und ohne innezuhalten; ich konnte tun, was ich wollte, ich vermochte sie nicht zu beruhigen. Sie schwor mir, Colonel Siefert sei im Haus, er sitze unten im Wohnzimmer und würde erst gehen, wenn Cressie zu ihm ginge, wenn sie mit seinem »Geist« das Haus verließe. Ich weiß, wie irr das klingt, Gilly, aber so war es, und du kannst dir vorstellen, wie schockiert ich war. Und noch schlimmer: Cressie hat sich auch hinterher an diesen Wahn geklammert und behauptet bis heute, der alte Colonel sei zurückgekommen, um sie mitzunehmen, und ich muß gestehen, daß ich den Wunsch habe, vor ihren Problemen zu fliehen, wie auch vor denen, die sie mir bereitet – so egoistisch sich das anhören mag …

»Genau wie ich«, sagte Gail zu Steve.

Er hob die Hand, um sie zu berühren, und sie wich fast angewidert zurück.

»Bitte versuch mich nicht zu trösten«, sagte Gail. »Versuch mich nur zu verstehen. Versuch die Sache realistisch zu sehen, Steve, ohne dir oder mir etwas vorzumachen. Begreifst du nicht, was diese Briefe zeigen? Meine Mutter steuerte schon auf den Wahnsinn zu, *ehe* mein Vater fiel; es war bei ihr nicht nur ein Anfall von Melancholie, sondern etwas, das tiefer ging, viel tiefer, so tief, daß es in ihrer Erbmasse sitzen mußte.«

»Dafür hast du keinen Anhaltspunkt!«

»Ihr Wahnsinn war genau wie der meine, und ihr Zustand führte dazu, daß man sie in eine Anstalt stecken wollte. Aber dem schob sie einen Riegel vor, indem sie sich umbrachte. Das ist der einzige Grund, warum sie nicht in ein Asyl gekommen ist, Steve, weil sie sich das Leben nahm!«

»Hör auf, dich wie ein Spezialist aufzuführen! Frag deinen Arzt, um Himmels willen – aber stell dir nicht andauernd selbst die Diagnosen!«

»Man wird versuchen, mich einzuweisen – genauso wie man's bei ihr getan hätte. Das weißt du so gut wie ich.«

»So einfach ist das nicht mit dem Einweisen«, sagte Steve heftig. »Man kann niemanden in eine Anstalt bringen, wenn nicht belegt ist, daß der Betreffende für sich selbst oder andere eine Gefahr darstellt – oder wenn ein Familienmitglied beweisen kann, daß den Interessen der Familie und der Öffentlichkeit durch eine zwangsweise Behandlung am besten gedient wäre.«

»Hört sich an, als hättest du die Stelle nachgeschlagen.«

»Wenigstens kenne ich das Gesetz unseres Staates in diesem Punkt – zumindest ein wenig.«

»Und ich auch«, sagte Gail tonlos. »Ich habe ebenfalls nachgeschaut, Steve. Und ich weiß, daß es tatsächlich Leute gibt, die mächtig genug sind, mich in ein solches Institut zu stecken – zum Beispiel die Treuhänder meines Vermögens. Die mir ohnehin in der Welt am nächsten stehen.«

»Das ist Unsinn. Die *Bank* steckt dich bestimmt nicht in eine Anstalt.«

»Die Treuhänder könnten ein Verfahren in Gang bringen. Dagegen gibt es kein Mittel, wenn sie ihre Behauptung beweisen könnten, Steve – merkst du das nicht?«

»Sie sind nicht *verwandt* mit dir!«

»Aber ich habe doch sonst niemanden! Ich habe niemanden, der sich in einem juristischen Verfahren für mich verwenden könnte. Meine Eltern sind tot, mein Onkel ist tot. Wer setzt sich für mich ein, Steve – Mrs. Bellinger? Dr. Vanner, Dr. Yost?«

»Wie wär's mit mir?«

»Du weißt ja nicht, was du redest.«

»Aber klar. Glaubst du, ich habe nicht darüber nachgedacht? Und nicht weil du in Gefahr bist, in eine Gummizelle gesperrt zu werden.«

»Was meinst du?«

»Ich meine, wenn du einen Mann hättest, der für dich einsteht, könnte dir niemand etwas anhaben. Deshalb mache ich dir meinen Antrag. Ich wollte es dir weiß Gott anders sagen, aber warum heiratest du mich nicht einfach, zum Teufel?«

12

Der Anblick seiner behandschuhten Hände am Steuerrad gefiel ihm. Dies war die einzige Angewohnheit, die er von seinem Vater übernommen hatte. Irgendwie verband er taubengraue Handschuhe mit Reichtum, mit der besten Art von Reichtum, die mit großer Lässigkeit, ja, fast Gleichgültigkeit genossen wurde. Die Art Millionär wollte er werden. Der Wagen, den er dann fuhr, würde nicht größer sein als der gemietete Kleinwagen, in dem er jetzt saß. Aber er würde nicht aus einer Detroiter Autoschmiede kommen, sondern aus Deutschland, irgendein exklusives Modell, vom Besitzer selbst gefahren. Wenn er sich je einen Chauffeur leistete, wollte er demokratisch vorn sitzen und mit dem Mann über das Wetter sprechen. Er gedachte sich keine Herrschaftssitze zu bauen, sondern nur einige gut gelegene Häuser oder Villen bescheidener Größe zu kaufen oder zu mieten. Jachten, großartige Feste, teure Gespielinnen – das alles kam nicht in Frage. Er wollte Gail Gunnersons Geld ganz diskret ausgeben.

Die Zukunft rollte klarer vor seinen Augen ab als die Lichter der Stadt, die sich in seiner Windschutzscheibe ringen. Nur ein Aspekt beunruhigte ihn an dieser Vision. Eine Zeitlang würden ihm gewisse Türen verschlossen sein. (Als ihm das Wort »Türen« in den Sinn kam, verzog er das Gesicht.) Er würde die Vereinigten Staaten meiden müssen, das war klar. Auch wenn er seine haarige Maske abrasiert hatte, bestand die Gefahr, daß er erkannt wurde. Das Risiko war allerdings nicht besonders groß; er hatte längere direkte Kontakte geschickt vermieden. Er war mit niemandem befreundet oder auch nur weitläufig bekannt. Der Polizei hatte er nur einmal um den Bart gehen müssen (er lächelte unwillkürlich), aber das Zusammentreffen war nur kurz gewesen; er war sicher, daß der Lieutenant, der ihn wegen der armen Helen Malmquist befragt hatte, keinen spezifischen Eindruck von seinen Zügen gewonnen hatte – bis auf das Offensichtliche: die dicke Brille, der gepflegte rötliche Schnurrbart und der volle Bart; was blieb übrig, wenn man die Haare fortnahm? Nein, wegen des Polizeibeamten machte er sich eigentlich keine Sorgen (wie hieß er doch gleich – Bald – sowieso). Echten Kummer bereitete ihm Steve Tyner, der Lothario, der sich plötzlich an Gail gehängt hatte. Hier mochte sich ein Problem ergeben. (Er blickte stirnrunzelnd in den Rückspiegel, als erwarte er Steves Wagen zu sehen, der ihm folgte.) Nein, es war besser, wenn er vorsichtig handelte. Er wollte nach Europa zurückkehren, sobald ES erreicht war. Er wollte ein Wiener Krankenhaus aufsuchen und heftige Kopfschmerzen vorschützen, unfähig, in der Aufnahme seine Personalien anzugeben. Die studierten Ärzte (die ohnehin bereits bis zu den Hüften in den schlammigen Wassern der Psychoanalyse standen) würden nicht lange brauchen, um zu der Schlußfolgerung zu kommen, daß er das bedauerliche Opfer einer begrenzten Amnesie war, daß eine Kopfverletzung oder ein schweres Trauma seine Erinnerung an die letzten Monate lahmgelegt hatte. Und dann würden die Antworten kommen. Wenn es zu lange dauerte, mußte er natürlich nachhelfen. Er würde nachts aufschreien und sich entsetzt über fallende Schneewolken äußern. Er würde an warmen Sommerabenden vor Kälte zittern und beben. Und bald mußte die Schlußfolgerung im Raum stehen. Piers Swann lebt! Piers Swann lebt und ist bei guter Gesundheit und wird bald im Luxus schwelgen. Vielleicht waren die Buchprüfer und Banktreuhänder und

Erbgerichte dann schon mit der Arbeit fertig. Und wenn ein rotwangiger Wiener Arzt Piers über seine wahre Identität aufklärte, mochte er die Hände hinter dem Rücken verschränken und hinzufügen: »Und Sie sind ein reicher Mann, Mr. Swann, ein sehr reicher Mann ...«

Er lachte leise, als er sich den Arzt vorstellte. Er war sicher, der Mann würde große Ähnlichkeit mit Professor Eckstein von der Wiener Universität haben, dessen Vorlesungen in psychoanalytischer Theorie er fast ein Jahr lang besucht hatte. Eckstein würde nie erfahren, wie dankbar er ihm war. Ebensowenig wie Ludovic, der Student, den er im Balkan-Grill kennengelernt und der ihm zwischen Czardas und Slibowitz-Gläsern erzählt hatte, wie hingerissen die Mädchen waren, wenn sie erfuhren, daß man ein Jünger Freuds und Adlers war; womöglich wurden sie angeregt durch die Vorstellung, daß man heimliche Dinge über ihre Sexualität wußte.

Ludovic hatte ihm das Haus Berggasse 19 gezeigt, wo Freud gelebt und gearbeitet hatte, Ludovic gab ihm auch die Fachbücher und vermittelte ihm das Vokabular, das er brauchte; und als sein Schüler gut gelernt hatte, war es Ludovic gewesen, der ihm das Diplom überreicht hatte, das in fein gestochener Schrift den Namen Sigschund Freud aufwies. Piers war weniger belustigt als fasziniert gewesen, weil das Dokument bis auf den Namen so offensichtlich authentisch war. Ein Freund von Ludovic arbeitete für einen Druckkonzern, der sich auf solche großartigen Dokumente spezialisiert hatte und mit typischer Wiener Schlamperei die nicht ganz gelungenen Abzüge fortwarf. Das Exemplar, das sich Piers für seine späteren Pläne beschaffte, war für den Geschmack des perfektionistischen Druckers etwas zu blaß ausgefallen; ansonsten war es fehlerlos. Piers hatte keine Mühe, an der richtigen Stelle den Namen einzufügen (Joel, weil ihm dieser Name gefiel; Vanner, weil er die Bezeichnung einmal an einem Bäckereiwagen gesehen hatte). Er war mit dem Schreibstift schon immer sehr geschickt gewesen; wenn sich ihm keine anderen Möglichkeiten geboten hätten, wäre er vielleicht Meisterfälscher geworden. Er lächelte bei dem Gedanken an die Briefe, die er gerade verfaßt hatte, und an den Spaß, den sie ihm bereitet hatten – weniger die Kalligraphie als der Textentwurf. Er hatte mehr getan, als Theodore Gunnersons Handschrift zu imitieren; er hatte den Schreibstil des Mannes übernommen, wie er in den ursprünglichen Briefen zum Ausdruck gekommen war. Die echten Briefe hatte er vernichtet und nur die Umschläge aufbewahrt, in denen sie in der Fulham Road 21 eingetroffen waren. Mit bewunderndem Blick auf seine graubehandschuhten Hände am Steuerrad überlegte er, daß es ein Mann mit so vielen Talenten wahrlich verdient hatte, reich zu sein.

»Dr. Vanner!«

Er hatte sich im Geiste wieder so sehr als Piers Swann gesehen, daß er fast nicht auf seinen neuen Namen reagiert hätte. Er blieb im Erdgeschoß des Gunnerson-Hauses stehen, eine graubehandschuhte Hand auf dem Treppenpfosten, und wandte sich zu Steve Tyner um. Steve trug ein Tablett mit zwei dampfenden Tellern.

»Ich wußte gar nicht, daß Sie hier sind, Mr. Tyner.«

»Bin ich«, sagte Steve. »Ich wollte Gail gerade das Abendessen bringen.«

»Lassen Sie's mich mit hochnehmen. Dann kann ich mit ihr sprechen, während sie ißt.«

»Ich habe einen besseren Einfall«, sagte Steve. »Warum unterhalten wir uns beide nicht mal einen Augenblick. Mrs. Bellinger …« Er wandte sich an die Haushälterin, die ihm gefolgt war. »Könnten Sie das noch ein paar Minuten warm halten, während ich mit dem Doktor spreche?«

»Ja, natürlich«, sagte Mrs. Bellinger. Sie nahm ihm das Tablett ab und trug es zur Küche, wobei der Dampf in einer dicken Wolke hinter ihr herzog. Steve deutete mit einem Kopfnicken auf das Wohnzimmer, und Vanner folgte ihm achselzuckend, wobei er gleichzeitig seine Handschuhe auszog. »Sie hatten mich doch so gedrängt, Miss Gunnerson aufzusuchen«, sagte er trocken. »Aber wo ich jetzt da bin, wollen Sie lieber mit mir plaudern.«

»Ich wollte Sie vorbereiten«, sagte Steve und ließ sich in einen Lehnstuhl fallen. »Seit unserem Gespräch heute nachmittag hat sich oben einiges getan.«

»Ist es besser geworden oder schlimmer?«

»Ein bißchen von beidem. Gail ist noch immer überzeugt, daß sie beste Aussichten auf eine Zwangsjacke hat. Ich hätte ihr das vielleicht noch ausreden können, aber dann kamen die Briefe.«

»Briefe?«

»Korrespondenz zwischen ihrem Vater und seinem Bruder über die Gesundheit von Gails Mutter. Die Briefe wurden von einer Anwaltskanzlei in London übersandt und hätten zu keinem ungünstigeren Zeitpunkt eintreffen können.«

»Ich verstehe nicht ganz«, sagte Vanner, nahm Platz und schlug sich mit den Handschuhen ungeduldig auf den Schenkel.

»Die Briefe vermitteln ihr offenbar einen neuen Eindruck von den geistigen Problemen ihrer Mutter. Gail hat immer geglaubt – hat glauben *wollen* –, daß die Mutter einzig und allein wegen des Todes ihres Vaters durchgedreht ist. Ich glaube, diese Überzeugung war für sie entscheidend, wenn Sie verstehen, was ich meine.«

»Wie ich sehe, wildern Sie schon wieder unbekümmert in meinem Revier.«

»Sie wissen durchaus, was ich meine. Gail mußte sich begreiflich machen, was ihre Mutter aus dem Gleis geworfen hatte. Sie scheute vor der Vermutung zurück, daß es etwas Organisches war. Nein, das ist nicht das richtige Wort. Ich meine ... etwas Vererbtes.«

»Und wie können diese Briefe darauf hindeuten?«

»Sie beweisen nichts dergleichen, sie machen nur deutlich, daß mit ihrer Mutter schon lange vor dem Selbstmord etwas nicht stimmte. Sogar bevor der Vater in die Armee ging. Sie sehen nicht gerade überrascht aus.«

»Warum sollte ich?« Vanner zuckte die Achseln. »Schließlich habe ich Gails Mutter nicht posthum behandelt. Ich habe Gail nie glauben können, daß ihre Mutter verrückt wurde, weil sie den Mann verlor. So gefühllos das auch klingen mag, das ist nur bei wenigen Frauen der Fall.«

»Aber haben Sie nicht immer vermutet, daß eine Depression sie in den Selbstmord trieb?«

»Wer lacht oder kichert schon, wenn er den letzten Schritt macht?« Vanner stand auf, und seine Handschuhe fielen mit leisem Geräusch zu Boden. »Hören Sie, mein Freund. Ich bin gekommen, um meine Patientin zu sprechen und nicht um ein Seminar über abnorme Psychologie abzuhalten.«

»Ich will Ihre Meinung wissen, verdammt!« sagte Steve. »Das Mädchen da oben redet sich langsam ein, sie müßte durchdrehen, nur weil es ihrer Mutter genauso ergangen ist, sie ist überzeugt, da sei etwas in ihrer Erbmasse oder ihrem Blut, durch das alles vorprogrammiert ist – und Sie sollen ihr sagen, wie dumm das ist!«

»Weil sie sich irrt – oder weil Sie es für das beste halten, sie gewähren zu lassen?«

»Wollen Sie damit sagen, sie hätte vielleicht *recht*?«

Vanners Seufzen zeigte, daß er mit seiner ärztlichen Geduld am Ende war. »Sie wären überrascht zu hören, wie weit die Ansichten über den erblichen Wahnsinn auseinandergehen.«

»Wie lauten diese Ansichten? Über die Schizophrenie, zum Beispiel? Kann man Schizophrenie erben, etwa wie Diabetes?«

»Es gibt Leute, die das annehmen. Die Chancen, daß *irgendwer* schizophren wird, stehen etwa fünfzig zu eins. Aber für das Kind eines schizophrenen Elternteils ist diese Chance knapp zehn zu eins. Wenn beide Eltern vorbelastet sind, etwa *zwei* zu eins.«

»Gails Vater scheint in Ordnung gewesen zu sein«, sagte Steve. Seine Stimme klang fast wehmütig.

»Ich ergreife in dieser Sache nicht Partei«, sagte Vanner großzügig. »Es gibt eine Theorie, wonach sich diese Zahlen auch auf die Vermutung anwenden lassen, daß die Schizophrenie von der Umgebung abhängt. Ein geistesgestörter Elternteil ist doch ein sehr wesentlicher Teil der Umwelt eines Kindes, meinen Sie nicht auch?«

Steve schüttelte den Kopf. Er wollte damit keine Verneinung ausdrücken, sondern nur seine Gedanken ordnen.

»Sie müssen Gail beruhigen. Sie müssen ihr erzählen, daß niemand sie in eine Anstalt steckt. Wenn sie das weiter annimmt, ist sie zu allem fähig.«

»Definieren Sie mir ›alles‹.«

»Lieber nicht.«

Vanner hob seine Handschuhe auf und schlug damit gegen den Stuhl, um den Staub des Teppichs zu entfernen. Dann wandte er sich ab. Er war an der Tür, als Steve fragte: »Würden Sie es zulassen, daß sie eingewiesen wird?«

Vanner drehte sich langsam wieder um. »Was haben Sie gesagt?«

»Würden Sie sich gegen Gail stellen, wenn gewisse Leute ein Entmündigungsverfahren gegen sie einleiten? Nach dem Gesetz sind dazu zwei Ärzte erforderlich. Sie wären logischerweise einer der Kandidaten, obwohl nirgendwo geschrieben steht, daß die Ärzte Psychiater sein müssen.«

»Wer sind die geheimnisvollen Leute, von denen Sie sprechen?«

»Das wissen Sie so gut wie ich.«

»Ah«, sagte Vanner. »Die Bank.«

»Ja, die Bank ist eine sogenannte betroffene Partei«, sagte Steve, den jedes einzelne Wort schmerzte. »Da Gail keine anderen Familienangehörigen hat, ist die Bank juristisch berechtigt, ein Hearing zu beantragen. Sie kann ihre Beweise auch vor ein Gericht bringen und zu beweisen versuchen, daß Gail eine Gefahr für sich selbst und für ihr Vermögen ist. Selbst wenn man damit keinen Erfolg hätte – können Sie sich vorstellen, welche Wirkung es auf Gail haben müßte, sich auf das Schlimmste gefaßt zu machen?«

»Und was ist das ›alles‹, das Sie eben erwähnten?«

»Warum müssen wir um den heißen Brei herumreden? Sie wissen genau, daß ich von Selbstmord spreche. Und jetzt beantworten Sie bitte meine Frage!« Seine letzten Worte fielen heftiger aus, als Steve beabsichtigt hatte. Er sah, wie Vanner innerlich explodierte, und er hatte durchaus die Munition dazu.

»Sie sind ja selbst ein hübscher Fall von gespaltener Persönlichkeit«, sagte er, und ein Muskel zuckte an seiner Wange. »Sie wissen ja gar nicht genau, wo Sie in dieser Sache stehen, da Sie für die Bank arbeiten.«

»Ich weiß genau, wo ich stehen werde«, sagte Steve. »Und das wollte ich Ihnen noch sagen. Ich werde zur Rechten Gails stehen und das Zauberwort sprechen.«

»Was für ein Zauberwort?«

»›Ja.‹«

Er freute sich, als Vanner die Augen aufriß.

»Meinen Sie eine Heirat?«

»Gail ist nur deswegen wehrlos, weil sie keinen Verwandten hat, der sich zwischen sie und die Bank stellt. Damit will ich keineswegs behaupten, die Fiduciary habe es darauf abgesehen, sie unrechtmäßig zu entmündigen; so läuft der Hase nicht. Die Bank hatte guten Grund, sich um Gails geistige Ausgeglichenheit Sorgen zu machen, und die Sorge der Bank ist durchaus legitim. Das weiß ich definitiv.«

»Ja, ich bin sicher, die Leute von der Bank sind alle schrecklich nett«, sagte Vanner trocken. »Weshalb Sie ja auch Gail Gunnerson heiraten und sie vor der Fürsorge der Bank schützen wollen.«

»Die Tatsache, daß ich dann jeden Entmündigungsprozeß abwürgen kann, ist nur eine Nebenwirkung. Ich habe nicht die Absicht, meine Flitterwochen in einer Gummizelle zu verbringen. Obwohl das mal ganz interessant sein könnte, wenn man's genau bedenkt.«

Ernst: »Haben Sie ihr bereits einen Antrag gemacht?«

»Ja.«

»Hat sie ihn angenommen?«

»Noch nicht. Sie denkt genauso wie Sie. Daß ich sie aus altruistischen Gründen heirate. In Wirklichkeit heirate ich sie wegen ihres Geldes.«

»Im Scherz wird manche Wahrheit ausgesprochen.« Joel Vanner lächelte. Dann ging er nach oben. Steve folgte ihm in den Flur, doch er sah nicht mehr, wie das Lächeln verschwand und die Lippen sich eisenhart zusammenpreßten.

»Los, weinen Sie ruhig, wenn Sie möchten«, sagte er zu ihr. »Sie haben bei mir doch schon öfter geweint.«

»Mir ist nicht nach Weinen zumute. Ich kann jetzt nicht. Weinen ist etwas, mit dem man Mitleid erwekken will, sogar bei Ihnen.«

»Was für eine kluge Bemerkung«, sagte Vanner, und strich ihr eine Haarlocke aus dem Gesicht, wie er es bei einem Kind getan hätte. »Aber ein bißchen zu altklug. Wenn Sie meine Meinung hören wollen.«

»Aber es stimmt«, sagte Gail. »So ist es mein ganzes Leben lang gewesen, das habe ich festgestellt. Wenn wirklich etwas schiefliegt, wenn ich wirklich Angst habe, bringt Weinen keine Erleichterung. Meine Tränendrüsen scheinen nicht zu funktionieren.«

»Ich müßte mir wirklich Notizen machen.« Er lachte leise. »Ich lerne heute abend soviel Neues über meinen Beruf.«

»Ist Steve noch da? Er hat gesagt, er wollte nach unten gehen, um unser Abendessen zu holen.«

»Ja, er ist noch da, und das Abendessen kommt gleich. Aber ich wollte Sie zuerst noch sprechen. Haben Sie großen Hunger, oder können Sie noch etwas Zeit für mich erübrigen?«

»Ich habe keinen großen Appetit. Ich bin überhaupt nicht hungrig. Angst ist ein gutes Mittel für die Taille, nicht wahr?«

»Und wovor haben Sie Angst?«

»Vor mir selbst natürlich«, sagte Gail. »Vor dem, was mein Ich mir antun wird. Ich habe hier gelegen und mich gefragt, ob meine Hände noch auf die Befehle des Gehirns reagieren werden. Ob meine Beine nicht etwa beschließen, gegen die Arme zu rebellieren. Was geschähe dann, Doktor? Ich meine, wenn unsere verschiedenen Teile gegeneinander in den Krieg zögen?«

»Alle Menschen bestehen aus drei Teilen«, sagte Vanner leichthin. »Wie Gallien.«

»Ich weiß«, sagte sie und drehte das Gesicht auf die kühlere Seite ihres Kissens. »Es, Ich und Über-Ich. Die drei Marx-Brothers. Kein Wunder, daß wir so komische Wesen sind.«

»Wer ist denn das Es?«

»Natürlich Harpo. Der Bursche, der überhaupt nichts sagt und hinter den Mädchen her ist.« Als er lachte, wandte sie sich ihm zu, und in ihren Augen stand ein seltsames inneres Leuchten. »Ich mache es auch durch«, sagte sie. »Ich tue genau das, was *sie* getan hat – nach den Briefen meines Vaters.«

»Sie meinen Ihre Mutter?«

»Es stand im letzten Brief. Aber Sie wissen ja noch gar nichts von den Briefen, oder?«

»Steve Tyner hat davon gesprochen. Ich habe nicht begriffen, warum sie so schrecklich wichtig sein sollen.«

»Sie müssen sie schon lesen«, sagte Gail. »Sie müssen sie lesen und selbst urteilen. Zum Beispiel der letzte. Über Mutters Witzchen, ihre irren kleinen Bemerkungen, die Hälfte ganz sinnlos. Aber sie lächelte und lachte, als kämen ihr die Worte schrecklich lustig vor, Vater schrieb, dadurch sei er überhaupt darauf gekommen, daß sie den Verstand verlor. Nicht wegen hysterischer Ausbrüche oder weil sie nackt auf die Straße gelaufen wäre – nichts dergleichen. Nur das ständige, sinnlose Lächeln auf ihrem Gesicht und die komischen kleinen Bemerkungen …«

»Das ist nicht ungewöhnlich«, sagte Vanner. »Viele Geistesgestörte werden wieder wie Kinder und hoffen auf ein Lob für ihre klugen Äußerungen. Ich habe solche Leute in den Anstalten …« Er versuchte, das Wort ungesagt zu machen.

»Meine Mutter ist nie in die Anstalt gegangen. Das wußten Sie doch, oder?«

»Ja.«

»Sie fand die Vorstellung schlimmer als den Tod.«

»Wahrscheinlich hatte sie eine ziemlich falsche Vorstellung von solchen Heimen. Sie stellte sich wohl so etwas wie das alte Bedlam darunter vor.«

»Was heißt das?«

»Bedlam ist eine Verkürzung von Bethlehem. Bethlehem Royal Hospital, das erste Asyl in England.«

»Wir hatten Verwandte in England«, sagte Gail mühsam. »Aber das wissen Sie natürlich. Warum erzähle ich Ihnen Dinge, die Sie längst wissen?«

»Das liegt an der Pille, die ich Ihnen eben gegeben habe.« Vanner lächelte. »Sie werden schläfrig davon.«

»Meine Stimme klingt so weit weg. Ist das die Pille, die Bauchredner nehmen, wenn ihre Stimme weit weg klingen soll?«

»Gail, ich glaube, wir müssen uns mal ernsthaft darüber unterhalten, was mit Ihnen los ist. Ich finde, es ist Zeit, daß wir der Frage offen ins Auge schauen und bestimmen, was getan werden muß.«

»Getan«, wiederholte sie tonlos. »Getan-getan-getan. Hört sich an wie ein Trommelwirbel, nicht? Ein unheilvolles Trommelrasseln. Getan-getan-getan.«

»Gail ...«

»Tut mir leid, tut mir leid«, sagte sie und griff nach seiner Hand. »Ich weiß, ich benehme mich dumm. Um ehrlich zu sein, ich hätte nicht zulassen dürfen, daß Sie mir *noch* so eine Pille geben – ich hatte schon eine mehr geschluckt, als ich sollte, eine mehr, als Sie mir verschrieben haben. Aber die Dinger haben mir geholfen, wirklich. Was ist denn darin, Doktor, Martinikonzentrat?«

Vanner runzelte die Stirn und sagte: »Wir müssen wichtige Entscheidungen treffen, Gail, die wir nicht mehr aufschieben können. Wenn wir noch mehr Zeit vertrödeln, wird uns die Entscheidung vielleicht aus der Hand genommen.«

»Mrs. Bellinger hat Eintopf gemacht«, sagte Gail. »Genug für eine ganze Armee. Wollen Sie nicht Rekrut werden, Doktor?«

»Wir dürfen Ihre letzte Halluzination nicht ignorieren. Sie deutet auf eine ernsthafte Symptombildung hin. Sie zwingt mich, meine Diagnose zu revidieren, Gail. So gern ich behauptet hätte, die Krankheit sei nicht fortschreitend, kommen wir doch nicht um die Tatsachen herum.«

Vanner erkannte, daß sie ihm nicht mehr zuhörte, und verfluchte sich innerlich, daß er ihr so voreilig eine Beruhigungspille gegeben hatte. Er hob ihr Kinn an und sah, daß das törichte Mädchen tatsächlich lächelte.

»Gail, ich muß Ihnen irgendwie begreiflich machen, wie ernst die Lage geworden ist.«

»Ja«, sagte sie. »Ich glaube wirklich, er hat es ernst gemeint.«

»Er?«

»Steve. Ich glaube wirklich, daß er es ernst gemeint hat. Er hat um meine Hand angehalten, oder habe ich Ihnen das noch nicht gesagt? Und wissen Sie was? Ich weiß nicht mehr, was ich ihm geantwortet habe. Ja oder nein. Ich bin sicher, daß ich nicht nein gesagt habe, oder? Hat er Ihnen etwas gesagt?«

»Er sprach davon«, meinte Vanner kühl. »Doch wegen seiner ›Ernsthaftigkeit‹ hatte ich keine Zweifel. Er meint es nämlich nicht ernst. Er scheint der Ansicht zu sein, daß die Ehe eine Art Allheilmittel für Ihre Probleme wäre. Weit gefehlt. Die Ehe würde nur neue Probleme hervorrufen.«

»Was haben Sie da gesagt?«

Das verträumte Lächeln war verschwunden, worüber sich Vanner freute.

»Ich habe gesagt, es war kein echter Heiratsantrag, Gail. Tut mir leid.«

»O ja! Ich habe ihn doch deutlich gehört! Hier in diesem Zimmer!«

»Nein«, sagte Vanner und schüttelte langsam den Kopf. »Ich fürchte, das war nur einer der Tricks von Mr. Tyner. Ein Mittel, von dem ich sehr bedauere, daß er es angewendet hat.«

»Trick? Was für ein Wort ist denn das?«

»Ein Wort, das wirklich die beste Bezeichnung für Ihren Freund ist. Gail, ich wollte eigentlich schweigen über Steve Tyner. Ich weiß nämlich seit einiger Zeit die Wahrheit über ihn und bin öfter als Sie denken in Versuchung gewesen, Ihnen reinen Wein einzuschenken. Aber dann dachte ich mir, Ihre Enttäuschung wäre die geringe Befriedigung nicht wert, die ich ...«

»Von was für einer Wahrheit reden Sie da?«

»Sehen Sie, Ihr Freund Steve suchte mich auf – wenige Tage, nachdem Sie ihn kennengelernt hatten. Er stellte mir viele Fragen und erhielt erst Antworten von mir, als er mir den wirklichen Grund für sein Interesse nannte.«

»Oh«, sagte Gail. »Das. Sie meinen die Bank. Sie meinen, weil er für die Fiduciary arbeitet.«

»Ja«, sagte Vanner ernst. »Das meine ich. Aber ich fürchte, ich meine noch viel mehr. Denn ich weiß, daß Steve Tyner die wirkliche Bedeutung seiner Arbeit für die Bank bewußt heruntergespielt hat.«

»Aber er hat mir gesagt, was er tut. Er hat mir nichts verheimlicht!«

»Ich bin sicher, daß er Ihnen folgendes nicht gesagt hat. Daß nämlich die Fiduciary schon beschlossen hat, ein Entmündigungsverfahren gegen Sie in Gang zu bringen. Man will einen Antrag auf zeitlich unbegrenzte Einweisung stellen und Sie für unzurechnungsfähig erklären.«

Wenn er ihre Aufmerksamkeit erregen wollte, so war ihm dies jetzt gelungen.

»Die Bank braucht natürlich Beweise, da die Zwangseinweisung eine schwerwiegende Sache ist. Das war Mr. Tyners Aufgabe, und ich fürchte, er ist noch immer ...«

»Nein – das glaube ich nicht! Niemals!«

»Er hat mir seine Aufgabe in allen Einzelheiten geschildert, Gail, und er hat noch mehr getan. Er hat versucht, mich als einen der beiden Ärzte anzuwerben, die in dem Verfahren über Ihren Geisteszustand urteilen müssen. Er hat dabei deutlich zum Ausdruck gebracht, daß meine Zusage von der Bank gut honoriert werden würde. Ich bin sicher, Sie kennen das Wort, mit dem man solche Angebote bezeichnet.«

Sie ließ sich tief in die Kissen sinken, als sei ihr Körper plötzlich schwerer geworden.

»Ich hätte Ihnen um keinen Preis davon erzählt«, sagte Vanner leise, »bis mir aufging, daß Ihr Freund Steve vielleicht ein unglaubliches Doppelspiel im Sinne hat. Er will Sie nicht nur einweisen lassen, sondern auch noch heiraten, um dann als sehr reicher und sehr freier junger Mann dazustehen ...«

Das Licht in ihren Augen war erloschen.

»Übrigens«, fügte Vanner hinzu, »der Mann in der Bank, der Mann, von dem Sie immer sprechen – Saul Tedesco? Steve Tyner ist sein Neffe. Sie sehen also, daß der Plan eine Familienangelegenheit war.«

Jetzt fand der behandelnde Arzt den Gesichtsausdruck seiner Patientin völlig zufriedenstellend.

13

»Wollen mal sehen«, sagte Cecilia, befeuchtete einen Daumen und blätterte die losen Seiten um. »Wie wär's mit Bhutan? Wußtest du, daß die Leute in Bhutan Dzonghka sprechen? Hast du schon mal ein wirklich gutes Dzonghka-Englisches Wörterbuch gesehen?«

»Such weiter«, sagte Steve und starrte in einen Papierbecher mit Scotch. Es war das einzige Behältnis, das Cecilia im Pickering-Büro hatte finden können. Der Alkohol stammte aus der unteren rechten Schublade in Percy McDouglas altem Schreibtisch – aus einem Tonkrug, auf dem *Leim* stand. Zum Glück erinnerte sich Steve an den wahren Inhalt, sonst wäre diese spätabendliche Zusammenkunft nicht nur sehr deprimierend, sondern auch noch sehr trocken verlaufen.

»Aber hör doch, hör doch!« sagte Cecilia begeistert. »Muß ein tolles Land sein. Hier die Worte der Nationalhymne: *Im sandelholzgeschmückten Königreich Drachenland* …«

»Ergreifend«, sagte Steve. »Aber ich würde trotzdem ein Land vorziehen, in dem Englisch gesprochen wird.«

»Also gut. Hier ist schon eins, gleich auf der nächsten Seite. Betschuanaland. Amtssprache Englisch. Ein *Diamantenland*, Liebling. Großartig muß das sein, die Straße langzugehen und die großen 50karäter nur so vom Boden aufzuklauben. Du könntest mir einen schenken. Am liebsten hätt ich ihn in Form eines Ringes mit Baguetten.««

»Sissy, irgendwie habe ich das Gefühl, du nimmst mich nicht ernst.«

»Nein, du nimmst *mich* nicht ernst, Darling.« Sie senkte das Handbuch der Pickering-Agentur und blickte ihn mit einer Feierlichkeit an, die ihre wedgewoodblauen Augen dunkel erscheinen ließ. »Ich wünschte, du würdest mir endlich sagen, was geschehen ist.«

»Ich habe dir schon alles gesagt. Ich bin arbeitslos. Ich bin bei der Bank rausgeflogen und habe nun wieder den Wandertrieb. Und jetzt stehe ich hier, um diesem Drang nachzugeben. Liest du endlich weiter? Such mal ein Land heraus, von dem ich schon gehört habe!«

»Na, unter B haben wir noch Bolivien, Brasilien, Bulgarien und Burma, aber da gibt es keinen freien Posten. Hier steht, das Personal wäre komplett.«

»Für mich kommt ohnehin nur ein Land mit T in Frage.«

»Wie wär's dann mit Tschad? Da haben wir überhaupt noch keinen.«

»Vielleicht will Pickering dort auch gar keinen hinsetzen. Vielleicht gibt's nicht genug Material.«

»Kann aber nicht sein, Liebling, das Land ist nämlich *riesig*. Wie das bei aufsteigenden Nationen so ist. Ach du je, das lassen wir doch lieber. Hier der Anfang der Nationalhymne: *Tschadier, auf an die Arbeit.*«

»Du hast recht«, sagte Steve. »Darauf kann ich verzichten. He, wer hat überhaupt die Nationalhymnen in die Liste aufgenommen?«

»Bill Cotler ist neuerdings für das Buch zuständig, und er ist ganz wild auf Details dieser Art. Nationalhymnen, Nationalblumen, Nationalkrankheiten – du weißt schon. Ah, hier ist eine *tolle* Hymne, Darling. Ehrlich, du solltest dich um eine Entsendung nach Äquatorial-Guinea bemühen. Ich komme gleich mit, damit wir die Nationalhymne zusammen singen können.«

»Na schön. Wie heißt sie?«

»*Gehen wir durch den Dschungel unseres gewaltigen Glücks* ... Ist das nicht göttlich?«

»Super.«

Diesmal schloß Cecilia das Buch und legte es auf den Tisch. »Mir macht das keinen Spaß«, sagte sie. »Ich witzele hier herum, dabei siehst du aus wie die Schlußszene aus einem russischen Film.«

»Tut mir leid, Sissy. Muß an dem Leim liegen, den ich hier trinke.«

»Sieht ja ein Blinder, daß du ganz unglücklich bist. Ich kann einfach nicht glauben, daß das nur an deiner Stellung liegt. Ich bin sicher, da steckt das Mädchen dahinter, von dem du mir erzählt hast.«

»Warum sehen Frauen hinter allem ein romantisches Motiv?«

»Die Liebe läßt den Erdball kreisen, Darling. Und manchmal führt sie dazu, daß Männer um den Erdball reisen.« Sie lachte erfreut auf. »Ist das nicht schlau gesagt? Ich muß mir das merken!«

»Mach eine Nationalhymne daraus.«

»Hat sie einen anderen gefunden?« fragte Cecilia.

»Ja – wenn du's unbedingt wissen willst. Einen Psychiater.«

»Die sind aber wirklich schrecklich sexy.«

»Und er ist sogar Psychoanalytiker. Und er hat ihr den Gefallen getan, mich zu analysieren, der verdammte Schweinehund.«

»Himmel, Liebling, was für Ausdrücke!«

»Ich habe ihm im Vertrauen von mir erzählt«, sagte Steve verbittert. »Es gibt doch so etwas wie eine Schweigepflicht bei Psychiatern, oder?«

»Zwischen Patient und Arzt, ja.«

»Komm, sei nicht spitzfindig. Er wußte, daß mir daran lag, dem Mädchen zu helfen, daß ich ihr nicht weh tun wollte. Er wußte durchaus, daß mir nicht daran lag zu beweisen, daß mit ihr etwas *nicht* stimmte. Im Gegenteil.«

»Natürlich habe ich nicht den blassesten Schimmer, wovon du sprichst.«

»Ich begreife immer noch nicht, warum er mich so hereingelegt hat. Er behauptet, ich störe seine Therapie, aber das genügt als Grund eigentlich nicht. Wenn der Kerl nur ein bißchen Einfühlungsvermögen hat, muß er gespürt haben, daß ich verrückt nach ihr war.«

»O je«, seufzte Cecilia. »Da kann ich meinen Diamanten wohl abschreiben.«

»Aber er hat ihr erzählt, daß ich mit der Bank in einem Boot sitze, daß ich gegen ihre Interessen arbeite – um es milde auszudrücken.«

»Und wie sehen ihre Interessen aus, Liebling? Stickt sie gern, hört sie Kammermusik, oder was?«

»Du würdest das nicht verstehen«, sagte Steve.

»Natürlich nicht – du erzählst mir ja auch kaum etwas!«

»Das Schlimme ist, daß es beinahe stimmt«, sagte Steve niedergeschlagen. »Ich habe wirklich gegen sie gearbeitet, bis ich erkannte, was für eine miese Sache das war. Aber Vanner wußte, daß ich die Fronten gewechselt hatte; er *mußte* es wissen.« Er hob den Blick von seinem Pappbecher. »He – vielleicht ist es *das*! Vielleicht hat er ebenfalls die Seiten gewechselt!«

»Brüll ruhig weiter, Liebling«, seufzte Cecilia.

»Warum habe ich daran nicht gleich gedacht? Er hatte keinen Grund, mich reinzulegen, wenn ich auf *seiner* Seite stand. Aber wenn er nun beschlossen hätte, für die anderen zu kämpfen? Für die Fiduciary Bank?«

»Da hätte ich eine gute Frage für dich. Wenn ein Mann zuviel Geld von seinem Bankkonto abhebt, zeigt er dann Überziehungserscheinungen?«

»Ich hab ihn ganz offen gefragt, ob er für Gail aussagen würde, falls man ein Verfahren gegen sie in Gang brächte. Er hat mir nicht geantwortet. Vielleicht hatte die Bank ihn längst kassiert! Man hat vielleicht erkannt, daß er der denkbar beste Zeuge gegen sie wäre. Ihr eigener Psychiater!«

»Dein Becher tropft, Liebling!«

Aber Steve knüllte das Papier schon zusammen und warf es fort. »Das wäre ein guter Grund, mich aus der Sache hinauszudrängen und Gail gegen mich aufzubringen! Damit ich den Plan nicht verderbe! Steht das Telefon unter Strom?«

»Brr! Ich hoffe nicht!«

Er nahm den Hörer ab und hörte ein angenehm lautes Freizeichen. Dann wählte er die Privatnummer seines Onkels und lud sich zu einem Übernachtbesuch nach Scarsdale ein.

Cecilia sagte enttäuscht: »Mußt du wirklich sofort lossausen?«

»Tut mir leid. Die Sache ist wichtig.«

»Aber ich habe dir ja noch gar nichts von den Leuten erzählt. Den Leuten mit dem Bergunfall.«

»Du meinst die Swanns?«

»Ja, Liebling. Heute früh ist etwas über den Fernschreiber gekommen. Die Leiche des armen Mannes ist gefunden worden. Aber nur der ältere von den beiden.«

»Was ist mit seinem Sohn?«

»Keine Spur. Wußtest du, daß er in Wien gewohnt hat?«

»Wer?«

»Der jüngere. Ich weiß seinen Namen nicht mehr.«

»Piers.«

»Ja, hübscher Name. Wenn ich einen Sohn hätte, würde ich ihn auch gern Piers nennen. Natürlich schwinden meine Chancen, jemals ein Kind zu bekommen. Obwohl ich im Grunde nichts dagegen hätte, ein uneheliches Balg zu haben – ist ja heute die große Mode.«

»Sissy, was war das mit Wien?«

»Nichts. Mir ist nur Piers Swanns Wiener Anschrift in dem Fernschreiben aufgefallen. Er hat dort seit fünf

Jahren gewohnt, obwohl sein Vater in London ansässig war. Aber jetzt zur Sache mit dem unehelichen …«

»Gute Nacht, Sissy«, sagte Steve. »Vielen Dank für deine Hilfe. Und wenn du morgen mit Pickering sprichst, sag ihm, es müßte mindestens Paris oder Rom sein.«

Tedesco und Steves Tante Sylvia aßen auf der Veranda zu Abend. Steve wußte, daß es sein Onkel verabscheute, im Freien zu essen, seitdem sich einmal eine Fliege in seinen Rosinenpudding verirrt hatte. Aber er liebte seine Frau so sehr, daß er sich nie ihrem Wunsch widersetzte, all die natürlichen Unannehmlichkeiten ihres Vorstadtheims zu genießen.

Sie reagierte auf Steves Ankunft, indem sie in die Küche eilte, um das Essen zu strecken – trotz seines Einwands, daß er bereits gegessen habe. Sylvia Tedesco gab sich Steve gegenüber gern mütterlich; Saul Tedesco dagegen war heute abend alles andere als väterlich.

»Was jetzt?« knurrte er. »Wenn du es dir wegen der Stellung anders überlegt hast, ist es zu spät. Ich habe den Direktoren schon gesagt, daß du gekündigt hast.«

»Bist du sicher, daß du nicht gesagt hast, ich wäre hinausgeflogen?«

»Vielleicht hätte ich das sagen sollen – bei deiner Einstellung.«

»Die Bank hat Glück. Sie müßte mir sonst eine Abfindung zahlen.«

»Die Bank braucht nichts zu tun, was sie nicht tun will.«

»Die Bank ist das Gesetz, nicht wahr?«

Nachdem das Eröffnungsscharmützel beendet war, nahmen die beiden Platz und musterten sich einen Augenblick.

Dann sagte Steve: »Nein, ich kann einfach nicht glauben, daß du so etwas tun würdest. Ich kann mir nicht vorstellen, daß du so heimtückisch bist. Aber vielleicht paßt der Stiefel einem anderen Mitarbeiter der Fiduciary.«

»Los, tu dir keinen Zwang an.«

»Du weißt natürlich von Dr. Joel Vanner. Ich hatte dir von meinem Besuch bei ihm berichtet und von seiner Meinung über Gail Gunnerson. Ich bin sicher, der Bank haben seine Auskünfte nicht gefallen, weil er sie für völlig gesund hielt.«

Tedesco biß das Ende einer Zigarre ab und spuckte es in den Garten. »Keine Sorge«, sagte er. »Umweltfreundlich.«

»Du weißt, was eine solche Überzeugung für euer Bestreben bedeuten kann, Gail zu entmündigen. Wenn ihr eigener Psychiater meint, daß sie fähig ist, ihr Vermögen zu verwalten, hättet ihr vor Gericht einen ziemlichen Strauß auszufechten.« Tedesco suchte in seinen Taschen vergeblich nach einem Streichholz. Steve, der noch immer Streichhölzer bei sich hatte, obwohl er nicht mehr rauchte, reichte ihm eine Schachtel.

»Danke«, sagte sein Onkel.

»Bei dieser Lage durfte es natürlich nicht bleiben, nicht wahr? Ich will damit nicht sagen, daß du die treibende Kraft warst, Onkel, sondern ich meine andere Leute in der Bank, Leute, die über dir stehen wie Leonard Comfort oder Lowell Sankey oder so. Ihr wußtet, daß nach dem Gesetz fachärztliche Gutachten über Gail erforderlich sind, also habt ihr die denkbar beste Lösung angesteuert. Warum solltet ihr nicht Dr. Joel Vanner in *euer* Team ziehen? Dann stünde der Erfolg doch außer Zweifel.«

»Fertig?«

»Noch nicht. Ich habe gestern mit Gail gesprochen, und sie sagte mir, Vanner wisse alles über mich – er wisse, weswegen ich engagiert worden sei, wer hinter mir stehe und sogar die Tatsache, daß wir verwandt sind. Falls es dich interessiert, ich hatte um Gail Gunnersons Hand angehalten.«

»Ach! Das ist nun mal wirklich eine Neuigkeit.«

»Sie hat mir ihre Antwort erst gestern gegeben. Rate mal!«

»Nein?«

»Sie nannte mir den Grund für ihre Ablehnung. Sie sagte, sie sei nicht sicher, daß sie mit einem Mann glücklich werden könne, der den Versuch mache, sie ins Irrenhaus zu bringen. Frauen sind seltsam, nicht wahr? Kein Wunder, daß Freud sie nicht begriffen hat.«

»Bist du jetzt fertig?«

»Ja.«

»Gut.« Tedesco nahm die Zigarre aus dem Mund und unterstrich damit seine Worte. »Erstens, du irrst dich. Zweitens, du bist ein Dummkopf. Drittens, du hast ein schwaches Gedächtnis. Ich will mal mit dem dritten Punkt anfangen.«

»Ich höre.«

»Der Bericht, den du uns über deinen Besuch bei dem Psychiater übermittelt hast. Du hast nicht geradeheraus gesagt, er habe Miss Gunnerson als ganz normal diagnostiziert. Du hast dich sogar so ausgedrückt, er versuche herauszufinden, welche Art traumatisches Erlebnis sie als Kind gehabt habe, ein Erlebnis, bei dem ihr die Sicherung durchgeknallt sei. Es ging um eine Tür, nicht wahr?«

Steve schluckte. »Okay, da war wirklich etwas, aber damals war sie ein Kind.«

»Du selbst hast zugegeben, daß das Trauma oder wie man es nennen will noch immer vorhanden ist, daß es in ihrem Gehirn steckt wie einer der alten Blindgänger aus dem Zweiten Weltkrieg, die man in den Londoner Kellern gefunden hat.«

»Ich kann mich nicht erinnern, einen solchen Vergleich angestellt zu haben.«

»Na gut, vielleicht habe ich mir das selbst ausgedacht. Aber ich habe mir nicht ausgedacht, daß sie neue Halluzinationen hatte, daß sich ihr Zustand laufend verschlechterte. Und jetzt zum zweiten Punkt.«

»Daß ich ein Dummkopf bin?«

»Das brauche ich nicht erst zu betonen. Die Welt ist voller Mädchen, die gut aussehen. Warum willst du dich mit einem psychiatrischen Fall belasten?« Er unterbrach Steves Antwort mit erhobener Hand. »Egal. Wir kommen direkt zu Punkt eins.«

»Du willst mir sagen, daß ich mich irre.«

»Du hast dich nie mehr geirrt, lieber Neffe. Niemand hat heimlich versucht, Gail Gunnerson einzuweisen – das ist gar nicht notwendig. Wenn sie so weitermacht, gibt sie sich wahrscheinlich noch freiwillig auf ...«

»O nein!«

»Ich halte das Mädchen für klüger als dich, Steven; wahrscheinlich ist sie klüger als wir alle, und der intelligente Teil ihres Gehirns beobachtet den Teil, der sich auflöst, und erkennt, daß etwas geschehen muß.«

»Du kennst sie nicht so gut wie ich. Sie würde sich lieber umbringen, als in eine Anstalt zu gehen.«

»Mit ihrem Geld könnte sie sich ein Krankenhaus *kaufen* und die einzige Patientin sein. Jedenfalls ist keinerlei Druck ausgeübt worden, und es hat auch keine Nacht- und Nebelaktion gegeben, weder durch mich noch durch Leonard Comfort oder Lowell Sankey oder sonst jemanden in der Bank. Ich sage dir dies beim Grab deiner Mutter, Steven, wenn du mir den altmodischen Ausdruck verzeihst. Dr. Vanner hat uns seine Seele nicht verkauft, weil wir ihm nie ein Angebot gemacht haben. Genügt dir das?«

Steve sank in dem Korbstuhl zusammen. Sylvia Tedesco erschien mit einem Riesenberg von Hühnerkeulen und Brustfleisch und hatte ihr rundliches Gesicht zu einem breiten Lächeln verzogen. »Ich hab dir doch gesagt, daß genug da ist, nicht?«

Während er pflichtgemäß kaute, fragte Steve: »Du hast wirklich nie mit Vanner gesprochen, Onkel?«

»Der Gedanke ist mir durchaus gekommen«, sagte Tedesco. »Ich habe im Ärzteverzeichnis nachgeschlagen, um zu sehen, was für Diplome er hat – für den Fall, daß er tatsächlich mal aussagte.«

»Und wie sieht es aus?«

Tedesco zuckte die Achseln. »Als Opposition schien er uns keine große Gefahr darzustellen. Er war nicht mal aufgeführt.«

»Was für ein Verzeichnis war das?«

»Na, so ein Buch, das die Psychiater herausgeben. Darin stehen all die schicken Titel und Berufsbezeichnungen. Dein Freund Vanner war nicht dabei.«

Der nicht aufgeführte Dr. Vanner sagte: »Gail, es wird wohl Zeit, daß ich Ihnen über Ihr Problem die Wahrheit sage.«

Ihr Kopf bewegte sich kaum auf dem Kissen. Doch die Pupillen ihrer Augen zuckten in seine Richtung und zeigten das blutunterlaufene Weiße an den Winkeln.

»Ich will Ihnen sagen, was meiner Meinung nach damals wirklich geschehen ist, in der Nacht, als man Ihre Mutter abholte. Ich will nicht behaupten, daß ich die Ereignisse wiederholen oder Ihnen genau sagen kann, welche Gestalt Ihr Traum annahm, als ... als sich die Tür öffnete.«

Jetzt glitten ihre Augen herum und blickten zur Tür. Sie fragte: »Könnte ich etwas Wasser haben?«

Vanner schenkte ihr ein Glas ein. »Aber wenn ich das ›Ding‹ für Sie schon nicht definieren und vielleicht für immer aus Ihrem Unterbewußtsein löschen kann, so kann ich Ihnen doch sagen, *warum* das alles geschah. Und vielleicht, vielleicht hilft Ihnen das Verständnis des Vorgangs dabei, die Kreatur Ihrer Phantasie wiederzusehen. Sehen Sie die Erscheinung, erkennen Sie sie, verlieren Sie die Angst davor – die Angst, die Sie immer noch quält! Verstehen Sie, was ich sage?«

Ihr Kopf bewegte sich; Vanner faßte dies als Nicken auf.

»Was in jener Nacht geschah, hat nicht damals begonnen, Gail. Das ist das erste, was Sie sich klarmachen müssen. Es war der Höhepunkt einer neurotischen Störung. Ja, ich weiß, sechs Jahre ist arg jung für eine Neurose, aber ich muß leider sagen, daß sie wohl bereits in der Entwicklung begriffen war. Die Kindheit kennt nämlich einen ganz natürlichen Konflikt, den Ödipus-Komplex – ich bin sicher, Sie haben schon davon gehört.«

»Wie spät ist es?« fragte Gail.

Er bemühte sich, seinen Ärger zu unterdrücken. »Lassen wir die Uhrzeit«, sagte er. »Es ist spät. Sie wollen wahrscheinlich schlafen. Aber Sie können sicher besser schlafen, wenn Sie mir zuhören. Gail, alle Kinder stehen vor diesem Konflikt, und ihre Entwicklung hängt davon ab, ob sie einen gesunden Ausweg finden oder nicht. Sie haben diesen Ausweg nicht gefunden. Begreifen Sie, was ich sage? Sie haben keine gesunde Lösung gefunden. Das war nicht Ihr Fehler. Es lag an den Umständen – an der schlechten Gesundheit Ihrer Mutter und der Abwesenheit Ihres Vaters. Sie liebten Ihre Eltern, Gail, aber wie alle kleinen Mädchen liebten Sie Ihre Mutter am meisten. Eine sehr intensive Sache, diese Art von Liebe. Manchmal bringt sie Enttäuschungen. Große Enttäuschungen. Und je größer diese Enttäuschung ist, desto mehr wendet sich das Kind gegen die Mutter. Sie verliert das, was wir die Kathexis nennen. In Ihrem Falle war die Kathexis durch die Krankheit Ihrer Mutter ernsthaft geschwächt.

Denn je kränker sie wurde, desto mehr ignorierte sie Sie. Stimmt das?«

Jetzt war Gails Nicken deutlich erkennbar. »Ja«, sagte sie. »Das stimmt. Sie wußte damals nicht mehr, daß es mich überhaupt gab.«

»Und daraufhin wandten Sie sich Ihrem Vater zu und suchten bei ihm die Liebe, die Sie brauchten. Sie begannen, ihn lieber zu haben. Ihre Vorliebe wurde so stark, daß Sie bald Ihre Mutter ablehnten, weil sie zwischen Ihnen und Ihrem Vater stand. Sie waren auf Ihre Mutter eifersüchtig, Gail; im zarten Alter von sechs Jahren waren Sie die Rivalin im Rennen um die Liebe Ihres Vaters. Ein Kind neigt dazu, in einfachen und direkten Begriffen zu denken; es versteht nur einfache, direkte Problemlösungen. Die einfachste Lösung dieses Dreiecks wäre für Sie der Tod Ihrer Mutter gewesen.«

Hätte Gail nicht so sehr unter dem Einfluß von Betäubungsmitteln gestanden, wäre sie jetzt vielleicht schockiert oder abwehrend aufgefahren. Doch so mußte ein Blick genügen.

»Ich weiß, daß sich das drastisch anhört. In den meisten Fällen gleicht die weitere Entwicklung den Konflikt mühelos aus. Aber Sie hatten gar keine Chance in dieser Richtung. Denn als der Konflikt noch voll im Gange war, traten zwei Ereignisse ein. Der Vater, den Sie liebten, wurde Ihnen genommen. Er zog in den Krieg und fiel; doch der Begriff ›Krieg‹ ging über Ihren Horizont. Sie waren vielmehr der Ansicht, Ihre Mutter habe den Vater vertrieben, habe ihn aus Ihrem Leben verscheucht, damit Sie ihn ihr nicht abgewinnen konnten. Sie verabscheuten Ihre Mutter dafür nur noch um so mehr. Und als die Nachricht kam, daß er gefallen war, mischte sich ein Gefühl des Verratenseins in Ihren Schmerz. Nein, ich erwarte nicht, daß Sie sich noch an diese Gefühle erinnern. Aber sie waren vorhanden.

Und dann geschah etwas noch viel Schrecklicheres. Ihre Mutter starb ebenfalls. Die Tatsache, daß sie von eigener Hand starb, wurde Ihnen verheimlicht. Vielleicht war das ein Fehler. Vielleicht hätte Ihnen die Erkenntnis geholfen, daß sie sich allein entschlossen hatte, diese Welt zu verlassen, daß dieser Schritt nichts mit Ihnen zu tun hatte. Verstehen Sie, worauf ich hinauswill, Gail?«

»Nein.«

»Sie haben auf den Tod Ihrer Mutter reagiert, weil er genau das war, was Sie sich gewünscht hatten.«

»Nein! Das ist unmöglich!«

»Bis heute wollen Sie sich nicht an Ihre wahren Gefühle erinnern, weil sie Ihnen genauso schrecklich vorkommen wie damals. Als Ihre Mutter starb, fühlten Sie sich dafür verantwortlich. Und Sie wußten, daß der Schuld die Strafe folgte.«

»Strafe …«

»Ja. Ihr Unterbewußtsein wartet nicht lange, diese Strafe nachzuliefern. Sie kam noch in derselben Nacht, Gail. Sie kam durch … durch die Tür da.«

Wieder blickte sie zur Tür, ausdruckslos. »Ich erinnere mich nicht«, sagte sie.

»Sie müssen sich aber erinnern, Gail. Um Ihrer selbst willen *müssen* Sie sich daran erinnern, müssen es wieder sehen, müssen sich ein für allemal damit auseinandersetzen!«

»Ich glaube, ich würde sterben, wenn ich das täte«, sagte Gail.

Dr. Vanner schwieg – wenigstens ihr gegenüber.

Mrs. Bellinger mißdeutete seinen müden Schritt und die herabgezogenen Mundwinkel und fragte, ob es Gail schlechter gehe. Er verneinte und sagte, er habe ihr etwas gegeben, das ihr das Schlafen erleichterte, so daß sie sich morgen besser fühlen würde. Mrs. Bellinger deutete an, sie könne selbst »etwas« brauchen; sie schlafe neuerdings so schlecht. Vanner runzelte die Stirn und sagte, er könne ihr leider nicht helfen. Die Haushälterin entschuldigte sich für die Bitte; zum Ausgleich bot sie ihm eine Tasse Tee an. Vanner meinte, daß es dafür vielleicht schon zu spät sei, aber da Mrs. Bellinger noch nicht ins Bett gehen wollte, nahm er dankbar an. Mrs. Bellinger kam zu dem Schluß, daß er wohl doch ein ganz achtbarer Arzt war, auch wenn er keine kleine schwarze Tasche bei sich hatte. Sie bot ihm an, den Tee im Wohnzimmer zu servieren, doch er sagte, die Küche tue es doch auch. Daraufhin glaubte Mrs. Bellinger plötzlich auch Charme an ihm zu entdecken. Sie reichte einige Kekse zum Tee.

»Trinken Sie nicht mit?« fragte Dr. Vanner. Als sie nur errötete, sagte er: »Ich würde mich wirklich darüber freuen. Ich möchte etwas mit Ihnen besprechen.«

Die Haushälterin setzte sich unterwürfig und etwas wackelig auf eine Stuhlkante.

»Ich habe mich mit Miss Gunnerson über die Nacht unterhalten, in der ihre Mutter starb«, begann er. »Über die Nacht, in der sie krank wurde. Das ist sicher ein Abend, den Sie so schnell nicht vergessen.«

»O nein!« sagte sie. »Und wenn ich hundert würde!«

»Sie waren Mrs. Gunnerson bestimmt sehr ergeben.«

Mrs. Bellinger hob eine Schulter. »Sie war eine liebe und bedauernswerte Frau, aber ich kann nicht behaupten, daß ich sie wirklich gut gekannt habe. Als ich eingestellt wurde, war sie schon ... naja, wie sie eben war. Sehr ruhig und scheu und in sich gekehrt; sie redete nur noch mit ihrem Mann, kaum noch ein Wort an das eigene Kind. Oh, es war schlimm, als sie starb, aber das war an dem Abend nicht das Schlimmste für mich. Viel schlimmer war es, wie das Kind aus dem Leim ging.«

»Ja«, sagte Vanner. »Das war bestimmt nicht sehr angenehm.«

»Sie war erst sechs Jahre alt, wissen Sie. Was für eine Tragödie, im gleichen Jahr beide Eltern zu verlieren! Und nun hatte sie gar keine Verwandten mehr – außer den beiden.« Sie schnaubte mißbilligend durch die Nase.

»Die beiden? Sie meinen ihren Onkel und ihren Vetter? Die Swanns?«

»Ja – die Swanns. Das waren nun wirklich zwei schräge Vögel. Der Onkel mit seiner herablassenden Art kam nur mal ins Haus, wenn jemand gestorben war, und schrieb seinem leiblichen Bruder ansonsten nur, um Geld zu borgen. Er war der arme Bruder in der Familie, doch er benahm sich immer wie der König von England. Da haben die beiden übrigens gewohnt. Er und der schreckliche Junge.«

»Sein Sohn, meinen Sie?« Vanner streckte unter dem Küchentisch die Beine aus und begann sich langsam zu entspannen. Das Gespräch machte ihm Spaß.

»Ich hatte nie etwas für Jungen übrig. Wir hatten immer Glück in der Familie – nur Mädchen. Aber bis auf Emily sind meine Schwestern schon tot. Er hieß Piers. Komischer Name für einen Jungen, nicht wahr? Und er hatte nur Unsinn im Kopf, obwohl oben seine tote Tante lag, eine schreckliche Respektlosigkeit.«

Jetzt verbarg Vanner sein Lächeln hinter der Teetasse. »Waren sie denn lange hier? Miss Gunnersons Verwandte?«

»Kaum einen Tag. Nur lange genug, um die arme Frau zu beerdigen, dann fuhren sie nach London zurück.«

»An dem gewissen Abend waren also nicht viele Menschen im Haus?«

»Nein, es war schrecklich leer und einsam hier, das kann ich Ihnen sagen. Den ganzen Tag lang waren Leute gekommen, um zu kondolieren. Aber am Abend waren alle fort, sogar die beiden Dienstboten, das Mädchen für oben und das Mädchen für unten, Jenny und Missy hießen sie. Sie mußten so fürchterlich weinen, daß Mr. Swann beide nach Hause schickte. Und natürlich wurden sie nicht mehr gebraucht, als Gail dann so krank wurde und das Haus fast sechs Jahre lang zu war, ehe sie das Heim wieder verlassen durfte ...«

»Erzählen Sie mir von dem Jungen«, sagte Vanner. »Er scheint einen großen Eindruck auf Sie gemacht zu haben.«

»Ich hätte lieber einen Eindruck auf *ihn* gemacht, wenn Sie verstehen, was ich meine. Nämlich auf seine Kehrseite. Er lief nur überall im Haus herum und rutschte das Geländer herunter, als wär er in einem Vergnügungspark.«

»Kleine Jungen wissen doch noch nichts vom Tode, oder? Kleine Mädchen ebensowenig.«

»Nein«, sagte Mrs. Bellinger betrübt. »Wahrscheinlich kann man den Kindern nicht vorwerfen, daß sie so sind. Erst die Erwachsenen machen so großes Aufhebens davon. Ich meine, der Tod selbst ist ja gar nicht so schlimm, nicht wenn man an die ewige Erlösung glaubt, aber ich hasse das ganze Drumherum, das Einbalsamieren und so weiter.« Sie erschauderte.

Vanner gähnte; er verlor langsam das Interesse. Aber jetzt beschloß Mrs. Bellinger, sich auch eine Tasse Tee einzugießen.

»Ich werde diesen Shanks nie vergessen«, sagte sie. »Er sah aus wie der leibhaftige Tod. Gails Onkel muß sich wirklich große Mühe gegeben haben, für die häßliche Arbeit einen so häßlichen Mann zu finden.«

»Wen?«

»Shanks, den Leichenbestatter. Er ist an dem Abend gekommen, um die arme Mrs. Gunnerson zu holen. Der Mann sah schon beim ersten Besuch so fies aus, aber als er dann wiederkam, wo es schon fast Mitternacht schlug und ich allein im Haus war – ich kann Ihnen sagen! Das hat gereicht, um mir noch tagelang eine Gänsehaut zu verschaffen, der bloße Anblick dieses häßlichen Kerls an der Tür.«

»Fast Mitternacht? Seltsamer Zeitpunkt, eine Leiche abzuholen.«

»Nein, ich glaube, zum erstenmal war er gegen sieben Uhr da, vielleicht sogar schon um halb sieben. Er kam in derselben Nacht zurück, weil er etwas vergessen hatte – seine Aktentasche. Er sagte, er hätte das Ding im Wohnzimmer stehenlassen. Ich machte gerade für Gail etwas Milch heiß und wollte nicht, daß sie überkochte; ich sagte ihm also, er solle selbst danach suchen und dann wieder gehen. Seltsam, daß man sich nach so vielen Jahren noch an diese Kleinigkeiten erinnert. Möchten Sie noch etwas Tee?«

»Nein«, sagte Vanner und legte die Hand über seine leere Tasse. Seine Müdigkeit war zurückgekehrt. Er stand auf und reckte die verkrampften Rückenmuskeln. Der Tag war zu anstrengend gewesen. »Ich muß jetzt aber wirklich gehen, Mrs. Bellinger. Tut mir leid wegen der Schlaftablette.«

»Schon gut, ich hätte gar nicht erst fragen dürfen. Und wissen Sie was? Dieser Shanks hat seine Tasche gar nicht gefunden! Ich fand sie am nächsten Morgen in Mrs. Gunnersons Zimmer. Als ich hinaufging, um das Totenbett der armen Frau zu machen.«

»Er ist also gegangen, ohne sie mitzunehmen?«

»Ja, er hat den ganzen weiten Weg umsonst gemacht. Und nur wenige Minuten nachdem der Mann gegangen war, begann das Kind zu schreien. Das schreckliche Geschrei!«

Vanner blieb stehen und sah zu, wie sie die dampfende Tasse an die Lippen setzte. Er schaute auf seine leere Tasse und auf die Teeblätter, betrachtete das Muster wie ein Zigeuner, der nach Zukunftszeichen forscht. »Haben Sie gehört, wie er gegangen ist?« fragte er.

»Ja. Ich hörte die Vordertür zufallen. Ich weiß noch, wie ich gedacht hab, daß das ja ziemlich unverschämt war, so laut mit der Tür zu knallen.«

»Sie haben also nicht gesehen, wie er zur Tür hinausging?«

»Nein, ich war hier. In der Küche.«

Vanner kehrte zum Tisch zurück und setzte sich.

Seine Müdigkeit war verflogen. »Mrs. Bellinger«, sagte er. »Ist es denkbar, daß Mr. Shanks die Suche nach seiner Aktentasche gar nicht aufgegeben hat? Als er sie nicht im Wohnzimmer fand?«

»Ich weiß nicht, was Sie meinen.«

»Ist es nicht möglich, daß er sich *erinnerte*, die Tasche im Obergeschoß stehengelassen zu haben, als er Mrs. Gunnersons Leiche abholte? Er hätte daraufhin doch nach oben gehen können, um sie zu suchen. Erscheint Ihnen das nicht logisch, Mrs. Bellinger?«

»Aber wenn er in Mrs. Gunnersons Zimmer gegangen wäre, *hätte* er sie doch gefunden! Sie stand auf einem Stuhl dicht neben der Tür.«

»Die Tür«, sagte Vanner leise.

»Was?«

»Ich mußte gerade an Schlafzimmertüren denken, Mrs. Bellinger, und wie ähnlich sie sich sind.«

Die Tasse klapperte. »Maria, Heilige Mutter Gottes, Sie meinen doch nicht etwa …«

»Mr. Shanks kannte das Haus nicht, oder? Er hätte leicht vergessen können, welche Tür in welches Zimmer führte. Nicht wahr, Mrs. Bellinger?« Er legte ihr die Hand auf den rundlichen Arm, auf dem sich eine kalte Gänsehaut gebildet hatte. »Wissen Sie was?« fragte er. »Ich habe die ganze Zeit die falsche Person analysiert. Ich hätte gleich mit Ihnen sprechen sollen.« Er lächelte.

14

»Wie ist bitte der Name?«

»Dr. Joel Vanner.«

»Waren Sie der zuständige Arzt?«

»Wie bitte?«

»Ist das Ihr Name oder der Name des Verstorbenen?«

Vanner lachte leise, nahm sich dann aber zusammen. Sicher war sein Lachen hier nicht angebracht, nicht im Vorzimmer des Strathmore-Bestattungsinstituts. Das Gesicht des jungen Mannes am Empfangstisch paßte aber auch nicht recht zur Umgebung; mit einem blauen Halstuch hätte er wie ein Country-Western-Sänger ausgesehen.

»Ich bin nicht gekommen, um ... Arrangements zu treffen«, sagte Vanner. »Ich wollte mich nach jemandem erkundigen, der hier angestellt war, der vielleicht noch bei Ihnen arbeitet. Ein gewisser Mr. Shanks. Seinen Vornamen kenne ich nicht.«

»Shanks? So heißt hier niemand.«

»Ich glaube, die Firma hat ihm früher einmal gehört – oder er war zumindest Geschäftsführer.«

»Wie lange ist das her?«

»Meine Information ist leider fast zwanzig Jahre alt«, räumte Vanner ein. »Aber ich bin ziemlich sicher, daß die Angaben stimmen. Die Firma Strathmore hat eine Frau namens Cressie Gunnerson beerdigt, und Ihr Mr. Shanks hatte damals die Leitung.«

Der Mann zupfte an einer strohblonden Stirnlocke. »Ich bin erst seit sechs Monaten hier und weiß also nichts über die Geschäftsleitung.«

»Vielleicht können Sie mir helfen, ihn ausfindig zu machen, womöglich in einer anderen Firma. Es ist wirklich sehr wichtig, daß ich ihn spreche.«

»Nein, ich glaube nicht, daß ich Ihnen helfen kann. Ich kenne nicht viele Leute in der Branche; ich arbeite überhaupt erst seit einem Jahr in dieser Sparte.«

»Macht es Spaß?« fragte Vanner, und ein Grinsen teilte seinen Bart. Das Gesicht des jungen Leichenbestatters rötete sich noch mehr, und er stand auf.

»Ich frage mal Mr. Feeny«, sagte er. »Er ist der Geschäftsführer hier; er ist seit der Gründung in der Firma. Vielleicht erinnert er sich.«

»Ich weiß Ihre Freundlichkeit zu schätzen«, sagte Vanner. »Vielen Dank.«

Er freute sich auch über einen Augenblick der Einsamkeit in der gedämpften Stille des Raumes. Er hatte bisher kaum Gelegenheit gehabt, sich gründlich mit der Information auseinanderzusetzen, die ihm gestern abend in den Schoß gefallen war. Als er zu Hause eintraf, hatte ihn sofort Cassandra angefallen, die tagelang vernachlässigt worden war und die nun seiner Liebe bedurfte. Vanner fluchte, als er sah, daß sie ihre Mißbilligung eindeutig zum Ausdruck gebracht hatte, besonders auf der ›Analytiker‹-Couch, die in der möblierten Praxiswohnung seine einzige Investition darstellte. Wenn seine Stimmung nicht so gut gewesen wäre, hätte er vielleicht sein Vorhaben wahrgemacht, das Tier einzuschläfern. Cassandra war schon einmal in dieser Gefahr gewesen, als er sie übernahm; die Hauswirtin hatte keine Lust mehr, den wilden Liebeshunger und die Exzesse des Hundes hinzunehmen und spielte mit dem Gedanken, Cassandra zum Arzt zu bringen. Vanner war eingeschritten – nicht weil er Hunde liebte, sondern weil er das Gefühl hatte, Cassandra würde ein Element der Dauerhaftigkeit in sein Leben bringen, würde ihn wie einen fest verwurzelten Bürger erscheinen lassen und nicht wie einen jungen Einwanderer. Cassandra hatte ihre Aufgabe erfüllt; jetzt konnte sie ihm nichts mehr nützen. Vanner legte ihr das Halsband um und führte den Hund in den Central Park, ohne sich um die gefährliche Dunkelheit zu kümmern. Als er sich der Schafswiese näherte, ließ er Cassandra frei. Sie war es gewöhnt, bei Tage herumzutollen; die Dunkelheit schien sie zu hemmen. »Los, Cass, mach schon, altes Mädchen!« drängte er und klopfte ihr aufs Hinterteil. Die Hündin wurde mutiger und sprang hinter einem Stück Papier her, das vom Wind vorbeigewirbelt wurde; sie hielt es wohl für ein Kaninchen. Hastig verließ Vanner den Park, wobei er die Leine in einen Papierkorb warf. Dann ging er nach Hause und schlief ungestört bis zum Morgen durch.

Er hatte bisher keine Zeit gehabt, über die wunderbare Einfachheit der Lösung nachzudenken, die ihm Mrs. Bellinger netterweise geliefert hatte. Einfachheit! Deshalb waren die raffinierten Denker in der Mead-Klinik nicht darauf gekommen! Sie waren zu sehr damit beschäftigt gewesen, nach Anti-Kathexen, endopsychischen Konflikten und nach dem verqueren Auslöser für Gail Gunnersons moralische Ängste zu suchen. Sie hatten sich zu sehr auf die Analyse eines Traums versteift, den es nie gegeben hatte. Nein, Gail hatte keinen Alptraum gehabt; der Alptraum war aus Fleisch und Blut gewesen, ein Meter achtzig groß, fürchterlich anzuschauen in seiner Häßlichkeit und noch fürchterlicher in seiner Absicht. *Er holt sie. Er tut sie in einen Holzkasten.* Vanner schüttelte bewundernd den Kopf, wie geradlinig Kinder waren. *Genau das macht ein Bestattungsunternehmer*, hatte Piers der sechsjährigen Gail erzählt. *Er tut dich in einen Kasten und begräbt dich dann unter der Erde* …

Aber das war nicht alles gewesen. *Dieser* Leichenbestatter hatte mehr getan. Dieser Leichenbestatter mochte zwar gewußt haben, wo die Toten begraben wurden, aber in anderer Hinsicht war er vergeßlich gewesen. Der arme Mr. Shanks hatte seine Aktentasche vergessen. Vanner stellte sich ein zerfranstes, ausgebeultes Ledergebilde vor, das sein sauberes Notizbuch voller Eintragungen über Beerdigungsdaten und Blumenarrangements enthielt, Shanks' persönliches Buch der Toten. Er hatte seine kostbare Aktentasche vergessen und war in das Haus der Gunnersons zurückgekehrt, um sie zu suchen, und er war dort auf eine mürrische und fußlahme Haushälterin gestoßen, die kein Verständnis hatte für seinen Verlust. Er hatte das geliebte Stück im Wohnzimmer nicht finden können und deshalb beschlossen, ins Obergeschoß hinaufzugehen, um im wahrscheinlichsten Raum nachzusehen, im Schlafzimmer der Toten. Dabei hatte er nicht Cressie Gunnersons Tür geöffnet. Sondern die Tür ihrer kleinen Tochter.

Und Gail war aufgewacht.

Die verschlafenen, von Tränen gereizten Augen öffneten sich, blinzelten, sahen.

Die lange gekrümmte Gestalt, als Silhouette an der Tür.

Ein Schritt ins Zimmer, und ihr Nachtlicht war gerade hell genug, um die grotesken, unvergeßlichen Züge sichtbar zu machen.

Der Leichenbestatter war zurückgekehrt.

Der Mann, der Menschen in Holzkisten legte, war wieder da.

Und diesmal war er gekommen, um sie zu holen.

»Gute Nachrichten.«

Vanners Kopf ruckte so heftig herum, daß er seine Wirbel knirschen hörte. Der Country-Western-Sänger lächelte ihn an. »Mr. Feeny hat Mr. Shanks nicht nur gekannt, er hat früher sogar für ihn gearbeitet. Mit vollem Namen heißt er Calvin Shanks, und Sie hatten recht; ihm gehörte früher die Firma. Er verkaufte sie an Mr. Feeny und zwei andere Leute, als er sich zur Ruhe setzte.«

»Zur Ruhe setzte«, wiederholte Vanner tonlos.

»Im Vertrauen gesagt«, fuhr der Leichenbestatter fort, »habe ich das Gefühl, er *mußte* gehen. Mr. Feeny sagt, Mr. Shanks habe ein wenig zuviel getrunken und sei nicht mehr bei bester Gesundheit gewesen.«

Noch niedergeschlagener: »Wie lange ist das her?«

»Etwa fünf Jahre.«

»Hat Shanks die Stadt verlassen?«

»Nein. Ich bin ziemlich sicher, daß er noch hier lebt. Mr. Feeny sagt, er bekommt jedes Jahr eine Weihnachtskarte von ihm, Poststempel Brooklyn. Ich kann Ihnen die Anschrift nicht geben, aber vielleicht steht sie ja im Telefonbuch.«

»Darauf wäre ich nie gekommen«, sagte Vanner ironisch. »Das Telefonbuch Brooklyn.«

Er schaute wenige Minuten später nach. Calvin M. Shanks wohnte in der Utica Street 8891. Als Vanner die Nummer wählte und den akustischen Beweis von Mr. Shanks' Existenz vernahm, wunderte er sich wieder einmal über die freundliche, ja fast liebevolle Mithilfe des Geschicks.

Calvin Shanks bewohnte das Erdgeschoß eines Zweifamilienhauses, das in jeder Beziehung zwei Dutzend anderen Backsteinhäusern im gleichen Block ähnelte. Es gab auch andere Übereinstimmungen in dieser Gegend – von Automodellen, Kindern, Büschen und Ehefrauen. Der größte Teil der männlichen Bevölkerung aus der Nachbarschaft war bei der Arbeit, doch Calvin Shanks hatte außer seinem verkommenen Garten hinter dem Haus und seinem kleinen Haushalt nicht viel zu tun. Aber Shanks hatte auch wenig Ähnlichkeit mit seinen Nachbarn. Er war einzigartig. Wenn das überhaupt möglich war, hatten ihn die letzten zwanzig Jahre noch einzigartiger gemacht, überlegte Vanner.

Bevor er ihn wiedersah, wußte Vanner nur noch, daß Shanks eine schwarzgekleidete, insektenhafte Gestalt war, eine Gottesanbeterin in Trauerkleidung. Jetzt fiel ihm auch das Gesicht des Mannes wieder ein, ein Gesicht, das von der Natur wie eine Karikatur behandelt worden war – die Augen wie Lakritzkugeln, die in Hautfalten rollten, die vorspringende Nase, der herabgezogene Mund und das vorspringende Kinn. Zeit und Alkohol hatten das Gesicht nicht verändert, wenn sie auch den Körper hatten schrumpfen lassen.

Er war der Leichenbestatter. Noch immer.

»Vanner«, sagte er laut, als er erkannte, daß Shanks etwas schwerhörig war. »Dr. Vanner.«

»Hab nicht begriffen, was Sie am Telefon wollten«, sagte Shanks. »*Wozu* brauchten Sie mich?«

»Ich sagte, es ginge um eine Patientin von mir, eine gewisse Miss Gail Gunnerson. Ich bin sicher, der Name bedeutet Ihnen nichts, aber Sie wissen vielleicht noch, daß Sie im März 1955 ihre Mutter bestattet haben. Als Sie noch Chef des Strathmore-Bestattungsunternehmens waren.«

»Nein«, sagte Shanks kopfschüttelnd. »Unbekannt. Sie erwarten doch nicht, daß ich noch alle Namen im Kopf habe – es waren zu viele.«

»Ich glaube, ich kann Ihnen helfen, sich an den Fall zu erinnern. Das Haus der Gunnersons liegt in der Schuyler Avenue in Manhattan. Ein Stadthaus, eigentlich ein Herrensitz. Die Gunnersons waren sehr vermögend. Mr. Theodore Gunnerson war sehr reich, aber er kam in Korea ums Leben. Er heiratete eine Schauspielerin namens Cressie Blake. Und die war damals gestorben. Sagt Ihnen das etwas?«

Shanks Kopf bewegte sich hin und her; die Erinnerung wollte nicht kommen.

»Meine Patientin war damals erst sechs Jahre alt, Mr. Shanks, ein kleines Mädchen, das durch den Tod ihrer Mutter zur Waise wurde. Die ganze Sache hatte sie natürlich sehr aufgeregt, aber in der betreffenden Nacht geschah noch etwas, das sie noch viel mehr mitnahm. Etwas, wofür Sie vielleicht verantwortlich sind.«

Jetzt stand der Kopf still, und die Lakritzaugen rollten herum und sahen Vanner neugierig an.

»Wovon reden Sie da?«

»Ich bin Psychiater. Ich versuche, dieser jungen Dame zu helfen, ein ernsthaftes psychiatrisches Problem zu überwinden, das ihre Gesundheit und vielleicht sogar ihr Leben bedroht. In jener Nacht erlitt sie ein sogenanntes ›Trauma‹, ein Erlebnis, das sie in eine psychiatrische Anstalt brachte, obwohl sie damals noch sehr jung war. Ich habe die Ursache dieses Traumas erst kürzlich erfahren – und das scheinen Sie gewesen zu sein, Mr. Shanks.«

Vanner ließ seine Worte zwischen ihnen hängen wie eine straff gespannte Schnur.

»Ich?« fragte Mr. Shanks atemlos. »Was zum Teufel werfen Sie mir vor? Ich habe niemandem ein Trauma gegeben, weiß ja gar nicht mal, was das ist!«

»Sie haben die Leiche Cressie Gunnersons am Abend des 12. März 1955 abgeholt. Sie hatten zwei Männer Ihrer Firma bei sich, wahrscheinlich war der eine Mr. Feeny. Sie brachten die Tote fort. Aber etwa vier Stunden später kehrten Sie in das Gunnerson-Haus zurück. Es war zwischen elf Uhr und Mitternacht. Sie suchten das Haus noch einmal auf, weil Sie dort etwas vergessen hatten. Erinnern Sie sich?«

Shanks' Hand machte sich auf die Suche nach seinem Mund. Der Schlitz war so schmal, daß es ein Wunder war, daß er ihn fand.

»Etwas vergessen ... ja ... ich glaube, daran erinnere ich mich. Ich hatte meinen Füllfederhalter oder etwas Ähnliches in einem Haus liegenlassen ...«

»Aktentasche«, sagte Vanner.

»Ja, die Aktentasche. Das war's. Nur weiß ich nicht mehr, wessen Haus es war. Der Name des Kunden ist mir entfallen.«

»Gunnerson«, sagte Vanner hilfsbereit wie immer. »Versuchen Sie sich an den Namen zu erinnern, Mr. Shanks, denn Sie können sicher sein, daß die Polizei den Namen noch weiß.«

»*Polizei*? Was hat die *Polizei* damit zu tun?«

»Ich weiß, die Sache ist lange her. Aber das ist eigentlich nebensächlich. Selbst wenn eine Tat jahrelang ungelöst bleibt, heißt das nicht, daß der Verbrecher seiner Strafe entgeht.«

»Wer ist hier ein *Verbrecher*? Warum verwenden Sie ein Wort wie *Verbrecher*?«

»Egal, wie viele Jahre vergehen«, sagte Vanner. »Es gibt bestimmte Taten, die werden niemals vergessen – oder vergeben. Besonders wenn es um hilflose kleine Kinder geht. Sie wissen, auch Polizisten haben Familien und kleine Kinder. Die sind in solchen Dingen überempfindlich.«

»In *was* für Dingen?« fragte Shanks, und Vanner stellte erfreut fest, daß er jetzt förmlich um Aufklärung flehte.

»Sie sind damals in das Haus zurückgekehrt, Mr. Shanks, weil Sie Ihre Aktentasche holen wollten. Sie sprachen mit der Haushälterin, einer Frau namens Bellinger, die Ihnen sagte, Sie sollten selbst danach suchen. Aber da Sie das Ding im Wohnzimmer nicht finden konnten, beschlossen Sie, nach oben zu gehen, ins Schlafzimmer. Sie baten die Haushälterin nicht um Erlaubnis, Sie hatten Angst, sie würde nein sagen. Also gingen Sie allein. Sagen Sie mir, ob das falsch oder richtig ist?«

Shanks löste die Hand von seinem Mund und entblößte dünne Lippen, die trocken waren wie eine Wüste. Er schlurfte zu einem Schrank, nahm eine Flasche heraus und schenkte sich ein Glas Likör ein, ohne Vanner einen Drink anzubieten oder seine Handlungsweise zu erklären.

»Na, Mr. Shanks?«

»Ja, stimmt«, sagte er. »Ich ging nach oben. Dabei wollte ich nur meine Aktentasche holen! Ich brauchte sie. Alle meine Notizen waren darin, meine Arbeitsunterlagen.« Geräuschlos leerte er das Glas.

»Und haben Sie die Aktentasche gefunden?«

»Ja. Natürlich. Im Zimmer der toten Dame, wo ich sie hatte stehenlassen.«

»Nein«, sagte Vanner düster. »Sie haben Ihre Aktentasche nicht in Mrs. Gunnersons Zimmer gefunden. Die Haushälterin ließ das Ding am nächsten Tag in die Firma schicken. Sie haben sie nicht gefunden, weil Sie nicht die *richtige Tür* aufmachten.«

»Das stimmt nicht!«

»Sie waren zum erstenmal im Haus; es war also nicht Ihr Fehler, daß Sie die Türen verwechselten. Sie wußten nicht, daß Sie sich irrten, als Sie die Tür zu Gail Gunnersons Zimmer aufmachten. Sie waren schuldlos, Mr. Shanks, oder?«

»Ja!« rief Shanks. »Es war nicht meine Schuld! Ich wußte gar nicht, daß es das Kinderzimmer war. Ich wußte ja nicht mal, daß es hier überhaupt ein Kind gab!«

»Nur ein simpler Irrtum – nicht wahr? Sie haben die Tür aufgemacht und sind eingetreten und dachten, Sie wären im richtigen Zimmer.«

»Genau!«

»Nur kreischte dann plötzlich das Kind los, und das war dann nicht mehr richtig. Die kleine Sechsjährige sah Sie eintreten und war außer sich vor Angst.«

»Sie hat mir auch einen tüchtigen Schrecken eingejagt, das kann ich Ihnen sagen! Wie der geölte Blitz bin ich die Treppe wieder runter! So schnell mich meine Beine trugen, habe ich das Haus verlassen!«

»Aber wieso? Warum sind Sie nicht dageblieben und haben alles erklärt!«

»Das hab ich Ihnen doch schon gesagt! Ich bekam es mit der Angst. Ich hatte doch oben gar nichts zu suchen! Ich hatte der Frau gesagt, ich würde im Wohnzimmer nachsehen. Wer weiß, was die sich eingebildet hätte! Ich meine, so etwas wird manchmal mißverstanden!«

»Ja«, sagte Vanner. »Oder vielleicht wird es nur zu gut verstanden. Vielleicht weiß man, daß es Männer gibt, die ein seltsames Interesse an kleinen Mädchen haben.«

»Was?«

»Ich bin Psychiater, Mr. Shanks, das habe ich Ihnen schon gesagt. Und ich weiß durchaus, daß es Männer gibt … abartige Männer, die eigentlich kein Interesse an erwachsenen Frauen haben, sondern nur an süßen kleinen Mädchen von fünf oder sechs oder sieben Jahren, an lieben kleinen Unschuldsengeln mit hübschen Gesichtern und glatten kleinen Armen und Beinen …«

Calvin Shanks' krumme Gestalt schien sich auf surrealistische Weise zu verlängern. Er faltete seinen Körper in eine unbequeme Sitzstellung zusammen und fand zum Glück ein Tagesbett unter sich. Er blickte mit einer Angst zu Vanner auf, die etwas Andächtiges hatte.

»Nein«, sagte er. »Ich habe dem kleinen Mädchen nichts getan! Ich wußte ja nicht mal, daß es sie gab. Bitte erzählen Sie keine solchen Sachen, Mister, sonst denkt man noch, das wäre gewesen wie ... die anderen Male. Aber so war es nicht. Ich schwör's Ihnen!«

»Die *anderen* Male?«

»Die anderen Dinge, die ich getan haben soll. Aber das waren keine so kleinen Mädchen, sie waren nicht so jung, ich schwör's!«

Vanner hätte am liebsten gelacht, hätte am liebsten das süße Gelächter der Erfüllung und des Triumphes angestimmt. Das Geschick stand ihm nicht nur zur Seite, es war sogar sein gleichberechtigter Partner.

»Bitte machen Sie sich keine Sorgen, Mr. Shanks«, sagte er mit seiner beruhigenden Arztstimme. »Es wird alles wieder gut. Für Sie und meine Patientin. Solange Sie mir helfen, alles in Ordnung zu bringen.«

»Aber wie? Ich muß doch nicht etwa zur Polizei gehen?«

»Nein«, sagte Vanner. »Natürlich nicht. Hier, dies ist die Anschrift, die Sie aufsuchen sollen. Heute abend noch.«

Er zog ein Stück Papier aus der Tasche. In großen, deutlichen Buchstaben hatte er Gail Gunnersons Adresse daraufgeschrieben.

15

»Steve Tyner hat angerufen«, berichtete Gail ihrem Arzt.

Vanner, der gerade ihren Puls fühlte, spürte, wie sich sein Herzschlag beschleunigte. Aber er blieb äußerlich ruhig und machte nur uninteressiert: »Oh?«

»Dreimal sogar. Ich habe natürlich nicht mit ihm gesprochen; das hat Mrs. Bellinger getan. Die Frau wird von Tag zu Tag unmöglicher. Ich habe ihr ganz klar gesagt, daß ich nicht mit ihm sprechen wollte, doch jedesmal hat sie durchgeklingelt und mir dieselbe Frage gestellt.«

»Mrs. Bellinger scheint ein bißchen Partei zu ergreifen.«

»Ja, leider. Aber sie weiß nicht, wer Steve Tyner wirklich ist. Sie hält ihn für einen netten jungen Mann, mit dem ich mich nur mal so gestritten habe, und meint, daß wir uns mit einem Kuß bald wieder versöhnen. Was machen die Elfen in meiner Aorta?«

»Ihr Herz ist bestens in Schuß«, sagte Vanner lächelnd und legte ihren Arm wieder unter die Bettdecke. »In mehr als einer Beziehung. Ich bin ganz sicher, daß Sie jemanden finden werden, der Ihrer würdiger ist als Mr. Tyner.«

»Er hat mit Mrs. Bellinger gesprochen«, sagte Gail sehnsüchtig. »Sie hat mir seine Worte wiedergegeben, obwohl ich gesagt habe, daß mich das nicht interessiert.« Sie streichelte die abgegriffene Nasenspitze ihres Stoffbären. »Steve zieht fort. Er geht wieder in seine Nachrichtenagentur und läßt sich an irgendeinen exotischen Ort verschicken – etwa Timbuktu. Gibt es Timbuktu überhaupt noch?«

»Ich glaube schon. Und ich beneide die Timbuktaner nicht.«

»Ich wünschte, ich auch nicht«, sagte Gail und drehte das Gesicht ins Kissen. Vanner wartete, ob sie weinen würde. Als nichts kam, nahm er das Plastikröhrchen vom Tisch und ließ vier winzige weiße Tabletten auf seine Handfläche rutschen. Er betrachtete sie abschätzend und schob dann eine Pille in den Behälter zurück.

»Hier«, sagte er. »Zeit für Ihre Medizin.«

»Muß ich?«

»Ja, meine Kleine«, erwiderte Vanner in väterlichem Ton. »Ich weiß, Sie haben etwas dagegen, die ganze Zeit schläfrig zu sein, aber das ist nur eine Nebenwirkung. Die Vorteile überwiegen die Nachteile.«

»Ich komme mir ganz gewichtslos vor. So fühlen sich bestimmt auch die Astronauten – frei im All schwebend, ohne festen Boden zu berühren. Nur ist der Effekt bei mir noch stärker. Ich habe den Eindruck, als schwebte ich auch in der Zeit. Heute früh hab ich auf die Uhr gesehen und wußte nicht mehr, ob es halb sieben Uhr morgens oder abends war. Wie lange geht das noch?«

»Bis der Onkel Doktor Ihnen sagt, daß Sie genügend Bettruhe gehabt haben. Oder bis die Raumeinsatzzentrale Ihnen mitteilt, daß Sie wieder fit sind für die Erdgravitation.«

»*Gravitation*«, sagte Gail, »was für ein komisches Wort! ›Das Gravierende der Situation‹ – hat das damit zu tun?«

»Ich bin Psychiater, kein Philologe.«

»Und Grab. Ich bin sicher, es hat auch mit Grab zu tun.« Jetzt wandte sie sich um und sah ihn. »Sagen Sie jetzt nicht, daß das morbid sei?«

»Nicht wenn Sie es schon selbst sagen«, erwiderte Vanner und schenkte ihr ein Glas Wasser ein.

Gail nahm die Pillen und wunderte sich erst über die seltsame Anzahl, als sie sie geschluckt hatte. Dann sagte sie: »Drei Tabletten! Sie wollen mich heute wirklich aus dem Verkehr ziehen, nicht wahr?«

Vanner antwortete wohlüberlegt: »Ich möchte, daß Sie heute besser schlafen als gestern.«

»Aber die Pillen helfen mir nicht beim Schlafen. Sie lassen nur das Zimmer kreisen. Mein Schlafzimmer steigt jede Nacht in eine Kreisbahn auf; habe ich Ihnen das Symptom schon geschildert?«

»Wir sind heute großartige Raumflieger, wie?« Vanner lächelte. »Also, steigen Sie schon in Ihre Kapsel und vergessen Sie ›das Gravierende der Situation‹. Die ist nicht annähernd so schlimm, wie Sie annehmen. Sie hatten eine gute Nacht, auch wenn Sie nicht gut geschlafen haben. Keine Halluzinationen mehr, keine neuen Gespenster oder Kobolde an der Tür ... Ich würde sagen, das ist ein gutes Zeichen.«

»Wirklich?«

»Bleiben Sie also im Bett, Gail. Unterlassen Sie Ihre Spaziergänge im All, wie Sie sie gestern nacht gemacht haben. O ja – Mrs. Bellinger hat sie verraten.«

»Ich bin nur in die Küche gegangen«, sagte Gail. »Ich war plötzlich sehr hungrig und ging nach unten, um von dem Eintopf zu essen. Ich konnte gestern keinen Bissen runterkriegen, nachdem Sie mir die Wahrheit gesagt hatten ... über Steve.«

»Naja, ich bin froh, daß Sie wieder Appetit bekommen haben, obwohl es mitten in der Nacht war.«

»Nein«, sagte Gail tonlos. »Als ich Mrs. Bellingers großen Eisentopf im Kühlschrank sah, war es wieder aus damit. Ich setzte mich an den Küchentisch und heulte die ganze Plastikdecke voll ...« Sie biß sich auf die Lippen und wechselte gezwungen das Thema. »Hören Sie, da wir gerade von Spaziergängen reden – wie geht es Cassandra?«

Vanner drückte den Verschluß wieder auf die Flasche. »Also ...«, sagte er.

»Was macht der arme Hund, solange Sie fort sind? Ich habe mir öfter Gedanken darüber gemacht. Schläft sie auf der Couch in Ihrem Büro?«

»Um die Wahrheit zu sagen«, begann Vanner sanft, »ich habe keine guten Nachrichten.«

»Was meinen Sie?«

»Ich wollte eigentlich nicht darüber sprechen, aber Cass ist es in letzter Zeit nicht sehr gut gegangen. Ihr Benehmen ließ doch einiges zu wünschen übrig – und ihre Selbstbeherrschung, wenn Sie verstehen, was ich meine.«

»Nein.«

»Cassandra hat sich öfter gehenlassen. Und sie steckt voller Mucken.«

»Wieso denn?«

Vanner zuckte die Achseln. »Ich weiß es nicht. Wahrscheinlich eine Infektion. Hat jedenfalls der Tierarzt gesagt. Ihr Gehirn war angegriffen. Sie begann, Menschen anzuknurren und zu verbellen, die sie sonst mochte. Mitten in der Nacht heulte sie los, als hätte der Teufel sie am Schwanz gepackt. Und es wurde nicht besser – nur schlimmer. Schließlich habe ich das einzig Mögliche getan.«

»Was?«

»Sie mußte eingeschläfert werden. Das ist natürlich immer eine schwierige Entscheidung, aber es mußte sein.«

»Oh, wie schrecklich!«

»Das arme Wesen hat sehr gelitten«, sagte Vanner und berührte Gail an der Schulter. »Sie hat mit sich selbst nichts mehr anfangen können und war auch für andere keine Freude mehr. Sie ist friedlich entschlummert, Gail, sie ist in einen Schlaf ohne Alpträume gesunken … Manchmal ist das die einzige Lösung. Das wissen Sie doch, nicht wahr?«

»Ja«, flüsterte Gail Gunnerson.

Er suchte Mrs. Bellinger in der Küche auf und erwischte sie dabei, wie sie ein rosa Pflaster auf ihre Fußsohle legte. Hastig zog sie den Schuh an und fragte, ob er einen Tee oder Kaffee wollte. Vanner sagte: »Ich wollte eigentlich nur fragen, ob *Sie* etwas haben möchten.«

»Ich?«

»Es hat mir leid getan, daß ich Ihnen gestern abend nichts zum Einschlafen geben konnte. Für Gail ist es aber wichtig, daß auch *Sie* gut ausgeruht sind.«

»Habe bis drei Uhr kein Auge zugemacht«, sagte die Haushälterin seufzend. »Was ist das nur, Doktor, ich *lausche* die ganze Zeit und bilde mir immer wieder ein, das arme Mädchen ruft nach mir.«

»Ich kann Ihre Besorgnis verstehen. Deshalb habe ich heute ein paar Tabletten mitgebracht. Die helfen Ihnen bestimmt.« Er griff in die Tasche, doch in diesem Augenblick meldete sich das Wandtelefon. Mrs. Bellinger hob ab, sagte Hallo, lauschte und schüttelte traurig den Kopf. »Nein, ich glaube nicht, Mr. Tyner. Sie wissen ja, was sie die anderen Male gesagt hat. Außerdem ist gerade der Arzt hier, und ich glaube, dem ist lieber, wenn sie etwas schläft ... Ja, Dr. Vanner ... Also, das weiß ich natürlich nicht.« Sie blickte Vanner fragend an und sagte: »Mr. Tyner möchte wissen, ob er mal mit Ihnen sprechen kann.«

Vanner überlegte einen Augenblick. »Aber sicher.« Er nahm den Hörer. »Tyner!« sagte er lebhaft, als spreche er mit einem guten alten Freund.

»Ich versuche schon den ganzen Tag mit Gail zu sprechen«, sagte Steve. »Dank Ihnen will sie mich nicht mal mehr anhören.«

»Gail hat mir erzählt, daß Sie verreisen wollen. Nach Timbuktu, hat sie gesagt. Aber sie meinte auch, daß sie das vielleicht mißverstanden hätte.«

»Hat sie auch. Man hat mir eine Stellung im Rom-Büro der Pickering-Agentur angeboten.«

»Rom! Wunderbar! Grüßen Sie Marco von mir. Er ist Kellner in der Hostaria dell'Orso. Sagen Sie ihm meinen Namen, dann werden Sie bestens bedient.«

»Ich will wissen, wie es Gail geht!«

»Tut mir leid. Ich möchte mit niemandem über meine Patientin sprechen, der nicht mit ihr verwandt ist.« Er unterdrückte ein Lächeln, als er Steves beißende Antwort hörte. Dann sagte er: »Also gut, wenn Sie es wirklich wissen wollen – ihr Zustand ist ernst. Sie ist in einer kritischen emotionellen Phase, und die nächsten Tage oder Stunden dürften Aufschluß darüber bringen, ob sie in ein Krankenhaus muß. Das war einer der Gründe, warum ich vorgeschlagen habe, daß Sie sich jetzt nicht mit ihr in Verbindung setzen. Falls Sie sich darüber nicht im klaren sind, Mr. Tyner – Sie sind eine der primären Ursachen dieser Krise.«

»Wie steht es mit Ihnen?« fragte Steve hitzig. »Wenn Sie ihr nichts von meiner Arbeit bei der Fiduciary erzählt hätten ...«

»Ja«, sagte Vanner, dessen Stimme die entgegengesetzte Temperatur hatte. »Wenn ich ihr die Wahrheit verschwiegen und zugelassen hätte, daß sie weiter annahm, Ihre Zuneigung wäre echt ...«

»Da wir gerade von *echt* sprechen«, sagte Steve. »Wie kommt es, daß Sie nicht von der Psychiatrischen Vereinigung Amerikas geführt werden, Doktor?«

Die Wählscheibe schien vor Vanners Augen zu verschwimmen. Er überwand das Schwindelgefühl, indem er die Fingerspitzen gegen die Küchenwand stemmte.

»Verzeihung«, sagte er. »Was war das?«

»Ich sagte«, wiederholte Steve, »daß Sie in keinem einzigen Medizinerverzeichnis stehen. Ich habe den Verband angerufen, wo man mir sagte, daß Ihr Eintrag vielleicht zu neu ist, um in der letzten Ausgabe des Psychiatrischen Handbuches zu stehen – doch man hatte auch keinen Aufnahmeantrag von Ihnen vorliegen.«

»Wer sagt denn, daß ich verpflichtet bin, mich eintragen zu lassen?«

»Ich habe daraufhin beim Senatsamt des Staates New York angerufen – das ist der Verein, der Psychiatern wie Ihnen die Lizenz erteilt –, und dort gibt es auch keine Spur von Joel Vanner. Woher haben Sie Ihr Diplom, Doktor, als Werbezugabe aus einer Schachtel Cornflakes?«

»Ich habe nicht die Absicht, Ihnen meine Qualifikation zu belegen, Mr. Tyner. Aber da Sie schon davon sprechen – wenn Sie sich mein Diplom angesehen hätten, wüßten Sie, daß es nicht in diesem Land ausgestellt ist – und deshalb dauert es so lange, bis mich der Ausschuß auf die Liste setzt.«

»Na, wo ist das Ding denn her – aus Timbuktu?«

»Wien«, sagte Vanner. »Es stammt von der Universität Wien. Und wenn Sie mich jetzt bitte entschuldigen wollen, ich muß nach meiner Patientin schauen.«

Er legte auf, ohne auf eine Antwort zu warten, und wandte sich an seine ›Patientin‹ Mrs. Bellinger, die am Küchentisch saß und die Finger übereinandergelegt hatte. Vanner lächelte sie an und griff in der Tasche nach dem kleinen Umschlag, der die Schlaftabletten enthielt.

»Nehmen Sie beide sofort«, riet er. »Es dauert etwa eine halbe Stunde, bis sie wirken, aber wenn Sie dann ins Bett gehen, schlafen Sie sicher sehr fest.«

»Vielen Dank, Doktor.«

Vanner sah zu, wie sie die Pillen schluckte. Jede Kapsel enthielt ausreichend Phenobarbital, um einen jungen Bullen für den Rest der Nacht auszuschalten. Zwei Portionen waren geradezu eine Garantie für eine störungsfreie Nacht. Von der Wirksamkeit überzeugt, begann Mrs. Bellinger bereits zu gähnen, obwohl sie die Tabletten eben erst geschluckt hatte. Vanner lachte leise.

»Vielleicht sollten Sie gleich zu Bett gehen, Mrs. Bellinger.«

»Sind Sie sicher, daß mich Gail nicht mehr braucht?«

»Ich bin sicher, daß Gail auch bald schläft. Und machen Sie sich meinetwegen keine Gedanken. Ich finde schon hinaus.«

Als Mrs. Bellinger ging, warf sie dem Arzt einen dankbaren und vertrauensvollen Blick zu. Nette alte Schachtel, dachte Vanner. Er war in guter Stimmung. Sogar Steve Tyner widmete er einen freundlichen Gedanken, trotz Tyners grobem Racheversuch. Vanner machte sich keine Sorgen mehr darüber, da Dr. Joel Vanner sich bereits schrittweise aus diesem Leben empfahl. Nach seiner Rückkehr aus Brooklyn hatte er vorhin die wenigen Dinge eingepackt, die ihm in der möblierten Praxiswohnung gehörten – einschließlich des Diploms –, und hatte der Vermieterin einen letzten Scheck über die Miete und einen kurzen Brief dagelassen, er müsse überraschend einen psychiatrischen Kongreß »im Ausland« besuchen. Das private Gepäck befand sich nun draußen im Kofferraum des Mietwagens; sein Flugticket lag im Handschuhfach – dies alles gab Vanner ein köstliches Gefühl der Befreiung.

Er betrat das Wohnzimmer der Gunnersons und schenkte sich ein Glas Sherry ein – das einzige alkoholische Getränk, das er finden konnte. Normalerweise trank er keinen Sherry, doch dieser Abend erforderte eine kleine Feier, ein Glas, das prostend an die Lippen gehoben wurde. Nicht um sich Mut zuzutrinken, redete er sich ein; den hatte er bereits unter Beweis gestellt und wußte durchaus, daß er über eine bemerkenswerte Entschlossenheit verfügte. In offener Bewunderung seiner

Talente hob er das Glas. Dann lehnte er sich zurück und wartete darauf, daß die Türklingel schellte.

Shanks traf einige Minuten nach zehn Uhr ein. Die Verspätung überraschte Vanner nicht; er konnte sich lebhaft vorstellen, wie der ehemalige Leichenbestatter noch einen nervösen Rundgang um den Häuserblock gemacht hatte, ehe er den Mut aufbrachte, das Stadthaus der Gunnersons zu betreten. Bestimmt hatte er sich das Gebäude angesehen und dabei erschaudernd an die Nacht des 12. März 1955 gedacht; bestimmt sah er mit noch größerer Furcht dem Auftrag entgegen, der ihn nun nach fast zwanzig Jahren wieder hierherführte. Vanner hatte ihm versichert, daß sein Einsatz ausschließlich medizinische Gründe hatte; doch als er Shanks' gebeugte Gestalt und die zitternden Hände und die Feuchtigkeit auf den Lippen des fast zahnlosen Mundes sah, wußte er, daß er ihm noch einmal gut zureden mußte.

»Machen Sie sich keine Sorgen«, sagte Vanner leichthin. »Es wird alles gut werden. Sie müssen nur genau das tun, was ich Ihnen gesagt habe, dann ist der Fall für Sie endgültig ausgestanden.«

»Gefällt mir nicht«, sagte Shanks heiser. »Eine schreckliche Sache, die Sie da von mir verlangen.«

»Stellen Sie es sich als Rolle vor«, sagte Vanner. »Haben Sie schon einmal von einem Psychodrama gehört?« Er lächelte. »Nein, ich bin sicher, das Wort ist Ihnen unbekannt. Aber Sie haben doch bestimmt eine Vorstellung von traumatischen Erlebnissen. Einem Menschen widerfährt etwas, und wenn dieses Etwas die Ursache großen Schmerzes oder großer Angst oder unerträglicher Schuldgefühle ist, neigt man dazu, es zu unterdrücken und zu begraben. Mit Beerdigungen müßten Sie sich doch auskennen, Mr. Shanks.« Vanners Zuhörer lachte nicht. »Jedenfalls wissen wir Psychiater eins – die einzige Methode, die schlimmen Auswirkungen einer verdrängten Erinnerung auszumerzen, besteht darin, sie wiedererstehen zu lassen. Verstehen Sie jetzt?«

»Nein«, sagte Shanks und blickte sehnsüchtig auf den Sherry.

»Möchten Sie einen Drink?« fragte Vanner, dem nicht entgangen war, daß sich der Mann schon vor seiner Ankunft tüchtig gestärkt hatte. Er schenkte ihm ein Glas ein.

Shanks leerte es in einem Zug und sagte: »Sind Sie sicher, daß wir keinen Ärger bekommen?«

»Der einzige ›Ärger‹, der entstehen könnte, wäre an Ihre Anschrift gerichtet, Mr. Shanks, wenn Sie nämlich nicht mitmachen. Verstehen Sie?«

Shanks starrte bekümmert in sein leeres Glas und nickte. Vanner nahm ihm das Glas ab und stellte es sorgfältig fort. »Also gut«, sagte er. »Kommen Sie mit.«

Vanner führte Shanks wie an einer unsichtbaren Leine in die Haupthalle. Der frühere Leichenbestatter blickte angstvoll die lange Treppe hinauf.

»Moment noch«, sagte Vanner.

Er ging zur Garderobe im Flur. Auf der Marmorplatte des Tischchens unter dem Flurspiegel lag ein verpackter Gegenstand; das Papier war mit Klebstreifen verschlossen. Vanner entfernte die Verpackung und sagte zu Shanks: »Nehmen Sie das mit.«

16

Träume:

In ekstatischem Entsetzen festgeklammert an der Kette der Gartenschaukel, ihre Beine, die in die Luft hinaufsausten, die Spitze ihrer braunen Lacklederschuhe wie Amseln, die nebeneinander dahinfliegen. Der Rücksturz zur Erde, zurück in den Griff der Gravitation, der erneute Aufschwung und der Blick nach unten – dann unter ihr die längliche Vertiefung im Boden, der aufgehäufte Dreck aus dem Grab der Gravitation …

Ihr Vater. Ein rosaverwaschenes Gesicht unter einer Schirmmütze, die kalte Berührung von unzähligen Knöpfen überall an seinem Körper. Arme, die sie vom Boden hoben, die hübschen goldenen Blätter an seinen Schultern, die sie anfaßte und abzunehmen versuchte. Ihr Vater, lachend. Gesicht an Gesicht, die grobe Berührung des Bartes und der seltsame Mischgeruch von Rauch und Süße, das Gefühl von Sicherheit und Frieden.

Die Uhr. Der Schlag einer Turmuhr. Eine Treppe, die zu dem fernen Zifferblatt aufsteigt. Das Klettern, Atemlosigkeit. Die Glocke, die lauter schlug. Kirchenglocke. Glocke. Locke. Flocke. Der Teufel, der Cassandra am Schwanz packte. Ein Geheul. Ein Mann im weißen Mantel mit Gazemaske vor dem Gesicht, eine Nadel in der Hand. Die Spitze, die sich in ihr Hinterteil bohrte. Cassandra, wimmernd, den Kopf auf den Pfoten, flehende Augen, das dumpfe Pochen des Schwanzes auf dem Teppich …

Sie hörte das Pochen zweimal und öffnete die Augen.

Ein ganz leiser Laut in der Stille. Poch, Pause, Poch, Pause. Poch Pfoten? fragte sich Gail. Oder ein Schwanz? Cass, der Fast-Schäferhund, der die Treppe heraufkam?

Nein. Cass war ja tot, eingeschläfert. Trotzdem das Poch, Pause, Poch.

Stille.

Sie wartete darauf, daß die Gravitation des Schlafs sie wieder hinabzog.

Wartete und hörte das Quietschen.

Ihre Augen wandten sich der Tür zu.

Drehte sich der Knopf?

Egal.

Die Tür war ja verschlossen.

Dr. Vanner hatte sie verriegelt, als er das Zimmer verließ.

Soll sich der Knopf ruhig drehen.

Aber jetzt öffnete sich die Tür.

Vor dem diffusen Licht aus dem Flur erschien die schwarze Silhouette des Leichenbestatters in all ihrer Verkrümmtheit und übertriebenen Länge – eine knochige Hand lag auf dem äußeren Knopf ihrer Tür, die andere preßte etwas an die Brust; der Mann der Holzkisten und der ausgehobenen Erde trat in ihr Zimmer und in den weichen Schein ihres Nachtlichts; die schwache Glühbirne warf alle Schatten nach oben und verwandelte die Augen in leere schwarze Höhlen; der vorgeneigte Körper, der mit jedem Schritt torkelte, als sei der Teppich ein schwankender Boden, näherte sich. Im Zimmer gab es keinen anderen Laut als sein furchtsames Stöhnen, denn Gails Hals war zu einer festen Säule aus Fleisch geworden, die keinen Laut und keinen Atemzug durchließ.

Dann blieb er stehen, auf halbem Wege zwischen der Tür und ihrem Bett. Seine rechte Hand kam unter dem Mantel hervor; etwas blitzte metallisch im Licht, als er den Arm ausstreckte und den bisher verborgenen Gegenstand vor sich hinhielt, den Spaten, der das Grab grub, das die Kisten aufnahm, die die Leichen enthielten, die die Gravitation des Todes in die ewige Nacht hinabzog.

17

Sie kämpfte mit ihm, kreischte ihm ins Gesicht, ihre Fingernägel kratzten ihm über die Wange, über das Nasenbein, über das bärtige Kinn; aber der Leichenbestatter hatte doch gar keinen Bart! Diese Erkenntnis würgte ihre Schreie lange genug ab, daß sie Dr. Vanners gebrüllte Kommandos hören konnte:

»Hören Sie auf, Gail! Um Himmels willen, hören Sie auf!«

Schluchzend hob sie die Hände, als wollte sie den Schlag abwehren, der ihre Hysterie beenden würde. Aber Vanner packte sie nur an den Schultern und drückte sie fest in die Kissen.

»Der Leichenbestatter!« sagte sie atemlos. »Er war hier – er wollte mich holen! Wie damals!«

»Nein«, sagte Vanner. »Nein, Gail, niemand war hier. Sie haben wieder mal ein Phantom gesehen, eine Halluzination – weiter nichts.«

»Er war es, ich schwör's! Er kam die Treppe herauf, wie in der Nacht, als meine Mutter starb! Er ist damals in mein Schlafzimmer gekommen! Wie konnte ich das nur vergessen?«

»Aber Sie *haben's* vergessen«, sagte Vanner leise. »Sie haben diese Kindheitserinnerung völlig verdrängt. Die Tatsache, daß der Leichenbestatter damals Ihr Schlafzimmer betrat. Sie nahmen an, er wäre gekommen, um Sie als nächste zu holen, Gail, um Ihnen dasselbe anzutun wie Ihrer Mutter ...«

»Ja. Ich dachte, er hätte es auf mich abgesehen! Es war schrecklich!«

»Sie meinten, als nächste müßten *Sie* in den Holzkasten, um unter die Erde gesteckt zu werden ...«

Sie begann wieder zu weinen. »Mein Gott, Joel, wie konnte ich das nur vergessen? Es war der schlimmste Augenblick in meinem Leben!«

»Das war Ihre Strafe«, sagte Vanner. »Jedenfalls haben Sie so etwas angenommen, als der Mann in Ihr Zimmer kam. Die Strafe für Ihre bösen Gedanken, dafür, daß Sie sich den Tod Ihrer Mutter gewünscht hatten – ein Wunsch, der nun erfüllt worden war ...«

»Aber ich habe nicht geträumt, Joel, ich schwör's Ihnen, ich habe nicht geträumt! Damals nicht – und auch heute nicht!«

»Nein«, sagte Vanner und streichelte ihr den Kopf. »Sie haben nicht geträumt, Gail – damals war die Szene echt. Der Leichenbestatter ist *wirklich* noch einmal zurückgekommen. Er kehrte in dieses Haus zurück und stieg draußen die Treppe herauf und öffnete Ihre Schlafzimmertür und trat ein. Aber er hatte es nicht auf Sie abgesehen. Er wollte nur seine Aktentasche holen.«

»Seine was?«

»Sehen Sie, wie einfach die Ursache unserer Ängste sein kann? Ihr Freund, der Leichenbestatter, hatte seine Aktentasche im Haus vergessen und kam in jener Nacht zurück, um sie zu holen. Er stieg ins Obergeschoß hinauf und öffnete die Tür, von der er annahm, daß sie in das Schlafzimmer ihrer Mutter führte. Aber er irrte sich. Er öffnete statt dessen Ihre Tür – und das war der Auslöser für Ihre Krankheit. Kein Traum.«

»Aber es war auch heute kein Traum! Nein! Ich war wach, Joel! Der Mann war so wirklich vorhanden wie Sie!«

»Bei Helen Malmquist haben Sie das auch behauptet.«

Sie nahm ihre Hand von der seinen. »Aber es stimmt«, flüsterte sie. »Ich habe ihn gesehen. Er hatte denselben Schritt wie damals. Und – er hatte etwas bei sich.«

»Was?«

»O Gott«, sagte sie mit verzerrter Stimme. »Ich will es Ihnen nicht sagen. Ich will gar nicht darüber sprechen. Sie glauben mir ja doch nicht!«

»Ich muß die ganze Geschichte kennen, Gail. Wie kann ich Ihnen helfen, wenn ich nicht Bescheid weiß?«

»Er hatte – eine Schaufel unter seiner Jacke. Eine kleine Metallschaufel. Vielleicht war's ein Spaten. Ich bin nicht sicher, ob ich den Unterschied kenne.« Sie bemerkte seinen Gesichtsausdruck und rief: »Sehen Sie mich bitte nicht so an! Ich sage die Wahrheit! Er hatte seinen Spaten unter dem Mantel, und er nahm das Ding heraus und hielt es mir hin, als wollte er sagen: ›Ich begrabe dich! Ich bin gekommen, um dich zu begraben – hiermit!‹«

»Ihre Tür war verschlossen«, sagte Vanner leise. »Sie wissen, daß ich sie selbst zugemacht habe – mit dem Schlüssel, den Mrs. Bellinger mir gegeben hat.«

»Aber er hat sie aufgemacht! Er war hier!«

»Nein«, sagte Vanner unendlich traurig. »Heute nacht ist hier nichts weiter geschehen, Gail, als daß durch irgendeinen Einfluß ein Ungeheuer aus dem dunklen Keller Ihres Unterbewußtseins freigelassen wurde. Warum das geschehen ist und was es bedeutet, kann sicher erst mit der Zeit bestimmt werden. Aber die Tatsache, daß sich die Erscheinung als Realität manifestierte …« Er hielt inne und griff wieder nach ihrer Hand. »Das läßt uns nicht mehr viele Möglichkeiten. Unsere Möglichkeiten waren von Anfang an sehr beschränkt, aber ich wollte nicht aufgeben, ich wollte nicht eingestehen, daß Sie in das halluzinatorische Stadium Ihrer Krankheit eingetreten sind …«

»Das war es nicht, es war keine Halluzination!« stöhnte sie und wälzte ihren Kopf auf dem feuchten

Kissen hin und her. »Ich schwöre Ihnen, der Mann war echt, Joel, bitte glauben Sie mir doch ... helfen Sie mir ...«

»Ich kann Ihnen nicht genug helfen. Verstehen Sie das nicht? Sie brauchen Pflege rund um die Uhr. Eine völlige Konzentration auf den Heilungsprozeß. Das ist jetzt die einzige Lösung. Sie müssen das verstehen.«

»O Gott, Joel! Sie meinen doch nicht – ein Krankenhaus?«

»Ich habe keine Angst vor dem altmodischen Wort ›Asyl‹. Das Wort ist ganz in Ordnung. ›Asyl‹ bezeichnet einen Ort der Zuflucht, einen Ort, an dem man dem Druck entfliehen kann, der einen vernichtet. Denn Sie werden zugrundegehen, wenn man Ihnen nicht hilft, wenn nicht alles menschenmögliche getan wird. Elektroschocks, therapeutische Bäder, Rauschgifte ...«

»Nein! Das würden Sie mir doch nicht antun – ich habe Ihnen gesagt, daß ich das nicht ertragen würde! Da wäre ich lieber tot!«

»Aber Sie sterben sowieso, wenn Sie keine Hilfe bekommen. Ihr Geist stirbt, löst sich auf. Der Teil von Ihnen, der *wirklich* Gail Gunnerson ist, schwindet dahin ... Wollen Sie, daß das geschieht?«

»Nein, bitte, nein! Sie können sich doch nicht auch noch gegen mich wenden – ich habe ja niemanden mehr!«

»Gail, ich kann nichts mehr für Sie tun. Ich bin so hilflos, wie ich war, als ... naja, als die arme Cassandra krank wurde. Wenigstens gab es da noch eine Möglichkeit ...«

»Eine Möglichkeit ...«

»Ihre Mutter hat Gebrauch davon gemacht«, sagte Vanner. »Oder?«

Er griff in die Tasche und zog den kleinen weißen Umschlag heraus. Es waren noch zehn Kapseln übrig.

Er schüttelte sie vorsichtig auf ihren Nachttisch. Zwei rollten gegen das Podest der Porzellanballerina. Er zerknüllte den Umschlag und ließ ihn in den Papierkorb fallen.

»Diese Pillen sind nicht wie die anderen Mittel, die ich Ihnen gegeben habe. Sie helfen Ihnen schlafen, Gail. Eine genügt für eine Nacht. Zwei wirken länger. Vier oder fünf oder sechs ... Naja.« Er blickte in ihre Augen und sah, wie ihr langsam die Wahrheit dämmerte. Als er wußte, daß sie ihn verstanden hatte, machte er kehrt und verließ das Zimmer.

Als er die Treppe hinabging, dachte er an Shanks. Der Leichenbestatter, den Gails Geschrei erschreckt hatte, war in solcher Hast die Stufen hinabgeeilt, daß er auf halbem Wege gestolpert und in einem unmöglichen Durcheinander aus Armen und Beinen im Flur gelandet war. Wimmernd wie ein verwundetes Tier war er dann durch die Vordertür gehumpelt; Vanner hoffte, daß ihn kein später Passant beim Verlassen des Gunnerson-Hauses beobachtet hatte. Aber Vanner war selbst erst halb die Treppe hinab, als ihn Gails Stimme aufhielt.

»Joel! Bitte! Bitte, Joel!«

Er machte kehrt und sah sie oben an der Treppe stehen, ihr Nachthemd war verrutscht und zerknittert, das Haar verwuschelt, das Gesicht tränenüberströmt und schmutzig wie das eines Kindes. Einen kurzen Augenblick glaubte er, die sechsjährige Gail vor sich stehen zu sehen, die ihn entsetzt anstarrte.

»Joel, ich kann es nicht tun, ich bringe es nicht fertig. Es muß eine andere Lösung geben!«

»Ich muß gehen«, sagte Vanner, und seine Stimme war hart vor Mißbilligung. »Wir treffen morgen die nötigen Arrangements. Ich muß mit der Fiduciary Bank über die Einweisungsformalitäten sprechen. Ich weiß nicht genau, wann ich komme.«

»Sie dürfen das nicht tun!«

»Ich habe leider keine andere Wahl – nicht mehr als Sie.«

Sie schlug die Hände vor das Gesicht. Vanner seufzte und ging zu ihr. Er legte ihr die Arme um die Schultern und sagte: »Die Kapseln, die ich Ihnen dagelassen habe, sind eine sehr einfache Lösung, Gail. Ich weiß, daß es nicht richtig von mir ist, Ihnen diesen Ausweg zu bieten, aber ich verstehe weiß Gott, was Sie durchmachen – ich weiß sogar, wie Ihrer Mutter zumute war, Sie werden sich nicht nur ganz schläfrig fühlen ... das kann ich Ihnen wenigstens versprechen ...«

Aber sie schüttelte den Kopf. »Ich kann es nicht tun. Und ich tue es nicht.«

»Sie ziehen das Asyl vor?«

»Ich kann es nicht – begreifen Sie das nicht? Ich will leben, Joel!«

»Glauben Sie, das wäre ein Leben?«

»Vielleicht kann ich mich erholen. Vielleicht kann ich gesund werden, nachdem ich jetzt über mich Bescheid weiß!«

Barsch: »Und Sie nennen Halluzinationen ein Zeichen von Gesundung?«

»Aber Sie haben mir doch geholfen, mich selbst zu verstehen! Vielleicht habe ich den Leichenbestatter *deshalb* noch einmal gesehen – weil ich in der Lage war, die Erinnerung endlich zu lösen! Ich vermochte mich davon zu befreien – sollte ich das nicht überhaupt tun?« Sie klammerte sich verzweifelt an ihn. »Sie haben mir geholfen. Sie haben mir geholfen! Ich weiß, daß ich jetzt gesund werden kann – Ihretwegen ... Ich will nicht sterben! Ich will es nicht, Joel!«

Er führte sie wieder zum Schlafzimmer. »Gehen Sie hinein, Gail. Stellen Sie sich vor, was das bedeutet, den

Rest Ihres Lebens zwischen gepolsterten Wänden zu verbringen und wie ein wildes Tier behandelt zu werden ...«

»Ich will nicht wieder in das Zimmer!«

»Aber Sie müssen!« sagte er ärgerlich. »Sie wissen, was geschieht, wenn Sie es nicht tun.«

»Ich gehe nach unten! Ich gehe in die Küche. Ich will etwas essen. Ich habe Hunger! Ob es *das* vielleicht war – der Mangel an Nahrung? Es heißt, Mystiker essen nichts, um Visionen zu haben ...«

Sie griff nach dem Geländer, und Vanner riß ihre Hand zurück.

»Sie Dummkopf! Erkennen Sie nicht, daß ich recht habe?«

»Es ist doch recht, wenn man leben will, Joel, nicht wahr? Nicht wahr?« Sie versuchte, ihre Tränen zurückzuhalten, doch dann mußte sie wieder weinen. »Bitte lassen Sie mich los«, schluchzte sie. »Bitte! Ich will fort aus dem Zimmer ... Ich will Mrs. Bellinger sprechen.«

»Mrs. Bellinger schläft, und Sie sollten auch ...«

»Sie tun mir weh!«

»Dies ist deine letzte Chance, Gail!«

»Ich will da nicht rein – nein! Laß mich los, Piers! Bitte laß mich los!«

Er löste den Griff so abrupt, daß sie fast nach hinten getaumelt wäre. Sie gewann ihr Gleichgewicht wieder, doch plötzlich befiel sie eine neue Art von Schwindel. Auf einmal sah sie die Welt durch das falsche Ende eines Fernglases; so wie man nur die Vergangenheit betrachten kann. Auf Vanners Gesicht stand ein Ausdruck des Entsetzens; die grauen Augen waren verblüfft gerundet, das Kinn hing ihm herab, und er sah jünger aus, er sah mehr aus wie der Junge, der er einmal gewesen war. »Du bist ja *wirklich* Piers, nicht wahr?« fragte Gail verwundert. »Du siehst genauso aus wie er«, sagte sie und begann zu wimmern, als er ihr die Hand vor das Gesicht legte, wobei seine Handkante hart gegen ihren Mund schlug. Zwischen den gespreizten Fingern hindurch sah sie die schreckliche Wut, die sein Gesicht vom Haaransatz bis zum Bart rötete. Dann verschwamm sein Bild, und sie stürzte. Sie sah die Standuhr, die plötzlich auf dem Kopf stand. Sie schrie, aber da drängten die Wände herbei, um sie einzuschließen, und sie sagte noch einmal seinen Namen. *Piers!* sagte sie, und ihre Stimme war leise und tonlos.

Aber Dr. Joel Vanner hörte das Wort und wußte, daß auch ihm nicht mehr viele Möglichkeiten blieben.

Er fand kein Seil auf dem Boden. Das war vielleicht ein Glücksumstand. Parallelen waren schließlich Parallelen. Cressie Gunnerson hatte eine elektrische Schnur verwendet, und im Wohnzimmer gab es eine lange Verlängerungsschnur, über die er schon mehrmals gestolpert war. Allerdings ließ er das ohnmächtige Mädchen ungern auf dem staubigen Boden zurück; die nützliche Bewußtlosigkeit mochte jeden Augenblick enden, und er haßte es, sich etwa mit der Gewalttätigkeit eines Schlages behelfen zu müssen. Dies war sein schlimmster Augenblick bei Helen gewesen; die Notwendigkeit, sie bewußtlos zu schlagen, um ihre Mitwirkung bei dem Selbstmordplan zu gewinnen. Vanner erschauderte bei dem Gedanken daran; dieser Schlag war ihm schwerer gefallen, als ihr hinterher die Schnitte an den Handgelenken beizubringen. Irgendwie waren die Augen daran schuld. Es war ihm unangenehm gewesen, daß Helen ihn *ansah*, als sie seine wahre Absicht erkannte. Aber ihre Augen waren dann säuberlich geschlossen worden, als er sie mit der Schläfe gegen den Badewannenrand knallte. Der Rest war nicht problematischer gewesen als die Arbeit an einer Schaufensterpuppe. Auch Gail war jetzt mehr oder weniger eine Schaufensterpuppe. Und ihre Augen waren geschlossen. Wenn er Glück hatte, blieben sie so, bis er die Schnur gefunden hatte und zurückkehrte, um sein abendliches Werk zu vollenden. Er eilte ins Erdgeschoß, wobei er nicht widerstehen konnte, einen Augenblick lang vor Mrs. Bellingers Schlafzimmertür stehenzubleiben und zu horchen. Erfreut stellte er fest, daß Mrs. Bellinger energisch schnarchte. Dann betrat er das Wohnzimmer, zog die Schnur aus der Stehlampe und kehrte an die Hinrichtungsstätte zurück. Gail hatte sich nicht gerührt. Wieder einmal hatte Vanner guten Grund, das Schicksal für seinen Verbündeten zu halten.

Die Schlinge, die er aus der gummigeschützten braunen Schnur formte, war nicht vollkommen – ein Berufshenker hätte darüber gelacht –, aber sie würde ihren Zweck erfüllen. Er schlang das andere Ende über den mittleren Dachbalken, wobei er den Empfangsstecker als Wurfgewicht verwendete.

Dann sah er sich nach einem kräftigen Stuhl um. Die Auswahl war groß. Er nahm einen antiken, aber gut erhaltenen Chippendale-Stuhl und teste seine Festigkeit, indem er mit beiden Händen kräftig auf das Sitzpolster drückte. Das Ergebnis war zufriedenstellend.

Als er Gail vom Boden heben wollte, erkannte er, daß Bewußtlosigkeit auch ihre Nachteile hatte. Im Gegensatz zu einer Schaufensterpuppe war das Gewicht eines schlaffen menschlichen Körpers nur mit Mühe zu bewegen. Es hatte keine große Anstrengung gekostet, sie die Treppe heraufzutragen, aber Gail nun in die richtige Stellung zu bringen, war nicht leicht. Der Geruch seines Schweißes vermischte sich bald mit den staubigen Gerüchen des Bodenraums.

Endlich hatte er ihr die Schlinge um den Hals gelegt und ihre beiden nackten Füße auf den stoffbespannten

Sitz des Chippendale-Stuhls gestellt. Aber als er seine stützenden Arme fortnahm, sackte der Körper zusammen und wäre beinahe vorzeitig vom Stuhl gerutscht.

Das wollte er nicht; er hatte keine Lust, den schrecklichen ersten Ruck zu sehen, mit dem sich die Schlinge in den zarten weißen Hals des Mädchens grub. Noch größer war seine Angst – das gestand er sich offen ein –, daß sich plötzlich ihre Augen öffneten, daß sie womöglich von dem Druck um ihre Luftröhre ins Bewußtsein zurückgeholt wurde. Dann erkannte er die Ursache des Problems: Der Stuhl war ein paar Zentimeter zu hoch, Gails Beine knickten an den Knien ein. Aber egal. Wenn der Stuhl nicht mehr unter ihr stand, waren es noch mindestens dreißig Zentimeter bis zum Boden, das genügte. Er war noch damit beschäftigt, die Entfernung zu messen, als unten die Haustürklingel anschlug. Er hatte das unangenehme Gefühl, daß ihm der Schweiß auf der Haut erkaltete. Er wartete und horchte, in der Hoffnung, die Stille würde den Besucher vertreiben.

Doch die Klingel schellte beharrlich weiter; ein Geräusch, das absichtlich so verstärkt war, daß man es auch in den entferntesten Winkeln des großen Hauses hören konnte – im Flur ebenso wie auf dem Boden oder im Schlafzimmer ... Vanner schluckte und fragte sich, ob das instinktive Pflichtgefühl der Haushälterin nicht vielleicht doch stärker war als das Schlafmittel. Er mußte jetzt schnell handeln – und es gab nur eine Möglichkeit. Er trat gegen das Vorderbein des Chippendale-Stuhls, und das Möbelstück schoß unter Gails hängendem Körper hervor, die braune Schnur knirschte am Balken, und er hörte das schreckliche Knacken, als ihr Genick unter dem Gewicht brach; es war ein Geräusch, das er lieber nicht vernommen hätte. Als er die Treppe zum Erdgeschoß hinabeilte, hallte es in seinen Ohren nach und beeinträchtigte sein Urteilsvermögen. Er hätte vorher nachschauen sollen, wer der Besucher war. Statt dessen riß er einfach die Tür auf und blinzelte Steve Tyner verwirrt an.

»Sie sind also noch da?« fragte dieser. »Gut, ausgezeichnet. Ich muß Ihnen ein paar Fragen stellen, *Doktor*, viele Fragen.«

»Lassen Sie mich vorbei!« sagte Vanner heiser. »Ich kann jetzt nicht mit Ihnen sprechen! Ich muß Hilfe holen!«

»Ich dachte, wir könnten uns mal unterhalten, Doktor, über Wiener Walzer und ... und Sigmund Freud und ein paar andere Dinge ...«

»Hören Sie zu!« brüllte Vanner. »Gail hat sich erhängt!«

Das hatte die erwartete Schockwirkung.

»Was haben Sie da gesagt?«

»Gail hat Selbstmord begangen«, sagte Vanner. »Sie hat sich auf dem Boden erhängt – wie ihre Mutter. Oh, mein Gott!« rief er mit einem völlig echten Schluchzen, das man für einen Ausdruck des Kummers hätte halten können, das aber in Wirklichkeit seiner Erleichterung entsprang. »Ich habe ihr zu helfen versucht, ich habe mich so sehr bemüht, aber ich konnte nicht ...«

Steve stieß ihn brutal mit der Schulter zur Seite und rannte an ihm vorbei zur Treppe. Vanner hatte nichts gegen den Schmerz; er spürte ihn kaum. Er ging nach draußen, und der Anblick seines gemieteten Plymouth entzückte ihn, als wäre der Wagen eine Weihnachtsüberraschung. Er setzte sich hinter das Steuer und fuhr los, wobei er den Motor sofort auf Touren brachte und das rein mechanische Gefühl genoß, daß die Räder seiner Fußbewegung gehorchten. Es hatte geregnet, aber jetzt war der Himmel wieder klar, die Luft war frisch und süß, die Straßen waren glatt und schwarz und schienen extra für diesen großen Augenblick reingewaschen zu sein. Er öffnete das Fenster und ließ sich vom Fahrtwind kühlen. Jede Empfindung entzückte ihn. Als die unglaubliche Vision seinen Rückspiegel füllte, bildete sein Schrei einen Kontrapunkt zum Geräusch der Reifen auf dem Asphalt, die den Plymouth in voller Fahrt auf die Gegenfahrbahn trugen. Ein Caravan traf den rechten vorderen Kotflügel und ließ den Wagen in wildem Kreis herumwirbeln; ein Gegenstand oder Mensch wurde in das Gebüsch am Straßenrand geschleudert, doch wundersamerweise hatte das Fahrzeug keinen weiteren Zusammenstoß, obwohl ihm noch andere Wagen entgegenkamen. Schließlich knallte der Plymouth gegen die niedrige Steinmauer, das Heck stieg empor, verharrte einen spannungsvollen Augenblick lang in der Luft und prallte dann herab, gefolgt von drei Explosionen; zwei kamen von den platzenden Hinterreifen, die dritte vom Benzintank, der den Plymouth in eine Kugel aus grellroten und orangefarbenen Flammen hüllte.

18

»Die Zeit verändert alles«, sagte Baldridge philosophisch. »Sie verändert Dinge und auch Menschen.«

»Beides kann von innen her verfaulen«, sagte Steve ernst. »Wie Piers Swann. Und wie der Balken auf dem Boden – Gott sei Dank. Er muß gebrochen sein, als Gail mit vollem Gewicht an der Schnur hing. Yost sagt, sie hat nur eine Quetschung am Hals davongetragen.«

»Yost? Ist das der Name des Arztes?«

»Ja«, sagte Steve, lehnte sich in den Wohnzimmersessel und rieb seine schmerzende Schulter. »Ein freundlicher Hausarzt von der alten Sorte. Ich mag nette altmodische Ärzte mit weißem Haar.«

»Sie haben mir noch immer nicht gesagt, warum Sie heute abend hergekommen sind.«

»Wegen Wien«, sagte Steve trocken. »Weil zu oft von Wien die Rede war. Swann hat dort die letzten fünf Jahre gelebt, ehe er und sein Vater bei Zürich auf ihren Skiausflug gingen. Und was für ein herrlicher Zufall – auch Dr. Joel Vanner hatte in Wien studiert! Und dann das Restaurant.«

»Welches Restaurant?«

»Die Hostario dell'Orso in Rom. Hübsches Lokal. Eins der besten. Tolles Essen, nette Musik, herumschlendernde Musiker, die Wiener Walzer spielen. Vermutlich hatte Piers Geschmack an solchen Sachen. Mir persönlich ist Dizzy Gillespie lieber. Wie schmeckt Ihnen der Kaffee, Lieutenant? Selbst gekocht. Ob Sie's glauben oder nicht, die Haushälterin schläft immer noch.«

Baldridge grinste: »Fast so gut wie unserer«, sagte er.

Das Telefon klingelte. Baldridge wußte, daß der Anruf für ihn war; er hatte Sergeant Shuster gebeten, ihn vom Krankenhaus aus anzurufen. Shuster war verläßlich. Baldridge hörte sich seinen Bericht an und informierte dann Steve. Calvin Shanks würde in den nächsten Wochen als bandagierte Mumie herumlaufen, aber er war außer Gefahr. Neben Abschürfungen und Quetschungen, die er sich bei seinem beschleunigten Ausstieg aus dem Plymouth zugezogen hatte, war seine einzige Verletzung ein böse verstauchtes Fußgelenk. Und das, so hatte es den Anschein, stammte von einem Sturz innerhalb des Gunnerson-Hauses.

»Swann hat den Mann tatsächlich vorgeschickt«, fuhr Baldridge fort. »Shanks sagt, er wollte den Schock nachvollziehen, der Miss Gunnerson als Kind aus dem Gleis geworfen hat.«

»Aber das war nicht seine wirkliche Absicht«, sagte Steve. »Swann hatte nichts zu gewinnen, wenn er Gail in den Wahnsinn trieb – und er war bestimmt zu schlau, um sich diese Fähigkeit anzumaßen. Er hoffte nur, sie *überzeugen* zu können, daß sie langsam den Verstand verlor – und sie dazu zu bringen, sich umzubringen. Als das nicht klappte, griff er zum Do-it-yourself. Hören Sie, hat Shanks gesagt, *warum* er sich in den Wagen gesetzt hatte?«

»Er konnte nicht mehr gehen, als er das Haus verließ. Er wußte, daß er es nicht zur U-Bahn schaffen würde, also stieg er hinten in den Plymouth und krümmte sich zusammen wie ein verwundetes Tier – der Vergleich dürfte ziemlich hinhauen. Swann erfuhr von seinem blinden Passagier erst, als sie schon unterwegs waren – und als er ihn sah, muß er zu heftig reagiert haben.«

»Ja«, sagte Steve. »So würde ich es auch nennen.«

Gleich darauf kam Dr. Yost nach unten. Steve stand so hastig auf, daß er seine Kaffeetasse umwarf; das Getränk war aber so stark geraten, daß kaum etwas auslief. Yost war nicht gerade begeistert, daß seine Patientin schon wieder gestört werden sollte, aber Steve flehte ihn so wortgewandt an, daß er schließlich nachgab.

Als Steve das Zimmer betrat, betrachtete Gail den Puh-Bär, der am Fußende ihres Bettes lag. Aber dann widmete sie Steve ihre ganze Aufmerksamkeit. Den Mund dicht an sein Ohr gelegt, sagte sie: »Aber ist es nicht seltsam, Steve? Ist es nicht wirklich seltsam?«

»Was?«

»Daß er mir letztlich doch geholfen hat. Der schreckliche Piers hat mir geholfen. Ich glaube, ich werde mich nie wieder fürchten. Weder vor Türen noch vor Gespenstern oder Kobolden oder Löwen oder Tigern.«

»Ganz recht«, sagte Steve, hob den Stoffbären unauffällig an einer Pfote hoch und ließ ihn auf den Teppich fallen.